교활하지 못한
마녀에게

교활하지 못한
마녀에게

2판 2쇄 찍음 2021년 9월 2일
2판 2쇄 펴냄 2021년 9월 10일

지은이 | 감다현
펴낸이 | 정 필
펴낸곳 | (주)뿔미디어

기획·편집 | 배자은 심은지

출판등록 | 2002년 9월 11일 (제1081-1-132호)
주소 | 경기도 부천시 원미구 소향로17, 303(두성프라자)
전화 | (032)651-6513 팩스 | (032)651-6094
E-mail | dahyangs@naver.com
블로그 | http://blog.naver.com/dahyangs
비북스 | http://b-books.co.kr

값 13,000원

ISBN 979-11-315-8290-9 04810
ISBN 979-11-315-8289-3 04810 (SET)

I

FEEL PREMIUM EDITION

김다현 장편소설

교활하지 못한
마녀에게

Dear not cunning witch

CONTENTS

 제1막 ◆

✦ 제2막 ✦

제1막

불길한 예언

디아나 솔은 마녀다. 정확히는 엊그제 막 수습 딱지를 뗀 열아홉의 어린 마녀다. 제법 자질이 있다면 열여덟 성인이 되자마자 독립하는 것이 마법 사회의 관습이나, 그렇다고 열아홉 되어 자립했음이 큰 누가 되지는 않는 법. 디아나 솔은 크게 재능 있는 마녀는 아니지만, 다행스럽게도 크게 못난 마녀도 아니었다.

"오, 디아나. 나는 네가 여기서 조금 더 머물 줄 알았단다."

디아나의 스승인 바바라 자일스가 시름에 잠겨 말했다. 그녀는 저명한 마녀이며, 잉그람의 대표적인 마법 가문인 〈교활한 자일스〉의 수장. 고아인 디아나가 지금까지 바바라의 가르침을 받을 수 있었던 것은 분명 큰 행운이었다.

"죄송해요. 실은 이달 내에 언니와 오킹엄에서 만나기로 약속했거든요."

짐짓 아쉽다는 듯이 디아나가 유순하게 눈썹을 내려뜨렸다. 바바라는 디아나의 손을 꼭 부여잡으며 미련이 가득한 투로 물었다.

"모레 세드릭이 오기로 했잖니. 널 배웅하겠다고 억지로 시간을 내서 온다는데, 그 애 얼굴도 보지 않고 가려고?"

"제가 언니를 얼마나 그리워했는지 잘 아시잖아요."

"하긴……. 하나뿐인 가족이니 당연히 보고 싶겠지."

바바라가 못내 섭섭한 기색으로 덧붙였다.

"네 고집을 잘 안다. 더는 말해도 듣지 않겠지."

"스승님의 위명에 걸맞지 않은 부족한 제자였지만 부디 배은망덕하다고 여기지는 말아 주세요. 이제껏 절 돌보아 주신 은혜는 결코 잊지 못할 거예요."

디아나가 간절하게 말했다. 바바라는 쓰게 웃었다.

"알다마다. 네가 누구보다도 착한 아이라는 건 세상에서 내가 가장 잘 알고 있단다. 나는 괘념치 말고 어서 출발하렴. 기차 시간에 늦겠구나."

"오킹엄에 도착하면 꼭 편지할게요."

"그래."

바바라는 마지막으로 야윈 손을 디아나의 머리에 얹었다.

"칼리스토의 광명이 앞으로도 너와 함께하기를."

디아나는 그리 순탄하게 바바라 자일스의 품을 떠났다. 일곱 살에 자일스의 도제로 들어왔으니 장장 12년 만의 독립이다. 비록 소질이 부족하여 1년 늦어지긴 했지만, 그래도 올해 가까스로나마 정식 마녀로 발돋움했으니 되었다. 이제는 그토록 바랐듯 언니와 함께할 수 있었다.

마음이 들뜨면 자연스레 걸음도 가벼워지기 마련이다. 숫제 날듯이 걷는 디아나의 뒤로 바바라가 기르는 요물 고양이 데이지가 따라붙었다.

"진저(ginger)[1], 어디 가?"

고양이가 길게 하품하며 물었다. 디아나는 돌아보지도 않고 대꾸했다.

"언니한테 갈 거야."

"언제 돌아오는데?"

"안 돌아와."

그에 고양이가 충격받은 모습으로 우두커니 멈춰 섰다.

한곳에 오래 머물지 않는 바바라 자일스의 성정으로 고작 두어 달 머물렀던 툭스베리의 저택에는 아무런 추억도 없었다. 디아나는 옷가지를 넣은 큰 가방을 들고, 나머지 잡동사니를 넣은 작은 가방을 어깨에 둘렀다.

10년 넘게 연고 없는 어린애를 그럭저럭 잘 보살펴 주었던 스승에게 작별 인사도 했으니 더는 마음에 걸릴 것도 없었다. 고약하기 짝이 없는 자일스 삼 남매와 앞으로 마주칠 일 없다는 것을 생각하면 날아갈 듯 기분이 좋기만 했다.

잉그람 동북부에 위치한 툭스베리는 적당히 소란스러운 도시다. 밤낮 가리지 않고 길거리 악사들이 현을 켜는 벤네비스보단 조용했지만, 적어도 이웃집이 2시간 간격으로 떨어진 네블턴보난 북적였다. 문제는 적당한 소란스러움에 걸맞게 당최 보행자를 배려할 줄 모르는 무질서가 판을 친다는 점이다.

"깜짝이야!"

길가로 접어들자마자 자전거를 탄 신문 배달부와 부딪칠 뻔한 디아나가 잔뜩 골이 난 표정으로 멀어지는 배달부를 흘겨보았다. 사과 한마디 없이 유유히 사라지는 모습이 참으로 불쾌했으나, 스승의 앞마당에서 쓸

1) 붉은 머리

데없이 마법을 부렸다간 대번에 들킬 것이었다.

"마녀는 세 번 용서한다지."

디아나는 오래된 격언을 떠올리며 애써 화를 가라앉혔다. 매사 비딱하게 바라보는 그녀지만, 오늘은 일평생 꿈꾸었던 자유의 날이다. 조그만 불쾌함 정도는 아무것도 아니었다.

오늘따라 유난히 하늘이 맑았다. 실은 요 근래 쾌청한 나날이 이어지고 있었으나, 웬만해서 집 밖으로 나가지 않는 마녀의 특성상 아주 오래간만에 볕을 즐기는 참이었다. 디아나는 무거운 가방을 내려놓고 제자리에서 기지개를 폈다. 고양이처럼 느른한 얼굴에 만족감이 그득 서렸다.

그때, 수상한 마차가 눈앞에서 멈추었다. 화려하게 양각된 문이 스르르 열렸다.

"오래간만이야, 디아나. 빨간 머리는 여전하구나."

마차 안에서 꿀처럼 농염한 목소리가 들려왔다. 경계하듯 한 발자국 물러섰던 디아나가 눈을 가늘게 뜨고 어두운 마차 안을 노려보았다.

"채스터티?"

"알면 타지 그러니? 짐이 무거워 보이는걸."

디아나는 미간을 좁혔다. 스승의 수양딸이자, 지독하기 짝이 없는 자일스 삼 남매 중 둘째인 채스터티 자일스는 그녀가 질색하는 인물이었다. 평소라면 채스터티의 제안 따윈 귓등으로도 듣지 않았을 터다.

하지만 지금은 상황이 조금 어려웠다. 채스터티의 말대로 가방이 무거운 데다, 기차역은 여기서 한참 멀었다. 게다가 툭스베리의 지리에도 익숙지 않으니, 자칫하다간 기차를 아예 놓치는 수가 있었다. 남은 시간을 가늠하던 디아나가 머뭇거리며 마차에 올랐다.

두꺼운 커튼으로 창을 모조리 막아 버린 마차는 꼭 한밤처럼 어둑했다. 디아나는 눈살을 찌푸리며 마주 앉은 채스터티를 흘겨보았다.

"네가 여기까진 웬일이야?"

"새침한 것도 여전하네."

채스터티는 손짓으로 문을 닫았다. 이내 마차가 덜컹거리며 움직이기 시작했다.

"네가 드디어 승급 시험을 통과했다는 소식을 들어서 말야. 당연히 축하해 주려고 왔지."

"스승님께서 알려 주시디?"

"설마. 어머니가 그리 세심하신 분이 아니라는 건 너도 익히 잘 알잖니."

"그럼 누구한테 소식을 들은 건데?"

"누구긴 누구겠어. 우리 귀여운 세드릭이지."

채스터티가 소리 죽여 웃었다. 디아나는 어안이 벙벙했다.

"헛소리. 그 뱀 새끼가 왜?"

"믿든 말든 네 자유야. 어쨌든 나는 네 독립을 축하하러 온 거니까."

"그 말도 도저히 못 믿겠어."

디아나가 차갑게 쏘아붙였다.

"네가 아무런 꿍꿍이도 없이 움직일 사람이야? 더구나 이런 친절이라니, 지나가던 개가 웃겠어."

"느지막하게 독립하는 자매에게 베푸는 성의를 너무 비하하진 말아 줘."

"자매 좋아하시네. 난 〈교활한 자일스〉를 자매로 둔 적 없어."

못마땅한 투로 중얼대는 소리에 채스터티가 빙긋 웃었다.

"그래. 네 자매는 오로지 '현명한 헤스터'뿐이겠지."

"……용건이나 말해."

디아나는 불편한 기색을 숨기지 않았다. 그러자 채스터티가 파이프를 빨아들이며 권태롭게 본론을 이야기했다.

"다른 게 아니라, 내가 최근에 이상한 꿈을 꿨거든."

순간 디아나의 얼굴이 구겨졌다. 채스터티는 의심스러운 출신이나 괴팍한 성정으로도 유명했지만, 다른 방면으로 더욱 이름 높았다.

채스터티 자일스는 미래를 본다. 그래서 붙여진 이명(異名)이 예언의 마녀였다.

"자, 잠시만. 됐어. 난 안 들을래."

"그래도 여기까지 와 준 성의가 있는데 좀 듣지 그러니?"

"네 예언을 들어서 좋았던 적이 한 번도 없어. 이번에도 저주하는 말이나 하러 온 거지?"

"저주라니. 말이 심하잖아."

채스터티가 낄낄거리며 웃었다. 디아나는 눈살을 찌푸리며 그녀의 웃음소리를 따라 퍼지는 담배 연기를 손짓으로 흩뜨렸다.

"다른 사람들은 억만금을 주고 듣고 싶어 하는 미래야. 혹시 알아? 이번에는 도움이 될지."

"예언을 들어 봤자 내가 할 수 있는 건 없잖아. 네가 본 미래는 불변한다며."

"흐음, 그렇긴 하지. 하지만 내가 보는 미래는 아주 단편적일 뿐이야. 네 앞날에 정확히 무슨 일이 벌어질지는 나도 몰라."

채스터티는 짧은 귀밑머리를 쓸어 올리며 묘한 눈빛을 했다.

"……예를 들어 네가 탑승할 기차에서 무슨 일이 벌어질지, 나는 전혀 모른단다."

"야!"

무심코 예언을 들어 버린 디아나가 왈칵 성을 냈다. 채스터티는 음충
맞게 웃으며 파이프를 한 모금 빨아들였다. 희뿌연 담배 연기 사이로 기
묘한 목소리가 흘러나왔다.

　"너, 이번 여행은 조금 길겠어."

Dear not
cunning witch

1. 수상한 신사

잉그람.

대륙의 중부를 차지한 국가이자, 요사이 문화적 경제적으로 황금기를 맞이한 왕국. 잉그람인은 자국을 그리 평하며 자긍심을 드높이지만, 기실 왕국의 위상 따위 마녀에겐 철저하게 관심 밖의 문제였다. 본디 마녀란 자신을 둘러싼 아주 협소한 세상만을 아끼는 족속이기에, 그들이 일말의 애국심도 지니지 않은 것은 일견 자명해 보였다.

그러니 마법 사회에서 평범하게 자라난 마녀 디아나가 잉그람을 별 볼 일 없는 나라로 치부했던 것도 무리는 아니다. 다른 마녀들이 으레 그러하듯 디아나는 지금까지 잉그람이란 나라에 일말의 관심도 없었다. 한 곳에 오래 머물지 않는 스승 탓으로 여태 수많은 도시를 전전했으나, 새로이 이사한 도시에 주의를 기울인 적도 거의 없었다. 어차피 도시란 크든 작든 대체로 엇비슷하지 않던가. 이러한 무관심은 작금 툭스베리에서도 마찬가지였다.

"세상에나……."

그리하여 툭스베리 기차역. 디아나는 성급한 일반화의 대가로 통렬한 자기반성을 하고 있었다.

한낮의 볕이 내리쬐는 기차역이 하얗게 바스라졌다. 반질반질한 대리석을 곱게 쌓아 올린 벽면으로 햇살이 투명하게 반사되고, 꼭대기에 걸린 시계가 황금빛 위용을 과시했다. 심지어는 기둥마다 잉그람이 자랑하는 아홉 성인이 섬세하게 조각되어 있었다. 이렇듯 분에 맞지 않게 으리으리한 기차역을 세운 여파로 도시가 처참히 파산하여 시장이 내쫓겼다는 내막을 물론 디아나는 알지 못했다.

'기차역이란 원래 이렇게 웅장한 곳인가?'

디아나는 유달리 눈길을 끄는 금빛 시곗바늘을 관찰하며 시시한 고민을 했다. 실은 기차역에 와 본 것도 이번이 처음이다. 그동안은 바바라 자일스가 손수 이동마법을 부려 준 덕분에, 기차로 꼬박 닷새가 걸리는 거리도 눈 깜짝할 새 도착했었다. 애당초 어지간한 마녀들은 굳이 기차를 탈 이유도 없었다.

"예쁜 아가씨. 꽃 한 송이 사세요."

그때, 꽃바구니를 든 어린 소녀가 말을 걸어왔다.

"꽃이요?"

"예. 오늘 아침에 딴 꽃이어요. 어여쁘지 않나요?"

소녀는 그리 말하며 샛노란 튤립을 내밀었다. 가만히 꽃을 살펴보던 디아나가 홀린 듯이 지갑을 꺼냈다.

"두 송이만 줘요."

늘 디아나를 수전노라고 야유하던 채스터티가 듣거든 아주 대경할 일이었다. 하지만 오늘은 그토록 바라던 독립의 날. 디아나는 절로 씰룩거리는 입가를 간신히 잠재우며 값을 지불했다. 물론 거스름돈을 꼼꼼히 챙기는 것도 잊지 않았다.

디아나는 신문지로 엉성하게 싼 꽃송이를 들고 발걸음을 옮겼다. 채스터티 덕분에 일찍 도착했지만 그렇다고 마냥 여유 부릴 상황도 아니었다. 기차표를 구입하고, 오킹엄행 기차를 찾아 올바른 좌석에 앉고, 기차표를 검표받고…….

앞으로 할 일을 찬찬히 꼽아 보던 중, 디아나는 불현듯 이상한 기분이 들어 주위를 둘러보았다. 이제 보니 역내는 화려하게 차려입은 귀부인과 신사로 가득했다. 사내들은 하나같이 정장에 실크해트를 착용했고, 여인들은 팔랑거리는 드레스를 입고 굽이 족히 한 뼘은 될 법한 구두를 신었다. 저마다 부유함을 자랑하는 기색이 역력했다.

디아나는 새삼 자신의 차림을 살펴보았다. 스스로 여기기에도 참으로 초라한 행색이다. 철 지난 외투에 무릎 아래로 껑충 내려오는 잿빛 원피스. 심지어 굽 낮은 단화는 앞코가 반질반질하게 닳아 있었다.

"……언제 적 옷이길래…….."

"……유모가 입는 옷이 딱 저러했는데…….."

문득 어디선가 조롱하는 소리가 들려왔다. 그다지 멀지 않은 곳에서 또래 여자애들이 디아나를 손가락질하고 있었다. 수수하다 못해 궁상맞은 차림을 비웃는 것이 틀림없었다.

물끄러미 그편을 쳐다보던 디아나가 고개를 모로 기울였다. 고인 물처럼 침잠된 마법 사회에서 나고 자란 디아나는 인간 사회의 유행을 이해하지 못했다. 철 따라 달라지는 무늬나 장신구는 관심 밖이었다. 그러니 볼품없는 차림새로 화려한 공작새 무리에 둘러싸인 지금도 그녀의 마음을 휘감은 것은 수치심이 아니라, 겉가죽만 그럴듯한 치에게 보내는 멸시였다.

도대체 누가 누굴 깔본단 말인가.

디아나는 무거운 가방을 바닥에 내려놓으며 가볍게 손짓했다.

그즈음 창틈으로 새어 든 봄바람이 별안간 짓궂은 마녀의 손길을 받아 흉포하게 화했다. 딱하게도 조롱할 상대를 잘못 찾은 이들은 갑작스러운 돌풍을 맞아 고래고래 비명을 내질렀다. 치맛자락이 죄 말려 올라가 흉한 꼴을 보인 것은 덤이었다.

디아나는 미련 없이 등을 돌렸다. 뒤편에서 훌쩍이는 소리며 웅성거리는 소란이 차츰 멀어졌다.

바야흐로 과학이 비약적으로 발전한 시대.

과거에는 부유한 귀족의 전유물이었던 기차도 이제는 민중의 손을 타고 있었다. 매끈한 선로가 어느덧 잉그람의 드넓은 국토를 동서남북으로 가로지르고, 거대한 비행선은 상용화를 꿈꾸며 매일같이 공장에서 발전을 거듭했다. 과학의 산물이 비로소 만인에게로 퍼져 가고 있었다.

그리 인간의 이성이 날로 솟아오르는 시대건만, 그럼에도 여전히 맨손으로 불을 피워 내고 주문으로 비를 내리는 전능한 자들이 있다. 빛나는 이성으로도 설명할 수 없고, 드높게 발전한 과학으로도 감히 범접할 수 없는 지고의 재능.

예부터 사람들은 두렵고 경외하는 마음으로 그들을 우러렀다.

때로는 신으로, 때로는 귀신으로 불린 그들은 마녀(魔女)였다.

기차란 것은, 흉측하고 시끄러운 데다 냄새까지 심했다.

코를 틀어쥐고 기차에 오른 디아나가 질색하며 도리질했다. 검은 연기가 굴뚝에서 피어오를 때부터 의심해야 했건만, 기차에서 흘러나는 악취가 어찌나 매캐한지 머리가 다 아플 지경이었다. 객실로 진입할수록 악취가 잦아드는 것이 그나마 위안이었다.

지금 디아나는 일등석 객실로 향하고 있었다. 평소 수전노란 소리를 들을 정도로 인색한 디아나가 값비싼 일등석 티켓을 끊은 것은 모두 그녀의 언니인 헤스터 때문이었다.

평범한 동생과 달리 어머니로부터 대단한 재능을 이어받은 헤스터 솔은 스물다섯이란 젊은 나이에 벌써 백색전당에 오른 비범한 마녀다. 하지만 그래 봤자 산더미 같은 빚만 물려받은 고아 인생. 디아나는 어머니의 빚을 갚느라 등골이 휘었을 언니를 생각해, 그동안 받았던 용돈을 전부 저축해 왔다. 그녀마저 독립하거든 언니 입장에선 군식구가 하나 늘어나는 셈이니, 일찍부터 돈을 모아야 한다는 기특한 생각이었다.

그러나 정작 언니 된 헤스터의 마음은 그렇지가 않은 모양이었다. 부디 기차에서만이라도 편안하라며 일등석 티켓값을 우편으로 부쳐 준 것이 불과 며칠 전이었다. 후일 티켓을 검사하겠다는 편지도 동봉한 터라 부득불 값비싼 일등석 티켓을 구입하는 수밖에 없었다.

열아홉 해를 바득바득 아끼며 살아온 디아나로선 차마 용납하기 힘든 일이었다. 디아나는 조금 전 매표원에게 54갤런을 지불했던 것을 떠올리며 몸을 부르르 떨었다. 세상에, 54갤런이라니! 그 돈이면 무려 요물 고양이의 석 달 치 사료값이었다. 언니가 피땀 흘려 가며 번 돈일 텐데 고작 하루 편하자고 홀라당 털어 버린 셈이었다, 무려 54갤런을!

"언니. 분명 후회할 거야……."

디아나가 이를 부득부득 갈며 중얼거렸다. 애초에 그녀는 일등석은 바라지도 않았다. 오킹엄으로 갈 수만 있다면 냄새나는 짐칸도 마다하지 않았을 터다. 그럼에도 일등석을 고집한 것은 언니고 저는 언니의 말을 따랐을 뿐이니 54갤런어치의 죄책감은 언니가 가져야 마땅하건만, 늘 그렇듯 만사 뜻대로 되는 것은 아니었다.

디아나는 한숨을 쉬었다. 언니처럼 지도의 좌표만 있으면 세상 어디고 갈 수 있는 마녀라면 참으로 좋겠지만, 애석하게도 그녀는 지극히 평범한 마녀였다. 그렇기에 이처럼 흉측하고 시끄러운 데다 악취까지 심한 기차를 타는 것이고, 그렇기에 언니가 이토록 걱정하는 것이다.

'나야 지금까지 훌륭한 스승님의 보호를 받아 온 햇병아리나 마찬가지겠지.'

디아나는 우울한 표정으로 객실 문을 밀었다. 일찍 도착한 편인지 좌석의 절반이 비어 있었다.

그녀의 좌석은 창가였다. 창밖을 구경할 수 있다는 점은 마음에 들었지만, 오른편에 다른 좌석이 붙어 있는 점이 못마땅했다. 으레 마녀들이 그러하듯 디아나는 낯선 사람에 대한 경계가 심했다. 자연히 낯모르는 사람과 온종일 붙어 지내야 하는 것이 영 마뜩잖았다.

하지만 기차에 탑승한 이상, 어쩔 수 없는 노릇이다. 디아나는 애써 근심을 지워 내며 차근차근 짐을 정리하기 시작했다. 일등석답게 자리는 넓었으나 문제는 가방이었다. 작은 가방은 발밑에 둔다고 쳐도, 옷가지가 든 커다란 가방은 아무래도 곁에 끼고 있기 힘들었다.

난감한 기색으로 두리번거리던 디아나가 답을 구한 것은 근처의 노신사 덕분이었다. 머리가 하얗게 센 노신사는 승무원의 도움을 받아 짐을 좌석 위쪽에 올려 두고 있었다. 멀뚱히 그 모습을 지켜보던 디아나는 마찬가지로 제 좌석의 위쪽을 살펴보았다. 안이 텅 빈 것을 보면 짐칸이 분명했다.

입가에 회심의 미소가 번졌다. 하지만 난제는 끝나지 않았다. 가방이 너무 무거워서 도무지 짐칸으로 밀어 넣지 못하는 것이었다.

디아나는 난생처음 자신의 키를 원망했다. 장대처럼 큰 설리번 자일스와 늘씬한 채스터티 자일스, 그리고 순식간에 자신을 초월한 세드릭 자일스 사이에서 자랄 때도 꿋꿋했건만, 고작 짐칸 따위에 그간 공들여 쌓은 자존심이 무너질 줄은 꿈에도 몰랐다.

디아나는 이를 악물고 까치발을 들었다. 하지만 가방의 무게에 자꾸만 팔이 접혔다. 10cm만, 아니 5cm만 더 컸어도 이쯤은 쉽게 해결할 수 있을 텐데! 디아나는 내심으로 얼굴도 잘 기억나지 않는 어머니를 원망했다. 마법적인 재능으로도 모자라 키까지 언니에게 몰아준 아주 야속한 어머니였다.

"꼬마 아가씨가 고생이 많네."

불현듯 지척에서 나지막한 목소리가 들려왔다. 깜짝 놀란 디아나가 저도 모르게 어깨를 움츠렸다. 그 바람에 지탱하는 힘을 잃고 떨어지는 가방을 등 뒤에서 불쑥 튀어나온 낯선 손이 붙잡았다. 퍼런 핏줄이 도드라지는 성인 남자의 억센 손이었다.

"어이구, 조심해야지."

남자는 그리 말하며 가방을 대신 올려 주었다. 디아나는 등 뒤에서 느껴지는 생경한 기척에 신경을 곤두세웠다. 그리고 조그만 목소리로 감사를 표하고는 좌석으로 쏙 들어가 버렸다.

가방을 대신 올려 준 것은 고맙지만 거기까지다. 디아나는 사람을 잘못 사귀어 패가망신하는 동족을 참으로 많이 보아 왔다. 귀한 연구 재료를 빼앗기거나, 합법적으로 재산을 강탈당하거나, 심지어는 일평생 연구한 성과를 도둑맞은 경우도 있었다. 때로는 소중한 가족에게, 때로는 신뢰하는 벗에게, 때로는 사랑하는 반려에게. 그것이 바로 마법 사회가 폐쇄적일 수밖에 없는 이유고, 거기서 나고 자란 디아나가 사람을 경계할 수밖에 없는 이유였다.

디아나는 빤한 시선을 애써 무시하며 꿋꿋하게 창밖만 내다보았다. 불편하기 짝이 없는 분위기였으나, 인간 사회에 면역이 없는 그녀로선 외면하는 것 말고는 다른 방도가 없었다.

그런데 오래지 않아 누군가 옆 좌석에 앉는 기척이 느껴졌다. 한숨을 집어삼키며 슬쩍 고개를 돌리니 금방 가방을 올려 주었던 남자가 있었다.

"뭐, 뭐예요?"

디아나가 황망하게 물었다. 어찌나 놀랐던지 부끄럽게도 목소리가 까뒤집혔다. 남자는 그런 디아나를 외려 이상하다는 듯이 보았다.

"내 좌석에 내가 앉는데 무슨 문제라도 있나?"

남자는 심지어 콧노래를 흥얼거리기까지 했다. 디아나가 질색하며 몸을 뒤로 뺐다.

"여기가 확실해요? 티켓 다시 확인해 봐요."

"응. 맞아."

"정말요? 진짜로?"

"어."

"티켓 이리 줘 봐요. 내가 확인해 볼게요."

"글쎄, 맞다니……."

엉겁결에 눈이 마주친 남자가 마치 번개라도 맞은 듯이 굳어 버렸다.

"……헤스터?"

그리고 뒤이어 흘러나오는 이름에, 디아나는 저도 모르게 얼굴을 찌푸릴 수밖에 없었다.

디아나에게 언니 헤스터는 일생일대의 자랑이었다.

뛰어난 딸자식을 거느린 부모나 할 법한 이야기지만 실제로 그러했다. 열 살을 겨우 넘긴 나이에 어머니를 잃고 남은 것은 철부지 여동생과 어마어마한 빚뿐인 상황에서 탁월한 재능만으로 지고의 자리에 오른 마녀.

건조한 어조로 일러 주는 신문으로 접했어도 혀를 내둘렀을 극적인 이야기건만, 그런 대단한 마녀가 무려 유일한 자매였다. 자랑스럽지 않고 어찌 배기겠나. 자연스레 디아나는 언니 헤스터를 심히 숭상하는 경향이 있었다.

그러므로 낯선 남자가 언니를 말한 것에 지나치게 날카롭게 반응하는 것도 무리는 아니었다.

"우리 언니를 알아요?"

디아나는 곱지 않은 눈초리로 남자를 흘겨보았다.

"뭐?"

"우리 언니를 아느냐고요. 당신 대체 누구예요?"

"언니?"

얼이 빠졌던 남자가 그제야 정신을 차렸다.

"……하긴 헤스터일 리가 없지."

남자가 헛기침하며 중얼거렸다.

"헤스터를 언니라 칭하는 걸 보니 아가씨가 디아나인가 보네."

"뭐, 뭐요?"

목소리가 재차 뒤집혔다. 디아나는 철렁한 심장을 다독이며 가까스로 입을 열었다.

"내 이름은 어떻게 알았어요? 당신 도대체 뭐야? 누구길래 날 알아요?"

낯모르는 사람이 헤스터를 알아볼 수는 있었다. 비록 본인이 주목받길 꺼려 하는 탓에 이제껏 흔한 신문 인터뷰 하나 없었지만, 그토록 유명한 인사니 알음알음 알아보는 것이 경악할 일은 아니었다.

하지만 디아나는 상황이 달랐다. 애당초 사람들은 위대한 마녀 그리젤다 솔에게 둘째 딸이 있다는 사실조차 몰랐다. 세상에 알려지길, 헤스터 솔은 그리젤다 솔의 외동딸이었다.

"혹시 스승님을 알아요?"

그러니 남자가 그녀를 알 경로는 스승인 바바라 자일스뿐이다. 바바라는 다른 마녀들과 마찬가지로 인생의 팔 할을 은둔하며 지냈지만, 〈교활한 자일스〉의 수장이며 잉그람을 대표하는 마녀로서 부득불 세상으로 나갈 때가 있었다. 물론 꿰다 놓은 보릿자루 신세였던 디아나가 바깥에서 스승을 보필하진 않았으나, 자일스답지 않게 순박한 구석이 있는 스승이 연고 없는 제자에 대해 괜한 이야기를 흘렸는지도 몰랐다.

하지만 그는 소리 없이 웃기만 했다. 어느덧 여유를 되찾은 남자가 비딱하게 턱을 괴며 대꾸했다.

"아가씨의 스승이 바바라 자일스였나? 미안하지만 그 마녀는 본 적도 없어."

"세상에, 내 스승님이 바바라 자일스라는 건 또 어떻게 안 거예요?"

"아가씨에 대해 어떻게 알았느냐면……. 실은 헤스터가 말해 줬어."

"뭐라고요?"

디아나가 눈을 홉뜨며 남자를 아래위로 훑어보았다. 거짓을 확신하는 기색이 역력했다. 남자는 겸연쩍은 듯이 아랫입술을 매만졌다.

"왜 그렇게 사람 말을 못 믿어? 내가 그리도 못미덥게 생겼나?"

"당신이라면 믿겠어요? 우리 언니가 댁 같은 한량과 아는 사이라는데."

"한량이라니. 나처럼 믿음직한 사람이 어디 있다고."

남자의 항변에도 디아나는 의심을 버리지 못했다. 그도 그럴 것이, 남자는 세상사 어두운 디아나의 눈에도 놀기 좋아하는 한량처럼 보였기 때문이다.

단단한 체구에 번듯한 생김새. 조금 그을리긴 했어도 혈색 좋은 피부나 세심히 가꾼 다갈색 머리칼은 특별히 흠잡을 구석이 없었다. 게다가 많이 쳐 봐야 이십 대 후반임에도 값비싼 일등석에 앉질 않나, 유행에 어두운 눈에도 제법 화려해 뵈는 옷차림이질 않나. 아무리 봐도 부모 잘 만나 일평생 놀고먹는 한량이 분명했다.

"나 참, 너무 잘생기면 이런 오해도 받는다니까."

남자가 한탄했다.

"잘 들어, 아가씨. 나는 이래 봬도 잉그람에서 잘나가는 사업가야."

"무슨 사업이요? 여자? 유흥? 아니면 도박?"

"……어린 아가씨가 못 하는 말이 없어."

남자가 난처한 표정을 지었다. 디아나는 눈살을 찌푸리며 핀잔을 주었다.

"그리고 아까부터 자꾸 꼬마니 어린 아가씨니 하는데 난 진즉 성인이라고요. 올해로 벌써 열아홉이란 말이에요."

"열아홉처럼은 안 보이는데."

"신분증이라도 꺼낼까요?"

디아나가 예민하게 반응했다. 남자가 웃으며 손을 내저었다.

"알았어. 열아홉이라고 치자고."

"열아홉이라고 치는 게 아니라 열아홉이 맞다고요!"

"그래, 그래. 그렇다고 칠게."

"아, 진짜!"

분통이 터지는 듯 디아나가 양손으로 손잡이를 두드렸다. 남자는 그런 과격한 반응일랑 아랑곳하지 않으며 뜬금없이 중절모를 살짝 들어 올렸다.

"나는 올리버 펜리야."

"누가 물어봤어요?"

디아나가 질색했다. 남자, 올리버는 야릇한 미소를 지어 올렸다.

"궁금할 텐데. 내가 헤스터와 무슨 사이인지."

그에 디아나는 침묵했다. 하늘 같은 언니가 저런 한량과 무슨 사이인지 궁금하지 않다면 거짓말이다. 하지만 마녀로서의 예리한 직감이 말하기를, 저 남자는 위험했다. 그렇잖아도 채스터티의 예언이 자꾸만 마음에 걸리는 와중에 저런 수상한 남자와 엮일 수는 없었다.

디아나는 끝내 남자를 무시하기로 결심했다.

"안 궁금해요."

"진짜?"

"네. 그러니까 더는 말 걸지 마요."

디아나는 굳은 표정으로 그를 외면했다. 그럼에도 끈질기게 목소리가 들려왔다.

"듣지 않으면 후회할 텐데."

"궁금하지 않다니……. 말 걸지 말라고 했잖아요!"

저도 모르게 대꾸하던 디아나가 바락 성을 냈다. 그러나 올리버는 전혀 개의치 않았다.

"나는 헤스터의 연인이야. 그렇잖아도 아가씨와는 한번 만나고 싶었어."

올리버가 손을 내밀어 악수를 청했다.

"만나서 반가워, 디아나."

디아나는 도무지 지금 상황을 이해할 수 없었다. 그래서 무표정한 얼굴로 올리버의 손을 바라보다가 겨우 한마디 내뱉었다.

"……거짓말."

"갑자기 웬 수상한 남자가 나타나서 언니의 연인이라 밝힌다면 나라도 굉장히 혼란스러울 거야. 그러니 당장 내 말을 믿지 못하더라도 충분히 이해해."

마치 어린아이를 달래듯 올리버가 다정하게 말했다.

"하지만 아가씨와 꼭 한 번 만나고 싶었던 건 사실이야. 헤스터가 늘 아가씨에 대해 얘기해 줬거든. 어린 나이에도 의젓하고 몹시 영특하다고. 자매가 이렇게까지 닮은 줄은 미처 예상하지 못했지만 말이야."

올리버는 조금 씁쓸하게 웃었다. 넋 나간 사람처럼 우두커니 앉아 있던 디아나가 시무룩하게 중얼거렸다.

"……언니는 아무 말도 없었는데."

"아, 그건 내가 말렸어. 아가씨는 아무런 연고도 없는 데서 외롭게 공부하고 있을 텐데, 갑자기 언니가 연애한다는 소식을 들으면 심란할까 싶어서. 지금 보니 좋은 선택이었던 것 같네."

멍하니 허공을 응시하던 디아나의 눈빛이 점차 흐려졌다.

"언니는 정말 아무런 말도……."

"아가씨?"

올리버는 그제야 이상함을 알아챘다. 손등이 하얗게 질릴 정도로 팔걸이를 움켜쥐던 디아나가 갑자기 고개를 홱 치켜들었다. 올리버를 쏘아보는 눈빛이 자못 형형했다.

"거짓말! 언니는 나한테 그런 말 안 했단 말예요!"

"아니. 그게 그러니까―"

"이거, 이제 보니 완전 사기꾼이잖아? 앞으로 나한테 절대 말 걸지 마요! 말해도 대답해 주지 않을 테니, 혼자 떠들고 싶음 계속 말하시든가!"

속사포처럼 쏘아붙인 디아나가 대차게 고개를 돌렸다. 올리버가 당황하여 대꾸하려던 찰나, 느닷없이 요란스러운 굉음이 울려 퍼졌다. 기차가 힘차게 증기를 뿜어내는 소리였다.

부우우—

기차가 천천히 움직이기 시작했다. 레일과 레일 사이를 건너는 바퀴 소리가 쩔커덩거리며 속도를 더해 갔다. 그새 디아나는 올리버에게서 완전히 돌아앉았다. 도무지 대화할 틈이 보이지 않는 강건한 뒷모습에, 올리버는 결국 한숨을 내쉬며 등받이에 불편하게 몸을 기댈 수밖에 없었다.

요란스러운 식기 소리가 식당 칸에 쨍쨍하게 울려 퍼졌다. 깔끔하게 차려입은 승객들이 거북한 기색으로 창가 쪽에 자리한 테이블을 흘깃거렸다. 보다 못한 어느 신사가 대놓고 헛기침했으나, 안타깝게도 몰상식하게 식기를 놀리는 소녀는 주변의 불편한 분위기를 미처 감지하지 못한 듯싶었다.

물론 그 소녀는 디아나였다. 디아나는 기차가 출발하자마자 달아나듯 객실에서 벗어났는데, 기차에서 달리 그녀가 갈 수 있는 곳은 식당 칸밖에 없었다. 마침 허기도 지겠다, 팔랑거리며 식당 칸에 온 것까진 좋았으나, 상상도 못 하던 값을 식대로 지불하고 또한 금방의 일을 상기하며 자연스레 기분이 뾰족해졌다. 저명한 마법 가문에서 자라 상류층의 예절을 고스란히 체득했음에도, 자각 없이 식기를 시끄럽게 놀려 댄 것은 바로 그런 연유였다.

"망할 자식."

디아나는 포크에 분노를 담아 감자를 푹 찔렀다.

"무슨 헛소리를 지껄이는 거야. 뭐? 언니의 연인? 어디서 그리그 프롬이 되살아날 소리나 하고 있어."

간신히 가라앉았던 화가 다시 샘솟는다. 디아나는 마치 눈앞의 감자가 올리버 펜리인 것처럼 집요하게 감자를 짓이겼다. 정갈하게 마련된 요리는 분노한 마녀의 손에 금세 산산조각 났다.

"내가 우리 언니랑 얼마나 친한데. 만에 하나 연인이 생겼으면 맨 먼저 나한테 알려 줬을 텐데. 그런 중요한 소식을 내가 모를 리 없는데 어디서 거짓말이야. 본데없이 나쁜 자식. 못된 사기꾼. 자다가 가위나 눌려라."

그리 화를 쏟아부으니 나름대로 속이 풀리는 모양이었다. 디아나는 한결 가벼워진 표정으로 포크를 내려놓았다. 불안하게 그녀를 지켜보던 급사가 얼른 엉망이 된 접시를 가져가고 대신 후식으로 커피를 내놓았다.

'이게 다 채스터티의 불길한 예언 때문이야.'

디아나는 뜨거운 커피를 삼키며 속으로 불평했다.

채스터티 자일스가 정확히 어떤 꿈을 꾸었는지는 모르겠다. 지금까지의 경험으로 채스터티의 예언을 들어 좋을 것이 없음을 체득했기에, 이번만큼은 예언을 듣지 않으려 무진장 애를 썼기 때문이다. 방심한 사이 '기차에서 무슨 일이 벌어질 것'이란 말은 듣고 말았지만, 기차에서 정확히 무슨 사건이 닥칠지는 알지 못했다.

그러니 디아나는 부디 웬 사기꾼을 만난 것으로 오늘의 불운이 끝났으면 하는 바람이었다. 어차피 툭스베리에서 오킹엄까지는 기차로 꼬박 하루인 거리였다. 하루 사이에 벌어질 일이래 봤자 심각해야 얼마나 심각하겠느냐는 것이 그녀의 속내다.

손을 벌벌 떨며 지불한 값을 하는지, 후식으로 나온 커피는 자일스 저택에서 마셨던 것과 비교해도 손색없는 맛이었다. 이윽고 디아나의 입가에도 슬며시 미소가 돌았다. 지금의 평온이 부디 내일까지 이어지길 간절히 소원했으나, 고급 커피가 겨우 진정시킨 마음에 재차 폭풍이 휘몰아치기까진 그다지 오래 걸리지 않았다.

"아가씨?"

때마침 식당 칸으로 들어오던 올리버 펜리와 눈이 마주쳤다. 디아나의 얼굴이 즉시 시커멓게 일그러졌다. 올리버는 양해도 없이 맞은편에 앉았다.

"지금 뭐 하는 거예요?"

다시는 저이와 말을 섞지 않으리라 다짐했던 것이 무색하도록 디아나가 황급히 입을 열었다. 그러나 올리버는 지극히 여유로운 태도로 커피와 디저트를 주문할 뿐이었다.

"뭐 하긴. 커피 주문하잖아."

"내 말은, 왜 하필 내 앞에 앉느냔 말이에요."

"음. 아가씨랑 대화하고 싶어서?"

디아나는 미련 없이 자리를 털고 일어났다. 하지만 일어서기 무섭게 올리버가 재빨리 그녀의 팔을 붙들었다.

"이거 안 놔요?"

디아나가 눈을 부라렸다. 올리버는 미안하다는 듯 양손을 들어 올렸다.

"갑자기 잡아서 미안해. 하지만 언제까지 이렇게 날 피할 수는 없잖아. 어쨌든 좌석이 붙어 있으니까."

"좌석이 붙어 있건 말건 나는 사기꾼과 대화할 생각 전혀 없어요."

"그게 문제야. 대체 아가씨가 왜 날 사기꾼으로 여기는지 정말 모르겠다니까."

올리버가 열심히 항변했다. 하지만 디아나는 여전히 겨울바람처럼 냉랭했다.

"당신을 왜 사기꾼이라 여기냐고요? 자꾸 말도 안 되는 이야기나 늘어놓으니까 그렇잖아요."

"말도 안 되는 이야기라니? 내가 헤스터의 연인이라는 걸 그렇게나 못 믿겠어?"

"한 번만 더 그런 헛소리 해 봐요."

디아나가 으르렁거렸다. 올리버가 난처한 기색으로 턱을 쓸었다.

"헛소리가 아니면 어쩌려고 그래?"

"헛소리가 분명하니 이러죠."

"도대체 왜 그렇게 확신하는 건지 모르겠네. 무슨 특별한 이유라도 있나?"

디아나는 팔짱을 끼며 도로 자리에 앉았다. 이제 보니 끈질기기로는 사흘 굶은 요물 고양이와 엇비슷했다. 그녀는 여기서 확실하게 매듭짓자는 생각으로 결연하게 입을 열었다.

"먼저, 나는 언니한테 그런 말을 들은 적 한 번도 없어요."

"아까 말했다시피 내가 헤스터에게 알리지 말자고 한 거야. 아가씨는 외롭게 타지를 전전하며 공부하는데, 갑자기 언니가 연애한다는 소식을 전하면 마음이 심란해질까 봐."

"지금 내가 질투라도 한다는 거예요?"

"딱히 그런 말은 안 했는데……."

현명하게도, 올리버는 지금 디아나가 질투하는 것처럼 보인다는 말은 꺼내지 않았다.

"그리고 우리 언니가 댁 같은 한량과 어울릴 리 없어요."

"글쎄, 난 한량이 아니라 사업가라니까."

"난 지금 당신의 직업을 말하는 게 아니요. 본성을 말하는 거죠. 당신이 사업가든 교회의 사제든 당신의 본성은 한량과 마찬가지예요. 내 마녀로서의 감이 그렇게 말하고 있다고요."

디아나가 기세등등하게 말했다.

"자, 그러니까 한번 말해 봐요. 지금까지 만난 여자가 몇 명이에요?"

"오해야. 내겐 헤스터밖에 없었다고."

"어머나, 그래요?"

디아나가 빙긋 웃었다. 어여쁜 미소와 달리 그녀가 쥔 찻잔에선 커피가 소용돌이치며 떠오르고 있었다. 마치 자그마한 태풍을 보는 듯했다.

올리버는 결국 꼬리를 내렸다.

"진정한 사랑은 헤스터뿐이었어."

"사족은 필요 없고요. 도박도 해 봤죠?"

"젊은 혈기에 그만."

"술은 언제부터 마셨어요?"

"열여덟 살 생일 때였나……. 잠깐, 잠깐만! 이건 진짜야! 이래 봬도 독실한 집안에서 자랐다고!"

다시 찻잔으로 손을 가져가는 모습에 올리버가 기겁했다. 디아나는 올리버를 지그시 노려보았다. 호감이라곤 조금도 찾아볼 수 없는 눈빛이었다.

"우리 언니는 천성이 바른 사람이에요. 어릴 적부터 열심히 마법만 공부해서 세상에 어둡다고요. 그런 언니가 당신처럼 속세에 물든 사람과 왜 사귀겠어요?"

"뭐, 헤스터가 분에 넘치는 사람이라는 건 나도 동감하는데……."

올리버가 난감한 표정을 지었다. 디아나는 그를 째려보며 마디마디 힘을 주어 새기듯 말했다.

"만에 하나, 정말로 만에 하나 우리 언니가 댁 같은 한량과 사귄다면……."

까득, 이를 가는 소리가 들렸다.

"내 모든 걸 바쳐서라도 막을 거예요. 칼리스토의 광명에 걸고 맹세해요."

흉흉한 기운이 보지 않아도 선명했다. 올리버는 억지로 미소 지으며 슬그머니 시선을 피했다. 그는 일찍이 분노한 마녀는 건드리지 않는 것이 상책임을 경험으로 알았다.

마침 급사가 커피와 디저트를 가져왔다. 덕분에 올리버는 자연스럽게 화제를 전환할 수 있었다.

"자, 아가씨. 이것 좀 먹어 봐."

얼결에 접시를 건네받은 디아나가 의심스럽게 디저트를 살펴보았다.

"이거 푸딩 아녜요?"

"정확히는 판나 코타(Panna Cotta)야. 남쪽의 메시나 사람들이 즐겨 먹는 디저트지."

"그런데 이걸 왜 날 줘요?"

"단 음식 좋아하지 않아? 헤스터는 굉장히 좋아하던데."

디아나는 조금 떠름한 표정을 지었다.

"그건 또 어찌 알았대요?"

"설마 연인이 무슨 음식을 좋아하는지도 모를까 봐."

어깨를 으쓱거리던 올리버가 별안간 동작을 멈췄다. 곧 그의 입가에 여트막한 미소가 떠올랐다.

"……그러고 보니, 그런 방법이 있었네."

올리버는 턱을 괴며 즐겁게 말했다.

"아가씨가 헤스터에 대해 질문하면 내가 대답할게. 만약 질문에 하나라도 답하지 못하면 앞으로는 말 걸지 않을 테니까. 대신 전부 맞히면 아가씨도 날 그만 피하는 거야. 어때?"

디아나는 시무룩하게 창밖을 내다보았다. 하늘은 더없이 맑고 마침 지나치는 들판도 푸르건만, 어째 그녀의 마음은 심란하기 이를 데 없었다.

"아가씨. 주스라도 한 잔 마실래?"

바로 저 남자 때문에.

싱글거리는 올리버를 힐끗 쳐다본 디아나가 무기력하게 고개를 내저었다. 올리버는 예의상으로도 두 번 권하지 않았다. 나지막하게 콧노래를 흥얼거리며 신문을 읽는 그의 모습이 참으로 얄밉고도 고까웠다.

하지만 어쩌랴. 필승을 예견했던 내기에서 처참하게 패하고 말았으니. 디아나는 이제 하릴없이 그와 붙어 지내야 했다. 오킹엄으로 가는 내내 이렇듯 불편할 것을 생각하면 그저 끔찍하기만 했다.

'내가 멍청했지.'

디아나는 길게 한숨을 쉬었다.

이래서 마녀는 함부로 호언장담하면 안 된다. 마녀의 말에는 기묘한 힘이 담겨 있어서 감히 마녀와의 약속을 어기는 자에겐 저주가 내린다는 속설이 있었다. 그것은 스스로 말을 지키지 않는 마녀에게도 통용되는 아주 삿된 법칙이었다.

"아가씨. 혹시 어디 안 좋아? 아까부터 안색이 별로인걸."

"멀쩡하다 못해 미칠 지경이니 걱정 놓으시죠."

디아나는 매정하게 쏘아붙이며 조금 전 식당에서 벌어졌던 일을 천천히 상기했다.

처음 헤스터에 대한 문답을 제의받았을 때, 디아나는 아주 자신만만했었다. 올리버 펜리가 사기꾼임을 굳게 확신했을뿐더러, 그녀가 언니를 생각하는 만큼 언니도 그녀를 소중히 여긴다고 믿어 의심치 않았기 때문이다.

하지만 내기는 그녀의 예상과는 반대로 흘러갔다.

'언니가 기르는 고양이의 이름이 뭐예요?'

'하얀 털북숭이 고양이를 말하는 거지? 이름은 미라벨이야.'

'그럼 언니가 가장 좋아하는 꽃은요?'

'노란 히아신스. 선물할 때마다 좋아했지.'

'언니의 탄생성(誕生星)!'

'그건 너무 쉬운 거 아냐? 둘시네아잖아.'

'둘시네아가 뭔데요.'

'일명 별들의 왕. 하늘에서 가장 밝고 가장 강대한 별이지만 정작 뜨는 날은 1년에 하루 이틀밖에 안 되지.'

'그럼 언니가 제일 좋아하는 책 장르는요?'

'소설. 원래는 리비우스 아우구스토의 『성화』를 가장 좋아했는데, 요즘엔 비안카 골드워디의 『탤벗 부인』 시리즈를 가장 좋아해.'

'어, 언니의 스승님!'

'황혼의 마녀, 아멜리아 베가잖아. 그건 신문만 조금 읽어도 알겠다.'

'그럼 언니가 할 줄 아는 언어는 알아요?'

'중앙어랑 아바도어는 능숙하고 북방어는 그럭저럭 의사소통은 가능한 정도.'

'언니가 가장 존경하는 마녀!'

'성(聖) 발렌티나 보르사.'

'……언니가 가장 잘하는 요리는 뭐예요?'

'아가씨. 헤스터는 요리를 못하잖아.'

올리버 펜리는 문제를 전부 맞혔을 뿐만 아니라 마지막 함정까지 골라냈다. 하지만 지금 디아나의 속을 쓰리게 하는 것은 달리 있었다. 바로, 언니와 아무런 관계도 아닌 주제에 감히 그녀도 모르는 사실을 알고 있다는 점이다.

'도대체 『탤벗 부인』 시리즈는 뭐람?'

디아나가 아는 헤스터는 오로지 마법 서적만을 즐겨 읽는 고상한 마녀였다. 제목만 들어도 속세의 구린내가 풀풀 풍기는 그런 소설을 언니가 좋아할 리 없었다. 그럴 리 없건만, 그럼에도 디아나가 그 사실을 지적하지 않은 까닭은 행여나 자신이 모르는 사실을 그는 알고 있음이 확실시될까 두려웠기 때문이다.

정말로 언니가 저런 한량과 사귀는 걸까 봐.

디아나는 울적해졌다. 그저 많이 아는 것이 사랑의 깊이를 대변할 수 없음은 안다. 실상 지금까지 얼굴을 직접 마주하는 날이 드물었던 자매지간이니, 아는 것보다 모르는 것이 많은 게 당연했다. 게다가 편지에 담을 수 있는 말보단 담을 수 없는 말이 더욱 많지 않나. 실제 디아나만 하더라도 스승의 무관심이나 채스터티의 괴팍함, 혹은 세드릭의 냉대 따위는 편지에 일언반구도 언급하지 않았다.

그러니 저 수상한 남자가 언니에 대해 더 많이 알더라도 마냥 이상한 일은 아니었다. 어쩌면 그가 진정으로 언니의 연인인지도 몰랐다. 하지만 디아나는 마지막 남은 일말의 희망을 붙들고 싶었다. 지이는 그저 허풍만 늘어놓는 사기꾼이고, 언니와는 아무런 관계도 없다고. 그녀가 언니를 끔찍하게 생각하듯 언니도 자신만을 사랑해 주었으면 하는 치기 어린 마음이었다.

그즈음 남색 제복을 입은 승무원이 다가왔다. 신분증과 표를 보여 달라는 말에 올리버는 눈웃음을 치며 말했다.

"수고가 많으시네요."

그리 승무원과 뻔한 인사를 주고받는 모습조차 디아나에겐 곱지 않게 비쳤다. 진정한 사랑 운운할 때는 언제고 또 저렇게 다른 여자한테 눈이 팔려서 헬렐레한다. 디아나는 무슨 일이 있더라도 저이를 언니의 연인으로 인정하지 않겠다고 재차 다짐했다.

"어머, 반제 출신이시네요?"

"네. 멀리서 왔죠."

반제. 대륙 서북부에 위치한 왕국으로, 잉그람과는 80년 전 수교를 맺은 나라.

디아나는 가방에서 신분증을 꺼내다 말고 멈칫하며 올리버를 올려다보았다.

"반제 출신이었어요?"

"응. 눈치 못 챘지?"

올리버가 만족스럽게 웃었다. 뒤이어 북방어 억양을 지우기 위해 얼마나 노력했는지에 대한 일장 연설이 이어졌지만 디아나는 크게 귀담아듣지 않았다. 승무원에게 신분증과 표를 검사받는 내내 다른 생각에 빠져 있었기 때문이다.

수상한 남자. 반제.

어쩐지 짚이는 구석이 있었다.

"이봐요. 아까 독실한 집안 출신이랬죠?"

디아나가 올리버의 말을 잘라 냈다. 올리버는 순순히 대답했다.

"할아버지는 주교셨고 아버지는 신학자셨어. 나도 어릴 때는 신학교를 다녔고."

반제 출신의 수상한 남자. 거기에 독실한 집안까지.

그제야 사방에 흩어져 있던 퍼즐이 비로소 제자리를 찾았다. 디아나의 입가에 비틀린 미소가 떠올랐다.

"고향이 어딘지는 내가 맞혀 볼게요. 반제의 쇼이블레. 맞죠?"

"……내가 고향을 말한 기억은 없는데. 어떻게 알았을까."

올리버가 멈칫하며 그녀를 돌아보았다. 디아나가 소리 내어 웃었다.

"왜요? 무서워요?"

"아가씨."

"조금이라도 무서워하는 게 좋을걸요. 나는 당신처럼 언변만 좋은 사기꾼이 아니라 진짜 마녀니까."

디아나의 얼굴에서 차츰 표정이 사라졌다. 올리버를 바라보는 눈빛이 어느덧 싸늘하게 가라앉았다.

"일전에 언니가 말한 적 있어요. 반제의 쇼이블레 출신으로, 독실한 집안에서 자랐되 사제나 신학자가 아닌 남자와는 절대 상종도 하지 말라고."

"……."

"이번에는 또 무슨 궤변을 늘어놓을 건가요? 올리버 펜리 씨."

얼마간 침묵이 이어졌다. 디아나가 기세등등한 표정을 짓는 가운데, 별안간 올리버가 바람 빠지는 웃음소리를 냈다. 그는 이마를 짚은 채로 한참을 낮게 웃더니 겨우 말문을 열었다.

"……세상에, 자매가 달라도 너무 다르잖아."

올리버가 고개를 틀어 디아나를 보았다. 변함없이 짙은 갈색 눈이 유독 건조하게 느껴졌다.

"설마 헤스터가 그렇게까지 말했을 줄은 몰랐네. 물론 마지막이 좋지 않긴 했지만."

"마지막이요?"

"그래. 마지막. 확실히 나는 헤스터와 사귀었던 적이 있어. 제법 깊은 관계였지."

다만 2년 전에 헤어졌을 뿐. 올리버가 나직하게 속삭였다.

디아나는 충격받은 얼굴로 멍하니 그를 바라보았다.

"한때 연인이었다는 건 정말이야. 그렇지 않고서야 아가씨의 질문을 어떻게 다 맞혔겠어.”

“그건 그렇지만…….”

디아나는 여전히 혼란을 가누지 못했다.

“헤어졌다고요? 2년 전에?”

“그래.”

“그럼 지금 사귀는 건 아니죠?”

“그렇지.”

“하지만 한때는 연인이었던 거고.”

“맞아.”

예전에는 연인이었지만, 지금은 아니다. 디아나는 사실관계를 헤아리
며 겨우 상황을 정리했다. 남자는 사기꾼이 아니었지만, 어쨌든 지금은
언니와 아무런 관계도 아니었다. ―남자의 말대로라면― 한때나마 깊은
관계를 맺었던 사람에 대해 일언반구도 없던 언니에게 섭섭한 마음이
아주 없지는 않았으나, 저리 수상한 남자와 일찌감치 연을 끊었다는 사
실에 그저 다행스러운 마음만 들었다.

하지만 어째선지 디아나는 마음이 편치가 못했다. 어쨌든 언니가 저
런 남자와 사귀었다는 데서 비롯한 불편함이라 치부하기엔 이유 모를
찝찝함이 계속 마음 언저리에 걸려 있었다.

“……저기요. 하나만 물어도 돼요?”

디아나가 조심스럽게 물었다.

“언니랑은 왜 헤어진 거예요?”

혹시 대답하기 싫으면 굳이 하지 않아도 돼요. 디아나가 서둘러 말을
덧붙였지만, 올리버는 신문을 반으로 접으며 고개를 저었다.

“내가 답해 주지 않으면 헤스터한테 물어볼 거지?”

“……댁이랑은 상관없잖아요. 어차피 헤어졌다면서.”

디아나가 불퉁하게 대꾸했다. 올리버가 쓰게 웃으며 속삭였다.

"아가씨. 진정으로 언니를 생각한다면 모른 척해 줘. 헤스터에겐 아마도 굉장히 끔찍한 기억일 테니."

"네?"

"내가 헤스터에게 아주 커다란 죄를 지었거든."

디아나가 의아한 기색으로 그를 올려다보았다. 그러나 올리버의 표정이 참으로 서글퍼 보여서 결국엔 아무것도 묻지 못했다.

객실은 몹시 고요했다. 동행과 대화를 나누거나 시시때때로 식당 칸을 드나들던 다른 승객들은 대부분 선잠에 빠져 있었다. 오로지 철륜 굴러가는 소리만 사위를 울리는 가운데, 간간이 책장 넘어가는 소리가 곁에서 규칙적으로 들려왔다.

'저 사람은 잠도 없나.'

디아나는 푸릇푸릇한 창밖을 내다보며 한숨을 집어삼켰다. 1시간이 넘도록 책에 빠져 있는 올리버 때문에 속이 타들어 갈 지경이었다.

이럴 거였으면 저 남자가 사기를 치든, 거짓말을 하든 신경 쓰지 않을 걸 그랬다. 디아나는 불과 몇 시간 전 식당에서 올리버와 대거리를 벌였을 때가 그리워졌다. 이렇게 어색한 분위기로 있으니 차라리 그때처럼 의심하던 것이 나았다. 특히 올리버 펜리의 정체가 탄로 난 이후로 이유 모를 찜찜함이 눌어붙은 탓에 더욱 그러했다.

저이는 그녀가 바랐듯 악한 사기꾼은 아니지만, 그렇다고 지금은 언니와 사귀는 사이도 아니었다. 좋지 않게 헤어진 언니의 전 연인과 헤어진 연인의 자매. 세상에 그렇게 어중간한 관계도 없었다.

"저기……."

디아나가 조심스레 말문을 열었다. 이토록 불편한 분위기는 그녀도 사양이었다. 어차피 다시는 볼 일 없는 사람. 오킹엄으로 가는 내내 불편하게 함께하느니 빈자리로 옮겨서 조금이나마 편히 지내는 것이 나았다.

그런데 순간, 기차가 요동치기 시작했다.

끼이이이익—

기차가 돌연 앞쪽으로 급격하게 쏠렸다. 균형을 잃은 디아나가 기우뚱 앞으로 기우는 것을 올리버가 급히 낚아챘다. 곯아떨어졌던 사람들은 부지불식간에 좌석에서 굴러떨어졌고, 짐칸에 놓여 있던 가방들도 승객들과 함께 바닥을 굴렀다. 비명이 한데 섞여 불협화음을 냈다. 실로 아비규환의 현장이었다.

금방이라도 탈선할 것처럼 꿈틀거리던 기차가 안정된 것은 그로부터 몇 분이 지나서였다. 올리버의 팔을 지지대 삼아 간신히 좌석에서 버티던 디아나가 숨을 몰아쉬며 천천히 고개를 들어 올렸다. 객실은 고작 몇 분 만에 엉망진창이 되어 있었다.

사방에서 신음과 울음이 빗발쳤다. 의사와 승무원을 찾는 소리도 끝없이 이어졌다. 디아나는 양손으로 입을 막은 채 몸을 잔뜩 웅크렸다. 감이 좋지 않았다. 등골 저미는 섬뜩한 기분에 불안스레 주변을 두리번거리던 도중, 불현듯 시선이 창밖에 못 박혔다.

풍경이 움직이지 않았다.

기차가.

"……멈췄잖아."

별안간 객실 문이 거칠게 열렸다. 갑작스레 객실 전면에 등장한 세 사람은 검은 복면으로 얼굴을 가린 채였다. 심지어 그중 두 사람은 길고 까만 쇠붙이를 곧장 이편으로 겨누었다. 세상사 지극히 어두운 디아나도 저게 무언지는 알았다.

살인의 새 지평을 연 신식 무기.

총이었다.

신음도 울음도 어느덧 멈추었다. 쥐 죽은 듯 괴괴한 사위. 이윽고 괴한이 입을 열었다.

"우리는 잉그람 무장 혁명군이다."

쇠를 갈아 내듯 선뜩한 목소리였다. 그는 승객들의 얼굴을 눈에 새기듯 응시하며 말을 이었다.

"지금부로 이 기차는 우리의 손에 들어왔다. 우리는 혁명군의 뜻을 이루기 위해 아크라이트 왕가와 대적할 것이며, 너희는 왕가의 부패를 알리는 첫 번째 횃불이 될 것이다."

뒤편에 서 있던 괴한이 머리 위로 총을 쏘았다. 끔찍한 총성이 울리자, 여기저기서 흐느끼는 소리가 빗발쳤다.

돌처럼 얼어붙은 디아나가 간신히 손만 움직여 올리버의 소맷자락을 쥐었다. 잠긴 목에서 목소리를 끌어내기도 한참이 걸렸다.

"도대체 무슨 일이에요? 저 사람들, 지금 총 쏜 거죠? 그렇죠?"

"나도 봤어, 아가씨."

"이게 뭐야? 이게 대체 뭐예요? 저 사람들은 누구고?"

"글쎄. 아무래도 납치된 것 같은데."

"납치라고요?"

올리버가 느긋하게 대꾸했다.

"기차가 납치된 모양이야."

2.   악당을 조심하세요

크럼프턴 왕립 도서관.

잉그람의 왕도 오킹엄에 자리한 세계 최대(最大)의 도서관으로, 수백 년간 신축에 신축을 거듭한 끝에 역사상 가장 기괴하다는 오명을 얻었기로 유명하다. 실제 300년 전 건축된 본관은 2층 높이의 아담한 낡은 건물이되 20년 간격으로 신축된 별관들은 제각기 높이를 달리하는 마천루이니, 종국에는 꼬리가 개를 흔드는 아주 요상한 형국이 된 것이다.

이렇듯 무분별한 신축이 이루어진 덕에 크럼프턴 왕립 도서관은 당최 길을 찾을 수 없는 미로로도 악명 높았다. 계획적으로 도서관을 확장한 것이 아니라 늘 당면한 문제에 급급하여 신축했으므로, 어느 정도는 사세부득이했다. 하지만 그런 실정을 감안하더라도 이 도서관의 경우는 조금 심했다. 본관은 본관대로, 별관은 별관 나름대로 각각의 시대와 건축가의 특성을 반영한 까닭에, 이편에서 적용되는 원리가 저쪽 별관에선 적용되지 않는 일이 빈번했던 것이다.

　가장 비근한 예로, 더모트 왕조 말기에 신축된 별관에선 지도가 고정된 반면, 현 아크라이트 왕조 시대에 건축된 별관은 비약적으로 발전한 과학 기술과 마법이 접목되어서 계단과 책장이 시시각각 움직였다. 자연히 책을 분류하는 방식이나 관을 나누는 기준도 별관마다 상이했다. 심지어는 사서조차 자신이 담당하는 별관이 아니라면 길을 잃기 일쑤였다.

　그런데 그 많고 많은 별관 중에서도 가장 악명 높은 별관이 있었다. 바로 잉그람에 소속된 마녀와 마법사들이 전용하는 천년장미관이다. 200년 전 마법 사회와 산티그마 교단 사이의 천년전쟁이 종식한 것을 기념하기 위해 건축된 별관으로, 마녀를 위한 도서관답게 범인은 감히 상상할 수조차 없는 원리가 적용된 기상천외한 곳이었다.

　단적으로, 천년장미관은 단순히 책장이 움직이고 계단이 움직이는 정도가 아니었다. 그곳에 보관된 서적은 그 자체로 마력을 담은 그릇이나 다름없어서, 마법을 다루지 못하는 일반인은 자칫 잘못하다간 그대로 책에 먹히는 수가 있었다. 천년장미관의 모든 사서들이 마법 사회의 일원일 수밖에 없는 이유였다.

　그중 루퍼트 윌시는 반년 전에 사서로 채용된 젊은 마법사였다. 스무 살을 넘겨 간신히 승급 시험을 통과했을 만큼 재능 없는 마법사였기에 도서관의 사서 노릇이나 하고 있지만, 그는 나름대로 자신의 삶에 만족하고 있었다. 마법 사회에선 천대받기 일쑤여도, 다른 직장에 비하면 봉급도 넉넉하며 업무량도 적었다. 관람객이 턱없이 적은 천년장미관의 특성상 그의 주된 업무는 책장을 벗어나려는 서적을 감시하거나, 특별히 취급하는 서적을 따로 관리하는 것 정도였기 때문이다.

　그리하여 루퍼트 윌시는 오늘도 카운터에 앉아 꾸벅꾸벅 졸고 있었다. 혹자는 그의 게으름을 탓할지 모르지만, 애당초 천년장미관을 드나드는 마녀들은 일개 도서관 사서가 감당할 수 있는 인물이 아니었다. 자연히 카운터 업무는 대출을 원하는 마녀에게 날인을 찍어 주는 정도에 불과했으므로, 루퍼트가 지루함을 이기지 못하고 조는 것도 무리는 아니었다.

똑똑.

그런데 불현듯 선잠을 방해하는 소리가 들려왔다.

똑똑.

곧 사라질 줄 알았던 소음은 좀체 그치지 않았다. 결국 루퍼트는 잠에서 깨어나 신경질적으로 주변을 둘러보기 시작했다.

똑똑.

소음의 진원지를 찾아 한창 카운터 주변을 뒤지던 루퍼트가 느릿하게 고개를 들었다. 아니나 다를까, 웬 자그마한 새가 부리로 유리 천장을 두드리고 있었다.

"넌 왜 하필 거기 있는 거니……."

루퍼트는 난처한 얼굴로 천장을 올려다보았다. 한낮의 햇살을 투영하는 유리 천장은 무지하게 높아서 그의 키로는 어림도 없었다. 마음 같아선 새가 제풀에 지쳐 날아가 버릴 때까지 가만 놔두고 싶었지만, 야속하게도 천년장미관에는 소음에 민감한 책이 몇 있었다.

'설마 이 정도 소음으로 책이 깨어나겠어?'

내심 루퍼트는 그렇게 여겼다. 하지만 천년장미관의 관장인 빈센트 로치데일 경의 생각은 십분 다를 터였다. 그리고 루퍼트는 그의 상사이자 마법 사회에서도 엄격하기로 이름 높은 로치데일 경을 몹시 어려워했다.

고민에 고민을 거듭하던 루퍼트는 하는 수 없이 비행마법을 써 보기로 했다. 써 본 지 하도 오래되어서 가능할지 모르겠으나, 어쨌든 나중을 위해서는 변명거리라도 만들어 두어야 했다.

　루퍼트는 하얀 분필로 바닥에 약식 마법진을 그린 뒤 어정쩡한 자세로 그 위에 섰다. 성공률은 정식 마법진이 더욱 높겠지만, 안타깝게도 그는 아바도어(語)에 그리 능하지 못했다. 마법을 실현하는 언령이나 의지의 재능을 이어받지 못한 마법사는 응당 마법진으로 마법을 발현해야 했고, 마법진을 그리는 데 필수적인 것이 바로 아바도어다. 그렇기에 아바도어 학습을 게을리한 루퍼트는 복잡한 정식 마법진을 그리지 못했다. 그가 낙제점을 간신히 면한 마법사인 것도 팔 할이 그런 연유였다.

　혹시 마법진이 작동하지 않으면 어쩌지, 근심했던 것이 무색하게 루퍼트는 두둥실 허공으로 떠올랐다. 마법진의 빛이 흐릿한 것으로 보아 오래지 않아 그칠 성싶었지만, 그는 마법을 성공한 것만으로도 만족했다. 어차피 새만 쫓으면 그만이다. 오래 비행할 이유가 없었다.

　루퍼트는 물살을 가르듯 요상한 자세로 열심히 유리 천장으로 올라가 창문을 두들겼다. 그런데 새는 겁이 없는 것인지 도무지 움직일 생각을 안 했다. 움직이긴커녕 여전히 부리로 창문을 똑똑 쪼기만 했다.

　아무래도 수상쩍은 기분이 든 루퍼트가 창문 쪽으로 몸을 수그렸다. 곧 그의 낯에 난감한 기색이 서렸다. 저건 새가 아니다. 새의 형상을 본뜬 기계였다.

　기계에 문외한인 그로서는 저 새가 기계 장치로 움직이는지, 아니면 마법을 동력 삼아 움직이는지 알 길 없었다. 과학을 경시하는 마법 사회의 특성상 아마도 전자일 가능성이 높겠으나, 그렇다고 후자의 가능성을 완전히 무시할 수도 없었다. 언젠가 신문에서 괴짜로 이름 높은 알피어스 가문의 도련님이 과학과 마법을 접목하는 연구를 시도하고 있다는 기사를 읽은 적 있었다. 만에 하나 저 기계 새가 그런 종류라면 처치하기 한결 까다로워지는 셈이다.

루퍼트는 한숨을 내쉬었다. 이 상태로는 저 기계 녀석을 처리할 방도가 없었다. 그는 일단 새를 붙잡아 둘 요량으로 창문을 열었다. 그러나 루퍼트 윌시가 간과한 사실이 하나 있다면, 기계 새가 그의 예상보다 훨씬 빠르다는 점이었다.

"어?"

창문을 열기 무섭게 기계 새가 도서관 안으로 쌩하니 날아들었다. 깜짝 놀라 휘청한 루퍼트가 허공에서 사지를 마구 휘저었다. 다행히 3층 높이에서 굴러떨어지는 참사는 면했으나, 어쩌면 더한 참사를 일으킨 것인지도 몰랐다. 가까스로 바닥에 착지한 루퍼트는 잔뜩 울상이 되어 기계 새가 날아간 방향으로 달음박질했다. 정체불명의 기계가 도대체 천년 장미관에서 무슨 사고를 벌일지 상상도 하기 싫었다.

루퍼트는 무턱대고 서고로 뛰어들어 오랫동안 책장 사이사이를 헤맸다. 하필, 정말 하필이면 새가 날아간 방향이 서고였다. 서고에는 열람이 적은 책을 보관하기에 깊게 잠든 책들이 많았다. 그 말인 즉, 초보 사서인 루퍼트가 아직 대처 방법을 알지 못하는 희귀한 서적이 많다는 소리다. 그는 숨을 몰아쉬며 머리를 마구 잡아 뜯었다. 만약 로치데일 경이 아니신다면 당장에 도서관에서 쫓겨날지도 몰랐다.

그렇게 해괴한 망상을 떠올리던 중, 어느덧 루퍼트는 서고에는 드문 양지에 이르렀다. 흐릿한 빛이 조용히 내리쬐는 창가. 그곳에는 선색이 있었다.

창가를 향해 선 뒷모습이 역광을 받아 짙게 그림자 졌다. 하지만 루퍼트는 그녀의 정체를 쉬이 알아챘다. 한 번 보면 쉽사리 잊기 힘든 미인이기도 했으나, 무엇보다도 마법 사회에 발 담근 자로서 모를 수가 없는 인물이었기 때문이다.

헤스터 솔.

위대한 마녀 그리젤다 솔의 딸이자, 별들의 왕이 축복하는 세기의 천재.

루퍼트는 그녀에게 혹 기계 새를 보았느냐 물어야 할지, 아니면 이대로 조용히 돌아가야 할지 고민했다. 다른 마녀였다면 눈 딱 감고 물었겠지만, 상대는 다름 아닌 '현명한 헤스터'였다. 성년이 되기도 전에 정식 마녀로 발돋움했으며, 스물다섯의 나이로 백색전당에 이름을 올린 전도유망한 마녀. 간신히 승급 시험을 통과한 루퍼트가 함부로 굴기엔 지나치게 대단한 인물이었다.

하지만 그가 헤스터 솔을 유독 어려워하는 연유는 따로 있었다. 그녀는 빼어난 외양만큼이나 기묘한 분위기를 지녔다. 차분하고 우아하되 어딘지 건조한 분위기가 돌면서, 나이에 걸맞은 발랄함 대신 오래된 초상화 같은 처연함이 느껴지는 것이었다.

홀로 별세상에 있는 듯 요요한 뒷모습을 지켜보던 루퍼트는 결국 오늘도 헤스터 솔에게 말을 걸기를 포기했다. 매일 다짐하고 매일 포기하길 벌써 반년째지만, 내일도 이 짓을 똑같이 반복하리라는 것을 알았다. 하지만 어쩌랴. 사랑에 빠진 사람은 이렇듯 멍청한 짓도 서슴없이 저지른다는 것을 그는 이제야 깨달았다.

한데 그리 몸을 돌리려던 찰나, 루퍼트는 우연히 보았다. 헤스터 솔의 어깨에 가만히 앉아 있는 기계 새를.

"어라?"

루퍼트가 무심코 말문을 열었다. 뒤늦게 양손으로 입을 막았으나, 흘린 물을 주워 담을 수 없듯 말도 마찬가지였다. 그사이 창가에 동상처럼 멈춰 있던 뒷모습이 느릿하게 돌아갔다. 안개처럼 흐릿한 잿빛 눈이 이윽고 루퍼트를 향했다.

루퍼트는 멍하니 그녀를 쳐다보았다. 저도 모르게 떠듬거리는 말소리가 흘러나왔다.

"그, 그 새는……."

"휴고 알피어스 경이 보낸 서신입니다."

"서신이라니요?"

어디에도 서신은 보이지 않았다. 그러나 헤스터는 루퍼트의 의문을
풀어 주는 대신 이렇게 물었다.

"실례지만 지도를 잠시 빌릴 수 있을까요?"

"이거 참. 휴고 경이 함께해 주시니 참으로 든든합니다."

잉그람 북방 사령부 소속 옥슬리 대령은 기분이 몹시 좋았다. 오킹엄
으로 향하던 기차가 난데없이 납치당했다는 소식에 혼비백산한 것이 불
과 몇 시간 전이건만, 그때의 우환은 이미 사라진 듯했다.

이 모두, 눈앞의 젊은 마법사 덕분이다.

"저 혁명군이란 잡것들도 참으로 아둔하지 않습니까. 일을 벌이려면
장소부터 신중히 골랐어야지, 하필이면 휴고 경이 계신 펜잔스에서 기차
를 납치할 것은 또 무어란 말입니까."

옥슬리 대령이 호탕하게 웃었다. 하지만 정작 상대는 아무런 반응도
없었다. 괜스레 민망해진 대령이 겸연쩍은 기색으로 슬그머니 입을 열었
다.

"휴고 경. 혹시 어디라도 불편하십니까?"

"……예? 방금 무어라 하셨지요?"

멍하니 찻잔만 내려다보던 마법사가 퍼뜩 고개를 들었다. 처음 봤을
때와 마찬가지로 흐리멍덩한 눈빛이다.

"안색이 별로 좋지 않으십니다."

"별일 아닙니다. 지난 사흘 꼬박 지새워서 그런지 조금 피곤하군요."

"사흘씩이나요?"

옥슬리 대령이 떠름하게 물었다. 아무리 승리가 확실해도 거사를 앞둔 마당에 저리 상태가 좋지 않으면 아니 될 일이다.

"괜찮으시겠습니까? 아마도 마법을 쓰셔야 할 텐데……."

"어차피 괴멸 직전의 조직이라 하지 않았습니까? 무기래 봤자 낡은 총 기뿐이고요."

"뭐, 그렇긴 합니다만."

대령이 어물거렸다. 마법사는 소파에 깊이 몸을 묻으며 단조롭게 대꾸했다.

"그래서 언제쯤 출발합니까? 빨리 끝내고 돌아가고 싶습니다만."

"급한 용무라도 있으십니까?"

"국왕 전하의 명을 받고 급하게 나오느라 미처 뱀버의 식사를 챙겨 주지 못했습니다."

"휴고 경은 미혼이라 알고 있었는데 자녀가 있으셨군요."

"뱀버는 도마뱀입니다."

"예?"

옥슬리 대령이 멍청한 얼굴로 되물었다. 그러나 마법사는 연신 하품만 흘려 댔다. 자연히 대령의 시선에 불안감이 서렸다.

쉰을 훌쩍 넘긴 옥슬리 대령과 이렇듯 편하게 말을 주고받는 젊은 마법사의 이름은 휴고 알피어스다. 알피어스 가문 특유의 빛바랜 은발과 선명한 벽안을 지닌 덕분에 어디서고 눈에 띄는 인물이나, 마법사들이 으레 그러하듯 휴고 알피어스 역시도 타인의 시선은 크게 개의치 않았다.

괴짜로 이름 높은 것치고는 사뭇 얌전하기에 시름을 놓았던 옥슬리 대령은 다시금 긴장의 끈을 조였다. 무릇 마법사란 협력이나 공익에는 당최 관심이 없는 족속이었다. 이번 사건을 잘 매듭짓기 위해선 어떻게든 저 무기력한 휴고 알피어스를 잘 구슬려야 했다.

"현장으로는 곧 출발할 겁니다. 그다지 멀지 않으니 염려 놓으셔도 됩니다."

"굳이 그럴 것까지야…… . 좌표만 확인하면 지금도 바로 이동할 수 있습니다."

휴고가 외알 안경을 매만지며 말했다. 옥슬리 대령은 애써 사람 좋은 미소를 지어 올렸다.

"물론 휴고 경은 출중한 마법사니 이동마법에도 능숙하시겠지요. 하지만 저뿐만 아니라 부관도 함께 움직일 예정입니다. 경은 부디 힘을 아껴 두셨다가 후일 기차를 되찾을 때 쏟아 주십시오."

이렇듯 귀에 단 말에도 휴고는 시큰둥했다. 대령의 극진한 대접을 당연하게 받아들이는 것인지, 아무래도 상관없는 것인지 도무지 알 길이 없었다. 다만 맥락 없는 말이나 늘어놓을 뿐이었다.

"나는 마차만 탑니다."

"예?"

옥슬리 대령이 의문스러운 표정을 지었다. 휴고가 쐐기를 박듯 재차 말했다.

"나는 생명체 위에는 안 탑니다."

"생명체라 하심은…… ."

"군인은 대개 말을 타지 않습니까? 나는 말을 타지 않으니 마차를 준비해 주십시오."

무려 못 타는 것도 아니고 안 탄단다. 대령은 주먹을 꽉 쥐었다. 벌써

55

부터 입꼬리가 파르르 떨리고 있었다.

"물론입니다. 즉시, 최고급 마차로 준비하겠습니다."

옥슬리 대령은 속으로 이를 갈았다.

정말이지, 마법사와는 상종도 하면 안 된다. 이들과 합동작전을 펼 때마다 늘 다짐하는 바였지만, 결국에는 이렇게 그들의 비위나 맞추고 있었다. 아무리 과학이 발전했다 한들, 마법은 여전히 범인으로서는 닿지 못하는 경지였기 때문이다.

그러니 참아야 한다. 잉그람 무장 혁명군은 30년 전 변방에서나 강성했던 조직이지, 지금은 거의 와해된 것이나 다름없었다. 어찌어찌 운이 좋아서 기차란 대어를 낚긴 했어도 정작 기차에서 인질범 노릇하는 조직원은 고작해야 20명 남짓할 터였다. 그조차 이편에 강대한 마법사가 있음을 안다면, 기차를 납치했을 때 등등했던 사기는 일순간 가라앉을 것이었다.

전장에서 마법사의 존재란 본디 그러했다. 더구나 어중이떠중이도 아니고 무려 〈공정한 알피어스〉의 직계다. 휴고 알피어스는 갓 서른을 넘긴 젊은 마법사지만, 마법 사회와 동떨어진 대중도 이름을 들어 보았을 법한 저명한 인사였다.

그러므로 잉그람 무장 혁명군의 마지막 발악은 아주 덧없이 끝날 것이었다. 마지막 무대로 펜잔스를 삼은 것이 그들의 가장 큰 실책이었다.

옥슬리 대령은 한결 편안해진 표정으로 찻잔을 들어 올렸다. 그는 벌써 다음 주 주말의 휴가를 떠올리고 있었다. 무장 혁명군의 검거는 그의 머릿속에선 이미 성공한 작전이나 다름없었다.

"음?"

별안간 새 한 마리가 집무실 안으로 날아들었다. 새는 붙잡을 새도 없이 포르르 날아가 곧장 휴고의 어깨에 안착했다.

"휴고 경?"

대령이 반쯤 몸을 일으켰다. 휴고는 한 손으로 새를 받쳐 들었다. 꼭 쥐면 부서지기라도 하듯 새를 매만지는 손길이 몹시 조심스러웠다.

휴고는 무언의 교신이라도 주고받는 것처럼 한참 새와 시선을 마주했다.

"손님이 오실 모양입니다."

"예?"

그러나 옥슬리 대령은 대답을 들을 수 없었다. 휴고가 말을 끝내기 무섭게 느닷없이 집무실 문이 활짝 열렸기 때문이다.

대령이 순간 자리를 박차고 일어났다. 문 앞을 지키던 부관이 몹시 황망한 표정으로 상관을 돌아보았다. 부관의 머리 위에는 그의 것이 분명한 권총이 둥둥 떠 있었다.

그런 소란에도 휴고는 한가롭게 커피나 마셔 댔다.

"벌써 도착했나 보군요."

또각또각. 단정한 굽 소리가 차츰 가까워졌다. 옥슬리 대령은 바짝 굳은 얼굴로 문가를 지켜보았다. 언제라도 공격할 수 있게끔 왼손은 슬며시 등 뒤의 권총을 잡고 있었다. 하지만 부관을 제치고 문턱을 넘은 사람은 웬 낯선 여자였다. 그것도 몹시 아름다운.

"휴고 경."

여자가 모자를 벗어 휴고에게 인사했다. 휴고도 머리를 까딱하며 예의를 차렸다.

"오래간만에 뵙습니다. 헤스터 경."

옥슬리 대령은 당혹스러운 기색으로 둘을 번갈아 쳐다보았다.

"휴고 경. 저 여자는 대체……."

하지만 휴고는 어깨만 으쓱할 뿐이었다. 대령은 더욱 불안해진 눈빛으로 여자를 힐끗거렸다. 차분하게 틀어 올린 적발에 조막만 한 얼굴이 참으로 어여쁘긴 했으나, 아직도 부관의 머리 위에 둥둥 떠 있는 권총을 상기하면 당최 긴장을 놓을 수가 없었다.

하얀 장갑을 낀 손으로 머리를 매만지던 여자가 문득 대령에게로 다가왔다. 대령이 흠칫하며 뒤로 물러났지만, 그것이 무색하게끔 여자는 너덧 걸음 남겨 두고 멈춰 섰다.

여자가 조용히 입을 열었다.

"헤스터 솔이라고 합니다. 잉그람의 국왕 전하께 작위를 하사받은 마녀이니, 그리 경계하지 않아도 됩니다."

"헤, 헤스터 솔이라면⋯⋯."

"휴고 경이 기차 승객 중 여동생이 있다는 것을 알려 주셔서 부득이하게 연락도 없이 찾아왔습니다. 부디 무례를 용서하세요."

헤스터는 그리 말하며 고개를 살짝 숙였다. 옥슬리 대령은 넋을 놓은 얼굴로 그녀를 멍하니 쳐다보았다.

"여동생이라 하심은⋯⋯."

"동생 역시 마녀입니다만, 아직 경험이 일천하여 혹 무슨 고초라도 겪을까 심려되는군요. 혹 저도 작전에 참여할 수 있을까요?"

무리라니, 외려 이쪽에서 두 팔 벌려 환영할 일이었다. 왕명이 아닌 이상에야 앞마당에서 사람이 죽어 가도 외면하는 것이 마법사일지니, 이렇듯 대단한 마녀가 자청하여 협조를 구하는 것은 극히 드문 일이었다. 더군다나 헤스터 솔이라면 잉그람에서도 다섯 손가락에 꼽히는 천재적인 마녀가 아닌가.

"오히려 제가 감사드릴 일입니다. 참, 저는 찰스 옥슬리 대령입니다."

대령은 재빨리 근엄한 표정을 지으며 악수를 청했다. 하지만 얼마 전의 휴고 알피어스가 그러했듯 헤스터 솔도 그의 손을 물끄러미 쳐다볼 뿐이었다. 대령의 얼굴이 일그러지려던 찰나, 헤스터가 변함없이 건조한 얼굴로 말했다.

"잘 부탁드립니다."

옥슬리 대령은 아무렇지도 않게 손을 거둬들였다. 그리고 동시에 생각했다. 마법사란 족속은 겉이 반지르르할수록 돼먹지 못한 모양이라고.

느닷없는 총성에 까무러쳤던 것도 잠시, 사위는 어느새 쥐 죽은 듯 가라앉았다. 승객들은 일제히 자리에 착석한 채 뻣뻣하게 굳은 얼굴로 하염없이 정면만 응시했다. 총을 든 괴한이 이따금 복도를 거니는 소리만이 객실의 유일한 소음이었다.

디아나는 슬그머니 창밖으로 눈을 굴렸다. 여름을 향해 달음박질치는 5월 늦봄. 하루가 다르게 저녁이 늦어진대도 곧 해 저물 시간이다. 주변에 마을은커녕 인적조차 드문 풍경을 보아 하니, 조금만 날이 어두워져도 금세 시야가 차단될 성싶었다.

멍하니 바깥을 내다보던 디아나가 한숨을 내쉬었다. 고작 유리창 하나를 사이에 두었을 뿐이건만, 여기에는 복면을 쓴 괴한이 설치는 반면 바깥은 평화롭기 그지없었다. 그 괴리감이 사무치게 통탄스러웠다. 방금 전까지만 하더라도 사기꾼이니, 언니의 전 연인이니 하는 시답잖은 고민에 시달렸다는 것이 당최 믿기질 않았다.

"아가씨, 너무 걱정하지 마."

올리버가 속삭였다. 디아나는 깜짝 놀라 어깨를 파르르 떨었다.

"조, 조용히 해요. 난 총 맞아 죽긴 싫단 말예요."

"동감이야. 그런데 저 녀석들, 무슨 일이 생긴 것 같지 않아?"

올리버는 그리 말하며 앞쪽을 눈짓했다. 그러고 보니 객실을 감시하는 두 명의 괴한이 머리를 맞댄 채 쑥덕거리고 있었다. 한눈에도 제법 심각해 뵈는 분위기다.

"……그러게요. 아무래도 이상한데요."

곧이어 괴한 하나가 황급히 건너편 객실로 건너갔다. 아직 총으로 무장한 괴한이 단신으로 남아 여길 감시하고 있지만, 아무래도 미심쩍은 기운이 역력했다.

"저렇게 긴장한 걸 보면 그다지 좋은 소식인 것 같진 않은데."

"쟤네한테 나쁜 일이면 반대로 우리에겐 좋은 일이겠죠?"

"아무래도 그렇겠지?"

올리버는 태평하게 대꾸했다. 유심히 괴한을 관찰하던 디아나가 영 못마땅한 기색으로 그를 흘깃거렸다.

"그런데 왜 그렇게 태연해요?"

"뭐가?"

"그렇잖아요. 아까 저 혁명군인지 뭔지가 갑자기 객실로 난입했을 때도 그다지 당황하지 않던데."

"아가씨가 나한테 그리 관심이 많은 줄 몰랐는걸."

"계속 그럴래요?"

디아나가 짜증스럽게 그를 째려보았다.

"글쎄. 나라고 지금 상황이 기꺼울 리 있겠어? 난 그저 아가씨가 모르는 사실을 몇 가지 더 알고 있을 뿐이야."

"……혹시 쟤네랑 공범이에요?"

디아나가 의심스럽게 물었다. 올리버가 어처구니없다는 듯 헛숨을 내뱉었다.

"갑자기 웬 뜬금없는 의심이야?"

"수상하잖아요. 추리 소설을 보면 항상 댁 같은 사람이 흑막이라고요."

"그건 소설이고."

추리 소설은 디아나가 유일하게 즐기는 인간 사회의 문화였다. 자일스 남매의 면박에도 꿋꿋하게 취미를 포기하지 않았던 디아나는 평소 추리 소설에는 독자를 매료하는 마법이 담긴 것은 아닌지 의심하기도 했다.

"하지만 진짜 수상하단 말이에요, 당신."

디아나가 입을 삐죽였다. 때마침 괴한이 복도를 스쳐 지나가자, 무어라 대꾸하려던 올리버가 천연덕스럽게 입을 다물었다. 그는 괴한이 충분히 멀어졌을 즈음에야 도로 말문을 열었다.

"뭐가 그렇게 수상한지는 일단 차치하고, 내가 아는 사실을 말해 주면 조금이나마 의심이 풀리겠어?"

디아나는 의심의 칼날을 세운 채 고개를 끄덕였다. 올리버는 막힘없이 이야기를 꺼냈다.

"우선 잉그람 무장 혁명군은 망하기 일보 직전의 조직이야. 옛날엔 서쪽 국경에서 꽤 유명했는데, 오늘 직접 보니 생각보다 상황이 좋지 않은 모양이야."

"왜요?"

"머릿수가 적잖아. 여기만 보더라도 감시하는 인원이 고작 한 명뿐이고. 물론 승객이 많은 칸에는 더 많은 인원이 배치되었겠지만 그래도 너무 적은 것 같지 않아?"

생각해 보면 그랬다. 상대적으로 인원이 적은 일등석 객실이라지만, 당장 여기 있는 승객만 합쳐도 족히 스물은 넘었다. 그럼에도 괴한 한 명이서 객실을 통제할 수 있는 까닭은 오직 무시무시한 총 때문이었다.

"저 총만 해도 그래. 저거 굉장히 구식이거든."

"낡았다고요? 얼마나?"

"어림잡아 30년 전에나 유행했던 모델일걸. 혹시나 괜한 의심 할까 해서 덧붙이지만 나는 사업상 총을 접할 기회가 많았을 뿐이야. 이상한 상상 하지 마."

막 펼쳐지려던 상상의 나래가 금세 꺼져 버렸다. 디아나는 눈을 흡뜨며 앙칼지게 쏘아붙였다.

"지금 누굴 뭐로 보는 거예요? 그리고 대체 무슨 사업을 하길래 총에 대해 그리 박학해요? 막 암흑의 조직한테 물자를 보급하거나, 그런 수상한 일 아녜요?"

"그것도 추리 소설에서 읽은 거지?"

그러자 디아나는 부어터진 표정으로 입을 다물었다.

"뭐, 실제로 잉그람 무장 혁명군의 내부 상태가 어떤지는 나도 모르지. 이건 어디까지나 내 짐작일 뿐이니까."

"그렇게나 자신 있게 말하더니……."

"아가씨. 사람 말은 끝까지 들어 봐."

올리버가 자신만만하게 말했다.

"혹시 펜잔스 하면 떠오르는 사람 없어?"

"펜잔스? 그게 뭔데요?"

"지금 기차가 정차한 이 도시 말이야."

"여기가 도시였어요?"

디아나는 경악하여 다시 창밖을 내다보았다. 아무리 보아도 황량한 목장에 불과하건만, 도대체 어디에 도시가 있다는 건지 모르겠다.

"여긴 근교야. 서쪽으로 조금만 더 가면 펜잔스란 도시가 있어. 아주 작은 도시지."

"아주 작은 도시를 내가 어찌 알겠어요?"

"어라. 아가씨는 알고 있을 줄 알았는데."

올리버가 놀리듯이 말했다. 디아나는 어쩐지 자존심이 상했다.

"댁의 기대를 무너뜨려서 정말로 미안하네요. 그런데 정말로 모르는 걸 어떡해요?"

"그럼 휴고 알피어스라는 이름은 들어 봤어?"

"그 사람, 되게 유명한 마법사잖아요."

휴고 알피어스는 마법 사회에 속한 자치고 모를 리가 없는 이름이다. 올리버가 그제야 말이 통한다는 듯 반갑게 고개를 주억거렸다.

"그 마법사가 펜잔스에 살아."

"……휴고 알피어스가 여기 산다고요?"

디아나는 멍하니 입을 벌렸다.

"기차가 점거된 상황이면 분명 근방의 마법사에게 사태를 진압하라는 왕명이 내려왔을 거야. 앞마당에서 사람이 죽어 가도 모른 척하는 게 마법사라지만, 본인의 이름을 걸고 서약한 이상 왕명을 무시하긴 힘들겠지."

"그럼 휴고 알피어스가 우릴 구하러 온다는 거네요?"

"그는 그저 서약을 이행하기 위해 오는 거겠지만, 결론적으로는 우릴 구하는 것이나 마찬가지겠지."

아마도 우린 안중에도 없시 않을까. 올리버가 여상하게 중얼거렸다. 멀거니 그를 쳐다보던 디아나가 무심코 입을 열었다.

"……당신, 혹시 마법사예요?"

엉뚱한 질문에 올리버는 순간 웃음을 터트릴 뻔했다.

"이야. 혁명군의 공범에서 마법사라니, 추리가 너무 역동적인 거 아냐?"

"하지만 마녀인 나도 몰랐던 사실을 당신이 어떻게 알았는데요?"

"아가씨가 관심이 없었던 거겠지. 휴고 알피어스 정도 되는 마법사가 어디 사는지는 신문만 꾸준히 읽어도 알 수 있어."

"그래도……."

디아나는 찜찜한 기분을 지우지 못했다. 올리버가 대수롭지 않게 어깨를 으쓱였다.

"사업상 휴고 알피어스와는 안면이 있어서 그래."

이쯤 되면 저 남자가 무슨 사업을 벌이는지 묻기도 꺼림칙했다. 총을 자주 접하는 데다가 휴고 알피어스와는 안면이 있고, 더욱이 ―남자의 일방적인 주장으로는― 2년 전까진 언니와 연인이었다는 남자.

어째 갈수록 아리송했다.

디아나는 객실 앞쪽에 서 있는 괴한을 주의 깊게 관찰했다. 무슨 일이 벌어진 것 같다는 짐작이 정말이었던 모양이다. 아까 전에 객실을 떠났던 괴한은 아직도 돌아오지 않았고, 연락책으로 보이는 자그마한 몸집의 사내만 바삐 객실을 들락거렸다. 연락책이 전하는 소식이 무언지는 알 길 없으나, 혼자서 객실을 감시하는 괴한은 눈에 띄게 초조한 기색이었다.

디아나는 골똘히 생각에 잠겼다. 현재 객실을 감시하는 괴한은 하나다. 총이 있지만 늘 그녀를 겨누지도 않았다. 외려 괴한은 겉보기에 조그만 소녀인 디아나에겐 그게 신경 쓰지 않을 터였다. 얼굴도 이름도 알려지지 않은 무명의 마녀라는 점이 이럴 때는 참으로 편리했다.

한마디로, 디아나에겐 거의 매 순간이 기회인 셈이었다. 어찌어찌 마법을 쓰면 그를 제압할 수 있을지도 몰랐다. 객실에 승객만 스물이 넘으니 괴한에게 총만 없다면 제압하기란 손쉬웠다.

문제는 마법이다. 다행히 디아나는 어머니로부터 의지만으로 마법을 발현할 수 있는 재능을 물려받았으나, 위대한 어머니로부터 물려받은 재

64

능은 그게 전부였다. 모든 방면에서 어머니를 닮았다는 헤스터와 달리, 디아나는 마법을 발현하는 방법을 제하면 모든 면에서 어머니와 달랐다. 암흑의 별 칼리스토를 탄생성으로 삼았기에 심지어는 운용할 수 있는 마력도 적었다. 창조마법은 아예 손도 못 대는 수준이었다.

하지만 그보다 심각한 문제가 있었다. 괴한에게서 총을 뺏는 것쯤이야 머리만 잘 굴리면 가능하다 쳐도 안타깝게도 적은 하나가 아니었다. 디아나는 기차에 혁명군 일당이 정확히 몇이나 있는지도 몰랐다. 하나는 문제가 아니로되, 뒤에 우글거리는 다른 일당이 문제였다. 그리고 디아나는 그들 전부를 제압할 자신이 없었다. 일단 그럴 능력이 안 되었고, 자신을 죽이려 드는 상대와 마법으로 맞선 경험도 없었다.

그때, 불현듯 손등에 낯선 온기가 닿았다. 디아나는 깜짝 놀라 고개를 들었다. 올리버가 진지한 눈으로 가만히 그녀를 응시하고 있었다. 마치 그녀의 고민을 꿰뚫기라도 하는 것처럼, 시선이 마주치자마자 조용히 고개를 내저었다.

디아나는 도로 정면을 보았다. 괴한은 여전히 초조하게 연락책과 속닥거리고 있었다. 저들에게 무슨 일이 벌어졌다면 인질에겐 좋은 소식일 터. 더구나 펜잔스에는 무려 휴고 알피어스가 있었다. 굳이 그녀가 나서지 않더라도 대단한 마법사가 알아서 해결해 줄 것이었다.

어쩐지 마음이 편안해진 디아나가 등받이에 편히 몸을 기대었다. 무사할 것이다. 무사히 살아남아서 언니와 재회할 것이다.

"저 기차만 처리하면 되는 겁니까?"

휴고가 멀찍이 떨어진 기차를 가리키며 물었다. 옥슬리 대령이 그의 말을 친절하게 고쳐 주었다.

"기차가 아니라, 기차를 점거한 혁명군을 처리해야 합니다."

"그게 그거 아닙니까?"

"그게 어떻게 같……. 둘은 엄연히 다릅니다."

옥슬리 대령은 언성을 높이려다 말았다. 그에겐 당연한 상식이 마법사에겐 당연하지 않았다.

"작전의 목표는 기차를 점거한 혁명군을 처리한 뒤 승객들은 안전하게 대피시키는 겁니다. '안전하게'요. 가장 중요한 건 승객들의 안전이다, 이 말입니다."

"번거롭게 그럴 것까지야……."

대령은 치솟는 역정을 가까스로 갈무리했다. 마법사란 본디 저런 족속이다. 수백의 목숨보다 자신의 안위가 훨씬 중한 이기주의가 뼛속아주 깊게 새겨져 있었다.

"승객들이 다쳐선 안 됩니다. 시간을 들이고 공을 들여서라도 승객들의 안전을 확보하는 것이 급선무예요. 더구나 기차에는 헤스터 경의 자매도 있다고 하지 않으셨습니까?"

휴고는 그제야 납득했다.

"아, 그랬죠. 그럼 헤스터 경의 자매만 무사히 기차에서 나오면—"

"휴고 경. 헤스터 경의 자매를 포함한 모든 승객들의 안전입니다."

옥슬리 대령은 눈을 감으며 강경하게 말했다. 그러자 휴고가 사뭇 난감한 표정을 지었다.

"이거 곤란하군요. 뱀버의 식사를 챙겨 줘야 하는데."

"경은 여기 계셔야 합니다. 대신 제 부관을 경의 사가로 보내겠습니다."

"나는 아무나 집에 들이지 않습니다."

그즈음 말없이 기차를 바라보던 헤스터가 이편으로 다가왔다. 대령이 머뭇거리며 그녀를 마주했다. 그는 아직도 저 기묘하게 아리따운 마녀가 몹시 어려웠다.

"대령은 저들이 기차를 점거한 이유를 압니까?"

"아니요. 혁명군은 기차를 점거했다는 소식을 전한 이후로 줄곧 침묵하고 있습니다. 사실 듣지 않아도 뻔하긴 합니다. 고작해야 잉그람에 혼란을 주는 것 정도겠지요."

"하지만 저들의 의도를 정확히 모르면 작전을 수행하기 어려울 텐데요."

옥슬리 대령이 호탕하게 웃었다.

"여기 두 분의 마법사가 계신데 무어 걱정할 것이 있겠습니까. 혁명군은 거사를 벌일 곳으로 펜잔스를 택한 것과, 하필 헤스터 경의 자매가 탄 기차를 점거한 것을 죽도록 후회할 겁니다."

그러나 커다란 웃음소리가 무색하도록 두 명의 마법사는 아무런 반응도 없었다. 멋쩍어진 대령이 괜스레 헛기침하며 체면을 차렸다.

"그런데 나는 여기서 무얼 하면 됩니까?"

문득 휴고가 물었다.

"당연히 승객을 구출하고 혁명군 일당을 잡아들이셔야지요."

"그걸 어떻게 하면 됩니까?"

"그거야 당연히 휴고 경이 마법으로 하셔야죠. 그걸 어찌 제게 물으십니까?"

옥슬리 대령이 당혹스러운 기색으로 말을 더듬었다. 대리석처럼 매끈하던 휴고의 낯에 처음으로 금이 갔다.

"나는 그런 건 못 합니다."

"예?"

대령이 반문했다. 휴고는 냉정하게 대꾸했다.

"대령은 마법을 전능하게 여기는군요. 예, 마법은 전능할지 모르나 마법사는 전능하지 않습니다. 나는 대령이 바라는 것을 이루지 못합니다."

"하지만 경은 이름 높은 마법사가 아니십니까? 분명 한여름의 백색전당으로 겨울을 불러오신 적 있다고 들었습니다. 그것에 비한다면 훨씬 쉬운 일이 아닙니까? 저기 기차에 있는 혁명군이래 봤자 고작해야 스물 남짓 될 것인데……. 경도 손쉬운 일이라 말씀하셨잖습니까."

"그때야 승객들의 안전까지 책임져야 하는지 몰랐으니까요."

휴고가 건조하게 말했다.

"나는 한여름에도 겨울을 불러올 수 있습니다. 지금 당장 돌풍을 일으켜서 기차를 산산조각 낼 수도 있지요. 마법사로서는 드물게 대규모 마법을 다루는 것이 맞습니다. 하지만 혁명군이 누군지 식별조차 되지 않는 원거리에서 누구는 공격하고, 누구는 보호하는 마법은 못 합니다. 그렇다고 내가 직접 기차로 들어갈 수도 없는 노릇이고요."

마법사는 흔히 전능한 존재로 알려졌지만 실상은 전혀 달랐다. 그들이 부리는 마법이란 대체로 물건의 자리를 뒤바꾸거나, 마른 장작더미에서 부싯돌 없이 마찰을 일으켜 불을 피우는 등 아주 사소한 종류이기 때문이다.

그러므로 겨울을 불러오는 휴고 알피어스처럼 대규모 마법을 다룰 줄 아는 마법사는 극히 드물었다. 그조차 마법이 거대할수록 오차 범위가 커지기에 섬세한 조종은 무리였다. 게다가 책상에서 연구하느라 일생을 바치는 마법사의 특성상 일반인보다 허약한 신체로는 전장에서 앞장설 수도 없었다. 범인은 꿈도 못 꾸는 대단한 재능을 지녔으면서도, 마법 사회가 산티그마 교단과 장장 천 년 동안 승패를 가리지 못한 것도 바로 그런 이유였다.

비로소 휴고의 말을 이해한 옥슬리 대령이 퍼렇게 질린 낯으로 헤스터를 돌아보았다. '현명한 헤스터'라면 가능할지도 모른다는 기대가 싹텄다.

"헤스터 경은 어떠십니까? 가능하시겠습니까?"

헤스터는 침묵했다. 수심에 잠긴 눈으로 기차를 바라보던 그녀가 조용히 입을 열었다.

"일단 혁명군의 연락을 기다리죠. 우리가 도착한 것을 보았을 테니 곧 기차를 점거한 목적을 말하지 않겠습니까."

어느덧 노을이 지기 시작했다. 불그스름한 빛이 목장으로 드리워지는 모습이 제법 절경이었으나, 창밖을 내다보는 디아나의 표정은 심드렁하기 그지없었다.

객실은 어수선했다. 심각한 문제라도 벌어졌는지, 괴한은 객실을 감시하는 것보다 연락책과 소식을 주고받는 것이 더욱 급해 보였다. 도대체 무슨 일이기에 저리 수선을 떠는지 궁금했지만, 자고로 적의 어려움은 나의 기쁨이라 하였다. 그녀까지 불안에 떨 필요는 없었다.

디아나는 슬며시 반대편으로 몸을 기울였다.

"저기, 궁금한 게 하나 있는데요."

올리버가 말해 보라는 듯 눈짓했다. 디아나는 괴한을 계속 주시하며 속닥였다.

"어째서 날 알은척한 거예요? 언니랑 헤어진 지는 벌써 2년이나 지났다면서요. 굳이 나를 속여서까지 뭘 하려던 건데요?"

"헤스터와 사귀었다는 건 이제 믿어 주네."

"와, 완전히 믿는 건 아니거든요? 착각하지 마요."

디아나가 황급히 말을 덧붙였다. 올리버는 짧게 웃으며 대꾸했다.

"그냥. 아가씨랑은 언젠가 한번 만나 보고 싶었어. 헤스터가 아가씨에 대해 이런저런 이야기를 많이 들려줬거든."

"언니가요?"

디아나는 귀가 솔깃했다. 서로를 끔찍이 여기긴 했어도 실상 오래 함께하지는 못했던 자매다. 자연스레 언니가 자신을 어찌 생각하는지 궁금해졌다.

"듣고 싶어?"

그리고 그런 디아나의 마음을 꿰뚫어 보듯 올리버가 슬그머니 미끼를 던졌다. 디아나가 새침한 표정으로 고개를 끄덕였다.

"아가씨 칭찬을 굉장히 자주 했어. 몰랐겠지만, 헤스터는 아가씨의 스승인 바바라 자일스와 정기적으로 편지를 주고받고 있었거든. 아가씨의 일상을 시시콜콜 알고 싶었던 헤스터의 바람과는 달리, 바바라 자일스는 대개 아가씨가 최근 배우는 마법을 알려 주는 것에 그쳤지만 말이야."

"스승님 성격을 생각하면 그 정도라도 알려 주신 게 신기하네요."

마녀는 대체로 개인주의적인 성향이 짙었다. 제자에게 무심한 것이 숫제 바바라 사일스만의 특징은 아니었다.

"그래도 편지 내용은 꽤 괜찮았어. 대부분 '오늘은 이런 마법을 가르쳤는데 디아나가 열심히 배웠다.' 정도였으니까."

"설마 당신도 스승님의 편지를 읽은 거예요?"

"정확히는 헤스터가 보여 준 거지."

디아나가 질겁했다. 올리버는 희미한 미소를 지으며 말을 이었다.

"아가씨나 아가씨 스승의 편지가 도착한 날엔 헤스터의 표정이 유난히 밝았어. 그래서 은근히 이유를 물어보면 항상 아가씨의 칭찬으로 이야기가 흘러갔지. 아가씨가 이번에 어떤 마법을 성공했다든지, 아니면 스승에게 어떤 칭찬을 들었다든지."

점차 디아나의 표정이 미묘해졌다. 스승에게 칭찬을 받았을 때와는 또 다른 기분이었다.

"물론 걱정도 많았고. 아무래도 어린 동생과 떨어져 지내는 게 많이 걱정스러웠던 모양이야. 듣자 하니 자일스 가문이 원체 특이하다며."

"좋게 말해 특이한 거죠."

"나쁘게 말하면?"

"성격파탄자 집단."

디아나가 굳은 표정으로 단언했다.

"그래도 스승님은 나름대로 괜찮았어요. 나머지가 문제여서 그렇지."

"헤스터도 그걸 걱정했어."

올리버는 흘끗 디아나를 보았다.

"나이에 맞지 않게 조숙한 것도, 눈치가 빠른 것도 다 남의 집에 얹혀 살아서 그런 것은 아닌지. 말을 아낄 뿐 정말 힘들게 지내는 것은 아닌지. 아가씨가 자기를 믿지 못해서 말해 주지 않는 것은 아닌지. 그래서 아가씨의 괴로움을 자신이 알아주지 못하고 있는 것은 아닌지. 그런 걱정들."

말이 이어질수록 디아나는 절로 시무룩해졌다. 올리버는 부드럽게 손을 뻗어 그녀의 어깨를 토닥였다.

"헤스터는 평소에도 아가씨를 굉장히 많이 생각했어. 그래서 성인이 되기도 전에 승급 시험에 합격해선 닥치는 대로 일을 구했지. 듣자 하니 그 대단하신 어머니께서 물려준 빚이 상당했다며. 가능한 한 빨리 빚을 갚고, 아가씨가 도제 생활을 마칠 때까지 어떻게든 기반을 마련하는 게 헤스터의 목표였어. 종국에는 아가씨와 함께 사는 것이 헤스터의 꿈이었지."

"……."

"그러니까 아가씨는 생각보다 많이 사랑받고 있던 거야."

디아나의 어깨가 가늘게 떨렸다. 올리버는 느긋이 그녀가 진정하길 기다렸다. 하지만 디아나가 오래도록 말이 없자, 어쩐지 불안해진 올리버가 조심스럽게 말을 걸었다.

"아가씨. 혹시 울어?"

별안간 디아나가 고개를 획 치켜들었다. 눈가가 유난히 발갛긴 해도 눈물 자국은 없었다. 크게 숨을 들이쉰 디아나가 가까스로 소리를 죽여 말했다.

"안 울거든요!"

"그래. 지금은 안 우네."

"아까도 안 울었다고요!"

"쉿. 조용히 해야지, 아가씨."

올리버가 눈웃음치며 말했다. 디아나는 부글부글 끓어오르는 속을 애써 잠재웠다. 사람 약 올리는 재주가 어쩜 저리도 탁월한지, 금방의 감동이 벌써 눈 녹듯 사라져 버렸다.

"그런데 그걸 어떻게 다 기억하네요?"

"뭐가?"

"방금 해 줬던 말이요. 언니랑은 2년 전에 헤어졌다면서 그걸 다 기억하는 게 신기해서요."

디아나가 꽁하게 웅얼거렸다. 올리버는 어깨를 으쓱였다.

"생각보다 아가씨에 대해 많이 알고 있지?"

"진짜, 묻는 말에 제대로 대답하는 법이 없어."

"알았어. 장난은 그만할게. 그리고 질문에 대한 답이라면……."

올리버는 골똘히 생각에 잠겼다.

"글쎄. 난 헤스터가 한 말이라면 모두 기억하고 있거든."

이슥한 밤.

멀리서 올빼미 우는 소리만 들려오는 황량한 철로에 수상한 그림자가 드리워졌다. 밤을 벗 삼아 나아가는 그들은 잉그람의 군인이다. 사방이 훤히 내다보이는 기차의 위치상 한낮에는 진군할 수 없기에 야음을 틈타 혁명군을 제압하려는 것이다.

"생각보다 어둡군요."

그리고 휴고 알피어스는 기차에서 수백 미터가량 떨어진 지휘 막사에서 이렇게 중얼거렸다.

"오늘 날씨가 흐리진 않았는데……. 그나마 객실의 불빛이 밝아서 다행입니다."

맞은편에 앉은 헤스터가 차분하게 대꾸했다.

"오늘부터 역천의 날이니까요."

"벌써 그렇게 되었습니까?"

"서쪽 하늘에 무제타가 떴습니다."

"무제타는 나와 상성이 좋지 않은 별입니다. 시간을 오래 끌면 불리하겠군요."

대화를 엿듣던 옥슬리 대령이 초조하게 물었다.

"혹시 위험한 상황입니까?"

"지금 기차에 접근하고 있습니다. 아직 들키진 않았군요."

현재, 휴고 알피어스는 그의 왼쪽 눈으로 작전의 동태를 살피고 있었다. 헤스터에게 편지를 전달했던 기계 새의 부리에 왼쪽 눈을 물린 뒤 군인과 동행할 수 있도록 마력을 불어넣은 것이었다.

사실 옥슬리 대령은 조금 전 휴고가 아무렇지도 않게 왼쪽 눈을 빼내는 것을 보고 기함했었다. 본디 왼쪽 눈은 의안이라지만, 오로지 연구를 위해 말짱한 왼쪽 눈을 잡아 뜯고 의안을 집어넣었다는 말엔 안색도 조금 창백해졌다. 마법사에 대한 대령의 인식이 한층 더 나빠진 것은 당연지사였다.

"기차 뒷문에 보초가 서 있군요."

휴고가 말했다. 옥슬리 대령이 노심초사하며 재차 물었다.

"몇 명입니까?"

"글쎄요. 어두워서 잘 보이지가 않는군요. 아, 방금 죽었습니다."

"예?"

"콧수염 달린 군인이 적을 쏘아 죽였습니다. 그런데 원래 총성이란 것이 꽤 크지 않던가요?"

옥슬리 대령은 허옇게 질렸다.

"곤란하군요. 이래서 총을 쏘기 전에 내게 신호를 보내 달라 말했었는데……. 역시 총성이 들린 모양입니다. 다른 일당들이 달려 나오는군요."

"몇이나……."

"너덧쯤 되어 보입니다만, 방금 한 명이 더 나왔습니다."

대령의 낯이 숫제 시체처럼 해쓱해졌다. 조용히 상황을 관망하던 헤스터가 입을 열었다.

"휴고 경. 적의 좌표를 알려 줄 수 있습니까?"

"계속 움직이고 있어서 정확한 좌표는 무리입니다."

시야가 닿지 않는 곳에 오로지 좌표만을 의존하여 마법을 전달하는 것은 대단한 고등 마법이다. 하지만 그조차 좌표가 정확하지 않다면 무용했다.

신속하게 생각을 정리한 헤스터가 이번엔 대령에게 물었다.

"옥슬리 대령. 마지막 칸은 화물칸이라고 했죠?"

"예? 그렇습니다만……."

"휴고 경. 지금 상황이 정확히 어떻습니까?"

휴고가 단조롭게 대꾸했다.

"그리 좋진 않습니다. 적과 총격전을 벌이고 있어요. 수적으로는 아군이 우위를 점했습니다만, 적들이 짐칸을 방패 삼은 탓에 아군의 피해가 더욱 큽니다. 이런, 방금도 아군이 한 명 쓰러졌습니다. 자칫하다간 카나번도 위험하겠는데요."

"카나번이요?"

"내 눈알을 가져간 새 말입니다."

그렇게 휴고와 대령이 문답을 주고받는 사이, 골똘히 고심하던 헤스터가 말했다.

"휴고 경, 새를 마지막 칸에서 멀리 떨어지게 하세요. 지금부터 마지막 화물칸을 폭파하겠습니다."

책상 위로 지도가 펼쳐졌다. 지도를 위아래로 양분하는 철로 한가운데 내령이 미리 그려 놓은 기차가 있었다.

"마지막 칸의 좌표가 I16PZ892 : 3846이 맞습니까?"

"헤스터 경. 안 됩니다."

스산한 경고에 헤스터가 가만히 고개를 들어 올렸다. 이제껏 멀리 떨어진 왼쪽 눈에만 집중하던 휴고가 오른쪽 눈을 뜨고 엄중히 그녀를 응시하고 있었다.

"오늘은 역천의 날이지 않습니까. 무제타는 둘시네아와도 상성이 좋지 않습니다. 그런데 좌표에만 의존하여 짐칸을 폭파하겠다니요. 마법이 불발한다면 역으로 경의 몸이 상할 것이고, 성공하더라도 좌표의 오차가 발생할 가능성이 큽니다. 자칫 잘못하다간 아군이 폭발할 수도 있어요."

역천의 날이란, 1년 중 역천의 별 무제타가 뜨는 여섯 날을 뜻한다.

무제타는 그 별칭처럼 별들의 왕 둘시네아에 반하는 별로, 세간에선 흔히 흉조로 여겨졌다. 평상시에는 쉬이 관측되지 않지만, 일단 역천의 날이 도래하면 무제타가 세력을 넓히며 별들의 왕 둘시네아는 물론이요, 둘시네아 권속의 다른 별들도 빛이 잦아들기 마련이었다. 아직 무제타의 힘이 가장 강성한 엿새째 역천의 날에는 이르지 않았어도, 별의 힘을 빌려 마법을 부리는 마법사의 힘이 약해지는 것은 당연한 이치였다.

아군이 폭발할 수도 있다는 말에 기겁한 옥슬리 대령이 헤스터를 말리기 시작했다.

"그건 절대로 아니 될 일입니다. 일단 철수하지요. 다음에, 다음번에 다시 작전을 실행하면 되잖습니까."

"철수가 가능한가요?"

헤스터가 조용히 물었다. 다시금 오른쪽 눈을 감은 휴고가 미심쩍은 표정을 지었다.

"장담은 못 하겠습니다. 이런 전투에는 처음 임하는 터라 감이 잘 잡히질 않는군요."

기실 헤스터나 휴고나 전장과는 거리가 먼 인물이었다. 일평생 책상물림으로 연구만 거듭해 온 이들이 처음 접하는 인간의 전투에 능할 리 없었다. 하지만 그럼에도 헤스터는 강한 불안감을 느끼고 있었다. 지금 뭐라도 하지 않으면 더한 화를 당하리라는 마녀 특유의 직감.

끝내 결심한 헤스터가 입을 열었다.

"휴고 경. 마지막 칸의 좌표를 확인해 주세요. I16PZ892 : 3846이 맞습니까?"

"헤스터 경!"

"옥슬리 대령, 침착하세요. 적들이 이렇게 우리가 확인할 수 있는 곳에 몰려 있는 기회는 다시 찾아오지 않을 겁니다. 성공한다면, 적의 머릿수를 단번에 줄일 수 있을뿐더러 아군이 철수할 수 있는 시간을 벌 거예요."

"하지만 실패하면요!"

"성공합니다."

헤스터는 강경한 자세로 휴고를 돌아보았다. 결국 휴고도 마지못해 고개를 끄덕였다.

"Rex stellas caeli……."

헤스터의 입술 사이로 아바도어가 드문드문 흘러나왔다. 조금이라도 좌표의 오차를 줄이기 위해 주문을 외는 것이었다.

그리 주문이 이어질수록 막사에는 기묘한 분위기가 감돌기 시작했다. 가지런하던 등불이 연신 일렁거리며 불안한 기운을 자아내고, 막사에 드리워진 그림자가 시시각각 크기를 넓혀 갔다. 그리고 머잖아 헤스터의 반쯤 감긴 두 눈이 일순 황금빛으로 물들 무렵.

쾅!

거대한 폭발음이 울려 퍼졌다.

"뭐야! 뭡니까! 뭐가 폭발한 겁니까!"

멀리서 피어오르는 불길이 여기서도 훤했다. 당황한 옥슬리 대령이 휴고를 닦달하기 시작했다.

"자, 잠시만……. 그리 흔들면 어지러워서 시야가 확보되지 않습니다."

그에 대령은 휴고의 멱살을 잡았던 손을 얼른 놓았다. 다시 집중하여 수백 미터 떨어진 철로의 동태를 살피던 휴고가 감탄했다.

"화물칸이 폭발했습니다. 대단하군요."

"적은요! 적은 어떠합니까?"

"전부 폭발에 휘말린 모양입니다. 추가적인 공격이 없는 것으로 보아 저들도 많이 놀란 듯싶습니다. 일단 카나번에게 철수를 지시했으니 아군은 곧 귀환할 겁니다."

옥슬리 대령은 그제야 한시름 놓았다.

"사상자가 얼마인지 가늠하시겠습니까?"

"물론입……."

대수롭지 않게 말을 잇던 휴고가 돌연 입을 다물었다. 내내 무료하던 벽안에 처음으로 팽팽한 긴장감이 돌았다.

"……적침입니다."

"예? 방금 추가적인 공격은 없다고 하셨잖습니까!"

"기다리십시오. 나도 지금 제대로 상황이 파악되지 않습니다."

휴고는 미간을 찌푸린 채 집중했다. 카나번이 어딘가에 처박히기라도 했는지, 왼쪽 눈에 비치는 시계(視界)가 캄캄하기 그지없었다. 게다가 마력에서 기인하는 카나번과의 연계가 갑자기 약해져서 도무지 마음대로 카나빈을 움직일 수가 없었다. 아무래도 예감이 좋질 않았다.

그런데 갑자기 시야가 반전되었다. 어두운 밤. 화염이 이리저리 솟아오르는 가운데, 바닥에는 잔인하게 짓이겨진 시체와 선혈이 낭자했다. 그리고 홀로 우뚝 선 인영(人影).

거대한 체구로 보아 사내로 추측되지만, 검은 로브를 깊게 눌러써서 정확한 생김새는 보이지 않았다. 다만 불그스름한 불빛을 받은 입가만이 어렴풋이 보일 뿐이었다.

그는 웃고 있었다.

어디서 수상쩍은 기운이 느껴진다더니.

그가 손가락으로 허공에 글씨를 쓰기 시작했다. 검지가 지나는 곳마다 섬뜩한 붉은빛이 깊게 새겨졌다.

발디비아의 마력으로 보아 하니, 네가 그 유명한 휴고 알피어스구나. 직접 대면하길 고대했건만, 이런 시답잖은 장난감이나 보낼 줄은 몰랐다.

그는 허공에 새긴 글씨를 만족스럽게 바라보다가, 이내 바람을 후 불어 모두 날려 보냈다. 그러고는 깨끗해진 허공에 다시금 붉은 글씨를 새겼다.

그런데 아까 화물칸을 폭파한 건 네 솜씨인가? 아주 훌륭하던걸. 휴고 알피어스는 겨울과만 친할 줄 알았는데 말이야.

난데없이 그의 수변을 감싼 불꽃이 화려하게 솟아올랐다. 새카만 밤하늘로 치솟는 불티를 맞으며 사내는 더욱 진하게 웃었다. 흡사 광기에 물든 미소였다.

다음번에는 직접 보길 고대하지.

허공에 마침표가 새겨지기 무섭게 시야가 끊겼다. 휴고는 갑작스레 찾아든 어둠에 현기증을 느꼈다. 옥슬리 대령이 비틀거리는 휴고를 황급히 부축했다. 창백한 얼굴에 외로이 뜨인 푸른 눈이 잘게 흔들렸다.

"……모두 전멸했습니다."

휴고가 힘겹게 말했다.

"저편에도 마법사가 있군요."

음산한 한밤.

창문에 기대어 졸던 디아나는 느닷없는 굉음에 혼비백산하여 깨어났다. 올리버를 비롯한 다른 승객들도 경악한 표정으로 일제히 창밖을 내다보았다. 어째 뒤편에서 불길하게 불빛이 넘실거리고 있었다.

그때, 객실 문이 거세게 열렸다. 검은 로브를 뒤집어쓴 낯선 사내가 빠르게 복도를 스쳐 지나갔다. 검은 복면을 쓴 괴한이 성난 기색으로 그를 뒤따랐다.

"그게 대체 무슨 소리입니까?"

쇠를 갈아 내듯 절로 소름이 끼치는 목소리였다. 괴한이 재차 소리쳤다.

"이보십시오!"

"거 되게 시끄럽군."

앞서가던 사내가 갑자기 멈춰 섰다. 괴한이 씨근덕거리며 그의 뒷모습을 노려보았다.

"거기서 당신이 나가면 어쩌느냔 말입니다. 원래는 적의 본대가 오기까지 가만있기로 약속하지 않았습니까!"

"하지만 저 녀석들이 기차를 폭파했잖아."

"그 정도 피해는 예상했습니다. 저기엔 휴고 알피어스가 있잖습니까. 적이 최대한 방심하도록 유도할 계획이었는데, 당신이 튀어 나가는 바람에 다 망쳤습니다. 이걸 대체 어쩔 겁니까!"

"그렇다고 도망가는 적들을 그냥 둬? 이렇게 하지 않았으면 휴고 알피어스는 계속 후방에 죽치고 앉았을 거다. 내가 마법사라 잘 아는데, 원래 마법사란 족속은 엉덩이가 바위보다 무거운 법이야."

"그러니까, 그게 원래 계획이었단 말입니다!"

괴한이 끝내 화를 참지 못하고 일갈했다. 하지만 디아나는 그에겐 관심 없었다. 경악한 잿빛 눈이 오로지 사내에게 못 박혔다.

세상에, 마법사라니.

너무도 급작스러운 사실에 심장이 덜컹거릴 지경이었다.

"거 들은 말도 있고 해서 웬만하면 져 주려고 했는데 말이야."

검은 로브를 깊게 눌러쓴 마법사가 신경질적으로 머리를 벅벅 긁었다.

"모건. 지금 대체 누구한테 그런 건방진 소리를 지껄이는 거지?"

마법사의 분위기가 갑작스레 돌변했다. 팽팽한 긴장감이 몰려들자, 괴한의 분노도 조금 주춤했다.

"너희 목표는 저 잡것들을 쓸어버리는 게 아니었나? 그리 걱정하지 않아도 잉그람의 군대며 휴고 알피어스는 내가 다 처리할 거야. 그리 약속했으니까."

"……우리 측의 피해를 최대한 막고 싶은 겁니다, 저는."

"그래서 네가 그리도 아끼던 부하들을 죽인 놈들을 내가 친히 도륙 내 주었잖아."

그러자 괴한도 더는 할 말이 없는 듯했다. 조금 전 살벌하던 분위기를 지워 낸 마법사가 짐짓 유쾌하게 물었다.

"그래서 반제인은 어디 있다는 거야? 일등석 객실에 있다고 하지 않았나?"

디아나가 화들짝 올리버를 돌아보았다. 때마침 그녀의 유난스러운 반응을 발견한 마법사가 씩 웃었다.

"새파랗게 어린 계집애와 사내놈이라. 생김새로 봐선 네놈이 반제 출신인 것 같은데. 맞지?"

마법사는 올리버를 턱짓하며 물었다. 북방의 대국인 반제의 사람들은 대개 키가 크고 체구가 건장했다. 잉그람식으로 세련되게 꾸미긴 했으나, 그렇다고 이국적인 특색이 아주 사라지는 것은 아니었다.

올리버가 느릿하게 고개를 끄덕였다. 마법사는 흡족하게 웃으며 그에게 종이를 내밀었다.

"모국어는 기억하겠지?"

"Sie mussen die Aufgabe erfullen, und fur sich zuruckkommen. Niemand kann Sie helfen. Ich habe Sie vor einer Gefahr wohl gewarnt."

생소한 이국의 언어가 막힘없이 흘러나왔다. 마법사가 재촉하듯 종이를 흔들었다.

"그래서, 그게 무슨 뜻인데?"

하지만 올리버는 순순히 대답하지 않았다.

"왜 이걸 나한테 물어보는 거지?"

"무슨 헛소리야. 네가 반제 출신이니까 묻는 거지."

"기차에 반제 출신이 나쁜가?"

마법사는 조용히 올리버를 내려다보았다. 올리버가 여유롭게 웃으며 등받이에 몸을 기댔다.

"누가 보낸 건지는 몰라도 꽤 급한 것 같은데. 무슨 일인지 빨리 알아야 하지 않겠나?"

살얼음을 밟듯 아슬아슬한 긴장감이 이어졌다. 잠시간 침묵하던 마법사가 시선은 여전히 올리버에게 고정한 채로 뒤편의 괴한에게 손을 내밀었다. 마법사의 얼굴과 손을 번갈아 쳐다본 괴한이 머뭇거리며 권총을 넘겨주었다.

"난 사실 너처럼 배짱 있는 녀석들을 좋아한다. 곁에 두고 부리면 심심할 새가 없지. 하지만 말이야, 배짱도 상대를 보아 가면서 부려야지."

총구가 서서히 올리버를 향해 올라왔다. 여전히 담담한 올리버를 유심히 살펴보던 마법사가 피식 웃었다.

"나는 너 같은 놈들을 잘 알아. 지금쯤 내가 절대 널 쏘지 못하리라 생각하겠지. 기차에 다른 반제인이 있다면, 이리 귀찮게 널 붙들고 있느니 차라리 다른 반제인을 불러올 테니까. 자신의 가치를 안다는 건 훌륭한 일이야. 그걸 잘 이용하는 건 더욱 훌륭하지. 네가 지금 거래할 수 있는 상황인지 날 떠본 것은 제법 괜찮은 도박이었다만, 말했듯 나는 너 같은 놈들을 아주 잘 알아."

마법사가 팔을 틀었다. 올리버를 비껴간 총구가 서서히 옆으로 움직였다. 끝내 총구가 겨누는 이는 디아나였다.

마법사는 딱딱하게 굳어 버린 올리버를 마주하며 이죽이듯 말했다.

"이젠 어찌할 텐가? 영리한 장사치 양반."

디아나는 극심한 공황에 빠졌다. 눈앞에서 부동하는 총구가 꿈인지 생시인지 당최 구별조차 되지 않았다. 여태 스승의 보호 아래 안전하게 살아왔던 디아나가 난생처음 겪는 생명의 위협이었다.

극도의 공포 속에서 디아나는 저도 모르게 몸을 바들바들 떨었다. 저 자그마한 동그라미가, 그 안의 새카만 어둠이, 끝을 알 수 없는 무저갱이 마치 곧 다가올 자신의 끝을 예견하는 듯했다. 승급 시험을 통과한 지 고작 하루 만에, 언니는 미처 만나지도 못하고 이렇게 볼품없이 죽는 건가 싶었다.

그러면서 슬슬 내려오는 동아줄 하나.

부를까, 말까.

평소라면 썩은 동아줄이라며 거들떠보지도 않았을 테지만, 정작 눈앞에 죽음이 닥치니 물불 가릴 겨를이 없었다. 눈앞의 마법사가 자신은 견줄 수도 없이 강대하다는 것은 한눈에도 알겠으니, 진정 그 수밖에는 없었다. 하지만 이후에 돌아올 파란을 떠올리면 쉬이 결단할 수가 없었다. 디아나는 식은땀으로 축축하게 젖은 양손을 말아 쥐며 떨리는 숨을 간신히 뱉어 냈다. 금방이라도 토할 것처럼 속이 울렁거렸다.

그때, 불현듯 곁에서 익숙한 목소리가 들려왔다.

"말할 테니, 총은 그만 거둬."

디아나는 화들짝 올리버를 돌아보았다. 올리버는 날카로운 눈으로 마법사를 노려보고 있었다. 마법사는 그제야 히죽 웃으며 양손을 위로 들어 올렸다.

"이제 됐나?"

"……반드시 임무를 끝마치고 혼자 돌아오라더군. 누구도 당신을 도울 수 없다면서. 당신한테 경고도 했다는 걸 보니, 님의 말을 귀 기울여 듣진 않는 모양이야."

진지하게 경청하던 마법사가 의아한 기색으로 물었다.

"급한 일이라며?"

"내가 언제 그런 말을 했었나?"

올리버가 가볍게 어깨를 으쓱거렸다. 멀거니 그를 보던 마법사가 갑자기 고개를 뒤로 젖히며 크게 웃기 시작했다. 괴한을 비롯한 다른 승객들이 질린 눈으로 마법사를 흘겨보았다. 하지만 그것도 잠시, 돌연 웃음을 뚝 멈춘 마법사가 권총으로 올리버의 뺨을 휘갈겼다. 붉은 선혈이 창가에 튀었다.

마법사는 섬뜩할 만치 무표정한 얼굴로 돌아섰다. 그리고 괴한에게 총을 돌려주며 경고했다.

"저 새끼, 잘 감시해."

폭풍이 지나간 자리에 아무것도 남지 않듯, 마법사가 지나간 객실에는 괴괴한 정적만이 감돌았다. 기차가 무장 혁명군에게 점령되었을 당시기차를 지배하던 것이 당혹이었다면, 지금에 이르러 기차를 지배하는 것은 공포였다. 마법사가 혁명군과 한편이란 것만도 놀라 까무러칠 지경인데, 그 성정조차 맹수처럼 사나웠다. 오래지 않아 구출되리란 근거 없는 희망이 차츰 희미해지고 있었다.

디아나는 울상으로 올리버를 살펴보았다. 지금까지 그녀에겐 관심도 없던 괴한이 이쪽을 주시하는 것이 느껴졌지만, 그렇다고 피 흘리는 올리버를 모른 체할 수는 없었다.

"저기요. 괜찮아요?"

몸을 잔뜩 수그리고 있는 올리버를 보다 못한 디아나가 조심스레 속삭였다. 올리버가 오른쪽 턱을 감싸 쥔 채로 고개를 살짝 들었다.

"괜찮아. 별거 아니니 너무 걱정하지 마."

올리버는 그리 말하며 어설프게나마 웃어 보였다. 기가 찬 디아나가 핀잔을 주었다.

"피까지 흘리면서 뭐가 별게 아녜요?"

"그냥 입 안쪽이 터진 거야."

"하여간 말은 잘해요."

디아나가 구시렁거렸다.

"그러니까 그런 쓸데없는 짓은 왜 해요? 나까지 주, 죽을 뻔했잖아요."

"그건 정말 미안해. 설마 아가씨한테까지 그럴 줄은 몰랐어."

"……미안하다면 다인가?"

디아나는 적잖이 시무룩한 표정으로 웅얼거렸다. 올리버가 엷게 웃으며 말했다.

"그래도 영 쓸데없진 않았어. 몇 가지 수확이 있었으니까."

"수확이라니요?"

"그 마법사. 아마도 괄티에로 벨리 출신일 거야."

"에이, 설마요."

괄티에로 벨리란, 대륙 최남단에 위치한 악명 높은 감옥이다. 웬만한 흉악 범죄로는 발도 들이지 못하는 지상 최악의 교도소. 괄티에로 벨리로 후송되는 범죄자는 반종교적 행위를 범한 이단자나, 서약을 어긴 마법사뿐이었다.

"생각해 봐. 대부분의 마법사들은 엔간해선 몸을 사용하지 않잖아. 조금 전 같은 상황이면 더더욱 마법으로 상대하려 들겠지. 그런데 그 마법사는 몸을 사용하는 게 굉장히 익숙했어. 그리고 아가씨도 알다시피 괄티에로 벨리에선 마법을 사용할 수 없지. 아무리 대단한 마법사여도 육신을 사용하는 데 익숙해져야 하는 곳이 바로 괄티에로 벨리야."

"하지만 고작 그런 이유로……."

"게다가 내가 아까 얼핏 봤거든."

올리버는 자신의 손목을 가리키며 속삭였다.

"그 마법사의 손목에 십자가 문신이 있었어. 이 날씨에 뭘 그렇게 꽁꽁 싸맸나 싶더니 말야."

비록 마법 사회와 산티그마 교단 간의 천년전쟁은 200년 전에 종식했으나, 두 집단의 앙금은 아직도 남아 있었다. 그래서인지 올리버는 마법사의 십자가 문신을 괄티에로 벨리의 상부기관인 교단의 짓이라고 여기는 듯했다. 그리고 디아나는 일생을 마법 사회에 몸담은 자로서, 육신에 교단의 상징을 새기는 미친 마법사는 듣도 보도 못했다는 것만은 단언할 수 있었다.

하지만, 괄티에로 벨리라니.

디아나는 진정 흉악한 범죄자인지도 모르는 마법사를 떠올리며 극렬하게 몸서리쳤다. 긴 여행이 되리라던 채스터티의 예언이 비로소 실감나는 순간이었다.

3. 겨울을 그대에게

야속한 아침이 밝아 왔다.

철로에서 멀찍이 떨어진 곳에 임시로 마련된 군영은 침울하기만 했다. 군영의 사령관인 옥슬리 대령이 잉그람 무장 혁명군을 얕보았듯, 대다수의 군인들도 이번 괴변을 그다지 심각하게 여기지 않았기 때문이다. 그도 그럴 것이 잉그람 무장 혁명군은 오래전 이름만 앙상하게 남은 조직이었던 데다가 저명한 마법사노 합류했으므로, 손쉽게 무장 혁명군을 제압할 수 있으리라 판단했던 것이다.

그러나 지난밤, 정찰을 나갔던 군인은 한 명도 생환하지 못했다. 날이 밝을 즈음 아군의 시신을 수습하러 나갔던 이들이 말하길, 지독히도 참혹한 광경이라 하였다. 옥슬리 대령은 내내 침묵을 고수했으나, 적측에 마법사가 있다는 소문은 이미 암암리에 퍼지고 있었다. 간신히 수습한 아군의 시신은 차마 눈 뜨고 볼 수 있는 광경이 아니었으므로.

사람의 육신을 그리 갈기갈기 찢어 놓은 것은 평범한 인간의 솜씨가 아니었다. 그건 오직 마법만이 가능했다.

혹자는 옥슬리 대령이 군사를 증병해야 한다고 주장했다. 실제로도 어느 부관이 중앙 사령부에 지원을 요청하는 것이 어떻겠느냐 조심스럽게 운을 떼었지만, 대령은 묵묵히 고개만 저을 뿐이었다. 기실 적측에 마법사가 존재하는 이상, 아군의 머릿수를 늘리는 것은 그다지 의미가 없었다. 마법사를 상대로 인산인해 전술을 펼치는 것만큼 미련스러운 일도 없기 때문이다. 자칫하다간 외려 아군의 피해만 무지막지하게 키우는 한편, 마법사는 쓰러트리지 못할 수도 있었다.

그러므로 애당초 마법사를 상대할 때는 치밀하게 작전을 짜거나, 이편에서도 마법사를 내놓는 수밖에 없었다. 그나마 다행스럽게도 군영에는 뛰어난 마법사 둘이나 있었지만, 기차에 수많은 인질이 잡혀 있어서 함부로 마법을 부릴 수도 없는 형편이었다.

그래서 자정이 넘은 시각, 옥슬리 대령은 모든 부관을 소집하여 작전을 재검토했다. 상대 마법사에 대한 정보가 극히 드물기에 작전은 엉성하기 짝이 없었으나, 마법사 하나가 실려 나간 상황에선 달리 할 수 있는 바가 없었다.

마법사, 휴고 알피어스는 어젯밤 작전을 끝내자마자 혼절했다.

어제의 작전이 그에게 큰 무리였느냐면, 그건 아니었다. 다행인지 불행인지, 휴고 알피어스가 쓰러진 가장 큰 이유는 지난 사흘 밤낮을 지새우며 켜켜이 쌓인 피로 때문이었다. 가뜩이나 피곤한 상황에서 지속적인 집중을 요하는 원거리 조작 마법을 사용한 데다, 마법으로 신경을 연결했던 왼쪽 눈알마저 파괴되었으니 그 충격만도 상당했을 터다. 게다가 어젯밤은 그의 탄생성인 발디비아와 상성이 좋지 않은 무제타가 강성한 날이었다. 여러모로 마법을 부리기 좋지 않은 시기였다.

혼절했던 휴고 알피어스가 정신을 차린 것은 새벽이 채 밝기도 전이었다. 그는 졸음에 잠긴 채로 자택에 가 봐야겠다고 고집을 피웠다. 군의관이 지금은 휴식을 취해야 한다며 사정했으나, 쉬어도 집에서 쉬겠다는 것이 휴고의 요지였다. 결국 새벽부터 옥신각신하는 꼴을 보다 못한 옥슬리 대령이 그를 마차에 태워 자택으로 보냈다. 부관에게 어떻게든 정오 내로 데리고 오라 을렀으나, 그것이 부관의 능력 밖임을 대령은 모르지 않았다.

"마법사는 잠도 자택에서 자야 한답니까."

옥슬리 대령이 한탄했다. 헤스터 솔은 간단하게 대답했다.

"기르는 도마뱀이 저어되나 봅니다."

대여섯 시간 혼절했던 휴고 알피어스와 달리, 헤스터 솔은 날 밝을 때까지 한숨도 자지 않았다. 그녀는 옥슬리 대령이 부관과 함께 작전을 세우느라 골머리를 앓을 때도 지휘 막사에 동석했으며, 이후로는 조용히 기차를 지켜보기만 했다. 무슨 생각인지 당최 알 수 없으나, 자꾸만 시선이 기차로 돌아가는 것을 보면, 그래도 가족이라고 인질로 잡혀 있는 자매가 걱정되는 모양이었다.

그것은 여태 마녀에게서 인간적인 면모를 본 적 없던 옥슬리 대령에겐 사뭇 생경한 모습이었다. 마법 사회에서는 마법 연구가 영순위라더니, 그래도 같은 핏줄 귀한 줄은 아는구나 싶었다.

하지만 휴고 알피어스가 쓰러진 마당에 헤스터 솔까지 잃을 수는 없었다. 옥슬리 대령은 초췌한 낯빛으로 아침 해를 맞이한 헤스터에게 말을 걸었다.

"자매를 근심하는 마음이 매우 크시겠지만, 조금이라도 눈을 붙이셔야 합니다. 그러다가 휴고 경처럼 쓰러지기라도 하시면, 정작 중요할 때에 도움을 주지 못하실 수도 있습니다."

그러자 헤스터는 순순히 막사로 들어갔다. 고집을 피우리라 짐작했던 것이 무색할 정도였다.

휴고 알피어스가 다시 군영으로 돌아온 것은 정오를 넘긴 오후 2시경이었다. 부관에게 일러 그를 정오까지 데리고 오라 말하긴 했어도, 내심 저녁에나 돌아오리라 여겼던 옥슬리 대령은 놀란 기색으로 휴고를 맞이했다. 다행히도 휴고는 한결 활력 넘치는 모습이었다. 그래 봤자 눈 밑 그늘이 다소 옅어지고, 휑하니 뚫려 있던 왼쪽 눈두덩에 새로운 의안이 자리했을 뿐이지만 말이다.

"나는 별일 없었습니다."

상대의 안부를 묻기 전에 자신의 안부를 먼저 밝히는 것은 마법 사회의 관습이다. 지극히 개인주의적인 마법사들다웠다. 옥슬리 대령이 이제는 익숙해진 그네들의 화법을 넘기며 막 입을 열려는 순간, 멀찍이서 부관이 문짝을 옮기는 모습이 보였다.

"저건 대체……."

대령이 황망하게 중얼거렸다. 뒤를 돌아본 휴고가 대수롭지 않게 말했다.

"내 짐입니다."

"짐이요? 문짝이 짐입니까?"

"예."

옥슬리 대령은 떫은 표정을 감추며, 휴고를 지휘 막사로 안내했다.

막사에는 헤스터가 먼저 도착해 있었다. 휴고와 헤스터가 간단하게 목례를 나누는 사이, 옥슬리 대령은 자리에 착석하여 지도를 펼쳤다.

"일단 현재 상황을 알려 드리겠습니다. 지난밤 기차는 움직이지 않았고, 혁명군으로부터 받은 연락도 전무합니다. 어제 교전 이후로는 사실상 대치 상태입니다."

"적측 마법사도 조용합니까?"

"예. 날이 밝기 전에 아군의 시신을 수습하러 철로 근방에 접근했을 때도 조용했습니다."

휴고는 미간을 찌푸리며 생각에 잠겼다. 마법사를 상대할 때 급선무는 상대의 이름을 알아내는 것이다. 이름만 알면 이명도감을 통해 탄생성을 찾을 수 있기에, 전투의 유불리와 작전의 방향을 쉬이 가늠할 수 있었다.

그러므로 작금의 상황은 아군에게 그리 좋지 못했다. 상대는 휴고 알피어스의 존재를 알고 있지만, 이쪽은 상대 마법사에 대해 아는 바가 거의 없었다. 더욱이 여유로웠던 마법사의 태도를 상기하면 휴고가 있는 펜잔스를 일부러 노린 것도 같았다.

"……일단 헤스터 경은 당분간 조용히 계시는 것이 좋겠습니다."

하지만 마법사가 알지 못하는 것. 바로 헤스터 솔이었다.

"이곳에 마법사가 나뿐이라는 생각을 굳이 시정해 줄 필요는 없겠지요."

"그건 저 역시 동의하는 바입니다. 물론 동생이 걱정되시겠지만, 헤스터 경은 당분간 모습을 드러내지 않으시는 편이 낫습니다. 적의 오만을 키우는 것이야말로 승리의 지름길이니까요."

옥슬리 대령까지 휴고를 거들고 나섰다. 그러자 가만히 지도를 내려다보던 헤스터가 고개를 들어 올렸다.

"실은 그와 관련하여 드릴 말씀이 있습니다."

헤스터가 말했다.

"내게 작전이 있습니다."

"예?"

"걱정하지 마세요. 조금 전에 말씀하신 점에 대해서는 찬성하니까요."

헤스터는 휴고에게로 고개를 돌렸다.

"대신 휴고 경의 힘이 필요합니다."

옥슬리 대령은 몹시 심란했다.
"진정 그것이 가능하겠습니까?"
"휴고 경이 가능하다고 했으니 가하겠지요."
"하지만······."
대령이 말을 흐리며 도로 정면을 보았다. 지휘 막사에서 조금 떨어진
공터에서 사병들이 휴고의 명령대로 땅을 평평하게 다지고 있었다.
"이 정도면 되지 않겠습니까?"
사병이 삽을 거둬들이며 물었다. 가만히 땅을 내려다보던 휴고가 이내
고개를 끄덕였다. 동시에 뒤편에 가지런히 놓여 있던 문짝이 스르르 땅바
닥으로 미끄러져 내려왔다. 갑작스러운 마법에 놀란 사병들이 반사적으로
물러나자, 휴고는 바닥에 무릎을 굽히고 앉아 문짝을 살펴보기 시작했다.
"이제야 틈이 벌어지지 않는군요."
헤스터의 작전을 들은 뒤, 휴고가 요구한 것은 다름 아닌 벽이었다.
그것도 아주 단단하고 판판한 벽.

'하지만 근방에는 벽이 없습니다. 아시다시피 군영에는 천막으로 지어
놓은 임시 막사뿐이고, 도시는 멀리 떨어져 있어요.'
'그렇잖아도 좋지 않은 상황에서 이동마법을 쓰느라 마력을 낭비하고
싶진 않군요. 벽이 없다면 판판한 땅도 괜찮습니다.'

그리하여 휴식을 취하던 사병 서넛이 동원되었다. 문과 땅이 맞닿을
때 틈이 벌어지면 안 된다는 것을 어찌나 강조했던지, 사병들은 심지어
각도기까지 동원해서 땅을 고르게 만들었다.

"마음에 드십니까?"

대령이 조심스럽게 물었다. 휴고는 선선하게 고개를 끄덕이며 가볍게 문을 열었다.

그러자 다른 세상이 나타났다.

"저, 저게 대체 뭡니까!"

문 안쪽을 기웃거리던 옥슬리 대령이 깜짝 놀라 뒷걸음쳤다. 그러나 휴고는 대령에게 눈길조차 주지 않으며, 태연하게 안쪽으로 발을 디뎠다.

"잠시 다녀오겠습니다. 문은 건드리지 마십시오."

마치 계단을 걷듯 휴고의 모습이 차츰차츰 문 안쪽으로 사라졌다. 조금 전까지 판판한 땅바닥이던 곳에 다른 공간이 연결된 광경을 목도한 대령과 사병들은 황망하게 입만 쩍 벌렸다.

옥슬리 대령이 공연히 헛기침하며 헤스터를 돌아보았다.

"대체 저게 무업니까?"

"……보다시피 문입니다."

너무도 지당한 대답이었다. 어쩐지 자존심이 상한 대령이 퉁명스럽게 되물었다.

"그걸 저라고 모르겠습니까? 다만 문짝이 놓인 곳은 판판한 땅이되, 휴고 경이 문을 여니 웬 어두운 방이 나타나지 않았습니까."

"문과 창고를 연결한 모양이군요."

"문과 창고를요? 어차피 자택이 지척인데 굳이 저러실 것까지야……."

옥슬리 대령이 말을 흐렸다. 헤스터가 차분히 설명했다.

"장담할 수는 없지만 아마도 휴고 경의 창고는 외딴곳에 있을 겁니다. 경이 생각하기에 가장 안전한 곳이겠지요. 아무도 모르는 곳에 사방이 막힌 창고를 만든 뒤, 마법으로 창고와 연결한 문을 안전히 보관하는 것은 마법 사회에서 흔히 사용하는 방법입니다."

대령은 떠름하게 고개를 끄덕였다. 자고로 은행의 금고도 믿지 못하는 것이 마법사일지니, 참으로 그들다운 용의주도함이었다.

"그런데 휴고 경은 무얼 가지러 가신 겁니까?"

헤스터의 작전을 실행하기 위해선 휴고의 마법이 절실했다. 그러나 휴고는 작전을 듣자마자 웬 이상한 문을 열고 들어가 버렸다. 여태 마법사가 의지로, 목소리로, 마법진으로 마법을 발현하는 광경만 보아 왔던 대령은 도대체 그 대단한 마법을 부리려면 어떤 장치가 필요한지 몹시 궁금해졌다.

하지만 헤스터는 정확한 답을 내 주지 않았다. 미동 없는 문을 잠시간 내려다보더니 그저 말 한마디 남길 뿐이었다.

"……무언가 필요한 게 있으시겠지요."

헤스터의 작전은 이러했다.

'휴고 경. 지금 겨울을 불러올 수 있습니까?'

'불가하지는 않습니다. 다만 겨울을 불러내야 하는 장소가 문제겠지요.'

'기차로 겨울을 불러와야 합니다. 가능한가요?'

'……저기 두 분, 기차에 쉽게 접근할 수 없다는 사실은 알고 계시지요?'

대저 날씨나 계절을 바꾸는 거대한 마법은 적용 범위가 넓어질수록 필요한 마력이 기하급수적으로 늘어나기 마련이다. 하지만 무장 혁명군이 기차를 점령한 상황에선 총기의 사정거리 이상으로 기차에 접근할 수 없었고, 그렇다고 일전에 헤스터가 그러했듯 좌표에 의존한 채 마법을 부릴 수도 없었다. 겨울을 불러오는 마법은 단순한 일회성 폭파와는 사정이 달랐다. 마법을 발현하는 데만도 서너 시간이 걸리는 데다, 휴고 본인도 섬세하게 조절할 수 있는 마법이 아닌 만큼 좌표의 오차가 크게 나타날 가능성이 높았다.

그러니 지금으로서는 최대한 총의 사정거리 가까이 다가가서 마법을 부리는 수밖에 없었다.

'기차가 800m고 총기의 사정거리가 100m 정도이니, 마법의 적용 범위만도 대략 80,000㎡군요. 게다가 여긴 야외고요.'

'가능하겠습니까?'

'글쎄요. 그만한 마법은 부려 본 적이 없어서 확신할 수 없군요. 그런데 어째서 겨울이 필요한 겁니까?'

'아군의 시신을 조금 살펴보니 마력의 잔량이 선명하게 남아 있더군요. 마치 자신의 정체를 떠벌리듯이.'

'그럼 적측 마법사가 누군지 아시는 겁니까?'

'아직 정확하게는 모릅니다. 다만 탄생성을 알았으니 범위를 좁힐 수는 있었죠.'

별의 마력을 빌려 마법을 구현하는 마법사의 특성상 마법사의 마력은 곧 그들의 탄생성으로 귀결된다. 그러니 시신에 남은 마력을 바탕으로 정체 모를 마법사의 탄생성을 유추하는 것쯤은 헤스터에겐 일도 아니었다.

'적의 탄생성은 역천의 별 무제타입니다. 흔히 흉조로 여겨지는 별인 만큼 무제타를 탄생성으로 삼아 태어나는 마법사는 그리 많지 않아요. 실제

이명도감에서도 무제타를 탄생성으로 삼은 마법사는 고작 29명이었습니다.'

'탄생성이 무제타라. 좋지 않군요. 지금은 무제타가 가장 강성한 역천의 날인데.'

'그래서 겨울이 필요합니다.'

헤스터는 그리 말하며 두꺼운 지도를 펼쳤다. 옥슬리 대령은 도무지 알아볼 수 없는 선과 수식으로 빼곡한 그것은 별의 자취를 좇는 지도, 즉 성도(星圖)였다.

'작금은 무제타가 강성한 시기입니다. 어젯밤 사흘째 역천의 날을 넘겼으니, 이틀 뒤에는 무제타의 힘이 가장 강력한 엿새째 역천의 날이 도래하겠지요.'

헤스터는 지도 서편에서 유난히 붉게 빛나는 별을 가리켰다.

'무제타가 뜨는 여섯 날은 1년 중에서 성도가 가장 교란되는 시기입니다. 별들의 왕 둘시네아가 빛을 잃고 그 권속의 별도 함께 빛이 잦아들지요. 그래서 별들 간의 세력 다툼이 가장 격렬한 시기이기도 합니다.'

실제로 하늘 정중앙에 자리한 둘시네아와 그를 호위하듯 둘러싼 대표적인 권속이 유난히 시들어 있었다. 별들의 왕이 힘을 쓰지 못함에 무제타를 비롯한 변방의 별이 난립하는 형국이었다.

'역천의 날이 도래하는 시기는 늘 예측하기 어렵기 때문에, 대부분의 마법사들은 제대로 방비하지 못하고 속수무책으로 당하곤 합니다. 그래서 이런 격언도 있지요. 역천의 별이 뜨는 날에는 원수와 맞서지 마라.'

'하지만 금방 적의 탄생성이 무제타라 하지 않으셨습니까? 지금은 적의 힘이 가장 강성한 시기니 역으로 아군에겐 가장 좋지 않은 시기가 아닙니까?'

'예. 가장 나쁜 시기지요. 하지만 역천의 날을 미리 예측해서 대비할 수는 없어도 다소간 잠재울 수는 있습니다.'

묵묵히 성도를 보던 휴고가 나직하게 말했다.

'그래서 겨울이 필요하군요.'

별안간 성도에 냉랭한 겨울바람이 불어왔다. 그러자 근래 강성했던 봄별과 여름별이 얼어붙고, 오래전 힘을 잃었던 겨울별이 빛을 발하기 시작했다. 그렇잖아도 혼란하던 성도가 더욱 혼란해졌다.

'별은 계절에 따라 성쇠를 거듭합니다. 지금은 늦봄이니만큼 봄별과 여름별이 강성한 시기지만, 만일 휴고 경이 겨울을 불러온다면 그만큼 하늘의 질서가 어지러워지겠지요.'

'그렇잖아도 역천의 날로 어지러운 하늘에 더한 혼란을 심으려는 계책입니까?'

'그리해 무제타를 잠재울 수만 있다면요.'

헤스터가 사늘한 눈으로 성도를 굽어보았다.

흉포하게 주변의 별빛을 갉아먹던 무제타가 차츰 힘을 잃기 시작했다. 때아닌 겨울바람이 역천의 별 무제타마저 혼란스럽게 만든 것이다.

'무릇 독을 제거할 때는 더 지독한 독을 쓰라 하였습니다. 저들이 혼란을 원한다면, 더한 혼란으로 맞서면 그만입니다.'

휴고가 문을 열고 나온 것은 그로부터 40분가량 지나서였다.

"생각보다 시간이 많이 지체되었군요."

이런저런 잡동사니를 한 아름 품에 안은 채 회중시계를 열어 본 휴고가 혀를 찼다. 그새 옥슬리 대령이 다가와 물었다.

"어찌 이렇게 늦으셨습니까?"

"창고를 정리한 지 하도 오래되어서 당최 제자리에 있는 물건이 없더군요."

휴고가 단조롭게 대꾸했다.

"그래도 필요한 물건은 모두 찾아왔습니다. 이만 가시죠."

마법사 한 명과 마녀 한 명, 그리고 서른 명 남짓한 군인은 철로로 향했다. 아직 대낮이기에 대놓고 다가오는 군인들이 기차에선 훤히 내다보일 터였다. 그러나 황급히 이편으로 총구를 드미는 적군의 모습에도 내딛는 걸음걸이에는 한 점 망설임이 없었다.

느닷없는 군인의 등장에 당황한 무장 혁명군이 슬슬 방아쇠에 손가락을 거는 순간이었다. 서른여 명의 불청객은 총기의 사정거리를 애매하게 남기고 멈춰 섰다. 혁명군이 긴가민가하여 몇 차례 총을 쏘았으나, 애꿎은 총알만 낭비한 꼴이었다.

"대령님. 저희 총기는 사정거리가 더 길지 않습니까? 여기에서라면 걱정 없이 사격할 수 있습니다."

사병이 활기차게 말했다. 옥슬리 대령은 그를 한심하게 쳐다봤다.

"기차에 인질이 있다는 사실은 벌써 잊었나? 우리의 가장 중요한 목표는 인질들의 안전임을 잊지 말게. 혁명군을 생포하는 건 그다음이야."

휴고는 걸음을 멈추자마자 바닥에 짐을 늘어놓기 시작했다. 마법에는 전혀 문외한인 사병들이 보기에도, 또한 경지에 이른 자만이 이름을 올릴 수 있다는 백색전당에 든 위대한 마녀가 보기에도 도무지 쓰임새를 알기 어려운 잡동사니였다. 깃펜과 잉크통, 그 뒤로 나열된 괴이쩍은 기계 장치들을 물끄러미 살피던 헤스터가 물었다.

"이게 다 무엇니까?"

휴고는 바삐 깃펜의 촉을 다듬으며 대꾸했다.

"무제타의 힘이 강성한 시기에 심지어 늦봄이니, 이만큼 겨울을 불러오기 어려운 때도 없지요. 모두 마법을 도와줄 장치입니다."

적잖이 오래간 방치했던지 휴고는 깃펜을 손질하는 데만도 꽤나 애를 먹었다. 하지만 마법은 어디까지나 마법사의 고유 영역. 마법을 구현하는 세세한 방법은 사람마다 천차만별이기 때문에 공연히 휴고를 재촉하는 이는 없었다.

"저 기계들을 각각 동서남북으로 놓아 주십시오."

휴고가 비로소 깃펜에서 손을 떼며 말했다. 사병들이 기계의 위치를 나침반과 견주는 사이, 펜촉을 잉크에 담그던 휴고가 불현듯 헤스터를 돌아보았다.

"여기 있을 겁니까?"

세상에는 마법을 부리는 모습조차 타인에게 보이길 꺼려 하는 마법사가 제법 많았다. 제각기 마법을 부릴 때 사용하는 기도문이 다르고 수식이 다르니, 어찌 보면 자신만의 비기를 빼앗기는 것이나 다름없기 때문이었다.

"불편하다면 물러나겠습니다."

"……아니요. 경이라면 상관없겠지요."

"예?"

휴고는 변함없이 냉담한 얼굴로 대꾸했다.

"경은 굳이 내 방식을 차용할 필요가 없지 않겠습니까."

휴고가 기계 장치들 사이로 들어가자, 옥슬리 대령이 잔뜩 굳은 표정으로 다가왔다.

"마법을 완성하시는 동안 휴고 경은 움직이실 수 없으니, 그동안 혹시 있을지 모르는 적침은 저희가 방어하겠습니다."

"적측 마법사는 어찌 대처하시겠습니까?"

"부관을 시켜 남은 군사를 이끌고 기차의 후미를 공격하라 일렀습니다. 되도록 해를 입지 않게끔 멀리 떨어져서 사격만 하도록 지시했으나, 일전에 짐칸이 폭발한 전적이 있는 만큼 마법사도 쉬이 눈길을 돌리긴 어려울 겁니다."

기차와의 거리는 100m 남짓. 마침 이편에 누가 있는지, 무얼 하는지 가늠하기 어려운 거리였다. 더군다나 휴고의 앞으로 서른 명의 건장한 군인들이 장총을 든 채로 도열했기에, 기차에서 육안으로 휴고 알피어스를 발견하기는 무리였다.

휴고는 주변을 둘러보며 가볍게 휘파람을 불었다. 동시에 그의 몸이 풀밭 위로 살짝 떠올랐다. 흐린 빛을 띤 잉크가 펜촉 끝에서 반짝였다. 따뜻한 볕이 쏟아지는 봄날의 하늘을 잠시 올려다본 휴고가 이윽고 허공에 글씨를 새기기 시작했다.

기묘한 광경이었다. 마법사가 손에 쥔 것은 깃펜이고 펜촉에 묻힌 것은 잉크이건만, 허공에 각인되는 유려한 필체는 마치 별빛처럼 은은하게 빛을 발하고 있었다. 범인은 읽지도 쓰지도 못하는 그것은 마법의 언어였다. 마법사에게 탄생과 함께 특별한 힘을 선사한 별을 찬미하는 시요,

그의 바람을 실현하기 위하여 하늘에 전하는 기도문이었다.

"저건 대체……."

옥슬리 대령이 저도 모르게 탄성을 터트렸다. 헤스터가 차분히 설명했다.

"별빛을 담은 잉크입니다. 아마도 휴고 경의 탄생성인 발디비아의 별빛이겠지요."

"지금까지 숱한 마법사들을 보아 왔지만, 저런 광경은 난생처음입니다."

"대개 마법사들은 약식으로 마법을 행하니까요. 휴고 경을 비롯하여 몇몇 특별한 마법사들은 의지만으로도 마법을 부릴 수 있다지만, 계절을 바꾸는 거대한 마법은 단순히 그 정도로는 불가합니다."

거대한 마법일수록 거대한 마력이 필요하다. 마법사는 별의 힘을 빌려 마법을 부리는 만큼, 거대한 마법을 부리려면 응당 보통의 방법과는 다른 수단으로 별에게 성의를 표해야 했다.

별에게 더한 정성을.

별에게 더한 감사를.

"그러니 단순히 기도문을 읊는 것보다는 손수 새기는 것이, 평범한 잉크를 사용하기보다는 기도드리는 별의 빛을 사용하는 것이 별이 보시기에 더욱 기쁘지 않겠습니까."

그에 옥슬리 대령은 질린 낯빛으로 휴고의 뒷모습을 바라보았다. 한시도 멈추지 않고 움직이는 그의 손이, 그의 손을 따라 이어지는 글자가 새삼 선득하게 다가왔다.

허공에 새기는 글씨가 끝없이 이어지고, 이따금 바람 따라 들리던 총성은 갈수록 격해졌다. 옥슬리 대령이 조바심을 감추지 못하고 기차의 후미를 기웃거리는 와중에도, 헤스터는 오로지 휴고가 적는 글씨에만 집중했다.

휴고가 발디비아에게 전하는 기도문은 형식으로 보아 일리카 아스톨포가 정립한 일리카 기도문을 다소 변형한 것이었다. 중간중간 사용하는 수식도 별달리 특별한 점은 없었다. 기도문이든 수식이든 마법사들이 흔히 사용하는 방식이다. 종종 모르는 약자나 기호가 등장했지만, 앞뒤 문맥을 감안하면 충분히 뜻을 짐작할 수 있었다.

그리 1시간이 지나고, 2시간이 지났다.

기차 후미에서 마법사와 교전하던 부관이 더는 견디지 못하겠던지, 사병을 보내 언제쯤이면 마법이 발현되는지 다급하게 물어 왔다. 하지만 대령은 전할 말이 없었다. 휴고는 벌써 사병 세 명에 걸친 기도문을 작성하고 있었으나, 마법에 문외한으로서 그의 손이 언제 멈출지는 도무지 알 길이 없었다.

그렇게 1시간이 더 지났다.

어느덧 해가 서편으로 기울고, 사병들의 그림자가 곱절은 더 길어졌다. 3시간째 총을 들고 부동하는 사병들은 땀을 줄줄 흘리고 있었다. 후미에서 마법사를 상대로 분투하던 부관이 견디다 못해 퇴각한 것인지, 끊임없이 들려오던 총성도 어느샌가 잠잠해졌다. 철로를 타고 흐르는 정적이 사뭇 섬뜩했다.

옥슬리 대령은 초조하게 기차 후미를 힐끗거렸다. 아무래도 좋지 않은 예감이 들었다. 언제 적측 마법사에게 발각될지 모르는 형편이지만, 한창 마법을 구현하는 휴고를 불러 이제 와 후퇴할 수도 없는 노릇이다. 이러지도 못하고 저러지도 못하는 상황이었다.

그때, 별안간 휴고의 손에서 깃펜이 떨어져 내렸다. 풀밭에 나뒹구는 깃펜을 보고 식겁한 대령이 화들짝 고개를 들었다. 그러나 휴고는 더 이상 깃펜에는 관심 없었다. 비 오듯 땀을 흘리며 멍하니 허공의 별빛을 바라보던 휴고가 천천히 입을 열었다.

"……끝났습니다."

그 순간, 허공에 뜬 휴고의 발밑으로 마법진이 그려졌다.

가장 먼저 둥근 원이 나타나고 그 안에서 오망성과 모래시계, 그리고 〈공정한 알피어스〉를 상징하는 파란영양이 자리 잡았다. 그리고 마지막으로 나타난 시곗바늘이 이미 지나간 겨울을, 혹은 여름이 지나고 가을이 지나야 닥칠 겨울을 향해 천천히 움직였다. 원을 가로지르는 무수한 선과 무수한 글씨가 넘실대며 빛을 발하자, 비로소 마법진에 걸친 기계 장치들이 덜덜거리며 돌아가기 시작했다.

해가 뉘엿뉘엿 서편으로 넘어가며 날이 어두워지는 가운데, 마법진과 별에게 올리는 기도문은 점차 밝아져만 갔다. 그제야 이상함을 눈치챈 적군이 사격을 재개했다.

그리 어수선한 와중에도 헤스터는 점점 빛을 더해 가는 마법진을 조용히 지켜보았다. 정확히는 마법진에 걸친 기계 장치들을 보고 있었다. 제아무리 정확한 수식도 완벽한 마법을 이루지는 못하므로, 자꾸만 수식 바깥으로 튀어 나가려는 마법을, 자꾸만 원 밖으로 튀어 나가려는 마법을 기계 장치들이 간신히 붙잡고 있었다. 마법진의 진동이 그대로 전해지는 듯 덜덜거리는 모습이 못내 아슬아슬했으나, 예상외로 효과가 있었다.

그런데 일순 지상의 별빛이 꺼졌다. 갑자기 사라진 마법진에 사병들이 어리둥절한 사이, 휴고가 힘없이 풀밭으로 쓰러졌다. 옥슬리 대령이 서둘러 휴고의 상태를 살폈다.

"헤스터 경! 휴고 경께서 정신을 잃으셨습니다!"

대령이 소리쳤다. 하지만 헤스터는 돌아보지 않았다. 그녀는 머나먼 북쪽, 이제는 어둠에 물든 북쪽 하늘을 바라보고 있었다.

끝내 좌절한 대령이 물었다.

"마법은 실패한 겁니까?"

돌아오는 답은 없었다. 옥슬리 대령은 쓰디쓴 절망을 삼키며 고개를 떨구었다. 적군이 기차에서 나올 기미가 보인다며 사병들이 자꾸만 대령을 독촉했다. 계속 여기에 머물다가는 교전을 면치 못할 것이었다.

그러나 헤스터는 하염없이 북쪽 하늘만 주시했다. 잿빛 눈이 어두운 하늘 곳곳을 헤집으며 마땅히 자리에 있어야 할 것을, 마땅히 드러나야 할 것을 찾았다.

그리고 불현듯 눈을 스치는 차가운 빛.

헤스터의 입가에 여트막한 미소가 어렸다.

"……성공했습니다."

봄과 여름에 밀려 사라졌던 별이 이윽고 나타났다. 아직 시기가 아님에도, 당신의 사랑하는 아들이 간곡하게 올리는 기도를 들어 기나긴 잠에서 깨어난 것이다.

겨울의 별 발디비아.

때아닌 찬 바람이 풀밭을 스치고 지나갔다. 대령은 귓가에 닿는 써늘한 기운에 놀라 화들짝 일어섰다. 사병들이 갑작스러운 찬 기운을 느껴 기겁하고, 까닭 모르는 날씨 변화에 놀란 적군이 돌연 총질을 멈추었다. 한기를 느낄 새도 없이 숨결에서 하얀 김이 모락모락 피어올랐다.

겨우 싹 틔운 봄꽃과 여름꽃이 차례로 얼어붙으며, 잡풀은 추위에 떨며 옹송그리는 계절.

바야흐로 겨울이 도래했다.

조금 전까지만 해도 마법사는 기분이 썩 좋지 않았다.

오래간만에 세상으로 나와 하고 싶었던 일 중에는 물론 살육도 있었지만, 그보다는 목숨을 건 결투가 더욱 시급했다. 거의 10년 만에 사용하는 마법인 만큼 당분간 단련하는 것이 맞았으나, 그럼에도 잉그람 무장 혁명군이라는 시답잖은 무리에 굳이 합류한 이유는 결투의 짜릿함이 그리웠기 때문이다. 그는 그토록 동족과의 결투를 갈망했고, 생사를 넘나드는 자극에 목말랐다.

하지만 도무지 결투를 벌일 기회가 없었다. 무릇 마법사란 엉덩이 무겁기로는 세상에서 제일가는 족속이라지만, 아무런 방비도 없이 평범한 군사만 내보낼 줄은 또 몰랐다. 지난밤 열댓 명을 학살하며 중대한 경고를 주었다고 여겼는데, 아무래도 휴고 알피어스는 생각보다 더한 겁쟁이였던 모양이다. 그만한 재능을 지니고도 뒤에 숨어 뒤꽁무니 빼는 모습이라니. 일평생 누군가를 죽여 본 적 없는 애송이에 불과하다지만, 가히 저세상에서 이즈리얼 알피어스가 통탄할 노릇이었다.

그래서 마법사는 평소보다 의욕이 없었다. 멀리서 총만 깔짝대는 적군이 거슬렸으나, 짜증스럽게도 마법사에게 총이란 제법 상대하기 까다로운 무기였다. 언제 어디서 날아들지 모르는 만큼 사격수를 포함하여 단번에 해치우는 편이 깔끔했지만, 그러자니 간단한 마법으로는 어림도 없었다.

그는 휴고 알피어스를 상대할 때까지 되도록 마법을 자제하고 싶었으므로, 적군의 총질에 내강 응대만 해 주며 하릴없이 시간을 죽였다. 지루하고 지루했지만, 그렇다고 10m 앞의 와인병도 제대로 맞히지 못하는 오합지졸에게 여길 맡겼다간 눈 깜짝할 새에 기차를 빼앗길 것이었다.

문제는 마법사가 그리 인내심이 깊지 않다는 점이다. 1시간이 흐르고 2시간이 흐르자, 마법사는 슬슬 짜증이 치밀었다. 그리고 3시간째에 달했을 때는 아까의 다짐도 잊고 기차 밖으로 뛰쳐나가고 말았다.

적군은 마법사가 나타나기 무섭게 서둘러 퇴각했다. 마법사는 혁명군의 만류도 뿌리치고 적군을 뒤쫓았다. 마구잡이로 마법을 사용하여 한두 명 죽이긴 했으나, 그로는 성이 차질 않았다. 지난밤 무리했어도 다행히 요즈음은 그의 탄생성인 무제타가 가장 강성한 시기였다. 위대하신 그의 별께서 당신의 가엾은 아들을 굽어 살피시리라 여겼다.

하지만 그런 생각은 오래가지 못했다.

삽시에 잦아드는 불길을 멀거니 쳐다보던 마법사가 천천히 고개 들어 하늘을 보았다. 아직 별 뜨지 않는 초저녁임에도 마법사의 기민한 감각으로 느낄 수 있었다.

역천의 별 무제타가 얼어붙었다.

"숨어서 대체 뭘 하나 했더니……."

뒤늦게 찾아드는 겨울바람을 맞으며 마법사가 사납게 웃었다. 무제타를 잠재우기 위해 하늘의 질서를 교란할 줄 누가 알았겠나. 이만하면 휴고 알피어스에 대한 판단을 필히 재고해야 했다.

휴고 알피어스는 겁쟁이가 아니었다. 어쩌면 그보다 더한 막무가내인지도 몰랐다.

마법사는 기차로 되돌아오며 차분히 생각을 정리했다. 기차 부근은 어느덧 완연한 겨울이었다. 늦봄에 겨울을 불러오다니, 과연 겨울의 마법사란 이명에 걸맞은 대단한 재능이었다.

그러나 한 꺼풀 벗겨 보면 의심스러운 구석이 한둘이 아니었다. 우선 이만한 마법을 부렸으니 휴고 알피어스가 말짱할 리 없었다. 그렇잖아도 여름에 다다른 늦봄에, 탄생성인 발디비아와는 상성이 맞지 않은 무제타가 강성한 시기였다. 어림잡아 닷새쯤은 간단한 마법조차 힘겨울 터였다.

수상한 점은 그뿐만이 아니었다. 얼핏 보면 앞뒤 가리지 않은 미련한 작전이지만, 자세히 뜯어보면 제법 일리가 있었다. 혹자는 역천의 별 무제타가 강성한 시기에 이리 거대한 마법을 감행한 것을 우둔하다고 평하겠으나, 달리 보면 무제타가 강성한 시기이기에 가능한 마법인지도 몰랐다.

늦봄에 겨울을 불러오는 것은 하늘의 질서를 어지르는 것이다. 일전에 휴고 알피어스가 한여름의 백색전당에 겨울을 불러온 적 있다지만, 사방이 막힌 실내와 허허벌판인 실외는 차원이 달랐다. 그러니 이번 마법이 성공할 수 있었던 가장 큰 이유는 무제타로 인하여 이미 하늘의 질서가 어그러진 덕분이었다.

상성이 맞지 않는 무제타로 말미암은 제약이 더 클 것인가, 아니면 이미 흐트러진 하늘의 질서로 얻는 이득이 더 클 것인가. 누구도 쉬이 장담할 수 없는 문제였다.

그러나 미리 조사했기로, 휴고 알피어스는 성도학(星度學)에 능한 마법사가 아니었다. 모든 별의 주기를 암기하고, 운행의 궤도와 각도를 계산하여 하늘의 질서를 꿰뚫는 성도학은 마법학에서도 가장 어려운 학문으로 통했다. 휴고 알피어스는 이론보다는 본연의 재능과 감각으로 마법을 부리는 부류이므로, 진정 그만한 계산으로 겨울을 불러온 것인지 자못 의심스러웠다.

더군다나 발디비아를 깨워 겨울을 불러왔다 한들, 어차피 오래 지속될 마법은 아니었다. 고작 몇 시간이면 다시 잦아들 마법이건만, 그 찰나를 위해 무려 열흘이란 대가를 지불했단 말인가. 십중팔구 기절했을 휴고 알피어스와 달리, 그는 마법을 부리는 데 애를 먹을 뿐 아주 말짱했다.

아무리 생각해도 납득할 수 없는 결정이다. 마법사는 풀리지 않는 의문을 되뇌며 기차에 올랐다. 그러자 구석에서 안절부절못하던 혁명군 하나가 달려왔다.

"마법사님, 무사하셨군요! 적군은 처리하셨습니까?"

"아니."

마법사는 발길을 재촉했다. 쓸데없이 긴 기차에는 화물칸만도 열 칸이 넘었다. 기관실과 후미를 오가느라 허비한 시간만도 상당했다.

그런데 네 번째 화물칸을 지나갈 무렵, 마법사의 걸음이 우뚝 멈추었다. 뒤따르던 혁명군이 의아하게 물었다.

"무슨 일이십니까?"

마법사는 말을 아꼈다. 서늘하게 식은 눈이 좌우를 바삐 오가던 중, 느닷없이 바닥에서 진동이 느껴졌다. 진동이 삽시에 벽면과 천장으로 번지며 숫제 지진이라도 일어난 것처럼 화물칸 전체가 무섭게 흔들리기 시작했다.

"이, 이게 무슨……!"

갑작스러운 진동에 넘어진 혁명군이 엉망으로 바닥을 뒹굴었다. 간신히 화물을 붙잡고 진동을 견디는 마법사도 당황스럽긴 매한가지였다. 겨우 입술을 떼어 주문 몇 마디를 내뱉었지만, 얼어붙은 별은 아무런 호응도 없었다.

진동이 잦아든 것은 그로부터 몇 분이 지나서였다. 그동안 바닥을 구르며 온갖 화물에 치인 혁명군이 구석에서 속을 게워 내는 사이, 마법사는 비척거리며 출구로 향했다. 아무래도 예감이 좋지 않았다. 그리고 예감대로 철문은 꿈쩍도 하지 않았다.

"마법사님, 이게 대체 무슨 일입니까."

혁명군이 힘겹게 물었다. 짐칸에는 창문이 없기에 도대체 무슨 일이 벌어졌는지 확인할 수조차 없었다.

말없이 철문을 노려보던 마법사가 이내 몸을 틀었다. 그의 손이 철문을 지나 벽을 한차례 훑었다. 매끈하기 그지없던 벽이 어느새 울퉁불퉁하게 죄어 있었다.

"……마법이군."

괴괴한 사위에 스산하기 짝이 없는 소리가 섞여 들었다. 처음에는 울음인 줄 알았으나 차츰 소리를 더해 가길, 웃음이었다. 혁명군이 창백하게 질린 얼굴로 마법사를 올려다보았다. 뭐가 그리도 신명 난지, 고개를 뒤로 꺾으며 한바탕 대소하는 모습이 참으로 기괴했다.

"쥐새끼 같으니. 이렇게 나를 물 먹였다 이건가?"

마법사는 불현듯 웃음을 뚝 멈추며 중얼댔다.

저편에는 마법사가 한 명이 아니었다. 일찍이 예상했던 대로 휴고 알피어스도 있지만 하나가 더 있었다. 그래, 왜 그런 생각을 못 했을까. 이제야 휴고 알피어스가 맘 편히 겨울을 불러온 것이 이해되었다. 뒤를 받쳐 줄 동지가 있으니, 그런 배짱을 부릴 수 있었던 것이다.

으득. 이를 간 마법사가 뒤돌아섰다. 감춰 둔 패라면 이쪽에도 있었다. 10년 만에 가까스로 돌아온 세상. 이대로 물러날 생각은 추호도 없었다.

옥슬리 대령은 막사에서 펼쳐지는 경이로운 광경을 넋 놓고 지켜보았다. 농물과 소통하는 마법사가 있다고 들었지만, 이렇듯 두 눈으로 직접 보기는 처음이었다.

막사로 쪼르르 날아 들어온 두견새가 책상 끄트머리에 앉아 날개를 접었다. 헤스터는 새가 우짖는 소리를 경청하며 반짝이는 보석 가루를 내주었다. 새는 기쁘게 가루를 받아먹었다.

"마법사가 화물칸으로 들어갔다는군요."

헤스터는 지도의 좌표를 확인했다. 마법이 발현되기까진 찰나의 시간이 필요했을 뿐이다.

"지금 무슨 마법을 부리신 겁니까?"

"나무로 짐칸 전체를 에워쌌습니다. 적측 마법사는 휴고 경 덕분에 마력을 운용하기 힘들 테니, 당분간은 짐칸에서 나오지 못할 겁니다."

그녀가 부린 마법은 자연을 십분 활용한 것이었다. 철로 아래에 숨은, 수십 년 전 인간의 손에 잔인하게 잘려 나간 나무뿌리를 위로하며 성장을 유도한 셈이다. 이렇듯 생명을 다루는 마법은 까다롭기로 손꼽혔으나, 태생적으로 자연과 가까운 헤스터는 비교적 손쉽게 마법을 완수할 수 있었다.

헤스터는 가라앉은 눈으로 지도를 내려다보았다. 얼기설기 덩굴처럼 자라난 나무줄기가 짐칸을 마구잡이로 옥죄었으니, 마법사는 얼마간 움직이지 못할 터였다. 제한 시간은 휴고가 불러온 겨울이 물러가기까지의 너덧 시간 정도. 나머지는 마법사가 부재한 사이, 무장 혁명군을 제압하고 인질을 무사히 구출해야 하는 잉그람 군대의 몫이었다.

그녀는 입술을 지그시 깨물며 캄캄한 바깥을 내다보았다. 가만히 기다리기만 하는 것은 생각보다 훨씬 초조한 일이었다. 마음 같아서는 한낮처럼 밝히고 싶었으나, 날이 어두워야만 기습 작전을 펼치는 아군에게 유리하니 하릴없이 이곳에서 소식을 기다리는 수밖에 없었다. 진실로 마음 같아서는 당장에 기차로 뛰어들고 싶었다.

그래, 마음 같아서는.

헤스터는 다시금 솟아오르는 생각을 애써 참았다. 지금 중요한 것은 디아나의 안전이었다. 총은커녕 실제로 결투를 벌여 본 적도 없는 그녀로선 후방에서 마법이나 부리며 아군을 보조하는 것이 최선이었다. 제멋대로 기차로 뛰어들었다가 행여나 누군가 상처를 입는다면. 행여나 디아나가 다친다면. 상상만으로도 손이 차갑게 식을 지경이었다.

그러니 믿을 수밖에 없었다. 헤스터는 군대에 무지했지만, 적어도 국왕이 이런 중차대한 사건에 오합지졸 부대를 보내지는 않았으리라 확신했다. 군대의 능력은 몰라도 잉그람의 정예부대라는 이름은 믿었다. 더구나 마법사도 부재한 상황이다. 작전을 완수하지 못할 리 없었다.

헤스터는 숨을 몰아쉬며 천천히 눈을 감았다. 밀려드는 어둠 속에서 간절히 기도했다. 부디 디아나가 무사하길. 하나뿐인 자매가 무사히 품으로 돌아오기를.

디아나는 그녀의 하나 남은 가족이자, 덧없는 삶의 유일한 희망이었다. 모진 스승 아래서 마법을 익힐 때도, 어머니가 남긴 빚을 악착같이 갚아 갈 때도, 유일하게 마음을 열었던 이에게 배신당했을 때도, 헤스터는 오로지 디아나만을 생각하며 살아왔다. 모두가 그녀를 축복받았다고 치켜세우지만, 사실상 그녀의 삶에서 축복이란 오직 디아나뿐이었다. 디아나야말로 그녀의 유일무이한 별빛이었다.

그러니 너만은 살아야 한다.

헤스터는 끊임없이 기도를 올렸다. 아는 기도문이란 기도문은 전부 끌어냈다. 그리해 어지러운 하늘에 닿을 수 있도록, 그녀에게 마법을 선사한 별에게 가닿을 수 있도록.

하지만 기도에 답한 것은 별이 아니었다.

쾅!

별안간 폭발음이 들려왔다. 퍼뜩 일어서려던 찰나, 난데없이 새 여러 마리가 막사로 몰려들었다. 제각기 우짖는 소리에 머리가 핑그르르 돌았다. 헤스터는 휘청거리며 간신히 책상을 짚었다. 그제야 새가 이르는 소리가 마디마디 귀에 들어왔다.

화물칸. 폭발.

당최 어찌 된 영문인지 모르겠다. 겨울의 별 발디비아가 아직 사라지지 않았으므로, 상성이 맞지 않는 무제타는 힘이 쇠하기 마련이었다. 갑작스레 하늘의 질서가 어지러워져서 적측 마법사가 얼마간 마법을 부리지 못할 것은 자명한데, 어떻게 폭발이 일어났는지 짐작조차 불가했다.

헤스터는 산란한 정신을 가다듬으며 화물칸의 좌표를 떠올렸다. 화물칸이 폭발했다면 다시금 동여매면 그만이다. 이마에서 식은땀이 송골송골 배어 나왔으나 개의치 않았다. 아직은 괜찮았다, 아직은.

그때, 사병이 막사로 들이닥쳤다.

"경, 인질들이 무사히 기차를 빠져나와 군영으로 오고 있답니다!"

헤스터는 당장에 막사를 뛰쳐나갔다. 얇디얇은 옷에 차가운 겨울바람이 스쳤지만, 추위를 느낄 새도 없었다. 그저 숨이 턱에 받치도록 달릴 뿐이었다.

철로 쪽으로 트인 곳이 유난히 시끄러웠다. 횃불로 사방을 밝힌 들판이 꾀죄죄한 승객들로 한가득이었다. 울고 웃는 소리가 귓가에 그득하여 도무지 정신을 차릴 수가 없었다.

헤스터는 초조하게 주변을 둘러보았다. 낯모르는 사람들을 헤집으며 익숙한 얼굴을 찾아 헤맸다.

"헤스터 경. 오셨군요!"

멀리서 옥슬리 대령이 반갑게 웃으며 다가왔다. 헤스터가 떨리는 입술을 긴신히 떼었다.

"동생은 어디에……."

"디아나 양이라면 지금 수소문하고 있습니다. 걱정하지 마십시오."

대령이 자신만만하게 말했다. 헤스터는 입술을 짓씹었다. 괜찮다, 괜찮을 것이다. 자꾸만 일렁이는 불안감을 그리 내리눌렀다.

그런데 근처에 서 있던 여자가 조심스레 말을 걸어왔다.

"혹시 키가 이만한 마녀 아가씨를 찾으셔요?"

여자는 갓난아기를 품에 꼭 껴안고 있었다. 헤스터는 겨우 고개를 끄덕였다.

"어머나, 어쩌면 좋아! 그 아가씨 기차에서 빠져나오지 못했어요. 마법사에게 붙잡혔거든요."

충분히 기차를 탈출할 수 있었는데, 우리 아기를 구해 주느라 시간이 많이 지체되었어요. 그 아가씨가 아니었으면, 우리 아기는 무사하지 못했을 텐데. 혹시 그 아가씨의 가족이세요?

여자의 호들갑이 계속 이어졌으나, 헤스터는 듣지 못했다. 머리가 지끈거리도록 시끄럽던 소음이 일순 멎어 버렸다.

헤스터는 멍하니 여자를 바라보았다.

뚝. 뚜욱.

어디선가 핏방울 떨어지는 소리만 쟁쟁하게 울렸다.

시곗바늘을 거꾸로 돌려서, 아직 늦봄이 완연하던 오후 4시경.

온화한 날씨가 무색하게도 기차에는 스산한 적막만이 감돌고 있었다. 무장 혁명군이 기차를 점령한 지도 하루가 지났지만 기차는 어제와 똑같았다. 승객들은 여전히 좌석에 앉아 부동했으며, 총을 든 괴한이 객실마다 적어도 하나씩은 배치되어 있었다. 간간이 들려오는 총성에도 승객들은 이제 비명을 지르거나 헛구역질하진 않았다.

문제는 정작 다른 데 있었다.

디아나는 주린 배를 붙들며 한숨을 내쉬었다. 말짱한 식사를 한 지도 벌써 하루가 지났다. 괴한은 물이라도 마실 수 있는 걸 감지덕지 여기라고 했으니, 앞으로도 인질의 식사를 챙겨 줄 용의는 손톱만큼도 없는 듯했다.

'아무리 그래도 온종일 굶기다니, 너무해.'

배고파 늘어졌던 디아나가 다시금 분연히 고개를 쳐들었다. 어쩌면 저들은 인질을 죄 아사시키려는 것인지도 몰랐다. 그렇지 않고서야 이렇게 잔인할 수가 없다. 인류 역사상 이토록 풍요로운 때가 없었다고 여겨지는 시대에 먹지 못해서 죽는다니. 세상에 그보다 처참한 죽음이 또 어디 있을까.

디아나는 움푹 들어간 뱃가죽을 쓸쓸하게 매만지며 흘끗 올리버를 보았다. 정오경부터 꾸벅거리던 올리버는 벌써 4시간이 지나도록 숙면에 빠져 있었다. 디아나는 지난밤 곤하게 잤던 것은 까맣게 잊은 채 올리버를 한심하게 보았다. 그러나 어젯밤 마법사에게 맞아 흉하게 부어오른 오른쪽 턱을 보자니 한편으로 조금 안쓰럽기도 했다.

디아나는 오늘따라 유난히 무겁게 느껴지는 눈꺼풀을 애써 들어 올렸다. 괴한은 아까부터 창가에 달라붙어 바깥으로 총을 겨누고 있었다. 도대체 무슨 일이 벌어졌기에 저 난리인지 궁금했지만, 안타깝게도 괴한이 총을 겨누는 곳은 반대쪽 창가였다. 호기심을 이기지 못한 디아나가 몸을 조금씩 들썩거리며 반대편을 흘깃거렸으나, 아무런 소용도 없었다.

그즈음 뒤쪽에서 이상한 소리가 들려왔다. 처음에는 잘못 들은 줄 알았는데, 도무지 소리가 끊이지 않는 걸로 보아 무슨 문제라도 생긴 듯싶었다.

디아나가 불안한 기색으로 뒤쪽을 흘깃거렸다. 금방이라도 숨이 넘어갈 듯 꺽꺽거리는 소리에 이제는 여인의 흐느낌마저 더해졌다. 다른 승객들도 조마조마한 표정이었다.

객실이 술렁거리는 것을 뒤늦게 알아챈 괴한이 황급히 총을 이편으로 겨누며 소리쳤다.

"뭐야! 왜 이렇게 시끄러워!"

어느 노부인이 간신히 울음을 참아 내며 대답했다.

"남편이 이상해요. 아까부터 숨을 제대로 못 쉬어요."

괴한이 성가시다는 듯 바닥을 쾅쾅 밟으며 그쪽으로 다가갔다. 슬그머니 돌아앉은 디아나가 의자 위로 눈만 살짝 올려 상황을 엿보았다.

"젠장, 가지가지 하는군."

괴한이 중얼거렸다. 아무래도 승객의 상태가 좋지 않은 모양이었다.

"이봐, 할멈. 당신은 조용히 좀 해. 어차피 곧 죽을 텐데 뭘 그렇게 질질 짜?"

"무, 물만 좀 주세요. 이 사람, 점심때부터 계속 목이 마르다고 했어요. 물만 마시면 곧 괜찮아질 거예요. 제발……."

노부인이 울며 간청했다. 하지만 괴한은 들은 체도 하지 않았다. 괴한이 상스러운 욕을 뇌까리며 제자리로 돌아가려 하자, 노부인이 얼른 그의 소맷자락을 붙들었다.

"제발요. 물만 주세요. 영감과 함께 딸아이를 보러 왕도로 올라가는 길이었어요. 딸아이가 곧 결혼하는데, 결혼식장에서 손 붙들어 줄 아버지는 있어야지요. 이렇게 매정하게 굴지 말아요."

노부인에게 붙잡힌 팔을 신경질적으로 털어 내던 괴한의 눈빛이 돌연 사나워졌다. 그는 거리낌 없이 장총을 휘둘렀다. 단단한 개머리판이 노부인을 강타하는 소리와 함께 외마디 비명이 울려 퍼졌다.

"아악!"

싸늘한 정적이 내려앉았다. 괴한은 미련 없이 돌아섰다. 노인네가 시끄럽다는 둥, 성가시다는 둥 후련한 목소리가 뒤따랐다.

엿보던 것을 들키기 전에 재빨리 바로 앉은 디아나는 얼음처럼 바짝 굳어 버렸다. 방금 들었던 노부인의 비명이 자꾸만 귓가에서 쟁쟁하게 울렸다. 노부인은 어떻게 된 걸까? 여전히 껙껙거리는 그 남편은 어떻고? 디아나가 차갑게 식은 손을 부여잡으며 불안에 몸서리치는 중에도 괴한의 발소리는 점점 가까워졌다.

이윽고 괴한이 곁을 지나치는 순간이었다. 슬쩍 눈을 뜬 올리버가 때맞춰 발을 걸었다.

"으악!"

괴한이 볼썽사납게 복도를 굴렀다. 올리버는 지체 없이 괴한의 위로 올라탔다. 그는 괴한의 얼굴을 주먹으로 마구 후려갈겼으나, 괴한도 사지를 바동거리며 힘껏 저항했다. 주먹과 욕설이 줄곧 오갔다.

디아나는 서둘러 옆자리로 건너가 몸싸움을 지켜보았다. 체격은 올리버가 나았지만, 종일 굶었으니 아무래도 말짱하진 않을 터였다. 실제로 싸움은 좀처럼 끝나지 않았다.

초조하게 상황을 관망하던 중이었다. 디아나는 불현듯 애타게 바닥을 헤집는 괴한의 오른손을 발견했다. 괴한이 넘어지며 떨어트린 장총이 지척에 있었다. 식겁한 디아나가 저도 모르게 마법을 부렸다. 장총이 소리 없이 뒤로 물러나자, 멈칫한 올리버가 신속하게 장총을 들어 괴한을 겨누었다.

"일어나."

괴한이 이를 갈며 느릿하게 몸을 일으켰다. 도움을 청하려는 듯 입을 벌리기 무섭게, 올리버가 장총으로 그의 머리를 후려쳤다. 괴한은 종이 인형처럼 스르르 쓰러졌다.

승객들이 쓰러진 괴한을 멍하니 지켜보는 가운데, 올리버는 노부부가 있는 좌석으로 급히 달려갔다. 우선은 아까부터 제대로 호흡하지 못하는 남편 쪽이 급했다. 시퍼렇게 질린 얼굴로 꺽꺽대는 노인을 잠시 살펴본 올리버가 즉시 노인의 넥타이와 단추 두어 개를 풀었다. 그리고 맞은편에 앉은 승객에게 물었다.

"혹시 종이봉투 있습니까?"

승객이 손을 벌벌 떨며 봉투를 건넸다. 올리버는 종이봉투로 노인의 코와 입가를 가리며 호흡을 독려했다. 노인의 호흡이 조금 잦아들자, 이제 올리버는 노부인의 상태를 살폈다. 그리 좋은 상황은 아니었다. 얻어맞은 옆통수가 찢겨졌는지 계속해서 피가 흘러나오고 있었다.

앞쪽에 앉아 있던 중년 남자가 슬며시 다가와 물었다.

"어쩔 겁니까?"

"붕대와 소독약이 필요합니다. 얼음도 있으면 좋겠군요."

"그게 아니라, 이를 어쩔 거냐는 말이오!"

바삐 노부인을 살피던 올리버가 그제야 고개를 들어 올렸다. 늘 장난기로 반짝이던 다갈색 눈이 차게 가라앉았다. 사내는 흠칫하며 말을 이었다.

"저, 저자를 저렇게 만들면 어쩌자는 겁니까? 다른 놈들이 오면 어쩌려고요?"

"그럼 이 사람들은 그냥 죽게 놔둡니까?"

"지금 그게 아니라—"

"방금 그리 말하셨습니다."

사내는 말을 잃었다. 올리버는 고개 돌려 승객들에게 말했다.

"마법사는 1시간 전에 객실을 통과했습니다. 그때부터 혁명군도 창밖을 겨누느라 여념 없었고요. 이세 보니 저쪽에 군인이 있었군요."

"군인이요?"

승객들이 반색하며 왼쪽 창가로 몰려가자, 올리버가 황급히 가로막았다.

"다들 가만히 앉아 계세요. 소란스럽게 구시면 다른 일당들이 이상함을 알아챌 겁니다."

그러자 승객들은 전처럼 뻣뻣하게 자리에 앉았다. 올리버가 나직하게

118

말을 이어 갔다.

"그러니까 제 말은, 여기 조용히만 있으면 당분간은 안전하다는 겁니다. 아무래도 마법사나 혁명군은 군인과 대치하느라 바쁜 듯하니까요."

"당분간이요? 그럼 당장 대책을 세워야지요!"

"맞는 말입니다. 하지만 우선은 두 분을 치료해야죠. 혹시 여기에 의사 계십니까?"

동그란 안경을 쓴 중년 여성이 망설이며 손을 들어 올렸다.

"소아과 의사지만 일단은……."

"괜찮습니다. 의료 기기는 갖고 계십니까?"

"아니요. 휴가를 떠나던 참이라 미처 챙겨 오질 않았어요."

난처한 상황이었다. 고심하던 올리버가 말했다.

"식당에 상비약이 있을 겁니다. 여기서 멀지 않으니 가져오겠습니다."

"혼자서요?"

디아나가 저도 모르게 소리를 높였다. 승객들의 시선이 삽시에 그녀에게로 모였다. 조금 놀란 듯 말끄러미 디아나를 보던 올리버가 이내 선선하게 웃으며 고개를 저었다.

"물론 아니지. 혹시 여기에 군에서 복무하셨던 분 계십니까?"

객실은 잠잠했다. 서로 눈치만 보는 승객들을 가만히 지켜보던 올리버가 어깨를 으쓱였다.

"저도 실제 전선에서 복무했던 기간은 고작 1년 정도입니다. 그것도 벌써 10년 전이고요."

그러자 올리버보다 너덧 살가량 많아 보이는 남자가 손을 들었다.

"예전에 해병대에서 잠시 복무했소."

"좋습니다. 혹시 다른 분 더 안 계십니까?"

"군에 입대했던 경험은 없지만, 사냥을 좋아해서 총은 제법 다룰 줄 압니다. 저런 장총쯤이야 눈 감고도 해체할 수 있어요."

올리버가 만족스러운 표정으로 고개를 끄덕였다.

식당 칸으로 출발하기 직전, 올리버는 제자리로 돌아와 가방을 열었다. 그의 손에 멋들어진 은색 권총이 딸려 나왔다.

"그거 총이잖아요."

디아나가 핼쑥한 얼굴로 중얼거렸다.

"그런 걸 왜 들고 다녀요?"

"만일의 사태를 대비해야지. 지금처럼."

올리버가 대수롭지 않게 말했다. 못내 불안해진 디아나가 머뭇거리며 물었다.

"……진짜 괜찮겠어요?"

평범한 인간이 어떻게 싸우고, 어떻게 자신을 보호하는지 디아나는 알지 못했다. 올리버는 무장 혁명군을 오합지졸로 여겼으나, 과연 권총 한 자루로 그네들과 맞설 수 있는지 의문스러웠다.

"아가씨는 여기 있어. 곧 돌아올 테니까."

커다란 손이 디아나의 붉은 머리를 헤집고 지나갔다. 평소라면 온갖 짜증을 부렸을 테지만, 어째 지금은 그럴 수가 없었다. 디아나는 그저 시무룩한 표정으로 멀어지는 등을 바라볼 뿐이었다.

그로부터 20분 뒤, 세 사람은 상비약을 비롯하여 물통과 비상식량을 한 아름 안고 돌아왔다.

"식당 칸에는 아무도 없더군요. 생각보다 인력이 많이 부족한 모양입니다."

한껏 긴장했던 승객들이 그제야 가슴을 쓸어내렸다. 올리버가 웃으며 말했다.

"식당 칸에서부터 차례로 문을 잠가 놓았으니, 누구든 침입하려는 자가 있으면 쉽게 알아챌 겁니다. 그러니 일단 가볍게 요기라도 하죠. 배가 든든해야 움직이든 앞으로의 계획을 짜든 할 테니까요."

승객들은 제자리에 앉아 조용하지만 서둘러 식사를 시작했다. 모두 일등석 객실에 앉을 만한 재력과 교양을 지닌 덕분에 각별히 요란스럽지는 않았으나, 장장 하루 만의 식사인 만큼 음식이 들어가는 속도가 남달랐다.

빵을 허겁지겁 입으로 쑤셔 넣는 것은 디아나도 마찬가지였다. 그녀는 배가 얼마간 차오르고서야 겨우 정신을 차렸다. 물을 마시는 척 올리버를 힐끔대자, 기민하게 시선을 알아챈 올리버가 눈을 맞춰 왔다.

"왜?"

흠칫한 디아나가 저도 모르게 말문을 열었다.

"저기, 앞으로 어떡할 거예요?"

"뭘?"

"뭐라니요. 감시하던 사람을 저렇게 때려눕혔는데, 여기 가만히 있을 수는 없잖아요. 마법사가 언제 돌아올지도 모르고……."

디아나는 자신 없이 우물거렸다. 올리버가 흥미롭게 눈을 빛내며 몸을 기울였다.

"아가씨. 지금 날 걱정하는 거야?"

순식간에 디아나의 얼굴이 싸늘하게 식었다.

"웬 헛소리야. 나 말이에요, 나! 내가 걱정된다고요! 여길 지키던 혁명군이 저 꼴이 되었는데, 다른 놈들이 알면 괜히 나까지 위험해질 거 아녜요!"

"걱정하지 마. 아가씨는 신경도 안 쓸걸."

"……어째 좋게는 안 들리는데요."

디아나가 올리버를 째려보았다. 그는 칭찬과 비난을 섞어 말하는 아주 기막힌 재주가 있었다.

"오해하지 마, 아가씨. 난 사실을 말했을 뿐이니까. 그렇잖아도 위급한 상황에서 성년도 안 되어 보이는 여자애를 신경이나 쓰겠어?"

"누가 성년도 안 되었다는 거예요? 나 열아홉이라는 거 잊었어요?"

"어쨌든 눈에 보이기로는 그렇단 거야."

올리버가 나지막하게 속삭였다.

"그러니까 가만히 있어."

"뭐라고요?"

"아무것도 하지 말라는 소리야."

디아나는 물끄러미 그를 쳐다보았다. 올리버는 사뭇 진지한 얼굴로 말을 이었다.

"웬만하면 아까 같은 짓은 하지 마."

"……당최 무슨 말을 하는 건지 모르겠네요."

디아나는 모르는 체 창밖으로 고개를 돌렸다. 언니나 스승님이 아닌 사람에게 보호받는 상황이 썩 낯설었다.

오래지 않아 승객들은 한자리에 모여 두런두런 이야기를 나누기 시작했다. 물론 앞으로의 계획에 대해서였다.

"군대가 올 때까지 가만히 있는 게 좋지 않을까요?"

"마법사가 언제 돌아올지 알고요. 당장 여길 지키던 혁명군이 저 꼴인데……."

"그러고 보니 노부부의 상태는 어떤가요?"

"우리야 모르죠. 의사가 계속 돌보고는 있는데 한눈에도 평범한 증상은 아니잖아요. 아무쪼록 두 분 모두 구출될 때까지 무사하셔야 할 텐데 말입니다."

"사실 나는 그 구출이란 것도 참 회의적입니다. 여러분도 다 보지 않았습니까? 여기엔 흉악한 마법사가 있다고요. 중대가 몰려와도 대적하긴 무리일 겁니다."

"설마. 군에도 마법사가 한둘은 있겠죠."

"마법사가 우리를 구하러 와 줄까요? 그들은 우리처럼 평범한 인간을 멸시한다고 들었는데요."

계획을 세우려면 최소한의 정보라도 필요했다. 하지만 이제껏 혁명군의 감시를 받으며 객실에 갇혀 있던 승객들은 현 상황에 무지했다. 당장에 그들을 구출하러 온 군대가 어떤 규모인지, 지금 무얼 하고 있는지조차 알 수 없었다.

올리버가 문득 입을 열었다.

"마법사는 그럴지 몰라도 국왕은 아닐 겁니다. 국왕이 이 소식을 들었다면 틀림없이 근방에 머무는 마법사를 소환했겠죠."

승객들의 시선이 그에게로 모였다.

"펜잔스엔 저명한 마법사가 있는 것으로 압니다. 그러니 그 사안에 대해서는 걱정하지 마십시오."

"마법사가 있다고요?"

"그럼 우리를 구하러 오는 겁니까? 아니, 그보다 마법사가 있는데 왜 아직도 모습을 보이지 않는 겁니까?"

질문이 폭포처럼 쏟아졌다. 올리버는 난처한 기색으로 검지를 입술에 붙였다.

"일단 조용히 합시다. 이렇게 시끄럽다간 다른 객실에까지 들리겠습니다."

"그럼 당신은 앞으로 우리가 어떻게 해야 한다고 생각합니까?"

조금 전에 올리버와 대거리를 벌였던 중년 사내가 곱지 않은 기색으로 물었다.

"올리버 펜리입니다. 적당히 펜리 씨라고 부르세요."

뜬금없는 소리에 사내의 얼굴이 일그러졌다. 올리버는 재빨리 말을 이었다.

"그리고 앞으로는, 글쎄요. 한 가지 길밖에는 없잖습니까?"

"한 가지라면……."

"다들 아시다시피 뒤로는 갈 수 없습니다. 승객 대부분이 모인 이등석과 삼등석 객실에 혁명군이 몰려 있음은 보지 않아도 뻔하니까요. 더군다나 뒤쪽으로 향했던 마법사가 아직 돌아오지 않았고요."

"그럼 여기에 계속 머물자는 겁니까?"

올리버는 고개를 저었다.

"마법사나 다른 혁명군이 언제 들이닥칠지 모르는 상황에서, 객실에 가만히 머무는 것도 그리 좋은 선택지는 아니겠죠. 뒤는 안 되고 여기 머무는 것도 힘들다면, 앞으로 전진하는 수밖에 없겠습니다."

객실은 잠잠했다. 정확히는 충격에 휩싸여 있었다. 승객들은 저마다 대경하거나 멍한 표정으로 그를 쳐다보기만 했다.

"웬 미친 소리냐는 말은 없어서 좋군요."

올리버가 느긋하게 웃었다.

"지금 우리가 있는 일등석 객실은 다른 객실들과 멀리 떨어져 있습니다. 본래는 서민과 가까이 있을 수 없다는 귀족 나리들의 요구로 이렇게 설계된 것이지만, 어쨌든 시금 상황에선 좋은 소건입니다."

대부분의 기차는 운전실을 포함한 차체와 보일러가 전면에 위치하고, 그 뒤로 객실과 화물칸이 연결되어 있다. 그중 일등석 객실은 객실 중에서도 가장 앞에 위치했다.

"앞쪽에는 보일러와 운전실뿐입니다. 그조차 기차가 멈췄으니, 보일러실을 감시하는 인원은 몹시 적을 겁니다. 어쩌면 아무도 없을지도 모르고, 있어 봤자 한두 명이겠지요. 문제는 운전실입니다."

"아니, 우리가 왜 앞으로 가야 해요? 어째서 운전실까지 가야 하는지 설명은 해 줘야죠."

중년 여성이 황망히 물었다. 올리버가 지체 없이 대답했다.

"무사히 탈출하기 위해선 외부의 도움이 절실하니까요. 지금 우리는 상황이 어찌 돌아가고 있는지조차 모르잖습니까. 운전실에는 통신기기가 있을 테고, 그것만 손에 넣으면 군부대와 연락할 수 있을 겁니다. 내 짐작으로 군부대는 지난밤 그러했듯 날이 어두워져서야 기차로 접근할 겁니다. 창밖을 보시면 아시겠지만, 여긴 사방이 훤하게 뚫려서 한낮에는 쉽사리 접근할 수 없습니다. 그렇지만 무턱대고 군만 기다리기도 요원하지 않습니까? 가만히 있는 것보다는, 일단 군과 연락하여 작전을 맞춘 이후에 움직이는 것이 아무래도 탈출 가능성은 더 높겠지요."

몇몇이 수긍하듯 고개를 끄덕였다. 하지만 보일러실이나 식당과는 달리 운전실엔 십중팔구 무장 괴한이 있을 것이었다. 많은 승객들이 안절부절못하며 서로 눈치만 보았다.

"여기 계신 분들이 전부 운전실로 가는 것은 무리입니다. 비효율적이기도 하고요. 그러니 어느 정도 자신 있는 분들만 가도록 합니다. 그동안 다른 분들은 문가에 짐을 쌓아서 다른 혁명군이 객실로 침입하지 못하도록 하십시오. 자, 누가 가시겠습니까?"

올리버와 함께 식당을 다녀왔던 두 명이 먼저 손을 들었다. 뒤이어 삼십 대 중반으로 보이는 여성이 손을 들었다. 올리버가 빤히 쳐다보자 여자는 어깨를 가볍게 으쓱이며 말했다.

"이래 봬도 여군 예비역이에요."

"아까는 왜 밝히지 않으셨습니까?"

"아이가 있거든요."

서너 살쯤 되어 보이는 어린 사내아이가 여자의 치맛자락을 꼭 붙들었다. 여자는 아이의 머리를 쓰다듬으며 애틋하게 말했다.

"아이아버지는 없어요. 가까운 친척도 없고요. 나까지 죽으면 천애고 아가 될 테니 쉽게 손을 들 수가 없더군요."

"괜찮으시겠습니까?"

"네. 아이가 무사히 구출될 수만 있다면 뭐든 하겠어요."

여자가 결연히 대답했다. 올리버는 고개를 끄덕이며 다른 승객들을 돌아보았다. 더 이상 자원하는 사람은 없었다.

"나도 갈래요."

그때, 여린 목소리가 울려 퍼졌다. 승객들의 시선이 그간 올리버의 곁에 조용히 앉아 있던 디아나를 향했다. 붉은 머리칼과 이제껏 볕을 멀리한 듯 유독 새하얀 얼굴, 그리고 자그마한 몸집. 건너편에 앉은 승객이 머뭇거리며 디아나를 말리려는 순간, 올리버가 놀랍도록 딱딱한 표정으로 말했다.

"안 돼."

늘 서글서글하던 얼굴에서 미소가 가시니, 어쩐지 생판 모르는 사람처럼 무섭게 느껴졌다. 그러나 디아나는 시선을 피하지 않았다. 오히려 턱을 추켜올리며 당당히 대답했다.

"왜요. 당신이 내 보호자라도 돼요?"

"아가씨."

"내기 왜 힘께 가리는 줄은 알아요? 당신들이 영 못 미더워서 그래요. 나는 절대로 여기서 죽지 않을 건데, 괜히 당신들이 일을 망칠까 봐 염려된다고요."

야박한 말에 승객들의 시선이 뾰족해졌다. 하지만 디아나는 개의치 않았다.

"솔직히 말해 봐요. 아까 내가 도와주지 않았으면 어떻게 되었겠어요?"

만일 마법을 부리지 않았더라면. 그리하여 괴한이 무사히 총을 쥐었더라면.

디아나가 아무리 재능 없는 마녀여도, 헤스터나 휴고 알피어스, 혹은 적측의 마법사와는 비교할 수 없이 보잘것없는 마녀여도 그녀는 범인이 상상조차 불가한 것을 실현하는 마녀였다. 계절이나 날씨를 바꾸진 못해도, 총을 천장으로 떠오르게 하거나 손대지 않고 문을 여는 것쯤은 가능했다.

"그러니까 나를 좀 잘 써먹어 보라고요."

디아나가 툴툴거리며 말했다. 그녀가 시답잖은 마법이나 다루는 이상, 마법이 어떻게 쓰이는지에 따라 작전의 성패가 극명하게 갈릴 터였다. 그러나 잘만 쓰면 손쉽게 운전실을 탈환할 수도 있었다.

얼마간 그녀를 응시하던 올리버가 길게 한숨을 내쉬었다.

"……대신 내 뒤에 꼭 붙어 있어야 해."

"잠깐! 저 여자애를 진짜 데려간다는 말이오?"

괴한의 장총을 쥔 중년 사내가 황당한 기색으로 물었다. 올리버가 고개를 끄덕이자, 객실이 차츰 술렁거리기 시작했다. 대놓고 말하진 못해도 디아나를 못 미더워하는 것만은 분명했다. 기가 차 주변을 둘러보던 디아나가 사내를 째려보았다.

"내가 댁보다는 훨씬 쓸모 있을걸요?"

디아나는 사내가 대답할 틈도 없이 쌀쌀맞게 지나가 버렸다. 사내가 터무니없다는 듯 양손을 들어 올렸다. 올리버는 고개만 절레절레 저을 뿐 더는 아무런 말도 하지 않았다.

"아가. 울지 말고 용감히 있으렴."

여자가 어린 사내아이에게 조곤조곤 말했다. 아이는 울상으로 기어이 고개를 주억거렸다. 갓난아기를 안은 젊은 부인이 사내아이의 어깨를 한 손으로 감싸 안았다.

운전실로 가기로 자원한 다섯 명이 준비를 끝마치고 한 줄로 도열했다. 올리버가 선두고, 디아나가 후미였다.

"오래지 않아 돌아올 겁니다. 부디 조용히 계십시오."

마지막으로 올리버가 승객들을 돌아보며 경고했다.

문을 열자 어둑어둑한 복도가 드러났다. 올리버를 시작으로 세 사람이 발소리를 죽여 복도로 나아갔다. 그들을 뒤따라 복도로 한 걸음 내디딘 디아나는 무심코 뒤를 돌아보았다. 문가는 긴장으로 뻣뻣해진 승객들로 가득했다. 잠시 그들을 마주 보던 디아나가 소리 없이 문을 닫았다.

다행스럽게도 복도엔 아무도 없었다. 이편에는 총기가 고작 두 자루뿐이었으므로, 운전실에 달할 때까진 되도록 괴한과 마주치지 않는 편이 좋았다. 그들은 신중히 걸음을 내디뎠다. 음산하게 흐르는 긴장감에 어느덧 감화된 디아나도 침을 꿀꺽 삼키며 발소리를 죽였다.

"보일러실부터 지나야 할 거예요. 화실(火室)은 특히 뜨거울 테니 조심해요."

앞에서 걷던 여자가 말을 걸어왔다. 디아나는 떠름하게 고개를 끄덕였다.

이윽고 보일러실이었다. 문틈으로 보일러실의 동태를 확인한 올리버가 조용히 손짓했다. 뒤따르던 네 사람은 제각기 몸 숨길 곳을 찾았다. 올리버는 벽에 등을 붙인 채로 조심스레 문을 열었다. 끼익 끼익. 문이 점차 열렸다. 희미한 불빛이 복도를 가르듯 길게 드리워졌으나, 우려하던 총성이나 괴한의 기척은 들리지 않았다.

올리버가 먼저 총을 빼 들고 안으로 들어섰다. 나머지 세 명이 뒤따랐다. 멀뚱히 복도에 서 있던 디아나는 여자의 나지막한 부름이 있고서야 쫄래쫄래 발걸음을 옮겼다.

과연, 여자의 말대로 보일러실은 무척이나 더웠다. 디아나는 금세 발 갛게 상기된 얼굴로 투덜거렸다.

"이건 뭐 찜통도 아니고."

더위도 더위지만, 매캐한 냄새가 지독했다. 디아나는 코를 틀어막은 채 비좁은 기차 칸을 둘러보았다. 긴 파이프가 사방에 거미줄처럼 펼쳐 졌고, 겨우 한 사람 지나다닐 수 있는 좁은 길을 제하고는 도무지 용도를 알 수 없는 기계 장치가 곳곳에 자리했다. 꼭 기계로 만들어진 생물의 체 내에 들어온 듯한 야릇한 기분마저 들었다.

"아가씨."

디아나는 퍼뜩 고개를 돌렸다. 올리버가 손수건을 내밀고 있었다.

"갈수록 매연이 심해질 거야."

디아나는 무심결에 손수건을 받아 들었다. 그녀가 멀거니 손수건을 내려다보는 새, 올리버는 다시 제자리로 돌아갔다. 디아나는 손수건으로 코와 입가를 틀어막으며 한발 늦게 일행을 따라갔다.

자꾸만 기침을 부르는 매연과 후덥지근한 연기를 거쳐 마침내 문가에 다다랐다. 문틈으로 빛이 새는 걸 보면 운전실이 틀림없었다. 앞선 네 사 람이 문과 가까운 벽면에 등을 붙이는 동안, 디아나는 그들에게서 조금 떨어진 기계 장치 뒤에 숨었다. 고개만 들지 않는다면 쉬이 발견하지 못 할 위치다.

총을 문가로 겨눈 올리버가 디아나에게 눈짓했다. 자연히 객실에서 들었던 올리버의 말이 떠올랐다.

'내가 신호를 보내면 마법으로 문을 열어.'

디아나는 유심히 철문을 살펴보았다. 철문은 미닫이문이라 문손잡이가 따로 없었다. 마법에 특별한 재능이 없는 디아나가 유일하게 내세울 만한 강점은 의지만으로 마법을 발현할 수 있는 능력과 섬세한 마력 운영이었다. 그렇기에 디아나는 저리 무거운 철문을 미는 것보단, 문손잡이를 돌려서 문을 여는 편이 더욱 손쉬웠다.

하지만 이제 와 못 하겠다 물러날 수도 없는 노릇이다. 디아나는 정신을 집중했다. 문이 어찌나 무거운지 처음에는 꿈쩍도 안 했다. 관자놀이에 식은땀이 맺힐 무렵, 비로소 첫발을 떼자 문이 수월하게 움직이기 시작했다.

쇠로 쇠를 긁는 듯한 소음이 연이었다. 오래지 않아 둔중한 소음과 함께 철문이 완전히 열렸다. 신경을 갉아먹던 소음도, 디아나의 집중도 끝났다. 끔찍할 정도로 적요한 보일러실. 팽팽한 긴장감만이 감도는 가운데, 별안간 누군가 바닥을 세게 박찼다. 디아나는 몸을 꼭꼭 숨기라던 올리버의 경고도 잊고 슬그머니 머리를 내밀었다.

운전실을 지키던 괴한이 문가로 달려오고 있었다. 하지만 그는 문턱을 넘기 무섭게 올리버에게 왼팔이 잡혔다. 괴한이 반동을 이기지 못하고 쓰러지자, 뒤에서 대기하던 여자가 나무토막을 휘둘러 괴한의 뒤통수를 정확히 가격했다. 하지만 그뿐만이 아니었다. 고막을 찢는 총성이 돌연 무자비하게 울렸다. 깜짝 놀란 디아나가 황급히 기계 장치 아래로 고개를 수그렸다.

총성과 주인 모를 비명이 끊임없이 들려왔다. 난생처음 겪는 전투의 복판에서 디아나는 양손으로 귀를 틀어막으며 애벌레처럼 움츠렸다. 대체 내가 왜 따라나선 걸까. 불과 20분 전의 자신이 원망스러워졌다.

띄엄띄엄 들려오던 총성이 이윽고 멎었다. 강한 타격, 누군가 바닥을 구르는 소리, 끙끙거리는 신음이 뒤섞였다. 디아나는 주저하며 슬며시 고개를 들었다. 가장 먼저 보인 사람은 문가에 우뚝 서 있는 올리버였다.

그를 발견하자마자 디아나는 안도의 한숨을 내쉬었다. 비록 다른 사람들은 조금 다친 것 같지만, 괴한들은 다들 신음하며 쓰러져 있었다. 대강 세어 보니 세 명이었다.

"이제 끝난 거예요?"

디아나가 조심스레 복도로 나왔다. 올리버는 흘러내린 앞머리를 쓸어 올리며 고개를 끄덕였다. 디아나는 종종거리며 얼른 그를 뒤따랐다. 그리고 운전실로 들어서려는 찰나 어두운 구석 자리, 엉망으로 쓰러진 의자 뒤에 몸을 숨긴 괴한과 눈이 마주쳤다.

생각할 겨를조차 없었다. 본능처럼 마법이 이루어졌다.

"이, 이게 뭐야……."

괴한이 황망하게 중얼댔다. 그의 손에 들려 있던 장총이 부지불식간에 공중으로 떠오른 것이다. 장총은 그를 희롱하듯 뒤로 물러나며 빙그르르 유려하게 몸을 돌렸다. 어느덧 써늘한 총구가 그를 향했다.

모두가 경악한 가운데, 올리버가 잽싸게 움직였다. 그는 권총으로 괴한을 겨누며 다른 사람들에게 눈짓했다. 화들짝 정신을 차린 세 사람이 괴한의 입에 재갈을 물리고 팔다리를 묶었다. 장총은 그제야 볼품없이 바닥으로 떨어졌다.

벽을 짚은 채 간신히 서 있던 디아나가 스르르 주저앉았다. 아직도 다리가 후들거렸다. 괴한과 눈이 마주쳤던 광경이 자꾸만 눈앞에서 반복되었다.

"아가씨, 괜찮아?"

올리버가 서둘러 다가왔다. 내내 금속처럼 단단하던 얼굴이 염려하는 기색으로 가득했다. 디아나는 끈 떨어진 인형처럼 고개를 끄덕거렸다. 실은 정신이 하나도 없었다. 온몸을 휘감던 숨 막히는 긴장감이 아직도 가시질 않고 있었다.

불현듯 차가운 공기가 뺨에 닿았다. 디아나는 그제야 한결 평온하게 호흡했다. 하지만 그조차 잠시, 어떤 예감이 벼락처럼 뇌리에 꽂혔다. 너부러져 있던 디아나가 벌떡 일어나 창가로 달려갔다.

"지금은 늦봄인데……."

창문으로 찬 바람이 술술 밀려들었다. 디아나는 멍하니 창밖을 내다보았다.

착각이 아니다. 착각일 수가 없었다.

납작 엎드린 들풀을 굽어보던 디아나가 더디게 고개를 들어 올렸다. 질서가 어그러진 저녁 하늘. 짙은 남빛으로 물들어 가는 황량한 들판에 외따로 빛나는 별이 눈에 들어왔다.

먼 옛날, 형제에게 배반당한 여신이 세상에 내린 혹독한 단죄이자, 별들의 왕을 지키는 무자비한 칼날. 세상을 얼리는 혹한의 계절.

겨울의 별 발디비아.

"……휴고 알피어스군."

창가로 다가온 올리버가 낮게 읊조렸다. 디아나는 차마 떨어지지 않는 입으로 동의를 표했다.

세상천지 이런 마법을 부리는 자가 또 있을 리 없었다. 파란영양을 모시는 마녀와 마법사들이 수십 년을 기다려 온 이즈리얼 알피어스의 진정한 후계. 한여름 백색전당에 겨울을 불러온 겨울의 마법사.

때아닌 계절이 도래한 하늘 아래서 디아나는 거대한 마법에 압도되었다. 그녀는 차마 꿈꿀 수 없는 경지, 마치 기적과도 같은 광경을 그저 경외하는 수밖에 없었다.

"젠장. 전선을 끊어 놨군."

올리버가 혀를 찼다. 그의 곁을 기웃거리던 디아나가 물었다.

"끊어지면 안 돼요?"

"유선전신이니까. 전선이 끊어지면 통신이 안 되지."

올리버는 씁쓸한 얼굴로 잘린 전선을 만지작거렸다. 그러자 또래의 남자가 넌지시 말을 흘렸다.

"혹시…… 가능할지도 모르잖습니까."

"무엇이요?"

남자는 디아나 부근을 힐끔거렸다.

조금 전 그녀가 마법을 쓰는 것을 목격한 이후로, 올리버를 제한 나머지 세 명은 꼭 저렇게 디아나를 어려워했다. 디아나는 그들의 반응에 개의치 않았으나, 못 볼 것을 봤다는 양 멀리하는 태도는 못내 짜증스러웠다.

"내가 마법으로 저걸 붙일 수 있냐고요?"

대뜸 묻는 소리에 남자는 어깨를 흠칫했다. 곱지 않은 눈으로 그를 흘겨본 디아나가 팔꿈치로 올리버를 밀어 냈다.

"어디 봐요. 내가 할 수 있는지 좀 보게."

올리버는 순순히 자리를 비켜 주었다. 대신 그의 자리를 차지한 디아나가 조심스레 전선을 쥐었다. 원리는 모르겠다만, 이걸 붙이기만 하면 되는 거였다. 두 차례 마법을 성공한 데다 눈앞에서 마법의 위대함을 목격한 디아나는 제법 열의에 불타고 있었다. 하지만 자신 있게 마법을 부리려던 순간, 기초적인 마법법칙이 불현듯 떠올랐다.

유(有)에서 유(有)를 만드는 것은 어렵지 않다.

본시 어려운 것은 무(無)에서 유(有)를 창조하는 것이다.

끊어진 전선을 붙이려면 그 사이의 '없는 것'을 만들어 내야 했다. 그것이 단순한 접착력이든 고무든 상관없었다. 중요한 것은 무에서 유를 창조해야 한다는 것이었다.

"너무 무리하지 않아도 돼."

올리버가 어깨를 토닥였다. 디아나는 시무룩한 표정으로 고개를 끄덕였다.

본래 디아나는 창조마법에 지독히도 재능이 없었다. 암흑의 별 칼리스토를 탄생성으로 삼은 까닭에, 선천적으로 타고난 마력이 적었기 때문이다. 이유가 어떻든 마법의 꽃이라 불리는 창조 영역에는 손도 대지 못하므로 자연히 마녀로서의 평가가 낮았다.

디아나는 뒤틀리는 마음을 애써 다잡았다. 자괴감과 질투로 속이 문드러지던 것도 옛날이지, 이제는 어찌어찌 순응하며 살고 있었다. 죽어도 못 하는 일에 구태여 마음 쓸 필요는 없었다. 차라리 그 시간에 할 수 있는 일을 찾는 편이 나았다.

"그럼 이제 어떡……."

별안간 바닥이 꿈틀거리기 시작했다. 생전 들어 본 적 없는 굉음이 뒤이었다.

콰르릉!

기차를 뒤흔드는 진동이 점점 심해지며 온갖 잡동사니가 바닥으로 떨어졌다. 걷다 못한 다른 사람들이 벽을 붙들고 사쓰스로 균형을 삽는 사이, 디아나가 돌연 창가로 달음박질했다.

"아가씨, 위험해!"

올리버가 소리쳤다. 그러나 디아나는 듣지 않았다. 휘청거리면서도 용케 창가에 달라붙은 디아나가 창밖으로 고개를 쑥 내밀었다. 땅거미가 꺼뭇하게 기어가는 저녁, 기차의 후미에서 몹시 기괴한 광경이 펼쳐지고 있었다.

평탄하던 땅이 마치 쿠키 쪼개지듯 갈라졌다. 지표면이 위태롭게 짜개지는 틈새로 굵고 얇은 나무줄기가 수도 없이 하늘로 치솟았다. 철로를 매끈하게 깔기 위해 잔인하게 베어 넘긴 나무가, 이제껏 캄캄한 지하에서 상처 입은 몸 뉘었던 뿌리가 한없이 자라나고 있었다.

그리고 수십 년 만에 자신을 깨운 마력의 인도를 받아 차츰차츰 휘어진다. 하늘 높은 줄 모르고 솟아나던 나무줄기는 어느새 화물칸을 휘감기 시작했다. 개미 한 마리 빠져나오지 못하도록 휘감고 조여 댔다.

멀거니 그 광경을 지켜보던 디아나의 입가에 점점이 미소가 맺혔다. 굉음이 가라앉기 무섭게 후다닥 뒤돌아보며 외쳤다.

"우리 언니가 왔나 봐요!"

디아나의 가족 관계를 알지 못하는 세 사람은 그저 멀뚱멀뚱했다. 하지만 올리버는 달랐다. 영문을 모르던 그의 얼굴이 숫제 바위처럼 굳었다.

"……뭐?"

"어떡해! 설마하니 진짜 왔나 봐! 그렇잖아도 많이 바쁠 텐데 미안해서 어쩐담!"

디아나는 발갛게 상기된 뺨을 감싸며 발을 동동 굴렸다. 망연히 상황을 지켜보던 여자가 조심스레 말문을 열었다.

"도대체 상황이 어떻게 돌아가는 건지……."

"잠깐. 저거 무선전신 아니오?"

중년 사내가 구석에 놓여 있는 기계를 가리켰다. 어질러졌던 잡동사니가 바닥으로 떨어지며, 그제야 모습이 드러난 모양이었다. 올리버가 서둘러 그편으로 건너갔다.

"맞군요. 꽤 오래된 모델이긴 하지만."

"작동할 것 같소?"

"일단 시도해 봐야죠."

올리버는 운전대에 앉아 네모난 기계를 매만지기 시작했다. 그의 뒷모습을 미심쩍게 살피던 디아나가 슬그머니 여자에게로 다가갔다.

"지금 뭐 하는 거예요?"

"무선전신을 사용하고 있어요. 모델이 오래되었다니 적어도 전파가 군부대까지는 닿길 바라야죠."

"세상에, 그럼 저걸로 군이랑 연락할 수 있는 거예요?"

디아나가 입을 떡 벌렸다.

"직접 대화하는 건 아니고 모스 부호를 사용해요. 시간은 좀 걸려도 편지를 주고받는 것보단 훨씬 빠르고 간편하죠."

여자의 친절한 설명에 디아나는 얼떨떨한 표정을 지었다. 지금까지 편지를 주고받는 것이 당연했던 차에, 저리 괴상망측한 기계로 원거리에서 쉽게 연락이 오갈 수 있다는 사실이 영 믿기지 않았다. 잉그람에서 최고 가는 마법 가문 자일스의 가르침을 받으며 자란 탓에 자연스레 인간 사회를 무시하는 경향이 짙었던 디아나는 마법처럼 신기로운 물건이 인간 사회에도 있을 줄은 미처 몰랐다.

올리버가 자리에서 일어난 것은 그로부터 30분가량 지나서였다.

"군과 연락했습니다."

"뭐라고 하던니까?"

중년 사내가 소리를 높였다. 올리버는 검지를 입술에 붙이며 속닥거렸다.

"어찌 된 영문인지는 몰라도 마법사는 지금 움직일 수 없다고 합니다. 마법사 없는 혁명군은 오합지졸이죠. 군대가 뒤에서 교전을 벌이고 있다니 혁명군은 곧 진압될 겁니다."

"어차피 앞쪽을 지키는 괴한은 이제 없잖아요. 그냥 도망가도 되지 않나요? 마침 밤이라서 보이지도 않을 텐데."

"맞습니다. 혁명군은 우리를 신경 쓸 틈도 없겠죠."

올리버가 권총을 꺼내 들며 말했다.

"일단 돌아갑시다. 생각보다 시간이 많이 지체되었군요."

객실은 온통 아수라장이었다.

"무슨 일입니까?"

올리버는 대답을 듣기도 전에 상황을 파악했다. 짐 가방을 가득 쌓아 올린 뒤쪽에 열 명 가까이 되는 사람이 모여 힘겹게 문을 막고 있었다.

"혁명군입니까?"

"예."

올리버는 권총을 장전한 뒤 성큼성큼 걸어갔다. 문을 사이에 둔 대치가 벌써 오래되었는지, 사람들이 땀을 뻘뻘 흘리고 있었다.

"아가씨. 짐을 치울 수 있겠어?"

"한번 해 볼게요."

멀찍이 뒤에 서 있던 디아나가 엉겁결에 고개를 끄덕였다. 올리버는 장총을 든 세 사람을 손짓으로 부르는 한편, 문을 막는 사람들에게 일렀다.

"셋 하면 비켜서십시오."

소란스럽던 객실이 이내 싸늘하게 가라앉았다. 올리버의 왼손이 숫자 1을 그렸다. 뒤이어 중지가 펴지고, 약지가 펴졌다. 문을 막던 사람들이 단번에 문가에서 벗어나자 때맞춰 디아나가 마법을 부렸다. 저렇게나 많은 물건을 한 번에 옮겨 본 적은 없으나 해야만 했다.

디아나가 눈을 꽉 내리감는 순간, 동산처럼 쌓여 문을 틀어막던 짐 가방이 폭발하듯 사방으로 흩어졌다. 그리고 혁명군이 체중을 실어 힘껏

들이민 문이 활짝 열렸다.

총성이 거듭 울렸다. 갑자기 문이 열리며 바닥을 구른 혁명군은 반격할 새도 없이 총에 맞았다. 몇몇은 디아나의 마법에 하릴없이 총을 빼앗기기도 했다. 부지불식간에 올리버도 이곳저곳 생채기를 입었고, 격전 중에 총상을 입은 승객도 있었다. 귀를 찢는 총성과 피 튀기는 끔찍한 소리, 신음과 비명 소리가 한데 뒤섞였다.

이윽고 총성이 잦아들 무렵, 식당 칸에서 헐레벌떡 이쪽으로 달려오는 괴한이 있었다. 올리버가 욕지거리를 내뱉으며 총알을 장전했다. 나머지 세 사람은 이미 총알이 바닥난 상태였다. 객실의 참상을 확인한 괴한이 주춤거리며 뒤로 물러서려는 찰나, 뒤편에서 별안간 커다란 총성이 울렸다. 괴한이 분수처럼 피를 토하며 쓰러졌다. 뒤이어 절도 있는 군화 소리가 들려왔다.

금장 입힌 파란 제복에 매끈한 총신. 잉그람의 군인이었다.

"펜리 씨, 맞습니까?"

군인이 객실을 대강 둘러보며 올리버에게로 다가왔다. 올리버는 시근덕거리며 고개를 끄덕였다.

"연락은 잘 받았습니다. 일단 빨리 기차를 벗어나죠."

군인은 총 12명이었다. 그중 절반이 의식 잃은 노부부와 총상 입은 승객을 입은 재 먼저 기차를 나섰고, 나머지 승객들도 일사불란하게 움직였다. 비로소 기차에서 탈출하는 듯했다.

한데 갑작스레 폭발음이 울렸다.

쾅!

기차가 뒤흔들릴 만치 거대한 진동이었다. 기차를 빠져나가던 승객들이 모두 넘어지고, 오롯이 객실을 밝히던 전구마저 꺼졌다. 느닷없이 찾아든 어둠 속에서 승객들이 우왕좌왕하는 가운데, 군인의 묵직한 목소리가 들려왔다.

"뒤쪽을 확인해야겠습니다! 앞선 사람을 잘 따라가십시오!"

승객들이 두려움에 떨며 가지 말라 외쳤으나, 군인들은 황급히 총을 챙겨 달려갔다. 아까보다 잦아든 폭발음이 산란하게 터진 뒤엔 군인들의 발소리조차 찾을 수 없었다.

한 치 앞도 분간할 수 없는 어둠 속. 승객들은 서로를 밀치며 앞으로 나아갔다. 어떻게든 살아야 한다는 일념만이 그들의 뇌리를 지배했다. 거리낌 없이 다른 사람을 밟고 밀치고 뛰어넘었다. 생에 대한 집착에 눈이 멀어 뒤에 남겨질 사람은 생각도 못 했다.

하지만 디아나는 그러지 못했다. 두 번째 폭발음이 들렸을 때, 그녀는 진동을 버티지 못하고 재차 넘어졌다. 누구도 잡아 주는 사람이 없었다. 외려 사람들은 그녀의 작은 몸뚱어리를 무참히 밟고 지나갈 뿐이었다. 디아나는 비명을 질렀지만, 이미 객실은 수많은 비명 소리로 가득했다. 가히 형언할 수 없는 아수라장이었다.

어느덧 사위가 조용해졌다. 디아나는 훌쩍거리며 간신히 윗몸을 세웠다. 온몸 구석구석 아프지 않은 데가 없었다. 숨을 내쉬는 것조차 힘겨웠다. 그리 고통에 신음하며 일어서려는데, 누군가 급히 그녀의 어깨를 잡아 일으켰다. 헐떡거리는 숨소리 사이로 눈물겹게 익숙한 음성이 들려왔다.

"괜찮아?"

올리버가 근심 어린 얼굴로 굽어보았다. 디아나는 눈물이 핑그르르 돌 지경이었다. 하지만 여기서 울 수는 없었다. 디아나는 고개를 마구 끄덕거리며 올리버의 등을 밀었다. 수없이 밟히고 차인 몸이 정말로 욱신거렸지만, 기차를 벗어나는 것이 급선무였다.

"거, 거기 누구 계세요?"

그런데 문득 멀지 않은 곳에서 여린 목소리가 흘러들었다. 사방이 어두워 제대로 보이진 않아도, 지척에 도움을 청하는 사람이 있음은 분명했다.

하지만 디아나는 쉽사리 대답하지 못했다. 뒤쪽을 확인하고 오겠다던 군인들은 돌아올 기미조차 없었고, 자잘하게 들리던 총성은 어느 순간 멎어 있었다. 아무래도 예감이 좋질 않았다. 조금 전에 기차를 뒤흔들던 폭발음은 무엇이고, 갑자기 이렇게 조용해진 연유는 또 무엇인가. 게다가 올리버도 묵묵히 제 갈 길 가고 있었다.

"제발요! 우리 아이가 사라졌어요! 아무것도 보이지가 않아요!"

디아나는 두 눈을 꼭 감으며 끊임없이 들려오는 호소를 애써 무시했다. 저런 소리는 차라리 듣지 않는 편이 나았다. 어차피 돕지도 못하는데. 제 몸 간수하기조차 힘겨운 상황에서 어떻게 다른 사람을 도울 수 있단 말인가.

하지만.

'어째서 널 도와야 하는데? 설마하니 어머니께 가르침 좀 받았다고 날 동기로 여기는 건 아니지? 만약에 그렇다면 넌 정말 분수도 모르는 거야.'

도저히 견디지 못하겠던 때, 그럼에도 차마 언니에겐 알리지 못해서 그나마 가까운 사람에게 도움을 청한 적이 있었다. 언제는 첫째고, 언제는 둘째고, 언제는 셋째였다. 하지만 결과는 항상 똑같았다. 늘 매몰차게 거절당했고, 언제나 마지막엔 조롱과 멸시가 뒤따랐다.

그것이 너무나 끔찍해서, 언제부턴가 부탁하길 그만두었다. 아무리 힘들어도 혼자 버티고, 혼자 이겨 냈다. 유일한 혈육인 언니와 동정으로 거두어 준 스승을 제한다면, 생판 남에게서 호의를 받아 본 것도 오늘이 처음이었다.

"제발, 제발 도와주세요. 우리 아기, 제발 같이 찾아 줘요."

엉금엉금 기어 온 여자가 디아나의 치맛자락을 붙들었다. 디아나는 멀거니 그녀를 내려다보았다. 새까만 어둠 속에서도 흐느끼는 여자의 모습만은 쉬이 가늠할 수 있었다.

"펜리 씨. 혹시 성냥 있어요?"

디아나가 조용히 입을 열었다. 올리버는 말없이 뒷주머니에서 성냥갑을 꺼냈다. 성냥개비가 서너 번 헛돌고서야 자그마한 불빛이 겨우 피어올랐다. 지독히도 암암한 밤을 밝히는 경이로운 불꽃이었다.

디아나는 천천히 마법을 발현했다. 이미 많은 마력을 소진한 탓에 금세 이마에 땀방울이 송골송골 맺혔다. 그러나 디아나는 멈추지 않았다. 그녀의 탄생성인 암흑의 별 칼리스토는 참으로 다행히도 하늘의 질서에 별다른 영향을 받지 않는 별이었다. 돌연 겨울이 찾아와 하늘의 질서를 어지럽히는 와중에도 그녀는 평소처럼 마법을 이루어 낼 수 있었다.

손톱만 하던 불꽃이 마법을 양분 삼아 차츰 부풀어 올랐다. 삽시간에 성냥개비를 모두 불태운 불꽃이 디아나의 마력을 갉아먹으며 사위를 밝혔다. 넋 놓고 불꽃을 지켜보던 여자가 불현듯 정신을 차리며 두리번거렸다. 아기는 구석에서 숨만 색색 내쉬고 있었다. 이젠 울 기운도 없는지 어머니의 따뜻한 품에 안기고도 몇 번 칭얼거리지도 못했다.

여자가 연신 감사를 표하며 지나갔다. 복도를 밝히던 불꽃은 일순 한숨처럼 꺼졌다. 다시금 도래한 어둠 속에서 올리버가 디아나의 팔을 잡으며 채근했다.

"이만 가자."

출구는 가까웠다. 아직 겨울이 가시지 않은 듯 열린 문틈으로 차가운 바람이 쏟아졌다. 올리버는 시커먼 어둠과 살갗 에는 겨울바람을 헤쳐 계단을 내려갔다. 장장 하루 만에 밟아 보는 땅이었다.

"아가씨. 계단 조심해."

은은한 달빛이 이편을 내리비추었다. 뒤돌아선 올리버가 디아나에게 로 손을 내밀었다. 멍하니 그를 쳐다보던 디아나도 더디게 손을 맞잡았 다. 그녀의 입가에 절로 안도의 미소가 맺혔다. 이젠 정말로 끝이었다. 지긋지긋한 기차와는 영영 이별이다.

그때, 억센 손길이 불쑥 어둠 속에서 튀어나왔다. 부지불식간에 어깨 를 잡힌 디아나가 저도 모르게 비명을 내질렀다. 올리버의 안색이 삽시 에 창백해졌다.

"어딜 가려고?"

무심코 돌아보려던 디아나가 얼음처럼 굳었다. 어디선가 들어 본 적 있는 목소리였다. 아주 최근에, 기차에서.

"꼬마 아가씨, 대답을 해야지? 응?"

어깨를 쥔 악력이 차츰 강해졌다. 그가, 마법사가 훑어보는 것이 느껴 졌다. 디아나는 입술을 달달 떨며 최대한 냉정하게 상황을 판단했다.

마법사는 강했다. 적어도 그녀 같은 조무래기는 단번에 숨을 끊어 놓 을 수 있는 강자였다. 그의 탄생성을 모르니, 하늘의 질서가 어지러워진 지금 얼마만큼 마력을 운영할 수 있는지도 몰랐다. 단순히 천운을 믿어 대적하기엔 지나치게 강대한 적이었다.

디아나는 가까스로 올리버와 시선을 맞추었다. 불현듯 이상을 깨달은 올리버가 세차게 고개를 내저었다. 참으로 필사적인 모습이었지만, 다른 수가 없었다. 디아나는 흐리게 미소 지으며 간신히 입을 열었다.

"……언니한테 조금 늦는다고 전해 줘요."

그 말을 끝으로 디아나는 올리버의 손을 놓았다. 떠나간 온기를 그리워하기도 전에 남은 마력을 긁어모아 문을 닫았다. 문을 잠갔다. 문이 쉽게 열리지 않도록 겨울바람이 거세게 불기만을 기도했다. 그것만이 그녀가 할 수 있는 전부였다.

마력을 모두 소진한 디아나가 제자리에서 휘청거렸다. 그 틈을 놓치지 않고, 사나운 손길이 그녀의 멱살을 틀어쥐어 벽면으로 몰아붙였다.

"……너."

죽도록 아팠다. 벽에 거칠게 부딪힌 어깨며 등이 눈물 나게 아팠다. 하지만 디아나는 울지 않았다. 울지 못했다. 진저리 나는 숨결과 흉흉한 기운, 그리고 살벌하게 빛나는 적안이 목전이었다.

마법사가 낮게 읊조렸다.

"너, 마녀구나."

승객 중 디아나를 아는 사람이 있다는 소식에 헤스터는 그길로 임시 막사를 찾았다. 난민 수용소를 연상케 하는 북새통을 거쳐 그녀가 안내받은 곳은 군영의 외딴 귀퉁이였다.

"오셨군요."

막사에서 그녀를 맞이한 사람은 다름 아닌 휴고 알피어스였다.

"경이 어찌 여기에……."

"나도 나름대로 안면이 있는 사람입니다. 일단은 자매의 일이 급할 테니 이쪽으로 오시죠."

휴고는 영문 모르는 헤스터를 안으로 이끌었다. 휴고의 건너편으로 간이침대에 앉아 있는 남자의 뒷모습이 얼핏 보였다.

"괜찮습니까?"

휴고가 간이침대로 몸을 기울이며 물었다. 남자가 말없이 고개를 끄덕이자, 휴고는 옆으로 비켜서며 헤스터에게 남자를 소개했다.

"이쪽은 올리버 펜리 씨입니다. 기차에서 디아나 양을 만났다고—"

"당신이 왜 여기 있어?"

볼품없이 갈라진 목소리가 돌연 휴고의 말을 잘라 냈다. 휴고가 조금 놀란 기색으로 헤스터를 돌아보았다. 늘 심해처럼 가라앉았던 얼굴에 흉흉하게 금이 가 있었다. 충격받은 듯 확장된 두 눈이 올리버에게 못 박혀 미동도 하지 않았다.

"당신이 왜……."

헤스터가 입술을 바르르 떨었다. 핏기 가신 얼굴이 흡사 시체처럼 창백했다. 그제야 이상을 깨달은 휴고가 그녀에게 다가가려던 순간, 올리버가 조용히 말문을 열었다.

"……헤스터."

마녀가 폭발하기엔 그 한마디로 족했다. 협탁에 가지런히 놓여 있던 의료 기기들이 갑작스레 진동하기 시작했다. 그뿐이 아니었다. 가라앉았던 겨울바람이 다시금 거세지며 돌풍으로 화하고 있었다.

여태까지 심경을 드러낸 적 없던 견고한 마녀가 처음으로 감정을 토해 냈다. 그것은 지극히 선명한 분노였다.

"헤스터 경!"

휴고가 기겁했다. 그러나 불과 3시간 전 겨울을 불러왔던 그에겐 헤스터의 마법을 잠재울 만한 마력이 남아 있지 않았다.

"뭐 하는 겁니까! 당장 마력을 거둬요!"

다행히도 휴고의 외침이 닿았는지 막사를 휘젓던 돌풍은 곧 흔적도 없이 사라졌다. 하지만 그 찰나에 의료 기기며 온갖 잡동사니가 추하게 바닥을 뒹굴었고, 심지어는 천막마저 흉하게 찢어져 버렸다.

누구도 쉽사리 입을 떼지 못하는 가운데, 격양된 눈빛으로 올리버를 쏘아보던 헤스터가 이내 몸을 돌렸다. 감히 그녀를 붙잡는 사람은 없었다. 헤스터는 넝마가 된 막사를 나와 혼잡하기 그지없는 군영을 정처 없이 헤맸다. 담아 두었던 기억과, 잊었다고 여겼던 감정이 용솟음치며 그녀를 마구 난도질했다.

무작정 걷던 헤스터는 막사에서 멀리 떨어진 목장에 이르러서야 비로소 발걸음을 멈추었다. 풀벌레 우는 소리만 간간이 들려오는 밤중의 초원. 어느 별 하나 중심을 잡지 못하는 어지러운 하늘 아래, 그녀는 홀로 우두커니 섰다. 갈기갈기 조각난 마음을 접붙일 생각도 못 하고 당장 눈앞에 펼쳐진 과업은 죄 미루어 둔 채, 그저 하염없이 빛바랜 기억 속으로 침잠할 뿐이었다.

생의 가장 큰 상실을 겪었던 시절.

기억 속의 헤스터는 어느덧 열두 살 어린아이였다.

헤스터 솔은 열둘에 어머니를 잃었다. 수많은 마녀·마법사들이 위대한 마녀의 죽음을 기렸지만, 그중에서 진심으로 그녀의 죽음을 애도하는 사람은 얼마 없었다. 공동묘지에서 치른 초라한 장례식도, 잉그람 국왕이 하사한 친서도 어린 헤스터의 허한 마음을 달래 주진 못했다. 헤스터에게 위안이 되어 준 것은 오직 자그마한 여동생뿐이었다.

헤스터는 어머니의 장례식에서 디아나를 처음 만났다. 언젠가 어머니에게서 이야기를 듣긴 했어도 직접 얼굴을 마주하긴 처음이었다. 하지만 절반이나마 같은 피를 타고났기 때문일까. 세상사 무감했던 헤스터는 놀랍도록 빠르게 디아나를 사랑하게 되었다. 어머니를 그대로 빼닮은 아이였다. 사랑하지 않고는 배길 수가 없었다.

하지만 자매는 오래도록 함께할 수 없었다. 헤스터는 조숙한 천재였으나 아직 도제 신분을 벗어나지 못했고, 디아나는 몸을 의탁할 스승조차 마땅치 않았다. 다행스럽게도 자비로운 바바라 자일스가 옛 벗의 아이를 거두었다. 바바라 자일스의 손을 붙잡고 멀어지는 디아나의 뒷모습을 지켜보며, 헤스터는 안도의 한숨을 내쉬었다. 온갖 비정상적인 악한이 들끓는 마법 사회에서 바바라 자일스는 드물게 정상적인 마녀였다. 비록 자식에게조차 무심한 부모였지만, 적어도 디아나를 무사히 성년까지 길러 줄 스승 노릇에는 충실할 터였다.

그러나 사이 멀어진 벗의 아이를 거둘 만큼은 자애로운 바바라 자일스와 달리, 헤스터의 스승인 아멜리아 베가는 몹시도 모진 스승이었다. 그녀는 헤스터가 상상을 뛰어넘는 천재임을 깨닫고는 완전히 손을 놓아 버렸다. 이름만 사제지간이지 실상 아무런 관심도 없었다. 한 저택에서 살며 얼굴 마주하는 날이 1년에 고작 하루 이틀이었다.

스승의 무관심 속에서 헤스터는 홀로 잡풀처럼 자라났다. 스승이 자리 비운 틈을 타 매일같이 서재를 넘나들었고, 밤마다 하늘을 바라보며 성좌(星座)를 익혔다. 아멜리아 베가는 그녀에게 허울뿐인 스승이었지만, 책과 하늘은 그녀에게 진실한 스승이 되어 주었다. 다만 책과 하늘이 채워 주지 못하는 외로움은 들짐승을 벗 삼아 이겨 내야 했다. 간간이 저택으로 찾아드는 디아나의 편지만이 헤스터의 유일한 위안거리였다.

헤스터가 열다섯이 되었을 무렵, 스승은 아주 오래간만에 그녀를 불렀다. 혹시나 싶었던 기대는 무참히 꺾였다. 변함없이 아리따운 스승은 여전히 모질고 모진 사람이었다.

'네 성도학을 익혔음을 아니, 그만 승급 시험을 보려무나.'

승급 시험에서 합격하면 정식 마녀로 발돋움할 수 있었다. 하지만 그러면 더는 스승의 저택에 머물 수도, 스승의 이름으로 보호받을 수도 없었다. 독립할 때까지 어머니가 물려준 빚을 유예받은 헤스터에겐 가히 청천벽력 같은 소리였다.

'성년까지만 기다려 주세요. 지금까지 그러했듯 앞으로도 쥐 죽은 듯이 살아갈게요. 저는 많은 것을 바라지 않아요. 부디 성년까지만 저를 거두어 주세요.'

헤스터는 울며 애원했다. 스승의 치맛자락 아래 낮게 읍하며, 어머니의 장례식에서도 몇 방울 보이지 않았던 눈물을 하염없이 흘려 냈다. 하지만 아멜리아 베가는 혹한보다 모진 마녀였다. 여태 그러했듯 그녀는 어린 제자를 돌보지 않았다.

이튿날 헤스터는 스승의 저택을 나왔다. 배웅하는 사람 하나 없이, 오직 저택의 들짐승만이 울어 주던 추운 겨울날이었다.

세상에 무지한 상태로 덩그러니 낯선 세상에 떨어진 헤스터는 꿈에도 몰랐지만, 당시에도 그리젤다 솔이 남긴 어린 딸의 거취를 주목하는 시선은 제법 많았다. 몇몇은 위대한 마녀가 물려준 재능을 탐내는 야심가였고, 몇몇은 위대한 마녀의 이름만을 믿고 거액을 빌려준 채권자였다. 독립할 때까지 유예되었던 빚이 다시금 하루하루 이자를 더해 간 것은 당연한 이치였다.

처음 채권자로부터 독촉 서한을 받았을 때 헤스터는 몹시 당혹스러웠다. 어떻게든 빚을 갚기 위해 닥치는 대로 일을 구했지만, 이제 막 정식 마녀로 발돋움한 신참내기에게 중요한 의뢰를 맡기는 사람은 없었다. 헤스터는 차츰 초조해졌다. 간간이 들어오는 의뢰를 수행하여 사례금을 받았으나, 그런 푼돈으로는 어림도 없었다. 죽은 어머니가 물려준 것은 휘황한 명성뿐만이 아니었다. 족히 도시 하나를 부흥시킬 어마어마한 빚도 있었다.

그즈음 어린 헤스터에게 유혹의 손길을 뻗는 자들이 있었다. 그들은 겁먹은 소녀를 위로하며 거금을 약속한 의뢰를 제안했다. 대개가 정체를 밝히지 않은 개인이 제의하는 사적이고 내밀한 의뢰였다. 헤스터는 순진하게 의뢰에 응했다.

의뢰인은 남부의 늙은 귀족이었다. 백여 년 전에는 꽤 강성했으나, 이후로는 천천히 쇠퇴하여 작금엔 시골 영지만을 간신히 남겨 둔 몰락 귀족이었다. 헤스터가 의뢰인에게 무관심했던 것처럼 의뢰인도 헤스터에게 크게 간섭하지 않았다. 다만 약속한 의뢰만은 반드시 완수할 것을 종용했다.

약속한 거금에 비하면 의뢰는 크게 어려운 내용이 아니었다. 헤스터는 의뢰에 만족하며 남는 시간엔 오로지 마법에만 몰두했다. 의뢰인과 약속한 3년 동안 최대한 실력을 쌓아서 어떻게든 이름을 알리는 것이 목표였다. 그래야만 보다 어려운 의뢰를 맡을 수 있고, 그래야만 더욱 큰돈을 벌 수 있었다. 디아나가 독립할 때까지 어머니의 빚을 모두 청산하는 것이야말로 그녀의 궁극적인 바람이었다.

그러므로 헤스터가 의뢰의 '진정한 목적'을 알게 된 것은 지극한 우연이었다. 헤스터는 그저 저택에서 길을 잃었으며, 어쩌다가 방향을 잘못 잡아 지하실로 내려갔을 뿐이었다. 하지만 지하실에서 목격한 것은 그리 단순하지가 않았다. 의뢰인은 저택의 지하실에서 생체 실험을 하고 있었다. 늙은 목숨 조금이나마 더 부지하기 위하여, 근방의 어린아이를 납치해 고문이나 다름없는 가혹한 처사를 행했던 것이다.

헤스터는 그제야 자신이 무얼 하고 있는지를 명확히 알았다. 그녀는 이 추악한 짓에 동조하고 있었다. 의뢰의 목적을 알았든 알지 못했든, 그 사실은 변하지 않았다.

헤스터는 당장 경찰에 신고했다. 비록 의뢰의 진짜 목적을 몰랐던 점과 직접 신고한 점이 참작되어 형을 받지는 않았으나, 그녀가 정신적으로 큰 타격을 입었음은 부정할 수 없었다. 더구나 비밀 유지를 가장 중시하는 개인 의뢰의 특성상, 그리젤다 솔의 딸을 찾던 의뢰도 하루아침에 뚝 끊기고 말았다.

헤스터는 이제 갈림길에 섰다.

부도덕한 짓을 저지르며 하루빨리 빚을 갚을 것인지, 아니면 빚에 허덕이면서도 마음만은 정결할 것인지.

헤스터는 후자를 택했다. 그녀가 유달리 도덕적으로 깨끗하기 때문은 아니었다. 헤스터는 죽은 어머니와 어린 자매를 헤아렸다. 어머니의 휘황한 명예를 더럽히지 않고, 어린 동생에겐 떳떳한 언니로 남고 싶었다. 헤스터에게 어머니가 그러했듯, 디아나에겐 자신이 그런 존재여야 했다.

이후로 헤스터는 의뢰의 내용을 꼼꼼히 살폈다. 몇 차례 개인 의뢰를 받기는 했지만, 수상쩍은 의뢰 내용과 그녀를 이성으로 대하려는 의뢰인의 태도에 질색하며 손을 뗐다. 심지어 개중에는 빚을 대신 갚아 줄 테니 후실로 들어오라는 권유도 있었다. 헤스터는 그런 제안일랑 더 듣지 않고 단칼에 물렸다. 그런 걸 생각하기에 그녀는 할 일이 너무나도 많았다. 줄어들긴커녕 매일같이 이자를 더해 가는 빚만 해도 골칫거리였다.

결국 헤스터가 택할 수 있는 의뢰인은 오로지 국가뿐이었다. 국가의 의뢰는 내용부터 사례금까지 천차만별이었다. 거금의 사례금을 약속하는 의뢰도 간혹 있지만, 그런 의뢰는 대개 명망 높은 마녀들에게 돌아가기 마련이었다.

그래서 백색전당을 목표했다. 위대한 마녀와 위대한 마법사만이 이름을 올릴 수 있다는 백색전당은 그 자체로 최고의 명예였다. 만일 그곳에 든다면, 거금이 걸린 의뢰를 맡는 것은 물론이요, 빚을 갚기도 훨씬 수월할 터였다.

기실 평범한 이들은 일생 동안 우러러보기만 하는 백색전당이다. 하지만 헤스터는 해냈다. 고작 나이 스물, 잉그람의 역사상 백색전당에 이름을 올린 최연소 마녀이자, 만장일치로 찬성을 이끌어 낸 최초의 마녀였다.

모두가 헤스터의 이름을 축복했다. 그러나 헤스터는 그런 데 신경 쓸 겨를이 없었다. 백색전당에 이름을 올리기 무섭게 쏟아지는 의뢰를 선별하여 완수하는 것만으로도 벅찼다. 그즈음 디아나가 언니를 몹시 그리워한다는 바바라 자일스의 전언이 있었지만, 고작 반나절 시간을 내는 것조차 당시 헤스터에겐 어려웠다. 사랑하는 자매를 위해, 자매를 외롭게 해야 했다. 그리움으로 젖은 디아나의 편지가 여러 날 헤스터의 마음을 어지럽혔다.

그리 2년이 지났다.

헤스터는 여전히 의뢰를 수행하고, 사례금을 받고, 빚을 갚느라 정신이 없었다. 하지만 그날은 조금 달랐다. 어머니가 가장 많은 빚을 졌던 고리대금업자에게 채무를 모두 상환한 날이었다. 헤스터는 그제야 한시름 놓을 수 있었다. 아직 빚을 완전히 갚은 것은 아니지만, 지난 7년의 고초에 조금이나마 보상받은 기분이었다.

그래서였는지도 모르겠다. 그녀답지 않게 기분이 들떠서 평소 거들떠도 보지 않던 술집이 눈에 들어왔는지도 모르겠다. 다만 헤스터는 '마시면 시름이 죄 잊힌다'는 술을 마셔 보고 싶을 뿐이었다. 오늘만큼은 내일의 빚과 내일의 의뢰를 잊고 편안하게 잠들고 싶었다.

　　그리고 그곳에서, 올리버를 만났다.

　　'혼자 왔어요, 아가씨?'

　　가장 잊고픈 추억이자, 가장 간직하고픈 추억.

　　헤스터가 스물두 살이었을 때의 이야기다.

　　올리버 펜리는 반제인이었다. 나이는 그녀보다 서너 살 많았고, 잉그
람에서 방직공장 여러 채를 운영하는 사업가라 하였다. 헤스터는 그에게
별반 관심이 없었지만 워낙에 화술이 훌륭했던 터라, 또한 당시에 술을
마시고 있었던 터라 가만히 그의 말을 들어 주었다. 그러다가 자정이 되
기 전에 자리에서 떴고, 집으로 돌아가는 동안 우연히 만난 올리버 펜리
라는 남자를 훌훌 털어 냈다. 이튿날 그녀에게 남은 것이라곤 지끈거리
는 숙취와 마감일이 얼마 남지 않은 의뢰뿐이었다.

　　본디 칼처럼 규칙적인 헤스터는 아침 7시부터 하루를 시작했다. 속이
울렁거리고 두통이 밀려왔지만, 일이 밀린 마당에 늦장을 피울 수는 없
었다. 헤스터는 늘 그렇듯 단정하게 차려입고, 매일 아침 방문하던 카페
를 찾았다. 그녀는 요리를 전혀 할 줄 몰랐다. 근처 카페에서 간단한 식
사를 주문한 뒤 요리를 기다리는 10분이 하루의 유일한 공백기였다.

　　그날따라 유독 주문이 늦었다. 턱을 괸 채 한참을 기다리던 헤스터가
주방으로 고개를 돌리던 순간, 불현듯 건너편의 남자와 눈이 마주쳤다.
그는 과히 반갑게 웃으며 헤스터에게로 다가왔다. 심지어는 그녀의 이름
을 부르기도 했다.

'누구신가요?'

'어제 술집에서 만났잖아요. 벌써 잊은 거예요?'

헤스터는 그제야 어제 술집에서 만났던 올리버 펜리를 떠올렸다. 그는 허락 없이 맞은편 의자에 앉았지만, 헤스터는 구태여 핀잔주지 않았다. 애당초 마녀들은 외부 세계에 큰 관심이 없었다. 그들은 언제나 자기 자신에게 집중할 뿐이므로, 곁에 부랑자가 앉든 귀족이 앉든 신경조차 쓰지 않았다. 그러니 헤스터가 아침 식사를 위해 찾는 카페를 옮기지 않은 것은 당연한 이치였다. 비록 이튿날도 모레도 아침마다 카페에서 올리버 펜리를 만났지만 말이다.

그런 이상한 만남은 한 달이 넘도록 계속되었다. 하지만 헤스터는 여전히 올리버 펜리란 남자에게 별반 관심이 없었다. 술집에서 올리버가 일러 준 신상은 잊힌 지 오래였으므로, 그녀가 올리버 펜리에 대해 아는 것이라곤 성인 남자라는 점과 말소리에서 은근히 배어 나오는 북방어 억양으로 보아 반제인이 아닐까 하는 추측뿐이었다. 헤스터의 하루는 변함없이 자신을 중심으로 돌아갔고, 분 단위로 맞추어진 하루 일과는 한 달 전이나 한 달 후나 다르지 않았다.

그러니 헤스터가 올리버 펜리란 남자의 존재를 제대로 인지하게 된 것은, 그로부터 석 달 뒤인 8월 3일경으로 보는 것이 옳았다. 그즈음 헤스터는 이상한 의뢰를 제의받았다. 정확한 내용을 밝히지 않은 수상쩍은 의뢰였으나, 소요되는 시간이 하루뿐이며 기간에 비하면 거금을 약속한 의뢰였다.

본래라면 거절했을 테지만, 당시 헤스터는 잉그람 정부와 체결한 연구 의뢰까지 시간이 어중간하게 남아서 썩 적당한 의뢰를 찾지 못하던 상황이었다. 그래서 가벼운 마음으로 의뢰를 수락했다. 일단 내용을 들어 본 뒤 판가름해도 늦지 않으리라 여겼던 것이다.

그런데 약속 장소에 나타난 의뢰인은 다름 아닌 올리버 펜리였다. 기실 그때까지만 하더라도 헤스터는 정말 올리버가 의뢰할 일이 있다고만 여겼다. 그러나 올리버는 도무지 의뢰의 내용을 밝히지 않았다. 느지막한 아침에 만나 이른 점심을 먹고 함께 앰브로즈 광장을 거닐더니, 심지어는 몬강(江)에서 배를 타자는 이야기까지 나왔다. 그제야 이상함을 느낀 헤스터가 무슨 의도로 의뢰를 넣었느냐고 묻자, 올리버는 이렇게 대꾸했다.

'오늘 생일이잖아.'
'그건 어떻게 알았어요?'
'신문에서 봤지. 유명인사잖아.'

헤스터로서는 도저히 납득할 수 없는 대답이었다. 어쨌든 사례금은 준다기에 함께 온종일 도시를 돌아다니긴 했어도, 하루아침에 난제가 풀리는 것은 아니었다.

그날, 헤스터는 의문만 가득 안고 집으로 돌아왔다. 그저 올리버 펜리란 이름으로 희미하게 남았던 남자가 비로소 형체를 갖추기 시작했다. 당시 헤스터에게 올리버는 이해할 수 없는 사람이었다.

이후로도 만남은 지속되었다. 헤스터는 여전히 아침마다 같은 카페를 찾았고, 올리버는 맞은편에서 식사를 함께했다. 다만 바뀐 점이 있다면 올리버가 꽃을 건네기 시작했다는 것이다. 언제는 장미고, 언제는 들꽃이었다. 헤스터는 순순히 꽃을 받았다. 한 송이, 한 송이 받은 꽃이 어느새 화병을 가득 채웠다. 헤스터는 하루하루 시든 꽃을 버리고, 싱그러운 꽃을 꽂아 넣었다.

그리 화병을 네 번 정도 갈았을 즈음 그녀는 불현듯 깨달았다. 이건 이상했다. 정말이지, 이해할 수 없는 행동이었다.

'왜 내게 꽃을 주는 건가요?'
'주고 싶으니까.'
'왜 주고 싶은데요?'
'네게 잘해 주고 싶어서.'
'어째서요?'
'널 좋아해.'

헤스터는 그 대답도 이해하지 못했다. 그녀에게 있어 사랑이란, 태내에서 싹트는 지극히 선천적인 감정이었다. 낳아 준 어머니를 사랑하고, 같은 피를 이어받은 자매를 사랑하듯 그리 자연스러운 수순이었다.

'나는 당신의 가족이 아니에요.'
'알아.'

그래서 혈육 아닌 사람을 사랑한다는 올리버를 이해할 수 없었다.

'어째서 나를 좋아해요?'
'글쎄. 딱히 이유는 없는 것 같은데.'

그가 모르는 이유를 그녀라고 알 리 없었다. 헤스터는 이해를 포기했다. 의문은 여전히 그녀의 마음 한구석에 자리했으나, 그걸 파고들 정도로 헤스터는 여유롭지 못했다.

올리버와의 만남은 계속 이어졌다. 헤스터는 카페를 옮겨야 한다는, 혹은 올리버를 피해야 한다는 어떤 당위성도 찾지 못했다. 그래서 그들은 이상한 아침 식사를 계속했다. 종종 어쩌다 저이와 아침을 함께하게 되었을까 하는 물음이 솟았지만, 곧 빚이나 의뢰 같은 다른 문제들로 덮이고 말았다.

문득 헤스터는 올리버가 편하다고 여겼다. 별생각 없이 그런 말을 건넸을 때, 올리버는 무척이나 기뻐했다. 헤스터는 그 모습이 보기 좋았지만, 구태여 그런 말까지 꺼내지는 않았다.

올리버와 함께하는 시간은 점점 더 늘어 갔다. 이제는 아침 식사를 함께하고서, 근처 공원을 산책하기도 했다. 저녁이면 이따금 올리버가 헤스터의 집 앞까지 찾아와 함께 저녁 식사를 하거나 술집에 들르기도 했다. 헤스터는 그런 시간이 좋았다. 급한 빚은 거의 다 상환했기에 마음에 여유가 생겼는지도 몰랐다.

이제 헤스터는 주말마다 올리버와 교외로 나가기도, 간간이 날아오는 디아나의 편지를 읽어 주기도 했다. 다른 사람에게는 털어놓은 적 없는 어머니의 이야기도, 스승의 이야기도, 심지어는 기르는 고양이에 대한 이야기도 술술 흘러나왔다. 이상하다는 생각은 했지만, 깊게 고민해 본 적은 없었다. 헤스터는 올리버와 함께하는 시간이 좋았다. 그녀는 평생토록 경험한 적 없는 여유와 안락함, 그리고 아주 어릴 적 어머니 품에서나 느꼈던 온기가 올리버의 곁을 맴돌았다.

그제야 헤스터는 깨달았다. 그녀는 올리버를 좋아했다. 일전에 올리버가 말했듯 그것은 아무런 이유 없는 감정이었다. 조건 없는 감정이고, 지극히 자연스러운 감정이었다. 마치 그녀가 어머니를 사랑하고, 자매를 사랑하듯 마음 한구석에서 당연하게 싹튼 감정이었다.

10년이 넘도록 가물었던 땅이 비로소 옥토로 일변한 순간이었다.

어머니를 잃은 뒤로 헤스터는 아주 천천히 메말라 갔다. 모진 스승에게 내쳐지고, 어린 나이에 세상의 풍파를 맞으며 응당 경험하고 알아야하는 많은 것들을 잃었다. 마법사란 족속은 본디 타인과 관계하지 않는개인주의자라곤 하나, 그들에게도 가족은 있었다.

하지만 헤스터의 유일한 가족은 머나먼 곳에 있었다. 자매와 만날 때마다 헤스터의 메마른 내면에도 단비가 내렸지만, 그녀의 가뭄은 고작 1년에 하루 이틀로 해결되지 못했다. 본디 지녔던 감정조차 흔적 없이 사라지고, 태생적으로 타고난 따뜻한 마음씨마저 말라비틀어졌다. 그녀는 만인에게 칭송받는 마녀요, 별들의 왕이 축복하는 딸. 그러나 정작 그 모든 것을 느끼지 못했다. 너무도 메말랐기에. 고독한 시간이 너무도 길어 그런것일랑 전부 잊었기에.

그러므로 올리버는 아주 오래간만에 찾아온 이슬비였다. 처음에는 오는 줄도 몰랐던 가는 빗줄이었건만, 어느샌가 그리 젖어 버렸다. 어느샌가 올리버는 그리 당연한 사람이 되었다.

헤스터는 비로소 행복했다. 아주 어렸을 적에나 느꼈던 감정이 다시금 깨어났다. 올리버가 그녀를 아끼듯 그녀도 올리버를 아꼈다. 사랑에 사랑으로 보답하고, 신뢰에 신뢰로 보답하며 행복을 이어 갔다.

적어도 그녀는 그렇게 생각했다.

하지만 행복이 불현듯 찾아왔듯 불행이 깃드는 것도 한순간이었다.

그날은 헤스터가 처음으로 집에 올리버를 초대한 날이었다. 별생각없이 건넨 초대에 올리버가 그리도 기뻐할 줄은 몰랐기에, 헤스터는 내심 기분이 좋았다. 마침 선선한 가을날. 집에서 차를 즐긴 뒤 함께 책이나 읽으면 좋겠다고 생각했다.

올리버는 서재에 있었다. 서재의 문이 반쯤 열린 것을 보았을 때도 헤스터는 별달리 의심하지 않았다. 심지어는 그가 책상 앞에서 무언가에 집중하는 모습을 보았을 때도 마찬가지였다. 고작 차가 식겠다는 생각이나 했을 뿐이다.

그러나 올리버가 읽고 있는 것이 그녀의 미완성 논문임을 깨달았을 때, 그때는 조금 달랐다.

헤스터가 들고 있던 쟁반이 떨어졌다. 찻주전자와 찻잔 깨지는 소리가 요란하게 바닥을 울렸다. 헤스터는 올리버가 당황하는 모습과 찻물 위로 점점이 낙하하는 종이를 무심히 지켜보았다. 팽팽한 정적 속에서 헤스터는 그저 한마디 내뱉었을 뿐이다.

'나가.'
'헤스터, 잠시만 내 말 좀······.'
'다신 내 눈앞에 나타나지 마.'

대저 마녀는 주변을 잘 내어 주지 않는다. 그렇기에 한번 틈을 보인 상대에겐 한없이 맹목적으로 변하기 마련이다. 사랑에 눈이 먼 마녀와 마법사들은 아무런 의심 없이 연인을 품고, 개중 속이 검은 연인은 밀어를 속삭이며 그네들의 가장 귀중한 것을 훔쳐 달아나곤 했다.

때로는 구하기 힘든 연구 재료이고, 때로는 아직 발표하지 않은 미완성 논문이다. 그것은 연구 성과로 위상이 달라지는 마법 사회에서 절대로 용납할 수 없는 죄였다. 일평생 연구한 성과를 연인에게 빼앗긴 마법사가 슬픔을 이기지 못하고 자살한 이야기는 많은 스승이 제자에게 일러 주는 훈계이기도 했다.

마녀는 세 번 용서한다는 격언이 있다. 하지만 이건 예외였다. 헤스터는 그를 용서할 수 없었다.

올리버는 다음에 다시 오겠다는 말을 남기고 황급히 떠나갔다. 당혹스러운 기색이 역력했던 올리버와 달리, 헤스터는 침착하기 그지없었다. 깨진 조각을 치우고, 바닥의 찻물을 닦고, 젖은 종이를 분쇄했다.

이튿날 아침, 헤스터는 다른 카페를 찾아 홀로 아침 식사를 했다. 늘 함께하던 남자는 이제 없었다. 지난 10년이 그러했듯 다시금 혼자가 되었다.

처음에는 놀랍도록 잘 적응했다. 돌아보면 헤스터는 누군가와 일상을 공유하는 것이 익숙하지 않은 사람이었다. 그래서 이토록 괜찮다고 여겼다.

하지만 충격은 느리게 찾아왔다. 어느샌가 밤잠 설치는 날이 늘어났고, 어느샌가 무심코 곁을 돌아보는 횟수가 늘어났다. 연구를 하다가도 불현듯 멍한 스스로를 발견했으며, 아침 식사를 하며 당연하다는 듯 맞은편을 바라보는 자신을 느꼈다.

헤스터는 이제 외로움이 무언지, 고독이 무언지 아는 사람이었다.

어릴 적 어머니를 잃고서 겪었던 그 끔찍한 고통을 이제서 다시금 겪어야 한다는 사실에 몸서리쳤지만, 다른 방도가 없었다. 그녀는 올리버를 용서할 수 없었으므로. 애당초 헤스터는 누군가에게 배반당한 적도, 그리해 누군가를 용서해 본 적도 없었다.

그래서 헤스터는 매일같이 날아드는 올리버의 편지에 어찌할 줄을 몰랐다. 올리버가 밤마다 그녀의 집 앞을 서성이는 것도, 때로는 문을 두드리려 고심하는 것도 알았지만, 어떻게 대처해야 하는지 몰랐다. 매일매일 혼란이 가중되었다. 올리버가 간절히 보고 싶지만 그만큼 보고 싶지 않았다. 사랑하는 만큼 그가 미웠다.

결국 헤스터는 도시를 떠났다. 잉그람의 정부가 계속해서 권하던 장기 의뢰를 수락하여 머나먼 북쪽 도시로 떠나갔다. 그곳에서 그녀는 딱 죽지 않을 정도로만 일했다. 그리 올리버를 잊으려 애썼다. 그를 만나기 전의 자신으로 돌아가려고, 고통에도 행복에도 무감했던 예전의 자신으로 돌아가려고 허덕였다.

그렇게 2년이 흘렀다.

헤스터는 이제 예전처럼 깊게 가라앉은 마녀였다. 모두가 그것을 위대한 마녀의 자질로 평했으나, 그런 칭송조차 개의치 않았다. 이제 그녀는 바깥세상에 둔감했다. 마치 올리버와 만나기 전처럼 메마르고 건조했던 그 시절로 돌아갔다.

하지만 올리버와 마주친 지금, 의문을 제기할 수밖에 없었다.

정말로 그를 잊었는가.

정말로 이젠 무감한가.

헤스터는 확신할 수 없었다.

"헤스터 경과 아는 사이였군요. 미리 언질을 주지 그랬습니까."

휴고가 손수 차를 따라 내며 대수롭지 않게 말했다. 맞은편에서 잠자코 그 모습을 지켜보던 올리버가 불쑥 입을 열었다.

"마법은 왜 안 쓰시고."

"겨울을 불러온 지 고작 3시간 지났습니다. 적어도 사나흘은 마법을 멀리하는 편이 좋아요."

마법사는 별의 힘을 빌려 마법을 부린다. 그들의 마력은 전부 별에서 기인하므로, 자신의 육신을 그릇 삼아 마력을 담는 것이나 진배없었다. 따라서 거대한 마법을 부렸다면, 한동안은 마법을 자제하여 육신에 남은 마력을 배출하는 것이 옳았다. 과도하게 마법을 부리는 것은 육신을 소모하는 짓이나 다름없기 때문이다.

"무리하셨군요."

"적측에도 상당한 마법사가 있으니 어쩔 수 없지요. 도박이나 마찬가지였습니다."

"그래도 성공하셨습니다."

"절반의 성공이라고 하지요. 아직 헤스터 경의 자매가 기차에 남아 있지 않습니까."

올리버의 낯빛이 금세 어두워졌다.

"나는 펜리 씨와 헤스터 경의 관계에 아무런 흥미도 없습니다. 나는 펜리 씨에 대해 잘 알지 못하고, 헤스터 경과는 조금 안면 있는 사이에 불과하니까요."

"하지만 굳이 지금 그런 말을 하는 연유가 있으시겠죠."

올리버가 지친 듯이 웃었다. 휴고가 단조롭게 대꾸했다.

"두 사람이 어떤 관계인지 알고 싶지도 않고, 알려고도 하지 않을 겁니다. 그러니 이번 작전이 끝날 때까지는 부디 처신을 조심하세요."

"조심히 처신하라는 의미는?"

"헤스터 경과 괜한 마찰을 빚지 말라는 조언입니다."

휴고는 차를 한 모금 마시며 말을 이었다.

"조금 전의 반응으로 보아 헤스터 경이 펜리 씨에게 품은 감정이 제법 격한 듯합니다만, 어쨌든 유일한 자매가 아직 구명되지 못했으니 최대한 협조할 겁니다. 그러니 쓸데없이 헤스터 경을 건드려서 공연한 일을 자초하지는 마십시오."

"헤스터는 아마 제 얼굴만 보아도 진저리를 칠 겁니다."

"그럼 가능한 한 피하면 되겠군요."

올리버가 우울한 표정으로 고개를 끄덕였다. 흘끗 그를 쳐다본 휴고가 얕은 한숨을 내쉬었다.

"펜리 씨. 나는 그저 하루빨리 집으로 돌아가고 싶은 마음뿐입니다. 집에 혼자 남은 뱀버도 걱정되고, 수리의 의뢰도 속히 해결해야 해요. 내 누이의 성정은 펜리 씨도 익히 잘 알 겁니다."

휴고의 누이인 수리 알피어스는 〈공정한 알피어스〉의 수장으로, 어린 나이에도 불구하고 몹시 엄격한 마녀였다. 한번 의뢰를 어긴 자에게는 미리 경고했듯 사례금도 건네지 않을뿐더러, 다시는 거래를 트지 않기로 유명했다. 그것은 혈육 간에도 적용되는 엄정한 원칙이었다.

"설마하니 고작 기차 한 대가 납치된 것으로 이렇게 발이 묶일 줄은 몰랐습니다. 늦봄에 겨울을 불러오게 될 줄은 당연히 꿈에도 몰랐고요. 그런데 보십시오. 간신히 겨울을 불러와 하늘의 질서를 어지럽혔건만, 적측 마법사는 아직도 활개를 치고 심지어는 헤스터 경의 자매까지 붙잡히지 않았습니까? 이 작전은 이미 어그러질 대로 어그러졌어요."

휴고가 그답지 않게 투덜댔다. 지끈거리는 두통에 관자놀이를 매만지던 올리버가 문득 말을 꺼냈다.

"……그런데 그 마법사 말입니다. 팔목에 십자가 문신이 있더군요. 마법사 몸에 십자가라면, 제가 짐작하기로는 한 군데뿐입니다만."

십자가는 산티그마 교단의 상징이다. 비록 지금은 그럭저럭 원만한 관계를 유지하고 있다지만, 지난 천 년 동안 지겹게 마찰을 빚어 온 상대에게 좋은 감정이 있을 리 없었다. 더군다나 마법사의 육신이란 별의 마력을 담을 신성한 그릇이므로, 자신의 몸에 십자가를 새기는 마법사가 있다면 누구든 미치광이라 여길 터였다.

그러나 만일 강제로 새겨진 것이라면.

"혹 괄터에로 벨리를 말합니까?"

올리버는 말없이 고개를 끄덕였다. 얼마간 신중하게 골몰하던 휴고가 이내 고개를 주억거렸다.

"확실히 괄티에로 벨리라면 마법사에게 십자가 문신을 새기고도 남을 곳입니다. 그 감옥을 운영하는 이들이 바로 산티그마 교단의 광신도들이 니까요."

"하지만 괄티에로 벨리의 죄인은 대개 무기징역이 아닙니까? 살아 나올 수 있는 곳이었습니까?"

"그럴 리가요. 시체조차 빠져나오지 못하는 곳이 괄티에로 벨리입니다. 괜히 나락이라 불리겠습니까."

살아도 감옥에서 살고, 죽어도 감옥에서 죽으리라. 지상 유일한 마법사의 감옥인 괄티에로 벨리는 마법 사회에서도 악명이 자자했다.

"탄생성은 무제타에 괄티에로 벨리 출신이라……."

휴고가 찻잔을 내려놓으며 고심했다.

"괄티에로 벨리에서 살아 나왔을 정도면 마법 사회에서도 꽤나 이름 높을 텐데요. 혹시 모르십니까?"

"내가 온전히 외우고 있는 마법사의 이름은 열 손가락을 넘지 않습니다. 기실 마법사는 인간처럼 남 일에 그리 관심이 많지 않아요."

심지어 마법 사회에는 신문조차 없었다. 그러니 아무리 중요한 소식이 있어도 협소하기 짝이 없는 네트워크를 통해 알음알음 퍼져 나갈 뿐이었다. 격년제로 열리는 발푸르기스의 밤에 이르러서야 어느 정도 원만한 소통이 가능할 지경이었다.

"무제타에 괄티에로 벨리라면 굉장히 특이한 조합이기는 합니다. 이 명도감을 뒤져 보면 정체를 알 수 있을 듯한데 불행히도 나는 지금 마법을 사용할 수가 없군요. 일단 헤스터 경이 돌아와야 어떻게든 결단이 날 텐데 말입니다."

휴고가 차분히 물었다.

"혹 다른 특이한 점은 없었습니까?"

"억양으로 보아 남쪽 출신 같더군요. 예를 들어 메시나라거나."

"그렇습니까."

달리 도움이 된 것 같지는 않았다. 머쓱해진 올리버가 재차 기억을 더듬었다.

"그리고 북방어로 쓰인 편지를 번역해 달라고 하더군요."

"편지요?"

"예. 아무도 당신을 도울 수 없으니 혼자서 임무를 완수하라는 내용이 었습니다. 동료라기엔 미묘하군요."

휴고가 미간을 찌푸렸다. 마법사는 '의뢰'를 받으면 받았지 '임무'를 받진 않았다. 맹약으로서 왕가에 속박된 반제의 마법사라면 몰라도, 잉그람과 마찬가지로 비교적 운신이 자유로운 메시나의 마법사가 임무 운운할 리 없었다.

올리버가 퍼뜩 입을 열었다.

"그러고 보니, 그 마법사 눈이 붉었습니다."

"……예?"

휴고가 멀거니 올리버를 쳐다보았다.

"원래는 두건을 깊숙이 눌러써서 얼굴이 잘 보이지 않았습니다만, 마지막에 아래에서 올려다보니 얼굴 윤곽이 조금 보이더군요. 워낙에 주변이 어두워서 생김새를 제대로 확인하진 못했지만, 눈이 붉었던 것으로 기억합니다."

"확실합니까?"

휴고가 다그치듯 물었다. 올리버는 조금 놀란 기색으로 고개를 끄덕였다.

"무슨 문제라도……."

휴고는 고개를 수그리며 한참을 신음했다. 불안해진 올리버가 그를 재촉했다.

"휴고 경."

"좋지 않습니다, 좋지 않아요."

휴고가 드물게 초조한 기색으로 대꾸했다.

"적안을 가진 괄티에로 벨리의 죄수라……. 마법사라면 모를 수가 없는 사람입니다."

"예?"

"그자의 이름은 니올로 팔리아치. 〈숭고한 팔리아치〉의 수장인 칼룻타 팔리아치의 이복형제입니다."

올리버가 눈썹을 찌푸렸다.

"그런 고명한 가문의 마법사가 어찌……."

"가문이 중요한 게 아닙니다. 그 마법사는 위험해요. 미치광이입니다."

휴고가 창백해진 얼굴로 입술을 짓씹었다. 눈언저리로 공포가 스며들고 있었다.

"니올로 팔리아치는 대결을 핑계로 동족을 숱하게 살해하고 다녔습니다. 메시나, 잉그람, 반제……. 그의 악행은 국적을 가리지 않았어요. 하지만 그가 괄티에로 벨리에 수감된 가장 큰 이유는 달리 있습니다."

미지의 존재를 두려워하듯 휴고는 자그맣게 속삭였다.

"그자는 '악마'를 소환했습니다."

4. 둘네시아 피는 밤

뚝. 뚜욱.

괴괴한 사위에 핏물 떨어지는 소리만이 면면히 울렸다. 디아나는 조마조마한 심정으로 건너편을 흘긋거렸다. 달빛이 미처 닿지 못하는 객실의 구석 자리. 핏방울 튀기는 소리는 바로 거기서 들려오고 있었다.

그리도 요란하던 총성은커녕 발소리조차 잠잠한 객실은 자못 적막했다. 다른 승객들은 전부 탈출했는지 인기척도 없다. 심지어는 마법사마저 자리를 비운 까닭에, 디아나는 간혹 제 숨소리에도 놀라며 불안하게 자리를 지키고 있었다.

하지만 그녀는 혼자가 아니었다. 언제부턴가 귀에 거슬리던 소음을 그저 천장에서 물 새는 소리로 착각한 것이 실수였다. 유난스레 달빛이 훤한 창밖을 하릴없이 내다보던 디아나는 불현듯 고개를 돌렸다가 그만 졸도할 뻔했다. 어느샌가 그녀의 발치까지 진득한 물이 스며들었다. 그것은 핏물이었다.

이후로는 건너편을 살피느라 여념 없었다. 비록 너무 어두워서 형상조차 제대로 분간되지 않았으나, 어쩐지 위태로운 신음이 들리는 것도 같았다. 디아나는 잔뜩 울상을 지었다. 운신이라도 자유롭다면 좋으련만, 그녀의 팔목은 의자 팔걸이에 단단히 묶여 있었다.

디아나가 조심스럽게 말문을 열었다.

"저기요……."

최대한 소리를 죽인 속닥임이 꼭 천둥처럼 커다랗게 들렸다. 디아나는 제풀에 놀라 황급히 양옆으로 닫힌 문을 살폈다. 다행히 문가는 고요했다. 그에 조금이나마 용기를 얻은 디아나가 재차 운을 떼려던 순간.

"……그러니까 그건 당신이……."

별안간 낮은 목소리가 웅웅거리며 들려왔다. 엇갈리는 발소리와 생경한 목소리가 가까워지자, 그녀는 자연히 공포에 질렸다.

객실 문이 벌컥 열렸다. 먼저 들어온 사람은 로브를 둘러쓴 마법사요, 서둘러 뒤따르는 자는 복면으로 얼굴을 가린 괴한이었다.

"이젠 남은 인원도 없습니다. 더 늦기 전에 달아나야 한단 말입니다!"

마치 쇠로 쇠를 갈아 내듯 선득한 목소리였다. 디아나는 직감적으로 저 괴한이 일전에 잉그람 무장 혁명군 운운하던 자임을 알아챘다.

"모건. 내체 언제까지 애처럼 징징거릴 건가? 일단 두고 보자니까."

"당신은 아까부터 그 소리뿐이잖습니까! 대체 언제까지 두고 볼 건지 정확히 설명해 보십시오!"

괴한이 분개했다. 그러나 마법사는 아랑곳하지 않고 디아나 쪽으로 다가왔다. 디아나는 반사적으로 몸을 사렸지만, 마법사가 향한 곳은 그녀의 맞은편이었다. 그곳에 앉은 누군가를 살펴보는 듯했다.

"젠장. 무시하지 말고 대답을 하란……."

괴한의 말이 뚝 끊겼다. 디아나는 불현듯이 고개를 들었다가 그만 얼어붙고 말았다. 괴한이 부릅뜬 눈으로 그녀를 응시하고 있었다.

"……저 여자애는 뭡니까?"

마법사가 심드렁하게 대꾸했다.

"아, 마녀야."

"마녀요? 마녀가 왜 여기에……."

"쓸데없이 걱정하지 마. 별거 아니니까."

"마녀가 어떻게 별게 아닙니까! 군인은 죄다 깡그리 죽여 버리더니 어째서 이 마녀는 살려 둔 거냐 말입니다!"

"글쎄, 정말로 별거 아니라니까. 쟨 마력을 다 소진해서 한동안은 마법도 못 써. 그냥 평범한 계집애야."

마법사가 짜증스럽게 말했다. 괴한은 더는 왈가왈부하진 않았으나, 디아나를 노려보는 눈초리만은 여전히 살벌했다. 디아나는 식은땀만 줄줄 흘리며 슬그머니 시선을 피했다.

마법사는 의자에 축 늘어진 군인을 계속해서 발로 툭툭 쳤다. 군인이 곧 앓는 소리를 내며 흐리멍덩하게 눈을 떴다.

"정신이 드나?"

"으……."

"뭐야, 아직도 졸려?"

마법사는 그리 말하며 군인의 어깨를 꽉 쥐었다. 흐릿하던 군인의 눈이 대번에 확장되었다. 살가죽이 벗겨져 너덜너덜해진 어깨가 무자비하게 뒤틀리자, 목청에서 고래고래 비명 소리가 터져 나왔다.

"아직 말짱하네. 이젠 정신이 좀 드나?"

마법사는 마침내 군인의 어깨에서 손을 떼어 냈다. 군인이 그제야 숨을 격하게 몰아쉬었다.

"다른…… 다른 사람들은……."

"다 죽고 너 혼자 남았다."

"나도 죽여라……."

군인이 비장하게 말했다. 마법사가 이죽거렸다.

"그리 염려하지 않아도 곧 동료들을 만날 수 있을 게다. 다만, 내가 한 가지 궁금한 게 있어서 말이야."

마법사는 군인의 눈앞으로 불쑥 얼굴을 내밀었다. 검은 로브 아래로 위험하게 빛나는 붉은 눈이 드러났다.

"도대체 누굴 데려온 거냐?"

"무, 무슨 소리를……."

"다 알고 있으니까 모르는 척은 하지 마라. 휴고 알피어스 말고 또 누굴 데려왔느냐 말이야."

그러자 괴한이 깜짝 놀랐다.

"휴고 알피어스 외에 다른 마법사가 있단 말입니까?"

"그래. 원거리에서 마법을 조작하는 실력을 보면 여간내기가 아니야."

마법사가 무표정으로 중얼거렸다. 고통에 겨워 얼굴을 잔뜩 구겼던 군인이 불현듯 웃기 시작했다. 거친 웃음소리 사이로 드문드문 말소리가 이어졌다.

"너희는…… 이제 끝이다. 절대 살아서 돌아가지 못할 거다……."

"그리도 유명한 녀석이야? 도대체 이름이 뭔데?"

"너넨 끝이야……."

"이봐, 아직 귀는 안 멀었지? 이름이 뭐냐고 묻잖아."

하지만 군인은 대답하지 않았다. 입을 다문 채 꼿꼿하게 마법사를 노려보는 눈빛에 독기가 그득했다. 그러자 마법사는 말없이 괴한에게 손을 내밀었다. 괴한은 못미더운 기색으로 권총을 건네주었다.

마법사는 권총으로 군인의 이마를 겨눴다. 군인은 조금도 흔들리지 않았다. 마법사는 예상했다는 듯 슬쩍 입꼬리를 올리며 총구를 군인의 어깨로 내려뜨렸다. 단단한 총구가 삽시간에 어깨의 상처를 파고들었다.

"끄아아아악!"

군인이 비명을 내질렀다. 디아나는 등을 둥글게 만 채로 덜덜 떨었다. 처절한 비명 소리와 질척거리며 무자비하게 상처를 헤집는 소음이 귓전을 때렸다. 그 소음이 점차 그녀의 정신을 갉아먹고 있었다.

"헤스터! 헤스터 솔!"

끝내 군인의 입에서 이름이 튀어나왔다. 마법사는 미련 없이 방아쇠를 당겼다. 커다란 총성이 기차에 눌어붙은 정적을 처참하게 깨트렸다. 군인은 즉사했다.

마법사가 물었다.

"헤스터 솔이 누구지?"

"모릅니까? 헤스터 솔을?"

괴한이 황망히 되물었다.

"내가 모르는 걸 보면 꽤 젊은 마녀인 듯한데."

"젊지요. 젊고말고요. 요새 잉그람에서 가장 유명한 마녀일 겁니다. 성좌의 마녀라면 적어도 잉그람에선 모르는 사람이 없을 텐데⋯⋯. 정말로 모릅니까?"

"설마 아는 걸 모른다고 할까. 대체 누구길래 그리도 요란을 떠는 거냐?"

마법사는 무심히 권총을 돌려주었다. 괴한이 멀거니 중얼댔다.

"⋯⋯하지만 그 유명한 그리젤다 솔의 딸이잖습니까."

"뭐? 그리젤다 솔에게 딸이 있었어?"

"듣기로는 어머니의 재능을 그대로 이어받았다고 합니다. 그리젤다 솔은 죽었지만 헤스터 솔이 있으니, 흔히들 잉그람에는 영원한 영광이 있으리라 말하더군요."

"죽어? 누가? 그리젤다 솔이 죽었어?"

마법사가 멍하니 물었다. 괴한이 떨떠름한 표정을 지었다.

"……설마 그리젤다 솔이 죽은 줄도 몰랐습니까?"

그러자 마법사는 적잖이 혼란스러운 기색으로 천천히 의자에 앉았다. 불곰처럼 거대한 몸이 시무룩하게 늘어졌다.

"탈옥하거든 꼭 그 여자에게 대결을 청하려고 했는데……."

"그, 그래도 그리젤다 솔의 딸이 있지 않습니까. 헤스터 솔과는 곧 만날 수 있을 겁니다."

풀 죽어 앉아 있던 마법사가 느릿하게 고개를 끄덕였다. 괴한에게는 다행으로 마법사는 곧 활기를 되찾았다.

"좋아. 그럼 지금 해야 할 일부터 하자고."

마법사는 스스로를 다독이며 자리에서 일어났다. 그러고는 곧바로 디아나에게 시선을 주었다.

"그래서 꼬마 아가씨 이름이 뭐라고?"

디아나는 침을 꿀꺽 삼켰다. 세상 물정 모르는 그녀도 여기서 본명을 밝히면 안 된다는 것쯤은 알았다. 세간에는 위대한 마녀 그리젤다 솔에겐 외동딸 헤스터뿐이라고 알려졌으나, 그렇다고 곧이곧대로 본명을 밝히는 건 아주 우둔한 짓이었다.

그나마 다행스럽게도 디아나는 거짓말을 제법 잘했다.

"내 이름은 디아나 탤벗이에요."

살 에일 듯 고요한 침묵 속으로 여린 음성이 새어 들었다. 마법사는 고개를 갸웃거렸다.

"탤벗? 생전 처음 들어 보는 가문인데."

당연한 일이다. 탤벗이란 비안카 골드워디의 『탤벗 부인』 시리즈에서 따온 성씨였으므로. 디아나는 제목부터 괴이쩍은 소설을 알려 준 올리버에게 마음 깊이 감사했다. 물론 언니가 통속 소설을 즐긴다던 올리버의 주장에는 여전히 공감할 수 없었지만.

"부모님이 마법사가 아니셨어요."

"뭐야. 너 칠삭둥이였나?"

"네. 잉그람에선 돌연변이라는 고상한 단어로 칭하지만요."

디아나는 애써 긴장한 티를 감추었다. 다행히 마법사는 별다른 의심 없이 수긍했다.

"그럼 스승은 누구지?"

마법 사회에서 자신을 소개할 때 빠지지 않는 것이 바로 스승의 이름이다. 본인의 이름은 어찌어찌 넘어갔어도 스승의 이름은 조금 달랐다. 애당초 도제를 들이는 것도 어느 정도 명망이 있어야 가한 일. 여기서 괜한 이름을 댔다간 순식간에 거짓이 들통나는 수가 있었다.

디아나는 식은땀이 배어 나오는 손을 말아 쥐며 슬그머니 마법사를 올려다보았다. 검은 로브에 가려 잘은 보이지 않았으나 자신을 주시하는 시선만은 뻔히 느껴졌다. 결국 디아나는 아무래도 모르겠다는 심정으로 입을 열었다.

"……바바라 자일스요."

"뭐?"

"바바라 자일스라고요. 우리 스승님."

한없이 심드렁하던 마법사가 처음으로 낯빛을 바꾸었다.

"바바라 자일스? 지금 여명의 마녀를 말하는 거냐?"

"네. 자일스 가문의 수장이요. 내 분수에 맞지 않는 고명하신 스승님이죠."

디아나가 맥없이 말했다.

"바바라 자일스가 왜 너 같은 칠삭둥이를 도제로 들인 거지?"

"글쎄요. 그건 스승님만이 아시겠죠."

"너도 이유를 몰라?"

"아무렴, 거지에게 적선하는 마음이셨겠죠. 아니면 불가능에 도전하던 젊은 날의 치기라거나."

디아나는 울적하게 대꾸했다. 잠자코 그녀의 말을 듣던 마법사가 크게 웃었다.

"꼬마가 꽤나 재미있는 말을 하는구나. 그런데 지금 네 꼴을 보아 하니 어째 스승인 여명의 마녀의 위명도 제법 빛이 바랜 것 같은데."

"불가능이 괜히 불가능이겠어요? 스승님이 아무리 뛰어나셔도 불가능을 가능으로 바꾸는 게 어찌 그렇게 쉽겠어요."

마법사는 물끄러미 디아나를 쳐다보았다. 유난히 집요한 눈빛에 디아나가 슬그머니 고개를 돌렸다.

"바바라 자일스가 칠삭둥이를 제자로 두었다고……. 꼬마 아가씨. 탄생성에 맹세할 수 있겠어?"

탄생성에게 올리는 맹세란, 마법사가 흔히 자신의 진실성을 증명하기 위한 언약이다. 마법을 선사한 별에게는 언제나 신실해야 하므로, 별에게 올리는 맹세로 얼마간의 진실성을 판가름하는 것은 어찌 보면 당연한 일이었다.

"……내 말에 한 치의 거짓도 없음을 칼리스토의 광명에 대고 맹세해요."

그러나 지금은 이럴 수밖에 없다.

디아나는 별에게 맹세하며 내심으로 별에게 용서를 구했다. 비록 칼리스토가 다른 거성(巨星)처럼 그녀에게 탁월한 힘을 내려 주진 않았으나, 그조차 없었다면 마법 사회에는 평생 발도 들이지 못했을 것이다. 디아나는 부디 하늘의 별이 그녀의 진심을, 거짓을 맹세할 수밖에 없는 작금의 위태로운 현실을 굽어보길 바랐다.

"탄생성이 암흑의 별 칼리스토야?"

마법사가 경악했다. 슬프게도 디아나는 이런 질문이 몹시 익숙했다.

"참 불운하게도요."

"지금까지 내가 만났던 동족 중에서 가장 박복하군. 어쩌다가 그런 별의 축복을 받아서는……."

마법사가 진심으로 딱하다는 듯 혀를 찼다. 뜻밖에 적에게서 동정을 받은 디아나는 그저 속없이 웃기만 했다. 그녀의 탄생성은 잔인무도한 살인마의 마음에도 연민의 씨앗을 뿌리는 대단한 별이었다.

멀찍이서 둘을 지켜보던 괴한이 신경질적으로 물었다.

"저 마녀. 안 죽일 겁니까?"

디아나가 일순 어깨를 움찔했다. 마법사는 시큰둥한 얼굴로 고개를 까딱했다.

"왜?"

"왜라니요. 마녀잖습니까?"

"어차피 지금은 마법도 못 쓰는데 굳이 죽여야 하나?"

"언제 마력을 되찾을지 알고요?"

괴한이 날카롭게 쏘아붙였다. 마법사는 피식거리며 손을 내저었다.

"아서라. 탄생성이 암흑의 별이라잖냐."

"그게 무슨 상관입니까? 어쨌든 마녀라는 게 중요하죠."

"네가 뭘 몰라서 그래. 이 꼬마는 피라미 중에서도 제일 하찮은 피라미야. 더구나 나는 이런 일로 동족을 죽이기는 싫다."

그에 괴한이 어처구니없다는 듯 낯을 구겼다.

"지금까지 대결 운운하며 죽인 동족만도 열 손가락을 넘으면서 어떻게 그런 말을 합니까? 그리 죽이고 나니 이제야 동족 귀한 줄을 알겠습니까?"

"……적당히 해라, 모건. 내가 지금 이 꼬마를 죽이지 않는 건 죽일 가치도 없어서야. 나는 싸울 가치가 있는 자와 싸우고, 죽일 가치가 있는 자만 죽인다."

마법사가 짐승처럼 으르렁거렸다. 그리고는 심기 불편한 얼굴로 디아나를 돌아보았다.

"꼬마도 괜히 날 거스르지 않는 게 좋아. 나는 원래 죽일 가치가 있는 자만 죽이지만, 가끔은 개미 새끼 밟아 죽이는 것도 재미있거든."

조금 전 불운한 마녀를 동정하던 마법사는 온데간데없다. 소름 끼치는 붉은 눈이 어느새 살기로 충만했다. 디아나는 공포로 물든 표정을 어찌할 길 없이 황급히 고개만 끄덕거렸다.

겨울의 별 발디비아가 도로 잠들며 때아닌 북풍이 잦아드는 한밤. 그러나 군영의 지휘 막사만은 홀로 차디찬 겨울에 머무르고 있었다.

"니올로 말리아치라니요?"

헤스터가 얼어붙은 얼굴로 중얼거렸다.

"아직 확실하진 않지만, 적측의 마법사가 니올로 팔리아치일 가능성이 상당합니다."

"누가 그런 소리를……. 그 남자가 그러던가요?"

그녀답지 않게 예민한 반응이었다. 휴고는 변함없이 차분하게 응대했다.

"마법사의 신체에 십자가가 새겨져 있다고 합니다. 무제타를 탄생성으로 타고난 마법사 중에서 십자가를 몸에 새긴 자가 그리 흔하겠습니까? 경도 알다시피 니올로 팔리아치는 역천의 별 무제타의 은혜를 입었으며, 괄티에로 벨리에 수감된 강대한 마법사입니다. 몸에 십자가 문신이 있는 것도, 단신으로 수십의 군사에 맞선 것도 납득할 만합니다."

"하지만 괄티에로 벨리입니다. 역사상 단 한 번도 뚫린 적 없는 천혜의 감옥이에요. 아무리 강대한 마법사라 한들, 마력을 운영할 수조차 없는 곳에서 어떻게 삼엄한 경비를 뚫을까요? 더구나 괄티에로 벨리의 죄인이 탈옥했다는 소식은 듣지 못했습니다."

"붉은 눈을 보았다더군요."

그에 철옹성처럼 단단하던 헤스터의 얼굴이 망연히 일그러졌다.

"……일단 괄티에로 벨리에 연락을 넣겠습니다."

잠긴 목을 억지로 긁어내듯 힘겨운 목소리였다. 헤스터가 의자에 앉아 정신없이 편지를 휘갈기는 사이, 옥슬리 대령이 의아한 기색으로 휴고에게 물었다.

"적측 마법사의 정체를 아셨습니까? 도대체 니올로 팔리아치가 누구입니까?"

"참, 대령은 모르겠군요."

휴고가 선선히 대답했다.

"15년 전 결투를 핑계로 무고한 동족 열댓 명을 살해한 자입니다. 팔리아치의 직계라 꽤나 충격이 컸지요. 종신형을 받았을 텐데 어떻게 괄티에로 벨리에서 탈출했는지 모르겠군요."

"그렇게 위험한 자입니까?"

"파괴마법을 유난히 즐겼다고 들었습니다만, 니올로 팔리아치가 그토록 악명이 자자한 이유는 따로 있습니다."

이제 헤스터는 생경한 남부의 지도를 훑으며 괄티에로 벨리의 좌표를 찾고 있었다. 타인의 생활 반경을 침범하지 않는 걸 미덕으로 아는 마법 사회의 관습으로 마법사는 늘 전서구나 우편 체계를 통해 편지를 주고 받았지만, 지금은 그런 예의를 차릴 겨를이 없었다.

휴고도 굳이 헤스터를 말리진 않았다. 대신 일렁이는 촛불을 가만히 응시하며 낮게 읊조릴 뿐이었다.

"들리는 말로는 악마를 소환했다더군요."

악마.

어쩐지 스산하게 들리는 단어에 옥슬리 대령이 불편한 표정을 지었다.

"악마라면 롭기서(書)에 등장하는 신을 배반한 천사를 이르십니까?"

"그건 경전의 이야기잖습니까. 나는 실존하는 생명체를 말하는 겁니다."

"아니, 그럼 악마가 정말로 존재한다는 말씀입니까?"

휴고가 대수롭지 않게 고개를 끄덕였다.

"악마는 아주 오래전부터 존재했습니다. 상상할 수조차 없는 거대한 힘을 두려워한 인간이 제멋대로 악마란 삿된 이름을 붙였을 뿐이지요."

"그럼 그것들은 지금 어디 있습니까? 혹시 여기에도 있는 겁니까?"

"설마 그렇게 쉬이 발견되겠습니까? 악마학은 워낙에 오래전부터 금기시되는 영역이라 나도 자세히는 모릅니다. 다만 전해지는 이야기로 악마는 별빛 닿지 않는 암암한 세상에 존재한다더군요."

악마는 산티그마 교단이 마법 사회와 오래간 반목한 이유 중에 하나였다. 대개 바깥세상에 지극히 무관심한 마법사와 달리, 악마는 손짓 하나로 인간을 해하는 악심을 지녔다고 한다. 어느 마녀가 뭣 모르고 소환한 악마가 재미로 도시를 멸망시킨 옛이야기는 각 나라마다 전해지고 있었다.

그토록 무시무시한 존재이니, 천년전쟁이 종식한 이후로 악마학에 대한 연구가 일절 금지된 것도 무리는 아니었다. 악마를 그저 경전 속 괴물로 치부하는 인간과 달리, 마녀·마법사들은 어릴 적부터 악마에 대한 경고를 귀에 못이 박히도록 듣고 자랐다. 그렇다고 악마에 대해 상세히 아는 것은 아니었다. 스승이 도제에게 가르치는 것은 악마에 대한 지식이 아니라, 악마에 대한 공포였기 때문이다.

"악마와 계약한 사람은 눈이 붉어진다는 속설이 있습니다. 실제로도 괄티에로 벨리로 호송될 당시 니올로 팔리아치의 눈이 붉었다고 하지만, 직접 보지 못했으니 더 드릴 말씀은 없군요."

옥슬리 대령은 창백한 낯빛으로 고개를 끄덕였다. 평범하게 살아온 대령에게 휴고가 들려주는 이야기는 지나치게 섬뜩한 구석이 있었다.

그즈음 헤스터가 조용히 자리에서 일어났다.

"일단 괄티에로 벨리에 편지를 보냈습니다. 하지만 만약에 니올로 팔리아치가 정말로 탈옥했다면……."

헤스터는 차마 말을 잇지 못했다. 고단한 듯 한 손으로 눈가를 가린 얼굴에 절망이 괴였다.

"니올로 팔리아치는 안 됩니다. 그자만은 안 돼요. 내 자매는, 디아나는 평범한 마녀예요. 감히 니올로 팔리아치에 대적하지 못합니다."

무턱대고 기차로 들어가고 싶은 마음이 반, 다시금 차근하게 작전을 세우고 싶은 마음이 반이었다. 한편으로는 니올로 팔리아치에게 동생만은 무사히 보내 달라 간청하고픈 일념이 솟았고, 다른 한편으로는 직접 디아나를 데리러 가지 않았던 스스로를 탓하는 원망이 자꾸만 고개를 들었다. 헤스터는 그리 무너지는 억장을 다잡는 데만도 힘겨웠다.

휴고가 느리게 입을 열었다.

"자매가 죽었다고 여깁니까?"

헤스터의 낯이 일순 새파랗게 질렸다. 휴고는 변함없이 단조로운 목소리로 말했다.

"예. 죽었을 수도 있죠. 이미 동족을 무참하게 학살한 전적이 있으니, 어린 마녀에게 무슨 동정심이 들겠습니까. 하지만 아직 살아 있을 수도 있습니다."

휴고는 어지럽게 펼쳐진 지도를 정리하기 시작했다. 차츰 정돈되는 책상처럼 그의 말소리도 점차 명료해졌다.

"공연한 희망을 품으라는 소리가 아닙니다. 다만 혹시나 자매가 살아 있을지도 모르는 상황에서 경이 먼저 무너지면 안 된다는 겁니다. 알다시피 나는 당분간 마법을 부리지 못하고, 다른 마법사를 불러오기까지는 꽤나 시간이 소요될 테지요. 그러니 지금 상황을 타개할 수 있는 사람도, 니올로 팔리아치에게 맞서 자매를 구할 수 있는 사람도 오직 경뿐입니다."

휴고가 무감하게 헤스터를 돌아보았다.

"그리고 내가 이렇게 말할 정도로 경은 지금 굉장히 엉망입니다. 제발 정신 차려요. 내게 이런 소리나 듣고 싶습니까?"

마법사란 본디 앞뜰에서 사람이 죽어 가도 모른 체하는 족속이다. 다른 마법사와 별반 다르지 않은 휴고 알피어스가 굳이 저런 말을 늘어놓는 것은 몹시 이례적이었다.

헤스터는 멍하니 고개를 끄덕거렸다. 그녀의 몰골은 여전히 엉망진창이었으나, 적어도 한없이 비감에 젖어 있던 눈에 총기가 돌아오고 있었다.

휴고는 한숨을 내쉬며 밤하늘을 올려다보았다. 성도학에 그리 밝지 못한 그도 족히 헤아릴 수 있는 하늘의 무질서. 본능적으로 자신의 탄생성을 찾아 헤매던 벽안이 불현듯 정지했다.

"······겨울이 끝났군요."

여름잠에서 잠시 깨어났던 겨울의 별 발디비아도, 난데없이 늦봄을 얼렸던 겨울도 모조리 물러갔다. 다시금 제자리를 찾아오는 열기 속에서 군영을 휘감은 불안감은 차츰 짙어져만 갔다.

기차의 어느 객실.

캄캄한 어둠 속에서 문득 자그마한 불씨가 피어올랐다. 손톱만 하던 불씨는 어느새 갓난아기 머리만큼 자라났다. 스산한 불빛이 객실을 조망하는 가운데, 마법사의 입꼬리가 슬며시 말려 올라갔다.

"······드디어 망할 겨울이 끝난 모양이군."

싸늘한 북풍이 가시자, 세상은 어느덧 늦봄의 훈훈한 열기로 만연했다. 디아나는 창밖으로 하늘을 올려다보았다. 얼어붙었던 봄의 별 오르페델레가 다시금 찬란하니, 모르긴 몰라도 저이의 탄생성도 녹았음이 분명했다. 자력으로 탈출하는 일말의 가능성이 허무하게 사라지는 순간이었다.

그사이, 마법사와 괴한은 한가롭게 대화를 주고받았다.

"이제 마법을 사용하실 수 있습니까?"

"그래. 이제야 녹은 모양이다. 겨울이 생각보다 짧아서 망정이었지, 자칫하다간 정말 눈 뜨고 코 베일 뻔했어."

"어쨌든 다행입니다. 문제는 지도인데······. 지금 제 수중에는 잉그람 전도(全圖)와 반제의 국경 지도뿐입니다. 아시다시피 타국의 지도를 구하는 것이 그리 만만한 일이 아니라서요."

"지도? 난데없이 무슨 소리지?"

분주한 손길로 짐을 헤치던 괴한이 멈칫하며 마법사를 올려다보았다.

"······후퇴 안 합니까?"

"아까도 그런 헛소리를 하더니. 아직도 미련을 못 버린 거냐?"

마법사가 코웃음을 쳤다. 순간 괴한의 눈에 불똥이 튀었다.

"동지들이 전부 죽었습니다! 당신이 잉그람 측 마법사의 술수에 걸려 꼼짝도 못 하는 동안요! 분명 적군을 몰살하리라 단언하지 않았습니까! 한데 이게 몰살입니까? 몰살당한 건 우리란 말입니다!"

"나는 잉그람 군대를 몰살하리라 말했지, 너희의 목숨을 보장하겠다고 약속하지는 않았다."

마법사가 차갑게 말했다.

"더군다나 모건, 네가 진정으로 동지들을 아낀다면 그들의 복수를 다짐해야 하는 것이 아니냐? 그런데 지금 네 꼴을 봐라. 차마 혼자 도망칠 용기는 없어서 나한테 빌붙는 거 아냐."

"복수라고요? 지금 복수라 했습니까? 나와 동지들의 뜻은 한낱 복수가 아닙니다. 우리의 뜻은 잉그람의 전복이며 투텔의 분리 독립이란 말입니다! 그런데 복수란 명목으로 여기서 군인 몇의 목숨을 거둔들 우리의 뜻이 이루어지겠습니까? 오늘 죽은 동지들을 위한다면, 후퇴하여 나중을 기약하는 것이 맞습니다. 고작 복수란 이름으로 동지들의 숭고한 희생을 모욕하지 마십시오."

괴한이 피 토하듯 경고했다. 마법사는 눈살을 찌푸리며 그를 외면했다.

"그럼 나는 좀 더 즐겨야겠다. 이런 치욕을 준 휴고 알피어스나 헤스터 솔, 그중 하나의 목숨이라도 끊어 놔야 마음이 편하지."

"뭐, 뭐라고요?"

"도망치려면 가라. 붙잡지 않아."

"이보십시오!"

괴한이 황급히 마법사의 어깨를 잡아챘다. 마법사는 느리게 뒤를 돌아보았다.

"모건. 너는 평범한 인간치고는 꽤 괜찮은 녀석이다. 그러니 좋게 말할 때 눈앞에서 사라져라."

금방이라도 숨통을 끊을 만치 살벌한 음성이었다. 기백에 압도당한 괴한은 대답할 여력조차 없었다. 잉그람 군대와 맞설 때도 느끼지 못했던 공포가 전신을 기어올랐다.

그때, 여린 목소리가 흉흉한 적막을 파고들었다.

"헤스터 솔은 당신 생각보다 훨씬 강한 마녀예요."

마법사와 괴한의 고개가 동시에 돌아갔다. 이제껏 쥐 죽은 듯 조용하던 디아나가 그들을 보고 있었다.

"헤스터 솔은 나 같은 잔챙이도 알 정도로 유명한 마녀거든요. 그녀의 탄생성이 별들의 왕 둘시네아라는 건 알아요? 백색전당에 최연소로 이름을 올렸고, 잉그람 마법 공회의 차기 의장감으로 공공연히 이름이 오르내리는 마녀가 바로 헤스터 솔이에요. 그런 마녀와 겨루어 무사하려면 적어도 계획은 철저해야 하지 않겠어요? 당신들은 펜잔스에 휴고 알피어스가 있다는 사실은 알았어도, 헤스터 솔은 예상하지 못했을 거 아녜요."

펜잔스에 휴고 알피어스가 있음은 비밀이 아니다. 평범한 사업가인 올리버 펜리도 알던 사실이니, 무려 기차를 납치하려던 저늘이 몰랐을리 없다. 그러므로 기차를 납치할 장소로 '휴고 알피어스가 있는 펜잔스'를 택한 것은 순전히 저들의 계획이었다. 지금은 겨울의 별 발디비아의 힘이 잦아드는 늦봄. 완전히 그릇된 선택은 아니었다.

그러나 헤스터 솔은? 오킹엄에 머무는 마녀가 펜잔스에 있으리라곤, 혹은 펜잔스까지 오리라곤 생각도 못 했을 것이다. 국왕의 친서가 있어야 마지못해 움직이는 마법사의 생리를 상기하면, 더더욱 믿기 힘들었다.

그러니 저들의 계획은 헤스터 솔로 인해 완전히 틀어졌다. 마치 디아나가, 올리버가, 잉그람의 군대가 정체 모를 마법사의 존재를 전혀 예측하지 못했듯이.

"달아나요. 여기서 가장 가까운 천문대는 아마 오킹엄에나 있을 테니, 당신의 이동마법을 추적해서 어디로 달아났는지 알아내려면 제법 시간이 소요될 거예요. 그사이 이동마법을 여러 번 사용해서 국경 너머로 달아나면 짐작건대 잉그람은 당신을 찾아내지 못할걸요. 지금은 이만 후퇴해서 훗날을 기약하는 편이, 나중에 헤스터 솔이나 휴고 알피어스를 죽이는 데도 유리하지 않겠어요?"

디아나가 명쾌하게 말을 끝맺었다. 불안감일랑 찾아볼 수 없는 천연덕스러운 표정이었으나, 좌석에 가려진 양손은 가여우리만치 덜덜 떨리고 있었다. 금방이라도 짓눌릴 듯 끔찍한 적막 속에서 디아나는 하염없이 마법사의 대답을 기다렸다.

"……달아나라고?"

오래지 않아 마법사가 입을 열었다.

"나는 여기로 도망친 건데, 또 어디로 달아나라는 거지?"

디아나의 얼굴이 딱딱하게 굳었다. 마법사가 히죽 웃었다.

"그러고 보니 꼬마 아가씨는 내가 누군지 모르겠군."

마법사가 자즘 디아나에게 다가왔다. 뚜벅뚜벅. 바닥을 울리던 경쾌한 발소리는 금세 피 웅덩이 뒤흔드는 질척한 소리로 일변했다.

어느새 지척으로 다가온 마법사가 섬뜩하게 웃었다.

"내 이름은 니올로 팔리아치다. 세상에 나온 지 워낙 오래되어 꼬마 아가씨가 나를 알려나 모르겠군."

니올로 팔리아치.

메시나의 신성귀족이자, 〈숭고한 팔리아치〉의 직계. 그러나 역천의 별 무제타의 힘을 타고나 마법 사회에서 배척받았고, 나이가 들수록 흉포해지는 성정을 가문조차 다스리기 힘겨웠다고 한다. 결국 그의 악행을 심판하기 위하여 중앙삼국의 위대한 마녀·마법사들이 한자리에 모여 만장일치로 그에게 종신형을 선고했다. 그리해 니올로 팔리아치가 괄티에로벨리에 수감된 지 어언 10년.

디아나는 경악한 얼굴로 그를 올려다보았다. 희미하게 잔재하던 불안감이 그제야 실체를 갖추었다. 손목에 새겨진 십자가. 유달리 광폭한 성정. 이상하게 쟁투에 익숙한 듯 보였던 몸놀림.

무엇보다도 불길하게 빛나던 붉은 눈.

"화염의 마법사……."

디아나가 침음을 흘렸다. 니올로 팔리아치가 흥미롭다는 듯이 말했다.

"그 이명도 오래간만에 들어 보는군. 아마 이명도감에서 지워진 이름일 텐데. 바바라 자일스가 일러 주던가?"

니올로는 그리 말하며 디아나의 머리에 손을 올렸다. 한 손에 잡히는 조막만 한 머리가 바들바들 떨리고 있었다. 니올로는 피식거리며 디아나의 붉은 머리를 거칠게 헤집었다.

"나는 너처럼 어린 동족을 죽이는 게 영 기껍지가 않다. 동족에 한해 나는 오로지 맞수만 죽이거든. 혹시 꼬마가 나중에 대단한 마녀가 될지 누가 알겠어. 나는 그런 가능성까지 뿌리 뽑기는 싫다. 그건 미래의 내 기쁨을 위해서 남겨 놔야지. 그렇지 않나?"

니올로는 이내 흥미가 가신 얼굴로 손을 뗐다. 그의 관심은 오직 '죽일 만한 상대'에만 머물렀다.

"목숨이나마 부지하고 싶으면 앞으로는 조용히 있어라. 지금처럼 괜한 짓 하지—"

"정말 악마를 소환했어요?"

성마른 음성이 별안간 니올로의 말을 잘라 냈다. 니올로는 눈썹을 찡
긋거리며 물었다.

"뭐?"

"악마를 정말로 소환했냐고요."

디아나가 더디게 고개를 들어 올렸다. 공포에 잠식된 잿빛 눈이 불빛
에 드러났다.

니올로는 무심히 대꾸했다.

"그래. 악마를 보고 나니 눈이 붉어지더군."

일순 디아나의 낯이 허옇게 질렸다. 막심한 공포와 불안, 이외에도 차
마 헤아릴 수 없는 감정이 자그만 얼굴에서 소용돌이쳤다.

니올로는 코웃음 치며 고개를 돌렸다. 산티그마 교단과 화해한 이래,
수많은 스승은 도제에게 악마에 대한 공포를 단단히 심어 왔다. 금지된
악마학이 다시는 부활하지 않도록, 그리하여 다시는 악마가 이 세상에
발 들일 수 없도록. 하지만 어린 마녀의 교육받은 공포심 따위 그의 알
바 아니었다.

니올로는 차츰 멀어져 갔다. 불빛이 그를 순종하여 뒤따르니, 디아나
는 홀로 암암한 어둠 속에 남겨졌다.

어두컴컴한 막사.

문득 촛불이 한둘 켜지기 시작했다. 시계방향으로 하나씩 늘어나는
불빛은 어둠을 일제히 가장자리로 몰아냈다. 아직 물러가지 않은 밤이

호시탐탐 불빛을 노리며 흉하게 아가리를 벌렸으나, 마법으로 피워 올린 불씨는 쉽게 사그라들지 않았다. 스물의 촛불은 어느덧 둥근 원을 그리며 흉포한 밤으로부터 중심을 지켰다.

헤스터는 촛불로 그린 원의 한가운데 무릎 꿇고 앉아 있었다. 곤하게 가라앉은 시선은 간소한 제단에 머물렀고, 굳게 다물린 입매에는 가늠할 수 없는 슬픔의 추가 힘겹게 매달려 있었다. 가히 석상처럼 미동하지 않는 형상이었다. 가지런히 펼쳐진 성도만이 근면하게 별들의 자취를 좇으며 별빛을 발할 뿐이었다.

지금 헤스터는 고심하고 있었다. 어떻게 해야 디아나를 무사히 구출할까. 어떻게 해야 잔악한 니올로 팔리아치를 무력화할까. 안타깝게도 그녀는 결투에 무지했다. 으레 책상물림인 동족과 마찬가지로 헤스터도 일평생 마법 연구에만 매진한 마녀였다. 그녀의 특기인 성도학은 가장 난도 높은 학문으로 손꼽혔지만, 결투에 어울리는 분야는 아니었다. 벌새 한 마리를 죽이는 것보단 벌새를 악어로 둔갑시키는 편이 그녀에겐 차라리 쉬웠다.

하지만 니올로 팔리아치는 달랐다. 그는 결투를 핑계로 명성 높은 동족을 살해했던 악한이다. 게다가 마력을 운용할 수 없는 괄티에로 벨리에서 10년이 넘도록 생존했을 뿐만 아니라, 심지어는 탈옥에도 성공했다. 선천적으로 남을 해하는 파괴마법에 특출했던 이가 괄티에로 벨리에서 교단의 광신도와 맞서며 생사를 수없이 넘나들었다면, 결투에 대한 감각 자체가 남다를 수밖에 없었다.

그렇기에 헤스터는 쉽사리 기차로 뛰어들 수 없었다. 니올로 팔리아치에게 성급히 맞서다간 비명횡사할 것이 뻔했다. 만약 그리해 디아나라도 구출된다면 참으로 다행이겠으나, 그녀는 죽고 디아나는 구하지 못한다면? 디아나가 아무리 그리젤다 솔의 딸인들, 냉정한 국왕이 평범하기 짝이 없는 마녀를 위해 위험을 무릅쓸 리 없었다. 헤스터마저 없으면 디아나는 십중팔구 잉그람 군대에게 외면받을 것이었다.

그럼 어찌해야 할까. 니올로 팔리아치의 위치를 시시각각 전해 주던 새도 이제는 연락이 끊겼다. 짐작건대 마력을 되찾은 니올로 팔리아치가 수상쩍게 기차 주변을 날아다니는 새들을 응징했을 터다.

결국 헤스터에겐 성도밖에 남지 않은 셈이다. 어떻게든 니올로 팔리아치를 무력화해서, 옥슬리 대령이 마음 놓고 군대를 기차로 들이게 하는 수밖에 없었다. 예상보다 많은 군사를 잃은 대령은 고작 마녀 한 명을 위해 수십의 목숨을 걸어야 한다는 사실을 못마땅하게 여겼다. 조금 전 국경을 지키는 마법사를 호출하는 것이 어떻겠느냐 물은 것으로 보아, 옥슬리 대령은 니올로 팔리아치의 마법이 성한 이상 군대를 꼼짝도 하지 않을 것이었다.

국경을 지키는 마법사. 헤스터는 가만히 그들의 이름을 뇌까렸다. 대개 반제와 국경을 접한 북부에 몰려 있는 그네들은 마법사로는 드물게 전투에 익숙한 이들이었다. 대령의 말처럼, 그들이라면 어쩌면 니올로 팔리아치를 제압할 수 있을지도 몰랐다.

하지만 그녀에겐 여유가 없었다. 백색전당에 이름을 올린 마녀와 마법사가 이미 둘씩이나 있는 마당에 국왕이 다른 마법사를 보내 줄지도 의심스러울뿐더러, 지금은 지원이 오기만을 기다릴 정도로 한가한 상황이 아니었다. 할 수 있는 건 무엇이든 해야 했다. 불과 수백 미터 떨어진 곳에서 고초를 겪고 있을 디아나를 떠올리면 도저히 가만있을 수가 없었다.

그러니 종국에는 그 수밖에 없다.

헤스터는 단정히 고개를 들었다. 요르그 규석을 깎아 만든 기반에 신선한 물을 올린 제단. 별들의 왕 둘시네아에게 기도를 올리는 단(壇)이자, 왕의 도래를 헤아리는 표지였다.

'아가, 네게 동생이 있단다.'

십수 년 전 작고하신 어머니의 목소리가 귓가를 쟁쟁히 울렸다.

'어미를 모르는 아이에게 네가 가족이 되어 주렴.'

헤스터는 죽어 가는 어머니께 올렸던 약속을 기억했다. 그것은 망자에게 건넨 마지막 서약이요, 죽어서도 지켜야 하는 맹세. 어쩌면 지금까지 삶을 지탱해 온 단 하나의 이유였는지도 모른다.

얌전하게 양초를 갉아먹던 촛불이 별안간 거세게 몰아쳤다. 스물의 태양이 찬란히 빛을 발하자, 막사에 잔존하던 어둠이 순식간에 바깥으로 밀려났다. 마치 왕이 도래할 길을 미리 밝혀 내듯 영광스러운 빛이었다.

오래지 않아 촛불이 차츰차츰 잦아들었다. 헤스터는 천천히 자리에서 일어났다. 냉정하게 가라앉은 잿빛 눈이 냉정히 현재를 판단했다.

그때, 입구에서 인기척이 들려왔다. 헤스터는 돌아보지 않은 채 마법으로 천을 들어 올렸다.

"무슨 용무입니까?"

사병이 머뭇거렸다. 헤스터가 뒤늦게 뒤돌아보자, 사병은 조심스레 쪽지를 내밀었다.

"어느 신사분께서 전해 달라고 하셨습니다."

헤스터는 한동안 말없이 쪽지를 내려다보았다.

"그 신사분은 어디 계십니까?"

사병이 일러 준 방향으로 빠르게 걷자 곧 익숙한 뒷모습이 나타났다. 잠시 고민하던 헤스터가 주저하며 입을 열었다.

"……올리버."

올리버가 대번에 걸음을 멈추었다. 헤스터는 그에게로 다가가 차분히 쪽지를 내밀었다.

"당신이 이걸 보냈죠?"

심란하게 쪽지를 보던 올리버가 고개를 끄덕였다.

"당신이 날 보기 싫어하는 건 알지만, 그래도 알려 줘야 할 것 같아서."

메모에 적힌 글귀는 올리버의 필체지만 결국에는 디아나의 말이었다. 조금 늦는다고 언니에게 전해 달라는.

헤스터는 생각했다. 왜 하필 너일까. 기차에는 수많은 승객들이 있었고 그들은 무사히 탈출했건만, 왜 하필 늦는 사람이 너인 걸까. 세상에는 헤아릴 수 없이 많은 악인이 있는데, 어째서 착한 너만이 아직도 구렁텅이에서 벗어나지 못한 걸까.

"당신은 여기 있는데……. 디아나는 왜 아직도 거기 있는 거예요?"

헤스터가 나지막이 읊조렸다. 대답은 들려오지 않았다.

"뭐, 뭐라고요?"

디아나가 새된 목소리로 말했다. 니올로는 이상하다는 듯이 고개를 모로 까딱거렸다.

"왜 그리 놀라? 내가 그렇게 무리한 부탁을 한 거냐?"

"그게, 그러니까……."

"아무리 뜨내기여도 마녀는 마녀이니 설마 깃펜이나 잉크가 없을 리는 없고. 혹시 내가 돌려주지 않을까 봐 그래? 걱정하지 마라. 세간에서 내 소문이 어찌 돌고 있는지는 대강 짐작한다만, 아무리 그래도 남의 것을 함부로 강탈하는 사람은 아니다."

함부로 동족 열댓 명의 귀한 목숨을 앗아 간 악한이 하는 말로는 좀체 믿기지가 않았다. 디아나가 쭈뼛거리며 눈치만 보자, 니올로는 한숨을 내쉬며 즉시 말을 바꾸었다.

"좋아. 믿지 못한대도 별수 없지. 하지만 그 조그만 머리를 요령껏 굴려서라도 잘 생각하는 게 좋을 거다. 계속 내 '부탁'을 거절한다면, 나는 몹시 짜증이 난 나머지 널 죽이고 네 유품을 찾으러 온 객실을 뒤지고 다닐지도 몰라. 그러면 너나 나나 굉장한 손해겠지. 안 그래?"

니올로가 과장스럽게 양팔을 뻗었다.

"물론 네가 순순히 깃펜과 잉크를 빌려준다면, 나는 잘 사용한 뒤에 고스란히 돌려줄 거다. 만에 하나 망가진다면 열 배의 값을 쳐주마. 어느 편이 네게 더 이로운지는 아무리 모자란 칠삭둥이여도 잘 알겠지."

디아나는 죽상을 지었다. 자애로운 척하지만, 실상은 숨통을 틀어쥔 겁박임을 모르지 않았다. 아무런 힘도 없는 그녀로선 눈물을 머금고 받아들이는 수밖에 없었다.

"알았어요. 빌려줄게요……."

니올로는 흐뭇하게 웃으며 커다란 손으로 디아나의 빨간 머리를 마구 헤집었다.

"그래. 어서 줘."

"지금 당장이요?"

"그럼 언제 주려고 했는데? 한 10년 뒤에?"

니올로의 말끝이 하늘로 치솟았다. 디아나는 작은 새처럼 파드득 놀랐다.

"아, 아뇨. 그런 게 아니라, 지금 없단 말이에요. 가방에 있는데……."

"가방은 어디 있는데?"

"객실에 있겠죠."

그렇게 두 사람은 때아닌 밤 산책에 나섰다. 비록 눈앞에 보이는 것은 엉망진창으로 흐트러진 객실이요, 심지어 어떤 객실에는 군인들의 시체가 너부러져 있지만 말이다. 디아나는 시체를 볼 때마다 눈을 질끈 감았고, 그럴 때마다 니올로는 성가시다는 듯이 디아나의 팔뚝을 잡고 질질 끌었다.

둘은 오래지 않아 일등석 객실에 도착했다. 그런데 디아나가 문가에서 한참 우물쭈물했다.

"너무 어두워서 가방이 안 보여요."

"가지가지로 피곤하게 하는군."

니올로가 투덜대며 마법으로 공중에 화구(火球)를 띄웠다. 깜깜했던 객실은 금세 밝아졌다. 그럼에도 디아나가 선뜻 나서지 못하자, 불편한 기색 다분한 니올로의 목소리가 그녀의 등을 떠밀었다.

"다리도 내가 움직여 줘야 하나?"

디아나는 고분고분하게 객실로 들어섰다.

객실은 마치 폭풍이라도 지나간 것처럼 어수선했다. 지저분하게 널린 잡동사니를 뛰어넘어 간신히 제자리에 도착했지만, 다른 좌석과 마찬가지로 그녀의 좌석도 주인을 알 수 없는 짐으로 가득했다. 디아나는 한숨을 삼키며 신문이나 남사스러운 잠옷, 말라비틀어진 사과 등을 치워 냈다. 그러자 좌석 밑에 가지런히 놓인 손가방이 눈에 들어왔다. 그편으로 손을 뻗으려던 순간 디아나의 손끝이 멈칫했다.

왜 하필 깃펜과 잉크일까.

깃펜과 잉크는 본디 의지나 언어로 마법을 발현하지 못하는, 불행하기 짝이 없는 이들이 마법을 부리기 위하여 사용하는 도구다. 수식과 도형, 아바도어가 포함된 복잡한 마법진을 직접 그려서 마법을 구현하는 방식이었다. 그러나 니올로 팔리아치는 아니다. 의지로 마법을 발현할

190

수 있는 마법사가 깃펜과 잉크에 의지할 이유는 대체로 없었다.

하지만 그런 마법사도 깃펜과 잉크를 사용하는 경우가 더러 있다. 단순히 의지만으로는 완벽하게 마법을 행할 수 없는 경우. 다시 말해, 마법을 구현하기 위해 더한 정성이 필요한 경우였다. 그리고 디아나는 니올로 팔리아치가 더한 정성으로 구현할 마법이 무엇인지 전혀 생각하고 싶지 않았다.

'혹시 언니가 다치기라도 하면 어쩌지?'

이제 니올로 팔리아치는 헤스터 솔이 잉그람군에 합류했음을 안다. 디아나는 자신이 빌려주는 도구로 행여나 언니가 화를 입진 않을까 하는 걱정으로 갈팡질팡했다.

"뭘 그렇게 꼼지락거려?"

디아나가 황급히 뒤돌아보았다. 니올로가 어느새 지척에 있었다.

"거기 들어 있어?"

"아, 네. 맞아요."

디아나는 얼른 손가방을 집었다. 주저하던 것도 잠시, 마음을 단단히 먹으며 가방 속을 헤집기 시작했다. 지금은 누굴 걱정할 처지가 아니었다. 목숨이 경각에 달린 사람은 그녀 자신이었으며, 무엇보다도 언니는 누구처럼 모자란 뜨내기가 아니었다. 스스로도 구제하지 못한 상황에서 잉그람에서 제일가는 마녀를 걱정하는 것은 분수에도 맞지 않는 짓이었다.

잉크는 쉽게 찾았다. 디아나는 이제 깃펜을 찾기 시작했다. 하지만 길고 얇은 깃펜은 생각처럼 손끝에 잘 걸리지가 않았다. 짜증이 모락모락 솟아올랐다. 마음 같아서는 가방을 뒤집어엎고 싶었으나, 그러다간 니올로 팔리아치에게 골로 가는 수가 있었다. 자칫 잘못하다간 이대로 망각의 강을 건널 터였다.

그때, 니올로가 불현듯 말문을 열었다.

191

"디아나."

"……."

"디아나 솔."

일순 디아나의 호흡이 정지했다. 그녀는 움직이지 않는 목을 가까스로 틀었다. 싸늘하게 얼어붙은 정적 속, 니올로 팔리아치는 바닥 어드메를 유심히 굽어보고 있었다.

승객들의 가방이며 소지품이 어지러이 펼쳐진 가운데, 눈에 익은 가방이 쓰러져 있다. 분명 짐칸에 넣어 두었던 짐 가방이었다. 달리 특별하지 않은 가방이나, 손잡이에 새겨진 글씨만은 또렷했다.

Diana Sol

니올로 팔리아치가 무감히 읊조렸다.

"디아나 탤벗이 아니었군."

그는 천천히 고개를 들어 올렸다. 오래도록 가방에 머물던 시선이 가시덩굴처럼 디아나를 옭매었다. 마치 뱀이 기어 올라오듯 음산한 감각이었다.

"꼬마 아가씨. 내게 거짓을 고했구나."

니올로가 대번에 다가왔다. 당황한 디아나가 몸을 빼기도 전에 두꺼운 손이 얼굴을 덮쳐 왔다.

"……그러고 보니 그리젤다 솔도 머리가 붉었는데."

디아나는 꼼짝도 할 수 없었다. 니올로 팔리아치의 손바닥이 코앞에 정지해 있었다. 죽음의 악취가 턱 끝까지 치달았다. 명망 높은 동족 열댓 명을 살해한 괄티에로 벨리의 죄수라면, 단번에 그녀의 목숨을 앗아 갈 것이었다.

니올로가 엄숙하게 물었다.

"그리젤다 솔과 무슨 관계지?"

"아, 아무런 관계도……."

"됐다. 네 입에서 나오는 말은 더는 못 믿겠군."

니올로는 짧게 응수하며 손을 거두었다. 동시에 화구가 사그라졌다. 여태껏 사위를 밝히던 불빛이 일제히 꺼지자, 객실은 어둠으로 침잠했다. 이제 버려진 기차를 비추는 것은 창백한 달빛뿐이었다.

디아나는 불안스러운 표정으로 니올로를 흘깃거렸다. 광인 니올로를 속인 것치고 아직까지 살아 있는 게 용하기는 했으나, 아까부터 깃펜으로 무언가를 열심히 적는 모습을 지켜보자니 아무래도 불안감이 스멀스멀 올라왔다.

혹, 가장 고통스러운 방법으로 죽이려는 걸까? 단순히 숨을 끊는 것으로는 분기가 풀리지 않아서?

디아나는 조마조마한 마음을 달래려 무던히도 노력했다. 그러나 니올로가 예고 없이 고개를 들었을 때는, 일말의 과장을 보태어 정말로 심장이 튀어나오는 줄만 알았다.

"뭘 그렇게 놀라?"

니올로는 깃펜을 던지며 핀잔했다. 디아나가 무심코 깃펜을 받자, 금방 니올로가 기록했던 검은 글씨들이 그녀 쪽으로 모여들었다.

"마지막에 서명해."

니올로가 낮게 읊조렸다. 디아나는 그의 눈치를 살피며 빠르게 글자를 읽어 내렸다. 곧 그녀의 낯에 경악이 스며들었다.

"……술라의 맹약?"

그에 니올로가 픽 웃었다.

"어린 마녀가 별걸 다 아는군."

술라의 맹약이란, 고대 남쪽의 마법사들이 약속의 이행을 담보하기 위해 행하던 주술마법이다. 워낙 다방면으로 활용할 수 있기에 여러 형태로 전해져 내려왔지만, 원형을 직접 보기로는 이번이 처음이었다.

다른 때였으면 눈에 불을 켜고 달려들었을 진귀한 마법이다. 그러나 아쉽게도 지금은 상황이 좋지 못했다. 술라의 맹약은 약속의 채권자와 채무자가 모두 서명해야 발현되는 마법. 약속과 관계된 모든 사람이 동의한 만큼 약속을 이행하지 않았을 시 돌아오는 타격은 어마어마했다.

디아나는 눈물을 머금고 공중에 그녀의 이름을 새겼다. 한 글자, 한 글자 검게 새겨질 때마다 심장이 바늘로 찔리듯 따끔거렸다.

채권자 《 Niolo Pagliacci 》
채무자 《　　 Diana Sol 　》

이름이 새겨지기 무섭게 가지런하던 검은 글씨들이 유연하게 춤추기 시작했다. 그렇잖아도 휘갈겨 알아보기 힘든 글씨들이 해체되고 한데 합쳐지기를 무섭게 반복한 끝에 남은 것은 실처럼 길고 가느다란 잉크였다.

잠잠할 새도 없이, 검은 잉크는 곧장 디아나의 목으로 달려들었다. 디아나가 깜짝 놀라 목을 긁어 댔지만, 검은 잉크는 어느덧 문신처럼 목을 휘감은 뒤였다.

"가만히 있어라. 네가 약속만 지키면 흔적도 없이 사라질 테니. 물론 약속을 어기면 그만한 대가가 따르겠다만."

니올로는 손톱을 매만지며 대수롭지 않게 말했다. 디아나의 안색이 금세 창백해졌다.

"무슨 약속이요?"

"진실만을 말하는 약속."

니올로가 차분하게 물었다.

"네 이름은 뭐지?"

"······디아나 솔이요."

디아나는 눈물을 참아 내며 가까스로 대답했다. 쉴 틈 없이 질문이 이어졌다.

"탄생성은?"

"암흑의 별 칼리스토."

"뭐야. 그건 진짜였어?"

니올로가 어처구니없다는 듯 물었다. 하지만 디아나는 자존심이 상할 겨를조차 없었다. 꼭 목에 칼을 건 기분이었다.

"그리젤다 솔과는 무슨 관계지?"

"따, 딸이에요."

"딸? 네가?"

니올로는 의심 가득한 눈빛으로 디아나를 아래위로 훑었다. 아무래도 위대한 그리젤다 솔과 눈앞의 초라한 마녀가 혈연이란 사실을 믿기 어려운 모양이었다.

"그럼 헤스터 솔과는 자매지간이고?"

"······네."

"헤스터 솔은 네가 여기 있다는 걸 아나?"

디아나는 침울하게 고개만 수그렸다. 니올로의 입가가 씰룩였다.

"질문에 답해. 침묵은 결코 진실이 되지 못한다. 계속 그렇게 묵묵부답이면 너도 알다시피 대가가······. 그러고 보니 대가가 무언지 말해 주지 않았군."

니올로가 턱을 쓰다듬으며 말했다.

"약속을 어기면, 그러니까 진실을 말하지 않으면, 지금 네 목에 걸린 잉크가 천천히 죄어들 거다. 결국에 너는 아주 천천히 목이 졸려 죽겠지. 교살이 얼마나 고통스러운지는 나도 직접 겪어 보지 못해서 설명해 주지 못하겠군."

디아나는 파들거리며 눈을 내리감았다. 어쩐지 잉크가 천천히 목을 옥죄는 것만 같았다. 목소리를 내는 것조차 힘겨웠다.

"……알 거예요. 내가 여기 있는 거."

"추측이군. 어째서 그리 여기지?"

"그렇지 않으면 언니가 굳이 펜잔스까지 올 이유가 없으니까요."

"의좋은 자매였나 보군."

니올로가 흡족하게 말했다.

"그렇게나 사이가 좋다면, 헤스터 솔은 쉽사리 널 포기하지 못하겠지."

"그게 무슨 소리예요?"

"행운의 별이 내게 은총을 주었다는 말이다."

니올로는 자리에서 일어섰다. 그렇잖아도 거대한 체구가 이제는 우뚝한 산처럼 아득해졌다. 디아나는 얼어붙은 얼굴로 멍하니 그를 올려다보았다.

"걱정하지 마라. 당분간은 널 죽이지 않을 테니."

니올로가 흔쾌히 말했다.

"다만 장담컨대, 네 언니를 보는 때가 네 마지막 순간일 거다."

이튿날 새벽.

애완용 도마뱀 뱀버의 먹이를 말리다 밤을 꼬박 새운 휴고 알피어스는 유난히 부산스러운 소리에 막사를 나섰다. 길가에서 사병들이 제각기 커다란 물동이를 이고 있었다.

"대체 이 시간부터 무슨 일입니까?"

"헤스터 경이 새벽에 처음 뜬 물을 가져와 달라 신신당부하셨습니다."

지나가는 사병을 붙들던 휴고가 짐짓 이상스러운 표정을 지었다. 마녀가 새벽에 처음 뜬 물을 필요로 하는 경우는 고작해야 별에게 기도를 올리는 것 정도다. 평소라면 무던히 넘길 일이지만, 니올로 팔리아치를 물리치기 위해 골머리를 앓는 작금의 상황을 헤아리면 다소 의아한 행보였다.

상대에 대한 예의보다 자신의 호기심을 우선하는 마법사답게 휴고는 곧장 헤스터의 막사로 향했다. 그리고 그곳에선 더더욱 이상한 꼴을 보았다. 사병 여러 명이 달라붙어 막사에 검은 천을 두르고 있던 것이다.

"휴고 경?"

김이 모락모락 피어오르는 찻잔을 들고 막사에서 나오던 헤스터가 마침 휴고를 발견했다. 휴고는 거침없이 그녀에게로 다가갔다.

"나는 간밤에 잘 지냈습니다. 경은 한숨도 못 주무신 얼굴입니다만."

"그건 서로가 피차일반인 듯한데요."

남이 듣기엔 사뭇 괴이쩍은 인사를 마친 두 사람이 본격적으로 대화를 시작했다.

"그런데 지금 뭐 하는 겁니까? 설마 기도를 올리려는 건 아니겠고."

"그 비슷한 일을 하려고 합니다."

헤스터는 그리 말하며 얇은 편지를 건넸다.

"실은 조금 전에 괄티에로 벨리에서 답신이 왔습니다. 니올로 팔리아치가 탈옥한 것이 맞더군요."

휴고는 빠르게 편지를 읽어 내렸다. 달리 특별한 내용은 없었다. 그저 니올로 팔리아치가 탈옥했음을 시인하는 몇 마디와, 행여나 그를 체포한다면 괄티에로 벨리로 이송해 달라는 정중한 부탁.

"……마법을 부리지도 못하는 마법사를 놓치다니. 참으로 무능력한 작자들입니다."

휴고가 혀를 찼다. 헤스터는 담담하게 대꾸했다.

"어차피 처음부터 괄티에로 벨리의 도움은 기대도 하지 않았습니다. 괄티에로 벨리의 간수들은 그저 감옥에서나 폭군으로 군림할 뿐, 감옥을 벗어나면 마법사에게 전혀 대항할 수 없는 존재니까요."

"뭐, 그렇긴 합니다만."

그럼에도 휴고는 여전히 못마땅한 기색이었다. 헤스터가 커피를 한 모금 마시며 설핏 웃었다.

"그래도 적측 마법사의 신원이 확실해졌으니 되었습니다."

휴고는 흘끗 헤스터를 보았다. 하나뿐인 자매가 니올로 팔리아치에게 사로잡혔다는 소식을 전해 들은 이래, 그녀가 이토록 차분했던 적이 없었다.

"지난밤, 답을 찾은 모양입니다."

이제 헤스터는 당분간 마력을 운용하지 못하는 휴고를 대신하여 홀로 니올로 팔리아치를 상대해야 했다. 단순한 마법 실력이라면 세상천지 그녀를 의심할 사람이 없겠으나, 불행히도 이곳은 누구의 마법이 더 훌륭한지를 가르는 경연장이 아니었다. 무엇보다도 디아나 솔을 안전히 구출하는 것이 중요했다.

한 명의 마법사로서, 휴고는 헤스터가 내놓을 답이 기대되었다. 위대한 그리젤다 솔의 딸이 가장 소중한 존재를 지키기 위해 어디까지 할 수 있는지 궁금하지 않다면 거짓이다. 그처럼 겨울을 불러와 하늘의 질서를 어지를 수도 없는 상황에서, 성도학과 마력 운용에 능통한 마녀가 상성이 좋지 않은 니올로 팔리아치를 어떻게 제압할 수 있을까.

"아쉽게도 지난밤은 실패했습니다."

헤스터는 대수롭지 않게 말했다.

"무얼 했기에."

"무제타를 잠재울 방안을 찾았습니다. 하갈의 정리와 실비아 드루실라의 미완성 이론을 접목하려고 했습니다만, 계절십자가의 각도와 쌍둥이별의 위치가 어긋나더군요."

"……그걸 지난밤에 전부 계산한 겁니까?"

휴고가 떠름한 표정을 지었다. 계절십자가의 각도는 그렇다 쳐도, 쌍둥이별의 위치를 예측하는 작업은 그리 녹록지 않았다. 하늘의 아주 조그만 변화에도 민감하게 반응하는 별이기 때문이다.

"요즘은 봄과 여름에 걸친 어중간한 계절인 데다, 무제타가 강성해서 하늘의 질서가 어지러워졌기에 평소보다 계산이 까다롭긴 했습니다."

일평생 성도학과 친하지 못했던 휴고는 질린 표정으로 고개만 끄덕였다.

"그래서 결국 찾아낸 방안이 저겁니까? 도대체 무슨 의도입니까?"

휴고는 검은 천 둘러쓴 막사를 눈짓했다. 헤스터는 양손으로 찻잔을 감싸며 느리게 말문을 열었다.

"둘시네아를 불러올 겁니다."

"예? 그게 가능한 일입니까?"

둘시네아는 만인에게 자비로운 별들의 왕이다. 만인에게 자비롭다는 것은 달리 말해 만인에게 차별 없이 공평하다는 뜻이었다. 아무리 둘시네아의 축복을 받았다 한들, 별들의 왕이 특정한 마녀의 기도를 들어 때 아닌 하늘에 나타난 사례는 극히 드물었다.

"별에게 기도를 올리는 것은 아니니, 정확히 말하자면 직접 둘시네아를 불러오는 것은 아닙니다."

헤스터가 차분히 말했다.

"나는 지금부터 둘시네아 꽃을 만들 생각입니다."

별들의 왕 둘시네아는 고작해야 1년에 하루 이틀 뜨는 귀한 별이다. 그리하여 하늘에 둘시네아가 뜨는 날, 왕의 도래를 맞이하여 땅에서는 둘시네아 꽃이 피어났다.

둘시네아 별을 닮아 황홀한 황금빛으로 물든 둘시네아 꽃은 그 자태만큼이나 아름다운 목소리로 하룻밤을 노래한 뒤, 이튿날 새벽을 보지 못하고 져 버렸다. 그렇기에 둘시네아 별만큼이나 귀한 것이 바로 둘시네아 꽃이었다.

그리고 지금 헤스터는 그 귀한 꽃을 피우겠노라 선언한 것이다.

"기도를 듣지 않는 별에게 청원하느니, 차라리 꽃을 피우는 편이 낫겠지요."

"잠깐, 둘시네아 꽃을 피우다니요? 그것이 가한지는 일단 미루어 놓겠습니다만, 둘시네아 꽃이 핀다고 둘시네아가 하늘에 뜬다는 보장은 없지 않습니까?"

"설마하니 그런 보장도 없는 일에 무턱대고 뛰어들겠습니까. 예전에 둘시네아 꽃을 만든 적이 있습니다. 꽃이 피어나니 하늘에서도 둘시네아가 뜨더군요."

휴고는 얼마간 말을 잃었다.

지금까지 둘시네이 꽃은 별들의 왕 둘시네아의 도래를 경배하기 위해 피어나는 꽃이라고 알려져 있었다. 하늘에 둘시네아가 뜨면 땅에서도 둘시네아가 피는 것이 당연했다. 그러므로 만일 헤스터의 말이 진실이라면 기존 학설의 인과관계가 완전히 붕괴되는 것이었다.

둘시네아 별이 떠야만 둘시네아 꽃이 피어나는가.

둘시네아 꽃이 피어야만 둘시네아 별이 뜨는가.

뜻하지 않은 새로운 발견에 휴고가 경탄하는 사이, 사병이 머뭇거리며 다가왔다.

"이걸 좀 보셔야겠습니다."

군인은 하얀 편지 봉투를 내밀었다. 헤스터는 선선히 봉투를 받았다. 그러나 내용물을 확인한 순간, 그녀의 얼굴이 삽시에 싸늘하게 굳어 버렸다.

봉투에는 빨간 머리칼 한 줌이 들어 있었다.

"기차에서 백 미터가량 떨어진 곳에서 발견한 겁니다. 아무래도 적측 마법사가 보낸 것 같습니다만……."

군인이 식은땀을 흘리며 주절댔다. 헤스터는 말없이 고개만 끄덕였다. 도무지 뜻을 헤아릴 수 없는 잿빛 눈이 휴고를 향했다.

"경. 옥슬리 대령에게 오늘 밤 군대를 준비해 달라 전해 주겠습니까?"

"알겠습니다."

휴고는 선뜻 고개를 끄덕였다. 그는 아직도 둘시네아 꽃에 대한 기존 학설을 고치느라 여념 없었다.

오래지 않아 사병이 명령을 완수했다고 보고했다. 헤스터는 막사로 들어가려다 말고 불현듯 휴고를 돌아보았다. 불을 밝히지 않은 실내의 어둠과 밝아 오는 아침이 공존하는 어중간한 경계. 그곳에 가만히 선 헤스터의 말간 얼굴에 기이한 그늘이 졌다.

헤스터가 경고하듯 낮게 읊조렸다.

"……혹시라도 내가 실패한다면, 그때는 국경에 있는 세드릭 자일스 경에게 연락을 넣어 주세요."

둘시네아.

이제는 오래된 곡조로만 남은 목동의 전설에 따르면, 자비로운 별들의 왕 둘시네아는 본디 여신이 가장 사랑하는 여인이었다고 한다. 세상에서 가장 용맹한 영웅도, 세상에서 가장 현명한 학자도 끝내 외면했던 여신이 한결같은 순정으로 아꼈다고 하나 실상 겉모습은 평범하기 그지없었다. 다만 타고난 천성이 그토록 아름다웠기에. 다친 동물을 보살피고, 빈자를 외면하지 못하는 따스한 천성으로 볼품없는 외면조차 가없이 아름답게 비쳤다는 여인이다.

하지만 태어나길 수명이 정해진 인간이라, 어느덧 여인이 눈감을 날이 목전으로 닥쳐왔다. 여신은 사랑하는 여인이 망각의 강을 건너 지금의 아름다운 천성을 잃을까 노심초사했다. 그래서 둘시네아의 목숨이 경각에 달한 때, 여신은 그녀를 하늘로 올려 세상에서 가장 고귀한 왕관을 씌워 주었다. 황홀한 별빛이 그녀를 감싸자, 하늘에서 끝없이 다투던 별들이 일제히 그녀에게 고개 숙였다.

이제 둘시네아는 평범한 목동의 딸이 아니었다. 하늘의 혼란을 바로잡을 질서요, 여신의 권위를 이어받아 하늘과 땅을 보살필 왕이었다.

생전에 그러했듯 둘시네아는 더없이 자비로운 별들의 왕이었다. 차별 없이 공정한 별빛은 만인을 어루만졌으며, 별빛 닿는 곳이면 어느 데고 그녀의 시선이 향했다. 만인이 왕을 축복했고 만인이 왕을 칭송했다.

자비로운 성군의 명성은 세상 가장 낮은 곳으로도 퍼져 나갔다. 그리하여 왕이 도래하는 날에는 땅에서도 기적이 일어났다. 감히 꽃봉오리가 피어날 수 없는 곳. 수정처럼 맑은 물에서 씨앗 없이 피어나는 꽃을 목동들은 자애로운 왕의 이름을 빌려 둘시네아라고 불렀다. 오직 왕이 도래하는 길을 경배하기 위함이었다.

하지만 전설은 그저 전설일 뿐이다.

헤스터는 목동의 입에서 입으로 전해져 내려온 오랜 전설이 거짓임을 알았다.

그러니까 10여 년 전, 그녀의 어머니이자 마법 역사상 가장 위대한 마녀로 손꼽히던 그리젤다 솔이 영영 망각의 강을 건너간 날. 헤스터는 죽은 어머니의 곁에서 둘시네아 꽃을 피워 냈다. 어린 마녀가 다루기엔 지극히 난도 높은 마법이었으나, 헤스터는 종내 황홀하게 노래하는 황금의 꽃을 손에 넣었다.

그날 밤, 하늘에는 별들의 왕 둘시네아가 장장 3년 만에 모습을 드러냈다. 도시의 사람들이 거리로 뛰쳐나와 축제를 벌였지만, 결국에 소원을 이루지 못한 헤스터만은 눈물로 밤을 지새웠다. 만인에게 공정한 별들의 왕은 당신의 귀하디귀한 딸에게도 평등한 애정을 주었다. 평생에 가장 힘겨웠던 날조차 그녀를 외면했던 별이기에, 헤스터는 더 이상 둘시네아에게 소원을 말하지 않았다. 들어도 듣지 않을 별에게 간청하느니, 제 손으로 이루어 내는 편이 나으리라 여겼다.

흘러 흘러 헤스터는 어느덧 스물다섯의 봄을 맞이했다. 마치 어머니를 떠나보냈던 그날처럼 오늘도 암암한 어둠 속을 홀로 지키고 있었다. 어쩌면 하나 남은 혈육마저 영영 잃어버릴 날이고, 어쩌면 앞으로도 영원히 함께할 수 있는 날이다.

헤스터는 차츰차츰 상념을 지워 냈다. 자매에 대한 걱정, 올리버에 대한 미련, 어머니를 그리는 마음……. 흘러가는 시간이 점차 무뎌지고, 바깥에서 새어 드는 소음이 서서히 멀어졌다. 헤스터는 그렇게 모두를 비워 냈다. 그러자 비로소 가장 순수한 형태의 기원만이 남았다.

마법은 간절한 기원에서 비롯할지니.

바야흐로, 새벽의 첫 물에서 황금의 꽃이 피어났다.

발 디딜 데 없는 데서 꽃봉오리가 자라나고 꽃잎이 한둘 모습을 드러냈다. 마녀의 기원을 씨앗 삼아, 양분 삼아 피어난 그것은 세상에서 가장 존귀한 꽃 둘시네아.

오래도록 무릎 꿇고 기도하던 헤스터가 휘청거리며 일어났다. 새카만 암굴에서 오직 황금의 꽃만이 고고하게 빛을 발했다. 한 발자국, 한 발자국 그편으로 다가간 헤스터가 이윽고 물그릇 앞에서 멈추었다.

물이 그득 담긴 쟁반. 검게 가라앉았던 물이 어언지간 푸르게 빛나기 시작했다. 잔잔하던 수면이 짙푸른 밤하늘로 변모하자, 군데군데 소금처럼 하얗게 빛나는 별빛이 차츰 떠올랐다.

헤스터는 천천히 수면을 굽어보았다. 중앙에 화사하게 피어난 둘시네아와 그 주변을 호위하듯 지키는 사계(四季)의 십자가. 서편으로 이어지는 순수의 별 아담과 겔록의 사다리를 건너자, 흉포하게 세를 넓히는 불길한 별이 눈에 들어왔다.

역천의 별 무제타.

일순 헤스터의 눈이 황금빛으로 물들었다. 부르튼 입술 사이로 흘러나온 노한 음성이 벼락처럼 밤하늘을 울렸다.

"네 어미는 굉장한 마녀였다."

니올로는 두런두런 이야기를 시작했다.

"내가 열셋인가, 열넷인가 그쯤에 그리젤다 솔을 만났지. 뛰어난 마녀라고 소문은 익히 들었지만, 워낙에 수더분한 마녀라 당최 그 명성을 믿기 힘들었다. 물론 얼마 지나지 않아 네 어미의 위대함을 직접 체감했지만 말야."

말끝마다 희미한 웃음기가 묻어났다. 과거를 회상하는 눈빛에 추억이 진하게 묻어났다.

"네 자매가 대단한 마녀라고 들었다. 하지만 어미의 위명에는 감히 비하지 못할 거다. 그리젤다 솔은 비할 데 없이 위대했어. 내가 난생처음 누군가를 죽이고 싶다고 생각한 것도 네 어미가 처음이다."

"웃기지 마요. 지금 우리 엄마 때문에 미쳤다는 거예요?"

여태 침묵하던 디아나가 유난히 파리한 안색으로 속닥댔다. 니올로가 왼 발목을 부러 접질리게 만든 뒤로 그녀는 몇 시간째 신산한 고통을 견디고 있었다.

"아서라. 다른 쪽 발목도 다치기 싫으면."

"내가 왜요? 어차피 죽을 건데."

디아나가 날카롭게 대꾸했다.

"꼬마가 생각보다 사납구나. 하지만 그런 배짱을 내세우려면 적어도 어느 정도의 능력은 갖춰야. 고갈됐던 마력은 엊저녁에 다 회복되었을 텐데, 내게 생채기 하나 내지 못하는 걸 보면 이보다 더 하찮을 수가 없어. 도대체 그리젤다 솔이 어쩌다 너처럼 보잘것없는 딸을 낳았는지 모르겠다."

니올로가 조그만 화구 여러 개를 허공에 띄우며 이죽거렸다. 디아나를 희롱하는 기색이 역력했다.

"내가 하찮다고요?"

그러나 독기 서린 눈으로 니올로를 노려보던 디아나가 별안간 조소했다.

"이걸 어째. 나는 당신이 너무나 하찮은데."

니올로는 우뚝 손을 멈추었다. 찌를 듯한 시선이 디아나를 향했다. 하지만 디아나는 입을 다물긴커녕 더없이 화사하게 웃을 뿐이었다.

"당신, 거짓말쟁이잖아."

"……너 지금 무슨 소리를."

니올로가 음산하게 뇌까렸다.

그 순간, 창틈으로 흘러드는 매혹적인 곡조가 그들의 귀를 사로잡았다. 이 세상 것이라 믿기 어려울 정도로 아름다운 목소리와 소름 끼치도록 요요한 선율. 등골이 쭈뼛 서는 날카로운 예감에 니올로는 황급히 창문을 열어젖혔다. 그러자 청아한 노랫소리가 삽시에 파도처럼 밀려들었다.

니올로는 눈앞에 펼쳐진 장관에 그만 말을 잊었다. 분명 조금 전까지만 해도 밤안개가 짙게 깔려 있던 웅덩이에서 황홀한 빛 흩뿌리는 꽃이 완염하게 피어나고 있었다.

황금의 꽃 둘시네아.

그 꽃이 의미하는 바는 분명했다. 퍼뜩 정신 차린 니올로가 서둘러 하늘을 올려다보았다. 하지만 간절한 바람과는 달리, 하늘은 이미 새롭게 개화하고 있었다. 지난 며칠 하늘을 지배하던 무질서와 혼돈은 빠르게 사그라지고, 온전한 질서를 되찾기 위해 요동치는 별들이 그의 눈에 아프게 박혔다.

왕이 부재하는 시간, 왕을 대신하여 하늘에 군림하던 달이 차츰차츰 자취를 감추었다. 그러자 도태에 빠진 세상을 바로잡기 위해 하늘에 오른 자비로운 별들의 왕 둘시네아.

"안 돼……."

니올로의 입술 사이로 짐음이 흘렀다. 역천의 여파가 한창인 중에 별안간 둘시네아가 떴다는 것을 그는 도무지 믿을 수가 없었다. 왕이 도래한 시점에서, 과연 역천의 별 무제타가 얼마나 존속할 수 있을지도 의심스러웠다.

그때, 객실을 환히 비추던 화구가 급작스레 흔들리기 시작했다. 기괴하게 몸을 뒤트는 화구를 멍하니 바라보던 니올로가 불현듯 다급하게 새로운 화구를 띄워 올리려 했다. 하지만 그의 손은 불을 지피지 못했다.

왕의 부재를 틈타 세력을 넓히던 무제타가 비로소 혼란에 빠진 것이다.

니올로의 낯이 비참하게 일그러졌다. 휴고 알피어스가 겨울을 불러왔던 것은 차라리 나았다. 겨울은 얼마 가지도 못하는 데다, 겨울이 물러간 직후 하늘에는 무제타를 위시한 혼란이 돌아왔으므로.

하지만 둘시네아는 달랐다. 그 자체로 하늘의 질서를 상징하는 별들의 왕 둘시네아는 하늘의 혼란을 두고 보지 않을 터였다. 혼란은 이제 끝이다. 역천의 날은 이렇게 끝이었다. 혼란을 틈타 강성하는 역천의 별 무제타는 당분간 몸을 사릴 것이었다.

기괴하게 뒤틀리던 화구가 예고 없이 사라졌다. 객실은 순식간에 암흑으로 뒤덮였다. 황금의 꽃 둘시네아가 부르는 아름다운 노랫소리가 끊임없이 흘러드는 가운데, 어둠 속에서 마주 보는 두 사람의 숨소리가 점차 엇갈리기 시작했다.

5. 마녀의 비밀

"흐윽……. 미안하다. 루카스, 알비, 에드가, 세실, 폴……."

촛불이 간신히 시야를 밝히는 어두운 객실. 쇠를 갈아 내듯 선득한 울음소리가 드문드문 이어진다.

"너희들의 복수는 내가 반드시……."

그러나 흐느끼는 남자, 모건은 끝내 말을 잇지 못했다. 한데 모아 놓은 동지들의 시신을 망연자실 보던 그가 불현듯 어느 시신의 가슴팍에 얼굴을 파묻었다. 굳어 가는 핏자국과 차가운 송장의 온도가 지치러진 마음을 더욱 난도질했다.

모건 코트니.

그는 잉그람 북부의 투텔 지방 출신으로 본디 의과 대학에 재학하는 학생이었다. 고작 50년 전 잉그람의 영토로 편입되어 갖은 차별을 받아 온 투텔의 사람들이 분리 독립을 외치는 동안, 모건은 그저 학업에만 매진할 뿐이었다.

하지만 으레 그러하듯 반전의 계기는 느닷없이 찾아왔다.

모건에겐 소문이 자자할 정도로 우애 깊은 남동생이 있었다. 마을에서 손꼽히는 수재였던 형과 달리 크게 명민했던 것은 아니나, 천성이 소탈하고 상냥하여 누구든 좋아할 수밖에 없는 사람이었다. 하지만 타고나길 불의를 참지 못하던 동생은 모건이 집을 비운 새 투텔 독립군에 입대했다. 학기를 끝마치고 고향으로 내려온 모건을 반긴 것은 싸늘하게 식은 동생의 시체였다.

자기 자신보다 동생을 아꼈던 모건은 그길로 독립군에 자원입대했다. 하지만 날이 갈수록 번영하는 잉그람과 달리 투텔은 해를 거듭하며 쇠퇴하고 있었다. 독립군의 씨를 말려 죽이려는 잉그람 정부의 차별 정책과 인근의 공업화가 맞물려 투텔의 경제가 매해 급락했기 때문이다.

독립군은 무너지는 투텔을 떠받칠 수 없었다. 낙담한 모건은 뜻이 맞는 소수의 동지와 함께 독립군을 빠져나와, 한때 국경에서 악명을 떨쳤던 잉그람 무장 혁명군으로 들어갔다. 작금 투텔을 옥죄는 사슬은 전부 잉그람에서 기인하므로, 투텔이 진정으로 자유로워지기 위해선 반드시 잉그람이 무너져야 했다.

잉그람 무장 혁명군은 와해되기 직전의 조직. 모건이 수뇌부에 오르기까지는 그리 오랜 시간이 걸리지 않았다. 문제는 기회였다. 아크라이트 왕조의 통치 아래 잉그람은 이제 막 황금기를 맞이하고 있었다. 산세 험한 국경에서 게릴라 작전을 펴는 것은 아직 가능했으나, 그러자니 투텔 독립군과 다를 바 없었다. 그들은 보다 과격하게 잉그람에 맞서고자 독립군을 나온 것이었다.

때마침 모건은 우연히 정체불명의 마법사를 만났다. 워낙에 여러 외국어의 억양이 뒤섞인 탓에 쉽사리 출신을 가늠하기 어려운 자였다.

'내가 당신을 도와줄 수 있을 것 같군요.'

모건의 어려운 사정을 들은 마법사는 아주 흔쾌히 말했다.

이후로는 일사천리였다. 마치 신께서 보살피시는 듯 계획은 한 치의 어긋남도 없이 진행되었다. 기차를 탈취하기로 예정된 거사의 전날, 검은 로브를 둘러쓴 마법사가 나타나기 전까지는.

'니올로. 당신 혼자서 하겠다는 말입니까?'

'나는 마음껏 날뛸 곳이 필요해. 10년 넘게 강제로 마력을 봉인당한 심정을 네가 아나?'

느닷없이 등장한 마법사, 니올로 팔리아치는 마법에 문외한인 모건이 보기에도 자못 기세가 흉흉했다. 함께 계획을 수립했던 마법사는 하릴없이 물러났다.

'좋습니다. 당신이라면 걱정하지 않아도 되겠지요.'

마법사가 충고했다.

'그렇다면 목적지는 펜잔스로 하십시오. 그곳에 겨울을 불러오는 마법사가 있습니다. 이즈리얼 알피어스의 진정한 후계로 칭송받는 천재지만, 때마침 늦봄이고 당신과는 상성이 좋지 않으니 여러모로 상대하기 적당할 겁니다. 광인 니올로의 화려한 부활을 선전하기도 좋은 상대고요.'

정체 모를 마법사는 그리 홀홀히 떠나고 니올로 팔리아치만이 남았다. 하지만 모건은 크게 우려하지 않았다. 잉그람 사령부는 30년 전 국경에서나 강성했던 무장 혁명군에 마법사가 합류한 줄은 꿈에도 모를 터였다. 당시 모건의 머릿속에는 불타는 잉그람의 시가지만이 광적으로 떠오르고 있었다.

그렇기에 모건은 현실을 믿을 수가 없었다. 투텔 독립군에서부터 함께였던 동지들이 전부 죽고 혼자만 살아남은 현실을. 동지들로 가득한 객실에서 살아 숨 쉬는 사람은 그 하나뿐이었다. 나머지는 고향의 독립을 보지 못하고 죄 싸늘한 송장이 되어 버렸다.

오래도록 동지의 가슴팍에서 울던 모건이 느릿하게 고개를 들어 올렸다. 그라도 목숨을 부지하기 위해서는 얼른 기차에서 벗어나야 했다. 이대로 동지들을 남기고 떠나자니 좀체 발걸음이 떼어지질 않았으나, 이들의 죽음을 헛되이 하지 않기 위해선 한 명이라도 살아남아야 했다.

불현듯 어떤 영감이 섬광처럼 머릿속을 스쳤다. 동지들의 시신을 잉그람에 순순히 넘길 수 없다는 일념과, 잉그람의 자산인 기차를 멀쩡하게 돌려줄 수 없다는 일념.

비감에 젖어 있던 모건의 눈이 다시금 형형하게 빛났다. 행여나 이런 일이 발생할까 싶어 화물칸에 들여놓은 것이 있었다. 니올로 팔리아치는 공연한 짓이라며 비웃었지만, 결국은 이 사달이 나고야 말았다.

모건은 비틀거리며 기차의 후미로 향했다. 미약한 촛불이 그의 앞길을 위태로이 밝혔다.

암암한 객실.

황금의 꽃 둘시네아가 속살대는 아름다운 곡조가 흘러드는 와중에도 숨 막히는 긴장감은 조금도 덜어지지 않았다. 덜어지긴커녕 칼날처럼 아슬아슬한 감각을 시시각각 좁히고 있었다.

디아나는 바싹 얼어붙은 채 니올로를 주시했다. 그녀에게 한 가지 다행인 점은, 니올로가 서 있는 창가로 달빛이 내리비친다는 것이다. 비록 역광을 받아 표정은 가늠할 수 없지만, 그의 움직임을 지켜보기엔 족했다. 게다가 디아나가 엉거주춤 앉아 있는 구석까진 달빛이 닿지 않으니, 짐작건대 니올로 팔리아치는 뵈지 않는 목전을 훑으며 승냥이처럼 그녀의 기척을 살피고 있을 터였다.

디아나는 신속하게 판단했다. 어찌 된 영문인지는 몰라도 별들의 왕 둘시네아가 뜬 것은 분명했다. 스스로 질서를 상징하는 왕이 도래했으니, 혼란을 틈타 세를 넓히던 역천의 별 무제타는 이제 몸을 사릴 것이었다. 더욱이 화구가 사라진 걸 보면 니올로는 마법을 제대로 사용하지 못하는 듯했다. 지금이 바로 그녀에겐 다시없을 절호의 기회였다.

짧게 숨을 들이쉰 디아나가 결연하게 자리에서 일어났다. 접질린 왼쪽 발목이 몹시 시큰거렸지만, 용케 신음 한 번 내지 않으며 문가로 한 걸음 내디뎠다. 만에 하나를 대비하여 마법을 사용할 준비도 마쳤다. 그녀의 탄생성인 암흑의 별 칼리스토는 하늘의 질서가 닿지 않는 변방에 위치했다. 둘시네아와 무제타가 패권을 다투는 하늘의 혼란은 그녀와 아무런 관계도 없었다.

'어?'

그런데 문득 디아나는 니올로와 눈이 마주친 듯한 느낌을 받았다. 그는 보지 못하는 어둠 속이라며 안심하던 것도 잠시, 느닷없이 니올로가 짐승처럼 사납게 달려들었다. 미처 마법을 부릴 겨를조차 없었다.

디아나는 부지불식간 억세게 어깨를 붙잡혀 바닥을 굴렀다. 접질린 발목이 니올로의 육중한 몸에 짓눌리자 절로 우는 소리가 샜다. 경악한 디아나가 그의 손아귀에서 벗어나려 안간힘을 썼지만, 팔티에로 벨리에서 살아남은 마법사를 상대하기엔 지극히 미약했다.

니올로는 한 손으로 그녀를 제압했다. 그르렁대는 섬뜩한 소리와 거친 숨결이 귓가에 닿았다. 극심한 공포에 사로잡힌 디아나가 눈물을 줄줄 흘리며 저도 모르게 마법을 부렸다.

별안간 온갖 잡동사니가 니올로에게로 떨어졌다. 승객들의 가방, 옷가지, 말라비틀어진 과일, 심지어는 기차의 철근 조각까지 소나기처럼 내리쏟아졌다. 디아나는 니올로가 휘청대는 틈을 타 엉금엉금 기었다. 하지만 그조차 나약한 발악이었다.

"아악!"

접질린 발목이 붙잡혔다. 디아나는 비명을 지르며 고꾸라졌다. 뒤이어 비명조차 불가한 고통이 벼락처럼 그녀의 복부를 관통했다.

"네가, 감히……."

니올로가 야수처럼 중얼댔다. 하지만 디아나는 듣지 못했다. 마치 인두에 지지듯 끔찍한 고통이었다. 막심한 고통에 아무런 생각도 들지 않았다.

디아나는 살기 위해 몸부림쳤다. 조금이라도 고통에서 벗어나기 위해, 조금이라도 그에게서 벗어나기 위해 사지를 허우적거렸다. 그러다 불현듯 손끝에 무른 것이 닿았다.

디아나는 판단할 겨를도 없이 그것을 짓이겼다. 파낼 것처럼 힘을 짜냈다. 그러자 치 떨리듯 거대한 비명이 터지며, 온몸을 짓누르던 손길이 삽시에 사라졌다. 디아나는 헐떡거리며 바닥을 기었다. 차마 돌아볼 수 없는 뒤편에선 끔찍하고 끔찍한 비명이 길게 울려 퍼졌다.

디아나는 기고 또 기었다. 접질린 발목은 아리지도 않을 만큼 복부가 너무 아팠다. 식은땀이 턱 끝에서 뚝뚝 떨어졌다. 하지만 멈추지 못했다. 아직도 그의 가혹한 손길이 발치에 머무는 것만 같았다. 디아나는 울며 흐느끼며 기었다. 감히 입 밖으로 내지 못하는 울음소리가 뱃속에서만 마구 들끓었다.

"아흑……."

결국 참을 수 없는 고통에 눈물부터 터졌다. 디아나는 눈물을 방울방울 떨구며 간신히 객실의 의자 사이로 기어들어 갔다. 시커먼 어둠이 눌어붙은 구석 자리에 등을 기대자 한숨이 새어 나왔다. 참았던 고통도 함께 밀려들었다.

디아나는 이를 악물고 고통을 참아 냈다. 신음이 새 나갈라치면 입술을 짓씹으며 가까스로 삼켜 냈다. 그리고 바들바들 떨리는 손으로 천천히 복부를 짚어 보았다.

"이, 이게 뭐야……."

판판한 복부에 웬 얇고 날카로운 것이 꽂혀 있었다. 디아나는 기겁하며 손을 뗐다. 사위가 어두워 눈으로는 확인할 수 없으나, 머릿속에서 그려지는 형상이 있었다. 질겁한 디아나는 질끈 눈을 감으며 양손으로 입가를 틀어막았다. 그럼에도 눈물이 멈추질 않았다. 턱이 달달 떨리고 입을 막은 손이 자꾸만 식은땀에 미끄러졌다.

"언니, 도와줘……."

디아나가 흐느끼며 웅얼거렸다.

빛 한 점 들지 않는 구석 자리. 숨통을 죄어 오는 공포에 몸서리치며 디아나는 아이처럼 울었다.

불러도 듣지 못할 이름과, 차마 부르지 못하는 이름 사이에서 망설이며.

'네가 디아나니?'

디아나는 낯모르는 어머니의 장례식에서 헤스터를 처음 만났다. 자신과 꼭 닮은 붉은 머리에 잿빛 눈. 가족을 모르고 자란 디아나는 한눈에 헤스터를 사랑하게 되었다.

그러나 자매가 함께할 수 있는 시간은 그리 길지 않았다. 헤스터는 도제 신분을 벗어나지 못한 어린 마녀였고, 디아나는 그녀에게 마법을 가르쳐 줄 고명한 스승을 찾아야 했다. 다행히도 그녀의 딱한 사정을 접한 여명의 마녀, 바바라 자일스가 어미 잃은 아이를 맡겠노라 흔쾌히 약속했다.

그리해 디아나는 어머니의 장례를 끝내자마자, 아직은 낯선 스승과 함께 묘지를 떠나야 했다. 언니가 보고픈 마음에 자꾸만 마차의 창문을 흘깃거렸으나, 무심한 스승은 계속해서 말을 재촉할 뿐이었다.

그렇게 디아나는 나이 일곱에 자일스의 도제가 되었다. 그녀의 스승인 바바라 자일스는 제법 상냥한 마녀였지만, 으레 그러하듯 타인에게 관심이 많지는 않았다. 심지어는 배 아파 낳은 자식과도 사이가 데면데면할 정도니, 한때의 연민으로 거둔 계집아이는 오죽할까.

디아나는 스승이 어려웠다. 그녀의 서투른 마법을 볼 때마다 곤혹스러워하는 스승을 마주하는 날이면 밤새 잠을 이루지 못했다. 어린 디아나가 여기기에 스승은 언제고 부족한 제자를 버릴 수 있는 사람이었다. 그리고 디아나는 한 번 버려진 도제에겐 다음 기회가 없다는 사실을 알 만큼은 조숙했다.

어린 디아나를 절벽으로 내몬 것은 또 있었다.

인적이라곤 당최 찾아볼 수 없는 음산한 저택. 그곳에는 스승에게 미리 전해 듣지 못한 세 명의 아이들이 있었다. 또래보다 키가 한 뼘은 큰 설리번 자일스가 첫째고, 심술보가 가득한 채스터티 자일스가 둘째며, 디아나보다 한 살 적은 나이에도 감사납기 그지없던 세드릭 자일스가 막내였다. 바바라는 그들에게 디아나를 소개하며 지나가는 말로 잘 지내라 일렀으나, 디아나를 향한 삼 남매의 시선은 곱지 않았다. 특히 세드릭 자일스가 그러했다.

세드릭 자일스는 바바라의 유일한 친자라는 이유만으로 그녀의 잠정적인 후계로 지목되고 있었다. 문제는 마법 사회가 모계를 따르는 점이었다. 아버지의 성을 물려받는 인간 사회와 달리, 마법 사회에선 어머니의 성을 물려받고 어머니의 가문을 따랐다. 비록 세드릭이 바바라 자일스의 유일무이한 친자라고는 하나 그는 엄연한 남자였다. 더욱이 세드릭에게는 〈교활한 자일스〉가 차마 용납할 수 없는 치명적인 약점이 있었다. 고리타분하기로는 잉그람에서 제일가는 자일스의 마녀·마법사들이 그를 두고 볼 리 없었다.

자일스의 친족들은 틈만 나면 수장의 후계자로 채스터티를 권하는 서신을 보내왔다. 심지어는 남편과 별거하던 바바라에게 새로운 혼처를 권하기도 했다. 그리 후계 자리가 불안할수록 세드릭의 불안감도 나날이 커져만 갔다.

그런 상황에서 갑작스레 어머니가 데려온 도제가 세드릭의 마음에 들 리 없었다. 설리번이 냉소적으로 웃고 채스터티가 새로운 장난감을 놀릴 생각에 신이 난 동안, 세드릭은 얼음처럼 차가운 눈빛으로 디아나를 쏘아볼 뿐이었다. 낯선 환경에 겁먹은 디아나가 위축되는 것은 당연한 수순이었다.

이후로 자일스 저택은 이루 말할 수 없는 지옥이 되었다. 남을 괇리기를 삶의 낙으로 아는 채스터티는 하루가 멀다 하고 디아나를 괴롭혀 댔다. 도대체가 단순한 애교로 볼 수 있는 수준이 아니었다. 수프에 몰래 도마뱀을 집어넣는 것은 예사였고, 추운 겨울날에 느닷없이 얼음물을 쏟아붓거나 일부러 옷에 불씨를 튀긴 적도 있었다.

웬만큼 재능 있는 마법사라면 채스터티의 장난에 짜증을 낼지언정 크게 다치지는 않을 것이다. 그러나 디아나는 채스터티처럼 탁월한 마녀가 아니었다. 그저 안색이 시퍼렇게 질리거나, 속상한 마음에 눈물만 뚝뚝 흘릴 뿐이었다.

채스터티는 신선한 반응에 깔깔 웃기만 했다. 어느 날 우연히 그녀의 장난을 목격한 바바라 자일스가 아니었다면, 디아나는 오래도록 못된 장난에 시달려야 했을 것이다.

그러나 가장 큰 문제는 세드릭 자일스였다. 디아나는 채스터티가 몹시 성가시긴 해도 악의가 없다는 것쯤은 알았다. 하지만 세드릭은 아니었다. 그는 선명한 악의를 품고 있었다. 지나가는 말소리에도, 스치는 시선에도 칼날처럼 차가운 독기가 스며 있었다. 디아나는 그것이 못 견디게 괴로웠다.

'세상에 너처럼 쓸모없는 마녀는 처음 본다.'

그것이 세드릭 자일스가 디아나에게 처음으로 건넨 말이었고,

'디아나 솔. 너는 양심도 없구나. 어머니께서 동정으로 널 거두셨음을 안다면 적어도 한 사람 몫은 해야지. 지금 너는 오히려 자일스의 이름에 먹칠을 하고 있다는 걸 모르겠어?'

대범하게도 바바라 자일스가 동석한 자리에서 이런 말을 꺼냈으며,

'그리젤다 솔은 1년간 헛짓한 모양이야. 어쩌다 그런 위대한 마녀가 너 같은 실수를 낳은 거지?'

경멸이 들끓는 얼굴로 매일같이 그런 말을 건네고는 했다.

세드릭은 채스터티처럼 그녀에게 물리적인 해를 가하지는 않았지만, 대신 그녀를 동등하게 여기지 않았다. 바꾸어 말하자면, 동등한 존재가 아니기에 손댈 가치도 없다고 여긴 것이었다.

아무리 심지 굳더라도 자신을 멸시하는 사람과 매일을 함께하면 자연스레 자존감이 흔들리기 마련이다. 세드릭의 독설은 끊임없이 디아나의 마음을 난도질했다. 처음에는 부인하다가도 그것이 하루가 되고, 한 달이 되고, 1년이 되자 진정 그의 말이 맞나 싶은 것이었다.

어린 디아나는 나날이 의기소침해졌다. 그러나 무심한 바바라는 제자의 불안을 헤아리지 못했다. 스승이 돌보지 않는 음산한 저택에서 디아나는 조금씩 메말라 갔다. 가족을 모르고 자라 본능적으로 사랑받길 간절히 원하던 아이는 사랑 대신으로 악의와 무관심에 허덕였다. 그녀에게 무한한 사랑을 속삭이는 사람은 오로지 헤스터뿐이었으나, 그녀는 언제나 멀리 있었다. 언니가 보내오는 편지만 기다리며 살기에 자일스의 저택은 지독히도 무참한 곳이었다.

결국 외로움에 몸서리치던 디아나는 금기에 손을 대고 말았다.

서재에서 그 책을 발견한 것은 지극히 우연이었다. 서재에는 가문의 기나긴 역사만큼이나 온갖 희귀한 책이 많았으므로, 금서 한두 권쯤은 족히 있음직했다. 그러나 하루하루 억지로 생을 연명하던 어린 소녀에게 금서란 지나치게 유혹적이었다. 디아나는 저도 모르게 금서를 탐닉했고, 그예 해서는 안 될 짓을 저지르고 말았다.

디아나는 언제나 후회했다. 금기가 괜히 금기가 아님을 그때는 왜 인지하지 못했을까. 하지만 사람은 늘 저지르고 후회한다는 격언처럼, 디아나는 매일매일 그 일을 곱씹으며 후회하고 또 후회했다. 후회로 그날을 지울 수는 없다지만, 적어도 다시는 저지르지 않으리라 다짐할 수는 있었다.

하지만 지금에 이르러, 디아나는 확신할 수 없었다.

그저 살고 싶을 뿐이었다.

디아나는 힘없이 벽에 기대어 앉아 있었다. 피를 너무 많이 흘린 탓인지 이상하게 눈앞이 흐릿했다. 가물가물한 시야를 바로 하고자 연신 눈을 깜박였지만, 아무런 소용도 없었다. 결국 디아나는 열없이 눈꺼풀을 내렸다.

그즈음 귀에 거슬리는 소리가 조금씩 들리기 시작했다. 먼 데서 들려오는 소리는 이상하게 규칙적이었다. 디아나는 가슴을 죄는 소음에 귀를 기울였다. 차츰차츰 가까워지는 소리. 기차에 핏물처럼 눌어붙은 정적을 부단히 깨트리는 소리는 누군가 다가오는 기척이었다.

이제는 마치 천둥 치듯 바닥을 쾅쾅 짓밟던 소리가 문득 지척에서 멈추었다. 다시금 고요해진 사위에서 그녀의 호흡과 엇갈리는 타인의 숨소리가 다가왔다. 디아나는 천천히 눈을 떴다. 맞은편 창가를 내리비추던 조요한 달빛은 온데간데없었다. 달빛을 가린 거대한 남자가 예리한 살기를 내비치며 그녀를 굽어보고 있었다.

"고작 여기로 도망친 건가?"

니올로가 이죽거렸다. 흐릿한 눈으로 그를 올려다보던 디아나가 간신히 입을 열었다.

"……가요."

"뭐?"

"도망가요."

디아나가 힘없이 속살거렸다.

"도망가라고? 내가 어째서?"

니올로는 디아나에게로 가까이 다가가며 허리를 낮게 굽혔다. 시커먼 밤이 눈앞을 가렸으나, 그새 어둠에 익숙해진 눈이 어렵지 않게 그의 윤곽선을 그려 냈다.

니올로는 더 이상 로브를 쓰고 있지 않았다. 비로소 세상에 드러난 그의 얼굴은 모진 고문으로 일그러져 있었다. 특히 한쪽 눈알이 기괴하게 부풀었다. 디아나는 그에게서 흘러 나는 피 냄새를 쉬이 맡을 수 있었다.

"덕분에 아주 오래간만에 끔찍한 고통을 겪었다. 괄티에로 벨리에서 교단의 광신도들이 그런 짓을 했었지. 다신 기억하기 싫었던 추억을 새삼 떠올리게 해 주었으니, 마땅히 네게도 같은 고통을 선사해야 하지 않겠나."

니올로가 히죽 웃었다. 벽에 늘어져 있던 디아나가 한 박자 늦게 대꾸했다.

"······날 죽이려고요?"

"그래."

"나는 당신을 죽이고 싶지 않아요."

디아나는 입술을 바들바들 떨며 말을 이었다.

"당신이 아무리 나쁜 마법사여도, 죽어 마땅한 마법사여도 나는 당신을 죽이고 싶지 않아요. 그러니까 제발······. 제발 도망가요."

디아나는 숫제 흐느끼기 시작했다. 니올로는 그저 멍하니 디아나를 지켜보기만 했나. 도무지 이해할 수 없는 말에 떠름한 표정을 짓던 찰나, 불현듯 이상한 광경이 시선을 사로잡았다.

지금은 새벽이 밝기 직전이다. 하루 중에서 가장 어두울 시간이건만, 그럼에도 머리 위로 드리워진 그림자가 있었다.

밤보다 어둡고, 암흑보다 짙은 그림자.

니올로는 홀린 듯이 뒤를 돌아보았다. 어언지간 그곳에는 이형(異形)의 생명체가 있었다.

숫양의 머리에 사람과 유사한 육신. 그리고 등뼈에서 뻗어 나온 거대한 파충류의 꼬리가 허공을 마구 헤집었다. '그것'은 니올로보다 족히 다섯 뼘은 거대하며, 산전수전 겪어 온 그조차 난생처음 목격하는 괴이한 형상이었다.

디아나가 목메어 소리쳤다.

"난 분명 경고했어요. 도망가라고, 죽이고 싶지 않다고 그리 말했는데……. 왜 듣지 않은 거예요, 왜……."

그러나 니올로는 더 이상 움직일 수 없었다. 마법사의 본능으로 당장 달아나야 함을 알았지만, 그의 시선은 신상(神像)처럼 우뚝 선 이형을 떠나지 못했다.

그는 저게 무언지 알았다.

[너는 내 계약자가 아니구나.]

이형의 존재가 물었다.

[너는 뭐지?]

그것은, 악마(惡魔)였다.

도대체 어쩌다 이렇게 되었을까.

예전부터 니올로 팔리아치를 지칭하는 이름은 많았다. 화염의 마법사, 팔리아치의 수치, 광인 니올로, 뮈티레의 오점……. 모두가 미쳤다며 손가락질했으나, 아무도 그가 명성 높은 동족들을 무참히 살해한 범인이라고는 짐작하지 못했다. 그러기에 니올로가 속한 팔리아치의 이름은 너무나도 숭고했다.

따라서 그가 의심받게 된 계기는 따로 있었다. 어느 날 갑자기 붉어진 눈. 마녀와 마법사들은 하나같이 광인 니올로가 악마를 소환했다며 떠들어 댔다. 니올로는 그에 대해 일언반구도 없었으나, 결국 엄숙한 재판장에서 진실을 토로하고 말았다.

그는 악마를 소환한 적이 있었다.

사실 니올로는 어릴 적부터 악마학에 유난히 관심이 많았다. 소환된 악마가 심심풀이로 도시 하나를 멸망시킨 일화, 악마의 손이 닿아 불임이 된 마녀의 이야기, 악마에 홀려 동족을 배반한 마법사의 전설. 어린 니올로가 즐겨 듣던 이야기란 죄 그런 것이었다. 아들의 모난 성정을 저어한 모친이 금서를 전부 불태웠으니 망정이지, 그렇지 않았다면 진즉 악마를 소환하고도 남았을 것이다.

다행스럽게도 모친의 바람대로 니올로는 악마학에 무지한 채 자랐다. 하지만 성년이 되어 방문한 반제에서 그는 우연히 금서를 접하고 말았다. 반제는 산티그마 교단을 국교로 삼은 어엿한 중앙삼국이지만, 교국(教國)이 자리하여 성직자의 권세가 높은 메시나에 비해서는 교단의 감시가 느슨할 수밖에 없었다. 니올로는 그곳에서 악마학을 습득했다. 악마를 소환한 곳도 바로 반제였다.

기실 성공하리라고는 전혀 예상하지 못했다. 이미 이전에 수없이 소환에 실패했던 터라, 은연중에는 이번에도 실패하리라 지레짐작했던 것이다. 그러나 소환진은 처음으로 빛을 발했고, 코뿔소와 뱀을 합친 듯한 기괴한 생명체가 눈앞에 나타났다. 니올로는 직감적으로 그것이 악마임을 알아챘다.

[인간. 너는 어떻게 나를 즐겁게 해 줄 테냐?]

그러나 악마는 실로 상상을 초월하는 존재였다. 니올로는 감언이설로 악마를 계약을 맺으려 부단히 노력했으나, 악마는 지루해진 기색으로 이렇게 말할 뿐이었다.

[너는 안 되겠군.]

그 순간 타는 듯한 고통이 안구를 침범했다. 느닷없는 고통에 니올로가 바닥을 구르는 사이 악마는 온데간데없이 사라졌다. 악마의 흔적은 방 안을 그득 채운 유황 냄새가 전부였다. 더하자면 금색이었던 니올로의 눈이 붉어진 것도 악마가 그에게 남긴 영원한 상흔일 터였다.

이후로 니올로는 다시는 악마 소환에 성공하지 못했다. 갑자기 붉어진 눈에 의심을 사 그간의 범행이 발각되고 종신형을 선고받았으니, 이제 여생에 악마를 볼 날은 없으리라 여겼다. 그러므로 지금은 그저 의문스러울 따름이었다.

도대체 어쩌다 이렇게 되었을까.

시야가 빙글빙글 돌아갔다. 눈 감았다가 뜨는 새, 천장과 바닥이 뒤바뀌길 수백 번. 갑작스레 회전이 멈추자, 목이 잘린 시체가 눈에 들어왔다. 가만히 시체를 응시하던 니올로는 뒤늦게 깨달았다.

저건 내 몸이구나.

[마법사는 머리를 파괴해야 죽는다더니, 정말이로구나.]

악마가 흐뭇하게 말했다. 피 묻은 손으로 니올로의 잘린 머리통을 들어 올리자, 자연스레 니올로의 시선이 악마를 따라 아래로 내려왔다.

[디아나. 이건 내가 가져가도 되겠느냐? 아랫것들에게 하사하면 꽤 즐거워할 것 같구나.]

디아나는 침묵했다. 악마가 나타난 이래, 그녀는 줄곧 벽에 달라붙어 흐느끼기만 했다. 그조차 기력이 쇠하여 야트막한 숨소리로만 들릴 지경이었다.

조용한 그녀를 의아하게 살피던 악마가 돌연 탄성을 터트렸다.

[디아나, 디아나 솔. 아직도 내 모습이 마음에 차지 않는 것이냐? 하지만 너도 이해를 해 주어야 한다. 너도 잘 알다시피 지하에는 인간이 없어. 이 몸을 발견하기까지도 수십 년이 걸렸다.]

악마의 눈매가 시무룩하게 처졌다.

[다만 내 얼굴이 싫은 것이라면 나도 어찌할 수 없구나. 산양은 내 본체이기에 바꿀 수가 없다. 이 얼굴이 그리도 싫은 것이냐?]

그러자 디아나가 간신히 입술을 열었다. 잔뜩 쉰 목소리가 갈라진 입술 사이로 드문드문 흘러나왔다.

"……꺼져."

[뭐?]

악마가 고개를 모로 기울였다. 그조차 진저리 난다는 듯 디아나는 사납게 눈을 치떴다.

"그 머리를 갖든 말든, 네가 어떤 모습이든 상관 안 하니까 꺼지라고."

[네가 날 부른 것이 장장 50년 만이다. 물론 지하의 시간이 여기보다 훨씬 빠르게 흐른다만, 그래도 그렇지. 벌써 헤어지자니…….]

"상관없다고 했잖아! 제발 꺼지라고! 내 눈앞에서 당장 사라지란 말야!"

견디다 못한 디아나가 머리를 뒤흔들며 일갈했다. 느닷없는 고함에 당황한 악마가 주춤거리며 뒤로 물러났다. 하지만 그것도 잠시, 악마는 어느새 근심이 가득한 얼굴로 다가왔다.

[혹시 어디 다쳤느냐?]

디아나는 힘겹게 숨만 색색 내쉬었다. 악마가 산양의 머리를 들이밀며 호들갑을 떨었다.

[여기 상처가 깊지 않느냐! 어서 치료해야지!]

"내가…… 분명 사라지라고……."

[일단 상처를 치료하고 보자꾸나. 이렇게나 피를 많이 흘렸는데 어찌하여 지금까지 말하지 않았어.]

악마는 디아나를 책망하며 거대한 손을 내밀었다. 기겁한 디아나가 곧장 그 손을 쳐 냈다. 악마가 멀뚱히 쳐다보기만 하자, 디아나는 몹시 혐오하는 표정으로 소리를 내질렀다.

"꺼지라고 했잖아! 이번에도 네 이름을 불러야 꺼질 테야?"

[디, 디아나. 잠시만 진정해라.]

"꺼져! 마르고트! 꺼지란 말야!"

디아나는 성치 않은 몸으로 악을 써 댔다. 낯빛은 아까부터 백지장처럼 창백했고, 피는 멈출 생각을 안 했다. 악마는 근심스러운 기색으로 어쩔 줄을 몰라 했다. 언제 정신을 놓아도 이상하지 않을 몸으로 연이어 무리를 해 대니 염려되지 않을 수가 없었다.

별안간 먼 데서 거대한 폭발음이 들려왔다.

쾅!

폭발은 한 번이 아니었다. 귀를 찢는 날카로운 굉음이 끊임없이 들려왔다. 심지어는 갈수록 소리의 진원지가 가까워지고 있었다.

보다 못한 악마가 디아나에게 손을 뻗는 순간이었다. 갑자기 악마의 고개가 왼편으로 돌아갔다. 낮게 가라앉은 눈이 어둠에 휩싸인 복도를 유심히 살폈다.

[……오늘은 이만 헤어져야겠구나.]

악마가 아쉽다는 듯이 속삭였다.

[그리젤다의 딸아. 나를 너무 기다리게 하지 마려무나.]

악마는 자취 없이 사라졌다. 짙은 유황 냄새만이 객실을 맴돌며 악마의 존재를 알리는 가운데, 폭발음은 점차 가까워졌다. 귀를 찢다 못해 골을 울리는 굉음이었지만, 디아나는 그저 느릿하게 눈만 깜박일 뿐이었다.

이미 시야가 어두웠다. 기차가 폭발하는 소리마저 아득하게만 느껴졌다.

디아나는 끝내 진득한 수마에 이끌려 눈을 감고야 말았다. 정신을 놓기 직전, 어디선가 그리운 목소리를 들은 것도 같았다.

야심한 시각.

풀밭에 피어난 황금의 꽃 둘시네아가 끊임없이 노래하는 가운데, 군인들이 철로를 따라 기차로 접근하고 있다. 그들의 상대는 마법을 잃어버린 마법사뿐이지만, 그의 손에 참혹하게 죽어 간 동료만도 수십이니 내딛는 걸음마다 신중이 깃들 수밖에 없었다.

헤스터는 철로에서 얼마간 떨어진 곳에서 불안하게 그들을 지켜보았다. 족히 반나절 넘게 기원을 올린 까닭에 안색이 심히 창백했으나, 군영을 박차고 나서는 그녀를 감히 만류하는 사람이 없었다.

오늘 밤, 헤스터는 기적을 이루어 냈다. 모두가 불가하다고 여겼던 둘시네아 꽃을 피워 냈고, 별들의 왕 둘시네아를 모셔 와 하늘의 혼란을 잠재웠다. 이제 그녀가 할 수 있는 일은 없었다. 자신의 몫을 온전히 완수했으므로 이제는 기다리는 수밖에 없었다. 디아나가 아직 살아 있기를, 군인들이 흉악한 마법사의 손에서 디아나를 무사히 구출해 내길 믿는 수밖에 없었다.

그런데 군인들이 막 기차에 탑승하려는 순간, 난데없이 화물칸이 폭발했다. 폭발은 그에 멈추지 않았다. 첫 번째 굉음이 잦아들기 무섭게 이웃한 화물칸이 연달아 폭발하기 시작했다. 마치 꼬리에 꼬리를 잇듯 기차의 후미에서 시작된 폭발이 빠르게 전진하자, 모두가 아연하여 그편을 쳐다볼 뿐이었다.

"나와! 나오라고 해! 후퇴하라고! 당장!"

옥슬리 대령이 기겁하여 외쳤다. 막 기차에 들어서려던 군인들이 주춤거리며 뒤로 물러났다.

그 광경을 멍하니 지켜보던 헤스터가 물었다.

"후퇴라니요?"

"저거, 저 폭발, 저건 마법으로 어찌 안 됩니까?"

"예?"

"기차를 좀 보십시오! 하나씩 폭발하고 있잖습니까! 저러다간 객실까지 폭발할 텐데 어떻게 저런 사지로 들여보내겠습니까! 디아나 양이 정확히 어디 있는지도 모르는 상황에서요!"

점차 커져 가는 굉음에 대령의 목소리도 묻혔다. 넋 나간 표정으로 그를 마주 보던 헤스터가 갑자기 몸을 돌렸다. 차마 말릴 새도 없이 그녀의 걸음은 곧장 기차를 향했다. 횃불을 든 군인을 지나치고, 거센 바람 맞으며 일어나는 들풀을 지르밟으며.

하지만 그 순간, 누군가 그녀를 강하게 돌려세웠다.

"어디 가?"

올리버가 가쁜 숨을 몰아쉬며 물었다. 헤스터의 어깨를 붙잡은 손이 가늘게 떨리고 있었다.

"놔요."

"어딜, 어디에 가려는 건데."

"알잖아요."

"……설마 기차에 들어가려고?"

헤스터는 침묵했다. 올리버가 아연한 표정으로 미친 듯이 고개를 내저었다.

"안 돼. 가면 안 돼. 못 가."

"가야 해요."

"기차가 폭발하고 있잖아! 가면 죽는다고!"

올리버가 일갈했다. 그럼에도 헤스터는 꿋꿋했다. 올리버는 비통하게 낯을 일그러트리며 간청했다.

"제발……. 당신이 죽는 꼴은 못 봐."

헤스터는 물끄러미 그를 올려다보았다. 차례로 폭발하는 기차의 열기와 쉼 없이 머리를 후려치는 굉음의 복판에서, 일렁이는 횃불에 비치는 남자의 얼굴이 참으로 아프게 다가왔다. 혹은 처음으로 듣는 그의 진심에 가슴 저민지도 모르겠다.

헤스터가 슬프게 웃었다.

"난 가지 않아도 죽어요."

올리버는 애달피 그녀를 응시했다. 헤스터의 어깨를 붙들던 손길이 점차 거두어졌다.

헤스터는 미련 없이 돌아섰다. 멈추지 않는 폭발과, 새카만 하늘로 치솟는 흉포한 불길. 그 처참한 광경으로 한 걸음 내디뎠다. 그리고 자취 없이 사라졌다.

올리버는 망연자실 헤스터가 서 있던 자리를 바라보았다. 그러다가 화물칸 하나가 요란한 굉음을 터트리며 주저앉던 때, 결연한 표정으로 고개를 돌렸다.

기차는 거뭇한 연기로 자욱했다. 헤스터는 사위를 둘러보며 연신 기침을 뱉어 냈다. 그리고 이미 폭발한 뒤편에는 디아나가 없기만을 간절히 바라며 앞쪽으로 내달렸다.

전투의 흔적인지, 승객들의 피난 흔적인지, 객실은 하나같이 난장판이었다. 헤스터는 짐 가방에, 혹은 송장에 걸려 몇 번이나 고꾸라질 뻔했다. 그러나 발걸음은 멈추지 않았다. 폭발음은 시시각각 가까워지는데도 그녀는 여전히 디아나의 흔적을 찾지 못했다.

그리 정신없이 헤매던 와중, 헤스터는 불현듯 선득한 예감을 받았다. 이토록 위급한 상황에서도 선뜻 전진할 수 없는 야릇한 감각이었다. 헤스터는 다음 객실로 이어지는 문을 가만히 노려보았다. 날카로운 마녀의 직감으로 그녀는 저편에 무언가 있음을 알았다.

마침내 헤스터가 문을 열었다. 불안한 감이 들어맞았다.

"디아나!"

연기에 휩싸여 희끄무레한 창가, 디아나가 힘없이 벽에 기대어 앉아 있었다. 황급히 그편으로 달려간 헤스터가 일순 허옇게 질렸다. 디아나의 복부에 얇은 철근 조각이 박혀 있었다. 질겁한 헤스터가 무심코 한 손으로 입가를 틀어막았으나, 그조차 소스라치게 놀라며 떼어 내고 말았다.

방금 바닥을 짚었던 손이 핏물로 축축했다.

"······디아나?"

헤스터는 떨리는 손으로 디아나의 어깨를 슬슬 흔들었다.

"디아나, 제발 정신 차려. 제발······."

목소리에 흐느낌이 서렸다. 눈물 몇 방울 떨어트린 헤스터가 서둘러 손등으로 눈가를 훔쳤다. 하지만 여전히 미동 없는 디아나의 모습에 다시금 눈가가 젖어 들었다.

이렇게 잃는 걸까. 그리 허망하게 어머니를 보냈듯 이번에도······.

헤스터는 양손으로 눈두덩을 짚으며 입술을 짓씹었다. 아니다. 이번에는 아니었다. 이번만큼은 그리 허무하게 잃지 않을 것이다. 죽어 가는 어머니에게 고했던 맹세가 아직도 귀에 쟁쟁하건만, 이리 덧없이 놓칠 수는 없었다. 이토록 쉬이 포기할 수는 없었다.

'제가 디아나를 지킬게요.'

헤스터는 어머니를 떠나보내던 열둘의 어린아이처럼 맹세했다. 이번에는 스스로에게 내거는 약속이었다. 다시는 잃어버리지 않도록. 그리해 다시는 홀로 외롭게 남지 않도록.

어느덧 폭발음이 가까웠다. 헤스터는 기침을 토해 내며 창밖을 내다보았다. 하지만 연기가 너무 자욱해서 시야가 제대로 확보되지 않았다. 시야가 닿지 않으면 좌표에 의존하여 이동하는 수밖에 없다. 하지만 지금 그녀에겐 지도가 없었다.

헤스터는 신속하게 판단했다. 마녀가 이동마법을 행할 때 지도에 의존하는 이유는 간단했다. 좌표가 정확하지 않으면 그대로 목숨이 다하는 수가 있으므로. 자칫 잘못하다가는 드높은 하늘로, 깊은 심해로, 심지어는 땅 속으로 이동할 수 있었다.

하지만 이제는 정말로 시간이 없었다. 문틈으로 새어 드는 불길을 조용히 노려보던 헤스터가 이내 디아나를 꼭 끌어안았다. 그리고 좌표 없는 마법을 발현했다.

숨통을 틀어막던 매캐한 연기가 삽시에 사라졌다. 대신 살갗에 닿는 차가운 밤공기에 퍼뜩 정신이 들 무렵, 헤스터는 디아나를 품에 안고 강하게 바닥을 굴렀다. 어깨와 등에 돌덩이가 아프게 박혔다. 허공으로 이동한 모양인지 한참이나 바닥을 구르고서 겨우 멈췄다.

헤스터는 가쁜 숨을 몰아쉬며 간신히 윗몸을 일으켰다. 온몸에 격통이 밀려들었으나, 지금은 그런 고통을 느낄 겨를조차 없었다. 헤스터는 다급히 품속의 디아나부터 살폈다.

아스라한 별빛이 내려와 자매를 고요히 비추었다. 헤스터는 울 듯한 표정으로 디아나의 얼굴을 조심스레 쓸었다. 핏기 없는 안색에 금방이라도 끊어질 것처럼 약한 맥. 복부에서 진득한 선혈이 흘렀지만, 헤스터는 당최 손쓸 방도를 몰랐다. 그녀는 치유에 특화된 마녀가 아니었다. 이런 상황에서 무얼 우선해야 하는지 감조차 잡지 못했다.

그때, 익숙한 목소리가 들려왔다.

"헤스터?"

저 멀리 타오르는 기차를 등지고, 한 남자가 이편으로 달려오고 있었다. 폭발하는 기차의 불길보다도 남자에게 들린 횃불이 더욱 눈부시게 이지러졌다.

"아가씨는 왜 이래? 어디 다쳤어?"

어느새 지척으로 다가온 올리버가 물었다. 헤스터는 입술을 떨며 간신히 고개를 끄덕였다.

디아나를 바닥에 눕혀 횃불로 상처를 비추어 본 올리버가 미간을 찌푸렸다. 복부에 박힌 철근은 그리 두껍진 않으나, 피를 너무 많이 흘렸다. 올리버는 횃불을 헤스터에게 넘긴 뒤 곧장 디아나를 안아 들었다. 멍하니 그 모습을 지켜보던 헤스터도 엉거주춤 자리에서 일어났다.

올리버가 굳은 얼굴로 헤스터를 돌아보았다.

"일단 군의관에게 보이자. 아가씨는 아마—"

"디아나는 괜찮을 거예요."

헤스터가 확고히 대답했다. 그새 불안감을 지워 낸 얼굴에선 결연한 다짐만이 엿보였다.

헤스터는 지체 없이 앞장섰다. 높이 든 횃불이 아직 도래하지 않은 새벽을 이끌듯 어둠을 몰아냈다. 한 발, 두 발. 땅을 박차는 걸음걸이가 차츰 힘을 더해 갔다.

아직 동트지 않은 한밤.

세상은 여전히 어둠에 잠겨 있으나, 새벽은 분명 밝아 올 것이다. 늘 그렇듯이.

첫 일광이 가느다랗게 어둠을 가로지르는 동녘에서 여명의 별 페베가 따스한 빛을 뿜어냈다. 가장 밤늦은 시간까지 뜨는 별이요, 하루의 시작을 알리는 새벽별. 전설 속 괴물을 몰아내던 하늘의 목동처럼 여명의 별은 아직 잔존하는 밤의 장막을 거둬 내며 새벽을 밝히고 있었다.

여명은 그리 처참한 언덕에도 찾아들었다. 폭발하여 뼈대만 남은 기차와, 불에 그슬린 철로가 참혹하기 그지없었다. 군영에서 뜬눈으로 밤을 지새운 승객들이 아연한 표정으로 그 부근에 몰려 있고, 군인들은 생존자를 찾느라 정신이 하나도 없었다.

그리고 아직 물러가지 않은 밤에 몸을 숨긴 올빼미 한 마리. 기차가 차례차례 무너져 내리던 모습을, 어찌할 줄 모르던 군대를, 행방이 묘연해진 마법사를, 낙담하던 붉은 머리 자매를 전부 지켜본 올빼미가 이윽고 연옥색 눈을 빛내며 하늘로 날아올랐다.

새가 향하는 곳은 북녘이었다. 아직 여명이 닿지 못하는 북쪽으로, 아직 어둠에 잠든 북쪽으로, 주인이 부르는 북쪽으로…….

6. 봄의 끝자락에서

노란 장미 만개한 초여름의 오킹엄.

올 들어 유난히 잠잠했던 왕도에 오래간만의 대어가 밀려들었다. 아크라이트 왕가에 반기를 들었던 잉그람 무장 혁명군의 부활과 기차 점거, 정체불명 마법사의 손에 죽어 간 23명의 군인, 겨울의 마법사 휴고 알피어스가 늦봄에 겨울을 불러온 것으로 모자라 성좌의 마녀 헤스터 솔이 피워 낸 기적…….

하지만 대중의 관심사는 다른 데 있었다. 위대한 마녀 그리젤다 솔의 숨겨진 딸이요, 인질로 잡혔다가 끝내 잔악한 마법사를 저지한 어린 마녀. 바로 디아나 솔이었다.

그에 특종을 노리는 황색 신문들이 그녀의 정체를 캐기 시작했다. 마법 역사상 가장 위대한 마녀로 손꼽히는 그리젤다 솔은 수많은 기행으로 몹시 유명했다. 기실 헤스터 솔이 어린 나이에 주목받을 수 있

233

었던 것도 팔 할은 어머니의 명성 덕분이니, 지금까지 감춰졌던 그리젤다 솔의 차녀에게로 대중의 시선이 쏠리는 것은 당연한 수순이었다.

하지만 이제 막 도제 신분을 벗어난 어린 마녀를 캐내기가 쉬울 리 없었다. 기자들은 디아나 솔이 여명의 마녀, 바바라 자일스 밑에서 가르침을 받았다는 사실을 가까스로 알아냈으나, 한곳에 오래 머물지 않는 바바라 자일스의 거취를 찾아내서 제자에 대해 묻는 것은 더욱 지난한 일이었다.

따라서 기자들의 조사 방향은 디아나 솔의 감춰진 배경에서 현재 거취로 틀어졌다. 헤스터 솔이 왕도 오킹엄에 머물고 있으니, 동생인 디아나 솔도 함께 지내리라는 썩 그럴듯한 추측이었다.

그리해 모든 일간지가 추측성 기사만 무수히 쏟아 내던 때, 어느 일보에 디아나 솔의 사진이 처음으로 실렸다. 비록 먼 곳에서 찍은 흑백사진이라 이목구비를 제대로 분간할 수 없었지만, 어쨌든 그 사진 기사는 디아나 솔이 현재 어디에 머무는지 분명하게 알고 있다는 증거였다.

기자들은 인쇄 상태가 조악하여 흐릿하기 짝이 없는 사진에 매달렸다. 3일 밤낮으로 오킹엄을 수소문한 끝에 디아나 솔이 모 병원에 입원했다는 소식이 들려왔으나, 풍비박산 난 소규모 신문사에 대한 풍문도 거의 동시에 놓았다.

누구는 사무실이 무너졌다고도 하고, 누구는 신문사 사장이 목숨을 내걸고 빌었다고도 전해지는 무시무시한 소문의 주인공은 다름 아닌 헤스터 솔이었다. 평소 차분하기 그지없는 성좌의 마녀가 감히 자매를 도촬한 죄를 아주 엄중히 물었다는 것이다.

결국 기자들은 깔끔하게 디아나 솔을 포기했다. 어떤 역경에도 굴하지 않는 기자답지 않은 태도였으나, 그들도 명줄 아까운 줄은 알았다.

국적을 막론하고 모든 언론인들 사이에서 통용되는 규칙이 하나 있으니.

마녀는 건들지 마라.

인간의 빛나는 이성으로도 설명할 수 없는 마녀의 힘을 경계한 까닭이었다.

"……이게 나란 말이야?"

왕립 세인트 아가사 병원. 그중에서 가장 넓고 훌륭한 병실을 차지한 디아나가 눈썹을 찡그렸다.

"어딜 봐서? 하나도 안 닮았잖아."

"뭐어, 나름대로 닮은 것 같지 않니?"

채스터티가 초콜릿을 집어 먹던 손으로 사진 속 소녀의 머리를 가리켰다.

"여기. 머리기 산발이란 점이."

"내, 내가 언제 산발이었다고!"

디아나가 다급히 대꾸하며 괜스레 머리를 매만졌다. 채스터티는 턱을 괸 채 소리 죽여 웃었다.

"세드릭이 그리도 오고 싶어 하는 걸 어머니께서 겨우 말리셨는데. 그 애가 지금 네 꼴을 봤으면 아주 볼만했겠어."

"……세드릭? 걔가 여길 왜 오는데?"

디아나의 표정이 금세 불편해졌다. 채스터티가 혀를 차며 종알댔다.

"불쌍한 우리 막내. 이걸 어쩌면 좋담."

"불쌍해? 너 지금 내 앞에서 그 뱀 새끼 불쌍하다는 소리가 나와?"

"아유, 귀여운 디아나. 이 언니가 다친 너를 헤아려 주지 않아서 삐졌니?"

"뭐, 뭐라고?"

디아나가 기겁하며 채스터티의 손길을 피했다.

"내 말이 그런 의미가 아니란 건 너도 잘 알잖……. 아니, 그보다 너 오늘 왜 이래? 뭐 이상한 약이라도 마신 거 아냐?"

"내가 이상해?"

채스터티가 고개를 갸웃거렸다. 교태를 부리는 몸짓이지만, 디아나에겐 어림도 없었다.

"난데없이 병문안을 오질 않나, 웬일로 말짱한 선물을 사 오지를 않나. 아무래도 수상쩍어."

"초콜릿이라면 옛날에도 자주 선물로 보내 줬는걸."

"그건 위스키 봉봉이었잖아! 내가 그걸 먹고 얼마나 곤혹스러웠는지 알기나 해?"

재작년, 디아나는 채스터티가 선물로 보낸 초콜릿을 먹고 취한 적이 있었다. 난생처음 술에 취하여 어떤 추태를 보였는지는 기억나지 않지만, 이튿날 떨떠름한 표정으로 자신을 피해 다니던 세드릭의 모습을 상기하면 대강 짐작할 만했다.

"초콜릿은 맛있으면 되는 거지, 뭐."

채스터티는 가볍게 어깨를 으쓱이며 초콜릿을 하나 더 집어 먹었다. 그런 채스터티를 못마땅하게 흘겨본 디아나가 재빨리 초콜릿 상자를 제 편으로 끌어왔다.

"이제 그만 먹어. 그러다간 우리 언니 먹을 건 하나도 안 남겠다."

"치사하긴."

채스터티가 입을 비죽였다. 하지만 심통이 난 것도 잠시, 병실을 이리 저리 둘러보며 이상하다는 듯이 물었다.

"그런데 너의 각별하신 언니는 어디 계시니? 통 보이질 않네."

"경찰이 와서 잠시 조사받으러 나갔어."

"경찰이?"

채스터티가 눈을 빛냈다. 늘 가십에 목마른 그녀에게 이보다 더 재미 난 일은 없을 터. 그러나 디아나는 초콜릿 상자의 리본을 예쁘게 묶으며 지극히 여상스럽게 대꾸했다.

"이른바 '펜잔스 참극'을 조사하러 왔다나 뭐라나. 범인이나 조사할 것이지 왜 생사람 잡는지 몰라."

하여간 맘에 안 들어. 디아나가 불만스럽게 덧붙였다.

"그나저나 너는 왜 왔어? 혹시 이번에도 이상한 말 하려고 온 거면 썩 나가."

디아나는 새삼 경계하듯 채스터티를 훑어보았다. 채스터티는 손가락 으로 옆머리를 꼬며 공연히 시선을 피했다.

"이상한 말이라니. 무슨 소린지 당최 모르겠네."

"네 예언 말이야. 저번에도 이상한 예언을 했잖아."

"그게 왜 이상해? 어쨌든 내 말이 맞았잖아."

"맞든 틀리든! 네 예언은 어쩜 그렇게 죄다 불길할 수가 있어? 혹시 나 한테 악감정이라도 품었니?"

불신 가득한 목소리에 채스터티가 고개를 절레절레 내둘렀다.

"바보야. 내가 정말 너한테 악감정이 있다면 그렇게 귀띔해 주지도 않 았겠지. 그리고 상식적으로 생각해 보렴. 내 예언이 불길한 게 아니라, 그냥 네 앞날이 불길한 거 아닐까?"

"야!"

곧장 베개가 날아들었다. 채스터티는 마법으로 가볍게 베개를 튕겨 내며 깔깔 웃었다.

"다행인지 불행인지, 아직까진 너와 관련된 예지몽은 꾸지 않았단다. 그래서 내가 어젯밤에 점을 쳐 보았는데……."

"그만, 그만 말해!"

디아나가 질겁하며 귀를 틀어막았다. 하지만 예언은 벌써 귓전으로 흘러들고 있었다.

"네 올해는 굉장히 다사다난할 거야. 지금부터라도 미리 마음의 준비를 하려무나."

나쁜 계집애. 못된 계집애. 아는 욕이란 욕은 죄 구시렁대던 찰나에 노크하는 소리가 들려왔다. 헤스터가 돌아온 줄로 짐작한 디아나가 반색하며 고개를 틀었다.

"네. 들어오세요."

하지만 문을 열고 등장한 사람은 헤스터가 아니었다. 디아나는 아연한 표정으로 문가를 보았다. 족히 오십 송이는 될 법한 장미 꽃다발이 간신히 문가를 통과하고 있었다.

"아가씨?"

꽃다발 옆으로 불쑥 고개를 내민 사람은 다름 아닌 올리버였다. 멍하니 앉아 있던 디아나가 다급히 그를 가리키며 외쳤다.

"올리버 펜리!"

"……."

"……씨."

디아나는 겸연쩍게 웃으며 시선을 피했다. 올리버는 대수롭지 않은 기색으로 장미 꽃다발을 한 아름 품에 안겨 주었다.

"바깥은 벌써 장미가 한창이야. 아직 못 봤지?"

"네에. 그렇죠."

디아나는 어느새 풀어진 얼굴로 장미에 얼굴을 파묻었다. 살면서 꽃을 각별하게 좋아한 적은 없지만, 병실에서 맞이하니 감회가 새로웠다.

"몸은 좀 어때? 괜찮아?"

"좀 쑤시기는 해도 그럭저럭 참을 만해요."

"실밥은 아직 안 풀었지?"

"다다음주에 푼다는데 또 모르죠."

슬그머니 문가의 기척을 살펴본 디아나가 올리버에게로 바짝 얼굴을 붙이며 속삭였다.

"사실 나는 여기 의사라는 사람을 전혀 못 믿겠어요."

"어째서?"

"눈 밑에 시커멓게 그늘이 진 데다 빼빼 말라서 도리어 의사가 환자로 보인다니까요? 상처를 꿰맬 때 아프다고 발버둥 치다가 실수로 의사의 코를 아주 살짝 건드렸는데 코피가 줄줄 나더라고요. 내가 얼마나 민망했는지 알아요?"

"정말 살짝 건드린 게 맞아?"

"이봐요, 펜리 씨."

디아나의 눈빛이 금세 싸늘해졌다. 올리버가 곧바로 수긍했다.

"물론 살짝이었겠지. 믿을 테니까 나는 건드리지 말아 줘."

"이왕 건드리는 거 마법으로 해 줄까요?"

올리버는 얌전히 입을 다물었다.

"그런데 왜 이렇게 늦게 왔어요? 나는 당신이 제일 먼저 병문안 올 줄 알았는데."

"뭐야. 내가 처음이 아니었어?"

그러자 디아나는 왠지 심기가 불편해졌다.

"이 사람이. 나를 뭐로 보고."

"하지만 아가씨는 왕도에 아는 사람이 없잖아,"

"어, 언니가 있잖아요!"

"에이. 누가 봐도 헤스터는 간병인이지."

디아나는 입을 비쭉 내밀었다. 차마 반박할 수 없는 올바른 지적이었다.

"실은 당신이 오기 전에 채스터티가 다녀갔어요. 아, 채스터티는 스승님의 딸이에요."

"그래? 사이가 좋은 모양이네."

"그냥 그렇죠, 뭐······."

디아나가 머쓱하게 대꾸했다. 단순히 친하다고는 말할 수 없는 사이였지만, 사실을 실토하자니 어쩐지 지는 기분이었다.

"그래서 당신은 지금까지 뭐 했어요? 사고가 난 지는 꽤 오래됐잖아요."

기차 사건이 종결 난 지도 벌써 3주가 지났다. 그사이 달력은 6월로 넘어가서 이제 세상은 완연한 여름이었다.

"이것저것 할 일이 많아서 정신없이 살았지."

"뭐 그렇게 할 일이 많대요."

마치 너 같은 한량이 뭐가 그리 바쁘냐는 듯한 투였다. 올리버가 민망한 듯이 한 손으로 뺨을 쓸었다.

"아가씨. 일전에 말했던 것처럼 나는 무척이나 바쁜 사업가야."

"도대체가 믿을 수가 있어야죠. 무슨 사업인지 일언반구도 없었으면서."

"이래 봬도 방직공장을 운영하고 있어."

"······방직공장? 정말요?"

아무래도 저런 한량과는 어울리지 않는 건실한 사업이었다. 디아나의 눈이 대번에 의심으로 가늘어졌다. 올리버가 슬며시 디아나의 시선을 피했다.

"취미로 다른 사업도 하고 있기는 하지만……."

"방금 되게 수상하게 들린 거 알죠?"

디아나가 날카롭게 쏘아붙였다. 올리버는 그저 웃음으로 무마할 뿐이었다.

"어쨌든 괜찮아 보여서 다행이야. 행여나 아직도 죽을상이면 어쩌나 했는데."

"벌써 가게요?"

올리버가 슬슬 자리에서 일어나자, 디아나도 뒤따라 윗몸을 일으켰다. 올리버는 일어나지 말라는 듯 손짓했다.

"아직 밀린 업무가 많아서 그래. 다음에 또 올게."

올리버는 그리 말하며 명함을 건넸다.

"혹시라도 용건이 있으면 거기 적힌 번호로 연락해. 내가 자리에 없으면 비서가 대신 받을 거야."

"세상에, 비서도 있어요?"

올리버가 못 말린다는 듯 고개를 내저었다. 멀뚱히 명함을 살펴보던 디아나가 황급히 입을 열었다.

"그러고 보니 펜리 씨가 언니를 도와줬다면서요. 정확히는 날 도와준 거겠지만."

"……헤스터가 그렇게 말해?"

"어머나, 그 말투는 뭐예요? 아무리 헤어진 사이라지만, 우리 언니가 감사도 모르는 사람인 줄 알았어요?"

디아나는 뚱한 표정으로 손을 내밀었다.

"어쨌든 도와줘서 정말 고마워요. 당신이 아니었으면 난 아직도 죽을

상이었을지 몰라요. 혹시 마법이 필요한 일이 있거든 한 번쯤은 싸게 도
와줄게요."

"그래도 무상으로 도와주긴 싫은가 보네."

올리버가 피식거리며 악수했다.

"나야말로 고마워. 덕분에 지루하지 않은 여행이었으니까."

"그거, 칭찬으로 들어도 되죠?"

디아나가 새침하게 물었다. 올리버는 서글서글하게 웃으며 양손을 들
어 올렸다.

헤스터는 저녁나절에야 돌아왔다. 불그스름한 노을이 하늘을 진창 뒤
덮은 때, 해 지는 정경을 감상하던 디아나가 기쁘게 헤스터를 맞이했다.

"언니. 왜 이렇게 늦었어?"

헤스터는 파리한 낯빛으로 조용히 웃기만 했다. 그녀의 손에는 나갈
적엔 없던 바구니가 들려 있었다.

"어제 포도가 먹고 싶다고 그랬지?"

디아나는 멍하니 눈만 끔벅였다. 확실히, 어제 잡지를 뒤지며 지나가
듯 그런 말을 하기는 했었다.

"으응. 그랬지……?"

하지만 포도는 8월에나 나오는 과일이다. 막 6월에 진입한 초여름의
오킹엄에서 포도를 구할 수 있을 리 없었다.

좋지 않은 예감이 뇌리를 스쳤다.

"언니, 혹시 어디 다녀왔어?"

디아나가 추궁하듯 물었다. 그러자 헤스터는 바구니에서 포도를 꺼내
며 행동으로 답을 보여 주었다.

"세상에나……."

얼떨결에 포도를 받아 든 디아나가 입을 떡 벌렸다. 헤스터는 그제야 머쓱한 표정으로 말했다.

"별거 아니니까 너무 부담 갖지 마."

"어디에 다녀온 거야? 지금 오킹엄에서 포도를 구할 수 있을 리가 없는데…… 설마 벤네비스까지 다녀온 거야?"

무심코 바구니에 달린 라벨을 스쳐본 디아나가 경악했다.

"벤네비스가 어디라고!"

"이동마법을 썼어. 그리 힘들지도 않았고."

"벤네비스까지 다녀와 놓고 힘들지 않았다니! 어쩐지 이상하게 늦는다 싶었어."

벤네비스는 500년 전 성(聖) 마테오가 세운 종교도시로, 오킹엄에서는 기차를 타고도 밤낮없이 사흘을 달려야 겨우 도착하는 남쪽 국경에 위치했다. 제아무리 헤스터가 뛰어난 마녀라고 한들, 고작 포도 몇 송이를 사기 위해 이동마법을 감행했다는 사실은 아무래도 믿기 힘들었다.

"언니. 다음부터는 그러지 마, 응?"

디아나가 간절하게 말했다.

"그렇잖아도 여기 병원비만도 어마어마할 텐데, 언니에게 그런 짐까지 더해 주고 싶지는 않아. 내가 마음이 불편해."

"디아나. 내가 하고 싶어서 하는 일이야. 네가 부담 가질 이유는 없어."

헤스터는 그새 시무룩해진 디아나를 쓰다듬으며 다정하게 말을 이었다.

"나는 언제나 이런 날을 꿈꿨어. 네가 힘들면 도와주고, 네가 원하는 것이 있으면 들어주고. 이제야 함께하게 되었는데 그런 소소한 행복이라도 있어야지."

"하지만······."

디아나가 힘없이 고개를 수그렸다. 늘 언니에게 빚이 있었다. 그녀가 스승의 밑에서 안전하게 지내는 동안, 헤스터는 홀로 세상과 맞서며 자매와 함께할 날만을 꿈꾸며 고군분투했다. 그간 어머니가 남긴 빚을 혼자서 전부 갚았고, 잉그람의 마법 역사상 최연소로 백색전당에 이름을 올리기도 했다.

그렇기에 디아나는 더는 언니에게 빚을 지고 싶지 않았다. 이제는 언니와 손 붙잡고 함께 걷고 싶었다. 언니의 등 뒤에 마냥 숨어 지내는 것은 더 이상 원치 않았다.

"돈 걱정은 하지 마. 너는 하루빨리 나을 생각만 하렴."

헤스터가 잔잔하게 미소 지었다. 여전히 자애롭고 강인한 언니. 그녀의 눈에 디아나는 여전히 어린 동생이었다. 하지만 디아나는 그걸 탓하지 못했다. 도제 신분을 벗어난 지 아직 한 달도 지나지 않은 데다, 헤스터가 없었다면 기차에서 개죽음이나 당했을 것이므로. 그러니 동등한 마녀로 인정해 줄 리 없고, 그러길 바라는 것조차 양심에 어긋나는 일이었다.

디아나는 어색하게 입꼬리를 들어 올렸다. 언니에게 자신을 증명하는 일이야말로, 앞으로 그녀에게 주어진 과제였다. 스승의 밑에서 열심히 수학했듯, 끈질기게 덤비면 적어도 지금처럼 폐만 끼치는 동생은 아닐 것이다.

그때, 헤스터가 외투를 벗으며 대수롭지 않게 물었다.

"손님이 다녀갔다고 그러던데. 누가 왔다 갔니?"

"채스터티가 잠시 다녀갔어."

헤스터가 의외라는 듯 놀란 표정을 지었다.

"채스터티? 채스터티 자일스?"

"응. 스승님 딸."

"편지에 별로 언급이 없어서, 사이가 그렇게나 좋은 줄은 미처 몰랐네."

왜냐하면 사이가 좋은 편이 아니니까. 디아나가 어색하게 웃으며 눈을 굴렸다.

"아, 그리고 펜리 씨가 왔어."

"……올리버 펜리?"

외투를 벽에 걸어 놓던 헤스터의 손길이 잠시 멈칫했다. 미처 알아채지 못한 디아나가 포도를 삼키며 고개를 끄덕거렸다.

"이 꽃다발도 펜리 씨가 주고 간 거야. 바쁘다면서 일찍 가기는 했는데 언젠가 또 볼 날이 있겠지."

헤스터는 가만히 침묵했다. 그제야 헤스터와 올리버의 불편한 관계를 떠올린 디아나가 서둘러 말을 덧붙였다.

"아, 무, 물론 나는 다시 만날 생각이 전혀 없지만 말야."

어쩐지 분위기는 더욱 썰렁해졌다. 조용히 헤스터의 눈치를 살피던 디아나가 조심스레 입을 열었다.

"……언니. 포도 먹을래?"

이튿날 아침.

헤스터는 일찌감치 병원을 나섰다. 본디 늦게 잠들어 일찍 일어나기를 미덕으로 알던 디아나는 근래 아주 게으른 생활을 영위하고 있었다. 오늘도 10시는 되어야 겨우 깨어날 테니, 헤스터는 그나마 편안한 마음으로 자리를 비울 수 있었다.

왕립 세인트 아가사 병원이 위치한 웨스트테더를 벗어나 향한 곳은 언젠가 그녀가 거주했던 구시가지였다. 도보로 40분가량 걸리는 거리였지만, 헤스터는 굳이 마차를 불러 세우지 않았다. 절약하는 습관은 이미 몸에 뱄다. 헤스터는 디아나를 위해서라면 돈을 아끼지 않았지만, 어느 정도 살림이 나아진 지금도 스스로를 위해 지불하는 돈은 몹시 적었다.

헤스터는 어느덧 익숙한 거리로 접어들었다. 늘 싱그러운 제철 꽃을 판매하는 꽃집, 젊은 부부가 운영하는 메시나의 전통 요릿집, 온갖 희귀한 책이 숨어 있는 헌책방, 사나운 개가 손님을 죄 쫓아내어 사시사철 파리만 날리는 철물점…… 헤스터는 오픈 준비에 한창인 가게들을 차례로 훑으며 발걸음을 옮겼다. 도착한 곳은 구석 자리의 조용한 카페였다.

문을 열자, 딸랑이는 종소리와 함께 주인의 인사말이 그녀를 반겼다. 헤스터는 문가에서 잠시 내부를 둘러보았다. 예전과 크게 달라지지 않은 카페는 여전히 한적했다. 이른 아침이라 그런지 자리를 지키는 손님은 고작해야 서너 명뿐이었다.

헤스터는 창가 자리로 향했다. 그곳에는 이미 선객이 있었으나, 허락 없이 그의 맞은편에 앉으며 곧바로 급사를 불렀다.

"커피 한 잔. 설탕은 빼 주세요."

주문을 받던 급사가 문득 헤스터를 유심히 살펴보았다.

"저……. 옛날에 자주 오시던 분이죠?"

헤스터는 말없이 고개만 끄덕였다. 급사가 환하게 웃으며 말했다.

"갑자기 안 보이시기에 무슨 큰일이라도 일어난 줄 알았어요. 앞으로는 종종 들러 주세요."

급사는 예의 바르게 인사하곤 자리로 돌아갔다. 맞은편에서 물끄러미 그녀를 쳐다보던 올리버가 뒤늦게 말문을 열었다.

"설탕 안 넣은 커피는 입에도 안 댔잖아."

"……별걸 다 기억하네요."

헤스터는 흘끗 올리버를 쳐다보았다. 얼마간의 침묵 끝에 그녀가 재차 입을 열었다.

"병실에 다녀갔다고 들었어요."

"아가씨가 그러던가?"

"……디아나는 당신이 꽤 마음에 든 모양이에요. 그리 쉽게 마음을 여는 아이가 아닌데."

헤스터는 잿빛 눈을 내리깔며 나직하게 대꾸했다. 어쩐지 조금 적적해 보이는 모습에 올리버가 씁쓸한 표정을 지었다.

"당신이 불편하다면 다시는 아가씨를 찾지 않을게."

"그런 생각은 없어요."

헤스터가 슬며시 눈썹을 찌푸렸다. 올리버가 머쓱하게 시선을 피하던 찰나, 때마침 급사가 커피를 대령했다. 설탕을 넣지 않아 쓴 향기가 물씬 풍겨 왔다.

김이 모락모락 피어오르는 커피를 가만히 내려다보던 헤스터가 느지막하게 입을 열었다.

"나는 아직 당신을 용서하지 못해요."

"……알아."

올리버는 서글프게 웃었다.

"이유가 있으리라 생각해요. 아무런 이유도 없이 그런 짓을 저지를 사람은 아니니까."

"당신이 헤아릴 가치가 있는 이유는 아니야. 만약 그렇지 않더라도 내 행동을 정당화할 수는 없고."

"알아요."

빙산처럼 단단하던 마음의 벽을 허물어 가까스로 쌓은 신뢰의 탑은 고작 한순간에 무너져 내리고 말았다. 이제 헤스터에게 남은 것이라곤 탑이 무너진 흔적뿐. 어디도 하늘에 닿을 듯 드높던 탑의 자취를 찾을 수 없었다.

헤스터는 화창한 거리를 내다보며 천천히 그 시절을 되감았다.

사랑하는 어머니를 잃어버린 뒤로 고독한 삶을 간신히 이어 가던 무렵. 디아나와 때때로 주고받는 편지만이 삶의 낙이었고, 조금씩 가벼워지는 빚만이 삶의 보람이었다.

　그렇게 헤스터는 아주 천천히 화석처럼 굳어 가고 있었다. 미소도, 눈물도, 기쁨도, 슬픔도 차차 잊어 가던 때, 갑작스레 등장한 올리버는 그녀를 다시금 햇볕으로 이끌었다. 만인이 누리는 평범한 삶의 조각을 그녀에게 선사했다. 헤스터는 그와 함께하며 행복했다. 그것은 차마 부정할 수 없는 사실이다.

　"가끔은 이런 생각이 들어요. 그때, 이유는 물었어야 했다고."

　행복했기에, 너무나도 행복했기에 더욱 배신감에 치를 떨었는지도 모르겠다. 여느 때와 같았던 날, 배반한 연인에게서 돌아선 헤스터는 이제야 그를 돌아볼 여유가 생겼다.

　"나는 아직 당신을 용서할 준비가 되지 않았어요."

　헤스터는 더디게 올리버를 마주 보았다. 그 시절과 변치 않은 남자가 비로소 눈에 들어왔다.

　"……그러니 조금만 더 기다려 줄래요?"

　올리버는 흔들리는 눈빛으로 말없이 입술만 달싹거렸다. 하지만 끝내 아무런 소리도 내지 못했다. 늘 여유롭던 어른의 얼굴이 꼭 소년처럼 붉게 물들었다. 미처 감추지 못한 감정이 고스란히 드러나는 표정을 마주하며, 헤스터는 조금 웃고 말았다.

　맑은 웃음소리가 카페에 잔잔히 퍼지는 가운데, 따스한 여름 햇살이 창가를 환하게 내리비추었다.

막 간 극

별빛 닿지 못하는 지하 세계.

여신이 버린 땅이라는 전설처럼 암암한 어둠이 짙지만, 실상 전해지는 이야기처럼 지독한 악취가 풍기거나 발 닿는 곳이면 어디고 끔찍한 비명 소리로 가득하진 않았다. 지하란 그저 한기가 몰아치는 혹한의 땅이요, 서로가 서로를 잡아먹는 약육강식의 세계일 뿐이었다.

그중에서도 헤아릴 수 없을 만치 드넓은 지하의 동방. 드물게 얼어붙지 않은 그라피우스강(江)이 흐르는 기슭에는 동방을 지배하는 군주의 성이 외로이 서 있었다. 시뻘건 돌을 살벌하게 쌓아 올려 참극성이라 불리는 성채에는 평소 자비롭기 그지없는 군주가 군림하고 있었다.

[군주. 혹 지상에 다녀오셨습니까?]

불곰의 신체에 말의 머리를 붙인 악마 톨레두스크 군드라흐가 머뭇거리며 물었다. 그는 동방 군주의 휘하에서 오래도록 서기관으로 복무한 악마였다.

[내가? 어찌 그리 여기느냐?]

[지상의 썩은 내가 진동을 합니다.]

[음. 아마도 이것 때문이 아닐까 싶다.]

동방 군주는 서기관에게 원형의 물체를 던졌다. 톨레두스크 군드라흐는 유심히 그것을 살펴보았다.

[이게 무업니까?]

[인간의 머리니라. 신기하지 않으냐?]

[글쎄요. 인간은 참으로 이상하게 생겼군요.]

그러자 군주가 어쩐지 시무룩해졌다. 눈치 빠른 서기관은 재빨리 말을 바꾸었다.

[그렇잖아도 41군단이 회한의 숲에서 사냥을 끝마치고 돌아왔습니다. 인간의 머리라면 족히 훌륭한 포상이 되겠지요.]

[그렇겠지?]

군주가 흐뭇하게 물었다. 톨레두스크 군드라흐는 착실하게 고개를 끄덕였다. 다행히 군주는 금세 본래의 활기찬 모습으로 돌아왔다.

[실은 아주 오래간만에 지상에 다녀왔느니라. 여전히 소란스러운 곳이더구나.]

[지상이라면, 계약자의 부름을 받으신 겁니까?]

[그래. 꽤 많이 자랐더구나. 무이, 어미를 빼닮아 쉬이 알아볼 수는 있었다만.]

군주는 그리 말하며 옥좌에서 내려왔다. 충실한 각료 톨레두스크 군드라흐는 지체 없이 군주의 어깨에 모피를 둘러 주었다.

현재 군주가 차지한 신체는 본디 강변에 서식하던 악마로, 지하의 추위를 못 견뎌 죽어 가는 허약하기 짝이 없는 일족이었다. 각료들은 두꺼운 모피를 걸쳐야만 겨우 한기를 버틸 수 있는 허약한 신체를 극구 반대했으나, 이상한 데서 고집스러운 군주는 오랫동안 신체를 바꾸지 않았다.

[그러고 보니 서기관. 괜찮은 몸이 남았는가?]

갑작스러운 질문에 톨레두스크 군드라흐는 잠시 침묵했다. 어쩌면 군주께서 드디어 육신을 바꿀 생각이신지도 몰랐다. 충직한 서기관은 두근거리는 마음을 애써 감추며 침착하게 대답했다.

[물론입니다. 용맹한 군사들도 군주를 위해서라면 언제든 제 몸 바칠 준비가 되어 있습니다.]

[구태여 군사를 잃을 까닭은 없지. 이번에 잡아들인 포로 중에서 괜찮은 것을 바쳐라.]

[존명 받들겠습니다.]

톨레두스크 군드라흐는 깍듯하게 고개 숙였다.

군주는 서기관을 뒤에 남겨 두고 홀로 나아갔다. 드높은 기둥이 차례로 이어지는 엄숙한 복도, 그 끝에 자리한 거대한 문이 주인을 맞아 차츰 열리기 시작했다. 그곳은 군주가 허락한 자만 들 수 있는 내밀한 곳이자, 동방의 온갖 금은보화가 가득하다고 전해지는 귀물의 방. 하지만 정작 소문의 실체를 확인한 자 없으니, 군주가 거기에 무얼 숨겨 놓았는지는 아무도 몰랐다.

동방 군주. 이른바 참극공이라 불리는 악마는 그리 비밀스러운 자였다. 어느 날 갑자기 등장하여 동방에 난립하던 열한 명의 군주와 예순여섯의 군단을 징벌한 인물. 그에 대해 알려진 것이라고는 고작해야 생각보다 소탈한 성정과 지상에 어린 계약자를 두었다는 것뿐이다.

참극공이 계약자를 만난 것은 지상의 시간으로 10년을 거슬러 올라간다.

당시 권태롭기 그지없던 동방 군주는 어느 날 불현듯이 지상에서 내려오는 작은 목소리를 들었다. 금방이라도 끊어질 듯 미약한 소리기에 곧 그치리라 여겼건만, 그렇지가 않았다. 결국 참극공은 짜증과 호기심을 품어 지상으로 올랐다.

지상에서 감히 참극공을 부르짖던 마녀는 고작 아홉 살 난 계집아이였다. 더군다나 악마학을 제대로 익히지 못했던지 그의 이름을 잘못 발음하고 있었다. 이름을 부르는 소리에 강제로 지상에 소환되지 않은 까닭은 그처럼 불완전한 절차 덕분이었다.

[어린 마녀여, 어찌하여 나를 부른 것이냐?]

'엄마가 당신의 이름을 알려 줬어요. 혹시라도 견디지 못하겠는 시련이 있다면 당신을 부르라고 했어요.'

[엄마라고?]

무서워 떨던 마녀가 느릿하게 고개를 들어 올렸다. 참극공은 순식간에 아이가 누군지 알았다.

[너는 그리젤다의 딸이구나.]

'우리 엄마를 알아요?'

[그래.]

'나는 엄마를 몰라요. 금방 죽어 버렸거든요.'

어린 마녀는 금세 울적해졌다. 물끄러미 아이를 살펴보던 참극공이 물었다.

[어린 마녀야, 네 이름이 무엇이냐?]

'다른 사람의 이름을 물어볼 때는 먼저 자신의 이름을 밝히는 것이 예의예요.'

[너는 이미 내 이름을 알고 있질 않느냐.]

'내가 부른 이름이 맞았어요? 아닐 텐데. 엄마가 알려 준 글자는 도무지 읽을 수가 없었다고요.'

아이는 그를 두려워하면서도 동시에 두려워하지 않았다. 악마가 자신을 해치지 않으리라 본능적으로 직감했기 때문이다.
참극공이 크게 웃었다.

[내 이름을 안다는 것이 무슨 의미인지는 아느냐?]
'악마랑 계약하는 거잖아요. 누굴 바보로 알아요?'
[그런데도 내 이름을 알고 싶다고?]
'당신과 계약하면 언제든 당신을 부를 수 있잖아요. 그러면 충분해요.'

어린 마녀가 결연히 말했다.

[대가가 무섭지는 않고?]
'나한테서 뭘 원하는데요?'

참극공은 잠시 고민했다. 그러나 예전에 그러했듯 곧 원하는 답을 찾아냈다.

[네가 죽으면 너의 육신을 가져가겠다.]
'마음대로 해요. 죽고 나서 어찌 되든 알 게 뭐야.'

어린 마녀는 코를 훌쩍이며 중얼댔다. 참극공이 피식거리며 팔짱을 꼈다.

[당돌한 마녀구나.]

'고난을 겪으며 당돌해진 마녀죠. 원래는 착한 아이였어요.'

[나쁜 아이라고는 하지 않았다.]

'당신은 좋은 악마네요.'

참극공은 말없이 빙긋 웃었다.

[내 이름은 마르고트다. 정확히는 내 이름의 일부이지.]

'나머지는요?'

[나머지 이름은 지금의 네가 감당하지 못한다. 내 일부만으로도 나를 부르기에는 무리가 없을 것이다. 나는 언제나 너의 소환에 응할 터이니.]

어린 마녀는 석연찮은 표정을 지었다. 악마의 짓궂은 거짓말에 얽힌 이야기를 귀에 박히도록 들었기 때문이지만, 종내는 수긍하는 수밖에 없었다.

참극공이 아이에게 손을 내밀었다.

[그리젤다의 아이야. 너의 이름은 무엇이냐?]

어린 마녀가 대답했다.

'나는 디아나 솔이에요.'

외전

올리버 펜리

오래전 우베강(江) 기슭에는 고파도라는 도시가 있었다.

지금처럼 도시가 흔하지 않던 시절이기에, 고파도는 인근의 물자와 사람이 모이는 교차로였다. 다른 지방으로 건너가는 여행객도, 물건을 도매가로 대량 구매하려는 중간상인도 고파도를 지나치지 않을 수 없었다. 단단한 성벽이 안전을 보장했으므로, 고파도가 서북 지대의 중심지로 성장한 것은 당연한 이치였다.

그러던 어느 날, 검은 망토를 뒤집어쓴 마녀가 성문을 넘었다. 고파도의 시민들은 손가락 끝까지 주름이 자글자글한 노파를 전혀 의심하지 않았다. 산티그마 교단과 마법 사회의 천년전쟁이 격렬한 시절이었으나, 교단의 중심부에서 멀리 떨어진 고파도의 시민들은 마녀를 의심할 줄 몰랐으며 풍문으로만 들어온 마녀가 이리도 당당하게 도시에 들 줄은 짐작하지 못했다. 따라서 그러한 무지가 도시에 참극을 불러올 줄 상상도 하지 못했으리라.

그날 밤, 늙은 마녀는 금지된 문양을 새기고, 금지된 이름을 입에 올렸다. 그리하여 모두가 잠든 시각, 지옥에서 끓어 넘치는 유황 냄새가 도시를 집어삼키며 이형의 악마가 지상에 발을 디뎠다.

고파도는 다시는 새벽을 보지 못했다.

이른 새벽녘.

평화로운 도시 쇼이블레에 아침보다 일찍 찾아든 손님이 있었다. 자전거를 타고 온 동네를 일주하는 우편집배원이나 수레를 끌고 다니는 우유 배달부, 혹은 석탄 장수도 아니다. 여독이 가득한 얼굴로 힘겹게 가방을 들고 가는 이는 아직 애 티를 벗어나지 못한 소년이었다. 키는 헌칠하니 성인과 비교해도 뒤떨어지지 않았으나, 앳된 얼굴로 미루어 보아 고작해야 열여섯 열일곱 되었을 법했다.

포장되지 않은 울퉁불퉁한 길에 앞코가 채이기를 벌써 수십 차례. 고난 끝에 소년이 도착한 곳은 어느 찬 바람 부는 저택이었다. 다들 고만고만한 쇼이블레시(市)에선 보기 드문 3층짜리 대저택이지만, 저택을 칭칭 감싼 담쟁이 넝쿨 때문인지 자못 음산한 기운이 흘렀다. 대문 앞에서 물끄러미 저택을 올려다보는 소년의 표정도 좀체 밝아지질 않았다.

"어머, 올리버 도련님이세요?"

때마침 졸린 눈을 비비며 마당으로 나오던 유모가 화들짝 놀랐다. 소년, 올리버는 어색하게 웃으며 손을 들어 올렸다. 남몰래 내쉬는 한숨은 덤이었다.

조피가 조심스럽게 문짝에 귀를 붙였다. 곁에서 안절부절못하던 칼이 조급하게 물었다.

"어때. 들려?"

"조용히 해 봐. 너 때문에 안 들리잖아."

조피가 와락 인상을 쓰며 쏘아붙였다.

"목소리가 너무 작아서 도무지 알아듣질 못하겠어. 할아버지가 여기 계신 건 맞지?"

"형이 들어가는 걸 내가 똑똑히 봤다니까. 할아버지가 부르시니까 들어갔겠지, 평소에 형이 제 발로 서재에 들어간 적이나 있어?"

"하긴. 그건 그래."

그런데 왜 들리지가 않는 거냐고. 조피가 자그맣게 투덜거렸다.

"할아버지도 참. 우리한텐 만날 윽박지르시면서 오빠한텐 왜 저렇게 상냥하신 거야?"

"나한테도 상냥하신데……."

"너 조용히 하랬지?"

조피가 눈을 매섭게 치켜뜨자, 칼이 곧장 입을 다물었다. 어머니의 자궁 속에서부터 제 쌍둥이를 핍박하던 조피의 강퍅한 성정은 세상에 나서도 마찬가지였다.

"조피, 칼! 너네 거기서 뭐 하니!"

그때 층계참을 내려오던 앤이 어린 동생들을 발견하고야 말았다. 조피와 칼이 허둥지둥 변명거리를 떠올리는 사이, 앤은 허리춤에 양손을 올리며 남매를 다그치기 시작했다.

"일어났으면 가서 세수부터 해야지, 여기서 장난이나 치고 말이야. 응?"

"자, 장난 안 쳤어!"

"또, 또 이렇게 말대꾸나 하고! 대체 어디서 배운 말버릇이니?"

앤이 한숨을 푹 내쉬며 조피와 칼의 귀를 잡아당겼다. 그러자 어린 쌍둥이 입에서는 궁색한 변명 대신 신음만 흘러나왔다.

"자. 어서 세수하고 예쁘게 단장해서 내려오렴. 올리버가 오랜만에 돌아왔는데 단정한 모습을 보여 줘야지."

"돌아온 게 아니라 학교에서 쫓겨난 거잖……. 아야!"

구태여 한마디 덧붙이다가 꿀밤을 맞은 조피가 울상으로 앤을 올려다보았다. 앤은 엄격한 표정으로 욕실을 가리켰다.

"세수."

성인이 된 지 고작 반년 지난 앳된 처녀이나, 작고한 어머니를 대신하여 오래도록 집안의 안주인 노릇을 해 온 앤에게 동생들의 서투른 반항은 아무것도 아니었다. 따라서 쇼이블레에서 제일가는 말썽꾸러기들은 시무룩하게 욕실로 직행하는 수밖에 없었다.

"대체 언제쯤 철이 들려는지……."

어린 쌍둥이의 뒷모습을 잠시 지켜보던 앤이 심란한 얼굴로 서재를 돌아보았다. 올리버가 새벽녘에 돌아왔다는 소식은 유모에게 전해 들었지만, 아침이 지나도록 할아버지께 붙잡혀 있는 통에 그녀는 아직도 동생의 얼굴을 보지 못했다. 하지만 앤은 동생이 보고픈 마음보다 근심스러운 마음이 앞섰다.

지난주, 론로베르트 신학교에서 부친 편지는 저택을 온통 뒤집어 놓았다. 이러나저러나 동생이 제 앞가림은 할 줄 아는 아이라 믿는 앤은 그나마 나았지만, 어린 손자에 대한 기대와 걱정이 하늘을 찌르던 할아버지는 조금 다를 터였다.

부디 오늘의 폭풍이 하루빨리 잦아들기를. 앤은 벽에 걸린 십자가를 향해 경건히 기도를 올렸다.

숨소리마저 겸손해지는 서재.

말없이 손끝만 내려다보던 올리버가 슬쩍 고개를 들어 올렸다. 탁상시계는 아직도 7시 10분을 가리키고 있었다. 벌써부터 온몸에 좀이 쑤시는데, 서재에 든 지 아직 30분도 채 흐르지 않았다. 참담함을 한숨처럼 집어삼킨 올리버가 이번에는 창가 쪽으로 뒤돌아선 조부의 뒷모습을 힐끗거렸다.

올리버, 올해로 열일곱 된 소년은 오래도록 신학에 몸담은 펜리가(家)의 장남이다. 굳이 먼 조상까지 거슬러 올라가지 않더라도 그의 고조부는 뷔센베르크의 대주교였으며, 눈앞의 조부는 쇼이블레의 존경받는 주교였다. 그의 돌아가신 아버지는 교단 명부에 직접 이름을 올리진 않았으나 인근 대학교에서 신학을 가르치는 신학자였으니, 장자인 올리버가 어린 나이에 신학교에 입학한 것은 어찌 보면 당연한 귀결이었다.

하지만 문제는 올리버가 신학에 전혀 관심이 없다는 것이었다. 어릴 적부터 들판에서 뛰놀기를 좋아했던 소년에게 엄격한 신학교 생활은 지옥이나 마찬가지였다. 그래서 규율을 어기고 말썽을 부렸다. 처음에는 문제 학생을 타이르고 다그치고 처벌하던 신학교 교사들도 두 손 두 발 들고 말았다. 졸업을 1년 앞둔 해, 론로베르트 신학교는 끝내 올리버 펜리를 제적시켰다. 느닷없이 날아온 제적 통지서에 저택이 발칵 뒤집힌 것도 무리는 아니었다.

올리버는 신학교에서 퇴학당한 것에 아무런 후회도 없었다. 그는 조부의 손에 억지로 신학교에 입학했던 첫날부터 이곳과는 맞지 않는다는 것을 직감했다. 오히려 더 일찍 나오지 못한 것이 통탄스러울 따름이었다. 하지만 장손에게 큰 기대를 걸고 계셨던 조부는 몹시 낙담하셨을 터. 무섭고 죄송스러운 마음에 인사 한마디 제대로 올리지 못한 올리버는 그저 입만 꾹 다물고 있었다.

아침이 늦은 북국(北國)에도 차츰 날이 밝아 왔다. 문득 노인이 조용히 물었다.

"앞으로 무얼 할 게냐."

삭은 낙엽처럼 침통한 소리였다. 올리버가 머뭇거리며 대답했다.

"아직은 잘 모르겠습니다."

"만약에 네가 신학에 뜻이 남았다면 다른 신학교를 찾아 주마."

올리버는 선뜻 대답하지 못했다. 불편한 침묵이 계속해서 초침을 밀어 냈다. 정적 속에서 답을 찾은 노인이 쓰디쓴 한숨을 뱉어 냈다.

"……그만 나가 봐라."

그제야 올리버는 엉거주춤 자리에서 일어났다. 서재를 나가려던 찰나, 불현듯 돌아본 조부는 여전히 메마른 뒷모습만 보이고 있었다. 올리버의 표정이 조금 흐려졌다. 가지 않겠다 발악하던 손자를 신학교로 끌고 갔던 강건한 주교는 이제 어디에도 없었다. 오래도록 신을 섬겨 온 경건한 가문에는 그저 덧없이 세월에 져 버린 노인만이 남았을 뿐이다.

올리버가 고향에 돌아온 지도 벌써 나흘이 지났다. 그간 어린 동생들보다 게으르게 생활하던 올리버는 날카로운 유모의 눈총을 못 견디고 집 밖으로 나왔다. 그래 봤자 어린 시절의 친구들은 전부 학교나 공장으로 자리를 비운 한낮이니, 잔디밭에 누워 무료하게 시간이나 죽일 뿐이었다.

더없이 맑은 날. 하늘은 파랗고 구름은 설탕처럼 하얗다. 흐리멍덩한 눈으로 하늘을 올려다보던 올리버는 문득 먼 데서 들려오는 웃음소리에 고개를 들었다.

"……그래서 우리 오빠가……."

"……사과는 그럼……."

언덕 아랫길에서 또래 소녀들이 재잘거리며 걸어가고 있었다. 달리 할 일이 없어 멍하니 소녀들을 지켜보던 올리버는 문득 그중 하나와 눈이 마주쳤다. 올리버는 예의상 손을 들어 인사했다. 갑자기 소녀들이 뜻 모를 눈빛으로 그를 흘깃거리며 쑥덕거렸지만 말이다.

"올리버. 여기서 뭐 하니?"

때마침 앤이 다가왔다. 올리버는 고개만 뒤로 젖혀 누이를 보았다.

"시장 다녀왔어?"

"응."

양손 가득 바구니를 들고 온 앤이 올리버의 곁에 쪼그려 앉았다. 바구니가 무거웠는지 목덜미에 땀방울이 송송 맺혀 있었다.

"다음에는 나도 데려가."

"오랜만에 집에 왔는데 너도 좀 쉬어야지."

"쉬는 것도 정도껏 해야지. 이러다간 몸이 녹슬겠어."

올리버의 투덜거림에 앤이 살포시 웃었다.

"알았어. 다음에는 같이 가자."

따스한 미풍이 잔디를 쓸고 지나간다. 올리버는 말없이 누이의 얼굴을 바라보았다. 지난 3년 사이 앤은 어느새 성인이 되었다. 얼굴선은 미려해졌고, 눈은 조금 더 깊어졌다. 10년 전 쌍둥이를 낳다 돌아가신 어머니를 대신하여 오랫동안 가사를 돌보았던 손은 더 거칠어졌다.

"왜 그렇게 보니? 오랜만에 보는 누나가 너무 예뻐서 그래?"

앤이 장난스럽게 물었다. 올리버가 피식 웃으며 맞장구쳤다.

"응. 너무 예뻐서 누가 채 갈까 겁나네."

"채 가긴 누가 채 간다고 그러니?"

"누가 채 가긴. 누나도 이제 어른인데 언젠가는 결혼하겠지. 혹시 지금도 누구 있는데 모르는 척 의뭉 떠는 거 아냐?"

"얘는."

앤이 부끄러운 듯 입가를 가리며 웃었다. 올리버가 잔디밭에 벌렁 누우며 탄식했다.

"아. 갑자기 신학교 나온 게 조금 후회되네."

"왜?"

"만약 내가 신부가 되었으면 누나가 결혼할 때 주례를 봐 줄 수도 있었잖아."

"할아버지께서 해 주실 텐데 무얼."

"할아버지 주례사는 쓸데없이 길어. 재미도 없고."

하객의 절반은 졸걸. 올리버가 키득거리며 웃었다.

"나는 정말로 재미있게 할 수 있는데. 아쉽다."

어처구니없다는 듯 올리버를 흘겨보던 앤이 실소를 흘렸다. 앤은 동생의 못된 입을 사과로 막으며, 금방 시장에서 들었던 소식을 풀어내기 시작했다.

"이번 주말에는 시간 비워 놔. 슈미트 씨가 생일 파티를 꽤나 성대하게 여실 건가 봐."

"슈미트 씨?"

"우체국장 있잖니. 옛날에 널 얼마나 귀여워하셨는데. 기억 안 나?"

"음⋯⋯. 별로."

올리버가 사과를 베어 먹으며 건성으로 대꾸했다. 앤은 크게 개의치 않았다.

"그리고 프랑크가 너 돌아왔다니까 굉장히 보고 싶어 하던걸. 한번 연락해 보는 게 어떠니?"

"나 걔랑 안 친한데. 그냥 누나한테 말 걸어 보고 싶었던 거 아냐?"

"얘가 아까부터 정말."

앤이 짐짓 쥐어박으려는 듯 주먹을 들어 올리자, 잽싸게 피한 올리버가 볼멘소리로 대꾸했다.

"누나. 툭하면 손 드는 버릇 아직도 못 고쳤어?"

"너희들이 만날 말썽만 피우는데 어떻게 고치겠니?"

"난 그동안 학교에 처박혀 있었는데 왜 내 핑계를 대! 조피랑 칼이 문제지. 특히 조피 고 계집애는 도대체 누굴 닮았는지, 원."

올리버는 망아지처럼 날뛰는 여동생을 떠올리며 몸을 부르르 떨었다. 오늘 아침에도 조피는 집에 돌아온 지 고작 사흘 된 오라비를 백수 취급하며 사사건건 트집을 잡았다. 심지어는 유모가 그를 위해 특별히 마련한 칠면조 요리를 홀랑 먹어 버리기까지 했다.

"그래도 아직 어린아이잖아. 네가 참으렴."

"참는 것도 한계가 있지."

"넌 더 심했어. 너 말썽 피울 때마다 내가 얼마나 힘들었는지 아니?"

어린 시절 쇼이블레에서 제일가는 말썽꾸러기였던 올리버는 금세 입을 다물었다. 앤이 혀를 차며 사과를 한 입 베어 물었다.

"그렇잖아도 요즘 쌍둥이가 더 말썽을 피워서 고민이야. 시장에서 웬 이상한 소문을 주워듣고 와서는……."

"이상한 소문?"

올리버가 귀를 쫑긋거렸다. 왕도에서 멀리 떨어진 쇼이블레는 한적한 도시였다. '이상한 소문'이란 참으로 보기 드문 손님이었다.

"실은 마녀가 이 근처를 지나간다나 봐."

"마녀가 여길? 왜?"

"그거야 나도 모르지. 아무튼 그 소문 때문에 할아버지도 신경이 곤두

서 계셔. 너도 조심해."

조부의 불같은 성정을 잘 아는 올리버가 떠름하게 고개를 끄덕였다.

하지만 마녀라니. 정말로 꿈같은 소리였다.

이튿날 아침. 결국 우려했던 일이 터지고야 말았다.

"조피아 펜리! 어디서 삿된 이름을 입에 올리는 게야!"

조부의 카랑한 고함이 내리꽂혔다.

"하, 하지만 선생님이 그랬단 말예요. 정말 마녀가 온다고……."

"선생님? 누가! 어떤 선생이 그딴 망언을 해!"

깜짝 놀란 조피가 딸꾹질을 시작했다. 너무 놀라 제대로 울음도 터트리지 못하는 듯했다. 앤이 안절부절못하며 동생을 두둔했다.

"조피가 잘 몰라서 그랬을 거예요. 너무 다그치지 마세요."

"아무리 나이가 어려도 모를 게 따로 있지! 네가 항상 싸고도니까 애들이 아직도 철이 안 든 게 아니냐!"

"죄송해요, 할아버지. 부디 용서하세요."

하지만 조부는 쉽사리 노기를 가라앉히지 못했다. 그는 산티그마 교단에서도 가장 보수적인 론로베르트 수도회 출신으로, 절대로 이단을 용납하지 않는 원리주의자였다. 천년전쟁은 이미 200여 전에 종식했음에도 마법을 향한 뿌리 깊은 증오는 대를 이어 전해졌다.

조용히 상황을 관망하던 올리버가 천천히 포크를 내려놓았다.

"세상이 말세네요. 천벌받을 것들이 당당히 기어 나오다니. 할아버지께서 늘 쇼이블레가 악에 물들까 노심초사하시는 것도 이해가 갑니다."

식탁 위의 시선이 일제히 올리버를 향했다. 올리버는 가벼운 미소를 띠며 말을 이었다.

"하지만 너무 괘념치 마세요. 조피랑 칼도 이제는 마녀란 족속이 얼마나 사악한 존재인지 잘 알 테니까요. 그렇지?"

조피가 얼결에 고개를 끄덕였다. 보란 듯이 어깨를 으쓱이는 올리버의 모습에 조부도 더는 격분하지 못했다. 신학교에서 귓등으로 들었던 교장의 연설이 조금이나마 쓸모 있는 순간이었다.

식당은 다시금 평안을 되찾았다. 모두가 식사를 재개하는 사이, 칼이 올리버의 소매를 잡아당기며 속삭였다.

"형. 우리한테 마녀 보여 준다며……."

올리버가 말없이 검지를 입술에 갖다 대었다. 울상이던 칼의 얼굴에 금세 화색이 돌았다.

"오빠, 저기 온다! 저기!"

쓸쓸한 강가. 오래간만에 인파 몰린 기슭이 어수선했다. 올리버가 친히 목마를 태워 준 조피도 이번만큼은 그 나이 때 어린아이처럼 설레는 모습이었다.

"어, 어디? 나는 안 보여."

칼이 초조하게 올리버의 옷을 잡아당겼다. 올리버는 하는 수 없이 칼을 안아 올렸다.

"이제 보여?"

"응! 잘 보여!"

그래, 네가 잘 보이면 됐다. 앞뒤로 무거운 짐을 진 올리버가 무념무상으로 고개를 끄덕였다. 그조차 머리카락을 꽉 잡아당기는 조피의 손짓에 깨지고 말았지만.

"야! 아파!"

"저기! 마녀야, 마녀! 오빠, 저기!"

"머리카락 잡아당기지 말라니까!"

하지만 올리버의 목소리는 맥없이 묻히고 말았다. 잔뜩 흥분한 조피는 오라비의 고통 따위 생각할 겨를이 없었고, 그나마 말이 통했던 칼도 낯선 광경에 정신을 빼앗겼다. 올리버는 두피가 잡아 뜯기는 생경한 고통을 가까스로 견뎌 내며 눈앞을 지나가는 행렬을 바라보았다.

듣기로는 국경에 새로이 투입되는 군대라 하였다. 평소라면 기병과 보병으로만 구성되었을 행렬일 테지만, 이번 행렬에 구태여 마녀를 동참시킨 것은 국왕의 뜻이었다.

올리버는 작게 혀를 찼다. 그는 마녀와 마법사란 족속에 대해 거의 알지 못하지만, 적어도 인간은 감히 다룰 수 없는 이능을 펼치는 작자임은 알았다. 그런 전능한 힘을 가졌으면서도 개처럼 국왕에게 복종하는 그네들을 이해할 수도, 공감할 수도 없었다. 모르긴 몰라도 지독하게 욕심이 없거나, 세상에서 으뜸가는 천치가 분명했다.

올리버는 그저 행렬이 빨리 지나가기만을 바랐다. 쌍둥이가 마녀가 보고 싶다며 애걸복걸하지만 않았더라도 이렇게 강변까지 나올 일은 없었다.

"마녀다……."

조피가 자그맣게 중얼댔다. 올리버는 무심코 조피의 시선을 따라 고개를 돌렸다. 반제의 상징인 검독수리가 깊게 음각된 쌍두마차. 그 위에 백발의 여인이 당당하게 서 있었다.

루이자 볼크하르트. 일명 징벌의 마녀.

반제인치고 모를 리가 없는 인물이었다. 하루가 멀다 하고 신문마다 거론되니, 엄격한 신학교에서 10년 가까이 지내 온 올리버도 그녀의 이름을 익히 들어 알았다.

"진짜 무섭게 생겼다. 그렇지, 형?"

그새 겁먹은 칼이 올리버의 품을 파고들었다. 올리버는 눈앞을 스치는 루이자 볼크하르트를 흘끗 쳐다보았다. 확실히 인상이 강하긴 했으나.

"……도서관 사서 할머니랑 닮았네."

"뭐어?"

"그렇잖아. 사서 할머니가 20년만 젊었어도 딱 저랬을걸."

칼이 죽상으로 고개를 저었다.

"말도 안 돼! 사서 할머니가 얼마나 친절하신데! 저 마녀는 너무 무섭잖아! 전혀 다르다고!"

"아님 말고."

올리버가 심드렁하게 대꾸했다. 그러면서 칼과 조피를 억지로 떼어냈다.

"자. 봤으니까 됐지? 이제 그만 돌아가자."

반년 뒤, 앤은 가을 신부가 되었다. 상대는 근처 대학교의 의대생이었다. 가족 누구도 앤이 연애한다는 사실을 눈치채지 못했기에 자못 갑작스러운 소식이었다. 하지만 앤이 꼭 자기 자신처럼 선량한 남자를 데리고 온 덕에 조부도 쉬이 결혼을 허락했다.

앤은 그해 가장 아름다운 신부였다. 예상대로 쇼이블레의 모든 사람들이 인망 높은 앤의 결혼을 축하하러 왔으며, 예상대로 조부는 길고 지루한 주례사를 늘어놓았다. 다만 예상과 달리, 조부는 앤을 떠나보내며 귀하디귀한 눈물을 보이고 말았다.

조피와 칼은 이제 옛날처럼 말썽꾸러기는 아니었다. 앤이 결혼하며 분가하자 그제야 책임감을 느낀 모양이었다. 물론 아직까지는 유모의 손길이 필요한 어린아이였지만, 적어도 나이에 맞게 성장하는 모습을 보여 주었다.

올리버는 겨울이 끝나도록 고향에 머물렀다. 조피가 매일같이 백수한량이라 놀릴 만큼 게으른 생활의 연속이었다. 조부는 말은 하지 않아도 장손이 걱정스러운 눈치였고, 종종 저택을 찾아오는 앤도 대학이며 공장의 이야기를 넌지시 흘리곤 했다. 그럴 때마다 올리버는 그저 애매한 웃음으로 눙칠 뿐이었다.

그리고 이듬해. 열여덟 성인이 된 올리버는 홀연히 군대에 입대했다.

울마르크 고산 지대.

임시 막사에는 바늘 같은 긴장감이 첨예하게 내려앉았다. 대낮에 벼락이 떨어지고, 커다란 굉음이 울린 것이 벌써 1시간도 더 전이었다. 그럼에도 전해지는 소식이 없자, 슬슬 아군의 생사를 걱정하는 소리가 모락모락 피어오르던 때였다.

"군의관! 군의관 어디 있어!"

부상병을 부축하며 나타난 군사가 별안간 고성을 내질렀다. 놀란 군의관이 속속 그곳으로 모여들었다. 혼절한 채 피거품을 토해 내는 부상병은 배가 갈라져 장기가 죄다 쏟아질 지경이었다. 군의관들은 지체 없이 수술을 준비했다.

이후로 군인들은 저마다 크고 작은 부상을 달고 막사로 돌아왔다. 아침에 떠날 적엔 백 명에 다다르던 인원이 고작 절반으로 줄어 있었다. 제 몸 건사하기조차 힘든 실정이니, 돌아오지 못한 이들을 구하러 가거나 시신을 수습하기는 무리였다. 지금 귀환하지 못한 이들은 아마도 영영 돌아오지 못할 터였다.

다행히 파울 리버만은 가까스로 생환한 군사였다. 그때 '적'과 한 발자국만 더 가까웠다면 지금쯤 오딜을 영접하고 있을 테지만, 어찌어찌 죽음의 위기를 넘겨 오늘도 살아 돌아왔다. 팔에 적당한 부상도 입었으니, 당분간 수색대에 차출될 위험도 없었다.

"파울. 괜찮아?"

상처를 소독하던 중 멀리서 약병을 옮기던 올리버가 슬쩍 다가왔다.

"많이 다쳤네. 한 열흘은 팔을 못 쓰겠는데."

"헛소리. 3주는 못 쓸 거다."

파울이 단호하게 대답했다. 상처를 소독하던 군의관이 떨떠름한 표정으로 그를 흘깃 쳐다보았다.

"그런데 오늘은 왜 이 꼴이야? 마법사는 어디 있어?"

"안 보이는 거 보면 모르냐. 죽었어."

"뭐? 죽었다고?"

올리버가 황당한 기색으로 얼른 곁에 앉았다. 파울이 귀찮다는 듯 성한 팔로 그를 밀쳤지만 올리버는 심히 끈질겼다.

"토비아스 프롬이 죽었어? 어쩌다가?"

"어쩌긴 어쩌다가야. 거인이 팔 한 번 휘두르니까 매가리 없이 날아가더라."

"세상에."

올리버는 전혀 놀라지 않은 표정으로 중얼거렸다.

"토비아스 프롬이 죽었으니 당분간은 우리도 대기인가?"

"꿈 깨셔. 후방 부대에서 내일 다른 마녀를 보낸다더라."

"젠장. 보내려면 좀 괜찮은 사람으로 보내든가. 만날 전방으로 쭉정이만 보내니까 우리만 이 고생이잖아."

올리버가 머리를 헤집으며 투덜거렸다. 파울이 끌끌 혀를 찼다.

"그럼 진짜 보석을 이런 데로 보내겠냐? 여기로 차출되는 마법사나 우리나 웃전이 보기엔 발에 차이는 자갈보다 못한 법이다, 원래."

"그래도 처음부터 괜찮은 마법사들로 뽑았으면 토벌이 이렇게 길어지진 않았겠지. 도대체 이게 몇 년째야?"

예부터 울마르크 고산 지대에는 거인들이 살고 있었다. 인간의 손길이 닿지 못하는 외진 곳이기에 가한 일이었다. 하지만 인간들은 과학기술의 비약적인 발전에 힘입어 예전에는 감히 넘보지 못했던 곳을 탐하기 시작했다. 그저 순응하던 자연에 맞서고, 무서워 피하던 괴물을 내쫓았다. 그리 인간의 영역을 넓히고 넓히다가 종국에 이르러 맞닥뜨린 것이 바로 거인이었다.

거인. 지상 최고의 병사이자, 지상 최악의 포식자. 그들은 성인 남성보다 족히 네 배는 컸고, 강철보다 단단한 껍질을 피부 삼은 종족이었다. 힘으로는 당해 낼 자 없으며 지능조차 인간과 엇비슷하니, 이제껏 인간들이 상대해 온 괴물과는 급이 다른 존재였다. 인어와 요정을 물리칠 때 혁혁한 공을 세웠던 총기류도 거인을 당해 낼 수는 없었다.

그리하여 10년 전, 반제는 거인을 토벌하기 위해 잉그람과 손을 잡았다. 거인의 서식지인 울마르크 고산 지대는 반제와 잉그람이 동시에 접한 국경 지대였다. 양국 모두 국경의 거인들이 눈에 거슬리던 참이었다.

문제는 마녀와 마법사였다. 작금 발전한 기술로도 거인에 대적할 수 없으므로 필연적으로 토벌전의 핵심은 그들이어야 했다. 하지만 맹약으로 속박된 반제의 마녀와 달리, 국왕의 구속력이 약한 잉그람의 마녀들은 별다른 이유 없이 다른 종족을 살해하는 것을 극렬하게 거부했다. 집을 떠나 먼 국경으로 떠나는 것 역시도 도무지 수긍할 수 없는 처사였다.

결국 잉그람이 울마르크로 보내는 치들은 대부분 가난하고 실력도 보잘것없었다. 금번 토벌로 공연한 희생을 감수하고 싶지 않았던 반제도 그와 엇비슷한 마법사만 줄곧 내보내니, 자연히 전쟁이 길어질 수밖에 없었다.

"그래도 이번에 잉그람에서 아주 대단한 인물을 보냈더라. 아까도 토비아스 프롬이 그렇게 어이없게 죽고서 이제 우리도 다 죽었구나 싶었거든."

"그러고 보니 마법사도 없이 어떻게 살아 돌아왔대?"

"운 좋게 잉그람 측 마법사랑 마주쳤어. 아주 그냥…… 말이 필요 없더라."

파울이 괴상한 표정을 지었다.

"왜?"

"그냥 말이 필요 없어. 너도 보면 알 거야. 베가 가문 출신이라던데, 그런 고명하신 분께서 이런 외진 곳까지 무슨 행차신지 모르겠다."

베가라면 잉그람에서도 손꼽는 마법 가문이다. 잉그람 국왕이 무슨 수로 그런 대단한 마법사를 보냈는지 알 길 없지만, 같은 배를 탄 입장에선 제법 달가운 소식이었다.

올리버가 기지개를 피며 말했다.

"제발 내가 위험에 처했을 때도 그 마법사가 나타나면 좋겠네."

"너 부상은 어떤데? 다음 수색에 차출될 것 같냐?"

3주 전 올리버는 꽤나 큰 부상을 입었다. 덕분에 지금까지 막사에서 안전한 생활을 영위할 수 있었지만, 그것도 오늘로 끝이었다. 이번 수색대에서만 무려 절반을 잃었으므로, 새로운 마녀가 도착하는 즉시 차출되어 거인과 맞설 것이었다.

"아마. 이젠 움직이는 데 별 지장도 없고."

"……조심해라."

"됐다. 조심한다고 조심해지는 것도 아니고. 어떻게든 되겠지."

올리버는 짐짓 쾌활하게 대답하며 자리에서 일어났다.

"치료 잘해. 난 뭐 도울 거 없나 가 볼게."

막사는 여전히 부상병들의 신음 소리로 그득했다. 벌어진 상처에서 장기를 쏟아 내거나 팔다리를 잘라 내는 군사들이 양옆으로 널렸으나, 올리버는 무던하게 그들을 스쳐 지나갔다.

입대한 지 어언 1년. 수술하는 장면을 목격하고 속을 죄 게워 내던 신병이 죽음에 무감해지기에는 충분한 시간이었다.

후방에서 급히 보낸 마녀는 일평생 이름을 들어 본 적 없는 인물이었다. 무명의 마법사들이 전방으로 차출되어 개죽음당하는 것은 이제껏 보아 왔던 일이기에 달리 특별하진 않았으나, 다만 이번 마녀는 앞으로의 가시밭길을 예견하듯 출발하기 전부터 온몸을 벌벌 떨고 있었다.

마녀의 창백한 안색을 흘겨본 상병이 침을 퉤 뱉었다.

"젠장. 어디서 돼먹지도 못할 걸 보내와서는."

"좀 미덥지가 못하긴 합니다."

올리버가 헛헛하게 웃었다. 달리 할 말이 없으니 웃기밖에 더 하겠느냐만, 기실 올리버도 마음이 편치만은 않았다. 군사들은 거인에게 직접 대적할 수 없으므로, 대동하는 마법사에게 생명을 맡기는 셈이었다. 툭 치면 졸도할 것 같은 마녀가 믿음직할 리 없었다.

"토비아스 프롬은 그래도 이름난 가문 출신이기라도 했지. 이번엔 진짜 심하다, 심해."

상병은 불평을 늘어놓으며 입담배를 모두 토해 냈다.

"오늘은 그냥 별일 없기만을 바라는 게 낫겠다. 저년 상판을 보아 하니 거인을 보면 숨넘어가겠어."

정말 불운하게도, 상병의 말은 전적으로 옳았다.

초반의 수색은 조금 지루했던 것으로 기억했다. 어제 잉그람의 마법사가 거인을 둘씩이나 죽였다는 낭보가 전해졌으니, 수색대는 그저 거인들이 겁먹어 숨은 모양이라고 여겼다. 그래서 느닷없이 거인과 마주쳤을 때 제대로 대처하지 못한 것이다.

올리버는 힘없는 웃음을 흘리며 바위에 몸을 기댔다. 상병의 말이 맞았다. 마녀는 거인을 보자마자, 거품을 물고 기절했다. 군사들이 당황하여 우왕좌왕하는 사이, 분노한 거인은 그들을 짓밟고 던지고 후려쳤다. 마녀가 어찌 되었는지 아무도 몰랐다. 혼잡한 와중에 거인에게 밟혔는지, 공포에 눈이 먼 군사들이 마구잡이로 쏘아 댄 총에 맞아 죽었는지. 어쨌든 죽었을 것이고, 설령 죽지 않았더라도 곧 죽을 것이었다.

그 역시 마찬가지였다.

올리버는 땅을 쿵쿵 울리는 거인의 발소리를 들으며 천천히 눈을 내리감았다. 나머지는 전부 죽었다. 만일 운 좋은 놈이 있다면 무사히 달아났겠으나, 다리를 다친 올리버는 그러지도 못했다. 큰 바위 더미에 몸을 숨긴 것이 최선이었다.

목전으로 다가온 죽음이 무섭기도 어처구니없기도 했다. 올리버는 피식거리며 새 나오는 웃음을 막지 못했다. 지금이 너무도 우스웠다. 고향에 있는 가족이, 친구들이, 또한 창창하리라 여겼던 자신의 미래가 숨결에서 빠져나가는 것이 너무도 적나라하게 느껴졌다. 당연하게 여겼던 것이 결코 당연하지 않다는 사실을 이제야 알았다.

"결국은 이렇게 끝날 거였으면서……."

허무하게 흩어지는 날숨을 주시하던 올리버가 천천히 고개를 틀었다. 거인이 멀찍이서 그를 응시하고 있었다. 시선이 마주친 것도 같았다. 뒤이어 흉포하게 일그러지는 얼굴도, 이리로 다가오는 거대한 형상도 꿈처럼 몽롱하게만 비쳤다.

그때, 희미한 섬광이 하늘을 스쳤다. 모두가 영문 모를 사이, 천지를 진동하는 우렛소리와 함께 새하얀 낙뢰가 내리쳤다.

"끄아아아악!"

벼락 맞은 거인의 처절한 비명 소리가 길고 길게 이어졌다.

올리버는 황망히 눈앞의 광경을 바라보았다. 갑자기 떨어진 벼락이며, 귀를 찢는 비명 소리로 어안이 벙벙했다. 새까맣게 타 죽은 거인이 뒤로 넘어가면서 어언지간 벼락이 그쳤으나, 올리버는 멍하니 제자리만을 지켰다. 움직일 생각할 겨를조차 없었다.

오래지 않아 자박거리는 발소리가 뒤편에서 들려왔다. 올리버는 손끝 하나 움직일 수 없었다. 가까스로 숨만 내쉬는 사이, 낯선 사내가 불현듯이 그를 스치고 지나갔다. 긴장으로 파르르 떨리는 시선이 가만히 그의 뒷모습을 따랐다. 잉그람을 상징하는 파란 군복과 색조 옅은 백금발. 사내의 차림을 빠르게 훑어 내리던 올리버의 눈이 그의 허리춤에서 우뚝 멈추었다.

사내는 비무장이었다. 총기도, 검도 없었다. 말도 안 되는 일이지만, 이런 전장에서 혈혈단신 비무장으로 다닐 수 있는 사람이 하나 있었다.

마법사.

올리버의 얼굴에서 핏기가 가셨다.

"돌아가지 않을 겁니까?"

문득 나지막한 목소리가 들려왔다. 당황한 올리버가 소리의 진원지를 두리번거리자, 거인의 시체를 살피던 마법사는 그제야 뒤를 돌아보았다.

"군복을 보아 하니 반제의 군인인 듯한데."

올리버는 일순 마법사와 눈이 마주쳤다. 마법사는 민담으로만 들었던 인어처럼 몹시 아름다웠다. 그토록 미려한 모습이건만, 어쩐지 올리버는 등골이 서늘한 느낌을 지울 수가 없었다. 지금까지 접해 왔던 마법사에게선 느낄 수 없었던 기괴한 공포가 깊게 풍겨 나고 있었다.

마법사가 무심히 고개를 돌렸다.

"돌아가십시오. 지금 이 근방에 거인은 더 이상 없으니."

그에 올리버는 홀린 듯 자리에서 일어났다. 부상당한 다리가 끔찍이도 고통스러웠지만, 근방에 거인이 없다는 마법사의 말대로 그는 무사히 막사로 생환했다. 살아 돌아온 사람은 그뿐이었다. 정말로 마법 같은 일이었다.

그리고 이튿날, 올리버는 잉그람의 마법사가 근방의 거인을 모조리 학살했다는 소식을 들었다.

"에드윈 베가?"

올리버가 영 익숙지 않은 이름을 발음했다. 그럭저럭 괜찮았던지 파울이 선선하게 고개를 끄덕였다.

"그 마법사의 이름이야."

"베가라면 그거 아냐? 교활한 베가?"

"그건 자일스잖아. 교활한 자일스."

파울이 혀를 차며 말했다.

"교활한 자일스. 공정한 알피어스. 고결한 베가. 잉그람에서 유명한 마법 가문이야."

"그런 대단한 가문의 마법사가 여기까진 웬일이래? 잉그람의 국왕은 마법사를 강제할 수 없다며."

모든 마법사들은 으레 국왕에게 충성을 서약한다. 그러나 반제와 잉그람의 서약은 사뭇 달랐다. 잉그람의 서약이 실제로는 동등한 계약에 가깝다면, 반제의 서약은 애초부터 국왕의 우월성을 전제한 것이었다. 그러므로 국왕에게 개처럼 기는 반제의 마법사와 달리, 잉그람의 마법사는 국왕의 친서에도 데면데면하기 마련이었다.

"그걸 내가 어떻게 아냐? 마법사들 원래 이상한 거 너도 알잖아."

파울이 야멸치게 대꾸했다. 하지만 올리버는 아직도 잘 납득하지 못했다. 마법에 문외한인 그가 보기에도 에드윈 베가는 다른 얼치기 마법사와는 격이 달랐다. 마법으로 벼락을 부린다? 이제껏 거인에게 제대로 공격조차 하지 못했던 어중이떠중이들을 상기하면 좀체 같은 족속이라

치부하기 힘들었다.

"이유야 어쨌든 거기서 에드윈 베가를 만났다니 너도 참 운 좋다. 그 사람 아니었으면 진즉 죽었을 거 아냐."

"그건 너도 마찬가지지."

올리버가 실실 웃으며 부목을 댄 다리를 힘겹게 침대로 올렸다. 그 반동으로 한창 작성하던 편지가 바닥으로 떨어졌다. 부상당한 올리버를 대신하여 파울이 친히 편지를 주워 주었다.

"가족한테 보내냐?"

"어. 누나가 편지 좀 보내라고 성화야."

올리버는 때때로 주먹을 휘두르던 앤을 떠올리며 애매한 표정을 지었다.

"어차피 곧 볼 건데 왜 그리 편지에 집착하는지 모르겠다니까."

"곧 얼굴을 보다니? 너 설마……."

파울이 금세 얼굴을 굳혔다. 올리버는 은근슬쩍 시선을 피했다.

"나 전역한다."

"뭐?"

"뭘 그렇게 놀라냐……."

"왜! 갑자기 왜!"

올리버가 뺨을 긁적이며 대꾸했다.

"그냥. 이쯤이면 된 것 같아서."

"뭐가 됐는데?"

"음…… 글쎄다."

결국 멀쩡한 대답을 듣지 못한 파울이 어처구니없다는 듯 한숨만 토해 냈다. 올리버는 피식 웃으며 파울의 머리를 헤집었다.

"너도 그만 전역해라. 넌 나보다 먼저 입대했잖아. 언제까지 여기 처박혀 있을래?"

"전역은 무슨 전역이야. 돈을 벌어야 전역을 하든 말든 하지."

파울은 평범한 인간으로는 특이하게도 마법사 슬하에서 자랐다. 다른 사람보다 마법 사회에 대해 잘 아는 것도 바로 그러한 경험 때문이었다. 물론 마법사에게 이유 없는 선행은 없는 법. 성년을 넘긴 지금은 길러 준 대가를 치르기 위해 입대까지 감행하며 돈을 모으고 있었다.

"망할 마법사. 이제는 편지로 이자 밀렸다고 독촉까지 하잖아. 내가 돈만 다 갚으면 그 새끼 얼굴 다시는 안 본다."

파울이 이를 갈았다. 올리버는 건성으로 고개를 주억거리며 베개에 머리를 뉘었다. 그는 부상만 웬만큼 회복되면 바로 군대를 떠날 작정이었다. 상관에게도 미리 언질 주었으니 머잖아 전역할 터였다.

멍하니 천장만 바라보던 올리버가 문득 물었다.

"파울. 신은 무슨 생각으로 마법사를 창조하신 걸까?"

"헛소리할 거면 자라."

군에서 제대한 직후, 올리버는 친구와 작은 사업을 시작했다. 여전히 꼬장꼬장한 그의 조부는 신을 모시는 펜리가의 장손이 장사치가 된다는 소식을 못내 못마땅하게 여겼지만, 올리버는 크게 개의치 않았다. 그는 1년 남짓한 동안 전선에서 몇 번이고 죽을 위기를 넘기면서 제법 많은 돈을 모았다. 조부에게 도움을 청할 일도, 손을 벌릴 일도 없었다.

"요즘은 사람이 아니라 기계가 문제야."

왕도 바텐바흐에서 공부했던 친구는 그리 말하며 거금을 주고 잉그람의 최신 방직기를 사들였다. 주변의 공장주들이 그들을 멋모르는 천둥

벌거숭이라며 손가락질했지만, 올리버는 두말 않고 친구의 뜻을 따랐다. 변경에서 인간의 나약함을 몸소 체험한 올리버는 인간의 노동력이 능사가 아님을 알았다. 고인 물처럼 쇼이블레에만 머무르는 사람들과 달리, 그는 세상을 좇아 나아갈 것이었다.

사업은 날로 번창했다. 처음에는 쇼이블레의 작은 단칸방에서 시작했던 사업이 어느새 바텐바흐의 턱 끝까지 치달았다. 그 무렵 사업에 완전히 몰두한 올리버는 친구와 함께 바텐바흐로 상경했다.

그렇게 3년이 흘렀다.

올리버는 바텐바흐에서 환골탈태했다. 지방에서 막 상경하여 왕도가 마냥 신기하던 시골 도련님도, 술만 마시면 군에서의 무용담을 늘어놓던 치기 어린 제대군인도, 때때로 장사치의 말에 속아 넘어가던 어수룩한 청년의 모습도 진즉 벗어던졌다. 이제 올리버는 누가 보아도 세련되고 간사한 바텐바흐의 신사였다. 그는 다른 사업가들과 마찬가지로 파티를 전전하며 유흥을 즐겼고, 아름다운 여성과 교제했으며 늘 진실과 거짓을 교묘하게 섞어 말했다. 술과 담배와 사치가 항상 그의 주변에 머물렀다. 바텐바흐는 숭고한 도시지만, 상류층의 삶이란 어디든 향락에 젖어 있기 마련이었다.

그즈음 고향에서 전보가 날아왔다. 조부가 편찮으시니 어서 돌아오라는 내용이었다. 아무래도 실감이 나지 않는 전보를 물끄러미 보던 올리버는 사환을 시켜 가장 빠른 기차표를 예매했다. 함께 파티를 즐기던 사람들이 그를 붙잡았지만, 올리버는 그저 웃음으로 눙칠 뿐이었다.

쇼이블레는 기차를 타고도 무려 나흘을 가야 하는 도시였다. 올리버는 기차에서 죽은 듯 고요하게 지냈다. 늘 요란하던 바텐바흐가 차차 멀어졌다. 독한 술내와 담배 연기, 귓가에 머무르던 화려한 소리가 멀어졌다. 지난 3년간 호화롭던 생활이 꿈처럼 혼몽하게 느껴졌다.

— 다음은 쇼이블레, 쇼이블레 역입니다.

고향은 변함없이 조용했다. 들꽃 흐드러지게 피어나고, 소 우는 소리가 어디고 들려왔다. 올리버는 오래간만에 달한 고향이 자못 당혹스러웠다. 지나다니는 사람마다 그를 곁눈질했다. 그림처럼 평화로운 시골 풍경과 바텐바흐의 세련된 신사는 좀체 어울리지 않았다. 어느덧 그는 이방인이었다.

저택에는 제법 많은 사람들이 몰려 있었다. 앤이 올리버의 손을 잡고 이끌었다.

"의사가 오늘 밤이 고비래. 늦지 않아서 다행이야."

그사이 앤은 많이 늙었다. 마지막으로 보았을 때 풋풋한 처녀였다면, 지금은 나이보다 열 살은 더 늙어 보였다.

"난 애들한테 젖 좀 물려 주고 올게. 안에 들어가 봐. 조피가 있을 거야."

앤이 바삐 사라지는 모습을 잠시 지켜보던 올리버가 조용히 조부의 침실로 들어섰다. 조부는 가맣게 죽은 얼굴로 힘겹게 숨만 내뱉고 있었다. 의사는 오늘 밤이 고비라고 했지만, 올리버가 보기엔 지금이 고비였다.

"방금 잠드셨어."

가만히 조부의 곁을 지키던 소녀가 문득 입을 열었다. 무심코 그녀를 돌아본 올리버가 아연한 표정을 지었다.

"……조피?"

"오랜만이네. 늦을 줄 알았더니."

조피는 피곤한 기색이 역력했다. 올리버는 그저 망연히 어린 동생을 응시했다. 그가 기억하는 조피는 늘 쌍둥이를 괴롭히던 천방지축 여동생이었다. 이처럼 조용하다 못해 음침한 소녀는 낯설기만 했다.

"칼은 아침에 도착했어. 아래층에 있을 텐데 못 봤어?"

"칼? ……아, 기숙학교에 들어갔다고 했지."

올리버는 망연자실 의자에 앉았다. 조피도 더는 묻지 않았다. 고요한 침실에는 죽어 가는 노인의 숨소리만이 가득했다.

그날 밤, 조부는 자정을 넘기지 못하고 숨을 거두었다. 조부는 임종 직전에 별안간 눈을 떴지만, 그의 눈은 더 이상 가족을 비추지 않았다. 평생을 신에게 헌신했던 노인은 죽음을 앞두고도 신을 부르짖었다.

'세상이 말세다.'

조부의 마지막 말은 그러했다.

'신께서 벌하실 게야.'

그것은 조부가 늘 입버릇처럼 달고 다니던 말이었다. 올리버는 쓰게 웃었다. 귀에 못이 박히도록 들어 온 소리기에 유언이라고 특별하게 들리진 않았다.

조부의 장례식은 조용하게 치러졌다. 슬픔에 허덕이는 앤과 어린 동생들을 대신하여 올리버가 장례를 주관했다. 오래도록 쇼이블레의 주교를 역임했던 노인의 마지막을 찾는 조문객은 생각보다 많았다. 낯이 익은 사람도, 아무래도 모르겠는 사람도 있었다. 올리버는 성심껏 그들을 맞이했다.

장례는 조상 대대로 이어져 내려오는 묘지에 시신을 안치하는 것으로 끝났다. 주교의 죽음을 추모하러 모인 조문객은 썰물처럼 저택을 빠져나갔다. 커다란 저택에는 적막만이 맴돌았다. 정적이 달가운 사람은 아무도 없었다.

올리버와 앤, 어린 쌍둥이는 저택을 나와 강가를 거닐었다. 강가의 찬 바람을 맞으니 곤했던 정신이 점차 맑아졌다.

"……할아버지께서 네게는 저택과 라인무트의 땅을 남기셨어."

앤이 말했다. 오래도록 신을 섬겨 온 펜리 가문은 그리 부유하지 않았지만, 걱정 없이 살 만큼은 되었다. 그중 가장 큰 재산이 라인무트의 금싸라기 토지였다.

"누나는?"

"나는 그림 몇 점이랑 어머니가 쓰시던 귀물. 칼은 은행 금고에 있는 현금과 금괴를 받을 거고, 조피는 은 식기랑 귀금속을 받을 거야."

"너무 차이 나잖아."

"그래도 어떡해. 네가 장손인걸."

올리버가 쓰게 웃었다. 보수적인 조부는 예전부터 손자와 손녀를 눈에 띄게 차별했다. 개중에서도 장손인 올리버를 특히 귀애했다.

"칼은 신학교를 마쳐야 하고……. 조피는?"

"글쎄. 그 애, 근 몇 년간 할아버지를 간호하느라 학교도 오래 쉬었어."

올리버는 뒤돌아 조피를 보았다.

"조피. 넌 앞으로 뭘 하고 싶니?"

조용히 뒤따르던 조피가 눈을 들어 올렸다. 올리버가 재차 물었다.

"다시 학교로 돌아갈래?"

"응."

조피는 잠시간 고민하더니 말을 덧붙였다.

"대학에서 법을 공부하고 싶어."

반제는 보수적인 나라였다. 왕권이 강력하고 귀족이 드센 나라에서 귀한 댁 여식은 학업보다 결혼을 우선하기 마련이었다.

하지만 올리버는 고민하지 않았다.

"그래."

조부는 평생을 낮잡아 본 어린 손녀의 간호를 받으며 여생을 마감했다. 참으로 우스운 일이었다. 올리버는 조부가 평소 조피를 얼마나 박대했는지 잘 알았다. 그럼에도 묵묵히 조부를 간호하고 임종을 지킨 어린 여동생이 안쓰러웠다. 또한 조용히 꿈을 지켜 온 조피가 대견스럽기도 했다.

"저택에선 누나가 지내는 게 어때? 비워 두는 것보단 낫겠지."

"그럼 너는?"

올리버는 대답하지 않았다. 어느덧 그는 강 건너 폐허를 바라보고 있었다.

쇼이블레에는 오래전부터 전해져 내려오는 이야기가 하나 있었다. 반제라는 나라가 건국되기도 전, 제법 번성했던 도시의 갑작스러운 파멸에 대하여. 성벽의 부실함을 탓할 수도, 도시민들의 부주의를 탓할 수도 없는 까닭은 그것이 인간은 차마 범접할 수 없는 힘에서 비롯되었기 때문이다.

마법.

마른하늘에 낙뢰를 내리고, 거인을 태워 죽이는 전능한 힘.

"올리버. 바텐바흐로 돌아갈 거니?"

"아니."

세상은 변하고 있었다. 그토록 배척받던 마법이 권력의 중심으로 들어섰고, 그에 탄력받은 인간은 경쟁적으로 새로운 기술을 만들어 냈다. 밤낮 가림 없이 조용하던 쇼이블레에 철로가 들어선 것이 고작 10년 전이었다. 조부는 하루아침에 변한 세상을 욕하고 손가락질했지만, 바텐바흐에서 새로운 세상을 접한 올리버는 지금의 변화가 시작에 불과하다는 것을 직감적으로 알았다.

반제는 이제야 변화의 물길에 발을 내디뎠다. 아직도 반제의 대부분은 구시대에 머무르고 있었다.

"난 잉그람으로 갈 거야."

올리버는 이제 바텐바흐로 만족하지 못했다. 늘 변화를 갈망하는 그의 마음은 이제 잉그람을 향했다.

새로운 세상이 싹튼 그곳. 변화의 소용돌이가 치는 그곳으로.

"파울?"

어느 날, 동향 모임에 초대받은 올리버는 우연히 낯익은 인물을 조우했다.

"파울. 파울 리버만. 맞지?"

"당신이 그걸 어떻게……. 올리버?"

올리버와 파울. 두 사람은 멀거니 서로를 쳐다보기만 했다. 각자 여기길, 타향에서 만나리라 단 한 번도 생각해 본 적 없는 인물이었기 때문이다.

"펜리 씨. 이분을 아시오?"

"예전에 같은 부대에서 복무했습니다."

"같은 부대라면 설마……."

다른 이의 눈에도 예기치 못한 친분이었던지, 사람들이 호기심 어린 표정으로 다가왔다. 올리버는 난처하게 웃으며 파울의 어깨를 잡고 구석으로 이끌었다.

"너 대체 여기서 뭐 하는 거야?"

"나야말로 묻고 싶다."

파울이 어물쩍 시선을 피하며 대꾸했다. 올리버는 눈을 가늘게 뜨고 그의 옷차림을 살폈다.

"돈 번다고 악을 쓰던 사람이 행색은 또 왜 이래? 나름대로 파티잖아."

"내가 뭘 입든 무슨 상관이야."

"별 상관은 없는데 궁금하잖아. 그렇잖아도 요즘 좀 지루하던 참인데."

올리버가 턱을 매만지며 말했다. 잉그람으로 건너온 지 벌써 2년. 쇼이블레에서 처음 사업을 시작했을 때와 달리 기본금이 넉넉했던 덕분에 그는 수월하게 사업을 확장할 수 있었다. 처음에는 마냥 생소하던 중앙어도 이젠 제법 익숙해졌으나, 반대급부로 지루함을 못 참는 고약한 성정이 다시금 고개를 들고 있었다.

"오랜만에 만났는데 그간 어떻게 지냈는지 얘기 좀 해 봐."

"그러니까 내가 그걸 왜 말해야 하냐고."

"섭섭한걸. 우리 꽤 친했잖아."

"대체 언제 적 이야기를……."

파울이 질색하며 몸을 뒤로 뺐다. 올리버는 조금 놀란 표정으로 그를 빤히 쳐다보았다. 옛날에도 파울은 유독 쌀쌀맞고 예민했지만, 적어도 이 정도는 아니었다. 자꾸만 빠져나갈 구멍을 찾아 눈알을 굴리는 모양새가, 아무리 보아도 무언가를 숨기는 기색이 역력했다.

때마침 동향 모임을 주최한 마누엘 신부가 다가왔다.

"오, 펜리 씨. 오셨군요. 듣기로는 리버만 경과 아는 사이시라고요."

"리버만 경이요?"

"예. 조국의 자랑스러운 마법사시지요. 그런데 리버만 경, 군에 입대한 적이 있으십니까? 조금 전에 톨크 씨가 이상한 말을 하시더군요."

신부의 물음에 파울의 낯이 새하얗게 질렸다. 올리버가 느릿하게 파울을 돌아보며 중얼거렸다.

"……마법사?"

"뭘 원해."

당장에 올리버를 뒷골목 선술집으로 끌고 온 파울이 대뜸 물었다. 올리버는 무척이나 어처구니없었지만, 일단 차분히 상황을 정리하기로 했다.

"저기, 내가 지금 좀 헷갈리거든. 몇 가지 물어도 될까?"

"원하는 게 있으면 지금 말하라고!"

파울이 분을 못 참고 외쳤다. 주변 사람들이 짜증스러운 얼굴로 그들을 흘깃거렸다.

"애당초 거기 간 게 문제였어. 신부가 독촉만 안 했어도……. 도대체 넌 거기 왜 있었던 건데, 어?"

"나야 초대장이 왔으니 갔지."

"그러니까 네가 왜 잉그람에 있는 거냐고! 제기랄, 너 때문에 다 망했잖아!"

파울은 그리 말하며 지갑을 내동댕이쳤다.

"그게 내 전부야. 그걸로 만족하든, 아니면 경찰에 신고하든 네 맘대로 해!"

"내가 묻고 싶은 게 바로 그거야. 어째서 내가 널 신고해야 하는데?"

슬쩍 파울의 지갑을 열어 본 올리버의 표정이 심상찮았다. 그는 지갑을 고이 접어 파울에게 돌려주었다.

"그동안 어떻게 살았기에 빈털터리야. 갚을 돈이 있다며. 그건 다 갚았어?"

"당연히 다 갚았……. 잠깐, 너 지금 나랑 뭐 하자는 건데?"

"거듭 말하지만, 내가 묻고 싶은 게 바로 그거야."

올리버가 한숨을 내쉬었다.

"왜 마누엘 신부님이 널 마법사로 알고 계신 거지? 내가 아는 파울 리버만은 지극히 평범한 인간인데. 마법사 사칭은 엄연히 중죄야."

파울이 고집스레 시선을 피했다. 얼마간 그를 쳐다보던 올리버가 하릴없이 고개를 내저으며 명함을 꺼냈다.

"돈은 필요 없고. 당분간 신고하지 않을 테니, 털어놓을 생각 있으면 여기로 연락해."

"……난 내가 마법사라고 말한 적 없어."

"뭐?"

먼저 자리에서 일어나려던 올리버가 멈칫하며 파울을 돌아보았다. 파울은 여전히 고개를 수그린 채 더듬더듬 말을 이어 나갔다.

"난 내가 마법사라고 밝힌 적 없다고. 신부가 먼저 오해하더니 그새 사람들한테 퍼트렸단 말야."

"신부님이 왜 그런 오해를 하신 건데?"

파울은 한동안 침묵했다. 어느 나라나 마법사 사칭은 중죄였다. 만약 발각된다면 파울 본인은 물론이요, 올리버도 사실 은닉죄로 처벌받는 수가 있었다. 그리고 닳고 닳은 사업가인 올리버는 단순히 동정하는 마음으로 그런 위험을 감수할 생각이 전혀 없었다.

"……내가 하는 일 때문에."

오래지 않아 파울이 겨우 입을 열었다.

"알다시피 나는 마법사랑 오래 살아서 마법에 대해서는 꽤 안단 말야.

그래서 마법이 불완전한 마법사들을 도와줄 기계를 만들었는데, 문제는 반제에서는 이걸 팔 수가 없었어."

"그래서 잉그람으로 왔군."

반제의 마법사는 왕가의 통제를 받았다. 귀족조차 마법사와 함부로 대면할 수 없는 형편이니, 일반인이 마법사와 거래하기는 당연히 무리였다. 그에 반해 잉그람에서는 때때로 실력이 변변찮은 마법사들이 부유한 일반인과 계약을 맺었다.

"그래. 그런데 나는 잉그람이 처음이라 어디서 마법사를 찾아야 하는지 전혀 몰랐어. 또 내 기계가 모든 마법사에게 통하는 것도 아니고…….. 그래서 교회를 찾았는데, 신부가 내 말을 곡해해선 내가 국명을 받고 잉그람으로 건너온 마법사인 줄 착각하잖아."

"아……."

올리버가 낮은 침음을 흘렸다. 한마디로 정리하자면, 순진한 신부가 괜한 오지랖을 부려 한 청년을 고난에 빠트린 것이었다.

"불쌍한 녀석."

"나도 알아."

파울이 양손으로 머리를 감싼 채 괴로워했다. 올리버는 적선하는 마음으로 맥주를 주문했다.

"그럼 신부님이 마법사를 연결해 준 거야?"

"어. 웬 꼴통 하나 소개해 줬지."

"그런데 왜 그렇게 가난해. 지갑에 든 게 없더만."

올리버가 텅텅 빈 파울의 지갑을 턱짓했다. 파울이 눈을 흡떴다.

"왜긴 왜야. 마법사라고 다 부자인 줄 아냐? 그리고 기계를 만들 재료비는 어떻고. 뭐가 있어야 만들어 팔든 할 거 아냐."

"마법 기계라……."

올리버는 잠시 골똘하게 생각에 잠겼다.

"정확히 무슨 기계인데? 그게 있으면 나도 마법을 쓸 수 있는 건가?"

"헛소리하냐. 내가 만든 기계는 원활한 마법을 도와줄 뿐이야. 일반인도 마법을 가능케 하는 기계였다면 내가 지금 이 꼴일 리 없지."

"마법을 원활하게 사용하지 못하는 마법사가 많나 봐."

"당연하지. 너도 예전에 군대에서 많이 봤잖아. 마법이 실패해서 폭발하거나, 아무것도 일어나지 않는 경우."

파울의 말에 올리버는 순순히 수긍했다. 그가 군대에서 몇 번이고 죽을 위기를 맞이한 것은 대부분 수준 이하의 마법사 때문이었다.

"그런데 네 기계를 이용하면 원활하게 마법을 사용할 수 있다, 이건가……."

올리버가 가볍게 물었다.

"내가 도와줄까?"

마치 소풍이라도 가자는 듯한 어조였다. 파울은 맥주를 삼키는 것도 잊고 멀거니 그를 바라보았다.

"왜 그렇게 놀라?"

"아니……. 네가 왜 날 도와?"

"글쎄다. 옛정?"

"소름 끼치는 소리 하지 마라."

파울이 질겁했다. 올리버는 낄낄거리며 맥주를 들이켰다.

"별다른 목적은 없어. 그냥 나는 돈이 넘쳐 나고, 너는 돈이 필요하니까."

사업은 번창하고 있었다. 반제에선 여전했고, 잉그람에선 무서운 속도로 팽창하는 중이었다. 이제는 가만 앉아만 있어도 재산이 곱절이 되는 지경이었다. 바텐바흐에 머물 때처럼 마구잡이로 돈을 쓰지도 않으니

쌓이는 것이 이자요, 모이는 것이 돈이었다.

"다른 졸부처럼 후원 놀이라도 하겠다는 셈이야?"

"네 맘대로 생각해. 어차피 너한테 해될 건 없잖아."

"하지만 내게 바라는 것이 있겠지."

"걱정하지 마. 재료비나 연구비, 혹시 필요하다면 생활에 지장이 없도록 보조해 줄 테니까. 원한다면 다른 마법사나 마녀를 연결해 줄 수도 있어. 이래 봬도 연줄이 꽤 많거든."

"그러니까 네가 왜—"

"대신."

올리버가 파울의 말을 끊어 냈다.

"나는 그저 너와의 '새로운 사업'이 재미있으면 돼. 사실 요즘 조금 지루하던 참이거든."

파울의 얼굴이 차차 일그러졌다. 마치 길가의 광인을 보는 듯한 시선이었지만, 올리버는 그저 샐쭉하니 웃기만 했다.

철저한 지원을 약속했던 것이 빈말은 아니었다. 올리버는 정말로 새로운 사업을 시작한 것처럼 의욕적으로 임했다. 보다 못한 파울이 말릴 정도였다.

"너 일은 안 하냐?"

"지금 하잖아."

"장난하지 말고. 너 공장 운영한다면서."

"공장주가 자리 비웠다고 멈추면 그건 공장이 아니지."

올리버의 사업은 이미 안정기에 접어들었다. 신식 사업이 막 태동한 반제와 달리 잉그람에는 이미 그와 같은 사업가들이 우후죽순처럼 많았으므로, 구태여 무리해서 사업을 확장할 필요도 없었다. 어차피 사업의 중심은 반제였다. 함께 사업을 시작한 친구를 설득하여 잉그람까지 진출한 것은 애당초 올리버의 도전 의식 때문이었다.

"도대체가 넌 옛날부터……. 아니, 됐다."

어차피 말해 봤자 듣지 않을 것을 알기에 파울은 길게 말하지 않았다.

파울이 기계를 제작하고 연구하는 사이, 올리버는 그간 사업하며 다져 둔 인맥을 십분 활용하여 마녀와 마법사를 주선했다. 그의 목표는 젊고 가난한 이들이었다. 보수적인 마법 사회의 특성상 부유한 마녀는 인간의 기술을 수용하지 않을 것이고, 나이 든 치는 관성에 젖어 변화를 거부할 것이었다.

기계 장치에 관심을 갖는 이들은 많았으나, 예상했듯 인간의 기술에 대한 반감 때문인지 정기적으로 찾는 고객은 얼마 없었다. 하지만 올리버는 느긋했다. 적자가 나는 달에도 오직 파울만 전전긍긍했다. 올리버는 그저 출장을 겸하여 다른 도시에 들를 때마다, 그곳에 거주하는 마법사를 파울에게 주선하길 반복했다.

그렇게 올리버와 파울은 저도 모르는 사이 마법 사회의 심층부를 파고들었다. 그러다 소문을 듣고 찾아온 이가 바로 휴고 알피어스였다.

"당신의 기계가 마법을 돕는다고 들었습니다만."

휴고 알피어스는 젊지만 아주 부유한 마법사였다. 또한 백색전당에 이름을 올린 고명한 마법사로서, 올리버가 목표하기엔 지나치게 저명한 인물이기도 했다. 그래서 올리버와 파울은 처음부터 휴고 알피어스는 안중에도 없었으나, 도리어 그편에서 관심을 보였다.

"기계가 마법진을 보조하다니……. 생전 처음 보는 기술입니다."

휴고 알피어스는 훌륭한 마법사지만, 자신의 마력을 세심하게 통제하지는 못했다. 넘치는 마력을 제어하는 것이 늘 그의 숙제였다. 그 해답을 인간의 기술에서 찾을 줄은 미처 예상치 못했을 것이다.

그즈음 파울은 새로운 연구를 시작했다. 여태까지는 마법진을 보조함으로써 외면적으로 마법의 작동을 도왔다면, 이제는 보다 마법의 근원적인 부분을 건드리는 것이 목표였다.

"그런데 그 근원적인 부분을 도통 모르겠다는 거야……."

어느 날, 올리버를 술집으로 불러낸 파울이 반쯤 취하여 주정을 늘어놓았다. 올리버는 자비로운 마음으로 벗의 술주정을 들어 주었다.

"거지 같은 마법사들……. 지네만 알면 다야? 아니, 그런 기본적인 사항은 당연히 기록으로 남겨야 할 거 아냐."

"마법에는 기본서도 없나 보지?"

"기본서만 없냐? 젠장, 있는 것보다 없는 게 더 많다."

파울은 마법사의 이기심과 게으름에 대하여 일장 연설을 벌였다. 요약건대, 마법사는 본능적으로 마법을 깨우치기에 제대로 된 서적이 부족하다는 것이었다. 전통적인 마법 교육이 구술에만 의존하는 것도 문제였다.

"비유하자면 적분은 잘하면서 정작 수학이 무언지 정확히 정의 내리지 못한다는 건가?"

"뭐, 그런 거지."

곰곰이 생각하던 올리버가 물었다.

"그런데 너는 어떻게 그렇게 잘 알아?"

"뭘?"

"마법진에 대해서. 혹은 마력에 대해서."

파울이 마법사의 슬하에서 자랐다는 사실은 이미 알고 있었다. 하지만 그럼에도 풀리지 않는 의문이 있었다. 본디 마법 사회는 폐쇄적이다.

인간을 하인으로 들일 바에야 차라리 동물을 애지중지 길러 시종으로 부리는 치들이다. 그런데도 마법사가 구태여 인간 아이를 시종으로 부렸다는 것이나, 선심을 베풀어 마법의 일부분을 가르쳤다는 것은 아무래도 믿기 힘들었다.

파울은 그제야 말문이 막혔다. 잠시간 그를 쳐다보던 올리버가 말했다.

"말하기 싫으면 하지 마."

"아니, 그게 아니라⋯⋯."

"됐어. 굳이 들어야 할 이유도 없고. 말해 봤자 이해도 못 할 텐데."

올리버는 일생토록 마법을 증오했던 조부와 달리, 마법의 전능한 힘에 매일같이 감탄하는 부류였다. 하지만 마법 자체에 대한 호기심은 크지 않았다. 그에게 마법이란 어디까지나 흥미로운 사업에 불과했다.

그때, 손님을 맞이하는 종소리가 울렸다. 무심코 고개를 돌린 올리버는 저도 모르게 술을 엎지르고 말았다.

"야, 너 뭐 해!"

깜짝 놀라 올리버를 타박하던 파울도 시선을 빼앗기기는 마찬가지였다. 기실 모두가 그러했다. 경이로울 만치 아름다운 여인의 등장에 맞물려 내려앉은 적막 속에서, 불현듯 파울이 신음처럼 속삭였다.

"⋯⋯헤스터 솔이잖아."

"누구라고?"

"헤스터 솔. 성좌의 마녀."

그제야 올리버가 파울을 돌아보았다.

"그리젤다 솔의 딸? 저 여자가?"

"어."

올리버는 가만히 생각에 잠겼다. 그리젤다 솔의 외동딸, 성좌의 마녀,

희대의 천재, 현명한 헤스터……. 다양한 별칭으로 불리는 여인은 아무래도 이런 술집과 어울리지 않는 곧은 자세로 메뉴판을 들여다보고 있었다. 그녀만 따로 떼어 놓으면 여기가 도서관이라 착각할 법도 했다.

"정말 대단한 마녀야. 이런 데서 볼 줄은 꿈에도 몰랐는데."

겨우 정신을 차린 파울이 더듬더듬 말했다.

"성년을 막 넘긴 나이로 백색전당에 이름을 올리지를 않나, 벌써부터 국왕의 작위를 받질 않나. 심지어는 그리젤다 솔을 뛰어넘을 재능이라고도 하던걸."

"뭐가 그렇게 대단한데?"

"마법의 기본을 꿰뚫고 있어."

파울이 심각하게 대꾸했다.

"아까 말했던 것처럼 보통 마법사들은 마법이 어떻게 이루어지는지, 어떻게 작동하는지 잘 몰라. 그냥 본능적으로 하지."

"그런데 저 마녀는 그걸 아는 건가?"

파울이 고개를 끄덕였다. 올리버가 재차 물었다.

"그럼 네가 알고 싶은 걸 저 마녀는 알고 있다는 거지?"

"알고 있다 뿐이야? 세상천지 마법의 기본을 연구하는 사람은 헤스터 솔뿐일 거다."

대부분의 마녀는 가시적인 성과를 내는 데 급급했다. 연구 성과야말로 마법 사회에서 그들의 위상을 결정하는 가장 중요한 지표였기 때문이다. 그러니 당장 활용할 수 없는 마법의 근본에 대하여 연구하는 학자가 많을 리 없었다.

"저 마녀한테 가르쳐 달라고 하면 안 되나?"

"뭐?"

파울이 괴상한 표정을 지었다. 올리버는 즉시 질문을 바꾸었다.

"사례금을 준다면?"

"천하의 헤스터 솔이 돈이 부족하겠냐? 아니, 그걸 떠나서 마녀가 왜 인간에게 마법을 가르쳐 주겠어."

파울은 그러면서 너는 그게 문제라는 둥, 제발 부탁이니 마녀를 인간처럼 생각하지 말라는 둥 잔소리를 늘어놓았다. 올리버는 그의 말을 한 귀로 듣고 한 귀로 흘렸다. 만취한 파울은 평소보다 말이 길었다. 올리버가 생각을 정리하기엔 충분했다.

"잠시 실례."

"뭐? 야, 너 어디 가!"

올리버는 자리에서 일어나 곧장 헤스터 솔에게로 다가갔다. 등 뒤에서 파울이 무어라 소리쳤지만, 그는 신경도 쓰지 않았다. 본디 올리버는 결정이 빠르고, 행동은 더욱 빨랐다.

"혼자 왔어요, 아가씨?"

맞은편에 앉으며 그리 물으니, 헤스터의 시선이 그에게로 꽂혔다. 아름다운 잿빛 눈에 의심이 어렸다. 올리버는 그저 느긋하게 웃었다.

"이름이 뭐예요?"

"……"

"아가씨?"

"……나한테 물은 거예요?"

그럼 맞은편에 앉아서 누구한테 물어볼까. 하지만 능란한 사업가답게 올리버는 흔들림 없이 미소를 유지했다.

"네. 아가씨 이름."

"내 이름은 왜요?"

여자가 의아하게 물었다. 낯선 사내를 특별히 경계하는 기색은 아니었다. 올리버는 대수롭지 않게 어깨를 으쓱였다.

"계속 아가씨라고 부를 수는 없잖아요."

"아."

여자는 그제야 스스로를 헤스터 솔이라 밝혔다. 올리버는 친근하게 그녀의 이름을 부르며 자신을 소개했지만, 마녀는 크게 관심을 보이지 않았다. 짐작건대 당장 술집만 벗어나면, 그의 이름을 까맣게 잊을 것이 분명했다.

올리버는 점점 초조해졌다. 헤스터 솔 정도의 유명한 마녀라면 뒤를 캐내는 것쯤은 일도 아니겠지만, 무릇 마녀란 타인의 간섭을 극도로 싫어하는 족속이었다. 자연스럽게 친분을 쌓지 않는 한 대번에 내쳐질 것이 빤했다.

"내일 주말인데 뭐 해요?"

"내일이 주말인가요?"

하지만 대화는 계속 이런 식이었다. 눈앞의 마녀는 도대체 어디에 정신이 팔린 것인지 계속 어긋나는 대화에도, 끊임없이 추파를 던지는 올리버에게도 전혀 관심이 없었다. 그래서 화술이라면 누구에게도 지지 않을 자신이 있는 올리버조차 종종 침묵하는 틈이 생겼다. 파울을 돕기 시작하면서 지금까지 꽤 많은 마녀와 마법사를 만났지만, 이런 마녀는 생전 처음이었다.

결국 그날 올리버가 얻은 수확이란, 헤스터가 아침마다 들르는 카페가 전부였다. 올리버는 겨우 술 한 잔을 비우고 돌아가는 마녀의 뒷모습을 아쉽게 바라보았다. 조마조마하게 둘의 모습을 지켜보던 파울도 그제야 슬금슬금 다가왔다.

"대체 무슨 이야기를 한 거야?"

"별로……. 너는 뭐 아는 거 없어?"

"헤스터 솔에 대해서? 아서라. 그러다가 잘못 걸리면 너 뼈도 못 추려.

괜히 마녀겠냐?"

　술에 취한 파울은 마녀의 잔인함에 대해서 또다시 일장 연설을 늘어
놓았다. 올리버는 그의 말을 귓등으로 들으며 어떻게든 헤스터 솔과 가
까워지기 위한 방법을 고민했다. 어릴 적부터 올리버에게는 아주 못된
버릇이 하나 있었다. 어려울수록 당최 포기를 모르는 습관이 바로 그것
이었다.

　이튿날, 올리버는 헤스터가 흘리듯 말해 주었던 카페로 향했다. 다행
히 헤스터는 그곳에 있었다. 예상대로 그를 기억하지 못했지만, 주변에
신경을 쓰지 않는 것인지 낯선 남자가 동석하는데도 별다른 제지조차
없었다.

　"항상 여기서 아침을 먹어요?"

　"네."

　"왜요?"

　"어제도 여기서 먹었으니까요."

　헤스터는 늘 예상에서 벗어난 답변을 주었다. 그나마 질문에는 꼬박
꼬박 대답하는 것이 다행이라면 다행이었다. 올리버는 이외에도 묻고 싶
은 것이 많았지만, 그렇다고 헤스터를 몰아세우거나 다그치지는 않았다.
그가 한 달 넘게 아침마다 동석할 수 있었던 것은 그리 철저하게 선을 지
켰기 때문이다.

　"아직도 그 마녀랑 만난다고?"

　아침의 짧은 만남을 우연히 알게 된 파울이 대경하여 소리쳤다.

　"만남이 죄는 아니잖아."

"아무리 그래도……. 그래서 뭐 알아는 냈냐?"

"헤스터가 양손잡이라는 점? 아니면 하얀 고양이를 기른다는 거?"

그러자 파울이 탄식하듯 말했다.

"옛날부터 생각했지만, 넌 가끔 미친 것 같아."

파울이 그렇게 생각하든 말든, 올리버는 아침마다 헤스터와 만나기를 그만할 생각이 전혀 없었다. 당장 내일 아침에 올리버가 카페에 모습을 드러내지 않더라도, 헤스터는 전혀 괘념치 않을 것을 알기에 더욱 그러했다.

그즈음 어느 황색 신문에 헤스터의 이름이 실렸다. 정확히는 그리젤다 솔이 물려주었다는 억만금의 유산과 관련된 내용이었다. 물론 지난 한 달 헤스터가 얼마나 일에 파묻혀 사는지 지켜보았던 올리버는 그 기사가 거짓임을 금세 알아챘다. 그래서 올리버가 집중한 것은 기사의 다른 부분이었다.

헤스터 솔 (1765.08.03)

8월 3일이라면 당장 다음 주 주말이었다. 오늘이 몇 월인지, 주말인지 주일인지조차 헷갈려 하던 평소의 헤스터를 생각하면 자신의 생일도 챙기지 않을 것이 뻔했다. 잠시 고민하던 올리버는 그녀의 생일을 주제로 계획을 짰다. 물론 직접적으로 데이트를 청하지는 않았다. 내가 어째서 당신과 주말에 만나야 하느냐는 목소리가 듣지 않아도 선했기 때문이다.

결국에 올리버가 택한 것은 계약이었다. 그는 헤스터를 지목한 개인 의뢰서를 마법협회로 송부했다. 헤스터 솔은 원래 개인 의뢰를 잘 받지 않는다는 답신이 왔지만, 상당한 액수를 약속했으니 머지않아 연락이 올 것이라 확신했다.

그의 예상대로였다.

"펜리 씨?"

올리버를 알아본 헤스터가 놀란 표정을 지었다. 올리버는 그보다 드디어 헤스터가 자신의 이름을 외웠다는 것이 기뻤다.

"의뢰를 하셨다고 들었는데요."

"맞아. 날씨도 좋은데, 어디 가고 싶은 곳 없어?"

올리버는 영문 모르는 헤스터를 데리고 오킹엄 곳곳을 쏘다녔다. 앰브로즈 광장에서 아이스크림을 먹었고, 교외의 몬강으로 나가서 배를 타기도 했다. 헤스터는 잊을 만하면 의뢰의 내용이 무어냐고 물었지만, 올리버는 그저 두루뭉술하게 대답할 뿐이었다. 내심을 실토한 것은 발간 노을이 지는 저녁나절에 이르러서였다.

"오늘 생일이잖아."

"그건 어떻게 알았어요?"

"신문에서 봤지. 개인적인 얘기는 입에도 담지 않으니 내가 직접 찾아볼 수밖에."

그에 헤스터의 표정이 이상하게 변했다. 습관적으로 미쳤다는 소리를 늘어놓던 파울의 표정과 유사했다. 하지만 올리버는 크게 개의치 않았다. 어차피 헤스터가 대번에 알아주리란 기대는 품지도 않았다.

이후로도 카페에서의 아침 식사는 계속되었다. 달라진 점은 올리버가 매일같이 꽃을 건네기 시작했다는 것이다. 언제는 장미고 언제는 들꽃이었다. 헤스터는 순순히 꽃을 받았다. 그러면서도 꽃을 주는 이유를 묻지 않으니, 올리버가 대답할 거리도 없었다.

그렇게 한 달가량이 흘렀다. 어느 날, 헤스터가 물었다.

"왜 내게 꽃을 주는 건가요?"

"주고 싶으니까."

"왜 주고 싶은데요?"

"네게 잘해 주고 싶어서."

"어째서요?"

"널 좋아해."

올리버는 간단히 대답했다. 헤스터의 표정이 미묘해졌다.

"나는 당신의 가족이 아니에요."

"알아."

"왜 나를 좋아해요?"

"글쎄. 딱히 이유는 없는 것 같은데."

올리버의 대답이 당최 이해되질 않는 듯 헤스터는 골똘히 생각에 잠겼다. 올리버는 간신히 웃음을 참으며 빵을 잘랐다. 고백을 듣고서 저리 반응하는 사람은 난생처음이었다. 보통은 고백에 어떻게 답해야 할지를 고민할 텐데, 헤스터는 저 사람이 어째서 날 좋아하는지를 탐구하고 있었다. 그래서 좋아하게 된 것이 아닐까. 올리버는 막연히 생각했다.

올리버는 어린애가 아니었다. 바텐바흐의 탕아처럼 난잡하게 산 것은 아니지만, 적지 않은 여자들을 만났고 나름대로 뼈아픈 사랑도 겪어 보았다. 사랑이 무언지도, 세상에 사랑만이 전부가 아니라는 것도 알았다. 나이를 먹을수록 깊은 관계를 맺는 데 보수적이게 된 것도 한몫했다.

하지만 이제는 인정할 수밖에 없었다. 올리버는 헤스터 솔을 사랑했다. 헤스터는 이유를 물었지만, 그것은 그가 대답할 수 없는 문제였다. 언제부터 저 여자를 사랑하게 되었는가. 올리버 역시 스스로에게 되묻고 싶은 문제였다.

삼삼한 고백을 하고서도 둘의 관계는 변하지 않았다. 두 사람은 여전히 아침마다 카페에서 만나 아침 식사를 함께했다. 가끔씩은 주말마다 만나서 앰브로즈 광장이나 강가를 산책하기도 했다. 헤스터가 이 관계를 어떻게 여기는지 종종 궁금했지만, 올리버는 구태여 묻지 않았다. 그는 헤스터와 함께하는 시간이 좋았다. 성급하게 둘의 관계를 단정 짓고 이름을 붙이고 싶진 않았다. 올리버는 헤스터가 자각할 때까지 언제고 기다릴 작정이었다.

헤스터는 이제 올리버에게 많은 것을 털어놓았다. 어머니에 대한 그리움, 모질고 야속한 스승님, 안쓰러운 여동생……. 헤스터의 세상은 예상외로 좁았다. 그녀에겐 마법과 하나 남은 여동생이 전부였다. 그녀는 스물셋의 아름다운 사람이지만, 한편으로는 세상에 막 나온 어린아이나 마찬가지였다.

그러던 어느 날, 헤스터가 그를 집으로 초대했다. 마법 사회에서 '집'이 갖는 함의를 생각하면 깜짝 놀랄 만한 초대였다. 물론 올리버는 기쁘게 초대에 응했다.

헤스터의 집은 오킹엄의 변두리 아파트였다. 허름하지만 깔끔하고 아늑한 공간에 하얀 페르시안 고양이가 눈을 빛내고 있었다. 올리버가 신기한 눈으로 집을 둘러보는 사이, 헤스터는 차를 대접하겠다며 주방으로 사라졌다.

"……여긴 서재인가."

문이 반쯤 열린 서재. 올리버는 호기심 어린 얼굴로 서재에 들어섰다. 기실 서재라기엔 지나치게 협소한 공간이었지만, 그 직은 방은 헤아릴 수 없이 많은 책으로 가득했다. 그조차 마법에 관심 없는 올리버는 제목을 읽을 수조차 없는 책이 대다수였다. 파울이 여길 보면 참 좋아할 텐데. 올리버는 날이 갈수록 수척해지는 친구를 생각하며 피식 웃었다. 이따가 기회를 봐서 헤스터에게 책 몇 권만 빌리겠다는 말을 해 보기로 결심도 했다.

그즈음 어지러운 책상이 눈에 들어왔다. 다른 곳은 먼지 한 톨 없이 깨끗하기에 더욱 눈에 띄기도 했다. 올리버는 의아한 표정으로 책상 앞에 섰다. 도무지 알아볼 수 없는 마법 언어와 중앙어로 번갈아 기록된 종이. 중앙어로 기록된 부분조차 이해할 수 없기는 매한가지지만, 올리버는 직감적으로 이것이 헤스터의 논문임을 알았다.

언젠가 파울이 그런 말을 한 적이 있었다.

'세상천지 마법의 기본을 연구하는 사람은 헤스터 솔뿐일 거다.'

올리버는 논문을 넘기며 가만히 생각에 잠겼다. 근래 파울과의 사업은 지지부진했다. 마법의 작동을 돕는 기계는 분명 효과가 있었으나, 보수적이고 의심 많은 마법사를 설득하기엔 역부족이었다. 그래서 파울이 새로운 연구를 시작했음에도 애당초 마법사도 아닌 평범한 인간이 마법과 관련된 연구를 제대로 진행하기는 참으로 어려웠다. 기계를 제작하려면 마법에 대한 지식이 필수적이었으나, 마법의 기본과 관련한 책은 몹시 드물었다.

기본. 올리버는 나직하게 중얼거리며 논문의 제목을 읽었다. 마법의 현상학적 이해. 이게 파울에게 도움이 될지 그는 가늠할 수 없었다. 마법은 그에게 너무나도 먼 학문이었다.

그때, 유리 깨지는 처참한 소리가 들려왔다. 올리버는 황급히 몸을 돌렸다. 문가에서 헤스터가 차디찬 얼굴로 그를 지켜보고 있었다.

"나가."

"헤스터. 잠시만 내 말 좀……."

"다신 내 눈앞에 나타나지 마."

헤스터는 그에게 변명할 기회조차 주지 않았다. 쳐 내는 손길이 몹시 매몰찼다. 올리버는 다음에 다시 오겠다며 일단 물러섰지만 과연 다음이 있을지 확신하지 못했다. 마지막으로 본 헤스터의 꼿꼿한 뒷모습은 그만치 견고했다.

올리버는 그길로 파울을 찾아갔다. 주변에서 마법 사회에 대해 잘 아는 사람은 그뿐이었다.

"논문을 봤어."

대뜸 하는 소리에 파울이 미간을 좁혔다.

"뭔 헛소리야."

"헤스터의 논문을 봤다고."

"뭐?"

올리버는 그답지 않게 굳은 얼굴이었다. 그제야 심상찮은 기운을 느낀 파울이 물었다.

"들켰냐?"

"……."

"들켰네. 너 다시는 그 마녀 주변에 알짱거리지 마라. 명심해."

"왜?"

"왜라니! 넌 방금 말짱하게 살아 돌아온 걸 감사히 여겨야 해!"

파울이 노한 목소리로 말했다.

"마법 사회에서 인정받기 위해 가장 중요한 건 연구 성과야. 매년 10월 말마다 논문 제출 기한에 맞추려고 내로라하는 마녀·마법사들이 죽어가는 게 바로 그 성과 때문이라고!"

"난 그냥 읽어 본 것뿐이야. 그마저 이해도 못 했어."

"그럼 가서 그렇게 말하든가."

올리버가 멍하니 자리에서 일어났다. 당장이라도 헤스터를 찾아갈 기세였다.

"아냐, 아니야. 그러지 마. 일단 좀 앉아 봐."

간신히 올리버를 도로 앉힌 파울이 초조하게 방 안을 서성이기 시작했다.

"나는 헤스터 솔에 대해서는 잘 모르지만, 적어도 마녀들이 자기 논문에 얼마나 집착하는지는 잘 알아. 하룻밤 불장난 상대랑 비할 바가 안돼."

"그런 거 아냐."

"뭐?"

"하룻밤 불장난 상대가 아니라고."

올리버가 시무룩하게 말했다. 파울이 어처구니없다는 듯 표정을 구겼다.

"도대체 뭐라는 거야……. 너 그냥 당분간 다른 데 가 있어라. 그래, 반제는 어때? 오랜만에 고향도 다녀오고."

파울이 은근하게 권했다. 헤스터 솔은 견줄 데 없이 강고한 마녀였다. 10여 년 가까이 마법사를 보필하며 그녀들이 얼마나 무서운지 몸소 겪었던 파울은 그런 대단한 마녀에게 잘못 걸려서 가시밭길을 걸을 생각일랑 추호도 없었다.

올리버는 금세 자리에서 일어났다.

"일았어."

"뭘 알았다는 건데."

"당분간 헤스터의 눈에 띄지 말라는 거잖아."

파울은 제멋대로인 친구가 과연 충고를 착실히 이행할지 의문스러웠으나, 다행히도 올리버는 헤스터의 눈에 띄지 않도록 조심했다. 다만 직접 마주하는 것을 피했을 뿐이지, 하루에도 몇 통씩 편지를 보내 용서를 구하고 만나서 얘기하자는 말을 전달했다. 헤스터가 읽는 것 같진 않았지만 말이다.

올리버는 그렇게 헤스터가 생각할 시간을 가졌다고 생각했다. 그는 헤스터에게 가진 마음이, 또한 헤스터가 그에게 가진 마음이 결코 가볍지 않음을 알았다. 다만 헤스터에게는 이 모든 것이 낯설리라는 것을 잘 알아서, 적어도 그의 변명이라도 들어 볼 여유를 되찾도록 기다릴 뿐이었다.

변명에 대한 판단은 헤스터의 몫이었다. 헤스터가 그를 용서하든, 용서하지 않든 올리버는 죄인으로서 마땅히 그녀의 결정에 따를 것이었다.

그렇게 편지를 보내고, 보고픈 마음을 이기지 못하여 새벽 나절에 헤스터의 집 앞을 서성거리길 열흘째 되던 날.

헤스터는 오킹엄을 떠났다.

부우우우—

시끄러운 기적 소리 가득한 기차역. 올리버는 여느 때와 마찬가지로 일등석 티켓을 끊던 도중 자신을 알아보는 소리에 고개를 들었다.

"어머, 어제 툭스베리에 오셨던 분 아니세요? 벌써 떠나시나 봐요."

역무원이 유리창 너머로 그를 반겼다. 올리버는 반듯하게 웃어 보였다.

"예. 급한 일이 생겨서."

"어디로 가시나요?"

"오킹엄으로 갑니다."

역무원의 말대로 올리버는 어제 막 툭스베리에 도착한 참이었다. 새로운 공장 부지를 찾던 중 마땅한 곳이 없어서 여기까지 오게 된 것인데,

그조차 제대로 보지 못하고 돌아가게 되었다. 이 사실을 알면 비서가 당장 반제에 있는 친구에게로 연락할 게 분명했지만, 그리고 제발 네 멋대로 하지 좀 말라는 친구의 하소연을 들을 테지만, 이번만큼은 올리버도 어찌할 수 없었다.

어젯밤 올리버는 낯선 편지를 받았다. 국왕의 밀명을 받아 스노든으로 떠났던 마녀 헤스터 솔이 얼마 전 오킹엄으로 귀환했다는 소식이다.

헤스터가 오킹엄을 떠난 지도 벌써 2년이었다. 마법협회는 그녀가 국왕의 밀명을 받았다며 어디로 갔는지조차 말해 주지 않았다. 그래서 사적으로 사람을 풀어 헤스터가 북쪽의 국경 도시 스노든에 있다는 사실은 알아냈지만, 그곳으로 몰래 사람을 들여보내려다가 잡혀 옥고를 치를 뻔했다. 지금 생각해도 참으로 대책 없는 짓이나, 당시에는 그토록 마음이 급했다.

기실 올리버는 2년이나 걸릴 줄은 꿈에도 몰랐다. 다시는 그런 짓 말라며 경찰에게 경고를 받았을 때도 길어야 반년이겠거니 생각했었다. 하지만 반년이 1년이 되고, 1년이 2년이 되기는 금방이었다.

그는 심란한 얼굴로 기차역 전경을 돌아보았다. 헤스터가 돌아왔다기에 오킹엄으로 올라가지만, 올리버는 아직도 마음의 갈피를 잡지 못했다. 당연히 보고 싶으면서도, 겨우 아문 상처를 건드리는 것은 아닐지 걱정스러웠다. 어쩌면 만나서 용서를 구하는 것조차 사지인지도 몰랐다.

올리버는 이런저런 상념에 잠긴 채로 객실에 도착했다. 아직은 한산한 일등석 객실. 그는 그곳에서 키가 작아 짐을 올리는 데 애를 먹는 소녀를 발견했다.

"꼬마 아가씨가 고생이 많네."

올리버는 별생각 없이 짐을 올려 주었다. 그런데 소녀는 감사 인사도 없이 창가 자리로 쏙 들어가 버렸다. 굳이 인사를 바라고 도운 것은 아니지만, 해괴한 일이기는 했다.

올리버는 고개를 비딱하게 기울이며 좌석을 확인했다. 어떻게든 시선을 피하려 애쓰는 소녀에겐 참으로 미안한 일이지만, 바로 옆 좌석이 그의 자리였다.

그는 천연덕스럽게 자리에 앉았다. 소녀의 찌르는 듯한 시선이 느껴졌다.

"뭐, 뭐예요?"

"내 좌석에 내가 앉는데 무슨 문제라도 있나?"

올리버는 그리 말하며 콧노래를 흥얼거리기까지 했다. 소녀가 질색하며 몸을 뒤로 뺐다.

"여기가 확실해요? 티켓 다시 확인해 봐요."

"응. 맞아."

"정말요? 진짜로?"

"어."

"티켓 이리 줘 봐요. 내가 확인해 볼게요."

"글쎄, 맞다니……."

거듭 되묻는 소리에 올리버가 짜증스러운 기색으로 고개를 돌리던 참이었다. 엉겁결에 소녀와 눈이 마주친 남자가 별안간 번개라도 맞은 듯이 굳어 버렸다.

"……헤스터?"

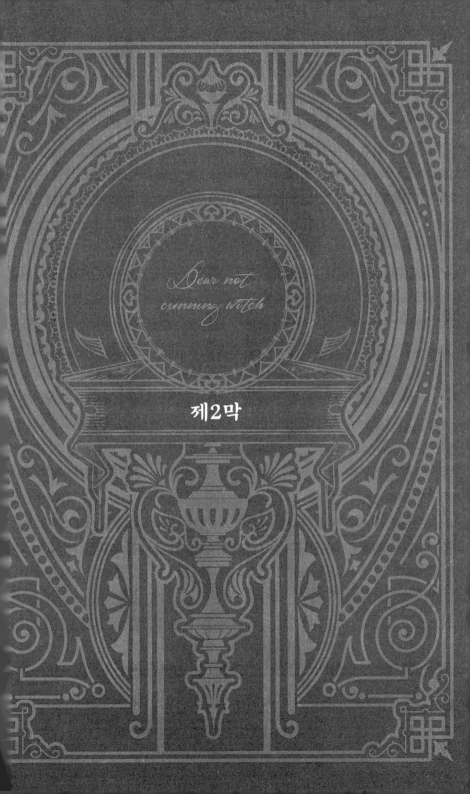

Dear not
cunning witch

제2막

교활한 자일스

이른 새벽녘.

언제나 그렇듯 무덤처럼 적막한 자일스 저택으로 별안간 거대한 그림자가 날아들었다. 나뭇가지가 흉하게 꺾이며, 졸던 새들이 놀라 깍깍 울어 대는 소리가 물밀듯 번져 갔다. 하지만 그조차 저택의 괴괴한 기세에 짓눌려 금세 가라앉고 말았다. 그리하여 다시금 고요해진 정원에 총총거리는 발소리가 들린 것은 얼마간 시간이 흐른 뒤였다.

"도련님?"

요물 고양이가 조심스럽게 후원을 기웃거렸다. 조금 전의 굉음이 착각은 아니었는지, 수풀로 무성하던 후원이 아주 엉망이 되어 버렸다. 누가 보면 폭풍이 지나간 줄 착각할 법했다.

"도, 도련님? 도련님이세요?"

잔뜩 겁을 집어먹은 요물 고양이가 머뭇대며 후원으로 발을 내디뎠다. 천성이 용감하든 용감하지 않든 간에, 고양이는 마녀의 시종으로서 용감히 후원을 확인해야 했다. 그러나 땅에서 올라오는 새벽의 찬 기운을 느끼기도 전, 토실토실한 몸뚱이 위로 점점 시커먼 그림자가 졌다.

젠장. 제기랄. 위기를 직감한 요물 고양이가 수없는 욕을 뇌까리며 천천히 고개를 들어 올렸다. 검고 거대한 짐승이 기척도 없이 코앞에 있었다. 세로로 쭉 찢어진 파충류의 눈알이 먹이를 발견한 포식자처럼 번들거렸다.

"끄, 끄아아악!"

요물 고양이는 거의 졸도할 지경이었다. 길지도 짧지도 않은 생을 이렇듯 비참하게 마감하는 듯싶었다. 하지만 바로 그때, 어둠에 쌓인 후원에서 검은 인영이 불쑥 튀어나왔다.

"조용히 해."

"도, 도련님? 세드릭 도련님이셔요?"

요물 고양이가 반색하며 얼른 그편으로 달려갔다. 탐욕스러운 파충류의 시선도 출렁거리는 살을 좇아 이동했다.

"도련님. 저걸 여기로 데려오시면 어떡해요!"

"그럼 어디로 가."

"야산에 두고 오셔도 되고, 아니면 그냥 국경에 두고 오셔도……. 여기 좀 보세요. 저게 후원도 다 망가드렸잖아요."

"어차피 후원을 신경 쓰는 사람은 아무도 없잖아."

나지막한 목소리엔 피로가 겹겹이 배어 있었다. 고양이는 세드릭의 눈치를 보며 슬금슬금 저택으로 발을 놀렸다. 물론 그래 봤자 단번에 잡힐 걸음이었다.

"어머니를 뵙고 올 테니까 보살피고 있어."

"네에? 제가요?"

요물 고양이는 깜짝 놀랐다.

"안 돼요! 도련님, 절대 안 돼요! 저게 저를 잡아먹으면 어쩌시려고!"

"안 그래."

"그렇다니까요! 좀 보세요! 저거 저거, 도련님 가시면 냉큼 절 잡아먹을 거예요!"

요물 고양이의 거듭되는 간청에 세드릭이 기나긴 한숨을 내쉬었다. 결국 그는 저택으로 향하던 걸음을 돌렸다. 토실토실한 요물 고양이를 좇던 파충류의 눈이 그제야 세드릭에게로 돌아왔다.

"윈터. 먹지 마."

세드릭이 단호하게 말했다. 검은 파충류가 애원하듯 몸을 뒤척거렸지만, 아무런 소용도 없었다. 골난 파충류가 꼬리를 뒤틀며 후원의 수풀을 난도질하기 시작했다.

그렇게 요물 고양이와 파충류를 단둘이 남겨 둔 채 세드릭은 저택으로 향했다. 평생을 한집에서 은거하는 보통의 마녀와 달리 도무지 한곳에 정착하지 못하는 바바라 자일스의 습성으로, 그녀의 보금자리는 잉그람 전역에 퍼져 있었다. 세드릭도 이번 페어퍼드의 저택은 처음 방문하는 것이었다.

"어머나. 오래간만이야, 세드릭."

저택의 뒷문. 아직 어스름한 시간임에도 자일스 가문의 어린 도련님을 맞이하러 나온 이가 있었다. 그녀의 얼굴을 알아보기 무섭게, 세드릭이 슬며시 미간을 좁혔다.

"채스터티."

"거의 1년 만에 보는 거지? 국경에서 용의 뒤치다꺼리하느라 얼마나 힘들었을까, 우리 막내."

채스터티는 말릴 틈도 없이 세드릭의 얼굴을 가리던 검은 후드를 벗겨 냈다. 흐린 달빛 아래 장시간 비행으로 지친 창백한 얼굴이 드러났다.

"흐음……. 살이 좀 빠진 것도 같고."

채스터티가 얼굴을 바짝 드밀며 종알댔다. 세드릭이 짜증스럽게 그녀를 밀어 냈다.

"어머니는."

"안에 계시지. 네 귀여운 애완동물이 하도 난리를 쳐서 진즉 깨셨단다."

세드릭은 노곤하게 고개를 끄덕이며 저택으로 들어섰다. 자욱한 어둠에 가려진 복도로 사람 그림자가 드리워지자, 양옆으로 촛불이 한둘 켜지기 시작했다. 그런데 밝아진 복도 끄트머리에 웬 낯선 사내가 엉거주춤 서 있었다. 세드릭을 뒤따르던 채스터티가 왈칵 표정을 구겼다.

"세드릭 자일스 경?"

사내가 영 어색한 얼굴로 다가왔다. 세드릭은 고개를 살짝 기울이며 제자리에서 가만히 사내를 응시했다. 멋쩍게 웃던 사내는 채스터티의 흉흉한 시선을 알아채곤 바짝 굳어 버렸다.

세드릭이 의외로 선선하게 손을 내밀었다.

"세드릭 자일스입니다."

"예?"

멍하니 세드릭의 손을 쳐다보던 사내가 황급히 손을 맞잡았다.

"성함이?"

"아, 해리 듀어든입니다."

"듀어든이라면, 혹 에지워스 듀어든 경의 친족인가요?"

"백부 되십니다. 아시는군요!"

해리 듀어든은 과히 반색했다.

"일전에 뵌 적이 있습니다. 훌륭한 마법사셨지요."

316

"그, 그렇죠! 나도 존경하고 있습니다. 특히 백부님께서 집필하신 『마법과 당근의 상관관계』라는 책이 일품이에요. 혹시 읽어 보셨습니까?"

둘을 못마땅하게 지켜보던 채스터티가 불쑥 끼어들었다.

"마법과 당근에 무슨 상관관계가 있다니? 정말 미안하지만 해리 듀어든 씨, 우리 막내는 취향이 워낙 고상하셔서 그런 잡서는 손에도 대지 않는답니다."

조롱하는 목소리에 해리의 안색이 도로 푸르죽죽해졌다. 세드릭은 엷은 한숨을 지었다.

"어머니는 어디 계십니까?"

고요한 응접실.

세드릭은 뜨거운 커피로 몸을 녹이고, 채스터티는 마법으로 불을 지핀 벽난로에서 가벼운 장난을 부려 댔다. 오래간만에 재회한 남매라기엔 지나치게 삭막했지만, 애당초 둘은 그리 친밀한 관계가 아니었다. 만나자마자 서로 으르렁대지 않는 것만으로도 장족의 발전이었다.

오래지 않아 해리 듀어든이 휠체어를 끌고 나타났다. 휠체어에는 바바라 자일스가 힘없이 앉아 있었다.

"어머니."

피곤한 듯 관자놀이를 매만지던 세드릭이 벌떡 일어났다. 바바라는 가까이 다가오려는 아들을 눈짓으로 제지하며 벽난로를 손짓했다. 해리가 눈치껏 휠체어를 벽난로 가까이로 밀었다.

"올 거면 연락부터 해야지. 새벽부터 이게 웬 소란이니."

"……죄송합니다."

세드릭이 눈을 내리깔며 조용히 답했다. 바바라가 곤한 듯 한 손으로 이마를 짚었다.

"여하간 완전히 돌아온 모양이구나. 국왕과의 계약은 끝난 거니?"

"예."

2년 전, 세드릭은 국왕과 장기 계약을 맺었다. 그는 계약에 따라 지난 2년간 국경에서 성실하게 복무하며 용을 교련했다. 덩치가 커질수록 포악함도 불어나던 용이 그나마 자제력을 지니게 된 것은 모두 피나는 교련 덕분이었다.

"그래. 수고했다. 앞으로는 어떻게 할 거니?"

"오래간만에 돌아왔는데 여기에 며칠은 머물러야죠."

채스터티가 냉큼 답변을 채 갔다. 그러자 바바라가 그녀답지 않게 미간을 찌푸렸다.

"너희는 엄연히 수습 과정을 끝마친 정식 마녀, 마법사잖니. 이제 너희의 길을 가야지."

"그래도 어머니께서 이렇게 아프신데…….."

"됐다. 채스터티, 너도 날이 밝으면 이만 돌아가렴. 도대체 시끄러워서 못 살겠구나."

바바라가 매정하게 말했다. 채스터티가 울상을 짓는 반면에, 해리 듀어든의 안색은 심히 밝아졌다.

"나는 돌아가서 다시 자야겠다. 이만 조용히들 가고……. 한데 세드릭은 어디로 간다고 했지?"

문가를 가리키던 바바라가 불현듯 생각난 것처럼 물었다. 세드릭은 차분하게 대꾸했다.

"오킹엄으로 가려고 합니다."

"왕도에?"

바바라가 고개를 기울였다.

"뭐, 오랫동안 국경에 있었으니 당분간 왕도에 머무는 것도 괜찮겠지.

그러고 보니 디아나가 오킹엄에 있다지 않았니?"

"그럼요. 사랑하는 언니가 거기 계시잖아요."

채스터티가 입을 비쭉였다. 잠시 고민하던 바바라가 느릿하게 고개를 끄덕였다.

"혹시 디아나를 보거든 안부 전해 주렴."

"예."

그 말을 끝으로 바바라를 태운 휠체어는 바람처럼 응접실을 빠져나갔다. 휠체어를 끄는 해리 듀어든의 발걸음이 마치 사자에게 쫓기는 토끼처럼 유달리 날쌨다.

문이 닫히기 무섭게 채스터티가 잔뜩 심통이 난 얼굴로 종알거렸다.

"정말이지, 어머니는 어째서 저런 얼뜨기를 들이신 거람? 생긴 게 반반하니 봐 줄 만하긴 해도 하는 짓이 영 어설프잖아."

"마음에 드셨나 보지."

"그러니까 왜 저런 얼뜨기가 마음에 드셨는지 이해할 수가 없다고!"

바바라 자일스는 10년 넘게 남편과 별거 중이었다. 그간 숱한 마법사들과 연애하며 때때로 마음에 드는 연인을 집으로 들이기도 했는데, 해리 듀어든은 정확히 바바라가 네 번째로 집에 들인 연인이었다.

"꽤 어려 보이던데."

세드릭은 해리 듀어든의 어수룩한 행동거지를 떠올렸다. 여드름이 채 가라앉지 않은 얼굴이나, 주눅 든 태도를 생각하면 아무리 높게 쳐줘도 20대 중반을 넘지 못할 것이었다.

"올해로 스물셋인가 넷인가. 세상에, 나보다 서너 살 정도 더 많네? 도대체 나이는 어디로 먹었다니?"

"네가 물어보든지."

"세드릭, 우리 막내. 네 아버지는 어머니랑 재결합하실 생각이 전혀 없으셔? 혹시 나 모르는 사이에 이혼장 제출하신 건 아니지? 응?"

채스터티가 제법 간절한 표정으로 물었다. 한가로이 찻잔을 매만지던 세드릭이 어처구니없다는 듯 헛숨을 내뱉었다.

"제발 그 헛된 바람 좀 버려. 벌써 10년이야."

"왜! 어째서!"

채스터티가 손바닥으로 소파를 마구 때리며 외쳤다. 상당히 정신 사나운 몸짓이었지만, 세드릭은 크게 개의치 않았다. 채스터티는 어릴 적부터 유난히 어머니의 애인을 싫어했다. 수프에 도마뱀을 넣고, 물에 술을 타는 악독한 장난도 모두 어머니의 애인을 괴롭히며 성장한 습관이었다.

"채스터티."

세드릭은 채스터티를 말리는 대신 자그마한 주머니를 던졌다. 채스터티가 의아한 얼굴로 주머니를 열어 보았다.

"이게 뭐야?"

"기셀베링거의 열매. 어머니께 전해 드려."

"뭐어? 너 이거 어디서 구했어?"

기셀베링거의 열매는 오직 반제의 얼음산맥에서만 열리는 귀한 열매다. 원기를 회복하는 약재로는 최고로 치기에 부르는 대로 값이 매겨졌다.

"국경에서 운 좋게."

세드릭은 다시 출발할 채비를 했다. 후원이 시끄러운 것으로 보아, 아무래도 윈터의 인내심이 끝나 가는 듯싶었다. 세상천지 용을 말릴 수 있는 사람은 용과 최초로 동조한 주인뿐이었다.

그때, 채스터티가 서둘러 쪽지를 내밀었다.

"헤스터 솔의 주소야. 디아나도 아마 거기서 지낼걸."

세드릭이 멈칫하며 쪽지를 받아 들었다. 잠시간 쪽지를 내려다보던 그가 짧게 말했다.

"고마워."

"말로만?"

채스터티가 으스대듯 한 손을 내밀었다. 세드릭의 눈이 대번에 가늘어졌다.

"시필레의 별빛."

"그건 나도 있단다. 기셀베링거의 열매는 또 없니?"

"더 있어도 너는 안 줘. 『멜리산드로』 초판은 어때."

"이왕 하는 김에 선심 더 써 보렴."

"너는 욕심을 좀 버려야 해. 귄터 볼크하르트의 유해."

"콜."

거래에 만족한 채스터티가 배부른 고양이처럼 손을 내저었다.

"잘 가렴, 세드릭. 부디 올해는 더 이상 만나지 말자."

"그럼 내년에는 만날 생각이었어?"

남매는 그렇게 서로에게 가장 익숙한 방법으로 작별을 고했다.

*Fear not
cunning witch*

1. 오킹엄의 여름

유난히 별 밝은 밤.

촛불조차 켜지 않은 새카만 방이 유독 소란했다. 창문을 활짝 열어 놓아 안으로 무수한 별빛을 들이고는 있으나, 아무래도 활자를 읽기엔 역부족이었다. 어둠 속에서 30분이 넘도록 글씨와 사투를 벌이던 디아나는 결국 짜증스럽게 설명서를 던져 버렸다.

"불을 켤 수도 없고⋯⋯."

디아나가 머리를 마구 헤집으며 중얼거렸다. 길고 붉은 머리채가 금세 엉망이 되었지만, 지금은 그런 데 신경 쓸 겨를조차 없었다. 디아나는 원망스러운 눈빛으로 창가에 세워 둔 축성경(築星鏡)을 쏘아보았다. 도무지 작동할 생각을 안 하는 우둔한 기계. 바로 저것이 문제렷다.

오늘은 유독 맑은 날이었다. 구름이 모조리 물러가서, 한낮엔 그늘에서도 눈이 부시는 그런 날. 본디 습관적으로 커튼을 치고 살던 디아나는 늦은 오후에 장을 보러 나갔다가, 조금 과장을 섞자면 정말로 눈이 머는 줄만 알았다.

이렇듯 맑은 하늘이 밤이라고 흐려질 리 없다. 디아나는 직감적으로 오늘이 '그날'임을 알았다. 그래서 느지막이 귀가한 헤스터를 붙들어 창고에 처박혀 있던 축성경을 빌리고, 대강이지만 설명도 들었다. 나머지는 설명서를 참고하면 되겠다 싶어서 얼른 언니를 재웠건만, 대관절 저 멍청한 기계가 작동할 생각을 안 했다. 이러다간 별빛은 모으지도 못하고 날이 밝게 생겼다.

"하아."

한숨이 절로 새 나왔다. 디아나는 무릎을 세우고 앉아 창문에 박힌 네모난 하늘을 응시했다. 오늘이 아니면 또 언제 이런 기회가 올지 몰랐다. 그녀의 탄생성인 칼리스토는 별들의 왕 둘시네아처럼 드물게 떠오르는 별도, 사계의 별처럼 일정한 기간에만 떠오르는 별도 아니었다. 칼리스토는 밤이면 밤마다 매일같이 떠오르는 아주 참한 별이었다. 다만 암흑의 별이라는 별칭답게 육안으로 분간할 수 있는 날이 매우 적을 뿐.

그러니 오늘이 기회였다. 구름 한 점 없이 청명한 밤. 별빛이 이리 쏟아질 듯 휘황한 날에는 분명 칼리스토도 조금이나마 빛을 발할 것이었다. 비록 다른 거성(巨星)에 가려 육안으로는 확인할 수 없더라도, 별빛 모으는 기계인 축성경이라면 야무지게 별빛을 모아 주리라 의심치 않았는데…….

으득. 디아나는 이를 갈며 축성경을 노려보았다. 조금 전에 괘종시계가 울리기로 벌써 새벽 3시가 지났다. 억울해서라도 이대로는 물러날 수 없었다. 이젠 오기로라도 밀어붙여야 했다.

디아나는 벌떡 자리에서 일어났다. 밤 10시부터 새벽 3시까지, 축성경 이곳저곳을 열심히도 만져 댔다. 분명 언니가 말해 준 대로, 설명서를 읽은 대로. 하지만 축성경은 여전히 잠잠했다. 어딘가 잘못된 게 분명한데 이제는 달리 조언을 구할 곳도 없었다.

저녁 먹으면서도 졸던 언니를 야밤에 깨우겠나, 아니면 미친 척하고 불을 켜서 설명서를 재독하겠나. 잡힐 듯 잡히지 않는 요망한 별빛은 어둠이 오래 머문 곳에만 고개를 기웃거렸다. 오늘 밤을 위해 저녁나절부터 불도 켜지 않았으니, 만약 갑갑함을 못 이겨 불을 켠다면 지금 요사스럽게 방을 살랑대고 있을 별빛이 죄 달아나고 말 것이었다. 이성적으로 판단하면 가장 최악의 수였다.

결국 디아나는 제자리서 눈을 감았다. 그리고 호흡에 집중했다. 노기로 들썩이던 어깨가 잦아들고, 짜증과 피로도 차차 가라앉았다. 흥분해서는 될 일도 아니 되는 법. 디아나는 유리병에 거의 바닥난 칼리스토의 별빛을 차분히 상기했다.

"다시 처음부터 해 보는 거야. 다시 처음부터."

디아나는 그리 종알대며 축성경으로 다가갔다. 이제는 꼴도 보기 싫은 기계. 문득 샘솟는 역정을 다시금 베어 내며 디아나는 두 개의 렌즈부터 확인했다. 역시나 먼지 한 톨 없이 깔끔했다. 다음은 경통. 헤스터의 축성경은 워낙에 오래된 모델이라 혹시나 경통에 갈라진 틈이 있을지도 몰랐다. 렌즈를 통과한 별빛이 지나는 통로니만큼 자그마한 틈이라도 큰 문제였다.

"어?"

경통을 샅샅이 훑던 눈에 불현듯 흐릿한 빛이 스쳤다. 디아나는 눈을 최대한 가늘게 떴다. 경통의 아랫부분, 삼각대와 만나는 지점이 유난히 헐거웠다. 조심스레 그 부분을 만지작대던 디아나가 결심한 듯 자리에서 일어났다. 이후 책상을 뒤져 찾아낸 것은 검은색 두꺼운 종이였다.

만일 정말로 경통이 갈라졌다면, 이런 종이로는 응급처치도 불가했다. 하지만 오밤중에 수리점을 찾을 수도 없는 노릇이었다. 그래서 디아나는 긴가민가 검은 종이로 헐거운 접합부를 감싸 보았다.

그 순간, 아래쪽 렌즈가 희미하게 빛나기 시작했다. 디아나는 홀린 듯이 그 모습을 지켜보았다. 렌즈 주변을 밝히던 희끄무레한 빛 무리가 차츰차츰 부풀어 올랐다. 마치 생동하듯 꼬리치는 그것은 렌즈를 통과하여 간신히 모인 칼리스토의 별빛이다.

디아나는 소리 없는 아우성을 질렀다.

비로소 성공이었다.

"디아나, 좋은 아침……. 어제 늦게 잤니?"

여느 때처럼 상냥히 인사하던 헤스터가 자매의 처참한 몰골에 걱정스러운 표정을 지었다. 디아나는 짙은 그늘을 눈 밑에 주렁주렁 매단 채 고개를 더디 끄덕였다.

"안색이 안 좋아. 더 자지 그러니."

"아침만 먹고 다시 잘게."

디아나가 퀭한 얼굴로 말했다. 헤스터는 베이컨과 달걀 프라이가 담긴 접시를 맞은편으로 밀어 주었다.

"별빛은 잘 모았고?"

"으응. 그럭저럭."

"그래도 다행이다. 축성경이 워낙 오래되어서 잘 작동할지 몰랐는데."

헤스터가 환히 웃었다. 그녀의 탄생성인 둘시네아는 고작해야 1년에 한두 번 뜨는 귀한 별이었다. 어제 토로하기로 축성경을 마지막으로 사용한 것이 벌써 3년 전이라고 하였다.

"그런데 수리해야 할 것 같더라. 경통에 틈새가 있어."

"뭐? 경통이 망가졌는데 작동할 리가……."

디아나가 메마른 웃음소리를 냈다. 불현듯 밤중의 고생이 뇌리를 스쳤기 때문이다.

"그래도 어찌어찌 작동은 하더라고."

디아나는 그리 말하며 달걀 프라이를 전투적으로 해체했다. 얼마나 포크로 열심히 찔러 댔는지, 노른자가 다 터져서 베이컨을 축축하게 젖을 지경이었다. 아무래도 눈앞의 음식이 잠결에 축성경으로 보이는 모양이었다.

"역시 내가 봐줘야 했나."

"무슨 소리야. 언니 어제 저녁 먹다 졸던 거 잊었어? 요새 바빠서 며칠은 제대로 자지도 못했으면서. 자고로 사람은 잠을 잘 자야 해. 잠이 부족해지면 말짱하던 사람도 정신이 회까닥 돈다니까?"

"음……. 그래. 어서 먹고 들어가 자는 게 좋겠다."

디아나는 지금 무어라 주절거리는지도 의식하지 못했다. 얼마나 피곤하면 저럴까. 헤스터는 쓰게 웃으면서도 디아나가 지난밤 무리했던 것을 탓하지 않았다.

탄생성의 별빛은 여러모로 요긴하게 쓰였다. 기도문을 작성하거나 약을 제조하거나, 혹은 원기를 회복하는 데도 좋았다. 마법을 부릴 때도 탄생성의 별빛을 사용하는 것이 별이 보시기에 기꺼울 터였다.

물론 가난한 치들이 여러 별빛을 모아 판매하긴 했으나, 그리 거래되는 별빛은 아무래도 직접 모은 것보단 가치가 떨어졌다. 마법에서 가장 중요한 것이 정성이고, 직접 모은 별빛에는 당연히 정성이 그득 담기기 때문이었다.

그때, 주방에서 물 끓는 소리가 들려왔다. 헤스터가 얼른 자리에서 일어났다.

"차 가져올게. 마시고 자렴."

디아나는 입을 우물거리며 고개를 끄덕였다. 그녀는 잘게 찢어진 베이컨 조각을 벌써 50번째로 질겅이고 있었다. 이제는 맛도 거의 느껴지지 않는 베이컨을 꿀꺽 삼킨 뒤 도저히 입맛이 없어 포크를 내려놓던 찰나, 문득 건너편에 놓인 오늘 자 신문이 눈에 들어왔다.

마법 사회에는 신문이 없었다. 대개 소식은 입에서 입으로 전해지며, 두문불출하는 대부분의 마녀들은 그조차 접하지 못하는 것이 보통이었다. 발푸르기스의 밤이나 각국 마법 공회의 소집은 그나마 어떻게든 전달되었지만, 나머지 소식은 그렇지가 못했다. 그래서 마녀들은 오래간만에 지인을 만날 때면 이렇게 안부를 묻곤 했다.

'나는 잘 지냈습니다.'

그동안 내가 죽지 않고 살아왔다는 표시였다.

그런데 인간 사회에는 신문이란 것이 있어, 세상의 중요한 소식을 쉽게 접할 수 있었다. 디아나는 길가에서 신문 읽는 사람들을 많이 보아 왔다. 뭐가 그리 재미난지 모두들 한결같이 신문에 코를 박고 있었다.

어쩐지 궁금해진 디아나가 곤한 눈으로 신문을 훑어보았다. 한데 장수가 넘어갈수록 점차 표정이 썩어 들어갔다.

"도대체 이런 걸 왜 읽는 거야?"

관세 인하나 식민지 정책처럼 당최 알아먹을 수 없는 소리는 제외하더라도, 도대체가 신문 기사란 것들은 하나같이 천박하기 이를 데 없었다. 대관절 모니카 도머가 누구기에 이 여자가 불륜을 저질렀다는 소식을 온 세상 사람이 알아야 하는 것이며, 루도비코 코렐리 씨는 생전에 무슨 죄를 지었기에 이토록 건조한 문체로 자살이 알려져야 하느냐는 것이었다.

그들은 과연 자신의 사생활이 널리 퍼지는 것이 기꺼울까? 심지어 루도비코 코렐리 씨는 이미 죽어서 자신이 신문에 실린 줄도 모를 터였다. 디아나가 여기기에 일련의 모든 짓은 심각한 결례였다.

그리고 이건 대체……

"용?"

디아나는 이맛살을 찌푸렸다. 그녀가 알기로, 이 세상에서 용과 동행하는 사람은 오직 한 사람뿐이었다. 이름을 떠올리는 것조차 끔찍한 그 뱀 새끼는 국왕과 계약을 맺어서 지금쯤 국경에서 열심히 구르고 있을 터였다.

'그런데 계약이 언제까지였지?'

멍하니 눈을 깜박이던 디아나가 손가락을 접으며 기억을 더듬기 시작했다. 1년? 아니다. 그랬거든 진즉 자일스 저택으로 돌아왔겠지. 그럼 2년인가? 아니면 3년? 만약 2년이라면 지금쯤 계약이 끝났을 것이고, 3년이면 아직 멀었다.

그리 2년과 3년 사이에서 갈팡질팡하던 디아나는 결국 포기했다. 세드릭 자일스라면 치를 떨던 그녀가 그의 계약 기간을 기억할 리 없었다.

하지만 그러고도 디아나는 신문기사에서 한참 눈을 떼지 못했다.

《앰브로즈 광장에 용이 나타났다?》

제목만 그럴싸하지, 실상은 한밤중에 용을 봤다고 주장하는 노인의 인터뷰를 실은 것뿐이었다. 디아나는 혀를 차며 신문을 덮었다. 어느 노망난 노인네인지 몰라도 단단히 미친 게 틀림없었다. 어디 용이 그렇게 흔한 생물이던가. 만약 계약이 끝났어도 세드릭 자일스가 오킹엄으로 올라올 이유는 없었다. 사랑하는 어머니 곁으로 돌아가거나, 잉그램에 수두룩한 저택 중 하나를 골라 질펀하게 쉬고 있을 게 뻔했다.

만에 하나 오킹엄에 왔다 한들 무슨 상관인가.

디아나는 더 이상 바바라 자일스의 도제가 아니다. 따라서 그들은 아무런 사이도 아니었다.

"오늘도 오셨네요."

카페로 들어서기 무섭게 종업원의 인사말이 들려왔다. 디아나는 그것이 자신을 향하는 말임을 뒤늦게 알아챘다.

"오늘은 안 오시는 줄 알았는데. 언니분이 늦게 귀가하시나 봐요."

디아나는 머쓱한 표정으로 창가 구석 자리에 앉았다. 메뉴판만 주고 조용히 사라지면 참 좋으련만, 지나치게 상냥한 종업원은 이런저런 말을 늘어놓기 시작했다.

"날이 무덥죠? 올해는 유독 더운 것 같아요. 8월엔 더위가 꺾이면 좋을 텐데요."

"예에……."

"손님은 원래 어디 사셨어요? 잉그람 분은 맞으시죠? 요즘 외국인이 하도 많아서 당최 구분할 수가 없다니까요. 요 앞에 새로 연 요릿집 주인도 원래는 메시나 사람이래요."

종업원은 질문에 대답할 여유도 주지 않고는 내리 자기 할 말만 쏟아냈다. 디아나는 그저 어색하게 웃기만 했다. 때마침 새로운 손님이 들어오지 않았다면, 언니가 돌아올 때까지 종업원의 수다를 들어 줄 뻔했다.

종업원이 바삐 사라진 뒤에야 디아나는 한숨을 푹 내쉬며 긴장을 풀었다. 카페를 처음 방문했던 날, 꼬치꼬치 캐묻는 말에 무심코 이 건물 꼭대기에 산다고 한 것이 잘못이었다. 그녀를 이웃으로 생각하는지 몰라도, 종업원은 디아나가 카페에 들를 때마다 갖은 수다를 쏟아 냈다. 오죽하면 더위를 피하러 내려왔다가 10분도 되지 않아 집으로 돌아간 적도 있었다.

'카페를 바꿀까.'

디아나가 이내 고개를 저었다. 웬만해선 집 밖으로 나다니지 않는 마녀답게 그녀는 낮을 몹시 가렸다. 큰맘 먹고 새로운 카페를 개척하느니, 종업원의 수다를 견디는 편이 심적으로 편안할 터였다. 게다가 이 카페는 멀리 나갈 필요 없이 한낮의 무더위를 피하기도, 외출하는 언니를 기다리기도 용이했다.

머잖아 주문했던 오렌지 주스가 나왔다. 디아나는 주스를 홀짝이며 창밖을 내다보았다. 붉은 물감을 엎지른 듯 노을이 퍼져 가는 저녁 하늘과, 하루 일과를 끝내고 속속 귀가하는 사람들. 여기는 평범한 사람들이 평범하게 삶을 꾸려 나가는 터전이었다. 오킹엄에서 손꼽히는 부유한 구역은 절대 아니지만, 디아나는 나름대로 이 거리의 풍경이 마음에 들었다. 간혹 소란하고, 간혹 성가셔도 쾌활한 마을. 어느 도시건 온기라곤 전혀 느껴지지 않았던 자일스 저택과는 정반대였다.

자일스. 불현듯 떠오르는 이름에 거북함이 목 끝까지 치고 올라왔다. 디아나는 얼음을 어금니로 와작와작 깨부수며 오늘 아침을 떠올렸다. 흐리멍덩하던 잿빛 눈이 금세 분기로 가득했다.

'세드릭 경이 편지를 보냈구나.'

오늘도 10시가 다 되어 일어난 디아나가 뒤늦은 아침 식사를 하고 있을 무렵, 오늘 자 우편물을 확인하던 헤스터가 놀라운 기색으로 말했다.

'누가?'

'세드릭 자일스 경. 국경 수비대 계약은 다 끝난 건지 모르겠네.'

헤스터는 그리 말하며 조심스레 편지 봉투를 갈랐다. 그때까지도 상황을 제대로 파악하지 못한 디아나는 포크를 입에 문 채 멍하니 언니의 모습을 지켜보기만 했다.

'엊그제 오킹엄으로 올라왔대. 용이 도시에 머무르면 위험할 텐데 무슨 방도가 있는 건지…….'
'누가 왔어?'
'세드릭 경. 편지 읽어 보겠니?'
'세드릭? 내가 아는 그 세드릭 자일스?'
'응.'
'그 뱀 새끼가 왜?'

헤스터의 표정이 미묘해졌다. 그제야 자신이 무심코 '세드릭 자일스를 칭하기에 이름보다 적당한 단어'를 입 밖으로 내뱉었다는 사실을 깨달은 디아나가 천천히 입을 벌렸다.

'아, 아니. 언니 그게…….'
'뱀이라면 세드릭 경을 말하는 거니?'
'으응. 언니, 다른 게 아니라……. 자일스 가문의 상징이 용이잖아! 그런데 용은 너무 무서우니까 귀엽게 뱀이라고 말하는 거야! 나만 그런 게 아니라 채스터티도 종종 그렇게 말하는걸!'

디아나는 간신히 변명을 조합해 냈다. 다행히 헤스터는 고개를 갸웃거리면서도 그에 대해 더는 묻지 않았다.

'그러니?'

안심한 디아나가 그럭저럭 괜찮은 변명을 생각해 낸 자신의 순발력을
자찬하려던 순간, 조그맣게 '뱀 새끼'라고 중얼거리는 언니의 목소리를
들었다. 디아나는 당장에 혀 깨물고 죽고 싶어졌다.

'내가 여태 얼마나 열심히 바른 여동생이 되려고 노력했는데!'

실제로는 내숭에 가까웠지만, 디아나는 상관하지 않았다. 바바라 자
일스에게 '재능은 없지만 착하고 성실한 도제'로 예쁨받았던 것처럼, 디
아나는 언니에게도 선하고 어여쁜 모습만 보여 주고 싶었다. 10년 넘게
쌓아 온 인상이 한순간의 실수로 무너지진 않겠지만, 그래도 디아나는
금방의 실언이 무척이나 뼈아팠다. 그 실언이 세드릭 자일스와 관련되었
기에 더욱 그러했다.

망할 자일스. 망할 뱀 새끼.

하여간에 인생에 하등의 도움이 안 되는 놈팡이였다.

'그래서 세드릭이 뭐래?'

디아나는 당황을 감추려고 부러 환하게 웃었다. 헤스터는 여느 때처
럼 상냥하게 편지를 건네주었다. 디아나는 부디 편지를 받는 손끝이 떨
리지만 않기를 바랐다.

'디아나?'

헤스터는 한참이나 침묵하는 동생을 의아하게 쳐다보았다. 그제야 퍼뜩 고개를 든 디아나가 부산스럽게 고개를 내저었다.

'아무것도 아냐. 언니 바쁘니까 답장은 내가 할까?'
'그러렴.'

오래지 않아 헤스터는 곱게 차려입고 외출했다. 듣기로는 오늘 점심 약속도 있고, 오후에는 단기 계약을 마무리하러 마법 협회에도 들러야 한다고 했다. 저녁은 함께 먹을 수 있으리라는 말에 기분이 조금 나아졌지만, 대체적으로 디아나는 온종일 마음이 편치가 않았다.

디아나는 남은 오렌지 주스를 입 안으로 털어 내며 신경질적으로 편지를 펼쳤다. 그러자 아침에도 보았고 점심에도 보았던 정갈한 필체가 짜증스럽게 눈에 박혔다.

존경하는 솔 자매,
편지로는 오래간만에 인사드립니다. 그동안 저는 국경 수비대의 임무를 끝마쳤고, 며칠 전 오킹엄으로 올라왔습니다. 그런데 우연히 지인에게 듣기로 두 분께서도 오킹엄에 계신다더군요. 혹 근시일 내에 두 분을 뵐 수 있을까요? 갑작스러운 편지인 줄은 압니다만, 직접 뵙고 안부를 여쭙고 싶습니다. 편하신 날짜와 시간을 알려 주십시오. 답장 기다리겠습니다.
세드릭 자일스.

디아나는 형식으로나 필체로나 흠잡을 데 없는 편지를 지그시 노려보았다. 뭐? 존경? 안부를 여쭈어? 존경하는 솔 자매가 여기 산다는 걸 알려 준 지인은 누구며, 뜬금없이 오킹엄엔 웬 행차란 말인가. 도대체가 처음부터 끝까지 전혀 납득할 수 없는 내용이었다.

무엇보다도 격식을 갖춘 어투가 가장 수상했다. 다사다난했던 지난날을 떠올리면 세드릭 자일스와 디아나 솔은 이리 점잖은 편지가 오고 갈 만한 사이가 못 되었다. 더구나 편지의 수신인은 '디아나 솔'이 아니라 무려 '솔 자매'였다. 오래간만에 인사드린다는 말을 볼 때 세드릭은 이미 언니를 알고 있는 듯했다. 세드릭의 편지를 자연스레 읽던 언니의 태도를 봐도 그러했다.

대체 두 사람은 언제부터 알고 지낸 걸까. 디아나가 알기로 헤스터의 인간관계는 협소했고, 세드릭도 잘은 몰라도 비슷할 것이다. 애당초 마법 사회에선 대책 없이 넓은 친분을 경계했다. 워낙에 비밀이 많은 마녀의 특성상 타인에 대한 호감보다 의심을 먼저 펼치기 때문이다.

디아나는 입술을 깨물었다. 꼴에 젠체하는 내용도 내용이거니와, 이젠 우아한 필체도 마음에 들지 않았다. 디아나는 언니인 헤스터조차 옹호하지 못하는 악필 중의 악필이었다. 덕분에 먼 옛날, 당최 글씨를 알아볼 수 없다는 스승의 난감한 말을 듣고서, 부끄러움을 무릅쓰고 세드릭 자일스에게 글씨를 예쁘게 쓰는 방법에 대해 물었던 부끄러운 과거까지 생각나 버렸다.

"저기 언니분 아니세요?"

문득 종업원이 말을 걸어왔다. 디아나는 종업원의 손가락을 따라 무심코 창밖으로 고개를 돌렸다. 불그스름한 황혼이 짙게 내려온 거리. 제각기 집으로 향하는 인파 사이로 황혼처럼 붉은 머리칼이 눈에 들어왔다. 디아나는 황급히 종업원에게 값을 지불하고 카페를 나왔다.

"언니!"

디아나는 사람들을 헤쳐 걸으며 마구 손을 흔들었다. 그러자 헤스터가 활짝 웃으며 걸음을 빨리했다. 거리 한가운데서 마주친 자매는 꼭 10년 만에 만난 것처럼 반갑게 인사를 나누었다. 시름에 잠겼던 디아나의 얼굴에도, 피로에 젖었던 헤스터의 얼굴에도 미소가 감돌았다.

"미안해. 많이 늦었지?"

"아냐. 아직 해도 안 졌는걸. 일은 잘 마치고 왔어?"

"그럼."

디아나는 헤스터의 오른팔에 팔짱을 꼈다. 못내 사랑스럽다는 듯 동생을 보던 헤스터가 종이 봉지를 내밀었다.

"오는 길에 브라우니를 좀 사 왔어. 간식으로 먹으렴."

봉지에는 제법 큼지막한 초콜릿 브라우니가 두 덩이나 들어 있었다. 디아나는 웃으며 고개를 끄덕였다.

"이따가 밤에 같이 먹자."

사실 달콤한 간식은 헤스터가 좋아하는 것이었다. 디아나는 단맛을 그리 즐기지 않았지만, 언니가 좋아하는 음식이기에 내색 않고 함께 즐겨 왔다.

"오늘은 뭐 했니? 지루하진 않았고?"

"괜찮았어. 책도 좀 읽고, 미라벨이랑 놀기도 하고……."

"다행이다. 내일은 니도 별일 없는데 같이 미라벨 목욕이나 해 줄까?"

"걔 목욕하는 거 되게 싫어하잖아."

"그러니까 둘이서 해야지."

미라벨은 헤스터가 기르는 하얀 고양이로 지독하게 목욕을 싫어했다. 한 달 전 미라벨을 씻기려다 집 안에 물난리가 났던 것이 아직도 생생했다.

"아 참, 그리고 이번 토요일은 어떠니?"

헤스터가 물었다. 말뜻을 이해하지 못한 디아나가 의아한 표정을 지었다.

"이번 토요일이라니?"

"아침에 세드릭 경이 편지 보냈잖아. 나는 이번 토요일이 괜찮을 것 같은데……. 그때쯤이면 급한 의뢰도 다 끝날 거고."

디아나가 멈칫하며 입술을 사리물었다. 날짜를 헤아리기 바쁜 헤스터는 갑작스러운 침묵을 눈치채지 못했다. 그새 디아나는 말끄러미 언니를 올려다볼 뿐이었다. 해야 할 답변 대신, 묻고 싶은 말만 자꾸 혀끝으로 치달았다.

언니가 세드릭 자일스를 어찌 알아?

언니는 무얼 숨기고 있어?

혹시, 언니도 내게 비밀이 있을까?

"응. 내가 알아서 답장할게."

하지만 디아나는 그런 말일랑 죄 삼켰다. 대신 백치처럼 말갛게 웃으며 주머니 속 편지를 구겨 버릴 뿐이었다.

디아나에게 자일스란 과거에 불과했다. 그녀는 이제 바바라 자일스의 도제가 아니고, 더 이상 자일스 저택에 살지도 않았다. 더는 자일스와 연관되고 싶지 않았다. 그 음울한 저택도, 자일스란 이름의 미친 가문도, 잔혹하기 그지없는 괴물도 이젠 끝이었다. 디아나는 그 모두를 잘라 낼 작정이었다.

그러니 세드릭 자일스든 용이든 이제는 상관없다. 디아나는 이만 언니와 행복해지고 싶었다.

여름의 별 프라가는 오킹엄을 아주 말려 죽이려는 속셈인 것 같았다.

여태 자일스 저택에서 편안하게 여름을 보냈던 디아나는 고작 두 달 사이 오킹엄의 혹서에 일찌감치 손들었다. 오죽하면 낮에 잠들어 밤에

활동할 지경이었다. 하지만 늦게 시작하는 하루일수록 짧게 느껴지기 마련이다. 디아나는 발간 노을을 감상하며 내일은 바른생활을 하겠노라 다짐했지만, 계절이 끝나도록 지켜지지 않을 다짐인 듯싶었다.

'내가 원래는 이러지 않았는데.'

근자의 게으른 생활을 도무지 이해할 수 없던 디아나는 때때로 그런 생각을 했다. 기실 디아나는 바바라 자일스가 혀를 내두를 정도로 바지런한 제자였다. 아무래도 생각지도 못하게 입원했던 것이 부지런한 습관에 악영향을 끼친 것 같았다. 그렇지 않고서야 도저히 설명할 수 없는 변화였다.

헤스터는 디아나의 나태에 대해 일언반구도 없었다. 구두로 도제 과정을 마쳤을 뿐 아직 국왕과 정식으로 서약을 맺지 않은 디아나가 달리 생계를 도울 일이 없다고 여기는지도 몰랐다. 그러나 디아나는 언니의 자비로운 태도가 내심 불안했다. 서로를 아끼는 마음이 대양보다 넓은 두 사람이지만, 지금까지 살 부딪치며 동거한 적은 없었다. 어쩌면 언니가 그녀를 구제불능의 게으름뱅이로 보지 않을까 하는 의심이 종종 피어올랐다.

그래서 디아나는 목이 빠지도록 8월 1일을 기다렸다. 매월 초일은 잉그람의 국왕이 마녀를 접견하는 날이었다. 하지만 굳이 오킹엄까지 올라와서 국왕을 만나려는 마녀는 거의 없었으므로, 매월 초일은 대체로 도제 생활을 끝마친 수습 마녀가 정식으로 국왕과 서약을 맺는 하루였다. 국왕과 서약을 맺지 않으면, 잉그람의 마법 명부에도 이름이 올라가지 않는 법. 다시 말해, 마녀로서 돈벌이하기 위해서는 반드시 국왕과 서약을 맺어야 했다.

안타깝게도 7월 1일을 넘겨 퇴원한 디아나는 한 달을 거의 유유자적 놀기만 했다. 돌이켜 보건대 아주 지루하고 덥고 짜증 나는 시간이었다.

이토록 여유로운 적이 없었던 디아나는 넘쳐 나는 시간을 감당하지 못했다. 헤스터가 바쁜 날엔 그저 멍하니 집을 지킬 뿐이었으나, 다행스럽게도 근자에는 세드릭 자일스가 폭탄 같은 편지를 보내 준 덕분에 그 지루한 시간을 고민으로 채울 수 있었다.

세드릭 자일스. 이름만 떠올려도 디아나는 골이 아파졌다. 대관절 만나자는 까닭을 모르겠으나, 그 시커먼 속내를 순순히 따라 줄 수는 없다. 아무렴, 교활하기 짝이 없는 그 뱀 새끼가 언니에게 무슨 망언을 할지 알고.

"언니. 세드릭이 이번 주 토요일은 안 된다고 그러네. 요새 갑자기 바빠졌나 봐. 다시 편지하겠대."

"그렇구나."

디아나는 세드릭에게 답장하지 않았고, 헤스터는 사랑스러운 동생이 거짓말을 할 줄은 꿈에도 몰랐다. 디아나는 깜찍한 얼굴로 거짓말을 늘어놓으며 내심으로 세드릭에게 마구 욕을 퍼부었다. 헤스터에게 거짓을 고하는 것이 이번이 처음은 아니었으나, 그래도 세드릭 때문에 언니를 속이는 것이 영 마음에 들지 않았다. 어쩐지 디아나 솔에게 있어 세드릭 자일스의 존재가 아주 큰 의미를 지닌 것처럼 느껴져 자존심이 상했던 것이다.

어쨌든 시간은 덧없이 흘러갔다. 무료했던 7월은 느닷없는 세드릭의 편지로 그나마 역동적으로 끝났고, 이제는 그토록 고대하던 8월이었다.

새벽 나절 내린 이슬비로 촉촉하게 젖은 오킹엄. 디아나는 난생처음으로 엔그렌 궁전으로 발을 내디뎠다.

"디아나. 접견실까지 잘 찾아갈 수 있겠니? 내가 데려다줄까?"

"언니는 공회당으로 가야지. 늦으면 어떡해."

때마침 오늘은 마법 공회가 열리는 날이었다. 마법 공회의 일원으로 초청받는 것은 대단한 영광이므로, 웬만하면 참석하여 명예를 드높이는 편이 좋았다.

"시간이 빠듯하긴 해도 괜찮을 것 같은데……."

"에이. 나 정말로 잘 찾아갈 수 있어! 혹시 모르겠으면 지나가는 사람 붙잡고 물어보면 되지."

디아나가 자신만만하게 외쳤다. 헤스터는 여전히 근심하는 기색을 지우지 못했지만, 디아나가 등을 미는 바람에 어찌할 수가 없었다.

"갈림길 나올 때마다 사람들한테 물어봐."

"응."

"접견실은 외궁에 있으니까 혹시 길을 잘못 들어서 내궁으로 들어가지 않도록 유념하고. 내궁은 접근이 제한되어 있어서 조심해야 해."

"알았다니까. 내가 애도 아니고."

설교가 길어질수록 이편으로 모이는 시선이 늘어났다. 디아나는 얼굴을 붉히며 소곤거렸다.

"서약 끝나면 바로 공회당으로 갈게. 너무 내 걱정만 하지 말고 언니 걱정도 좀 해."

마법 공회에는 잉그람을 대표하는 마녀·마법사들이 모였다. 자연히 잉그람을 대표하는 세 가문 출신이 많을 터. 디아나로선 홀로 고립될 언니가 우려될 수밖에 없었다. 언니가 스스로를 걱정하긴커녕, 그저 서약만 맺으러 온 동생을 걱정하기 바빠 더욱 그러했다.

"가만 보면 언니도 참 순진해."

디아나는 멀어지는 헤스터의 뒷모습을 지켜보며 투덜거렸다. 디아나는 하나뿐인 언니를 몹시 사랑했지만, 도무지 자신을 위할 줄 모른다는 것이 조금은 불만이었다. 개인주의를 미덕으로 삼는 마법 사회에서는 보기 드문 광경이었기 때문이다.

'아니면 혹시 나한테만 그러는 건가?'

불현듯 기분이 좋아진 디아나가 샐샐 웃었다. 하지만 아무리 그래도 정도란 것이 있었다. 언니가 그녀를 위하는 정도는 객관적으로도 심히 과했으므로, 그녀라도 대신 언니를 돌보아야 했다.

헤스터는 단순히 디아나 솔의 언니가 아니었다. 어머니인 그리젤다 솔의 재능을 그대로 이어받은 천재이자, 무려 별들의 왕 둘시네아의 사랑을 담뿍 받는 마녀였다. 그런 위대한 마녀가 자칫 잘못되면 마법 사회의 입장에서도 크나큰 손실이었다. 그리고 디아나는 한 명의 어엿한 마녀로서 그런 일이 없도록 충실하게 언니를 보필할 준비가 되어 있었다.

꼬장꼬장한 원로 마녀들이 들으면 흡족해할 다짐을 거듭하며 디아나는 걸음을 재촉했다. 둥근 아치와 화려한 조각으로 장식된 로엔그렌 궁전은 한눈에도 시선을 잡아끌 만큼 화려한 곳이었다. 시간 가는 줄 모르고 구경하다간 국왕과 서약을 맺지 못하는 수가 있었다.

그렇게 디아나는 연청색 찬란한 궁전도, 아름답게 꾸며진 정원도 애써 외면하며 바삐 발을 놀렸다. 정문이 제법 북적이던 것과 달리, 접견실로 향하는 복도는 한산하기 그지없었다. 처음에 디아나는 헤스터가 알려준 방향으로 의심 없이 나아갔지만, 머잖아 휑뎅그렁한 복도를 마주하니 자연스레 불안감이 싹텄다.

"여기가 대체 어디야……."

디아나는 미심쩍은 표정으로 둘러보았다. 뚫린 벽면으로 따사로운 햇볕이 쏟아지는 복도는 무척이나 밝고 고즈넉했다. 향기로운 꽃이 만발한 정원을 사이에 두고 반대편 복도가 끝없이 이어지고 있으나, 그 또한 한없이 적막했다.

한동안 디아나는 이러지도 저러지도 못한 채 전전긍긍했다. 스스로 길눈이 어둡다는 것을 잘 알기에 발 가는 대로 함부로 움직이지도 못했다. 그러다 왔던 길을 되짚어 보자는 생각으로 뒤돌았을 무렵, 자그마한 새 한 마리가 별안간 정면으로 날아들었다. 깜짝 놀란 디아나가 황급히 고개 숙여 피했지만, 새는 개의치 않고 그녀의 붉은 머리 위에 가지런히 내려앉았다.

"이건 또 뭐야!"

디아나는 낯선 감촉에 진저리 치며 고개를 마구 내저었다. 그럼에도 새는 디아나의 머리가 그리도 편안한지 도무지 움직일 생각을 안 했다. 견디다 못한 디아나가 손을 뻗어 새를 잡아챘다. 그리고 당장에 하늘로 날려 보내려던 찰나, 문득 손으로 퍼지는 써늘함이 이상스럽게 느껴졌다.

새는 생물이다. 고로 따뜻하다.

그런데 왜 차갑지?

어쩐지 으스스한 기분이 들었다. 디아나는 조심스레 주먹 쥔 손을 폈다. 새를 꽉 부여잡은 손가락이 느슨해지자 차츰 새의 형상이 드러났다. 그녀의 작은 손으로도 족히 덮이는 몸집에 영묘한 파란 눈. 하지만 디아나는 새를 놓지도 쥐지도 못한 채 어정쩡하게 서 있었다. 놀란 가슴이 콩닥콩닥 두방망이질했다.

그녀가 손에 쥔 것은 당연하게도 새의 형상이었다. 하지만 누구도 이걸 새라고 말하진 않을 터였다.

왜냐하면…….

"카나번."

불현듯 귀에 선 목소리가 들려왔다. 기계 새가 쏜살같이 손아귀를 빠져나가자, 디아나의 시선이 멍하니 새를 따랐다. 새는 멀찍이 어느 사내에게 이르러서야 날갯짓을 멈추었다.

디아나는 사내가 새에게 무어라 속삭이는 모습을 가만히 지켜보았다. 작은 속삭임까지 들릴 거리는 아니지만 사내의 생김새는 충분히 관찰할 수 있었다.

색이 옅은 은발에 선명한 벽안.

알피어스 가문의 마법사였다.

"카나번이 실례를 범했군요."

마법사가 천천히 다가왔다. 마법사가 먼저 말을 건넬 줄은 상상도 못했기에 디아나는 멀거니 고개를 젓기만 했다.

"아, 아니요……."

어느덧 지척으로 다가온 마법사가 물끄러미 디아나를 쳐다보았다. 하지만 디아나는 마법사의 머리 위를 빙빙 도는 기계 새에 매료되어 그의 시선을 알아채지 못했다.

"저기, 그런데 저 새는 뭐예요?"

디아나가 호기심을 참지 못하고 물었다. 마법사란 여간해서 마법과 관련하여 입을 잠그는 것이 일반적이지만, 다행스럽게도 아량 넓은 마법사는 순순히 답을 주었다.

"기계입니다. 마력을 동력으로 하지요."

"그럼 마법과 인간의 기술을 접목한 건가요?"

디아나의 눈이 초롱초롱하게 빛났다. 마법과 기계라니, 이제껏 들어보지 못한 조합이었다. 어쩌면 그녀의 마법 실력을 보강할 수 있는 좋은 기회인지도 몰랐다.

"관심 있습니까?"

"네!"

"이스트테더구(區) 해링턴가(街) 186B."

마법사가 말했다.

"그곳으로 가 보십시오."

"예에……."

디아나는 머쓱하게 대답했다. 그새 아무도 없는 주변을 둘러본 마법사가 여상하게 물었다.

"그런데 공회당이 어딘지 압니까?"

공회당. 아무래도 이 마법사는 언니와 마찬가지로 마법 공회에 참석하러 온 듯했다. 꽤 젊어 보이는데 대단한 실적이라도 쌓은 모양이었다.

디아나는 입을 비쭉거리며 등 뒤를 가리켰다.

"저쪽이에요."

"접견실은 이쪽입니다."

"네?"

깜짝 놀란 디아나가 마법사를 돌아보았다. 하지만 그는 서둘러 걸음을 재촉할 뿐이었다. 기계 새가 마법사의 뒤를 포르르 쫓았다. 그 기묘한 광경을 가만히 지켜보던 디아나는 머리를 긁적이며 이내 걸음을 옮겼다.

디아나는 심란한 눈빛으로 껑충 키가 큰 문을 올려다보았다. 과연, 잉그람 전역을 다스리는 국왕의 집답게 로엔그렌 궁전은 대단히 넓고 거대했다. 심지어는 고작 접견실의 문 주제에 이만치 컸다.

문 앞에서 한참을 머뭇거리던 디아나가 재차 문패를 확인했다. 하지만 문패에 적힌 고상한 필체는 변함없이 접견실을 가리키고 있었다. 궁전의 문패가 틀릴 리 없으니 이만 들어가서 국왕과 서약을 맺어야 하건만, 어쩐지 이제야 긴장감이 조금씩 올라왔다.

하지만 여기서 돌아갈 수도 없다. 끝내 결심한 디아나가 조심스레 문을 두드렸다. 고요한 복도에 노크 소리가 두어 번 울리기 무섭게, 육중한 문이 차츰차츰 열리기 시작했다.

접견실은 몹시 어두웠다. 문틈으로 햇볕 들이치는 모습을 지켜보던 디아나는 불현듯 들려오는 목소리에 퍼뜩 고개를 들었다.

"들어오지 않고 뭐 합니까?"

창문마다 꼼꼼히 커튼을 친 접견실은 어디고 어두웠지만, 유일하게 구석만 조금 밝았다. 디아나는 주춤거리며 접견실로 들어섰다. 그러자 기다렸다는 듯 문이 닫혔다.

"저어……."

"가까이 오세요."

"혹시 마녀세요?"

디아나가 머뭇거리며 물었다. 책상에 코를 박고 있던 마녀가 그제야 고개를 들었다.

"궁정마녀 그레이시 밀너입니다. 그나저나 서약하러 온 거 아니에요?"

짜증 섞인 목소리였다. 디아나는 얼른 책상 앞으로 가서 자리에 앉았다.

"서약서 잘 읽고…… 여기랑 여기. 사인하세요."

마녀는 서약서를 디아나에게 넘겼다. 디아나가 의아하게 물었다.

"국왕과 서약하는 게 아닌가요?"

"내가 국왕을 대리하여 서약을 체결합니다. 며칠 내로 국왕이 서약서에 사인을 하면 저절로 서약은 성립해요. 정 미덥지 못하다면 다음 주 중으로 마법 협회에 들러 잉그람의 마법 명부를 확인해 보세요. 만일 이름이 등재되지 않았으면 다음 달에 다시 오면 됩니다."

"아……."

디아나가 어색하게 고개를 끄덕였다. 국왕과 서약해야 정식 마녀로 인정받는다더니, 서약하는 자리에 국왕은 얼굴도 비치지 않는 것이 잉그람의 전통인 모양이었다. 이럴 거면 그냥 우편으로 처리하지, 무엇 하러 왕궁으로 오라고 한담. 디아나는 속으로 불평하며 서약서를 보았다.

서약의 내용은 별다를 것이 없었다. 귀하는 앞으로 잉그람의 마녀로서 이하의 내용을 권리로 지닐 것이며 등등……. 도서관과 기록 보관소, 그리고 천체 관측소를 자유롭게 이용할 수 있는 것을 제하면 당최 무엇이 권리인지는 잘 모르겠으나, 어쨌든 디아나는 무심하게 종이를 넘겼다. 본디 마녀는 국적에 크게 얽매이지 않았다. 국가가 마녀에게 베풀 수 있는 것이 지극히 한정적이기 때문이다.

'쥐똥만큼 베풀면서 바라는 건 왜 이리 많아?'

디아나는 심드렁히 〈잉그람 마녀의 의무〉를 읽기 시작했다. 갖은 미사여구와 의무랍시고 적어 놓은 별별 쓸데없는 내용을 제하니, 남은 알맹이는 고작 이 정도였다.

1. 마녀는 잉그람 법전의 심판을 받는다. 다만 징역형 이상에 처하는 경우에는 발푸르기스 평의회로 신병을 이송한다.

2. 마녀는 1687년 체결된 발롬피에 협약의 심판을 받는다.

3. 마녀는 왕명을 즉시 따른다. 다만 잉그람 국왕은 천재지변이나 전쟁, 극심한 인명 피해가 우려되는 경우에만 마녀를 동원할 수 있다. 이때 국왕은 그 지역에 거주하는 마녀를 일차적으로 동원해야 하며, 사태가 걷잡을 수 없을 지경에 이른 때에만 다른 지역의 마녀를 동원할 수 있다. 동원에 따른 보수는 양자의 협의로서 결정한다.

4. 마녀는 계약을 통해 국가 사무를 관장할 수 있다. 이때 보수는 양자의 협의로서 결정한다.

5. 마녀는 다음 장소에서 마법을 사용할 수 없다; 로엔그렌 내궁(內宮), 산티그마 교단에 공식적으로 귀속된 교회당, 괄티에로 벨리.

딱 예상한 정도였다. 선조들이 잉그람 국왕과 치열하게 협상한 결과일 테니, 공연한 의심을 가질 필요도 없었다. 어차피 언니와 스승님도 서약한 내용이 아닌가.

디아나는 펜을 들어 종이에 사인했다. 이로써 그녀는 그토록 소망하던 정식 마녀가 되었다. 10년 넘게 이 순간만을 꿈꾸었지만, 생각만큼 감흥은 크지 않았다.

"다 했어요?"

"네."

궁정마녀는 두말없이 서약서를 받아 갔다. 꼼꼼히 서약서를 살피던 마녀의 시선이 뚝 멈추었다.

"······당신이 그리젤다 솔의 둘째 딸이에요?"

디아나는 어색하게 웃었다. 마냥 기껍지만은 않은 관심이나, 이제는 익숙해진 참이었다. 지극히 배타적인 마녀가 낯모르는 사람에게 이리 캐물을 정도로, 솔이라는 이름에 담긴 무게는 상상 이상이었다.

잠시간 디아나를 살펴보던 궁정마녀는 오래지 않아 시선을 거두었다. 위대한 마녀 그리젤다 솔과 별에게 축복받은 헤스터 솔. 두 명의 위대한 마녀는 디아나의 자랑이자 평생을 옥죌 족쇄였다. 그나마 타인에게 무관심하기를 미덕으로 아는 마녀들이라 이 정도였다.

"이만 가세요."

"······그게 끝이에요?"

궁정마녀의 축객에 디아나가 얼빠진 표정을 지었다. 양옆으로 무려 세 개의 깃펜을 마법으로 바삐 놀리던 마녀가 신경질적으로 물었다.

"그럼 무얼 더 하죠?"

"고작 사인으로 끝내는 서약이라니·······. 효과가 너무 약하지 않나요? 적어도 이젤론의 서약이나 호레이샤 맹세 7단계 정도는 거칠 줄 알았는데······."

"이건 가계약이에요."

궁정마녀가 쌀쌀맞게 대꾸했다.

"나머지는 발푸르기스의 밤에서 제대로 행할 겁니다. 올 가을에 열린다니 꼭 참석하세요."

하긴 제대로 된 서약을 맺으려면 하루로는 부족할 터였다. 그래도 마법 명부에 이름을 올려야 하니, 일단 가계약을 맺은 다음에 정식으로 서약의 절차를 밟으려는 것 같았다. 간단하면서도 효과가 대단한 술라의 맹약이 있지만, 그것은 서약자의 목숨을 담보로 하는 몹시 위험한 술법이었다. 당장 그녀만 하더라도 기차에서 강제로 맹약을 맺었다가 목이 졸려 죽을 뻔하지 않았나.

디아나는 조심스럽게 자리에서 일어났다. 궁정마녀 그레이시 밀너는 이젠 네 개의 깃펜을 마법으로 놀리면서 한시도 손을 쉬지 않고 있었다. 저토록 바쁜 마녀에게 공연스레 꼬치꼬치 캐물었던 것이 조금 미안해졌다. 디아나는 적어도 나갈 때만큼은 조용히 나가자는 생각으로 최대한 발소리를 죽여 걸었다.

끼이익.

문이 열리기 무섭게 들이친 햇볕은 금세 자취를 감추었다. 다시금 어둑해진 접견실에는 오직 깃펜이 종이를 스치는 소리만이 흐를 뿐이었다.

메시나, 잉그람, 반제.

제각기 다른 문화적 토대 위에서 건립된 세 나라는 시작점이 달랐듯 작금에도 판이한 모습을 보이고 있었다. 왕도 돌카마라보다 성도 산티그마를 더욱 존숭하는 메시나는 교단의 힘이 막강하여 세속 군주가 기세를 펼치지 못했고, 산티그마 교단을 가장 늦게 받아들인 반제는 그들이

왕이라 추종하는 지배자 휘하로 모든 권력과 재화를 결집했다.

반면 잉그람은 국왕을 존중하되 무조건적으로 지배받지 않기 위하여 세상에서 가장 철저한 법전을 만들었다. 그리하여 국왕과 교단의 손아귀에서 벗어난 잉그람은 오로지 법전에 의해서만 통치되는 사뭇 독특한 국가였다.

이러한 특징은 각국의 마법 사회에도 그대로 투영되었다. 메시나의 마법 사회는 일찍이 교황에게 무릎 꿇었던 팔리아치 가문이 주도했고, 반제의 마법 사회는 그들의 목줄을 쥔 강고한 국왕의 뜻에 좌지우지되었다. 하지만 잉그람은 달랐다. 교활한 자일스, 고결한 베가, 공정한 알피어스. 이렇듯 세력 강대한 세 가문이 존재하지만, 유별나게 특출한 가문 없이 공고한 세력 균형을 유지하고 있었다.

마법 공회.

1년에 한 번. 잉그람의 내로라하는 예순여섯의 마녀·마법사들이 한자리에 모이는 이 회합이야말로, 잉그람 마법 사회의 특징을 여실히 보여주는 사례라 하겠다.

"헤스터 경. 굉장히 오래간만에 뵙습니다."

장장 3년 만에 마법 공회에 참석한 헤스터는 무표정한 얼굴로 인사를 주고받았다.

"근래 참석하지 못했습니다."

"역시. 나만 보지 못한 것이 아니군요."

불과 몇 달 전까지만 하더라도 헤스터는 국왕과 장기 계약을 체결하여 국경 도시 스노든에서 천체 연구에 몰두했었다. 그럼에도 매년 마법 공회 소집장이 날아왔으므로, 만일 참석할 뜻이 있었다면 무리 없이 오킹엄으로 내려올 수 있었을 테지만 헤스터는 굳이 그러지 않았다. 당시 올리버의 배신에 큰 충격을 받아 도망치듯 떠나왔으니, 병적으로 오킹엄을 피할 만했다.

헤스터는 그다지 멀지 않은 과거를 반추하며 쓰게 웃었다. 스노든에서 별만 보고 살 적에는 절대 오킹엄으로 돌아가지 않으리라 지레짐작했기에, 작금 심적으로 평안한 생활이 새삼 우습기도 했다.

무릇 지독하게 아팠던 상처도 점차 아물기 마련이다.

헤스터는 담담하게 공회당 전경을 훑어보았다. 마지막으로 보았던 모습과 크게 달라진 점은 없었다. 물론 공회당은 건립된 지 200년은 족히 넘었으므로 고작 3년 사이에 변할 리 만무했지만, 참석자들의 면면조차 그대로라는 점은 아마 마법 사회의 폐쇄성이 크게 작용했을 터다. 실제로 요사이 학계에서 반향을 이끌어냈던 신진들은 이번 공회에 거의 초청받지 못했다.

그녀의 자리는 맨 뒤쪽이었다. 원형의 공회당에서는 오히려 뒤편에 앉는 것이 전반적인 상황을 조망하기 쉬웠으므로, 헤스터는 마련된 자리에 기꺼이 착석했다. 주변의 다른 이들도 점차로 자리를 찾아가고 있었다.

그때, 늙은 왕관독수리가 푸드덕거리며 옆자리로 날아들었다. 왕관독수리는 맹금류 사이에서도 체구가 남다른 종이지만, 유독 꼿꼿한 자태에선 무시하지 못할 위압감마저 느껴졌다.

헤스터는 느리게 시선을 내려 옆자리의 명패를 보았다.

"……권프린 두들버그 경?"

"레오나드 자일스다."

왕관독수리의 부리에서 걸걸한 노인의 음성이 흘러나왔다.

"권프린 두들버그는 술독에 빠져 사느라 오늘이 며칠인지도 모를 게야."

"저런."

헤스터가 여상하게 대꾸했다. 독수리의 날카로운 시선이 슬쩍 그녀를 향했다.

"3년 만이로군. 나는 그간 잘 지냈다."

"저도 잘 지냈습니다."

"잘 지내? 듣기로는 영 별로던데."

"예?"

"니올로 팔리아치 말이다. 그리젤다의 둘째 딸이 뮈티레의 오점을 지워 버렸다고 한동안 난리가 아니더구나."

헤스터는 건조하게 고개를 끄덕였다.

"소문이야 곧 잦아들겠지요."

"그건 너의 바람이겠지. 무려 그리젤다의 둘째 딸이 광인 니올로를 죽였다질 않아. 게다가 바바라 자일스의 밑에서 수학했다지? 이번엔 얼마나 대단한 마녀가 등장할지 다들 기대가 커."

불편함이 가시처럼 목에 걸렸다. 헤스터는 흘끗 주변을 둘러보았다. 참석자의 태반이 레오나드 자일스처럼 동물을 보내긴 했으나, 그렇다고 그녀를 향한 형형한 시선이 느껴지지 않는 것은 아니다.

"이런 질문이 불편한가?"

"……오늘따라 말이 많으십니다."

헤스터가 조용히 말했다.

"레오나드 경이 아니었다면 다른 이가 옆자리를 채웠겠지요. 그리고 더욱 노골적으로 질문했을 테고요. 경이 곁으로 와 주신 데 감사드려야 할까요?"

독수리는 한참이나 말이 없었다. 허를 찔린 듯 날개를 퍼드덕거리며 불편한 기색을 드러냈다.

"이제 너도 그리젤다를 닮아 가는구나. 아니면 아멜리아를 닮은 건가?"

"어느 쪽이든 그저 영광스러울 뿐입니다."

"흥."

독수리가 고개를 팩 돌렸다. 헤스터는 삐친 기색 다분한 독수리를 힐끔대며 남모르게 웃음을 흘렸다.

레오나드 자일스. 일명 규율의 마법사라 불리는 노인은 자일스 가문의 원로 격인 고명한 마법사였다. 10년 전만 하더라도 일선에서 제법 명성을 떨쳤으나, 나이를 먹은 뒤로는 거처에서 은거하며 좀처럼 모습을 보이지 않았다. 오늘 이렇게 마법 공회에 나타난 것도 의외였다.

그가 무슨 생각으로 그녀의 옆자리까지 꿰어 찼는진 모르겠으나, 헤스터는 진심으로 레오나드 자일스에게 감사했다. 그의 괄괄한 성정은 마법 사회에서도 익히 유명했다. 오래전 관 속으로 들어간 잉그람 선왕과 대거리를 벌인 직후 로엔그렌 궁전 담벼락에 소변을 갈겼다는 일화는 전설처럼 내려오고 있었다. 적어도 마법 공회의 참석자들은 레오나드 자일스의 괴팍함을 잘 알 테니, 쉽사리 헤스터에게 다가와 질문 공세를 가하진 않을 터였다.

타인에게 무심하기를 미덕으로 섬기되, 일단 관심을 가진 분야에는 미친 듯 몰두하는 것이 바로 마법사란 족속이다. 평범한 마법사라면 몰라도, 마법 공회에 소집될 만큼 영향력 있는 인물이라면 '비밀스러운 그리젤다 솔의 둘째 딸'과 '꿩인 니올로의 죽음'에 관련하여 많은 의문점을 가지고 있을 것이다. 하지만 헤스터는 그네들의 호기심을 해갈해 줄 의향이 전혀 없었다.

휑뎅그렁하던 공회당에도 어느덧 사람이 찼다. 새가 주류였지만, 이따금 다른 동물이 보이기도 했다. 특히 누가 봐도 알피어스 소속이 분명한 파란영양은 공회당 구석에서 마치 여왕처럼 군림하고 있었다. 헤스터는 저이가 바로 〈공정한 알피어스〉의 수장인 수리 알피어스라고 추측했다.

"어린것이 아주 시끄럽게 노는구나."

레오나드 자일스가 독수리의 입을 빌려 투덜거렸다. 헤스터는 파란영양 근처에서 따분한 얼굴로 서 있는 휴고 알피어스와 눈짓으로 인사를 주고받았다.

오래지 않아 반대편이 소란스러워졌다. 파란영양은 도착했으니 이제는 둘이 남았다. 석문이 활짝 열린 입구. 눈부신 햇빛을 등지고 자그마한 까마귀가 공회당으로 입장하는 모습이 눈에 들어왔다.

"바바라 자일스 경이군요. 가 보지 않으셔도 됩니까?"

헤스터가 물었다. 하지만 왕관독수리는 심드렁하게 입구를 지켜볼 뿐이었다.

"귀찮다. 그렇잖아도 요새 시끄러운데 가서 무슨 헛소리를 들으려고."

"예?"

반문하던 헤스터는 곧 레오나드가 친족을 꺼리는 이유를 깨달았다. 근래 자일스가 시끄러운 이유라면 하나밖에 없었다.

"그러고 보니 세드릭 경이 돌아왔다지요."

2년 전, 용을 교련하러 국경으로 떠났던 세드릭 자일스가 돌아왔다. 이는 즉 한동안 소강상태였던, 자일스의 차기 수장 자리를 둘러싼 논쟁에 다시금 불을 지피는 계기가 되었을 것이다.

"그래. 용을 데리고 아주 당당히 귀환했다지."

역시나, 보수적인 자일스 가문의 원로답게 레오나드는 불만스러운 기색이 역력했다.

"나는 그 녀석이 마음에 들지 않아."

"세드릭 경이 어릴 때 스치듯 한 번 보셨다고 하지 않았나요?"

"그런 핏덩이야 한 번 보는 걸로 족해."

왕관독수리가 거북한 낯빛으로 날개를 뒤틀었다.

"그 녀석은 제 아비의 피를 너무 짙게 이어받았어. 아주 아비와 똑 닮았더군."

"……세드릭 경은 훌륭한 마법사예요."

헤스터가 세드릭을 옹호했다. 그러나 늙은 마법사는 완고했다.

"하지만 훌륭한 자일스는 아니지."

"마법 공회요? 타종 소리가 들리지 않은 걸 보면 아직 진행 중이지 않겠습니까. 저도 잘은 모르겠군요."

서약은 예상보다 빨리 끝났지만, 접견실에서 공회당을 찾아가는 길이 녹록지 않았다. 행여나 헤스터와 길이 엇갈릴까 싶어 마음이 급해진 디아나는 지나가는 사람들을 붙잡았으나, 척 보기에도 귀한 신분은 아닌 디아나에게 돌아오는 답변이란 지극히 무심했다.

왕가의 사람이 기거하는 내궁과 달리, 수많은 중앙관청이 들어선 로엔그렌 외궁은 수많은 각료와 시종이 드나드는 곳이었다. 자연히 수수한 차림의 여자아이가 처한 곤란한 상황에 관심을 기울이는 사람은 많지 않았다. 디아나는 서류 더미를 안은 사람들이 바삐 길을 재촉하는 복도에서 한참을 딩그러니 서 있었다. 그러다 간신히 정신을 나잡고는 꾸역꾸역 걸음을 옮겼다.

그렇게 어렵사리 길을 물어 간신히 공회당에 달했을 무렵, 디아나는 이미 지쳐 있었다. 일생의 태반을 고즈넉한 자일스 저택에서 살아온 그녀에게 이토록 바글거리는 곳은 독이나 마찬가지였다. 언니와 손 붙잡고 집으로 돌아가거든, 당장 침대에 뻗어서 저녁까지 눈을 못 뜨리라 쉬이 짐작할 수 있었다.

디아나는 눈부신 볕에 미간을 좁히며 공회당을 기어코 올려다보았다. 화사하게 치장한 다른 건물과 달리, 공회당은 우중충한 잿빛으로 물들어 있었다. 우아한 선을 그리는 둥근 아치도, 경전 속 헐벗은 인물을 세심하게 조각한 장식도 없었다. 대신 커다란 바위를 차근차근 쌓아 올린 투박한 원형 건물은 신전처럼 거대한 석문과 한낮의 햇살을 반사시키는 유리 천장으로 시선을 사로잡았다.

공회당은 난생처음이었다. 자격이 못 되어 입장할 수는 없으니 외관으로나마 구조를 짐작하고 싶었지만, 이제 막 정오를 지난 한여름의 볕은 지나치게 밝았다. 디아나는 우둔하게 눈을 혹사시키느니, 나중에 언니에게 내부를 묘사해 달라 청할 요량이었다.

그리 뙤약볕을 피해 그늘로 걸음을 옮기던 참이었다. 때마침 육중한 석문이 느릿느릿 열리기 시작했다. 디아나가 반색하며 계단을 열심히 뛰어올랐다. 쓸데없게 많은 계단에 대한 불평도, 혹서에 대한 짜증도 곧 언니와 재회할 기쁨에 가려졌다.

"어?"

그런데 계단을 반쯤 올랐을 무렵, 디아나가 갑자기 멈추었다. 석문이 열리는 모습을 부단히 좇던 눈길마저 얼마간 떨어진 사람에게 못 박혔다.

그는 한눈에도 시선이 몰리는 사람이었다. 20년 만의 무더위라는 이 한여름에 새카만 로브를 뒤집어쓴 모습이라면 누구라도 경악하여 돌아볼 것이었다. 디아나도 처음에는 그 유별난 차림에 시선이 갔지만, 오래지 않아 그뿐만이 아님을 깨달았다.

깊게 눌러쓴 로브 아래로 보이는 얼굴은 으레 마법사가 그러하듯 창백했다. 하지만 얼핏 보이는 까만 머리나 내려뜬 녹안은 부정할 수 없는 자일스의 상징이었다. 또한 정체를 감추려 꽁꽁 싸맸음에도 한눈에 그를 알아볼 수 있었던 이유는, 짐작건대 제 아비를 빼닮아 보기 드물게 미려한 얼굴선 때문이었다.

세드릭 자일스.

디아나의 얼굴이 차츰 일그러졌다.

세드릭은 오킹엄에 도착하자마자 정신없이 잠에 빠져들었다. 그렇잖아도 계약이 끝나기 무섭게 바바라 자일스가 머무는 페어퍼드로 쉼 없이 비행했는데, 그 페어퍼드에서도 거의 쫓겨나듯 출발한 터라 다시 오킹엄까지 기나긴 비행을 견뎌야 했기 때문이다. 지난 사흘은 하늘에서 보내는 시간이 땅에서 보내는 시간보다 곱절은 많았으므로, 반송장으로 왕도에 달한 세드릭이 온종일 잠든 것도 무리는 아니었다.

그리고 이튿날, 세드릭은 우선적으로 저택을 손보기 시작했다. 시내에 위치한 저택은 가문의 명성만큼이나 웅장했지만, 사람의 발길이 끊긴 지 오래되어 녹슨 구석이 한둘이 아니었다. 주인에게 유독 집착하는 용 때문에 아직 시종도 들이지 못한 세드릭은 하는 수 없이 스스로 저택을 수리하고 청소했다. 물론 빗자루며 걸레며 전부 마법으로 움직이긴 했으나, 오랜 비행으로 몸이 축난 세드릭에겐 그조차 거치적거리는 일이었다. 결국 위층은 열어 보지도 못하고 청소는 끝났다.

다음 날은 미완성의 스노우볼을 마저 제작해야 했다. 본디 용이란 사납고 탐욕스러운 종족이기에, 아무리 주인에게 메였다 한들 늘 탈주를 일삼는 아주 제멋대로인 짐승이었다. 바로 그런 연유로 지난 2년 국경에서 구르며 용을 교련했던 세드릭은 용의 변덕을 좌시할 의사가 조금도 없었다. 더구나 인적 드문 국경이라면 몰라도 오킹엄에서 용을 기르기란 어불성설이다. 그래서 고안한 묘안이 바로 스노우볼이었다.

흔히 스노우볼이란 유리구슬에 자그마한 마을이나 나무가 삽입된 미니어처 장식품을 말한다. 하지만 세드릭은 유리구슬에 미니어처 마을을 집어넣는 대신, 유리구슬 내부의 소세계(小世界)와 동부의 무인도를 연결할 셈이었다. 자일스 가문이 소유한 동부의 무인도는 야생 동물과 열대과실이 많은 곳으로, 사면이 바다로 둘러싸였으니 물을 유난히 무서워하는 용을 안전히 가두기에 안성맞춤이었다.

세드릭은 그렇게 꼬박 하루를 걸려 스노우볼을 완성한 이후에야 채스터티가 건넨 쪽지를 펼쳐 볼 여유가 생겼다.

오킹엄시(市) 노스비어스구(區) 리치먼드가(街) 94—4

물끄러미 주소를 쳐다보던 세드릭은 종이를 펼쳐 편지를 작성하기 시작했다. 펜은 거침없을 때도, 한참 머뭇거릴 때도 있었다. 완성된 편지는 고작 서너 줄에 불과했지만, 그 하나를 위해 희생된 종이는 무려 수십 장이었다.

남은 나날은 답장을 기다리며 조용하게 지냈다. 으레 마법사가 그러하듯 세드릭은 요란스러운 것을 질색했으므로, 친족에게 자신의 귀환을 애써 알리지는 않았다. 어차피 알리지 않아도 자연스레 퍼져 나갈 소식이었다. 그리고 소식이 웬만큼 퍼지면 가문이 다시금 소란해질 터. 세드릭은 자신의 이름이 친족과 얼굴도 모르는 낯선 이의 입에서 오르내리는 것을 반기지 않았고, 그렇잖아도 심신 미령한 어머니에게 더한 부담을 안겨 주고 싶지도 않았다.

하루, 이틀, 사흘, 나흘…… 시간은 의외로 빠르게 흘러갔다. 고목처럼 오랜 시간 제자리를 지켜 온 저택은 시끄럽고 활기찬 거리와는 사뭇 단절된 듯했다. 세드릭은 낮에는 책을 읽고, 밤에는 별을 관측하며 지루하지 않은 하루를 보냈다. 간간이 소식 없는 정문을 쳐다보기도 했으나, 주인이 오래 버려두었던 저택은 이미 손님의 발걸음이 끊긴 지 오래였다.

오킹엄에 도착한 지 열흘째 되던 날. 세드릭은 마침내 답장이 오지 않으리라는 것을 순순히 인정했다. 2년 전, 국왕과 장기 계약을 맺고 국경으로 떠나기 직전 그리 대차게 다투었으니, 답장이 오지 않을 만도 했다. 그럼에도 세드릭이 편지를 보낸 것은 행여나 헤스터가 편지를 받지 않을까 하는 기대의 발로였다. 다행히 그는 헤스터 솔과 제법 괜찮은 사이였다. 일주일이 되도록 감감무소식인 걸 보면, 편지는 일찌감치 디아나의 손아귀에서 흔적 없이 태워졌을 테지만 말이다.

하지만 세드릭은 실망하지 않았다. 어차피 답장을 크게 기대하지 않았을뿐더러, 답장이 온들 욕설로 가득하지만 않으면 다행이라고 생각했다. 그는 이미 솔 자매의 주소를 알고 있었다. 바로 찾아가지 않고 편지를 보내 양해를 구한 것은 그저 마법 사회에서 집이 가지는 함의를 고려하여 내린 판단이었을 뿐이다.

세드릭은 느른하게 몸을 일으켰다. 오킹엄에 도착한 이후 바깥으로 나가지 않았으니, 장장 열흘 만의 외출이었다. 사시사철 서늘한 저택과 달리 오킹엄의 여름은 무덥고 뜨거웠다. 모두가 팔을 드러내고 부채를 부치는 동안, 세드릭은 긴 옷에 검은 로브까지 걸치고서 거리를 걸었다. 행인들이 뜨악하는 것과 달리 세드릭은 변함없이 창백한 안색이었다. 심지어는 땀 한 방울 흘리지 않았다.

세드릭이 향한 곳은 로엔그렌 궁전이었다. 오늘은 마법 공회가 열리는 날로, 2년여 만에 오킹엄으로 돌아온 헤스터 솔은 분명 마법 공회에 참석할 것이다. 또한 8월 초일인 만큼 디아나는 접견실에서 정식 마녀가 되기 위한 서약서를 작성하고 있을 터.

정오쯤 공회당에 도착한 세드릭은 로브를 더욱 깊게 눌러쓴 채 석문이 열리기만을 기다렸다. 그는 디아나를 만나야 했다. 다만 그녀와 '정상적으로' 대화하기 위해선 잠시나마 헤스터가 함께해야 했기에 일단 헤스터와 이야기를 나누어 볼 작정이었다. 그러다가 디아나와 마주쳐도 좋았고, 설사 마주치지 않더라도 좋았다. 어차피 세드릭의 목표는 저녁 약속을 잡는 것뿐이었다.

오래지 않아 석문이 천천히 열리기 시작했다. 세드릭은 입구에서 조금 떨어진 곳에서 헤스터가 나오기만을 기다렸다. 불운하게도 마법 공회에는 자일스 가문의 많은 원로가 참석하는 만큼 눈에 띄어서 좋을 것은 없었다. 세드릭은 자기만 보면 아비의 핏줄을 운운하는 친족을 몹시 싫어했다. 여기 왔다는 걸 들켰다간 거의 결정된 후계 자리를 두고 또다시 공방이 벌어질 테고, 야속한 그의 어머니는 늘 그래 왔듯 친아들을 감싸주지 않을 터였다.

수십 마리 새가 하늘로 날아오르고, 파란영양을 비롯한 짐승들이 빠르게 석문을 빠져나갔다. 뒤이어 느긋하게 나오는 이들은 드물게도 직접 공회당에 나타난 마녀·마법사들이었다. 세드릭은 그들을 눈으로 훑으며 헤스터를 찾아 헤맸다.

그런데 불현듯 빤한 시선이 느껴졌다. 세드릭은 무심코 고개를 돌렸다. 쏟아지는 불볕 아래, 빛 받아 하얗게 바스러지는 붉은 머리가 별안간 시야로 밀려들었다.

세드릭은 우두커니 그녀를 바라보았다. 길게 기른 붉은 머리, 으레 마녀들이 그러하듯 창백한 얼굴, 자그마한 키에 찌푸려진 잿빛 눈. 디아나는 2년 전과 비교해 별반 달라진 점이 없었다. 작별할 때와 마찬가지로 일그러진 표정 또한 마찬가지였다.

"……."

세드릭이 천천히 입을 열었다. 디아나, 디아나 솔. 무려 2년간 부르지 못했던 이름이다. 그는 입 안에서만 굴려 왔던 이름에게 소리를 찾아 주어야 했다.

그때, 디아나의 입가에 일순 미소가 감돌았다. 세드릭은 착각인 줄만 알고 멍하니 눈을 깜박였다. 그새 디아나는 환히 낯꽃 피운 채 열렬히 이편으로 달려오고 있었다. 차츰차츰 가까워지는 얼굴에 감출 수 없는 기쁨이 만연했다.

그리고 스쳐 지나갔다.

"언니!"

들어 본 적 없는 환희가 파도처럼 그를 쓸고 지나갔다.

그제야 세드릭은 아주 느리게 숨을 뱉어 냈다.

공회당을 빠져나오던 헤스터는 자신을 부르는 소리에 고개를 들었다. 갑자기 눈가를 침범하는 불볕에 잠시간 찡그리긴 했어도, 사랑하는 동생의 부름이니 미소가 떠오르지 않을 수 없었다.

"디아나."

헤스터는 어느새 지척으로 다가온 디아나를 반겼다.

"서약은 잘 마쳤니?"

"그럼. 별거 아니던데, 뭐."

디아나가 어깨를 으쓱이며 대꾸했다.

"이번 서약은 약식이고 발푸르기스의 밤에서 정식 절차를 밟을 거라던데, 정말이야?"

"응. 너는 크게 신경 쓰지 않아도 돼. 발푸르기스의 밤 주최자들이 모두 마련해 놓을 테니까."

"뭐, 그렇다면야."

쉬이 납득한 디아나가 얼른 헤스터의 손을 잡아끌었다.

"너무 덥지? 빨리 집에 가자."

유난히 서두르는 디아나의 모습에도 헤스터는 그저 동생이 더위에 약하구나 하고 여길 뿐이었다. 그래서 서둘러 걸음을 옮기려던 찰나, 헤스터는 문득 한여름에 굉장히 어울리지 않는 차림을 발견했다. 그를 한눈에 알아보진 못했지만, 세드릭이 때마침 얼굴을 가리던 후드를 벗어서 반갑게 인사를 건넬 수 있었다.

　"세드릭 자일스 경."

　헤스터가 엷게 웃으며 그에게로 다가갔다. 세드릭 역시 차분한 미소를 폈다.

　"오래간만에 뵙습니다."

　"세상에, 왕궁에서 뵐 줄은 몰랐습니다. 바바라 자일스 경을 만나러 왔나요?"

　"아니요. 그렇다기보단……."

　세드릭의 시선이 느릿하게 사선으로 미끄러졌다. 멀찍이서 머뭇거리던 디아나는 일순 세드릭과 눈이 마주치자 어깨를 움찔거렸다.

　어울리지 않게 말을 흐리는 세드릭을 조금 의아하게 쳐다보던 헤스터가 그의 시선을 깨닫고는 환하게 웃었다.

　"디아나. 너도 세드릭 경은 오래간만에 보겠구나. 어서 인사하렴."

　"으응……."

　애써 웃어 보인 디아나는 곧장 표정을 굳히며 세드릭을 쏘아보았다. 언니가 곁에서 듣고 있음을 잘 알면서도 어쩐지 입 밖으로 나오는 음성은 꽤나 날카로웠다.

　"여기까진 웬일이야?"

　말소리에 돋친 가시를 기민한 그가 놓쳤을 리 없건만, 세드릭은 말없이 그녀를 쳐다보기만 했다. 그 시선이 부담스러워질 때쯤, 세드릭은 아주 자연스럽게 헤스터 쪽으로 고개를 틀었다.

"일주일 전에 편지를 보냈는데 잘 전달되었는지 모르겠습니다."

"편지요?"

편지. 까맣게 잊고 있던 것이 화제로 오르자 디아나는 내심 심장이 덜 컹거리는 줄만 알았다. 며칠 전 디아나는 언니에게 답장했노라, 세드릭 이 최근 바빠졌다며 일방적으로 약속을 미루었노라 아주 뻔뻔한 거짓말 을 했었다.

"요새 바쁘다고 하지 않았나요?"

헤스터는 동생이 거짓을 고한 줄 꿈에도 모르고 의아한 표정을 지었 다. 세드릭은 눈 하나 깜짝하지 않으며 반문했다.

"제가요?"

"분명 디아나가 그런 답장을 받았다고……."

두 사람의 시선이 자연히 디아나에게로 모였다. 디아나는 이러지도 저러지도 못한 채 그저 어색하게 웃기만 했다. 뒷목을 적시는 것이 뙤약 볕에서 비롯된 땀인지, 아니면 긴장에서 비롯된 식은땀인지 구별할 수 없었다.

그때, 세드릭이 느릿하게 말문을 열었다.

"……예. 요즘 용에게 둥지를 만들어 주느라 조금 바빴습니다."

응? 디아나는 시선을 내리깐 채 혼란에 휩싸였다.

"참, 저도 그게 궁금했습니다. 오킹엄 같은 대도시에서 용을 기를 수 는 없을 테니, 무슨 방안을 고안했나 해서요."

"다음에 보여 드리겠습니다. 오늘은 집에 두고 나와서."

세드릭은 이젠 차분하게 웃어 보이기까지 했다.

"그럼 편하신 시간을 다시 여쭈어도 될까요? 저는 당분간 쉴 예정이라 한가합니다."

"그럼 저는……."

잠시 고민하던 헤스터가 말했다.

"이번 주말도 괜찮아요."

"토요일 저녁으로 할까요?"

"디아나, 너도 이번 토요일 괜찮지?"

갑자기 대화의 화살이 디아나를 향했다. 오가는 말을 멍하니 주워듣던 디아나가 퍼뜩 놀랐다.

"뭐? 토요일?"

"응. 토요일 저녁에."

디아나는 가까스로 입술을 끌어 올렸다. 마음속으로는 절대로 싫다고, 언제든 싫다고 외치고 싶었으나.

"그럼. 나야 남는 게 시간인걸."

하지만 입으로는 그리 종알거릴 수밖에 없었다. 디아나는 오늘 막 잉그람 마법 명부에 정식으로 이름을 올린 마녀였다. 근래 구제할 길 없이 한가로운 백수였다는 사실은 헤스터가 가장 잘 알기에 바쁘다는 핑계조차 댈 수 없었다.

하지만 저 뱀 새끼와 마주 앉아 식사해야 한다니. 생각만으로도 불편하기 짝이 없었다. 디아나가 그리 고여 드는 자괴감에 허우적대는 동안, 헤스터와 세드릭은 화기애애한 작별 인사를 주고받았다.

"토요일 저녁 6시에 앰브로즈 광장에서 뵙겠습니다."

"예."

세드릭의 시선이 이번엔 디아나를 향했다. 예기치 않게 눈이 마주친 디아나가 저도 모르게 표정을 딱딱하게 굳혔다. 그것은 세드릭 역시 마찬가지였다. 헤스터와 대화하는 내내 입가에 걸려 있던 가증스러운 미소는 온데간데없었다. 남은 것은 디아나도 익히 잘 아는 기묘한 무표정이었다.

"다음에 보자."

물끄러미 디아나를 보던 세드릭이 조용히 말을 건넸다. 별스럽지 않은 인사였지만, 디아나는 못내 의심스러운 눈초리로 그를 흘겨볼 뿐이었다.

아무래도 수상쩍어.

그늘을 골라 걸으며 디아나는 그런 생각을 했다. 다른 마법들도 마찬가지겠지만, 그녀가 아는 세드릭 자일스는 이유 없이 남에게 선행을 베푸는 이가 아니었다. 세드릭이 그녀의 거짓말에 동조해 준 덕분에 순탄히 넘어갔으나, 디아나로선 영 꺼림칙한 기분이 남을 수밖에 없었다.

'도대체 무슨 심경의 변화람.'

디아나는 열심히 불평했다. 예전과 마찬가지로 당최 헤아릴 수 없는 시커먼 속이 계속해서 마음에 걸렸다.

"참, 디아나. 아침에 보니까 계란이 다 떨어졌더라. 잠깐 가게에 들를까?"

디아나는 고민 없이 고개를 끄덕였다. 계란은 의심할 여지없는 필수품이었다. 도무지 요리에는 재능이 없는 자매가 다양하게 요리할 수 있는 거의 유일한 식재료였기 때문이다.

"그럼 식료품 가게에 가서—"

"인니. 우리 그러지 밀고 시장으로 가자."

별안간 디아나가 눈을 반짝반짝 빛내며 말했다.

"시장?"

"며칠 전에 카페 종업원한테 들었는데 동네 가게는 덤터기를 많이 씌운대. 시장에서 사는 게 훨씬 싸다고 했어."

아파트 1층 카페. 디아나가 새로운 카페를 개척하기 꺼려 하여 부득불 종업원의 수다를 견뎌 낸 보람이 있었다. 수다쟁이 종업원은 이렇듯 아주 가끔씩 괜찮은 정보를 건네곤 했다.

그렇게 두 사람은 시장으로 향했다. 두어 번 길을 잃긴 했어도 무더위에 완전히 지치기 전에 겨우 당도했다. 자매는 안도하며 바글바글한 한낮의 시장으로 들어섰다.

"예쁜 아가씨! 오늘 저녁에 생선 어때요, 여기 신선한 연어가 나왔는데!"

"연어는 무슨. 자고로 여름에는 닭이지!"

"얼씨구. 칼도 제대로 못 잡게 생긴 아가씨들이 닭을 어떻게 손질하려고? 자자, 과일이나 사 가요. 사과 색깔 좀 봐, 탐스러운 게 아가씨들이랑 딱 어울리겠어."

하지만 시장이 이렇게 시끄러울 줄은 미처 예상하지 못했다.

"우리는 계란만 사면 돼요."

"계란만 뭐. 설마 계란만 먹으려고? 에이, 여기 베이컨은 어때?"

"베이컨은 있어요."

"그래? 그래도 사 봐. 우리 베이컨은 다른 데랑 질이 다르다니까."

"질이 다른 건 우리 사과겠지. 아가씨들, 사과 어때? 응?"

"아니, 그러니까 우리는……."

호객 행위에 면역 없는 자매는 금세 노련한 시장 상인들의 표적이 되었다. 디아나는 숫제 싸울 것처럼 달려드는 상인에게 식겁하여 얼른 헤스터의 등 뒤로 숨었다. 덕분에 홀로 맞서게 된 헤스터는 눈이 뱅뱅 돌 지경이었다.

결국 상인들의 손에 한바탕 휘둘리고서 겨우 빠져나온 자매의 양손에는 종이봉투가 가득 들려 있었다. 물론 계란만 든 것은 아니었다.

"……디아나. 우리 앞으로는 그냥 가게에서 사자."

"……그러자."

디아나는 한숨을 푹 내쉬었다. 계란에 과일에 고기에 야채에, 아주 가관이었다. 감언이설에 넘어가서는 돈을 아주 많이 써 버리고 말았다. 본디 채스터티로부터 수전노란 말을 들을 정도로 돈을 귀히 여겼던 디아나는 예상외의 지출이 몹시 뼈아팠다.

하지만 어쩌랴. 이미 써 버리고 만 것을. 그리 포기하려던 디아나의 낯빛이 삽시에 돌변했다. 아니, 그럴 수는 없다. 이 돈이 어떤 돈인데. 언니의 피땀으로 간신히 긁어모은 돈인데 이렇게 어처구니없이 쓸 수는 없다. 그럼 어쩌지. 돌아가서 환불해 달라고 할까? 한데 그 무지막지한 사람들이 과연 순순히 환불을 해 주려고?

불현듯 머리에서 낯선 손길이 느껴졌다. 디아나는 깜짝 놀라 고개를 들어 올렸다.

"언니?"

헤스터가 수줍게 웃고 있었다. 디아나가 무슨 일이냐는 듯 눈을 동그랗게 뜨자, 헤스터는 말없이 그녀의 머리를 가리켰다. 디아나는 봉투를 바닥에 잠시 내려놓곤 헤스터의 손짓을 따라 머리를 매만졌다.

"어?"

손끝에서 느껴지는 자그마한 금속. 영 서투른 손길로 빼내 눈앞으로 가져오니, 전혀 예상치 못한 것이었다. 디아나의 눈이 보름달처럼 커졌다.

"머리핀이잖아."

"선물이야."

"선물? 내 선물?"

디아나가 당혹스러운 기색으로 거듭 물었다. 헤스터가 대수롭지 않게 말했다.

"오늘 서약했잖아. 일생에 하루뿐인 날인데 이렇게나마 축하받아야지."

"하지만……."

이런 데 영 익숙하지 못한 디아나가 당황을 채 갈무리하지 못하고 고개를 수그렸다. 그러자 헤스터가 걱정스럽게 그녀의 안색을 살폈다.

"혹시 마음에 들지 않니? 다른 걸로 사 줄까?"

"……아냐. 전혀 아냐. 마음에 들고말고."

디아나는 황급히 고개를 내저었다. 지금 자신의 표정이 어떤지조차 알 수 없었다. 그저 혼란스럽고 벅차오르는 감정이 가슴을 간질일 뿐이었다.

"고마워, 언니."

헤스터는 지금까지 디아나에게 우편으로 많은 선물을 보내왔다. 때로는 귀한 서적이고, 때로는 먼 지방의 특산물이었다. 하지만 디아나는 그 어떤 선물보다도 이번에 받은 자그마한 핀이 소중했다. 이것이야말로 언니로부터 직접 건네받은 선물이었기 때문이다.

"정말…… 고마워."

진심 어린 감사에 헤스터의 얼굴에도 환한 웃음이 꽃피었다. 디아나마저 전염되어 웃을 수밖에 없는, 순수하게 기쁨으로 충만한 미소였다.

디아나는 생각했다. 앞으로도 영원히 언니와 함께하고 싶다고. 그걸 위해서라면 못 할 것이 없다고.

이튿날.

느지막이 일어나 유령처럼 집을 배회하던 디아나는 우연히 바닥에서 명함을 발견했다.

"이건 뭐야."

아직 졸음기 채 가시지 않은 뇌가 천천히 어제의 기억을 되감았다. 시장에 다녀왔고, 망할 뱀 새끼를 만났고, 궁정마녀와 서약했고, 길을 잃었고, 알피어스 가문의 마법사를 만났고…….

아 참. 외알 안경을 쓴 알피어스 가문의 마법사와 당최 동력을 알 수 없는 기계 새. 그 마법사는 기계 새에 유난히 관심을 보이는 디아나에게 명함 하나를 건네주었다. 그 뒤로 뱀 새끼와 마주치고 언니에게서 선물을 받는 등 정신없이 하루를 보낸 덕에 그만 까맣게 잊고 있었다. 심지어는 명함을 떨어트린 줄도 모르고 있었다.

디아나는 두근거리는 마음으로 명함을 읽었다. 마법과 기계라니, 한 번도 생각해 본 적 없는 조합이었다. 어쩌면 한계가 명확한 그녀의 마법에 돌파구가 되어 줄지도 몰랐다.

"오킹엄시 이스트테더구 해링턴가 186B……. 올리버 펜리? 응?"

터무니없이 익숙한 이름에 디아나의 눈이 번쩍 뜨였다. 하지만 아무리 읽어도 올리버 펜리였다. 만일 명함의 주인이 그녀가 아는 올리버 펜리가 맞다면, 그건 정말로 이상한 일이었다. 기차에서 보았기로 올리버는 괴이할 만치 마법 사회를 잘 알았으나, 그 자신은 절대로 마법사가 아니었다. 그런데 마법사도 아닌 사람이 어떻게 마법 연구를 진행한단 말인가.

디아나는 찌푸린 얼굴로 명함을 노려보았다. 일단 명함에 적힌 주소를 찾아가 봐야겠다. 만일 그녀가 아는 올리버 펜리가 맞다면 경위를 캐물으면 될 것이고, 동명이인이라면 별문제 없다.

명함을 건넨 알피어스 가문의 마법사는 거짓말할 사람으로 보이지는 않았다. 그리고 디아나는 제법 감이 좋은 편이었다.

빵 몇 조각으로 급히 식사하고 나왔을 무렵엔 이미 해가 중천에 오른 정오였다. 지난 경험으로 오킹엄의 뙤약볕을 맨눈으로 상대해선 안 된다는 것을 깨달은 디아나는 특별히 챙이 넓은 모자를 준비해 왔다. 더위는 여전했지만, 눈부심은 한결 나았다.

명함에 적힌 주소는 걸어가기에는 꽤나 먼 거리였다. 하지만 마차를 타기에는 주머니 사정이 그리 좋지 않았기에 디아나는 난생처음으로 전차란 것을 타 보기로 했다.

"출발합니다! 출발!"

구석구석 골목길로 이어진 동네 어귀로 나와 대로를 걷다 보면, 무섭게 질주하는 마차들과 그런 무질서한 마차조차 접근하지 못하는 철로가 있었다. 일찍이 오그, 벤네비스, 럼블던 등 이름난 대도시에서 거주한 적 있는 디아나는 저게 전차가 다니는 철로임은 익히 알았다. 하지만 아는 것과 직접 경험하는 것은 천지 차이였다.

"아가씨, 탈 거예요? 탈 거면 빨리 타요!"

시끄러운 종소리와 승무원의 고함이 연이어 고막을 쩽쩽하게 울렸다. 사람으로 가득 들어찬 전차를 멀거니 쳐다보던 디아나는 자신을 지목하는 모습에 깜짝 놀랐다.

"나요?"

"그래. 아가씨! 안 탈 거예요?"

승무원이 고래고래 소리 지르는 도중에도 전차는 조금씩 움직이고 있었다. 디아나가 식겁하여 전차에 올라탔다. 승무원에게 비용을 지불한 뒤 전차 안쪽을 기웃거려 보았지만, 승객이 너무 많아서 자리에 앉긴커녕 입구에 달라붙어 있기만도 용했다.

덜컹덜컹. 차츰 속도를 더해 갈수록 전차는 무섭게 흔들리기 시작했다. 순식간에 스쳐 지나가는 광경도, 귓가를 스치는 바람도 디아나의 예민한 간을 데우기엔 족했다. 어찌어찌 기둥을 잡아 전차에서 굴러떨어지는 참사는 면했으나, 들썩이는 속을 가라앉히기엔 무리였다.

결국 목적지에 당도할 즈음엔 귀신이라도 만난 것처럼 낯빛이 핼쑥해졌다. 간신히 전차에서 내려 더는 흔들리지 않는 대지에 발을 디뎠을 때는, 3일 밤낮을 꼬박 새서 알레그로 정리를 이해했을 때만큼 환희가 몰려들었다.

그리도 빠르게 달리는 전차에 제대로 된 안전장치도 없는 건 도무지 말이 안 되었다. 디아나는 몸을 부르르 떨며 명함을 꺼내 들었다.

이스트테더구 해링턴가 186B. 일단 이스트테더구에 도착했으니 해링턴가를 찾는 것이 급선무였다. 한데 주변을 살펴보는 디아나의 낯에 금이 갔다.

내리쬐는 볕 아래 모든 것이 잿빛이었다.

건물도, 사람도, 길도.

디아나는 멀거니 잿빛 도시를 바라보았다. 무거운 철근을 어깨에 이고 가는 노동자와, 무어라 고함치는 감독관. 기계 돌아가는 소음이 멀리서 전해지고, 매캐한 매연 냄새가 코를 찔렀다. 청명한 하늘은 굴뚝에서 피어오르는 잿빛 연기에 가려 빛을 잃어 가고 있었다.

여기는 공업지구였다.

"누구 찾소?"

문득 생소한 목소리가 들려왔다. 본능적으로 경계심을 품은 디아나가 슬그머니 고개를 돌렸다. 검은 수염을 덥수룩하게 기른 사내가 수건으로 얼굴을 닦으며 멀찍이 서 있었다.

"그리 긴장할 필요는 없수다. 웬 어린 아가씨가 가만히 있어서 물어본 것뿐이니."

"……해링턴가를 찾고 있는데요."

디아나는 망설이며 말문을 열었다.

"해링턴가? 이쪽으로 두 블록만 더 가면 나올 거요. 그런데 거긴 왜?"

"그냥……. 혹시 위험한 곳이에요?"

"위험할 게 뭐 있겠소. 다만 거기 공장주는 외국인이 많아서 물어본 거요. 아가씨 생김새가 그네들이랑 좀 다르지 않소."

말을 마친 사내는 감사 인사도 듣지 않고 돌아가 버렸다. 제자리서 머뭇거리던 디아나도 오래지 않아 걸음을 옮겼다.

사내의 말대로 두 블록을 더 가니 해링턴 거리가 나왔다. 하지만 외국인 공장주 운운했던 것과 달리, 여기나 거기나 별반 다를 것이 없었다. 여전히 시끄럽고 매캐한 잿빛 도시일 뿐이었다.

디아나는 거기서 길을 물어 명함의 주소지를 찾을 수 있었다. 다른 곳과 마찬가지로 위압적일 만치 커다란 공장. 헤아릴 수 없이 많은 기계와 사람들을 흘깃거리던 디아나는 마침 곁을 지나가는 일꾼을 붙잡았다.

"저. 올리버 펜리 씨를 찾아왔는데요."

"사장님을요?"

그는 아무런 의심 없이 디아나를 공장으로 이끌었다. 디아나는 공연히 모자를 눌러썼다. 주변에서 자신을 쳐다보는 시선이며 쑥덕이는 소리가 생생하게 전해졌다.

디아나가 안내받은 곳은 공장 내부의 사무실이었다. 책상이나 의자가 깔끔하게 배치된 그곳은 마냥 어지럽던 공장과는 사뭇 단절된 느낌이었다.

"사장님을 찾아오셨다고요."

커다란 안경을 쓴 여자가 구두를 또각거리며 다가왔다. 디아나는 모자를 벗으며 고개를 끄덕였다.

"약속은 잡으셨나요?"

"아뇨. 다른 사람에게 소개받아서 왔어요."

디아나는 그리 말하며 명함을 내밀었다. 하지만 여자는 명함을 제대로 보지도 않은 채 물었다.

"누가 소개해 주셨죠?"

"그게……."

디아나가 말을 흐렸다. 그녀는 마법사의 이름을 몰랐다. 그저 외모적인 특징으로 알피어스 가문의 마법사려니 짐작했을 뿐이다.

"약속을 잡으신 것도 아니고, 소개해 주신 분의 이름도 알려 주지 않으시고. 그럼 당장 사장님을 뵈실 수는 없겠어요."

"자, 잠시만요!"

다급하게 외친 디아나가 지갑을 뒤지기 시작했다. 두어 달 전, 병원에 입원했을 때 올리버가 병문안을 온 적이 있었다. 그때 분명 명함을 주었는데. 만일 여기 사장이라는 사람이 그녀가 아는 올리버 펜리라면 이보다 좋은 패가 없었다.

마침내 디아나는 꼬깃꼬깃한 명함을 찾아냈다.

"펜리 씨가 직접 건네준 명함인데……. 여기 사장님이 이 사람 맞죠?"

눈을 찌푸리고 명함을 들여다보던 여자가 조금 놀란 눈치로 디아나를 보았다.

"사장님의 지인이셨군요. 미리 언질을 주시지 그러셨어요."

"예에……."

디아나가 어색하게 웃었다. 사실 디아나는 올리버와 자신이 과연 지인이란 관계로 엮일 수 있는 깃인지 의심스러웠다. 기차에서 함께 생사를 넘나들긴 했어도 어쨌든 올리버는 언니의 전 연인이었다. 근 한 달이 넘도록 얼굴조차 보지 못했으니, 기차에서 품었던 동질감이 옅어질 만도 했다.

그사이 여자는 아까와 판이하게 달라진 공손한 태도로 커피까지 대접했다.

"죄송하지만 사장님께선 출타 중이세요. 어쩐 일로 오셨는지 말씀해 주시면 그대로 전해 드릴게요."

"그게, 실은 제가 마녀거든요."

디아나는 괜스레 손가락을 얽었다. 지금까지 평범한 인간은 대체로 마녀란 소리에 질겁했는데, 눈앞의 여자는 지극히 차분했다.

마치 마녀를 많이 만나 본 것처럼.

"그럼 그 일로 오셨겠군요."

알아들을 수 없는 말을 중얼거린 여자가 뒤를 돌아보았다.

"펠튼 씨! 그분 귀국하셨나요?"

"네? 그분이라니요?"

서류가 산더미처럼 쌓인 책상에 코를 박고 있던 남자가 번쩍 고개를 들어 올렸다.

"파울 리버만 씨요."

"아, 그분. 아마 저번 주에 돌아오셨을걸요?"

여자는 메모지에 무언가를 적기 시작했다. 얼떨결에 받고 보니 낯선 주소였다.

"전차를 타시면 여기서 30분 정도 걸릴 거예요. 찾아가 보세요."

"예?"

여기까지 어떻게 왔는데 또 낯선 동네로 찾아가라니. 디아나가 당황한 사이, 여자가 재빨리 말을 이었다.

"서는 평범한 인간이에요. 물으셔도 대납해 드릴 수 없답니다. 대신 거기에 살고 계신 파울 리버만 씨가 잘 설명해 주실 테니 가까운 시일 내로 방문하세요. 초인종을 10번 정도 누르면 문을 열어 주실 겁니다."

딩동. 딩동.

"저기요! 문 좀 열어 봐요!"

디아나는 잔뜩 골이 난 표정으로 문을 노려보았다. 손가락이 부러지도록 초인종을 누르고, 목이 쉬도록 소리를 질러 댔으나 전부 허사였다.

뭐? 초인종을 10번 정도 누르면 문을 열어 줄 거라고? 미처 세지는 못 했지만, 초인종을 연달아 누른 횟수만도 족히 30번이 넘으리라 확신했다. 그럼에도 고요하기 짝이 없는 문짝이, 얼굴도 모르는 파울 리버만 씨가 참으로 원망스러웠다.

디아나는 힘없이 벽에 기댔다. 초인종을 여러 번 눌러 보라는 여자의 말이 없었다면, 이미 오래전 아무도 없겠거니 싶어 집으로 돌아갔을지도 몰랐다. 하지만 여자의 충고를 새겨들은 탓에 벌써 20분이 넘도록 집 앞에서 발만 동동 구르고 있었고, 이쯤 되니 여기까지 온 수고를 생각해서라도 빈손으로 돌아갈 수는 없었다.

'내가 무려 전차까지 타고 왔는데!'

디아나는 다시는 전차를 타지 않겠노라 결심한 지 고작 40분 만에 전차에 올라야 했다. 그리고 아니나 다를까, 이번에도 만석인 전차에서 장장 30분을 기둥에 매달려 있었다. 집으로 돌아갈 때도 전차를 타야 한다는 사실이 뼈저릴 뿐이었다.

그러니 오늘 어떻게든 끝장을 봐야 했다. 디아나는 이왕 나온 김에 모든 볼일을 해결할 생각이었다. 오늘 이후로 다시는 전차에 오르지 않겠다는 굳건한 다짐도 얼마간 영향을 끼쳤다.

분기를 되찾은 디아나가 드센 눈빛으로 문을 쏘아보았다. 안에 아무도 없다면 기다리면 되지만, 만에 하나 사람이 있다면 어떻게든 끌어내야 했다.

어떻게? 당연히 시끄러워서 못살게 해 줘야지.

디아나가 분연히 초인종을 난타하려던 찰나, 별안간 문이 홱 열렸다.

"아침 댓바람부터 대체 누구야!"

간발에 차이로 문짝을 피한 디아나가 황망히 그를 올려다보았다. 형클어진 갈색 머리에 삐죽삐죽 솟아난 턱수염. 아무래도 지금 일어난 듯 보이는 추레한 차림에 디아나의 눈이 금세 가늘어졌다.

"……파울 리버만 씨?"

"난데. 왜."

"올리버 펜리 씨 소개로 왔는데요."

파울은 그제야 잡상인 취급하던 시선을 내려 디아나를 아래위로 훑었다. 적나라한 시선에 어쩐지 기분이 나빠진 디아나가 핀잔을 주었다.

"그리고 지금 아침 아니거든요?"

"해 떠 있으면 아침이지, 그럼 밤이냐."

"하루에 아침과 밤만 있는 줄 알아요? 그리고 왜 다짜고짜 반말인데요?"

파울을 뒤따라 집으로 들어온 디아나가 불퉁하게 대꾸했다. 물론 파울은 그리 신경 쓰는 기색이 아니었다.

"그럼 아가씨도 나한테 반말하든가."

디아나는 입을 비쭉였다. 그녀는 낯선 사람이 어려웠다. 낯선 이와 편안히 어울리는 것보단 차라리 가시를 세우는 편이 쉬웠다.

"으, 냄새."

파울 리버만의 집은 몹시 더러웠다. 어느 정도냐면, 파울이 이 집에 들어온 이래 청소란 것을 단 한 번도 행하지 않은 것 같았다.

"일단 이거라도 마시고 있어 봐. 물건 가지고 나올 테니까."

파울은 그리 말하며 컵을 내밀었다. 얼떨결에 받긴 했으나, 디아나는 컵에 입을 댈 생각일랑 전혀 없었다. 육안으로는 그럭저럭 깨끗한 듯싶다가도, 이리 더럽고 퀴퀴한 집에 굴러다녔을 것을 생각하면 넙죽넙죽 주는 대로 마실 수가 없었다.

파울이 잠시 사라진 동안, 디아나는 찬찬히 실내를 살펴보았다. 커튼으로 모조리 창을 가려 어두침침한 실내는 도무지 용도를 알 수 없는 기계 장치로 가득했다. 크기도 제각각, 모양도 제각각. 유일한 공통점은 죄다 먼지가 두텁게 쌓였다는 것이다.

근방의 기계를 손으로 쓸어 본 디아나는 그새 손가락에 달라붙은 먼지를 후 불어 내며 낯을 찡그렸다. 아무래도 여기 오래 머물다간 폐병으로 객사할 듯싶었다.

"비싼 기계니까 함부로 만지지 마."

때마침 파울이 창고에서 나왔다. 디아나가 툴툴거리며 그편으로 다가갔다.

"그런 건 미리 말해야죠."

"뭐 건드렸어?"

"아뇨."

"그럼 다행이고."

파울은 여러 기계 장치를 탁자에서 분류하기 시작했다.

"어떤 게 필요한데?"

"……뭘 줄 수 있는데요?"

기계 장치를 하나하나 설명해 주려는 듯 말문을 열던 파울이 멈칫하며 디아나를 보았다.

"그런네 돈은 있어?"

"돈…….."

디아나가 눈을 대룩대룩 굴렸다.

"얼마나 필요한데요?"

"그거야 아가씨가 뭘 원하느냐에 따라 다르지."

"……가장 싼 게 얼마예요?"

"120갤런."

"뭐, 뭐라고요? 120갤런?"

디아나가 대경하여 소리쳤다. 120갤런이면 자그마치 한 달 월세였다.

"왜 그렇게 비싸요?"

"세상 어디서도 구할 수 없는 장치니까. 그보다 돈 없어?"

"……집에 있어요. 일단 오늘은 설명만 듣고 갈게요."

파울이 의심스러운 눈초리로 디아나를 보았다. 디아나는 두꺼운 낯짝으로 시선을 모두 튕겨 내며 어서 설명하라는 듯 그를 재촉했다. 파울이 못내 미심쩍은 기색으로 입을 열었다.

"……이건 일종의 마력 제어기(制御機)야. 커다란 마법을 다룰수록 마력이 불안정해지는 건 아가씨도 잘 알 테고. 그때마다 마력을 제어할 수 있도록 도와주는 장치인데 그렇다고 너무 의지하다간 망가지니까 조심해. 그리고 이건 마법진 유지기(維持機). 과도하게 방출된 마력이 마법을 파괴하지 않도록 마법진 내에서만 마력이 순환하게끔 마법진을 붙잡아 주는 기계야. 그리고 여기 이거는 동물 형상으로 만든 기계인데 마력을 동력 삼아서 움직일 수 있어. 애완동물이나 집배원을 기르기 귀찮으면 나름대로 쓸모 있을 거다……."

열없는 설명이 줄줄 이어졌다. 열심히 설명을 경청하던 디아나가 조금 망설이며 물었다.

"저기, 다른 건 없어요? 마력을 증가시키는 기계라거나."

고저 없이 이어지던 파울의 목소리가 뚝 끊겼다. 불편한 정적이 잠시 흘렀다.

"……아가씨. 여기 좀 봐."

오래지 않아 파울이 나지막하게 말했다.

"여기 컵이 두 개 있어. 내가 여기에 물을 가득 따라 볼게."

파울이 기계 장치를 한쪽으로 치우고 가져온 것은 크기가 다른 두 개의 컵이었다. 컵에는 곧 물이 가득 담겼다.

"어느 컵에 물이 더 많아?"

"당연히 여기죠."

디아나는 커다란 컵을 가리켰다.

"마법사도 똑같아."

"네?"

"애당초 컵의 크기가 작으면 많은 물을 담을 수 없어. 깨트리고 다시 만드는 수밖에 없지. 마법사도 매한가지란 건 아가씨도 이미 알고 있잖아."

디아나가 그저 가만히 컵만 쳐다보았다. 파울이 얕은 한숨을 내쉬며 그녀를 가리켰다.

"마법사의 신체는 그릇이야. 별의 축복을 받고 태어나 별의 마력을 담는 그릇이지. 마력을 얼마나 담을 수 있는가는, 여기 있는 컵처럼 날 때부터 정해진 한계에 달렸어. 그리고 본연의 한계는 아무리 현명한 마법사도, 아무리 뛰어난 인간의 기술로도 바꿀 수 없어."

"바꿀 수 없다고요?"

"그래."

"무슨 수로도?"

"안 돼."

디아나가 입술을 짓씹으며 속삭였다.

"그럼 나는 아무리 노력해도 이 정도밖에 안 되는 거예요?"

파울이 어둡게 침잠한 눈으로 디아나를 보았다. 그는 물이 가득 담긴 커다란 컵을 디아나에게로 밀며 작은 컵에 입술을 붙였다.

"죽도록 노력해도 바뀌지 않는 게 있지."

마치 자조하듯 쓸쓸한 목소리였다. 이어지는 어색한 침묵 속에서 돌연 파울이 마구잡이로 뒷머리를 헤집었다.

"이봐, 아가씨. 이미 알고 있던 사실 아냐? 내가 뭐 조물주도 아니고 도대체 뭘 기대하고 온 거야? 올리버가 허황된 바람을 넣었을 리는 없는데."

그럼에도 디아나는 미동조차 없었다. 푹 수그린 얼굴이 보이지는 않아도 어떤 표정을 짓고 있을지는 대강 짐작이 되었다. 그래서 파울은 좀처럼 디아나를 외면하지 못했다.

"그래도 어떡하냐. 주어진 대로 살아야지. 노력으로도 안 되는 일은 그냥 포기하는 게 맘 편해."

"……."

"아, 진짜. 올리버 그 새끼는 왜 이런 애를 보낸 거야."

파울이 심란한 얼굴로 중얼거렸다. 그가 작게 혀를 차는 사이, 자리에서 일어난 디아나가 꾸벅 고개를 숙였다.

"미안해요. 이만 가 볼게요."

"잠깐만! 아가씨!"

파울이 빠르게 지나가는 디아나를 황급히 붙들었다.

"그렇게 가면 내가 찝찝하잖아."

"신경 쓰지 않아도 돼요."

"어떻게 그렇게 되냐……. 일단 앉아 봐. 어차피 아는 얘기면서 왜 그리 죽상이야. 일단 얼굴 좀 펴고, 응? 내가 진짜 웬만해선 남한테 이런 말 안 하는데, 아가씨는 그래도 마녀잖아. 마녀로 태어난 것만도 얼마나 커다란 축복인데. 아가씨가 아직 어려서 그렇지 조금 더 살다 보면 적성에 맞는 일도 찾을 거야. 마력이 적으면 어때. 마법의 성패가 마력의 총량으로 결정되는 것도 아닌—"

"아무것도 모르면서 그렇게 말하지 말아요!"

디아나가 일갈했다. 파울이 멈칫하며 입을 다물었다. 흐트러진 붉은 머리채 사이로 여린 목소리가 드문드문 흘러나왔다.

"당신이 대체 뭘 안다고……."

어느샌가 디아나의 어깨가 잘게 떨리고 있었다. 파울은 망연한 표정으로 입술을 달싹거렸다. 한참 머뭇거린 뒤로 씁쓰레한 목소리가 이어졌다.

"미안하다. 내가 괜한 말을 해선. 나는 그저……. 젠장, 오랜만에 길게 말하려니까 영 이상하네."

파울이 멋쩍게 말했다.

"내 아버지는 마법사야."

그에 디아나가 느리게 고개를 들었다.

"하지만 당신은."

"오, 알아차렸네. 마력에 예민한가 봐."

파울이 가볍게 웃었다.

"그래. 나는 마법사가 아니지. 반제에선 나 같은 사람을 속된 말로 튀기라고 하는데 잉그람에선 뭐라고 부르는지 모르겠다."

마법사의 자질은 대개 혈통으로 이어졌다. 유명한 마법 가문에서 특출한 마법사를 많이 배출하는 것도 바로 그런 연유였다. 훌륭한 혈통에 잠재된 재능이 그대로 자식에게 전해지는 것이었다.

하지만 마녀·마법사를 부모로 두고서도 별의 축복을 받지 못한 불운한 아이들이 있었다. 평범한 부모 슬하에서 태어난 마법사가 있는 것과는 반대로.

"하룻밤에 생긴 아이었지. 어머니는 갓난애였던 나를 아버지 집 앞에 버리고 갔다고 해. 아버지는 당연히 내가 마법사인 줄 알고 길렀던 모양이야. 우리 아버지는 아가씨처럼 마력에 예민하지 못했거든. 그런데 애가 아무리 자라도 마법을 못 쓰니, 그제야 아 내가 병신을 길렀구나 싶었던 거지."

파울은 주머니에서 담배를 꺼내 물었다. 성냥불이 방을 화르륵 밝히다가 금세 꺼졌다.

"아버지라고도 말할 수 없는 사람이었어. 내가 튀기인 걸 알고서는 아무런 관심도 주지 않았으니까. 나는 아들이기보다 시종에 가까웠지만, 뭐 그렇다고 이제 와 아버지를 원망하지는 않아. 그래도 그 집에서 마법에 대해 꽤 깊게 공부했거든. 물론 이론적으로만. 그러니까 완전히는 몰라도 대강은 알아. 마법사란 작자들이 어떤지. 마법 사회가 어떤 곳인지. 지금 아가씨의 심정이 어떤지도. 나도 마법사가 아니란 걸 알았을 때 굉장히 좌절했으니까."

한숨처럼 뱉은 담배 연기가 몽글몽글 퍼져 나갔다. 파울은 디아나에게로 향하던 연기를 손짓으로 흩트렸다.

"아깐 내가 너무 서툴게 위로했지. 이해해라. 내가 마법사는 아니지만 그래도 마법사처럼 자란 사람이야. 살면서 몇 번이나 남을 위로했겠어. 다만 아가씨를 위로해 주고 싶었던 마음만은 진짜야. 나도 위로받고 싶을 때가 있었고 아버지에게서 위로를 바란 적이 있었지만, 야속하게도 서툰 위로조차 받지 못했으니까."

디아나는 멀거니 파울을 쳐다보았다. 파울이 열없이 웃어 보였다.

"그저 마녀로 태어났단 사실에 감사하란 말은 안 할게. 그건 아가씨에게 너무 잔인할 테니까. 하지만 아가씨가 손쓸 수 없는 일에 너무 목메지는 마. 노력으로도 안 되는데 어쩔 거야. 이렇게 낳아 준 부모한테 따질 거야, 아니면 조금만 축복해 준 별을 욕할 거야. 잘난 놈은 잘난 대로 살게 놔두고 아가씨는 아가씨의 길을 가야지. 튀기인 나도 이렇게나마 주워들은 지식으로 먹고 사는데, 아가씨라고 괜찮은 재능 하나 없을까 봐."

파울이 담배를 재떨이에 비벼 끄며 디아나의 어깨를 토닥였다.

"물론 하루 이틀 우울할 수는 있어. 하지만 너무 빠지지는 마. 그러다 간 헤어나지 못할 테니."

디아나는 멍하니 거리를 걸었다. 먹구름이 빠르게 밀려오는 바람에 거리에 나다니는 사람들이 죄 뛰어다니고 있었지만, 디아나만은 그러지 못했다.

그녀는 좀 전의 대화를 되짚고 있었다.

'잘난 놈은 잘난 대로 살게 놔두고, 아가씨는 아가씨의 길을 가야지.'

디아나도 그게 정답임을 알았다. 다룰 수 있는 마력이 날 때부터 정해진다는 것도, 그건 죽어야만 바뀌는 섭리란 것도, 그게 바로 재능의 차이란 것도. 행여나 인간의 기술로 조금이나마 한계치를 높일 수 있지 않을까 싶었던 기대는 한순간 와르르 무너지고 말았다. 인간의 하찮은 기술로 무얼 할 수 있겠냐며 도닥이던 것이 무색할 만치. 디아나는 그제야 이번 방문을 내심 기대했다는 걸 깨달았다.

이미 옛날에 포기한 줄 알았는데.

디아나는 쓰게 웃었다. 새삼 자신의 처지가 참으로 못났다.

"좋겠다, 다들."

언니도, 세드릭도, 채스터티도.

남부럽지 않은 재능을 타고 나서. 남부럽지 않게 멋있는 미래를 꿈꿀 수 있어서.

디아나는 어릴 적부터 특출한 마녀·마법사 틈바구니에서 자라났다. 세드릭은 가르치지 않아도 본능적으로 마법을 행하는 천재였고, 채스터티는 미래를 보는 꿈을 꾸었다. 하물며 하나뿐인 언니는 위대한 마녀 그리젤다 솔의 재능을 그대로 이어받은 강고한 마녀였다.

그러니까, 어쩌면 그게 문제인지도 몰랐다. 다들 잘났는데 혼자만 못난 것이.

뚝. 뚝뚝.

어느덧 어두워진 거리에 빗방울이 한둘 떨어지기 시작했다. 디아나는 천천히 고개를 들어 올렸다. 하늘로 솟은 얼굴에 빗방울이 점점이 번져 갔다. 부지불식간에 굵어진 빗줄이 모든 잡념을 씻어 버리듯 깨끗이 쓸고 지나갔다.

디아나는 오래도록 비 오는 거리에 서 있었다. 다시금 헛된 희망 포기할 수 있도록. 그리해 오늘 하루만 우울하도록.

2. 천년장미관

"언니! 조금만 더 기다려 줘!"

방 안에서 디아나의 다급한 목소리가 전해졌다. 이미 옛적에 나갈 준비를 끝마치고 고양이 미라벨에게 이른 저녁을 챙겨 주던 헤스터가 나지막한 웃음을 흘렸다.

"아직 시간 남았어. 천천히 나오렴."

헤스터는 그리 밀하며 아침에 미처 확인하지 못한 우편물을 차례로 훑어보았다. 늘 그렇듯 세금 고지서나 잡다한 광고지, 혹은 마법 협회에서 부친 자질구레한 안내장이 전부였다.

그러다 문득 편지를 넘기던 헤스터의 손이 멈추었다.

"……경찰?"

붉은 인장이 박힌 마지막 우편물에는 '잉그람 중앙경찰 마법범죄부서'라는 서명이 선명하게 적혀 있었다.

디아나는 땅으로 내려오기 무섭게 불편한 표정으로 치맛단을 매만졌다. 뒤따라 마차에서 내린 헤스터가 의아한 기색으로 물었다.

"어디 불편하니?"

"아니. 그냥 치마가 좀 짧아진 것 같아서…….."

"그새 키가 자랐나 보구나. 새로 한 벌 장만해 줄게."

"에이, 괜찮아. 아직은 입을 만해."

디아나가 어색하게 웃으며 뒷목을 쓸었다. 키가 자라긴 개뿔. 열다섯 이후로 성장이 멈춘 것이 바로 디아나 솔이었다.

"곧 6시네. 어서 가자, 디아나."

멀리 보이는 앰브로즈 광장 중앙의 시계탑을 확인한 헤스터가 걸음을 재촉했다. 디아나는 영 내키지 않는 마음으로 언니를 뒤따랐다.

오늘은 세드릭 자일스와 저녁 식사를 약속한 날이었다. 제발 이날만큼은 오지 않았으면, 오더라도 눈 깜짝할 새 지나갔으면 바랐던 것이 무색하게 오늘의 시곗바늘은 어제와 다름없었다. 체감으로는 어제의 두 배가량 느린 것도 같았다. 그만큼 디아나는 세드릭과 대면하는 것이 불편했고, 그만큼 불편한 상대와 식사해야 한나는 사실에 허한 배 속이 요동칠 지경이었다.

아무리 그래도 세드릭 자일스라니.

디아나는 구두를 질질 끌며 한숨을 내쉬었다. 일찍이 독립한 뒤로 전혀 왕래 없었던 설리번 자일스를 제한다면, 자일스의 사람 중에서 가장 편치 않은 사람은 단연 세드릭이었다. 채스터티가 아무리 지나친 장난을 친들 세드릭에 비할 바가 아니었다. 편지에 적힌 그의 서명만 봐도 절로 눈썹이 찌푸려지고, 우연찮게 얼굴을 마주하거든 곧바로 시선을 돌리게 되고, 내내 잊고 살다가 불쑥불쑥 머릿속을 침범하는 이름에 마냥 즐겁던 기분이 단숨에 가라앉고 마는. 굳이 이름 붙이자면 불편함이고 어색함이었다.

도대체 어쩌다 이렇게 되었을까.

지난 번 공회당에서 세드릭과 마주친 이후로 디아나는 줄곧 그것을 생각해 왔다. 디아나가 일곱이고, 세드릭이 여섯일 적. 어린 시절의 첫인상은 서로 최악을 달렸으나, 기실 머리가 어느 정도 굵어진 뒤로는 예전만큼 부딪치지도 않았다. 언젠가부터 세드릭이 비아냥거림을 그만두고, 디아나도 온종일 날이 서 있던 신경을 차츰 뭉툭하게 갈아 냈기 때문이다.

이제 와 돌이켜 보면, 오순도순 화목하게 지냈다기엔 무리여도 제법 잘 어울렸던 것 같은데. 오히려 예나 지금이나 마찬가지로 거북하기 짝이 없는 채스터티와는 별다른 문제가 없건만, 이상하게 세드릭과는 엉망진창으로 꼬이고 말았다. 그 이유를 아직도 정확하게 짚어 낼 수 없으니, 이렇듯 신경이 쓰이는 것이었다.

디아나는 그게 싫었다. 찜찜해서든 불편해서든, 자꾸만 세드릭을 의식하게 되는 것이.

"헤스터 경."

분득 익숙한 목소리가 들려왔다. 죽상으로 언니를 뒤따르던 디아나는 그만 세드릭과 눈이 마주치고 말았다.

"안녕."

세드릭이 어색한 침묵을 끊어 내며 먼저 인사를 건넸다. 디아나는 말없이 고개를 끄덕이는 것으로 인사를 대신했다. 미소 비스름한 것을 지으며 화답하기는 죽도록 싫었다.

"세드릭 경. 오래 기다렸나요?"

"저도 금방 도착했습니다."

불편했던 분위기도 잠시, 헤스터와 세드릭이 화기애애하게 안부를 주고받기 시작했다. 디아나는 사랑하는 언니가 세드릭과 잘 지내는 것이 못마땅했지만, 지금만큼은 몹시 다행이었다. 세드릭과 단둘이서 서먹한 공기를 자아낼 것을 상상하면, 금방이라도 숨이 막힐 것만 같았다.

세드릭은 자매를 근방의 식당으로 안내했다. 앰브로즈 광장이 한눈에 내려다보이는 고급 레스토랑이었다. 오킹엄에서 산 지 고작 두 달째에 접어든 디아나는 당연히 모르는 레스토랑이었다. 원체 부잣집 도련님인 세드릭이 이곳의 단골이든 아니든 그녀의 알 바 아니었으나.

"……언니. 혹시 여기에 와 본 적 있어?"

디아나는 어쩐지 묘하게 익숙해 보이는 헤스터에게 속삭였다. 그리고 돌아온 답변은 가히 충격적이었다.

"응. 몇 번 와 봤어."

대체 누구와? 검소하기로는 오킹엄에서 제일가는 언니가 자처해서 이런 고급 레스토랑을 방문할 리 없었다. 디아나는 내심 경악했으나 뒤이은 말에 놀란 가슴을 가라앉혔다.

"언젠가 너랑 꼭 한 번 와 보고 싶었어. 오늘에라도 오게 되어서 다행이다."

역시 헤스터는 얼굴만큼이나 말도 예쁜 언니였다. 디아나는 샐샐거리며 웃었다. 기분이 좋아져서 세드릭의 묘한 시선도 못 본 체 넘길 수 있었다.

미리 예약한 것인지, 손님들이 꾸역꾸역 밀려드는 도중에도 편안히 2층 창가 자리를 차지할 수 있었다. 디아나는 불그스름한 저녁놀 내리는 앰브로즈 광장에 시선을 두었다. 막상 저기서는 특별한 감상이 떠오르지 않았는데, 이렇듯 위에서 내려다보니 느낌이 남달랐다. 황혼을 흩트리는 분수와 거대한 시계탑. 창문을 전부 열어 놓았기에 길거리 악사들이 현을 켜는 소리가 아득하게 전해졌다.

"메뉴는 어떻게 할래?"

헤스터의 질문에 메뉴판으로 고개를 돌린 디아나는 그만 소스라치게 놀라고 말았다.

'가, 가, 가격이 왜 이래!'

그 말을 입 밖으로 내지 않은 것만으로도 최선이었다. 그조차 마주 앉은 부잣집 도련님 세드릭을 잔뜩 의식한 결과였다.

"디아나?"

말없이 부들부들 떨고만 있는 디아나를 헤스터가 의아하게 쳐다보았다. 디아나는 가까스로 미소를 그려내며 메뉴판 가장 상단의 메뉴를 가리켰다.

"나, 나는 이걸로……."

"그건 수프잖니."

"으응. 나는 배가 별로 안 고파서……."

"뭐?"

헤스터가 드물게 눈을 치떴다. 그녀는 상냥하기 그지없는 언니지만, 스스럼없이 식사를 거르는 디아나의 좋지 않은 습관에 한해 매우 엄격했다. 결국 디아나는 애써 눈물을 삼키며 주요리에서 그나마 저렴한 메뉴를 고를 수밖에 없었다.

"세드릭 경은 그새 많이 자랐네요. 마지막으로 뵈었을 때는 저와 키가 엇비슷했던 걸로 기억하는데……."

"그때가 벌써 1년 전이니까요."

"시간이 벌써 그렇게 되었군요. 국경에 오래 있다가 도시로 나왔으니 감회가 남다르겠어요."

헤스터와 세드릭이 온화하게 대화를 주고받았다. 디아나는 짐작건대 미라벨의 일주일 치 사료값은 될 법한 수프를 깨작거리며 잠자코 대화에 귀 기울였다.

"조금 낯설기는 합니다만……. 그래도 윈터를 떼어 놓을 수 있으니 마냥 나쁘지만은 않습니다."

"그러고 보니 용은 어디에 두고 오셨나요?"

헤스터의 물음에 디아나도 귀를 바짝 세웠다. 세드릭이 거대한 용을 어찌 처리했는지는 그녀도 내심 궁금하던 차였다. 온갖 쓸데없는 소리를 지껄이는 신문이 용의 등장을 좌시할 리 없건만, 그럼에도 잠잠한 걸 보면 어찌어찌 숨겨 둔 것은 분명한데.

"윈터는 여기 있습니다."

세드릭은 자그마한 공을 꺼냈다. 자매의 시선이 식탁 가운데로 꽂혔다.

"이건……."

투명한 유리 안에 망망대해와 조그만 섬이 있었다. 섬은 적당한 항구조차 갖추어지지 않은 적막한 무인도지만, 갑작스러운 포식자의 침입으로 빽빽한 우림이 엉망이 되어 가고 있었다. 그리고 짐작대로 집요하게 안을 살피던 자매의 시야에 손톱만 한 용이 들어왔다.

"스노우볼 내부에 소세계를 만들었군요."

헤스터가 경탄했다. 세드릭이 눈을 내리깔며 조용히 말했다.

"동부 해상에 있는 무인도입니다. 물을 두려워하는 용에겐 더할 나위 없는 감옥이죠."

"왕도에서 용을 어떻게 기를지 의문이었는데……. 무엇보다 마법이 굉장히 견고해 보입니다. 굉장하네요."

조심스레 스노우볼을 들어 올린 헤스터가 재차 감탄했다. 학구열에 불타는 마녀답게 심오한 질문을 거듭했고, 세드릭은 친절하게 답변을 내주었다.

그리고 디아나는 멍하니 스노우볼을 바라보았다.

기실 스노우볼을 이용한 마법이 특별하게 창의적인 것은 아니었다. 물건 내부에 소세계를 만든 뒤 실제 세계와 연결하는 마법은 고난도 마법치고는 제법 정형화되어 있었으므로. 물론 이 정도의 완벽함과 거대한 용을 좌표로 이동시키는 담대함이 놀랍긴 했으나, 그렇다고 헤스터 정도의 마녀가 저리 눈을 빛낼 정도는 아니었다.

그러므로 여기서 가장 경탄스러운 것은 세드릭의 나이였다. 세드릭 자일스는 갓 성인이 된 열여덟로, 좌표를 이용한 이동조차 서투른 그 나이 때 마법사와 비교하면 놀랄 만치 대단한 실력이었다. 당장 그보다 한 살이 많은 디아나도 스노우볼을 이용한 마법의 이론은 정확히 꿰뚫고 있을지언정, 저리 완벽하게 마법을 구사하지는 못했다.

디아나는 쓰게 웃었다. 그녀가 기억하는 세드릭 자일스는 아직 미숙한 마법사였다. 어마어마한 잠재력을 지녔지만, 넘치는 마력을 세밀하게 조절하는 능력이 서툴러 꼭 어딘가에 미진한 부분을 남기곤 했다. 하지만 지금의 스노우볼에는 그조차 보이지 않았다. 만인이 인정하는 마녀인 언니조차 마법의 견고함을 칭찬하고 있었다.

'2년 동안 열심히 연습했나 보지.'

미숙하던 마법사가 어느덧 원숙함을 두르고 돌아왔다. 세드릭과 함께한 세월이 족히 10년이니 이제 와 질투나 호승심을 느끼지는 않았다. 다만 조금 허탈할 뿐이었다. 그녀가 일생토록 필사적으로 연습했던 것을 세드릭은 단 2년 만에 뛰어넘었다. 별이 내린 재능은 이토록 전지전능한 것이었다.

"메인 디쉬입니다."

웨이터가 수프를 거두어 가고 주요리를 차례로 내놓았다. 디아나는 이름도 모르는 해산물 요리를 물끄러미 내려다보았다. 입에 대는 것조차 감사히 여겨야 하는 값비싼 요리였지만, 어쩐지 입맛이 돌지 않았다.

그때, 헤스터가 잠시 자리를 비우겠노라 속삭였다. 멀어지는 언니를 멍하니 바라보던 디아나는 이제 세드릭과 단둘이 남았음을 뒤늦게 깨달았다. 마치 찬물을 된통 맞은 듯 얼떨떨한 자각이었다.

어색하다. 어색해. 디아나는 속으로 중얼거리며 포크를 집어 들었다. 시선이 창가에 앉았다가, 스노우볼을 향했다가, 돌아올 기미가 보이지 않는 언니의 자리에 머물렀다. 정처 없이 헤매던 시선의 종착역은 접시였다.

그래, 이왕 이렇게 된 거 맛있게 먹기나 하자. 식당에 왔으면 식사를 해야지. 디아나가 그리 생각하며 호기롭게 조갯살을 포크로 찍는 순간이었다.

건너편에서 나지막한 목소리가 들려왔다.

"너 해산물 안 좋아하잖아."

멀뚱거리며 조갯살을 보던 디아나가 느리게 고개를 들어 올렸다. 세드릭은 포크에 손도 대지 않은 채 조용히 그녀를 쳐다보고 있었다. 예나 지금이나 도무지 생각을 헤아릴 수 없는 기분 나쁜 녹안이었다.

"……내가 싫어하든 말든."

디아나는 퉁명스럽게 대꾸하며 조갯살을 입에 넣었다. 하지만 해산물 특유의 비린내가 입 안으로 퍼진 즉시 낯이 구겨졌다. 아무래도 익숙해지지 않는 질긴 식감은 덤이었다.

께름한 표정으로 조갯살을 질겅거리는 디아나를 지켜보던 세드릭이 야트막한 한숨을 내쉬었다. 그는 주저 없이 팔을 길게 뻗었다. 대뜸 다가오는 손길에 흠칫한 디아나가 멈칫한 사이, 그들의 메인 요리가 뒤바뀌었다.

디아나는 어느새 제 앞에 놓인 스테이크를 내려다보았다. 시선이 머잖아 세드릭의 앞에 놓인, 한때 자신의 요리였던 해산물을 향했다.

"뭐 하는 거야?"

세드릭은 대답 없이 포크로 슬슬 요리를 가르고 있었다. 그렇잖아도 미미하게 찌푸려졌던 디아나의 미간이 차츰차츰 주름을 더해 갔다. 하지만 오래지 않아 온갖 해산물과 야채에 가려 보이지 않던 랍스터가 이윽고 모습을 드러냈다.

이것 보라는 듯 세드릭의 빤한 시선이 느껴졌다. 디아나는 마른 침을 꿀꺽 삼키며 가까스로 고개를 틀었다. 그럼에도 죽은 랍스터의 징그러운 눈알이 뇌리에서 떠나질 않았다.

"평소에 해산물은 거들떠도 안 보더니…… 헤스터 경 앞에서 내숭 피우는 건 여전하네."

세드릭이 나이프를 놀리며 말했다. 공연히 창밖을 내다보던 디아나의 눈이 금세 뾰족해졌다.

"내숭?"

"아냐?"

디아나가 어처구니없다는 듯 헛숨을 내뱉었다.

"그러는 너야말로 언니 앞에서는 잘도 착한 척하더라. 이렇게나 잘 비꼬는데 입이 근질근질해서 어떡했대?"

"나랑 헤스터 경은 서로 정중한 사이니까. 하지만 너는 다르잖아."

세드릭이 흘끗 눈을 들어 디아나를 보았다.

"같이 산 지 두어 달은 되었다고 들었는데, 언제까지 그렇게 가면을 쓰고 있으려고 그래. 독립하거든 헤스터 경과 영원히 함께하겠다고 아주 노래를 부르더니. 영원히 내숭이나 피울 작정이야?"

"난 내숭 안 떨었어."

"하고 싶은 말 참고 속으로만 아우성치는 게 훤히 보이더만."

디아나는 지그시 입술을 깨물었다. 세드릭이 담담하게 말을 이었다.

"그거 알아? 네가 헤스터 경 앞에서 보이는 모습, 꼭 어머니께 순한 제자인 척 연기하던 모습이랑 비슷해."

입맛이 뚝 떨어졌다. 디아나는 짜증스럽게 식기를 내려놓았다. 접시와 식기가 부딪치는 소음조차 금방 세드릭의 말에 비한다면 천상의 화음으로 들릴 지경이었다.

"……남이 내숭을 피우든 말든. 네가 언제부터 그렇게 남의 일에 관심이 많았어?"

디아나 솔과 세드릭 자일스는 10년 넘게 한집에서 살아왔다. 인정하긴 싫어도 세상천지 디아나 솔을 가장 잘 아는 사람으로 세 손가락에 꼽힐 만했다. 그러니 부인해 봤자 돌아오는 건 날카롭게 정곡을 찌르는 조롱일 것이다. 디아나는 오랜 경험으로 그걸 알았다.

"그냥 궁금해서."

세드릭이 눈을 내리뜨며 나지막하게 대꾸했다.

"승급 시험만 합격하면 당장 언니에게로 가겠다. 언니와 영원히 함께하겠다. 언니만 있다면 겔렝지어(마녀들의 낙원) 부럽지 않게 행복할 수 있다. 하도 자신하기에 얼마나 잘 살고 있는지 궁금했는데……. 오늘 보니 별로 달라진 건 없는 모양이야."

디아나는 황망한 표정으로 세드릭을 보았다. 차라리 예전처럼 대놓고 비웃는 것이면 대꾸하기 한결 편했을지도 모른다. 하지만 지금의 세드릭은 지극히 차분했다. 마치 당연한 사실을 토로하는 것처럼.

"내가 어떻게 사는지, 그게 궁금해서 보자고 했던 거야?"

"응."

"네가?"

세드릭은 말없이 고개를 끄덕였다. 그 멀끔한 낯을 계속 마주하자니 울화만 끓어올랐다. 디아나는 주먹을 말아 쥐며 더듬더듬 말을 이었다.

"그래, 궁금했겠지. 성년을 넘겨서 겨우 도제 신분에서 벗어난 못난이가 얼마나 잘 살고 있는지, 당연히 궁금했겠지. 그런데 너는 단순히 궁금해서 온 게 아니잖아. 그렇게나 고대하던 언니와 만나서도 여전히 볼품없이 살고 있는 내 모습을 비웃으려고 온 거잖아. 별로 달라진 게 없는 모양이다, 그 한마디 하려고 온 거 아냐?"

말끝마다 떨림이 느껴졌다. 세드릭의 표정이 조금 굳었다.

"디아나."

"그래. 네 말대로 난 별로 달라진 게 없어. 그토록 사랑하는 언니와 함께하는데도 여전히 내숭이나 피우면서 초라하게 살고 있어. 그런데 그거 알아? 그래도 난 예전보다 행복해. 너와 채스터티와 살던 때보다는 지금이 훨씬 좋아. 다시는 옛날로 되돌아가고 싶지도 않고, 앞으로도 영원히 언니와 함께하고 싶어."

디아나는 발갛게 달아오른 눈으로 세드릭을 쏘아보았다.

"왜. 이건 네가 원하던 대답이 아냐?"

"아냐."

"뭐?"

"내가 원하던 대답이라고."

그에 디아나의 표정이 조금 허물어졌다. 세드릭이 차분하게 그녀를 마주 보았다.

"예전보다 행복하다니 다행이야."

"……."

"지금 네 표정을 어떻게 받아들여야 하는지 고민되는데."

디아나는 경악한 표정을 얼른 갈무리했다. 그럼에도 여전히 혼란스러운 기색으로 말했다.

"다행이라고."

"응."

"진심이야?"

"진심이면 안 돼?"

세드릭이 포크로 요리를 휘저으며 평온하게 대답했다. 멍하니 그를 바라보던 디아나가 별안간 고개를 마구 휘저었다.

"아니, 우리가 그런 말을 순순히 주고받을 사이는 아니잖아."

"이러면 안 되는 사이던가."

"장난해? 우리가 어떻게 헤어졌는지 잊었어?"

"설마."

디아나는 가만히 허공을 쳐다보며 황망하게 중얼거렸다.

"난 정말 이해가 안 돼. 그게 다 없었던 일인 것처럼 구는 네가 전혀……."

세드릭이 불쑥 물었다.

"그럼 그때는 이해했어?"

"뭐?"

"2년 전에 내가 왜 그랬는지 알겠냐고."

디아나는 조개처럼 입을 다물었다. 세드릭이 그럴 줄 알았다는 듯 흐리게 웃었다.

"그때의 나도 이해를 못 하고, 지금의 내가 이러는 이유도 모르고. 이유가 궁금하긴 하니?"

저의를 알 수 없는 말에 디아나가 슬며시 눈을 찌푸렸다. 말을 해 줄 거면 똑바로 하라며 일갈하려던 찰나였다. 저편에서 헤스터가 다가오고 있었다.

디아나는 애써 환한 미소로 언니를 반겼다. 힐끔 살펴본 세드릭도 금방의 대화는 전부 지워 낸 듯 말끔한 얼굴이다. 무슨 이야기를 그리했어? 상냥하게 묻는 언니에게 적당히 대답한 디아나는 언니가 돌아와 반가운 기분과, 대화를 제대로 끝내지 못한 찜찜한 기분 사이에서 갈피를 잡지 못했다.

순례의 별 감베리니가 유난히 밝던 어느 여름밤.

흑서로 물들어 가는 종교도시 벤네비스의 저택은 밤늦도록 수런거렸다. 새벽에 잠들어 오후에나 일어나는 보통의 마녀와 달리 초저녁부터 새벽까지 취침하는 바바라 자일스의 습관으로 저택은 늘 한밤이면 무덤처럼 적막했기에, 밤공기에 안개 스미듯 퍼져 가는 속닥거림은 이곳에선 보기 드문 광경이었다.

"으음, 데이지……. 자꾸 그러면 빗자루로 변신시킬 거야……."

선선한 밤바람이 드나드는 창가. 달빛을 피해 구석진 소파에 길게 뻗은 채스터티가 잠꼬대를 중얼거렸다. 잊을 만하면 들려오는 주정에 맞은편에 자리한 세드릭과 디아나는 연신 헛웃음만 들이켤 따름이었다.

"그러니 적당히 좀 마시라니까. 꼭 저렇게 고주망태가 되어선."

세드릭이 채스터티를 하찮게 쳐다보며 혀를 끌끌 찼다. 떨떠름한 것은 디아나도 마찬가지였다. 채스터티는 가문에서도 인정받는 술고래지만, 술을 너무도 사랑한 나머지 만취하는 경우가 생각보다 잦았다. 그들이 보아 온 채스터티의 술주정만도 열 손가락을 넘었으나, 다행히도 오늘의 주정은 아주 얌전한 축에 속했다.

"그래도 조용하니 좀 낫네. 조금 전엔 스승님이 깨실까 봐 정말 조마조마했어."

디아나가 어깨를 바르르 떨었다. 불과 30분 전, 채스터티는 거실을 쏘다니며 고래고래 통속가요를 불러댔다. 비록 바바라의 잠귀가 심히 어둡다고는 해도 우려되지 않을 수 없는 소란이었다.

바바라 자일스는 대체로 상냥한 스승이지만, 자다 깼을 때만큼은 오필리아 베가 못지않게 무시무시한 마녀였다. 언젠가 뭣도 모르고 잠든 스승을 깨웠다가 지옥을 겪었던 디아나는 다신 그런 경험을 하고 싶지 않았다.

"……넌 어때?"

디아나가 주스를 홀짝거리며 물었다. 멍하니 술잔을 흔들던 세드릭이 그제야 그녀를 돌아보았다.

"뭐가?"

"넌 안 취했어?"

"아직은 괜찮은 것 같은데."

흐음. 심드렁한 소리를 낸 디아나가 탁자에 놓인 술병을 흘깃거렸다. 채스터티가 저리 빠져 사는 걸 보면 되게 맛있을 것 같은데. 그런 생각을 하기 무섭게 세드릭이 술병을 채 갔다.

"또 헛생각하지?"

"내, 내가 언제!"

디아나가 뜨끔하여 괜스레 짜증을 부렸다. 하지만 세드릭은 들은 체도 않고, 술잔에 술을 모조리 따라 냈다. 이로써 채스터티의 애장품은 전부 빈병이 되었다.

"솔직히 이건 불공평해. 너도 마시는 술을 왜 나는 못 마셔? 심지어 넌 나보다 한 살이나 어리잖아."

"네가 네 술주정을 기억했으면 그런 말 함부로 못 할걸."

"내가 대체 어쨌길래?"

반년 전, 채스터티가 웬일로 디아나에게 초콜릿을 선물한 적이 있었다. 채스터티 자일스의 선물이라기엔 심히 정상적인 모양새라 방심한 것이 실수였다. 선물은 다름 아닌 위스키봉봉이었고, 아무런 의심 없이 초콜릿 한 박스를 전부 비운 디아나는 이튿날 머리가 깨지는 아픔과 동시에 세드릭의 심란한 눈총을 받아야 했다.

"……별로 말하고 싶지 않아."

그날의 기억을 떠올리는지 세드릭의 표정이 조금 심란해졌다. 디아나가 울컥했다.

"그게 무슨 뜻이야? 기억하고 싶지 않을 정도로 추태였다는 거야, 아님 내가 너한테 무슨 이상한 짓이라도 했다는 거야?"

"둘 다인 것 같은데."

"정말?"

늘 고고하던 세드릭 자일스가 저리 진저리 치는 걸 보면 추태도 보통 추태가 아니었던 모양이다. 디아나는 떠름한 표정으로 시선을 돌렸다. 하필이면 추태를 부려도 쟤 앞에서 부릴 건 또 뭐람.

"어쨌든 적당히 마셔. 넌 내일 비행도 해야 하잖아. 여기서 북쪽 국경은 꽤 멀다던데……."

어떻게든 화제를 돌리려 아무렇게나 말을 내뱉던 디아나가 문득 입을 다물었다. 어째 내용이 이상하게 흘러가고 있었다. 꼭 세드릭 자일스를 걱정하는 말처럼 들리지 않나.

디아나는 소름이 돋는 기분에 서둘러 말을 바꾸었다.

"아니다, 그냥 그거 다 마셔. 내일 숙취로 앓아누우면 그건 그것대로 볼만하겠네."

"……넌 꼭 말을 해도."

"새삼스럽긴. 너한테 배운 거잖아."

"내일이면 헤어지는데 이러고 싶어?"

세드릭이 조금 불퉁하게 대꾸했다. 만날 어른스러운 척은 혼자 다 하면서, 저리 애처럼 불평하는 걸 보면 술기운이 제법 도는 모양이었다. 홀로 말짱한 디아나는 오래간만에 자비를 베풀기로 결심했다.

"하긴. 너랑도 이제 마지막이네."

내일, 세드릭은 북쪽 국경으로 떠날 예정이다. 하루가 다르게 덩치가 비대해지는 용을 교련할 겸, 스승의 건강이 악화될수록 참견을 더해 가는 친족의 간섭을 피할 겸 적당한 장소를 물색하던 중에 선택된 곳이 바로 인적 드문 국경이었다. 표면적으로는 국경을 방비하기 위함이므로, 예상치도 않게 무려 자일스의 후계자를 국경에 배치할 수 있게 된 국왕은 만면에 행복한 미소를 머금고 있을 터였다.

그러니 이제 마지막이다. 세드릭은 계약에 따라 앞으로 국경에서 열심히 구를 테니, 지난 10년의 악연은 이렇게 끝나는 셈이었다. 날아갈 듯 기쁘리란 예상과 달리 생각보다 시원섭섭한 기분이었다. 아무래도 그동안 미운 정이라도 든 모양이었다.

그때, 불현듯 세드릭과 시선이 마주쳤다. 유리알처럼 투명한 녹안이 어쩐지 휘영청한 달빛을 받아 차게 빛났다. 디아나는 영문 모르게 조금 불안해졌다.

"왜?"

한참 침묵하던 세드릭이 느리게 말문을 열었다.

"마지막이라고?"

"……네가 돌아올 즈음이면 나도 승급 시험에 합격해서 독립할 거 아냐. 앞으로는 너랑 만날 일도 없을 건네. 그럼 오늘이 마지막이잖아."

디아나가 제법 억울한 표정을 지었다. 세드릭은 물끄러미 그녀를 쳐다보며 술잔에 입술을 붙였다.

"독립하면 헤스터 경과 함께 살 거라고 그랬나."

"응."

"경도 동의한 일이야?"

디아나는 슬며시 미간을 찌푸렸다. 어쩐지 취조받는 것처럼 느껴졌다.

"당연하지. 언니는 항상 내가 독립하는 날만 손꼽아 기다린다고 했단 말야."

"아하. 그래서 지금까지 편지만 몇 번 주고받은 상대랑 같이 살 거라고. 그것 참 대단한 신뢰네."

"······너 왜 그래?"

어느새 디아나의 얼굴이 바짝 굳었다. 금방 세드릭의 말은 누가 듣기에도 조롱이었다.

"그냥. 매사 의심부터 하는 네가 헤스터 경에 한해 그리 풀어지는 게 신기해서."

"당연하지. 자매잖아."

"1년에 한 번 볼까 말까 한 자매지."

"그게 무슨 상관이야? 내가 하나뿐인 언니까지 의심해야 돼?"

"너 어머니의 도제로 들어오기 직전에 헤스터 경을 처음 봤다고 그랬잖아. 여태 직접 만난 적은 열 손가락에 꼽고, 편지라고 자주 왕래하는 사이도 아닌데 고작 자매라는 이유만으로 그리 신뢰한다고? 내가 알기로 너는 그렇게 허술한 마녀가 아니었는데."

디아나는 끓어오르는 노기를 다스리며 침착하게 대꾸했다.

"언니는 믿을 수 있어."

"믿고 싶은 게 아니라?"

세드릭이 단정한 입매를 뒤틀며 이죽거렸다. 디아나가 참지 못하고 소리를 높였다.

"언니는 달라. 네가 도대체 언니에 대해 뭘 아는지 모르겠지만, 언니는 다른 사람이랑 다르다고!"

"글쎄. 그렇게 속고 있는 건 아니고?"

"야!"

"흥분하지 마. 어머니도 널 그저 순진한 제자라고만 여기시잖아. 거의 10년을 함께 살았는데도 그리 깜빡 속고 계신데 하물며 편지로만 왕래하는 자매지간이라면."

세드릭은 냉정한 목소리로 말을 이었다.

"아니면 그쪽에서 널 착각하는지도 모르지. 마냥 착한 동생, 마냥 순한 동생. 그런 연기 잘하잖아, 너."

디아나는 손끝을 바들바들 떨었다. 너무 격분해서 당장이라도 사자후가 터져 나올 것만 같았다. 불안했던 어린 시절 이후로 말을 아껴 왔던 세드릭이 갑자기 저러는 이유가 무얼까. 저리 빈정대는 저의를 알아내려 꿋꿋하게 분기를 참다가도, 언니를 깎아내리는 말에 와르르 무너지고 말았다.

디아나는 자신이 욕되는 말에는 익숙했다. 하지만 언니를 모욕하는 말에는 익숙지 않았다. 누구도 '현명한 헤스터'를 감히 모멸한 적 없으며, 누구도 언니를 멸시해선 아니 된다 굳게 믿었기 때문이다.

"······언니는 너랑 달라."

디아나가 간신히 입을 열었다.

"착한 척, 순한 척하는 게 뭐 어때서? 미안한데, 언니는 너처럼 남을 깔보고 조롱하는 사람이 아니라 괜찮아. 너처럼 그렇게 속이 꼬이지 않아서 괜찮다고. 세상 사람들이 다 너 같은 줄 아니?"

"그래서 네 언니라면 괜찮을 것 같다고."

"그래. 난 언니랑 영원히 함께할 거야. 나도 언니를 사랑하고, 언니도 나를 사랑하는데 뭐가 문제야? 아무런 문제도 없어. 그저 문제가 생기길 네가 바랄 뿐이지."

문득 세드릭이 나지막이 웃기 시작했다.

"영원히? 사랑? 그런 게 언제까지 갈 것 같아?"

"······봐. 나랑 언니 사이에 문제가 있길, 네가 바라고 있잖아."

디아나가 넌더리 내듯 고개를 마구 저었다.

"세드릭 자일스. 도대체 뭐가 문제야? 또 뭐가 네 심기를 거슬렀길래? 내가 언니랑 영원히 함께하고 싶다는 게 그렇게나 마음에 안 들어? 내가 행복을 말하는 게 그리도 싫으니? 내가 앞으로도 불행했으면 좋겠어?"

난 지금까지도 충분히 불행했는데. 차마 꺼내지 못한 말이 속으로만 가라앉았다.

"그런데 어쩌니. 네가 무슨 말을 해도 나는 반드시 언니에게 갈 거야. 너 보란 듯이 잘 살 거야. 나는 언니를 영원히 사랑하고, 언니도 날 영원히 사랑하니 아무런 문제도 없어. 네 부모님처럼 갈라서지 않을 테니까 제발 나한테 관심 좀 끊어. 지겹지도 않니?"

별거한 부모는 세드릭의 역린이었다. 지금까지 세드릭이 헤스터만은 건드리지 않은 것처럼 디아나도 그의 부모에 대해 말을 아껴 왔으나, 이제는 다른 도리가 없었다. 디아나는 그의 부모를 들어 경고한 셈이었다.

끔찍한 정적이 이어졌다. 한참을 양손에 얼굴을 묻고 있던 디아나가 비척거리며 자리에서 일어났다. 유난히 밝은 달빛 아래 핼쑥한 낯이 드러났다.

"먼저 들어갈게."

어쩌다 이렇게 되었을까.

디아나가 바바라 자일스의 도제로 들어와 세드릭과 한집에서 산 지도 벌써 10년째였다. 남매처럼 자라 친구처럼 어울렸던 것을 생각하면 참으로 서름한 관계지만, 그래도 냉랭하기 그지없던 유년기의 관계를 떠올리면 장족의 발전이었다. 함께 식사하고 대화하고 웃고 떠들며 그래도 제법 괜찮은 사이가 되었다고 내심 여겨 왔다. 모르긴 몰라도, 친구라면 이런 관계가 아닐까 짐작했었다.

그러니 마지막은 잘 매듭짓자, 그리 다짐했는데.

"……네가 날 어떻게 생각하는지 알아."

문득 세드릭이 속삭였다.

"그런데 나는 널 그렇게 생각 안 해."

디아나는 아무런 대답도 하지 않았다. 2년 전, 둘은 그렇게 헤어졌다.

집으로 돌아오는 길. 헤스터가 디아나의 눈치를 살피며 조심스레 물었다.

"세드릭 경이랑 오래간만에 어땠니?"

디아나는 말없이 발끝만 내려다보았다. 헤스터가 조금 당혹스러운 기색으로 말을 이었다.

"내가 있으면 대화하기 불편할까 봐 잠시 자리를 비켜 준 건데……. 혹시 괜한 짓이었니?"

디아나는 지그시 입술을 깨물었다. 언니는 그녀와 세드릭이 정확히 어떤 사이인지 몰랐다. 기껏해야 함께 자란 친구 정도로만 여길 터. 그러니 둘의 관계를 착각한 것도 이해할 수 있었다.

하지만.

"……나 세드릭이랑 그렇게 안 친해."

입술을 달싹거리며 고민하던 디아나가 느지막이 입을 열었다.

"그러니까 앞으로는 그러지 마."

디아나는 헤스터의 시선을 피하듯 고개를 돌렸다. 목구멍에 가시가 돋친 기분이었다.

근래 오킹엄은 유례없는 폭염이 이어지고 있었다. 사시사철 서늘한 자일스 저택에서 자라 더위에 취약한 디아나로선 차마 견뎌 내기 힘든 나날이었다.

그래서 큰맘 먹고 마법 협회를 방문하기로 결심한 날. 디아나는 놀랍게도 새벽 나절에 기상하여 아침 일찍 집을 나왔으나, 용무를 마치고 협회를 나왔을 때는 작열하는 태양이 이미 중천에 오른 뒤였다. 채스터티에게서 귀에 못이 박히도록 수전노 소리를 듣던 디아나가 무려 마차를 타고 귀가할 만치 어마어마한 불볕이었다.

그리해 집 앞에서 내린 디아나는 곧장 1층 카페로 들어갔다. 무슨 재주인지 몰라도 카페는 꼭 가을처럼 선선했다. 수다쟁이 종업원이 있는데도 굳이 이 카페를 고집하는 가장 큰 이유였다.

"오늘도 커피죠?"

때마침 손님이 몰리는 점심시간이었다. 평소 디아나를 붙잡고 10분 넘게 수다를 늘어놓던 종업원은 웬일로 주문만 받고 바삐 물러났다. 찜통 같은 마차에서 장장 30분을 견디며 정신이 몽롱해진 디아나에겐 참으로 다행스러운 일이었다.

금방은 의뢰를 받기 위해 마법 협회를 다녀오는 길이었다. 최근 언니가 노벨리엄 천문대와 장기 계약을 맺으면서 당분간 수입이 끊기리란 계산이었다. 물론 계약의 선금으로 받은 액수가 제법 두둑하며, 언니는 생활비가 부족해지거든 단기 계약을 맺으려는 속셈인 듯했으나, 천문대가 요구한 골 아픈 문제를 해결하려면 밤낮으로 연구해도 시간이 모자를 터였다.

'그럼 내가 일하면 되지.'

국왕과 서약도 했겠다, 디아나는 이제 잉그람 마법 협회로부터 정식으로 의뢰를 받을 수 있는 신분이었다. 어차피 정식 마녀가 되거든 닥치는 대로 의뢰를 수행하며 경력을 쌓을 예정이었기에, 난생처음 의뢰에 임하는 디아나는 제법 의욕이 넘쳤다.

어째 하나같이 조잡하고 저렴한 의뢰뿐이었지만 말이다.

8월 12일 오스브롬 삼각형 내각의 각도
여름의 별 프라가의 별빛(100ml 다섯 병)
『그리그 프롬의 유산에 대하여: 불사를 꿈꾼 마법사와 불멸하는 유산, 그
리고 전해지지 않은 여생을 고찰하다』 중앙어로 번역

오늘 체결한 세 장의 계약서를 꼼꼼히 읽던 디아나가 한숨을 폭 내쉬
었다. 세 번째만 조금 시간이 걸리지, 나머지는 당장 이번 주 내로 완수
할 수 있었다. 문제는 세 가지 모두 선금조차 주지 않는 난이도 낮은 의
뢰이며, 계약을 완수해 봤자 들어오는 수당이 쥐꼬리만 하다는 점이었
다.

하지만 경력이 전무한 마녀에게 어렵고 값비싼 의뢰가 들어올 리 없
었다. 만일 무기명의 개인에게서 의뢰를 받는다면 이보다 많은 돈을 벌
수 있을 테지만, 헤스터는 오직 국가 의뢰만을 고집했다. 디아나도 개인
의뢰와 관련된 흉흉한 소문을 들어 온 까닭에 아직까지는 개인 의뢰를
받을 생각이 없었다.

'다음에는 차라리 번역 의뢰만 받아 볼까.'

번역은 고되고 지루한 작업이지만, 다른 조잡한 의뢰에 비하면 수당
이 꽤 좋은 편이었다. 게다가 들이는 시간과 노력이 비대하여 의뢰를 따
기 위한 경쟁도 그리 치열하지 않았다. 앞으로도 이렇게 조잡한 의뢰만
받을 거라면, 차라리 번역 의뢰만 파는 것도 나쁘지 않을 것이다.

그때, 별안간 누군가 탁자를 똑똑 두드렸다.

"펜리 씨?"

만면에 화사한 미소를 머금은 사내는 다름 아닌 올리버 펜리였다. 디

아나가 느닷없는 만남에 놀라는 사이, 올리버는 자연스레 맞은편에 앉았다.

"오래간만이야. 잘 지냈어?"

"나야 당연히 잘 지냈죠."

초여름 올리버가 병문안을 왔던 뒤로는 처음 만나는 것이었다. 디아나는 새삼스러운 눈으로 그를 살펴보았다.

"펜리 씨. 얼굴이 되게 빨개요."

"날이 너무 더워서 그래. 이제는 더위가 좀 가신 줄 알았는데."

올리버는 열심히 손부채질하며 냉차를 주문했다.

"어디 다녀왔어요?"

"일이 있어서 잠깐 바텐바흐에 다녀왔어."

"어, 바텐바흐면 반제의 수도잖아요."

"그렇지."

놀란 기색으로 되묻던 디아나가 금세 심드렁한 표정으로 돌아왔다. 올리버는 반제인이다. 반제 사람이 고국에 다녀온 건 그다지 신기한 일이 아니었다.

"거긴 여기보다 시원하죠?"

"여기보다는 낫지. 이건 아가씨 선물."

올리버가 품속에서 지그마한 상자를 꺼냈다. 얼떨결에 상자를 건네받은 디아나가 조심스레 뚜껑을 열었다.

"……이게 뭐예요? 시계?"

디아나가 살짝 눈썹을 찡그리며 선물을 꺼내 들었다. 금화 크기의 시계 양쪽으로 가죽 끈이 매달려 있었다. 디아나는 이렇게 작은 시계를 처음 보았다.

"손목에 매는 거야."

올리버는 디아나의 손목에 직접 시계를 매어 주었다. 아직은 손목에 시계를 차는 것이 익숙지 않은 듯 디아나가 어색하게 손목을 이리저리 돌려 보았다.

"느낌이 이상해요."

"곧 익숙해질 거야. 최근 바텐바흐의 시계공이 발명한 물건인데 머잖아 잉그람에서도 유행할걸."

"흐음. 어쨌든 고마워요. 잘 쓸게요."

인간 사회의 유행에 관심 없는 디아나는 이번에도 별 감흥이 없어 보였다. 올리버는 그저 웃기만 했다. 그 시계가 얼마인지 듣는다면 디아나는 까무러칠지도 몰랐다.

"듣자 하니 날 찾았다면서?"

"……정확히 말하자면 펜리 씨가 아니라 파울 리버만 씨를 찾은 거죠."

별로 기억하고 싶지 않은 일이 화제로 오르자, 디아나는 공연히 커피를 마시는 체하며 고개를 돌렸다. 물끄러미 그녀를 살피던 올리버가 무던하게 대화의 방향을 바꿨다.

"난 또 아가씨가 나한테 볼일이 있는 줄 알았지."

"내가 펜리 씨한테 무슨 용건이 있겠어요?"

"용건이 없더라도 만날 수는 있잖아. 그냥 내가 보고 싶었다든지."

"펜리 씨가 이렇게 날 찾아온 것처럼요?"

그에 올리버가 소리 내어 웃었다.

"뭐, 아가씨를 만나러 온 것도 맞긴 한데……. 헤스터는 지금 자?"

"네?"

디아나가 흠칫하며 고개를 들었다. 올리버가 대수롭지 않게 말했다.

"요즘 밤하늘을 관측하느라 바쁘다며. 아직 자고 있는 거 아냐?"

"네에……."

"그럼 대신 선물 좀 전해 줄래? 아가씨랑 같은 거야."

올리버는 똑같은 상자를 건네주었다. 얼결에 상자를 받아 든 디아나가 멀거니 그를 쳐다보았다.

"그런데 펜리 씨가 왜 언니한테 선물을 줘요?"

"응?"

"언니랑 헤어졌다면서요."

일순 올리버의 표정에 금이 갔다. 노련한 사업가답게 금세 여유로운 표정을 되찾았지만, 마주 앉은 디아나가 그런 변화를 놓칠 리 없었다.

"……둘이 뭐예요?"

디아나가 미미하게 낯을 일그러뜨렸다. 올리버는 그답지 않게 곤혹스러운 기색으로 대답을 망설였다.

"헤스터가 아직 말 안 했구나."

디아나는 남몰래 치맛자락을 움켜쥐었다. 기차에서 자신이 언니의 연인이라는 둥 연인이었다는 둥, 미처 생각지도 못한 말을 들어 혼란스러웠던 기억이 다시금 되풀이되려 하고 있었다.

"됐어요. 언니한테 물어볼게요."

하지만 지금은 그때와 달랐다. 그때는 언니가 멀리 있었지만, 지금은 언니가 지척이었다. 당장 언니에게 사실을 물어 이 끔찍한 기분을 지워 낼 수 있었다.

디아나는 지체 없이 일어났다. 올리버의 시선이 계속해서 따라붙었지만, 디아나는 개의치 않고 그를 쌀쌀맞게 지나쳤다.

집은 고요했다. 새벽녘에야 겨우 잠든 언니가 행여나 잠에서 깰까 마냥 조심스럽던 걸음이 별안간 멈추었다. 언제 일어났는지, 식탁에 가만히 앉아 있는 헤스터의 옆태가 언뜻 보였다.

정오의 햇살이 자그마한 창을 넘어 부엌을 환히 비추었다. 기상한 지 얼마 되지 않은 듯 헤스터는 머리를 간단히 틀어 올린 채 단출한 원피스를 입고 있었다. 한 손으로 이마를 짚고 있어 표정은 확인할 수 없지만, 다른 한 손에 쥔 종이는 아무래도 편지인 듯했다.

'지금 언니는 무슨 생각을 하고 있을까.'

디아나는 조금 울적한 고민을 품었다. 늘 웃어 주는 언니. 늘 곱고 예쁜 말만 들려주는 언니. 하지만 혼자일 때 언니는 저렇게나 고단해 보이는 사람이었다. 도대체 무슨 편지인지, 도대체 어떤 내용이기에 그리도 심각한지 아마도 그녀는 영영 모를 것이었다. 스스로 눈치채지 못하는 이상 언니가 그런 고달픈 일에 대해 먼저 입을 열지는 않으리라, 디아나는 직감적으로 알아챘다.

그녀가 그러하듯, 언니도 착하고 순한 면만 보여 주는지도 몰랐다. 구태여 알리고 싶지 않은 비밀, 하나뿐인 동생에게조차 보이고 싶지 않은 내밀한 치부는 죄 숨기고서 헤스터 솔의 아주 자그만 파편만을 드러내는 것이다. 디아나는 늘 스스로 언니에게 안식처가 되길 바랐지만, 어쩌면 전부 지독한 오만이었는지도 모른다는 불안감이 엄습했다. 어쩌면 그녀도 언니가 감내해야 하는 가혹한 현실의 일부일 수 있었다.

생각이 거기까지 미치자 디아나는 몹시 울직해졌다. 왜 나를 믿지 않느냐, 왜 내게 모든 걸 보이지 않느냐며 언니를 몰아붙일 수도 없었다. 그녀도 오래도록 언니에게 자신을 숨겨 왔으므로. 다만 디아나는 행여나 언니가 실망할까 순한 동생을 가장했던 것이라면, 언니의 심중은 도통 알 길이 없는 것이었다. 그녀와 마찬가지로 하나뿐인 자매를 생각하는 마음이 너무 지대하여 자신을 억누르는 것인지, 아니면 단순히 믿지 못해 그런 것인지.

"디아나?"

문가에 우두커니 서 있던 디아나를 문득 발견한 헤스터가 엉거주춤 자리에서 일어났다.

"일어나니까 집에 없어서 걱정했는데……. 어디 다녀왔니?"

"잠깐 마법 협회에 다녀왔어."

"그럼 깨우지 그랬니. 협회에 처음 갈 때는 내가 같이 가 준다고 했잖아."

헤스터가 조금 서운한 듯이 표정을 흐렸다. 디아나는 얼른 손을 내저었다.

"에이, 괜찮아. 의뢰도 잘 받아 왔는걸. 언니 조언대로 개인 의뢰는 전부 거절했어."

"다행이다. 식사는 했니?"

"아직 생각이 없어서……."

"그래도 식사는 제때 해야지. 아침은 먹었고?"

디아나가 내키지 않는 기색으로 고개를 저었다. 헤스터의 눈이 금세 세모꼴이 되었다.

"디아나. 내가 다른 걸로 이렇게 잔소리하지 않는 건 너도 잘 알지."

"으응……."

"그럼 같이 식사하는 거다?"

결국 디아나가 떠름하게 고개를 끄덕였다. 헤스터는 그제야 엄한 표정을 풀고 바삐 부엌으로 들어갔다. 멀거니 언니의 뒷모습을 지켜보던 디아나가 불현듯 말문을 열었다.

"방금 펜리 씨를 만났어."

"펜리 씨? 올리버를 말하는 거니?"

헤스터는 선반에서 계란 두 알을 꺼내며 대수롭지 않게 물었다.

"그 사람은 어쩌다가 만났어?"

"그냥, 아까 아래층 카페에 들렀는데 펜리 씨가 내 앞에 앉더라고."

"……올리버가 여기에 왔었니?"

그제야 헤스터가 요리하던 손짓을 멈추며 뒤돌아보았다. 디아나는 순순히 대답했다.

"원래는 언니를 만나러 왔는데, 자고 있을까 봐 집까지 찾아오진 못한 모양이야. 나한테 대신 선물을 전해 달라고 했어."

디아나는 올리버의 선물을 식탁에 올려놓았다. 그리고 주춤거리며 뒤로 물러나는 사이, 헤스터는 의아한 얼굴로 상자를 열어 보았다. 그녀도 처음 보는 손목시계가 신기로운 모양이었지만, 오래지 않아 감흥 없는 손길로 상자를 닫았다.

"다음 주에나 돌아온다더니……."

헤스터가 스치듯 중얼거렸다. 어쩐지 머쓱해진 기분에 옷이나 갈아입자는 생각으로 방으로 들어가려던 디아나가 퍼뜩 고개를 돌렸다. 계란 프라이를 하려는지 화덕에 불을 피우는 헤스터의 뒷모습이 눈에 들어왔다.

디아나는 충동적으로 입을 열었다.

"언니. 펜리 씨랑 무슨 사이야?"

프라이팬을 꺼내느라 선반이 덜컹거리며 흔들렸다. 그 바람에 말소리를 듣지 못한 헤스터가 반문했다.

"방금 뭐라고 했니?"

오래간만에 사람 손길이 닿은 부엌이 연신 소란스러웠다. 디아나는 지그시 입술을 깨물었다. 귓가가 어지러운 만큼 머릿속도 복잡했다.

"요즘 펜리 씨랑 다시 만나지?"

"……뭐?"

헤스터가 멈칫하며 디아나를 돌아보았다. 저도 모르게 불안해진 디아나가 손가락을 얽으며 주섬주섬 말을 꺼냈다.

"언니랑 펜리 씨랑 옛날에 사귀었다며. 나도 알아."

"그걸 어떻게……. 올리버가 그랬니?"

"응. 지난번에 기차에서 들었어."

그랬구나. 헤스터는 선선히 고개를 끄덕였다. 지극히 담담한 어조에 디아나는 헷갈리기 시작했다.

지금까지 디아나가 언니에게 올리버와의 관계를 묻지 않은 것은 이미 끝난 관계이기 때문이었다. 어차피 둘은 헤어졌고 앞으로도 만날 일은 없을 테니, 구태여 과거의 상처를 헤집을 필요가 없다고 여겨 왔다.

하지만 두 사람이 다시 만난다면? 언니가 올리버에게 예전과 같은 애정을 품었다면?

생각만으로도 디아나는 눈앞이 캄캄했다. 이제껏 자신에게 언니가 가장 절대적인 존재이듯, 언니에게도 자신이 가장 절대적인 존재임을 의심치 않았다. 어머니의 장례를 치른 뒤로는 세상에 오직 둘뿐이었으므로, 어느 누구도 우리 사이를 비집고 들어올 수 없으리라 확신했다.

그런데 언니에겐 제법 절절하던 연인이 있었다. 오래전에 끝난 사이라기에 안심했던 것이 무색하게도 둘은 다시 가까워지고 있었다. 예전처럼 언니와 멀리 떨어져 있던 것도 아닌데 이제야 알았다. 드디어 언니와 함께한다는 기쁨에 도취되어 눈 뜬 장님처럼 멀어지는 언니를 모르고 있었다.

"네게는 나중에 말하려고 했어. 많이 놀랐지?"

마치 노크하듯 조심스러운 어조였다. 하지만 디아나는 도리어 그 대답이 충격적이었다. 자매는 이번 문제의 경중을 완전히 다르게 판단하고 있었다.

"그럼 펜리 씨랑 계속 사귈 거야?"

어느새 창백해진 디아나가 떨리는 목소리로 물었다.

"올리버가 싫으니?"

"그런 문제가 아니잖아."

"싫은 게 아니라면 뭐가 문제야?"

헤스터가 무구한 얼굴로 물었다. 순간 디아나는 숨이 턱 막히는 기분이었다.

"뭐가 문제냐니……. 펜리 씨랑 옛날에 헤어진 거 아녔어? 펜리 씨가 잘못했다며."

"이제 괜찮아."

"하지만 또 그러면 어떡해. 펜리 씨가 어떤 사람인지 언니는 잘 알아? 믿을 수 있는 사람인지 아닌지 그걸 어떻게 확신해."

"신뢰할 수 있는 사람이라고 생각하지만……. 혹시나 또 그런 일이 벌어진다면 정말 슬프겠지."

헤스터의 표정이 사뭇 흐려졌다.

"그런 건 별로 생각하고 싶지 않네. 어쨌든 지금은 잘 지내고 있으니 너무 걱정하지 말렴."

곧 헤스터는 만면에 미소를 띠며 화덕 쪽으로 걸음을 옮겼다. 요리를 재개할 생각인지 식기며 선반이 달그락거리는 소리가 울렸다. 금방이라도 울 것 같은 표정으로 그 모습을 지켜보던 디아나가 느리게 입을 열었다.

"그러지 마, 언니. 그 사람이 또 언니를 힘들게 할지 어떻게 알아. 지금 언니를 사랑하는 마음이 언제 식을지 어떻게 알아. 그런 거, 오래 못 간단 말야."

어느덧 부엌에서 들려오던 소음도 완전히 멎었다. 디아나는 고개를 푹 수그린 채 더듬거리며 말을 이었다.

"스승님도 그랬어. 사랑하는 사람이 생기면 세드릭도, 나도, 채스터티도 내팽개치고 항상 그 사람만 보셨어. 늘 사랑하는 사람을 우선하고, 그 사람이 원하면 무엇이든 들어주시고. 그렇게 간이고 쓸개고 다 빼 줄 것처럼 사랑하시더니 죄다 얼마 못 갔단 말야. 그토록 사랑하던 사람이 발치에 매달려도 뒤도 돌아보지 않으시고, 그리도 절절하게 사랑하던 게 한갓 꿈이었던 것처럼 잔인해지셨어."

"……디아나."

헤스터가 한숨을 내쉬며 벽시계를 흘끗 보았다.

"언니도 그렇게 될지 누가 알아. 아니, 펜리 씨가 그렇게 될지 누가 알아? 어느 날 갑자기 돌변해서 사랑이 식을지도 모르잖아. 그럼 언니도 스승님의 옛 연인처럼 처절하게 매달리려고?"

"디아나."

"난 그런 거 싫어. 언니가 다른 사람한테 매달리는 것도 싫고, 언니가 상처받는 것도 싫어. 언니가 왜 그래야 돼? 어차피 언니의 곁에는……."

내가 있는데. 나는 언니를 영원히 사랑할 건데.

너무도 구차해서 차마 꺼내지 못한 말이 혀끝에서 감돌았다. 디아나는 이를 꽉 물었다. 도대체 언니를 어떻게 설득해야 하는지 짐작조차 불가했다.

그때, 따뜻한 손길이 팔목을 감싸 왔다. 디아나는 화들짝 고개를 들어 올렸다. 어느새 지척으로 다가온 헤스터가 염려하는 눈으로 그녀를 바라보고 있었다.

"네가 무얼 걱정하는지 알아."

디아나는 멍하니 헤스터를 마주 보았다. 헤스터가 망설이며 입술을 떼려던 찰나, 고요하던 벽시계가 요란하게 정시를 알리기 시작했다.

댕—

시곗바늘은 어느덧 오후 2시를 가리키고 있었다. 자연스레 벽시계를 향했던 자매의 시선이 도로 제자리로 돌아왔다. 시계가 소리를 삼키고 다시금 조용해진 사위. 입술을 달싹거리던 헤스터가 흐리게 미소 지었다.

"같이 식사하고 싶었는데……."

"……."

"나중에 다시 얘기하자."

헤스터는 디아나의 손에 편지를 쥐여 주었다. 작은 손을 감싸던 온기가 곧 떨어져 나갔다. 디아나는 욕실로 들어가는 언니의 뒷모습을 가만히 지켜보다 편지로 시선을 내렸다.

헤스터 솔 귀하,

지난 5월에 발생한 '펜잔스의 참극'으로 재차 연락드립니다. 귀하의 설명이 수사에 도움이 된 것은 분명하나 서신으로 주고받기에 적절치 못한 내용으로 사료되는 바, 현장에서 보다 적극적으로 수사에 동참해 줄 것을 요청합니다. 이는 귀하가 서명한 〈잉그람 마녀의 의무〉 제1조항에 귀속되는 의무로써, 만일 이에 응하지 않을 시 서약에 따른 처벌이 내려질 것을 고지합니다. 8월 14일 오후 3시까지 사건 현장에 나타나지 않는다면, 요청에 불응한 것으로 간주하겠습니다.

잉그람 중앙경찰 마법범죄부서 소속

베로니카 테렌스 경감.

새카만 어둠이 가득했다.

눈을 떠도 감아도 암암한 세상. 자신의 숨소리만이 간간이 들려오는 이곳은 적요하기 그지없었다. 마치 눈을 도려내고, 귀를 잘라 낸 듯 아무것도 와닿지 않았다. 그래서 막연히 깨닫고 마는 것이었다.

나는 여기 혼자라고.

언제부터 혼자였는지, 여긴 도대체 어딘지 아무리 기억을 더듬어 보아도 뚜렷하게 생각나는 것이 없었다. 그저 언제부턴지 시야는 가물가물했고, 복부 아래로는 아무런 감각도 없었다. 피가 줄줄이 빠져나간 것처럼 온몸이 차갑게 얼어붙고 있지만, 손끝 하나 까딱할 힘이 남아 있지 않았다. 이렇게 죽어 가는 것이었다. 이렇게, 혼자서, 외롭게.

혼자라는 것이, 외롭다는 것이 그다지 슬프지는 않았다. 어쩌면 지금까지 많은 것을 잊었듯 그런 감정도 자연히 잊힌 것일지 몰랐다. 잊었기에 슬프지 않았다. 하지만 이렇게 죽으면 누군가 슬퍼해 주길 바라는 마음은 있었다. 누군가는 날 기억해 주었으면 했다. 세상에 존재하지 않았던 것처럼 까마득하게 잊힌다면 조금은 서글플 것 같았다.

그 순간 시야가 뒤틀렸다.

어둠이 옅어지고 귓가로 소음이 새어 들기 시작했다. 무감각하던 복부에선 칼로 쑤시는 듯한 아픔이 느껴졌다. 호흡조차 곤혹스러울 만치 괴로웠다.

누군가 발목을 부여잡았다. 시체처럼 써늘한 손길에 소름이 끼쳤다.

"고작 여기로 도망친 건가?"

쇠로 쇠를 갈아 내듯 선득한 목소리. 어두운 장막을 꿰뚫고 기어 온 이는 사자(死者)였다. 기괴하게 뒤틀린 팔다리가 거미처럼 흉측하고, 모진 고문으로 일그러진 얼굴은 대면하는 것조차 아팠다. 하지만 도리어 기쁨으로 충만한 사자는 히죽 웃을 뿐이었다. 잔인하게 부어 오른 붉은 눈이 광증으로 타올랐다.

하지만 그는 두렵지 않았다. 정작 두려운 것은 따로 있었다.

사냥감을 움켜쥔 사자의 뒤로 소리 없이 다가오는 음습한 그림자. 지하의 유황 냄새를 풍기며 서서히 다가오는 이형의 생명체.

눈물이 흘렀다. 두려움에 말문이 막혔다. 공포가 머릿속을 지배했다.

도망가.

도망가.

난 죽이고 싶지 않아.

디아나는 느릿하게 눈을 떴다. 낯익은 어둠이 목전으로 펼쳐져 있었다. 한참을 멍하니 허공만 바라보던 디아나가 비척거리며 윗몸을 일으키고는 익숙한 손길로 눈물 젖은 뺨을 닦아 냈다.

아스라한 새벽녘. 어느덧 악몽은 그녀의 일상으로 자리매김했다.

디아나는 눈 밑에 짙은 그늘을 드리운 채 나갈 채비를 했다. 혼자서라도 꼭 아침을 챙겨 먹으라던 언니의 말이 생각나 부엌에 들어가기도 했지만, 아무래도 집에서 외롭게 식사하기는 싫었다. 차라리 카페 종업원의 수다를 견디는 편이 나았다.

그리하여 이른 아침, 카페에서 아침 식사를 마친 디아나는 곧장 마차를 타고 시내로 나갔다. 도시의 중심부로 근접할수록 출근하는 인파에 밀려 마차의 속도가 차츰 줄어들었다. 금방이라도 비가 쏟아질 듯 꿉꿉한 날씨에도 무더위는 여전해서, 거리에 나다니는 사람들 모두 손부채질에 여념 없었다.

헤스터는 그저께 펜잔스로 떠났다. 돌아오거든 그때 다시 얘기하자는 말뿐이었고, 디아나는 차마 그런 언니를 붙잡지 못했다. 그저 눈 깜짝할 새 사라진 언니를 마음속으로만 그릴 따름이었다. 혼자 남겨진 집은 지극히 고요했다. 디아나는 갑작스레 찾아온 고독이 끔찍하게 싫었다.

그냥 헤어지기 전에 점심이나 같이 먹을걸. 왜 언니에게 괜한 말을 해서 마음만 심란하게 했을까.

아무리 후회한들 펜잔스로 떠난 헤스터는 열흘 뒤에나 돌아올 것이었다. 그때까지 디아나는 언니가 걱정하지 않도록 잘 지내야 했다. 매일 끼니도 거르지 말고, 며칠 전 받아 놓은 의뢰도 완수해야 했다. 그래서 돌아온 언니가 한시름 놓을 수 있도록 착한 동생이 되어야 했다.

"도착했습니다."

마차가 미끄러지듯 멈췄다. 디아나는 마부에게 값을 지불한 뒤 인도에 발을 디뎠다. 그리고 비 내리기 직전이 으레 그러하듯 축축한 공기를 단숨에 들이켜며 고개를 높이 쳐들었다.

근위대가 삼엄하게 지키고 선 드높은 담장. 그 뒤로 보이는 중구난방의 건물은 오늘 자 디아나의 목적지였다.

크럼프턴 왕립 도서관.

세계 최대의 도서관이자, 수백 년간 신축에 신축을 거듭한 끝에 역사상 가장 기괴하다는 오명을 얻은 도서관. 이곳은 장르를 불문하고 온갖 서적이 잠들어 있는 책의 성지요, 무계획적으로 별관을 확장해서 지난 300년 잉그람의 건축 양식을 한눈에 들여다볼 수 있는 요지였다. 디아나도 크럼프턴 왕립 도서관의 명성을 익히 들어 왔지만, 이렇듯 직접 방문하기로는 오늘이 처음이었다.

잠시간 도서관 전경을 바라보던 디아나는 이내 모자를 고쳐 쓰고 당당히 걸었다. 정문을 지나치자 잘 가꾸어진 정원이 융단처럼 펼쳐졌으나, 수많은 자일스 저택을 전전하며 갖은 종류의 정원을 보아 왔던 그녀에겐 별다른 감흥을 주지 못했다. 디아나는 하늘을 향해 치솟는 분수를 무감하게 지나치며 정면의 아담한 건물로 향했다.

본관은 생각보다 한산했다. 낯선 장소를 이리저리 둘러보던 디아나는 조심스럽게 안내 데스크로 걸어갔다. 남색 제복을 입은 초로의 남자가 그녀를 반겼다.

"무슨 일로 오셨습니까?"

"천년장미관을 찾아왔어요."

남자는 상냥하게 손짓했다.

"2층으로 올라가 좌측으로 꺾은 뒤 세 번째 문을 여시면 천년장미관입니다. 안내해 드릴까요?"

"아뇨. 괜찮아요."

디아나는 남자가 알려 준 대로 2층으로 올라갔다. 좌측, 우측, 정면으로 복도가 길게 이어져 있었다. 개중에서 좌측으로 방향을 잡으니, 곧 마호가니 목으로 제작된 첫 번째 문이 나왔다.

「 음악관 」

잘은 몰라도 음악과 관련된 서적을 모아 둔 별관인 듯했다. 디아나는 그대로 첫 번째 문을 스쳐 지나갔다.

그렇게 한참을 걸으니 이번에는 하얗게 변색된 두 번째 문이 나왔다.

「 교회관 」

문의 색깔만 보너라도 여긴 백색을 광신하는 신디그마 교단의 별관이 틀림없었다. 교단과는 친하지 못한 디아나는 떨떠름한 표정으로 황급히 걸음을 옮겼다.

오래지 않아 세 번째 문이 나왔다. 디아나는 얼른 그편으로 달려갔다. 검붉은 빛이 감도는 문짝에는 장미를 휘감은 넝쿨과 함께 별관의 이름이 새겨져 있었다.

「 천년장미관 」

디아나는 거리낌 없이 문을 열었다. 그러자 오래된 책 냄새와 환한 볕이 파도처럼 밀려들었다.

하지만 디아나는 곧바로 문턱을 넘진 못했다. 주섬주섬 손차양하며 안쪽을 살피는 표정이 심상치 않았다. 도무지 복도와는 어울리지 않는 풍경이었기 때문이다.

오전의 밝은 햇살을 모조리 쏟아 내는 유리 천장과 가짓수가 적은 책장. 주체할 수 없이 밝은 실내의 정경은 아무래도 어두컴컴한 곳을 반기는 마법 사회와는 어울리지 않았다. 무엇보다도 실내가 원형인 것으로 보아 천년장미관은 탑이 분명한데, 바깥에서 확인했기로 본관은 그저 3층짜리 아담한 건물이었다. 이런 탑과는 거리가 멀었다.

저도 모르게 미간을 찌푸리고 고민하던 디아나는 다행히 곧 해답을 찾았다. 멀리 떨어진 본관과 천년장미관을 마법으로 연결한 것이 분명했다. 아무리 마녀를 위한 별관인들, 인간의 건축물에 이렇듯 마법이 적용되었을 줄은 미처 헤아리지 못했다.

이제 디아나는 가벼워진 걸음으로 천년장미관에 들어섰다. 이곳이야말로 잉그람의 마녀·마법사라면 누구나 입장할 수 있는 유일무이한 마법 도서관. 가문마다, 개인마다 책을 수집하고 여간해신 님과 교류하지 않는 마법 사회의 폐쇄적인 관습을 떠올리면 그 존재를 쉬이 믿기 힘든 곳이었다.

잉그람에 이렇듯 특별한 도서관이 들어선 계기는 지극히 단순했다. 천년장미관은 200년 전 마법 사회와 산티그마 교단 사이의 천년전쟁이 종식한 것을 기념하기 위해 건축된 별관이지만, 마녀들이 보물이나 다름없는 서적을 기증할 리 없으니 기실 오래간 이름뿐인 도서관에 불과했다. 그리 텅텅 비었던 천년장미관에 책이 가득 들어찬 것은 모두 트리샤 녹브릿지 덕분이었다.

트리샤 녹브릿지는 120년 전 별세한 마녀로, 마법 사회에 거의 이름이 알려지지 않은 한미한 가문의 후손이었다. 그녀는 아흔여덟 해의 생애 동안 별다른 업적을 남기지 못했으나, 책에 대한 집착이 어마어마하여 일평생 9,000여 권에 달하는 마법 서적을 수집했다. 문제는 그녀에게 상속자가 없다는 것이었다.

잉그람 법전에 따르면, 누구에게도 상속되지 못한 재산은 일제히 국고로 귀속되었다. 그리고 트리샤 녹브릿지는 잉그람의 국왕과 서약한 마녀였기에 〈잉그람 마녀의 의무〉 제1조항에 따라 잉그람 법전을 따를 의무가 있었다.

자식도 제자도 심지어는 친척조차 찾지 못한 트리샤 녹브릿지는 결국 보물을 국가에 넘겨줘야 하는 처지였다. 평생을 들여 모은 서적을 순순히 국가에게 빼앗길 수는 없다는 심정으로 서약을 파기할 수 있는 온갖 방법을 찾아 헤맸지만, 발푸르기스의 밤에서 공증한 서약을 개인이 파기하는 방법은 어디에도 없었다. 트리샤 녹브릿지 개인에게는 참으로 안된 일이나, 덕분에 지금 가난한 잉그람의 마녀·마법사들은 손쉽게 마법 서적을 접할 수 있으니, 결과적으로는 참으로 잘된 일이었다.

요즈음 천년장미관은 상속자 없는 마녀·마법사들의 재산을 합법적으로 갈취하여 나날이 배를 불리고 있다고 들었다. 가문의 도서관은커녕 웬만한 마법 서적을 구입할 돈도 없는 디아나에게는 축복이나 다름없었다.

디아나는 들뜬 마음으로 안내 데스크를 향했다. 바로 사서에게 책의 위치를 물을 요량이었는데.

"저기요."

"……."

"저기요?"

연이은 부름에도 깊게 수그린 갈색 곱슬머리는 꿈쩍하지 않았다. 디아나는 사서를 이리저리 살펴보았다. 이제 보니 그는 졸고 있었다.

"저기요. 좀 일어나 봐요."

디아나는 조심스럽게 사서를 손가락으로 콕콕 찔렀다. 한두 번 찌를 때는 미동도 않던 사서가 돌연 자리에서 벌떡 일어나 외쳤다.

"죄, 죄송합니다, 관장님!"

깜짝 놀란 디아나가 눈만 휘둥그렇게 떴다. 아직 졸음에 취한 듯 흐리멍덩한 사서의 눈이 슬금슬금 내려와 비로소 디아나의 붉은 머리칼에 닿았다. 사서가 멍청하게 입을 벌렸다.

"어, 관장님이 아니네."

"이봐요. 나는 그냥—"

"헤스터 경?"

이건 또 뭐람. 디아나의 눈매가 금세 날카로워졌다.

"뭐라고요?"

"아, 아니. 헤스터 경이 아니라……. 그런데 되게 닮으셨네요."

사서가 그렇잖아도 순한 눈을 더욱 동그랗게 뜨며 말했다. 언니도 도서관을 자주 찾는다더니, 아무래도 언니를 아는 사서인 듯싶었다.

디아나는 떠름한 표정으로 대꾸했다.

"책을 좀 찾고 싶은데요."

"네? 아, 책이요."

"저기, 사서 맞죠?"

"그럼요. 여기 신분증도 있잖아요."

사서는 그리 말하며 목에 걸린 신분증을 보여 주었다. 루퍼트 월시.

사서의 이름이었다.

"한데 무슨 책을 찾으세요?"

"그리그 프롬에 대한 책이요. 여기 외국 책도 있죠?"

디아나는 일전에 번역 의뢰를 받은 『그리그 프롬의 유산에 대하여; 불사를 꿈꾼 마법사와 불멸하는 유산, 그리고 전해지지 않은 여생을 고찰하다』를 읽다가 중간에 잘 이해되지 않는 챕터를 발견했다. 물론 언어적으로는 충분히 해석할 수 있었지만, 책의 함의를 제대로 번역하기 위해선 챕터의 내용을 완벽히 이해하는 것이 우선이었다.

"그리그 프롬이라면 반제의 서적이겠네요. 정확히 그리그 프롬의 어떤 책을 찾으시는데요?"

"동화책이요. 듣자 하니 그리그 프롬이 말년에 동화를 썼다던데……."

"아, 『잘로모와 늪지의 마법사』를 찾으시나 봐요."

사서 루퍼트가 명쾌하게 대답했다. 그래도 사서란 직함이 무늬는 아닌 모양이었다.

"그건 워낙 판본이 다양해서 어떤 책을 고를지가 더 고민되실 거예요. 제가 안내해 드릴게요."

디아나는 루퍼트가 손짓하는 곳으로 몸을 돌렸다. 그러다가 생각지도 못한 사람과 마주쳐 깜짝 놀라고 말았다.

"세드릭 자일스 경!"

등 뒤에서 루퍼트가 반갑게 맞이하는 소리가 들렸다. 여느 때와 마찬가지로 단정하게 차려입은 세드릭이 가볍게 고갯짓했다. 그러고는 차분하게 고개를 돌려 디아나를 보았다.

"안녕."

디아나는 당혹스러운 기색을 감추지 못하고 고개만 끄덕거렸다. 쟤가 여긴 웬일이지? 스스로 대답할 수 없는 질문이 머릿속을 가득 채웠다.

"오늘은 어쩐 일로 오셨어요?"

루퍼트가 환하게 웃으며 다가갔다. 세드릭은 그에게 책을 건네주었다.

"와, 이걸 벌써 다 읽으셨어요? 얇아서 그렇지 되게 어려운 책인데 역시 대단하시네요. 달리 찾으시는 책은 없고요?"

"잘로모와 늪지의 마법사란 동화를 찾고 있습니다."

"요즘 그 동화를 찾는 분들이 이상하게 많네요. 그렇지요?"

루퍼트는 동의를 구하듯 디아나를 돌아보았다. 하지만 디아나는 대꾸할 겨를이 없었다. 너무나 황당하여 말문이 막혔기 때문이다.

'네가 그걸 왜 찾아?'

물론 그런 생각을 알 길 없는 세드릭은 그저 고개만 갸웃거릴 뿐이었다.

두 사람 나란히 겨우 지나갈 수 있는 좁은 층계.

엇갈리는 발소리가 사위에 윙윙거리는 가운데, 세 사람은 꾸준히 아래로 내려가고 있었다. 제법 많이 걸었다고 생각했지만, 한 걸음 앞으로 내디딜 때마다 앞길 밝히는 촛불이 켜지고 뒷길 밝히던 촛불은 꺼지니 당최 어디까지 왔는지 짐작하기도 어려웠다.

디아나는 앞선 루퍼트의 등짝만 고집스레 쳐다보며 걸었다. 처음 지하 계단으로 안내할 적만 하더라도 유쾌하게 대화를 이끌어 나가던 루퍼트는 몇 번 발을 헛디딜 뻔한 뒤로는 오로지 걷는 데만 집중하고 있었다. 말짱한 남자가 넘어져서 돌계단 구르는 꼴을 보느니 차라리 적막을 견디는 편이 나았지만, 묵묵히 뒤를 따라오고 있을 세드릭을 떠올리면 아무래도 심중에서 불편함이 피어오르기 마련이었다.

'아버지가 요즘 그리그 프롬을 연구하시는 것 같아서.'

도대체 네가 왜 그 동화책을 찾느냐 물었을 때 세드릭은 그리 대답했다. 세드릭이 어릴 때 헤어진 아버지를 얼마나 각별히 여기는지 잘 아는 디아나는 더 캐묻지는 않았으나, 그렇다고 거북한 동행이 편해지는 건 아니었다. 그러니 가능한 한 빨리 책을 찾아내서 이만 헤어지는 것이 최선이었다.

문제는 그리그 프롬의 동화책이 깊디깊은 지하에 잠들어 있다는 점이었다.

'자주 보는 책일수록 가까운 층에 보관되어 있어요. 그리그 프롬은 외국인인 데다 그리 인기 있는 연구 대상도 아니니 당연히 지하에 보관되어 있죠. 그나마 『잘로모와 늪지의 마법사』는 판제에서 꽤 유명한 동화책이라 천년장미관에도 구비되어 있는 거예요. 아직 들어오지 않은 외국 서적도 많은데 그 책은 서로 다른 판본만 무려 열 권이 넘는다니까요?'

어쨌든 무료로 책을 대출할 수 있다니, 디아나로선 입이 열 개라도 할 말이 없는 상황이었다. 지하면 어떻고, 세드릭이 함께라면 또 어떤가. 구두쇠 디아나는 공짜에 지나치게 약했다.

"앞으로 다섯 층만 더 내려가면 되겠네요! 다들 아직은 괜찮으시……. 디, 디아나 씨! 거기 만지면 안 돼요!"

환하게 웃으며 뒤돌아본 루퍼트가 황급히 외쳤다. 촛불이 흐릿하여 돌계단이 잘 보이지 않았던지 더듬거리며 옆면을 짚으려던 디아나가 깜짝 놀라 손을 거두었다.

"왜요?"

"아까 함부로 만지면 안 된다고 그랬잖아요. 전 아직 정식 사서가 된 지 얼마 안 되어서 지하 계단에 어떤 마법 장치가 숨어 있는지 잘 몰라요. 여기까지 내려와 본 적도 얼마 없는데……."

루퍼트가 속상한 표정으로 중얼거렸다. 디아나는 어쩐지 속이 서늘해지는 느낌에 슬그머니 벽면에서 한 발자국 떨어졌다.

"여기가 그렇게 위험해요?"

"그럼요. 외부의 침입자도 막고, 내부의 수감자도 막아야 하거든요."

"내부의 수감자라니요?"

"책이요, 책."

루퍼트가 당연하다는 듯이 대꾸했다.

"자칫 잘못하다가 위험한 책이 도서관을 빠져나가기라도 하면 정말 큰일이에요. 요 앞이 바로 번화가잖아요."

"위험한 책이라면……."

"글쎄요. 워낙에 종류가 다양해서 설명하기가 어렵네요. 산 사람 피를 빨아 먹는 책이라거나, 식인을 저지르는 책이라거나. 그런 괴담 많잖아요."

디아나의 낯이 금세 핼쑥해졌다. 그런 줄도 모르고 루퍼트는 천진하게 말을 이어 갔다.

"사실 전 숙련된 사서가 아니라서, 항상 안내 데스크에만 붙어 있거든요. 이렇게 깊은 지하 서고까지 내려온 것도 오랜만이라서 조금 설레요."

당신이 설레면 안 되지. 디아나는 그렇게 쏘아붙이고 싶은 마음을 간신히 참았다.

"너무 걱정하지 마세요. 세드릭 경이 함께 계신데 무슨 큰일이라도 있겠어요?"

루퍼트가 그리 덧붙이며 밝게 웃었다. 디아나는 그 낙천적인 자세가 부럽다가도, 어쩐지 한 대 쥐어박고 싶은 심정이 간절했다.

오래지 않아 세 사람은 그리그 프롬의 책이 보관된 층에 다다랐다. 디아나는 지겹디지겨운 계단을 벗어난 것에 소소한 만족감을 느꼈다. 그러나 어둠이 짙게 내려앉은 서고에 들어서자마자 그런 만족감일랑 흔적도 없이 사라졌다.

루퍼트는 본격적으로 책을 찾아다니기 전에 촛대를 나누어 주었다. 촛불로 지하의 어둠을 몰아내기는 역부족이었으나, 지금 그들이 의존할 만한 것은 그리 미약한 불빛이 전부였다.

루퍼트가 소리 죽여 속삭였다.

"지하에는 위험한 책들이 많아요. 그러니 괜히 소란 피우지 말고 제 뒤만 잘 쫓아오셔야 합니다."

디아나와 세드릭은 조용히 고개를 끄덕였다. 세 사람은 곧 한 몸처럼 책장 사이사이를 지나다니기 시작했다.

깊은 지하란 말이 마냥 허황되지는 않은 듯 서고는 오래된 책 특유의 꿉꿉한 냄새로 가득했다. 스치는 책장에는 아바도어나 중앙어뿐만 아니라 북방어나 남방어, 혹은 읽을 수조차 없는 낯선 글자가 가득했다. 여기 꽂힌 뒤로는 단 한 번도 펼쳐진 적 없을지도 모르는 위험하고 오래된 책. 책이 견뎌 온 수백여 년의 세월이 새삼 어깨를 짓누르는 듯했다.

다행스럽게도 루퍼트는 오래 헤매지 않았다.

"이 책장이 요세피네 프롬의 저서니까……. 다음 책상에 그리그 프롬의 책이 있겠네요."

바삐 다음 책장으로 건너가려던 루퍼트가 별안간 기우뚱했다. 디아나와 세드릭이 황급히 붙잡아서 망정이지, 둘이 조금만 굼떴으면 정말로 큰일이 벌어질 뻔했다.

"이봐요. 제발 조심 좀……!"

"이게 왜 여기에 있지?"

루퍼트가 갑자기 좌측 책장을 유심히 관찰하기 시작했다. 그답지 않게 날카로워진 갈색 눈이 책장을 샅샅이 살폈다.

"도로시 프롬은 700년대의 마녀인데 왜 여기 꽂혀 있는 거야. 심지어 이건 밀프리 그윈티르의 저서잖아?"

"저기, 무슨 문제라도 있어요?"

"네. 아주 큰 문제고말고요. 책장이 완전히 엉망이에요. 지난주에 패트리샤가 수습 사서를 데리고 지하 서고에서 실습을 했다더니, 제대로 정리하지도 않고 올라온 모양이에요."

아무래도 사서 입장에선 도저히 용납하지 못하는 일인 듯했다. 그렇지 않고서야 순하디순한 루퍼트가 저렇게나 짜증을 부릴 리 없었다.

"죄송하지만 다음 책장에서 그리그 프롬의 책을 찾아보시겠어요? 전 대충이나마 여길 정리하고 있을게요."

루퍼트가 정중하게 부탁했다. 세드릭은 말없이 고개를 끄덕이며 앞서 걸어갔다. 디아나도 울상으로 그 뒤를 따르는 수밖에 없었다.

사방은 어둡고 고요했다. 가늠할 수 없는 어둠을 흘끗 쳐다본 디아나가 진저리 치며 발걸음을 재촉했다. 먼저 도착한 세드릭이 책장에 촛불을 비추며 제목을 훑고 있었다.

"여기가 그리그 프롬이야."

세드릭이 책장 한구석에 시선을 고정한 채 말했다. 디아나는 그쪽으로 다가가 책을 살펴보았다. 다행히 그녀가 알아볼 수 없는 북방어보다는 마법 언어인 아바도어로 기록된 책이 많았다.

마법 역학 제3법칙, 기름과 별빛, 축성경의 작동 원리에 대하여, 갈라트리아 기도문의 약점……. 줏대 없이 다방면에 걸친 책의 제목을 끈질기게 읽던 디아나의 눈에 비로소 얇은 동화책이 걸렸다.

『잘로모와 늪지의 마법사』

때마침 동화를 발견한 세드릭이 열 권이 넘는 판본 중 하나를 꺼내 좌르르 펼쳐 보았다.

"맞네."

세드릭이 간단하게 내용을 훑는 동안, 디아나는 주의 깊게 판본을 살폈다. 판본별로 조금씩 제목이 달랐다. 잘로모와 늪지의 마법사, 잘로모와 용사와 마법사, 잘로모와 어둠의 마법사. 그럼에도 빠지지 않는 것이 '잘로모'와 '마법사'였다. 짐작건대 두 명이 중심인물일 것이다.

하지만 그래 봤자 동화였다. 짧고 단순한 이야기니 판본별로 큰 차이가 있을 리 없었다. 더군다나 디아나는 그리그 프롬을 자세히 연구하려는 게 아니었다. 어떤 판본을 고르든 상관없었다.

그래서 아무 판본이나 꺼내려던 찰나, 불현듯 기묘한 느낌이 그녀의 손을 이끌었다. 마냥 심드렁하던 디아나의 표정이 흠칫 굳었다. 가장 좌측 판본 앞에서 어느새 손끝이 멈추었다.

"왜?"

그리그 프롬의 다른 저서를 살펴보던 세드릭이 물었다. 디아나는 조용히 고개를 저으며 판본을 꺼내 들었다. 간밤 악몽을 꿔서 신경이 예민해졌나 보다, 찝찝하지만 그리 넘기려고 했다.

하지만 이상한 일은 또 있었다.

"……세드릭."

디아나가 나직하게 입을 열었다. 조금 떨어져 있던 세드릭이 곁으로 다가왔다. 디아나의 어깨 너머로 판본을 들여다보던 세드릭의 표정이 금세 싸하게 굳었다.

"잘로모와 늪지의 마법사야?"

"응."

디아나는 조심스러운 손길로 페이지를 넘겼다. 하지만 전부 백지였다. 삽화도 글도 아무것도 없었다.

"이상한데."

단순히 출판 오류라고 여기기엔 미심쩍은 부분이 많았다. 표지만 그럴듯하지 알맹이가 빈 책을 천년장미관이 받아들인 것도 수상하고, 무엇보다도 육감이 그러했다. 마녀의 감은 함부로 경시할 것이 못 되었다.

계속해서 이어지는 백지를 물끄러미 지켜보던 세드릭이 고개 들어 루퍼트를 불렀다.

"월시 씨."

루퍼트는 아직도 멀찍이서 책장을 정리하기 바빴다. 대답은 느지막이 돌아왔다.

"저 부르셨어요?"

"여기 책이 좀 이상한데요."

"왜요?"

"전부 백지입니다."

머지않아 루퍼트가 책장을 정리하던 손길이 멎었다. 기이하게 가라앉은 침묵 속, 루퍼트의 대답이 뒤늦게 들려왔다.

"······백지라고요?"

돌연 멀리서 책이 와르르 쏟아지는 소리가 들렸다. 디아나와 세드릭은 반사적으로 고개를 돌렸다. 루퍼트가 하얗게 질린 낯으로 달려오고 있었다.

"사, 사서님?"

당황한 디아나가 중얼거렸다. 바로 그 순간, 디아나를 중심으로 원형의 마법진이 펼쳐졌다.

"당장 그 책 덮으세요!"

루퍼트가 다급히 소리쳤다. 디아나가 얼결에 덮으려 했지만, 책은 꼼짝도 하지 않았다. 마치 펼쳐진 그대로 굳어 버린 것만 같았다.

"이, 이거 왜 이래! 왜 안 덮여!"

보다 못한 세드릭까지 힘을 보탰지만, 아무런 소용도 없었다. 그사이 희미하던 마법진은 시시각각 빛을 더해 갔다. 지금은 사용하지 않는 고어와 사어가 춤추듯 허공으로 떠오르고, 북방의 명망 높은 프롬 가문을 상징하는 검은 엘크가 등등하게 낯을 드러냈다. 마법진은 이미 작동하고 있었다.

누군가 황망히 외쳤다.

"마법진을 중단해야—"

곧이어 책에서 눈부신 빛이 쏟아져 나왔다. 책을 덮으려 안간힘을 쓰던 디아나와 세드릭도, 다급하게 달려오던 루퍼트도 전부 광명에 묻혔다. 수백 년 묵은 어둠이 지배하던 지하에 비로소 빛이 찾아들었다.

하지만 그것도 잠시, 파도처럼 서고를 쓸고 지나간 광명은 자취 없이 사라졌다. 남은 것은 세 개의 촛대와, 용과 이어지는 스노우볼, 그리고 바닥에 떨어진 동화책뿐. 마치 아무 일도 없었다는 듯 어둠이 다시금 밀려들어 금방의 소란을 잠재웠다.

인적 없는 지하에는 침묵만이 감돌았다.

3. 잘로모와 늪지의 마법사

옛날 옛날, 작은 숲 속 마을에 잘로모란 소년이 살고 있었습니다. 아버지는 용에게 물려 죽고 어머니는 요정에 매혹되어 마을을 떠났지만, 혼자서도 꿋꿋이 소와 돼지를 기르며 살아가는 굳센 소년이었지요. 친절한 마을 사람들은 부모 잃은 아이를 가엾게 여겨 친자식처럼 돌보아 주었답니다.

그러던 어느 날, 평화롭던 마을에 용사 아르놀트가 나타났습니다.

— 오, 용사이시여.

용사 아르놀트는 흉악한 용을 무찔렀기로 이름 높은 영웅이었어요. 마을 사람들은 마음 깊이 용사를 경배했습니다.

— 용맹하신 분께서 이 먼 곳까지 어쩐 일이십니까?

— 북쪽 늪지에 사악한 마법사가 산다고 들었소이다.

아뿔싸, 늪지의 마법사라니. 마을 사람들은 마법사를 해치우러 왔다는 용사를 말리기 시작했습니다.

— 늪지의 마법사는 본데없이 지독하고 참혹한 악당입니다. 늪지에 발을 들였다가 살아 돌아온 이가 없답니다.

하지만 마을 사람들의 만류에도 용사 아르놀트는 끄떡하지 않았지요.

— 내 걱정은 하지 마시오. 다만 늪지까지 날 인도해 줄 안내자가 필요하오. 상처 없이 무사히 돌아올 것을 내 이름을 걸고 약조하지.

마을 사람들은 서로 눈치만 보았습니다. 제아무리 용사 아르놀트가 용을 무찌른 위대한 영웅이라 한들, 수백 년 묵은 늪지의 마법사의 악명은 몹시 지독했기 때문이지요.

그때, 잘로모가 용감하게 손을 들었습니다.

— 제가 가겠습니다.

디아나는 걸음을 재촉했다. 장터를 가로지르는 이방인의 모습에 주민들이 호기심 어린 시선으로 그녀를 좇았지만, 디아나는 그저 얼굴을 가리기 급급했다. 그러다가 끝내는 쥐색 망토를 깊이 눌러쓴 채 뛸 듯이 걷기 시작했다.

어느덧 자색 구름이 몰려드는 저녁나절이었다. 쌀쌀해진 바람이 망토에 둘러싸인 뺨을 한 차례 훑고 지나갔다. 디아나는 추위에 몸을 웅송그리며 외진 식당으로 들어섰다. 부서질 듯 낡은 문을 열기 무섭게, 뜨끈한 화로 열기와 술내 나는 와자지껄한 소란이 밀려들었다.

식당은 하루 일과를 마친 일꾼으로 가득했다. 술과 요리를 겸하는지, 초저녁임에도 손님들의 얼굴이 벌써부터 벌겋게 달아올라 있었다. 문가에 엉거주춤 서 있던 디아나는 어쩐지 걱정스러운 마음이 들어 망토로 얼굴을 가리다시피 했다. 그리고 서로 어깨동무하며 시끄럽게 노래를 불러 대는 손님 사이사이를 헤집고 나아가 구석 자리에 겨우 이르렀다.

"왜 하필 이런 데서 만나기로 한 거야."

디아나가 자리에 앉으며 투덜거렸다. 먼저 도착한 세드릭과 루퍼트가 맥주를 마시며 그녀를 기다렸는지, 툭 치면 쪼개질 것처럼 낡은 나무 컵 두 개가 나란히 탁자에 놓여 있었다.

"여기가 가장 저렴한 식당이잖아."

"아무리 그래도 너무 시끄러워. 아주 귀청이 떨어지겠, 악!"

노래에 맞추어 덩실덩실 춤추던 일꾼이 술기운에 휘청하며 디아나의 등을 밀쳤다. 화들짝 놀란 디아나가 빽 비명을 질렀지만, 시끄러운 노랫소리에 묻히고 말았다.

"그래도 식사라도 하게 돈을 마련할 수 있어서 정말로 다행이에요. 일단 우리 주문부터 할까요? 디아나 씨는 뭘 드시고 싶으세요?"

등을 문지르며 일꾼을 무시무시하게 노려보는 디아나를 달래듯 루퍼트가 애써 말문을 열었다. 하지만 이 중에서 가장 위태로워 보이는 이가 바로 루퍼트였다. 푹 눌러쓴 망토 아래 얼핏 보이는 얼굴이 병자처럼 누렇게 떠 있었다.

"그냥……. 제일 싼 거 먹어요."

몇 마디 불평하려던 디아나도 루퍼트의 초췌한 몰골을 마주하자 말을 잃은 모양이었다. 디아나는 사환을 불러 가장 저렴한 메뉴를 주문한 뒤 세드릭을 돌아보았다.

"돈은 얼마나 남았어?"

"40그라트 정도."

"40그라트면……. 앞으로 일주일이면 바닥나겠네."

"그럼 또 단추를 팔아야지."

그 전에 돌아갈 수 있으면 좋을 텐데. 세드릭이 맥주를 마시며 담담하게 말했다. 자연히 탁자 위로 암울한 기운이 드리워졌다.

세 사람이 듣도 보도 못한 곳으로 떨어진 지도 벌써 이틀이 지났다. 처음에는 낯선 오지로 이동한 줄만 알아서 정확한 위치를 알아내는 데만 전력을 다했는데, 시간이 지날수록 괴이한 점이 한둘 늘어 갔다. 반제로 추정되는 북방의 작은 마을이면서 말이 잘 통한다는 점, 주민들이 이미 옛적에 멸망한 잘트부르거 왕국을 운운한다는 점, 그리고 마을의 모습이며 옷차림이 아무리 봐도 수백 년 전의 것이라는 점.

만일 추측대로 여기가 반제라면, 북방어를 모르는 디아나와 루퍼트는 주민들과 말이 통하지 않아야 정상이었다. 하지만 주민들은 그들의 말을 잘 알아들었고, 그것은 디아나와 루퍼트 역시 마찬가지였다. 전혀 알아들을 수 없는 생소한 말인데도 자연스레 이해되고 있었다.

또한 잘트부르거 왕국은 웬 말인가. 아무리 벽지에 처박힌 오지여도 이미 수백 년 전에 멸망한 왕국을 운운하는 것은 아무래도 괴이쩍었다. 그러나 주민들은 반제란 나라를 알지 못했고, 여기는 잘트부르거 왕국의 영토임을 계속해서 강조할 뿐이었다.

마지막으로 삽화로만 접했던 전통의 생활 방식을 유지하는 마을의 모습. 여기에선 전차는커녕 마차도 보기 드물었다. 게다가 주민들은 죄다 촌스러운 전통 의상을 입은 채 농사를 짓고 가축을 기르는 데만 전념했다. 디아나는 범인들의 삶에 능통하진 않았으나, 이곳 주민들의 모습이 지금까지 보아 왔던 인간 사회와 많이 다르다는 점은 일찌감치 알아챘다.

자연스레 현실과의 괴리감이 느껴졌다. 설마 하는 마음으로 각자 흩어져 마을 외곽을 조사한 결과, 이제 세 사람은 불길한 예감이 맞아떨어졌음을 인정할 수밖에 없었다.

"마을 서쪽으로도 나갈 수 없었어. 분명 길은 계속 이어지는데, 마을을 벗어났다고 생각하면 어느새 다시 마을 안쪽으로 돌아와 있더라."

디아나가 침울하게 말문을 열었다. 세드릭과 루퍼트도 비슷한 경험을 했는지 열없이 고개를 끄덕일 뿐이었다. 그러자 디아나가 떨리는 목소리로 물었다.

"그럼 그게 맞는 거야? 루퍼트 씨 말대로 여기가 『잘로모와 늪지의 마법사』 속이라고?"

써늘한 정적이 내려앉았다. 디아나는 황망한 표정으로 세드릭과 루퍼트를 갈마보았다. 누구든 부정해 주길 바랐건만 돌아오는 것은 침묵을 가장한 긍정이었다.

"여기가 정말 동화 속이라면 나가는 방법이 있긴 합니까?"

문득 세드릭이 물었다. 루퍼트가 주저하며 고개를 끄덕였다.

"나갈 수야 있죠. 애당초 누군가를 가두기 위해 설계된 마법이 아닌걸요."

"그럼 도대체 무슨 목적으로 만든 건데요? 아니, 그보다 이렇게 위험한 책이 있으면 미리 설명을 해 줬어야죠."

디아나의 날카로운 힐난에 루퍼트가 억울한 표정을 지었다.

"원래는 책장에 꽂혀 있으면 안 되는 책이에요. 지하 철궤에 봉인된 책이 어째서 서고에 있었는지 저도 모르겠다고요."

루퍼트는 금방이라도 울 것처럼 눈매를 일그러뜨렸다. 당황한 디아나가 머뭇거리며 손수건을 내밀었다. 루퍼트는 양손으로 공손히 손수건을 받아 눈물을 닦고 코를 풀었다.

"이건 책이 일종의 금고 역할을 하는 오래된 마법이에요. 반제의 마법사들이 보물을 숨기기 위해 사용하던 건데, 이미 오래전 전승이 끊긴 마법이라 지금까지 현존하는 책도 얼마 없어요. 천년장미관에도 잘로모와 늪지의 마법사를 포함해서 두세 권밖에 없을 거예요."

"보물을 숨기다니요?"

"작가가 원하는 것을 충족시키면 숨겨진 보물을 얻는 방식이에요. 미궁에 빠트려서 길을 찾게 하는 책도 있고, 어려운 퀴즈를 풀게 하는 책도 있어요. 하지만 어디까지나 보물을 숨기는 것이 목적이기에 맞힐 수 없게끔 어려운 문제를 내는 게 보통이에요. 더구나 동화 속 보물을 노리는 동화 사냥꾼이 나타나면서 문제는 점점 더 어려워졌고요."

"굳이 동화의 형식을 빌린 이유가 있겠죠."

세드릭이 나직하게 물었다. 루퍼트는 고개를 끄덕였다.

"『잘로모와 늪지의 마법사』는 그리그 프롬이 말년에 저술한 동화예요. 아시다시피 말년의 그리그 프롬은 제정신이 아니었기 때문에 그가 무슨 의도로 동화를 썼는지는 알 수 없어요. 그가 어떤 보물을 숨겼는지, 정말로 동화에 보물을 숨겼는지조차 확실치 않고요."

"그럼 우리가 어떻게 해야 나갈 수 있는 건데요?"

"제가 알기로는 동화를 완성시켜야 합니다."

잠시 침묵이 흘렀다. 디아나가 미간을 찌푸리며 조심스럽게 입을 열었다.

"우리가 동화의 결말을 지어야 한다는 거예요?"

"정확히는 그리그 프롬이 의도한 '올바른 결말'이죠."

"그게 뭔데요?"

막힘없이 설명을 이어 가던 루퍼트가 입을 꾹 다물었다. 조용히 그를 지켜보던 디아나와 세드릭의 시선이 더듬더듬 허공에서 맞부딪쳤다.

설마.

"제발 안다고 말해 줘요."

"그, 그게 『잘로모와 늪지의 마법사』는 판본별로 내용이 너무 달라서,

저도 어떤 게 맞는지 잘······."

"판본별로 내용이 다르다고요?"

"고아인 잘로모가 용사 아르놀트를 만나 늪지의 마법사를 처단하러 가는 초반부까지는 비슷해요. 문제는 그다음인데 어떤 판본은 잘로모와 아르놀트가 늪지의 마법사를 죽이는 결말이고, 어떤 판본은 아르놀트는 죽고 잘로모만 간신히 늪지에서 도망치면서 끝나요. 심지어는 용사 아르놀트가 잘로모를 배신해서 잘로모만 죽는 결말도 있다니까요?"

"미쳐서 쓴 글이라더니, 정말 제대로 된 게 하나도 없네요."

디아나가 헛헛하게 웃었다. 루퍼트는 마치 죄인이라도 된 것처럼 고개를 수그렸다.

"······만약 그리그 프롬이 의도한 방향으로 동화를 완성하지 못하면 어떻게 됩니까?"

어찌 되었든 동화 속에서도 시간은 계속 흘러간다. 지금도 마을 어딘가에 고아 잘로모가 있을 것이고, 언젠가는 용사 아르놀트가 마을을 찾아와 잘로모를 데리고 늪지로 갈 것이다. 세 사람이 넋 놓고 있더라도 동화는 어떻게든 완성된다는 뜻이었다.

"굳이 독자를 동화로 빠트리는 마법이니, 우리가 간섭해야만 그리그 프롬이 원하던 결말이 나오겠죠. 가만히 손 놓고 동화가 저절로 완성되길 기다릴 수도 없고, 그렇다고 마구잡이로 이야기에 간섭할 수도 없고. 사실상 정답을 모르는 상태에서 동화에 간섭하다간 그리그 프롬이 원하는 결말을 맞히지 못할 가능성이 큰데, 만약 그렇게 잘못된 결말이 맺어지면 우리는 어떻게 되는 겁니까?"

세드릭이 조용히 물었다. 노래에 악기 연주까지 더해진 소란스러운 사위에 오직 세 사람만이 고요했다.

루퍼트가 내키지 않는 듯 꾸물거리며 말문을 열었다.

"만일 잘못된 결말이 나면 책에서 벗어날 수 없어요. 아마도 영영 여기서 살아야겠죠."

이튿날.

디아나는 눈 밑에 짙은 그늘을 드리운 채 여관 1층으로 내려왔다. 본디 야심한 밤에 잠들어 느지막하게 일어나는 디아나에겐 제법 이례적인 일이지만, 마을 주민들이 새벽녘부터 하루를 시작하는 바람에 그녀도 일찌감치 기상할 수밖에 없었다. 시계가 없어 정확한 시각을 확인할 수는 없어도, 태양의 위치로 보아 아직 9시도 되지 않은 이른 아침이 분명했다.

다른 투숙객은 모두 부리나케 일어나 나갔는지 식당을 겸하는 1층은 한산하기 그지없었다. 디아나는 층계참에서 멍하니 식당을 내려다보았다. 종업원들이 늦은 아침 식사를 즐기는 모습이 아침햇살에 은은히 번지고 있었다. 아주 오래간만에 목도하는 평화로운 정경이다.

"여기서 뭐 해?"

문득 뒤에서 세드릭의 목소리가 들려왔다. 상념에 젖어 있던 디아나가 화들짝 뒤를 돌아보았으나, 세드릭은 이미 그녀를 지나쳐 유유히 1층으로 내려가고 있었다.

디아나는 얼른 그의 뒤를 따라붙었다.

"왜 너만 내려와? 루퍼트 씨는?"

"점심때쯤에야 일어날 거야."

"왜? 어디 아파?"

"밤새 악몽을 꾸는 것 같던데."

디아나는 조금 질린 표정을 지었다. 루퍼트는 셋 중에서 가장 나이가 많지만, 역으로 가장 심약한 사람이었다. 무심한 스승과 개성 강한 자일스 삼 남매의 틈바구니에서 눈칫밥을 먹었던 디아나 지난 2년간 국경 수비대로 활약했던 세드릭과 달리, 루퍼트는 아주 평범하게 자라나 최근에는 도서관에서 평화로운 나날을 영위했기 때문이다.

"그럼 루퍼트 씨가 일어나면 잘로모를 찾으러 가야겠네."

여기가 동화 속이라는 것을 깨달은 이상 주인공인 잘로모를 만나는 것이 급선무다. 언제 등장할지 모르는 용사 아르놀트가 잘로모를 데리고 늪지로 향하기 전에 잘로모에게서 최대한 많은 힌트를 끌어내야 하기 때문이다.

"우리 옷도 바꿔 입어야 하잖아. 돈이 모자랄 텐데 노란 집 영감탱이한테 가 봐야 하는 거 아냐?"

"일단 식사부터 하자."

세드릭은 사환을 불러 요리를 주문했다. 디아나는 얼굴을 찡그리며 '노란 집 영감탱이'에 대해 속으로 욕을 퍼부었다.

사흘 전 동화 속 마을로 떨어졌을 때, 당연히 마을에서 유통되는 화폐를 지니지 못했던 세 사람은 부득이하게 소지품을 팔아 돈을 마련해야 했다. 하지만 가난뱅이 디아나와 루퍼트에게 값진 소지품이란 사지 멀쩡한 육신뿐이었으므로, 어쩔 수 없이 부잣집 도련님인 세드릭에게 모두의 명운이 걸린 셈이었다.

그리고 다행스럽게도 세드릭의 재킷에는 보석 단추가 여럿 달려 있었다. 세 사람은 단추를 팔기 위해 마을에서 가장 부유하다는 노란 집 영감탱이를 찾았는데, 문제는 그 영감이 돈놀이를 업으로 삼은 사람답게 몹시 상스러웠다는 것이다.

'너는 얼굴은 괜찮은데 몸이 영……. 자고로 여자라면 잡는 맛이 있어야 하는데 말야.'

허연 수염을 염소처럼 기른 노인네는 디아나를 보자마자 그런 망언을 늘어놓았다. 그때는 노인네의 말도, 자신의 전신을 훑는 시선도 그저 기분이 나빴을 뿐 잘 이해되지 않았는데, 돌이켜 곰곰이 생각할수록 분기가 치솟았다.

디아나는 저도 모르게 표정을 구기며 포크로 감자를 난도질했다. 눈앞의 못생긴 감자가 노란 집 영감탱이라고 생각하니 자연스레 포크질이 험악해졌다.

맞은편에서 조용히 식사하던 세드릭이 문득 입을 열었다.

"노란 집에는 나 혼자 다녀올게. 너는 여기 있어."

"왜?"

"월시 씨가 언제 깨어날 줄 알고. 한 명은 여관에 남아 있어야지."

세드릭은 디아나를 보지도 않고 말했다. 난잡하기 이를 데 없는 디아나의 접시와 달리, 우아하게 칼질하는 세드릭의 접시는 요리만 조금 줄었을 뿐 깔끔하기 그지없었다. 물끄러미 세드릭을 쳐다보던 디아나가 시선을 내려 생각에 잠겼다.

어쨌든 노란 집에는 다시 가야 했다. 언제까지 여기에 머무를지 모르는 상황이므로 종잣돈을 넉넉히 마련해 두어야 했고, 무엇보다도 이젠 옷을 갈아입어야 했다. 모두가 전통 의상을 입은 마을에서 전혀 다른 의복을 입은 세 사람은 눈에 띌 수밖에 없었다. 그렇잖아도 이방인에게 호기심을 비치는 주민들이 많은 상황에서 더한 시선이 집중되는 것은 막아야 했다.

하지만 만일 이곳에 오래 머물게 된다면. 듣자 하니 노란 집 영감탱이는 지난해까지 무려 20년 동안이나 촌장 행세를 했다고 한다. 돈놀이를 할 정도로 돈이 넘쳐 나니, 마을의 실세로 군림하는 것도 무리는 아니었다. 그리고 안타깝게도 디아나를 비롯한 세 사람은 동화의 올바른 결말을 찾지 못하는 이상 마을에서 벗어날 수 없는 운명이기에, 여기 머무는 시간이 길어질수록 영감탱이와 마주칠 가능성도 높아졌다. 그때마다 노란 집 영감을 피할 수도 없는 노릇이었다.

"아냐, 나도 갈래. 루퍼트 씨한테는 쪽지를 남기자."

디아나가 불쑥 입을 열었다. 세드릭의 빤한 시선이 느껴졌지만, 구태여 말을 덧붙이진 않았다. 대신 다시금 감자를 난도질하는 손짓에서 굳은 결의가 엿보였다.

"꼬마 아가씨가 또 왔네."

노인이 느물거리며 두 사람을 반겼다. 디아나는 거북한 기색을 애써 감추며, 노인에게서 최대한 멀리 떨어져 섰다. 올해로 팔십이 넘은 노인은 소파에서 쉬이 일어나지 못했다.

"오늘은 무슨 일인가? 응?"

세드릭이 말없이 다가가 보석 단추 여러 개를 건넸다. 디아나에게 끈덕지게 붙어 있던 노인의 시선이 그제야 세드릭을 향했다.

"한데 두 분은 무슨 관계이신가? 이니지, 그 전에 도대체 뭐 하시는 분이야?"

노인이 은근한 목소리로 물었다. 다행인지 불행인지 노인은 세드릭만은 비교적 점잖게 대했다. 물론 세드릭이 한눈에도 귀한 댁 도련님처럼 생기긴 했지만, 눈길과 언사로 디아나를 희롱하던 것이나 아예 루퍼트의 존재 자체를 무시했던 것을 떠올리면 자연히 부아가 치밀어 올랐다.

노인은 대답 없는 그들을 번갈아 쳐다보더니 새끼손가락을 흔들었다.

"혹시 이거야? 아니면 그냥 데리고 다니는 건가? 하긴 댁 정도 상판이면 여러 여자 울리고 다닐 법한데."

"얼마입니까."

조용히 침묵하던 세드릭이 입을 열었다. 노인이 단번에 말을 알아듣지 못하자, 세드릭은 말없이 탁자에 놓인 단추를 눈짓했다.

노인은 그제야 단추를 살펴보기 시작했다. 방언인지 무언지 당최 알아들을 수 없는 시부렁거림이 끊임없이 노인의 입에서 흘러나왔다.

"뭐야. 그때랑 똑같은 단추잖아. 이러면 많이 못 쳐줘."

"그래서 얼마입니까."

"개당 50그라트."

부러 창밖만 내다보던 디아나가 황급히 노인에게로 고개를 돌렸다. 50그라트라니, 말도 안 된다.

"이봐요. 사흘 전에는 100그라트였잖아요. 갑자기 왜 가격이 절반이나 깎이는 건데요?"

"똑같은 게 여러 개잖아. 이러면 희소성이 떨어진다고, 희소성이."

"아무리 그래도 절반이나 쳐 내는 건 너무하잖아요. 상식적으로 이게 말이나 돼요?"

디아나의 항의에 심기가 불편해졌는지 노인이 몸을 틀며 손짓했다.

"그럼 다른 데 가 보시든가. 꼬마 아가씨가 어려서 뭐를 잘 모르나 본데 원래 세상은 급한 사람이 지게 되어 있는 법이야. 난 급할 거 하나 없으니까 어디 요 보석 팔아 줄 사람 찾아가 보라고. 이 조그만 마을에 보석을 알아볼 사람이나 있을까 몰라."

한참을 나불대던 노인이 은근슬쩍 곁눈으로 디아나를 보았다.

"아님 꼬마 아가씨는 나한테 뭐 줄 거 없나?"

이 사기꾼이 뭐라는 거야. 디아나가 어처구니없다는 듯 소리를 높이려던 찰나, 세드릭이 무표정한 얼굴로 입을 열었다.

"됐습니다. 개당 50그라트로 하죠."

디아나와 노인의 시선이 세드릭에게로 모였다. 당황한 디아나가 연신 팔꿈치로 세드릭을 찔렀지만, 세드릭은 꿈쩍도 하지 않았다. 무표정한 얼굴에선 아무것도 읽어 낼 수 없었다.

휘둥그렇게 눈을 떴던 노인이 이내 너털웃음을 쳤다.

"그래. 여기 이분은 말이 좀 통하는구먼. 꼬마 아가씨도 보고 배우라고."

노인은 곧바로 종을 울려 하녀를 불렀다. 노인이 하녀에게 돈주머니를 갖고 오라고 명령하는 사이, 디아나는 재빨리 머릿속으로 계산을 해보았다. 보석 단추가 네 개. 개당 50그라트면 총 200그라트다. 지금부터 200그라트로 옷을 사고 숙박비를 지불해야 했다. 앞으로 얼마간 동화 속에 머물게 될지도 모르는데, 고작 열흘이면 세 사람은 완전히 빈털터리가 될 것이다.

심란해진 디아나가 한숨을 푹 내쉬었다. 새삼 자신의 처지가 가련했다. 불과 두 달 전에 기차에서 광인을 만나 죽을 뻔했는데, 이번에는 동화에서 영영 살아야 될지도 모르는 위기에 처했다. 그래도 커다란 곡절 없이 이어지던 열아홉 해의 생애건만, 아무래도 올해는 악운이 낀 모양이었다.

그때, 시야에 이상한 광경이 들어왔다.

'어?'

차를 따르는 하녀의 가슴을 훔쳐보느라 여념 없는 노인과, 노인의 무릎에 가지런히 놓인 돈주머니.

디아나는 눈을 연신 깜박거렸다. 역시 잘못 본 게 아니다.

지금, 노인의 돈주머니에서 반짝반짝 빛나는 금화 두어 개가 허공으로 두둥실 떠오르고 있었다.

'쟤가 웬일이래.'

디아나는 슬쩍 세드릭을 곁눈질했다. 변함없이 차분한 얼굴이지만, 그가 벌이고 있는 작태를 알고 나니 그보다 더 천연덕스러울 수가 없었다. 본디 소유 개념이 명확하여 도둑질만큼은 엄하게 처벌되는 마법 사회에서 엘리트로 나고 자란 세드릭이 남의 돈을 훔치고 있다니. 스승님이 아시거든 놀라 자빠지실 일이고, 채스터티가 알거든 앞으로 30년은 놀려 먹을 일이었다.

하녀에게 정신 팔린 노인을 희롱하듯, 허공을 매끄럽게 떠다니던 금화는 곧 자취를 감추었다. 아마도 지금쯤 세드릭의 주머니로 안전히 이동했을 것이다. 그로부터 얼마 뒤에야 가까스로 하녀에게서 시선을 돌린 노인은 방금 무슨 일이 벌어졌는지도 모르고 세드릭에게 200그라트를 지불했다. 물론 세드릭은 고고하기 이를 데 없는 얼굴로 돈을 챙겼다.

"꼬마 아가씨. 나중에 또 보자고."

노인은 끝까지 느물거리는 인사를 잊지 않았다. 디아나는 코웃음을 치며 응접실을 박차고 나왔다. 노인은 100그라트짜리 금화 세 개를 누구에게 도둑맞았는지 꿈에도 모를 터였다. 그걸 생각하니 조금은 분기가 가라앉는 듯했다.

하지만 그렇다고 복수를 포기할 수는 없었다.

디아나는 노란 집을 나오자마자 마법을 부렸다. 목표는 정원에 세워진 노인의 동상이었다. 도대체 무슨 자신감으로 자신의 동상을 만들었는지 모르겠지만, 저리 천박한 노인네는 세상에 단 하나로 족했다. 디아나는 오직 그 하나만을 바라며 꾸역꾸역 세드릭의 제안까지 뿌리치고 여기에 온 것이었다.

동상을 노려보는 디아나의 눈에 희열이 서렸다. 오래지 않아 동상이 돌연 한쪽으로 기울더니 쾅 소리를 내며 쓰러졌다. 충격을 받은 동상은 멀쩡한 구석이 없었다. 특히 처참하게 깨진 머리 부분이 그러했다.

디아나는 후련해진 기분으로 다시금 걸음을 옮겼다. 무거운 동상을 기울이느라 제법 많은 마력을 소진했지만, 그래도 이마에 배어 나오는 땀방울이 이토록 반가운 적이 없었다. 다시는 만나지 않았으면 좋겠으나, 만약 다음에도 무례하게 군다면 그때는 동상이 아니라 영감탱이를 저렇게 만들어 주리라 다짐했다.

그리 기쁘게 대문을 넘는 순간.

쾅―!

온몸을 울리는 굉음이 울려 퍼졌다. 디아나는 대경하여 뒤를 돌아보았다. 밝은 햇살 아래, 제법 멋들어졌던 노란 지붕의 한 귀퉁이가 무너져 내리고 있었다.

"안 가고 뭐 해."

문득 세드릭이 황망히 멈춰 선 디아나를 스쳐 지나갔다. 디아나는 넋 나간 표정으로 세드릭의 뒷모습과 노란 집을 번갈아 쳐다보았다.

희뿌연 연기 사이로 언뜻언뜻 비치는 노란 집. 그리고 점점이 멀어지는 까만 뒷모습.

디아나는 어쩐지 노인의 고함 소리가 들리는 듯한 노란 집을 돌아보며 생각했다.

……저건 내가 한 게 아닌데.

다시 여관으로 돌아온 디아나와 세드릭을 맞이한 것은 초췌한 낯빛의 루퍼트였다. 요즘 밤마다 악몽을 꾼다더니, 늦은 시간까지 깨우지 않은 보람이 있는 듯 어제보다는 혈색이 좋아 보였다. 노란 집 영감을 만나고 왔다는 말에, 루퍼트는 별스러운 질문을 던지는 대신 종업원에게서 알아낸 잘로모의 집에 대해 설명했다.

"동쪽 외곽의 농장 부근에서 사는 모양이더라고요. 부모 없이 꿋꿋하게 사는 고아라고 마을 내에서는 꽤 유명한가 봅니다."

계획대로 잘로모의 집으로 떠나기 전, 디아나는 여관 주인과 치열하게 흥정하여 저렴한 가격으로 헌옷 세 벌을 구했다. 세드릭과 루퍼트의 옷은 여관 주인의 남편이 젊을 적 입던 것이고, 디아나의 옷은 여관 주인의 딸이 어릴 적 입던 것이었다.

하지만 디아나는 거저 구입한 헌옷이 영 마음에 들지 않았다. 하얀 셔츠에 짙은 색 바지, 기껏해야 긴 장화가 끝인 남성복과 달리, 여성복은 나풀나풀한 소매며 발끝까지 치렁치렁 내려오는 치맛자락이 아주 우스꽝스러웠기 때문이다. 디아나는 우스운 차림을 가리고자 애써 망토를 둘러멨지만, 루퍼트의 눈치 없는 말 한마디 때문에 기분은 더더욱 구렁텅이에 빠졌다.

"디아나 씨. 꼭 옛날 동화책 속에 나오는 삽화 같네요."

"그걸 누가 몰라요?"

"네?"

"아니요. 루퍼트 씨 옷이 참 잘 어울린다고요."

그렇게 세 사람은 옥신각신 잘로모의 집으로 향했다. 듣기로는 여관이 위치한 마을 중심에서 1시간가량 걸어야 했다. 그런데 아무래도 루퍼트는 그 1시간을 전부 수다로 채울 요량인지 묻지도 않은 정보를 쏟아내기 시작했다.

"잘로모는 이야기 속 잘로모와 크게 다르지 않은 것 같아요. 왜, 동화 속 잘로모도 고아잖아요. 아버지는 용에게 물려 죽고, 어머니는 요정에게 홀려 마을을 떠난 뒤로 혼자 남은 고아. 아까 두 분이 노란 집에 가셨을 때 종업원에게 넌지시 물어보니 실제로도 그렇더라고요."

"정말로 부모가 용에게 물려 죽고 요정에게 홀렸다고요?"

디아나가 영 믿을 수 없다는 듯이 반문했다. 용이나 요정이 어디 흔한 종족이던가.

"뭐 요즘에야 굉장히 보기 드물기는 하죠. 200년 전 용이 전부 지상을 떠난 뒤로는 자일스 가문에서나 종종 용을 볼 수 있을 뿐이고, 요정들도 점점 숲이 사라지면서 숫자가 급격히 줄었다고 하니까요."

루퍼트가 말했다.

"그런데 여기는 500년 전의 반제잖아요. 볼크하르트나 프롬처럼 반제에 정착한 마법 가문은 하나같이 용과 척진 가문이라, 옛날부터 북쪽은 용 때문에 굉장히 골머리를 앓았다고 해요. 마녀들이 용과 한 번 싸우면 주변에 남아나는 게 없어서, 심지어 북쪽 어느 지방에선 용을 악마라고 불렀다는 기록도 남아 있다니까요. 오죽하면 그랬겠어요?"

"네에……."

"그리고 북쪽은 원래부터 숲이 우거진 지역이에요. 아마 잉그람이나 메시나보다는 요정이 훨씬 많이 살았을걸요?"

그래도 이름만 사서는 아니었는지 루퍼트는 제법 유창하게 설명을 이어 나갔다. 조용히 그의 말을 경청하던 세드릭이 느리게 입을 열었다.

"이 동화가 생각처럼 그리 허황된 세계는 아닌 모양입니다."

"네. 사실이야 어쨌든, 마을 주민들이 말하는 잘트부르거 왕국도 500년 전에는 분명 실존하던 왕국이니까요."

동화는 실존했던 왕국을 배경으로 당시 인간이 살아가는 모습을 고스란히 담고 있있다. 하시만 생각해 보면 조금 이상했다. 천년전쟁이 한창이던 500년 전, 마법 사회는 인간을 자신보다 하등한 종족으로 멸시했고 마법사와 인간을 당연하게도 '다른 종족'으로 구분했다. 마법 사회와 인간 사회가 지속적으로 교류했을 리 없으며, 마법사가 평범한 인간의 삶에 관심을 가질 리도 없었다.

그럼에도 『잘로모와 늪지의 마법사』에는 놀라울 만치 인간의 모습이 자세하게 묘사되어 있있다. 심지어는 잘로모란 평범한 인간을 주인공으로 삼았으니, 저자의 숨은 의도가 있으리라 생각할 수밖에 없었다.

디아나는 곰곰이 동화의 저자를 떠올렸다.

그리그 프롬.

〈엄숙한 프롬〉이 낳은 세기의 마법사이자, 시대를 앞서간 천재. 하지만 그는 능력을 채 피우지 못하고 미쳐 버렸으며, 결국에는 친족들에 의해 성에 갇혀서 비운의 말년을 보냈다고 전해진다.

프롬의 역작. 만인에게 칭송받던 마법사는 고립된 성내에서 오로지 불사(不死)를 꿈꾸며 온갖 해괴한 연구를 자행했으나, 종내엔 『잘로모와 늪지의 마법사』란 동화책 하나만을 남겼을 뿐이다.

"미쳐서 쓴 책이니 뭐가 나와도 놀랍지 않겠어요. 지금 같아서는 용이 나와도 정말로 놀라지 않을 자신이 있다니까요?"

루퍼트가 투덜거렸다. 디아나도 그의 말에 반쯤은 공감했다. 당대의 왕국을 배경으로 삼고 잘로모라는 인간을 주인공으로 내세운 것도 그저 미친 마법사의 객기일 수 있었다. 어쩌면 저자의 의도를 찾는답시고 골몰하는 것이 시간 낭비인지도 몰랐다.

하지만 디아나는 어쩐지 꺼림칙한 기분을 지우지 못했다. 그녀가 발 디딘 땅, 내리쬐는 볕, 귀를 스치는 바람. 이 모든 것이 500년 전 미친 남자가 마법으로 이루어 낸 것이라기엔 지나치게 현실적이었다.

마법으로 이렇게까지 구현해 낼 수 있단 말인가.

어쩌면 평범한 사람들이 으레 믿듯, 정녕 마법은 기적인지도 몰랐다.

디아나는 목을 쭉 빼서 울타리 안을 살펴보았다. 금방이라도 쓰러질 듯 허름한 단층 건물과 드문드문 풀이 난 마당. 사람 그림자 하나 보이지 않는 조용한 정경이었다.

"디아나 씨. 거기서는 뭐가 좀 보여요?"

"아뇨. 거기는요?"

"마구간밖에 안 보여요."

디아나와 루퍼트는 서로를 마주 보며 한숨을 푹 내쉬었다. 세드릭도 소득이 없는 것은 마찬가지였는지 별말 없이 돌아왔다.

"그냥 당당하게 들어가 보면 안 될까요? 어차피 주변에 다른 집도 없는데……."

"그러다 잘로모랑 만나면 어떡해요. 당장 만나서 할 얘기도 없잖아요."

디아나는 루퍼트에게 뾰족하게 핀잔을 주었다. 용사 아르놀트가 나타날 때까지 여관에 가만히 죽치고 있는 것보다는 나을 것 같아서 이렇게 잘로모를 찾아오긴 했지만, 곧바로 잘로모와 대면하기에는 여러모로 부담이 컸다. 자칫 잘못하다간 동화 속에 영영 갇혀 버릴 수도 있기 때문이다.

"일단 근처에 숨어서 상황을 지켜보는 게 나을……."

조용히 의견을 표명하던 세드릭이 별안간 눈을 치떴다. 돌연 뒤편에서 컹컹 개 짖는 소리가 들려왔다.

"까, 깜짝이야!"

꼭 벼락이 치듯 커다란 소리에 디아나가 화들짝 뒤를 돌아보았다. 도대체 지금까지 어디에 숨어 있었는지, 커다란 사냥개 한 마리가 울타리 사이로 앞발을 들이밀며 위협적으로 짖고 있었다. 어찌나 살기등등한지 오금이 다 저릴 지경이었다.

하지만 개를 조용히 시키는 마법 따위 알 리가 없었다. 사냥개를 진정시킬 방법을 찾다 못해 일단은 도망가는 척하려던 세 사람은, 뒤이어 문을 쾅 열고 등장한 소년의 모습에 그만 말을 잃었다.

"겡클라! 너 자꾸 짖으면 밥 안 준다고 그랬지!"

개를 마구 꾸짖던 소년의 시선이 이윽고 울타리 너머 세 사람에게 닿았다. 어색한 침묵이 흐르는 가운데, 멀뚱히 세 사람을 지켜보던 소년의 눈매가 차츰 가늘어졌다.

"도둑?"

"……."

"……은 아닌 것 같은데."

소년의 눈이 겁을 집어먹고 바들바들 떠는 루퍼트와 놀라서 얼어붙은 디아나, 그리고 여전히 차분한 세드릭을 차례로 훑고 지나갔다. 그러고도 한참을 골똘히 생각하던 소년은 이내 답을 찾은 듯 명쾌하게 말했다.

"아하, 당신들이 그 여행객이죠? 사흘 전인가 나흘 전에 갑자기 나타났다는."

"네, 네에."

디아나가 얼결에 대답했다. 이제 소년은 울타리 앞으로 다가와 아주 대놓고 그들을 살펴보기 시작했다.

"우와. 나 이렇게 얼굴이 하얀 사람들 처음 봐요. 설마 태어나서 햇빛 본 게 오늘이 처음은 아니죠? 바깥에서 일하는 사람이 이렇게 하얄 리가 없는데."

루퍼트와 디아나의 얼굴을 보며 차례로 감탄하던 소년은 뒤이은 세드릭의 얼굴에 입을 쩍 벌렸다.

"세상에나. 형은 되게 잘생겼다. 혹시 귀족 나리예요? 마르틴 아저씨가 귀족 나리들은 꼭 형처럼 얼굴에서 빛이 난다고 했거든요."

세 사람은 침묵했다. 그 침묵을 어떻게 해석했는지 소년은 신이 나서 세 사람을 마구 삿대질하기 시작했다.

"귀족 나리! 맞죠! 저기 갈색 머리 형은 나리를 모시는 하인이고! 그런데 영 미련스러워 보이는 게 일은 되게 못할 것 같네요. 봐요, 내가 지금 욕하는 것도 제대로 못 알아듣는 거."

"저기, 설마 지금 나 말하는 거……."

"그런데 여기 빨간 머리 누나는 누구예요? 아무래도 하녀는 아닌 것 같은데……. 혹시 막 그런 거예요? 여기 계시는 귀족 나리랑 서로 한눈에 반해서 사랑의 도피를 떠나는 거, 그런 거 맞죠!"

소년의 눈이 반짝반짝 빛났다. 디아나는 도대체 어디서부터 틀렸다고 짚어 줘야 할지 감이 잡히질 않았다. 다행히도 여기서 가장 침착한 세드릭이 소년의 착각을 정정해 주었다.

"우리는 그저 평범한 여행객입니다. 귀족도 아니고요."

"에이. 마을 사람들은 순수해서 그런 말 믿을지 몰라도 내 눈은 못 속여요. 지금까지 눈칫밥 먹고 산 게 몇 년인데. 그래도 뭐, 사정이 있는 것 같으니까 속아 주는 척은 해 줄게요. 그러니까 이것만 답해 줘요. 사랑의 도피 맞죠?"

세드릭은 침묵했다. 이번에도 침묵을 제멋대로 알아들은 소년이 손뼉을 치며 좋아했다.

"마르틴 아저씨가 얘기해 줄 때는 되게 멍청한 짓이라고 생각했는데 직접 보니까 나름대로 멋있네요. 이해할 수 없는 게 바로 사랑의 힘 아니겠어요? 그러니까 긴장하지 마세요. 수상한 사람들이 형이랑 누나 찾아도 모르는 척 발뺌할 테니까."

헛기침까지 해 가며 젠체하던 소년이 불현듯 고개를 기울이며 물었다.

"그런데 우리 집 앞에서 뭐 하세요?"

참 빨리도 묻는다. 세 사람은 동시에 생각했다.

짐작했듯 소년은 잘로모였다.

"이름이 특이하죠? 마을에서 잘로모란 이름은 저밖에 없어요. 대장간 토비는 자기랑 같은 이름이 다섯이나 되어서 항상 절 부러워한다니까요?"

이렇게 흔하지 않은 이름을 뽐내던 잘로모는 세 사람의 간단한 소개를 듣고선 눈이 왕방울만 해졌다.

"우와. 여기 빨간 머리 누나 이름 말고는 전부 처음 들어 봐요. 네? 에이, 디아나란 이름은 흔하죠. 저기기 마르틴 아저씨네 막내딸 이름도 디아나라고요. 작년에 돌아가신 파란 지붕 집 할머니 이름도 디아나였는데…… 네에? 남쪽 나라에서 오셨다고요? 정말요? 어쩐지 생긴 게 마을 사람들이랑 다르다 했어요. 왜, 형이랑 누나들은 키도 작고 좀 약해 보이잖아요."

세 사람은 말없이 고개를 끄덕였다. 약해 보이는 외관은 아무래도 육체를 사용할 일이 별로 없는 마법사의 공통점인 것 같지만.

"아무래도 북방인이 체격은 좋으니까요."

"그래요? 그런데 형은 왜 나한테 존댓말 써요? 나한테 이렇게 정중하게 말하는 사람 처음 봐요."

"그런가요."

"어른 대접 받는 것 같아서 좋기는 한데 어쩨 좀 어색하네요. 우리 그냥 서로 반말하면 안 돼요?"

잘로모는 간절한 눈으로 세드릭을 올려다보았다. 세 사람은 난처한 시선을 주고받았다. 삭막한 마법 사회에서 살아온 그들에게 금방 안면을 튼 사람과 격의 없이 지낸다는 것은 퍽 받아들이기 힘든 것이었다. 그 사람이 아무리 열서넛쯤 먹은 어린아이라고 해도 말이다.

"……그래. 잘로모."

하지만 잘로모는 동화의 주인공이었다. 좋은 인상만 주어도 모자랄 판국에 굴러 들어온 호의를 거절할 여유는 없었다. 그래서 세 사람은 어쩐 이유에선지 자신들을 반기는 잘로모를 조금 서름하게 지켜볼 따름이었다.

때마침 마을을 스쳐 지나가는 먹구름에 세 사람을 집으로 불러들인 잘로모는 그래도 손님 대접을 해야지 않겠냐면서 먹을거리를 내놓기 시작했다. 분주한 손길이 오갈 때마다 탁자를 채우는 식기가 늘어 갔다. 하나같이 초라한 음식이었으나, 적어도 지난 며칠간 허름한 식사에 익숙해진 세 사람이 불평 없이 포크를 들 정도는 되었다.

"그런데 누나랑 형들은 어쩌다 길을 잃었기에 여기까지 온 거야? 이 주변엔 온통 농장뿐이라 아무것도 없는데."

잘로모가 삶은 감자를 뒤적거리며 물었다. 그에 일행들과 몰래 시선을 주고받은 디아나가 조심스럽게 입을 열었다.

"실은 검은 숲을 찾고 있었어."

"뭐? 검은 숲?"

잘로모가 어처구니없다는 듯 헛숨을 내뱉었다.

"누나. 검은 숲이 뭔지는 알고 말하는 거야? 거기엔 나쁜 마법사가 산다고!"

"그럼 뭔지도 모르는 곳을 찾았겠니."

디아나는 입을 비쭉이며 중얼거렸다. 그제야 농담이 아니라는 걸 알아챈 잘로모가 심히 경악했다.

"저, 정말?"

검은 숲.

마을 북쪽에 자리한 드넓은 숲을 오래전부터 주민들은 그렇게 불렀다. 워낙에 나무가 높고 수풀이 우거져서 햇빛이 드나들지 못하는 탓에, 한낮의 숲 속도 밤처럼 어둡기 때문이었다.

그러한 검은 숲에서 유일하게 나무가 자라지 못하는 곳이 있다. 이제는 숲길조차 희미해진 오지. 사람은 물론이요, 짐승도 쉬이 드나들지 못하는 검은 숲의 심장부에는 깊이를 알 수 없는 늪지가 펼쳐져 있었다. 전해지는 이야기로는, 수백 년 전 검은 숲으로 몰래 숨어든 사악한 마법사가 스스로 보호하기 위하여 만든 올가미라 하였다.

"검은 숲은 안 돼! 거기는 정말로 위험하단 말야. 늪지의 마법사가 얼마나 무서운지 누나가 몰라서 그래. 언젠가 그 마법사를 토벌하러 왔던 기사단도 아직까지 한 명도 돌아오지 못했어."

겁을 잔뜩 집어먹은 잘로모의 낯이 시허옇다. 검은 숲의 이야기를 꺼낼 때마다 삽시에 창백해지던 마을 주민들과 크게 다르지 않은 반응이었다. 마을을 뒤덮은 검은 숲의 악명. 수백 년간 늪지의 마법사가 뿌려 둔 공포. 외지인인 디아나도 쉽사리 체감할 수 있을 정도로 진득한 두려움이다.

그러니 참으로 이상한 일이었다. 검은 숲이라는 이름만 들어도 이렇게 진저리 치는 아이가 어찌하여 용사 아르놀트의 길잡이를 자처한단 말인가.

도대체 무엇이 아쉬워서.

"설마 우리가 숲에 들어갈 생각이겠어? 그냥 하도 악명이 자자하기에 호기심이 들었던 것뿐이야."

눅눅해진 분위기를 환기시키려는 듯 루퍼트가 얼른 끼어들었다. 하지만 잘로모는 여전히 울상이었다.

"그럼 먼발치에서 보는 걸로 만족해야 해. 절대 들어가면 안 돼. 알았지?"

"당연히 그래야지. 어휴, 생각만 해도 무섭다."

어색하기 짝이 없는 목소리지만, 잘로모는 그것만으로도 족히 안심이 되는 모양이었다. 금세 얼굴이 활짝 피더니 손수 삶은 감자를 나눠 주기 시작했다.

"하긴 우락부락한 기사단도 손도 못 쓴 곳인데 누나랑 형들처럼 야리야리한 남부인이 뭘 어쩌겠어. 괜히 이상한 생각하지 말고 바깥세상 이야기나 들려줘. 응?"

잘로모의 눈이 기대로 부풀어 올랐다.

"바깥에는 정말로 산처럼 높은 탑이 있어? 용감한 용사랑 못된 마법사가 싸우고 그래? 남부는 어떤 곳이야?"

500년 전 사람들에게 고향이란 곧 무덤이었다. 부모가 태어나고 죽은 곳에서 자식도 태어나고 죽기 마련이니, 바깥세상이 어떤 곳인지 전해들을 기회도 많지 않았다. 이제 고작 열서넛 된 고아가 바깥세상에 대한 막연한 동경을 품은 것도 무리는 아니었다.

일행과 난감한 시선을 주고받은 디아나가 마지못해 말문을 열었다. 책에서만 보아 왔던 옛날의 성과 탑에 대하여. 동화로만 들어 왔던 영웅에 대하여. 여기와 다름없되 조금 더 낮이 긴 남부에 대하여. 어린 소년은 디아나의 어눌한 표현을 무한한 상상력으로 채색했고, 그렇게 이야기 타래는 굽이굽이 이어졌다.

불그스름한 노을이 차차 번져 갔다.

목장에는 양들이 떼 지어 몰려다니고, 잠시 자리를 비운 목동을 대신해 양 떼를 지켜야 하는 개는 꾸벅거리며 졸기 바빴다. 이제는 선뜻 봄기운이 느껴지는 바람이 유유히 수풀을 헤치는 가운데, 멀리서 들려오는 교회의 타종 소리가 선잠이 든 목장을 부드럽게 어루만졌다.

디아나는 홀로 목장에 앉아 있었다. 마을 외곽에 자리한 목장은 이렇듯 날이 저무는 시간에는 오가는 사람조차 드문 곳이었다. 더욱이 오늘처럼 정기 예배가 있는 주일에는 마을 주민들이 전부 교회에 모여서 온종일 신앙을 공고히 하는 바람에 거리에서조차 인적을 찾기 힘들었다.

놀랍게도 디아나도 주일예배에 참석한 적이 있었다. 어떻게든 동화에 대한 힌트를 찾고자 마을 주민이 전부 모인다는 주일을 공략하려는 시도였지만, 안타깝게도 별 소득은 없었다. 외려 어디서 왔냐는 둥, 여기는 얼마나 머물 거냐는 둥, 도대체 셋이 무슨 사이냐는 둥 쓸데없는 질문만 잔뜩 받는 통에 정신만 산란했다.

그래서 오늘은 몸이 좋지 않다는 핑계를 대고 무사히 예배를 빠져나왔다. 아직도 주민에게 잡혀 고생하고 있을 세드릭과 루퍼트가 조금 안되었긴 해도, 적어도 루퍼트는 이번에야말로 늪지의 마법사에 대한 정보를 찾겠다는 사명에 불타고 있었으니 어느 정도는 자업자득이다.

'사람들한테 물어보면 뭐 해. 다들 무섭다는 말뿐인데.'

디아나는 한숨을 삼켰다. 수백 년간 늪지의 마법사를 등 뒤에 지고 살아온 마을의 주민이라기에, 그들은 늪지의 마법사 대해 아는 점이 이상할 정도로 적었다. 용을 부린다는 말도 있고, 사람을 먹는다는 말도 있었다. 공통된 의견이란 고작해야 검은 숲 중앙에 산다는 점과, 무시무시하게 잔인한 인물이라는 점뿐이었다.

도대체 얼마나 무서우면 전부 그렇게 말하는 걸까. 물론 천년전쟁이 한창이던 이곳의 사람들에게 마법사란 응당 공포의 존재일 수 있었다. 당시 마법 사회와 인간, 특히 산티그마 교단은 서로를 잡아먹지 못해 안달이 났으니 족히 그럴 만했다.

하지만 그게 아니라면? 정말로 늪지의 마법사가 무시무시한 존재라면?

만약 그가 니올로 팔리아치 못지않은 잔혹한 마법사라면?

디아나는 울적한 기분을 이기지 못하고 양손에 얼굴을 파묻었다. 때가 되면 그녀는 동화를 끝내기 위해 늪지로 향해야 했다. 아마도 그곳에서 소문만 무성한 마법사를 만나게 될 터. 디아나는 아직 늪지의 마법사를 모르지만, 그는 이미 디아나의 상상 속에서 일정한 형체를 갖추어 갔다. 디아나는 인정하지 않을지 몰라도 그 형체는 니올로 팔리아치와 아주 닮아 있었다.

"누나!"

불현듯 멀리서 익숙한 목소리가 들려왔다. 세상천지 그녀를 누나라 칭하는 사람은 동화 안팎을 따져서라도 단 한 명뿐이었다.

"잘로모."

디아나는 힘겹게 고개를 들며 애써 웃어 보였다. 혼자 있고 싶은 마음이 간절했지만, 안타깝게도 그녀의 우울한 기분을 알아채지 못한 잘로모가 얼른 옆자리에 엉덩이를 붙였다.

"여기서 뭐 하고 있었어?"

"그냥……."

"아팠다면서. 여기서 이러고 있어도 되는 거야?"

디아나는 열없이 웃기만 했다. 갸웃거리며 디아나의 낯빛을 살피던 잘로모가 이내 고개를 정면으로 돌렸다.

"형들은 조금 늦을 거야. 아저씨 아줌마 들이 지금 술판을 벌였는데 누구 하나 만취할 때끼진 놓아주시 않을걸."

"그래."

"형들 걱정 안 돼?"

"별로……. 알아서들 잘하겠지."

"아하. 형들도 술을 되게 잘 마시는구나?"

금세 제멋대로 결론을 내린 잘로모가 조잘조잘 말을 늘어놓았다. 자기도 술을 잘 마시고 싶은데 맥주 한 잔이면 얼굴이 빨개진다는 둥, 그래서 별명이 홍당무라는 둥. 디아나는 그다지 알고 싶지 않은 마을 주민들의 주사까지 술술 흘러나왔다.

"평소에는 말 한마디 붙이기 어려운 뮐러 아저씨도 술만 들어가면 어린애처럼 변한다니까? 그런 걸 보면 못된 마법사들이 술을 발명한 게 틀림없어. 사람들을 술로 방심시켜서 못살게 굴려는 거야."

"퍽이나 그러겠다."

디아나의 비딱한 대꾸에 잘로모가 몹시 흥분했다.

"정말이야! 목사님이 그러셨어!"

"거짓말인가 보지."

"목사님이 어떻게 거짓말을 해! 세상에 거짓말하는 목사가 어디 있어!"

"아, 알았어. 거짓말 아냐."

디아나가 성가시다는 듯 손을 내저었다. 잘로모는 그런 디아나를 흘겨보며 불퉁하게 말했다.

"가끔 보면 누나는 되게 못됐어. 꼭 심술쟁이 같아."

의외로 디아나는 순순히 고개를 끄덕이며 무릎에 얼굴을 파묻었다. 물끄러미 디아나를 바라보던 잘로모도 더는 입을 열지 않았다.

고요한 침묵이 불어왔다. 디아나는 마냥 치맛자락이나 만지작거리고, 잘로모는 서서히 어두워지는 하늘을 올려다보기에 여념 없었다. 그렇게 얼마간의 시간이 흘렀을까. 불현듯 잘로모가 디아나의 팔뚝을 잡으며 소리쳤다.

"누나! 저기, 저기 좀 봐!"

갑작스러운 큰 소리에 놀란 디아나가 저도 모르게 잘로모의 손짓을 따라 고개를 올렸다. 보랏빛 하늘 어드메, 하얀 별이 수줍게 고개를 내미는 광경이 눈에 들어왔다.

"행운의 별 릴라야! 저 별을 보면 행운이 깃든대!"

그리 말하는 잘로모의 목소리는 숨길 수 없는 기쁨으로 충만했다. 디아나는 눈을 가늘게 뜨고 유심히 하늘을 살펴보았다. 아니나 다를까, 의심으로 가득하던 표정이 금세 심드렁해졌다.

"저건 순수의 별 아담이야. 릴라는 더 동쪽에서 뜬단 말야."

"뭐? 진짜?"

잘로모가 멍하니 하늘과 디아나를 갈마보았다.

"누나가 그걸 어떻게 알아? 혹시 누나 목동이었어?"

"얘가 지금 무슨 소리를 하는 거야. 별 조금 알면 다 목동이니?"

"그건 아니지만……."

가만히 눈을 깜빡이던 잘로모가 소금처럼 박힌 별을 가리키며 묻기 시작했다.

"그럼 저건 무슨 별이야?"

"비상의 별 몬티."

"저거는?"

"시간의 별 아르젠토."

"저기, 저건?"

"심미의 별 베아트리체."

"그 옆에는?"

"사냥의 별 잔탈로스."

"저기, 저쪽에 환한 별은?"

"봄의 별 오르페델레. 넌 사계의 별도 몰라?"

"저, 저건 당연히 알지! 누나가 정말 잘 아는지 시험해 본 거야!"

그러자 디아나가 콧방귀를 꼈다. 슬그머니 그녀의 눈치를 살피던 잘로모가 조심스럽게 말을 꺼냈다.

"있지, 난 원래 목동이 되고 싶었어. 누나처럼 별에 대해서 많이 알고 싶었거든."

"난 목동이 아니라니까 그러네."

"어쨌든. 목동은 다들 별에 대해서 잘 알잖아."

잘로모는 그리 말하며 풀밭 위에 누웠다. 흘끔 그를 쳐다본 디아나가 선심 쓰듯 물었다.

"왜 그렇게 별이 궁금한데?"

"별은 어디든 똑같잖아. 여기서 보는 별이든, 누나가 태어난 남쪽에서 보는 별이든. 그래서 별을 볼 때마다 상상할 수 있어. 여기가 아닌 다른 곳에 있는 나를."

어느덧 하늘은 까맣게 물들어 있었다. 총총히 박힌 별이 잘로모의 말을 조용히 재촉했다.

"나는 아마도 다른 마을 사람들처럼 평생 이곳을 떠나지 못할 거야. 사실 떠날 생각도 없어. 나처럼 부모도 없는 고아를 이렇게까지 챙겨 주는 착한 사람들이 또 어디 있겠어. 하지만 상상은 할 수 있는 거잖아. 나이가 어려서 마을을 떠나지 못하는 지금도, 결혼하고 가정을 꾸려서 마을을 떠나지 못하게 될 때도, 너무 늙어서 집 밖에도 나가지 못하게 될 때도. 다른 곳에서 전혀 다른 모습으로 살아가는 나를 상상할 수는 있잖아."

잘로모가 고개를 틀어 디아나를 보았다. 말똥말똥한 눈은 특별히 대답을 바라는 것 같진 않았다. 하지만 그와는 별개로 디아나는 아무런 말도 할 수 없었다. 초면에 이상할 정도로 호의를 표하던 잘로모. 고작 열흘 안 잘로모. 동화 속 주인공 잘로모. 디아나는 이제야 겨우 잘로모가 어떤 사람인지 궁금해졌다.

디아나가 천천히 입술을 뗐다. 머뭇거리며 말문을 열려는 찰나, 별안간 멀리서 다급한 외침이 들려왔다.

"디아나 씨!"

"엇, 루퍼트 형이다."

잘로모가 의아한 기색으로 몸을 일으켰다. 붉은 노을이 내려앉은 저편, 금방이라도 넘어질 듯 황급히 이편으로 달려오는 루퍼트의 모습이 심상치 않았다.

"디아나 양! 용사가 나타났어요!"

석양을 등진 목소리가 점점이 전해졌다.

"용사 아르놀트가 나타났다고요!"

디아나는 느릿하게 눈을 깜박였다.

동화 속으로 들어온 지 15일째. 비로소 동화의 시곗바늘이 움직이기 시작했다.

광장에 도착했을 때는 이미 해가 저문 뒤였다. 어둠을 밝히는 횃불이 간간히 광장을 내리비추는 가운데, 심각한 표정으로 두런거리는 마을 주민들의 모습이 한눈에도 심상찮았다.

"마르틴 아저씨. 용사가 나타났다는 게 정말이에요?"

용케 틈을 파고든 잘로모가 배불뚝이 중년 사내의 옷자락을 붙잡고 물었다.

"뭐야, 잘로모냐? 너 이제 곧 잘 시간 아니니?"

"아이참. 용사가 나타났다는데 어떻게 자요!"

"그새 소문을 들은 게냐? 아휴. 애 앞에서는 다들 조용히 좀 할 것이지……."

"그러니까 용사가 나타났다는 게 정말이군요?"

사내가 대답하려던 찰나, 앞쪽에서 누군가 큰 소리로 광장의 소란을 잠재우기 시작했다.

"자자. 다들 조용히들 하세요. 용사님께서 나오십니다!"

삽시에 광장에는 고요한 침묵이 내려앉았다. 마을 주민들은 긴장한 얼굴로 광장 맞은편의 노란 집을 주시했다. 그리고 영악한 잘로모는 주민들이 모두 정지한 기회를 놓치지 않았다.

"에구머니나, 잘로모!"

"죄송해요, 한나 아줌마! 잠시 지나갈게요."

잘로모는 넉살 좋게 웃으며 마을 주민 사이를 헤집어 앞으로 나아갔다. 체구가 작은 디아나는 잘로모의 뒤에 등딱지처럼 달라붙어 앞으로 나올 수 있었으나, 안타깝게도 루퍼트는 그러지 못했다. 삽시간에 뒷줄에 도태된 루퍼트가 당황하여 디아나의 이름을 계속 속삭여 댔다. 비록 대답한 사람은 그리젤다 솔의 딸인 디아나가 아니라 마르틴네 막내딸 디아나였지만.

끼이익.

이윽고 용사 아르놀트가 노란 집 대문을 열고 등장했다. 주민들은 생각보다 평범한 용사의 체구에 조금 실망한 듯 얼굴을 찌푸렸으나, 환한 횃불 아래 드러난 민낯에는 저도 모르게 탄성을 내질렀다.

일평생 밭일과는 인연이 없었던 것 같은 새하얀 얼굴과 우아한 이목구비. 마을 주민들은 살면서 단 한 번도 용사를 만난 적이 없었지만, 저런 고귀한 얼굴이라면 가히 세상을 떠들썩하게 만드는 용사라 할 만하다고 여겼다.

"오, 용사이시어……."

누군가 자그맣게 내뱉은 속삭임을 시작으로 주민들은 너도나도 용사에게 허리를 굽실거리기 시작했다. 다시금 광장이 소란스러워지자, 용사를 뒤따라 나온 땅딸보가 신경질적으로 소리쳤다.

"조용히 좀 하시오! 당신들이 이러니 내 용사님 뵙기가 영 난처하지 않소!"

주민들이 재차 입을 다물었다. 그 모습을 지켜보던 잘로모가 심술궂게 중얼거렸다.

"흥. 그러는 지가 더 시끄럽구먼."

"저 남자가 누군데?"

"노란 집 영감탱이의 아들이야. 영감이 이젠 죽을 때가 다 되었는지 집에서 통 나오질 못하거든. 그래서 요새 촌장 업무는 다 저치가 도맡고 있어."

그러자 땅딸보를 바라보는 디아나의 눈빛이 한층 더 매서워졌다. 자식은 부모를 닮는다는 격언이 옳다면, 저 땅딸보는 노란 집 영감탱이 못지않은 악질이 분명했다.

"자. 여러분도 잘 알다시피 여기 이분은 올라퓌르산맥의 악룡(惡龍)을 무찌른 용사님이십니다. 국왕 전하께 직접 기사 작위도 받은 대단한 분이시니 환영의 박수로 맞이해 드립시다."

"그런 대단하신 분께서 이런 벽지까지는 어쩐 일이신데요?"

어느 주민의 눈치 없는 질문에 땅딸보가 눈살을 찌푸렸다.

"그길 이제 실명하려고 하지 않소! 도대체가 이 사람들은 말이야, 하나같이 기다릴 줄을 몰라. 가만히 있으면 내가 어련히 설명해 주겠지!"

"아니, 나는 그냥 너무 궁금해서……."

"또, 또! 당신들이 그렇게 격의 없이 굴수록 마을을 대표하는 내 아버지의 위신이 깎일 거란 생각은 안 합니까? 어찌 그리들 생각이 없어!"

계속되는 땅딸보의 폭언에 주민들이 시무룩한 표정으로 서로 눈치만 살폈다. 그러자 이때껏 조용히 상황을 관망하던 용사 아르놀트가 한 발자국 앞으로 나섰다.

"괜찮습니다. 지금부터는 내가 설명하죠."

나지막하지만 광장 전체를 관통하는 울림 있는 목소리였다. 저도 모르게 입을 꾹 다문 땅딸보에게 부드럽게 웃어 보인 용사 아르놀트가 이내 광장으로 고개를 돌렸다.

"내 이름은 아르놀트입니다. 7년 전 올라퓌르산맥의 악룡을 무찌른 뒤로는 용사라는 호칭으로 불리고 있지요. 하지만 여러분은 내가 악룡을 어떻게 무찔렀는지보다 여기까지 온 이유가 궁금할 테죠."

주민들이 머뭇거리며 고개를 끄덕였다. 용사 아르놀트가 빙긋 웃으며 말했다.

"듣기로는 이 마을의 북쪽에 꽤나 광대한 숲이 있다고요. 또 그 숲의 중심에는 200년 묵은 마법사가 살고 있고요. 나는 그 늪지의 마법사를 죽이러 왔습니다."

일순 싸늘한 정적이 몰려들었다. 용사 아르놀트는 대경한 주민들의 낯을 면밀히 살폈다.

"그리 걱정할 필요는 없습니다. 늪지의 마법사는 나 혼자 상대할 거니까요. 기실 실패는 생각하고 있지도 않고, 만에 하나 내가 실패하더라도 여러분에겐 별다른 피해가 없을 겁니다."

"어째서죠? 용사님이 실패하거든 늪지의 마법사가 우리에게 복수하려 들 텐데……."

"늪지의 마법사는 벌써 이백 살을 훨씬 넘겼습니다. 대단한 마법사일수록 오래 산다는 것은 익히 알려져 있지만 그것도 한계가 있습니다. 예전에 슐륀도르프 수도원에서 400명의 수도사를 학살한 마녀 앙겔라 오르테가도 고작해야 백여든세 살을 살았을 뿐이죠. 이백 살을 넘긴 늪지의 마법사는 아마 지금쯤 죽을 날만 기다리고 있을 겁니다. 아니, 어쩌면 이미 옛날에 조용히 죽음을 맞이했는지도 모르지요."

주민들이 멍하니 고개를 끄덕였다.

"다만 여러분의 도움이 조금 필요한데……."

용사가 난감한 듯이 말을 흐렸다. 뒤에서 호시탐탐 말할 기회만 엿보던 땅딸보가 얼른 입을 열었다.

"늪지까지 용사님을 안내할 사람이 필요하오. 알다시피 검은 숲은 워낙에 길이 복잡하고 일조량이 적어서 초행자가 혼자 들어가기엔 무리니까."

"우리라고 늪지까지 가는 길을 알겠습니까? 고작해야 나무를 베러 검은 숲 초입에서만 얼쩡거리는 정도구만."

"어허. 그래도 길이 어디로 이어지는지 정도는 다들 알잖소. 그리고 용사님께서 친히 여기까지 와 주셨는데 혼자만 보내자는 거요?"

땅딸보의 호통에 마을 주민들은 공연히 시선을 피했다. 아무리 용을 무찌른 용사가 동행한다 한들, 무시무시한 늪지의 마법사가 사는 곳까지 길을 안내하기란 여간 두려운 것이 아니었다.

"나를 늪지까지 안내한 뒤에는 먼저 마을로 돌아가도 좋습니다. 늪지의 마법사와 마주치는 일은 절대로 없을 것이라 약속하죠."

결국 용사 아르놀트까지 말을 덧붙였다. 하지만 여전히 지원자는 없었다. 마을 주민 모두 슬슬 눈치만 보며 서로에게 짐을 떠넘기기 바빴다.

그러자 땅딸보가 은근하게 입을 열었다.

"어음. 내 생각에는 말이오. 처자식이 있는 사람은 아무래도 빠지는 것이 좋지 않겠소? 그럴 일은 없겠지만, 만에 하나라도 가장이 죽으면 남은 처자식이 몹시 고달파지니까 말이오."

처자식 딸린 사람들이 얼른 고개를 끄덕였다. 그에 자신감을 얻은 땅딸보가 목소리에 더욱 힘을 주었다.

"이왕이면 몸이 건강하고 날쌘 사람이 좋겠지. 그래야 검은 숲에서 무난하게 용사님을 보필할 것이 아니오?"

"옳소!"

"또 굳이 덧붙이자면 가족이 없는 사람이 가장 좋지 않을까 싶은데."

아직 결혼하지 않아 처자식이 없고, 몸이 날쌔며 가족이 없는 사람. 조건에 부합하는 사람을 찾아 분주하게 움직이던 마을 주민들의 시선이 우뚝 한군데에 멈추었다. 이상스러운 정적이 흐르는 가운데, 불현듯 따끔거리는 시선을 느낀 디아나가 설마 하는 심정으로 입을 열었다.

"……잘로모?"

잘로모는 흡사 귀신이라도 본 것처럼 새하얗게 질려 있었다. 디아나는 황망한 표정으로 뒤를 돌아보았다. 뜨끔하여 얼른 시선을 돌리는 주민들의 모습에 참으로 기가 찼다.

"모두 마을을 위한 거요."

땅딸보가 느글느글하게 미소 지었다.

"여러분은 전부 마을의 공동체가 아니오? 여러분이 마을을 위해 노력한 면도 없잖아 있겠지만, 마을이 여러분에게 베푼 것도 많다는 것을 잊지 마시오. 그러니 마을의 일원이라면 응당 마을에 어려운 일이 닥쳤을 때 솔선수범하는 모습을 보여야지. 진정, 마을의 일원이라면 말이오."

'진짜' 마을의 일원이라면.

잘로모의 손이 바르르 떨렸다.

"하지만 나도 이것이 한 사람이 지기엔 지나치게 무거운 짐이라는 것엔 공감하오. 그래서 자비로운 아버지께선 마을의 촌장으로서, 용사님을 인도할 안내자에게 100그라트를 선뜻 내주실 요량이라 밝히셨지."

100그라트라는 말에 여기저기서 감탄사가 쏟아졌다. 물론 그럼에도 안내자로 자원하는 사람은 아무도 없었다.

천천히 마을 사람들을 훑어보던 땅딸보의 시선이 이윽고 잘로모에게 닿았다. 불쌍할 정도로 바들바들 떨던 잘로모는 이제 무언가 결심한 표정으로 입술을 꾹 깨물고만 있었다.

땅딸보가 흐뭇하게 웃었다.

"자. 누가 자원하겠소?"

광장에 구름처럼 몰려 있던 주민들이 두런거리며 각자 집으로 돌아갔다. 하지만 디아나는 쉽사리 발걸음을 옮길 수 없었다. 땅딸보와 용사를 따라 노란 집으로 들어가는 잘로모의 뒷모습이 어쩐지 조금 안쓰러웠다.

"대단한 의리야. 아주 감동하겠어."

불쑥 곁으로 다가온 세드릭이 신랄하게 빈정거렸다. 디아나는 대문 너머로 사라지는 잘로모의 조그만 뒷모습을 끝까지 지켜보며 나직하게 물었다.

"저 남자. 정말 용사 아르놀트가 맞아?"

"노란 집 영감이 국왕의 인장을 확인했어. 아무리 무지몽매한 사람들이어도 그 정도는 알겠지."

디아나는 조용히 고개를 끄덕였다. 어쨌든 동화가 이어지기 위해선 잘로모가 용사 아르놀트와 동행해야 했다. 그 과정이 영 메스껍긴 했어도 결과적으로 그들에겐 잘된 일이었다.

어느덧 광장은 한산해졌다. 숙소로 돌아가기 위해 그만 걸음을 옮기려던 찰나, 디아나가 불현듯 물었다.

"그런데 인간이 용을 죽일 수 있어?"

용과 사투를 벌인 마녀·마법사의 일화는 헤아릴 수 없이 많았다. 하지만 디아나는 이제껏 용을 죽인 인간에 대해서는 들어 본 적이 없었다. 세드릭이 기른 윈터만 하더라도 한낱 인간이 대항하기엔 지나치게 위험한 존재가 아니던가.

이맛살을 찌푸린 채 한참 침묵하던 세드릭이 대답했다.

"아니."

흥겨운 피리 소리가 바람결에 전해졌다.

아직은 조금 차가운 바람이 불어오는 들판. 디아나는 그곳에 앉아 축제가 한창인 광장을 지긋이 내려다보고 있었다. 색색의 깃발이 하늘을 수놓고 괴상망측한 인형 탈들이 쉼 없이 광장을 누비는 모습은 지켜보는 것만으로도 족히 흥겨웠으나, 정작 그녀의 표정은 무료하기 그지없었다. 허황되기 짝이 없는 산티그마 교단의 경전을 억지로 읽어야 해도 저만치 열없지는 않을 터였다.

문득 디아나가 얕은 한숨을 뱉어 냈다. 고집스레 광장에만 꽂혀 있던 시선을 슬쩍 사선으로 옮겨 보았지만, 외려 답답한 마음만 커질 뿐이었다. 멀찍이 떨어진 곳에서 그녀와 마찬가지로 멍하니 축제를 지켜보는 조그만 등짝. 엄연히 자신을 위한 축제임에도 제대로 참여하지 못하는 저 모습이 갑갑하면서도, 한편으로는 축제의 주인공이 사라진 줄도 모르고 즐기기에 한창인 마을 주민들이 짜증스러웠다.

'세드릭이랑 루퍼트 씨는 도대체 어디서 뭘 하고 있는 거야.'

세드릭은 용사 아르놀트를 감시하느라, 루퍼트는 마을 아가씨의 손에 붙잡혀 벌써 2시간째 발바닥에 땀이 나도록 춤을 추고 있었지만, 그런 사실을 디아나가 알 턱이 없다. 디아나는 괜스레 이 자리에 없는 두 사람을 원망하며 슬그머니 엉덩이를 털고 일어났다. 혼자라는 것이 영 마음에 걸리지만 말을 걸기에 이보다 더 좋은 기회는 없었다.

"잘로모."

조용한 부름에 잘로모가 어깨를 들썩거리며 뒤를 돌아보았다. 디아나는 조심스레 그의 눈치를 살피며 옆자리에 앉았다.

"축제인데 넌 여기서 뭐 해."

"나야 뭐……. 그러는 누나는 여기서 뭐 해?"

"난 원래 시끄러운 거 별로 안 좋아해."

"그럼 나도 그렇다고 치지 뭐."

잘로모는 어깨를 힘없이 늘어뜨린 채 시무룩하게 대답했다. 평상시의 잘로모를 아는 사람이라면, 누가 보기에도 이상스럽다 여길 만큼 낙담한 모습이었다. 디아나는 이리저리 위로의 말을 궁리해 보았지만, 여태 안 했던 짓을 갑작스레 잘할 수는 없는 노릇이었다. 결국 위로를 포기하고 솔직하게 나가기로 했다.

"내일 떠난다며?"

잘로모는 대뜸 한숨을 내쉬며 고개를 끄덕였다. 피하고 싶은 화제라는 것은 척 보기에도 알겠으나, 디아나는 여기서 포기할 수 없었다.

"괜찮겠어?"

"다 정해진 마당에 내가 괜찮지 않으면 어쩔 거야."

"그렇긴 하지만……."

디아나는 슬며시 잘로모의 표정을 살폈다. 의외로 잘로모는 담담해 보였다. 반강제로 자신을 떠미는 주민들에게 분개하거나, 아니면 두려워서 덜덜 떨고 있으리라 짐작했던 것이 아주 틀렸다.

"안 무섭니?"

"뭐가. 늪지의 마법사가? 당연히 무섭지."

잘로모가 어처구니없다는 듯이 디아나를 흘겨보았다. 디아나가 눈살을 찌푸리며 재차 물었다.

"그런데 왜 가는 거야?"

"무슨 소리야?"

"그렇게 무서우면 가지 않으면 되잖아. 아무리 마을 주민들이 너한테 눈치를 줘도 네가 못 가겠다고 사정하면 상황이 조금은 달라졌을 수도 있잖아. 주민들이 그래도 너를 꽤 귀여워한다며."

잘로모는 고아다. 그와 마찬가지로 고아인 디아나는 바바라 자일스의 도제로 들어가 그녀의 자식들과 함께 자랐지만, 잘로모는 부모를 잃은 뒤로 계속 혼자 살았다고 했다. 그럼에도 여태 별 탈 없이 자랄 수 있었던 것은 오로지 마을 주민들의 관심 덕분이었다.

"그래, 귀여워하지. 귀여워서 음식도 가져다주고, 옷도 챙겨 주고. 하지만 목숨이 달린 일은 조금 다르잖아."

잘로모가 턱을 괴며 심드렁하게 말했다.

"누나. 난 마을 사람들이 밉지 않아. 물론 그 땅딸보는 좀 얄밉지만, 그 사람은 옛날부터 그렇게 막돼먹은 사람이었는걸. 다른 사람들은 그저 자신과 가족을 지키려 했을 뿐이고, 그러다 보니 연고 없는 내가 뽑힌 것도 이해해. 그 사람들이라고 나처럼 어린애를 검은 숲으로 들여보내는 게 마음 편할 리는 없잖아."

"정말 그렇게 생각해?"

"……어제까지는 되게 원망스러웠는데, 오늘은 괜찮아졌어."

디아나는 떨떠름하게 고개를 끄덕였다. 잘로모는 전부 이해한다는 듯 담담한 표정이었다. 근 며칠 뱃속을 홧홧하게 덥히던 분노를 얼마나 삭이고 삭였으면 저런 초연한 표정이 나오는 걸까. 디아나는 어쩐지 안타까운 마음이 들었다.

"별일이야 있겠어? 용사님도 함께 가잖아. 게다가 나는 늪지의 마법사랑 마주칠 일도 없고. 그냥 소풍 가는 기분으로 눈 딱 감고 며칠 다녀오면 되겠지."

잘로모가 애써 밝은 목소리로 대답했다. 디아나는 물끄러미 잘로모를 보던 시선을 돌려 여전히 축제가 한창인 광장을 내려다보았다.

공동체 운운하며 연고 없는 아이를 벼랑으로 내몬 촌장. 용사와 잘로모의 성공적인 귀환을 기원한다면서 저들 놀기에 바쁜 주민들. 그리고 속절없이 맹수의 아가리에 스스로 머리를 집어넣어야 하는 어린 고아.

그리그 프롬이 대관절 무슨 연유로 이런 동화를 집필했는지 전혀 모르겠으나, 만약 그를 만날 수만 있다면 면전에다 이런 말을 던지고 싶었다.

그리그 프롬. 당신은 세상에서 가장 악랄한 마법사라고.

"같이 가 줄까?"

디아나가 조용히 물었다. 턱을 괸 채로 멍하니 축제를 지켜보던 잘로모가 뒤늦게 그녀를 돌아보았다.

"뭐?"

"네가 원한다면 같이 가 줄 수도 있어."

"그, 그게 무슨 소리야. 누나가 왜?"

잘로모의 눈빛이 흔들렸다. 디아나는 담담하게 잘로모를 마주 보았다.

"이유는 묻지 말고. 내가 같이 가 줬으면 좋겠어?"

용사 아르놀트의 걸음이 차차 느려졌다. 잘로모가 잔뜩 위축되어 그의 눈치를 살폈으나, 아르놀트는 그저 의아한 표정을 지을 뿐이었다.

"당신들은 분명 마을에서 봤던……."

"세드릭입니다."

세드릭이 고개를 까딱하며 인사했다. 아르놀트는 인심 좋은 미소를 지으면서도 구태여 궁금증을 숨기지 않았다.

"옆에는 일행인가요?"

"네."

"아가씨는 축제에서 뵙지 못했던 분이군요. 한데 여기에는 어쩐 일입니까?"

디아나는 말없이 어깨 너머를 돌아보았다. 지금 그들은 검은 숲 입구에 서 있었다. 의도적으로 용사의 앞길을 막는 모양새였다.

그때, 잘로모가 나섰다.

"저, 용사님. 여기 형들이랑 누나도 동행해도 될까요? 아시다시피 제가 너무 어려서 혼자 보내기는 안심이 되지 않나 봐요."

"혼자 가다니요? 나도 함께 가지 않습니까."

"만약 당신이 잘못되면 잘로모 혼자서 돌아와야 합니다."

세드릭의 말에 아르놀트가 눈썹을 비딱하게 올렸다.

"꼭 내가 잘못되길 바라는 투군요."

"서, 설마요! 형은 그냥 제가 너무 걱정되어서 그런 거예요! 그렇지, 형?"

잘로모가 채근하듯 묻자, 세드릭은 하릴없이 고개를 끄덕였다. 아르놀트는 영 못마땅한 눈초리로 세드릭을 아래위로 훑었다.

"내가 거절해도 따라오겠지요?"

"그걸 안다면 거절하지 않으시겠죠."

아르놀트는 연거푸 한숨을 내쉬면서도 마지못해 고개를 끄덕였다. 잘로모의 낯빛이 조금 밝아졌다. 지금까지 겁나는 마음을 꽁꽁 숨겼어도 내심 불안감을 완전히 지우지는 못했던 모양이다.

잘로모는 숲의 초입에서 일행에게 단단히 경고했다.

"검은 숲은 햇빛이 잘 들어오지 못해서 한낮에도 저녁처럼 어두운 곳이에요. 사나운 들짐승이 많아서 쉽사리 등불을 켤 수도 없고요. 일단은 그나마 밝은 낮에 움직이고 밤에는 쉬도록 할게요."

"숲에서 길은 어떻게 찾죠?"

"일정한 간격으로 나무껍질에 여러 가지 표식이 새겨져 있어요. 마을 사람만 알아볼 수 있는 표식인데, 늪지로 가는 길을 알려 주는 표식은 딱히 없어요. 늪지에 마법사가 살고 있는 건 너무나도 자명한 사실이라 굳이 거기로 갈 일이 없었거든요. 그래서 여러 가지 표식을 순서대로 조합하면서 길을 잡아야 해요. 워낙에 복잡하고 경험에 의존하는 부분이 커서 설명하기가 복잡해요. 다만 늪지에 다다르면 땅바닥에서 습한 안개가 스멀스멀 올라온다고 하니, 혹시나 누구든 안개를 발견하거든 꼭 제게 알려 주셔야 해요."

잘로모의 말에 따르면 늪지까지는 걸어서 사나흘이 걸렸다. 물론 도중에 다치거나, 길을 잘못 들기라도 하면 일주일이고 열흘이고 걸릴 수도 있었다. 잘로모는 검은 숲에 새겨진 표식만 알고 있을 뿐, 실제로는 숲 깊숙한 곳까지 들어가 본 적이 없어서 자신감이 많이 부족해 보였다.

"게다가 마르틴 아저씨 말로는 최근 몇 년 동안 깊숙한 숲 속으로 들어간 사람이 없었대요. 중간중간 표식이 사라졌거나 길이 끊겼을 수도 있다는데……."

"그건 나중에 생각하도록 하죠. 길이 말짱할 수도 있으니까요."

아르놀트가 잘로모를 안심시키며 길을 재촉했다. 잘로모는 여전히 불안이 가시지 않은 기색으로 머뭇거리며 앞장섰다. 그 뒤를 차례로 루퍼트와 디아나, 세드릭이 따르고 아르놀트가 가장 후미에서 걸었다. 언제 어디서 위험한 짐승이 튀어나올지 모르기 때문이었다.

잘로모의 경고대로 검은 숲은 대단히 어두웠다. 분명 지금은 아침을 막 넘긴 오전임에도 숲 속은 꼭 저녁처럼 어둑어둑했다. 벌써부터 이렇게 어두우면, 밤에는 얼마나 어둡다는 걸까. 아무것도 뵈지 않는 어둠을 상상하던 디아나는 문득 어깨를 바르르 떨며 상념을 떨쳐 냈다. 지금은 괜한 걸 상상할 때가 아니었다. 말라비틀어진 나뭇잎이며, 썩은 가지가 낭자한 땅바닥을 골라 걷기에도 벅찼다.

"디아나 씨. 숲에 들어온 이후로 마력이 더 짙어지지 않았어요?"

루퍼트가 불안한 목소리로 속삭였다. 디아나는 고개를 끄덕이며 조용히 사방을 훑어보았다. 키 큰 나무들이 빽빽하게 들어선 검은 숲. 기이할 정도로 고요한 숲 속은 이상할 정도로 마력이 충만했다. 마법으로 만든 세계인 만큼 동화로 들어온 이래 항상 마력이 느껴지긴 했어도, 마을에선 분명 이만한 농도가 아니었다.

도대체 그리그 프롬은 무얼 원하는 걸까. 하지만 나름대로 의문점을 해결하기에, 애당초 세 사람은 그리그 프롬에 대한 정보가 너무나도 빈약했다. 그리그 프롬이 동화를 집필한 의도를 유추할 수 있는 기반조차 마련되지 않았으므로, 과연 늪지에서 무슨 일이 벌어질지 예측하는 것은 무의미했다.

저절로 한숨이 새어 나왔다. 디아나는 지끈거리는 관자놀이를 누르며 숨을 깊게 들이켰다. 햇살이 잘 들지 못한다는 이 숲은 공기마저 정체된 것인지 호흡조차 간단하지 않았다. 눅눅하고 습한 공기는 그저 신경만 날카롭게 갈아 낼 뿐이었다.

"여기 표식이 있네요."

잘로모가 첫 번째 갈림길에서 멈춰 섰다. 잘로모가 유심히 살펴보는 나무에는 투박한 검 모양의 표식이 새겨져 있었다.

"검이라면 아마 서쪽으로 빠지는 길일 거예요. 서쪽으로 가면 왕이 계시는 궁전이 나온다고 하는데 정말일까요? 칼 할아버지는 예전부터 허풍이 너무 심해서 항상 의심부터 들어요."

잘로모가 한껏 투덜거리며 표식이 가리키는 길을 등졌다. 갈림길에서 길 하나를 제외하니 남은 길은 하나뿐이었다.

"그럼 이쪽이 늪지로 향하는 길이야?"

"저쪽은 아니니까 이쪽이 맞겠지."

잘로모를 뒤따르던 네 사람이 옹기종기 모여 표식을 눈에 새겼다. 앞으로 얼마나 많은 표식이 나올지는 몰라도 궁전으로 향하는 검 모양의 표식은 피하는 것이 상책이었다.

"자, 그럼 얼른 가자고요. 날이 어두워지기 전에 조금이라도 더 많이 가야……."

잘로모의 말이 난데없이 뚝 끊겼다. 인적 드문 숲길에 별안간 야생 늑대가 기척 없이 나타나 앞길을 가로막고 있었다.

크르릉—

갑작스러운 불청객에게 영역을 침범당한 늑대가 날카로운 송곳니를 드러내며 으르렁거렸다. 심상찮은 기운을 느낀 잘로모가 주춤주춤 뒤로 물러섰으나, 늑대는 쉽사리 적의를 가라앉히지 못했다. 오히려 상대방의 공포를 본능적으로 읽어 내고 금방이라도 달려 나갈 듯 발을 세게 구르기 시작했다.

"비키십시오! 저런 늑대쯤이야 내가……!"

갑자기 아르놀트가 기세등등하게 앞으로 튀어나갔다. 그는 자신의 돌발행동이 늑대를 더 자극하는 줄도 모르고 거추장스러운 망토 사이로 검을 꺼내기 바빴다. 그조차 몇 번이고 검집에 걸려 제대로 검을 빼 들지도 못했다.

그때, 늑대가 땅을 박찼다. 디아나가 양팔로 얼굴을 가리며 반사적으로 비명을 내질렀다.

"이, 이봐요! 위험해요!"

하지만 예상치 못한 굉음이 뒤이었다. 고막을 찢어 버릴 듯 거대한 소음이 울린 뒤로는 한참이나 고요했다. 늑대 울음소리도, 무모하게 늑대를 가로막은 용사의 비명 소리도 없이 그저 적막한 침묵뿐이었다.

그제야 이상함을 느낀 디아나가 머뭇거리며 양팔을 내렸다. 뿌옇게 일어난 먼지가 차츰 내려앉으며 아주 잔인하고 끔찍한 광경이 시야에 들어왔다.

기괴하게 쓰러진 고목 줄기와, 미처 피하지 못하고 그대로 고목에 깔려 죽은 늑대. 시뻘건 피가 흥건한 가운데, 죽은 늑대의 눈알은 아직도 살기가 채 가시질 않아 무섭도록 형형했다.

"느, 늑대가……."

세드릭의 등 뒤에 숨어 있던 루퍼트가 멍하니 중얼댔다. 그 소리에 퍼뜩 정신을 차린 아르놀트가 몹시 흥분한 얼굴로 외쳤다.

"이건 천운입니다! 신께서 우리의 여정을 돌보아 주시는 것이 틀림없단 말입니다! 그렇지 않고서야 늑대가 달려드는 시점에 우연히도 고목이 쓰러질 리 있겠습니까?"

용사는 그렇게 한참이나 신을 경배하더니 막무가내로 앞서기 시작했다. 잘로모가 허옇게 질린 얼굴로 고목을 겅충 뛰어넘었고, 루퍼트도 마찬가지로.

"역시 세드릭 경은 대단하네요. 경만 있다면 늪지의 마법사도 두렵지 않겠습니다."

그런 말을 남기며 슬슬 잘로모를 뒤따랐다. 하지만 정작 세드릭은 유난히 날 선 얼굴로 쓰러진 고목을 노려볼 뿐이었다. 마치 아주 기괴한 광경을 목도한 것처럼 살벌하기 그지없는 눈빛이었다.

문득 디아나가 머뭇거리며 다가와 말을 걸었다.

"꼭 죽일 필요는 없었잖아."

디아나는 매스꺼운 기색으로 고목을 흘겼다.

"너라면 죽이지 않고도 충분히 막을 수 있었을 텐데, 왜⋯⋯."

"내가 한 거 아니야."

세드릭이 나지막하게 속삭였다. 디아나가 멈칫하며 세드릭을 보았다. 두 사람의 불안한 시선이 허공에서 얽혀 들었다.

"나도 아니고 너도 아니고, 그렇다고 저 사서도 아니고. 용사의 말처럼 정말로 천운이 따른 걸까?"

쉽사리 말문을 열 수 없는 긴장감 속, 불현듯 멀리서 까마귀 우는 소리가 들려왔다.

마치 그들의 대화를 비웃듯 음산하게, 음산하게⋯⋯.

다행히도 날짐승은 더 이상 나타나지 않았다. 아르놀트의 말대로 진정 신이 그들의 앞길을 보우하는 것인지 아니면 그저 우연인지 알 길은 없었다. 다만 잘로모는 한결 부담감을 덜었으며, 늑대와 마주친 뒤로 세드릭만 종종 따라다니던 루퍼트도 차츰 평정을 되찾았다. 오직 디아나와 세드릭만이 어두운 숲 속을 이따금 살피며 형체 없는 불안감을 경계할 뿐이었다.

"늪지에 가까워질수록 마력이 진해지고 있어. 마력 농도가 이 정도라면 누군가 코앞에서 마법을 부려도 마력을 느끼지 못할걸."

디아나가 세드릭과 나란히 걸으며 조그맣게 투덜거렸다. 온종일 쉼 없이 걸어야 하는 일과가 부담스러울 만도 하건만, 다행인지 불행인지 사방이 마력으로 충만하여 평소보다 피로도가 덜했다.

문제는 마력이 너무 짙어서 디아나 특유의 예민한 감각이 무뎌지는 점이었다. 이대로 가다간 행여나 늪지의 마법사가 어둠에 몸을 숨기고 사악한 마법을 부린다 하더라도, 미처 알아채지 못하고 당할 것이 분명했다.

"수정의 관 정도는 되어야 이만한 마력 농도가 나올 텐데. 여기가 아무리 마법으로 만든 동화 속 세상이라곤 하지만 그걸 감안해도 정도가 지나치긴 해."

"나도 그게 이상해. 그리그 프롬이 암만 천재적인 마법사였어도 이 정도로 현실적인 세상을 창조했다는 게 의심스러워. 고작 마법사 한 명이서 어떻게 이런 마법을 완성한 걸까?"

디아나는 그리 말하며 미간을 찌푸렸다. 500년 전 북부를 빼닮은 마을의 정경과, 정말로 실존하는 듯 생동감 넘치는 주민들. 게다가 호흡이 벅찰 만치 빽빽하게 들어찬 마력은 기실 디아나의 상식으로 납득할 수 없는 경지였다. 그녀가 알기로 역사상 어떤 전설적인 마법사도 이토록 실감 나는 이세계를 창조하지는 못했다.

"정상적인 방법으로는 못 하지. 금기를 어겼다면 또 모를까."

세드릭이 지나가듯 말했다. 금기, 두 글자에 본능적으로 어깨를 굳혔던 디아나는 애써 아무렇지도 않은 체했다. 금기는 마법의 한계를 무한하게 넓혀 주므로, 세드릭의 말대로 금기를 범했다면 아주 불가능한 일은 아니었다. 물론 그리그 프롬이 그 대가로 무얼 지불했는지는 모르겠지만 말이다.

그때, 디아나는 멀찍한 나뭇가지에 앉아 있는 까마귀를 발견했다. 동물에게 붙이기는 조금 우스운 표현이지만, 눈이 마주친 것도 같았다. 디아나는 어쩐지 불안한 마음에 경계하듯 까마귀를 계속 주시했다. 다른 새도 아니고 유독 그 까마귀만 눈에 들어오는 것이 영 마음에 걸렸다.

"아가씨, 무슨 일이라도?"

뒤편에서 걸어오던 아르놀트가 명랑한 목소리로 말을 걸었다. 디아나가 대강 얼버무리는 사이 까마귀는 푸드덕거리며 하늘로 날아올랐다. 그녀가 뒤늦게 까마귀를 좇았을 때엔 자취조차 남기지 않고 사라진 뒤였다.

이후로 디아나는 더더욱 경계심을 놓지 못했다. 그녀의 핏발 선 눈을 잘로모가 내심 걱정하는 걸 모르지 않았으나, 불안감이 자꾸만 심장을 옥죄는 것을 참을 수 없었다. 아무래도 예감이 좋질 않았다.

"세드릭. 우리가 잘로모를 따라가는 게 맞는 걸까?"

이틀째 되는 밤, 디아나는 세드릭에게만 조심스럽게 속내를 털어놓았다. 사방을 가득 채운 마력, 갈수록 무뎌지는 감각, 끊임없이 주변을 맴도는 날짐승……. 여러 예시로 돌려 말하긴 했어도 결국 디아나가 말하고자 하는 것은 한 가지였다.

"뭔가 잘못되어 가는 것 같아. 내가 단순히 겁먹어서 이러는 게 아니라 정말로 느낌이 이상해."

세드릭도 순순히 동의했다.

"네 직감이 잘 들어맞는 건 나도 잘 알아. 하지만 설사 늪지에서 좋지 않은 일이 벌어지더라도 지금 우리로선 계속 잘로모를 따라가는 수밖에 없어. 이제 와 마을로 돌아가도 동화를 빠져나갈 수 있는 별다른 뾰족한 수가 있는 게 아니니까. 일단 경계심을 늦추지 말고 늪지에 접근하는 걸로 하자. 늪지에 나다르면 도대체 우리가 어떻게 해야 하는지 감이 잡힐 거야."

그렇게 숲에 들어온 지 사흘이 지났다.

계산대로라면 내일 늪지에 이르러야 하지만, 이렇게 숲 깊숙이 들어와 보지 못했던 잘로모는 자신이 제대로 길잡이 역할을 수행했는지에 대해 몹시 회의적이었다. 정오가 지나도록 안개는커녕 습한 기운조차 느껴지지 않아 더욱 그러했다.

디아나는 움츠러든 잘로모가 안쓰러워 몇 마디 위로를 건넸다.

"괜찮아. 꼭 오늘이 아니어도 내일쯤엔 안개를 볼 수 있을 거야."

그 말이 신호라도 된 것처럼 오래지 않아 루퍼트가 발밑을 가리키며 오두방정을 떨기 시작했다.

"여기 좀 보세요! 안개, 안개가 올라오고 있습니다!"

루퍼트의 발밑만이 아니었다. 지표면을 자세히 살펴보니 스멀스멀 땅에서 올라오는 습한 안개가 육안으로도 보였다. 이제 늪지가 멀지 않은 것이다.

"그러고 보니 갈림길이 나오지 않은 지도 꽤 되었어요. 만약 앞으로도 갈림길이 없다면, 이대로 쭉 직진해서 늪지에 도착할 거예요."

잘로모가 상기된 표정으로 말했다. 기어이 임무를 완수했다는 보람과, 늪지에 가까워졌다는 공포 사이에서 갈피를 잡지 못하는 듯했다. 그러면서도 아르놀트를 간절하게 바라보는 모습을 보면, 먼저 마을로 돌아가라는 말이나 근처에 숨어 있으라는 말을 고대하는 것이 분명했다.

그런 잘로모의 심정을 아는지 모르는지, 곰곰이 생각에 잠긴 채로 턱을 쓸어내리던 아르놀트가 느릿하게 말문을 열었다.

"곧 늪지에 달한다는 겁니까?"

"네. 안개가 짙어지는 쪽으로 길을 잡으면 늦어도 내일엔 도착할 거예요."

"그럼 이쯤에서 정리해야겠군요."

뜬금없는 말에 잘로모가 의문스러운 표정을 지었다. 하지만 의문도 잠시.

탕―!

갑작스레 총성이 울려 퍼졌다. 숲의 깊은 정적이 깨지며, 나뭇가지에 앉아 졸던 새들이 화들짝 하늘로 내몰렸다. 메아리치듯 연이어 제자리로 되돌아오는 총성은 경악과 충격, 그리고 땅을 적시는 핏물만을 남겼다.

디아나는 시체처럼 창백히 질린 얼굴로 세드릭을 보았다. 정확히는 선혈이 쏟아지는 그의 복부였다. 외마디 비명조차 내지르지 못하고, 천천히 스러지는 모습이 동화책 삽화처럼 생경하게만 느껴졌다. 그리고 세드릭이 고꾸라지고서야 눈에 들어오는 새하얀 권총은 도무지 믿기질 않았다. 마치 꿈꾸듯 비현실적인 광경이었다.

현실감은 삽시에 찾아들었다. 오롯이 허공에 자리한 총구를 멍하니 바라보던 디아나는 불현듯 찬물을 맞은 듯이 깨어났다.

총.

여기는 500년 전의 세상. 근대화의 산물이 존재할 리 없었다.

"브라보. 브라보."

가벼운 박수 소리가 들려왔다. 모두가 딱딱하게 얼어붙은 사이를 경쾌하게 가로지른 용사 아르놀트가 빙그레 웃으며 세드릭의 머리맡에서 걸음을 멈추었다.

"순진한 건지 아니면 멍청한 건지. 아무리 동화 속이어도 그렇게 본명을 당당하게 밝히는 경우는 또 어디 있답니까? 무어, 이름을 속였어도 이 얼굴이라면 한눈에 알아봤을 테지만요."

아르놀트는 모로 누운 세드릭의 머리를 발로 툭툭 건드렸다. 헝클어진 검은 머리칼 사이로 흐릿한 녹안이 언뜻 보였다. 고통에 겨운 듯 헐떡이는 얼굴을 잠시간 쳐다보던 아르놀트가 느릿하게 고개를 기울이며 히죽 웃었다.

"세드릭 자일스. 정말이지 아비를 꼭 빼닮았군요."

연신 입을 벙긋거리던 세드릭은 금세 혼절하고 말았다. 아르놀트는 흥미가 가신 표정으로 고개를 들었다. 그가 나머지 일행에게로 시선을 돌리자, 그때까지 허공에 얌전히 떠 있던 권총이 빙그르르 미끄러지듯 회전하며 디아나와 루퍼트를 겨누었다.

"다, 다, 당신 서, 설마……!"

돌연 루퍼트가 온몸을 부들부들 떨기 시작했다. 아르놀트는 말없이 웃기만 할 뿐 별다른 제스처를 취하진 않았다. 그리고 혼절한 세드릭을 우두커니 바라보던 디아나는 서서히 충격적인 사실을 깨달았다.

'작가가 원하는 것을 충족시키면 숨겨진 보물을 얻는 방식이에요. 미궁에 빠트려서 길을 찾게 하는 책도 있고, 어려운 퀴즈를 풀게 하는 책도 있어요. 하지만 어디까지나 보물을 숨기는 것이 목적이기에 맞힐 수 없게끔 어려운 문제를 내는 게 보통이에요. 더구나 동화 속 보물을 노리는 동화 사냥꾼이 나타나면서 문제는 점점 더 어려워졌고요.'

스쳐 들었던 루퍼트의 목소리가 문득 귓가를 울렸다.

"동화 사냥꾼?"

디아나가 멍하니 중얼거렸다. 남자는 만족스러운 듯이 양팔을 좌우로 벌리며 과장스럽게 허리를 굽혔다.

"언젠가 만나리라 생각했지만 설마하니 이런 곳에서 마주칠 줄은 몰랐습니다. 어쩌다 여기까지 흘러들어 왔는지는 모르겠으나."

남자가 입을 죽 찢으며 웃었다.

"진저, 당신의 불운을 축하합니다."

4. 동화 사냥꾼

헤스터는 심란한 눈으로 폐허를 훑어보았다. 불타 뼈대만 남은 열차는 푸릇푸릇한 여름의 펜잔스와는 도무지 어울리지 않는 정경이었다. 얼른 저 흉물을 치워야 펜잔스도 본시의 아름다운 풍광을 되찾고, 손상된 철로도 하루빨리 보수하여 원활한 교통을 회복할 테지만, 아마도 당분간은 어려울 것이다.

"발푸르기스 평의회에서도 이번 참극을 꽤나 심각하게 여기는 듯합니다."

거멓게 그을린 열차를 무감하게 보던 휴고 알피어스가 말문을 열었다. 헤스터는 느리게 고개를 끄덕였다.

"광인 니올로의 악명을 기억하는 이들이 많으니까요. 더구나 괄터에로 벨리의 수감자가 탈옥한 것도 전례가 없고요."

"일단 잉그람 경찰에게 수사를 맡겼지만, 여차하면 평의회에서도 직접 수사관을 파견할 겁니다. 니올로 팔리아치의 공범을 잡기 위해 벌써

486

부터 사냥꾼을 풀었다는 얘기도 들리더군요."

"공범이라면 잉그람 혁명군을 말합니까? 평의회가 비(非)마법사에게 관여할 리 없는데……."

발푸르기스 평의회는 마법 사회를 이끌어 나가는 수뇌부다. 보수적인 마법 사회에서도 특히 보수적인 집단이므로, 제아무리 잉그람 혁명군이 니올로 팔리아치의 공범이라 하더라도 평범한 인간인 이상 쉽사리 그들을 잡으려 들지는 않을 터였다.

"그들은 잉그람 정부가 처리하겠지요. 평의회가 찾는 것은 다른 사람입니다."

휴고의 대답에 헤스터가 낯을 찌푸렸다.

"마법사가 니올로 팔리아치에게 협력했다는 건가요?"

"풍문으로는 그렇습니다."

"디아나는 열차에서 니올로 팔리아치 외의 다른 마법사를 보지 못했다고 하던데요."

헤스터는 사뭇 가라앉은 어조로 대꾸했다. 며칠 전 울상으로 헤어진 동생이 자꾸만 마음에 걸리는 모양이었다.

"열차 테러는 니올로 팔리아치가 단독으로 저질렀을 수도 있습니다만, 홑몸으로 괄티에로 벨리에서 탈출하기란 거의 불가능에 가깝습니다. 마법을 부리지 못하는 마법사는 감옥의 상벽을 넘을 수 없을뿐더러 산티그마 교단의 광신도인 교도관들을 사주하기도 어려우니까요."

한가롭게 외알 안경을 닦아 내던 휴고가 흘끗 한 눈으로 열차를 보았다.

"광인 니올로에게 협력했던 혁명군 일당이 올 초 어느 마법사와 접촉했다는 제보가 있습니다. 니올로 팔리아치가 괄티에로 벨리에서 탈옥한 것은 불과 6월경. 10년 넘게 수감되었던 마법사가 고작 한 달 만에 타국의 무장 단체와 접선했다는 것은 정황상 믿기 힘듭니다. 잉그람 혁명군과 광인 니올로를 연결해 준 제삼자의 존재를 상정하는 것이 여러모로 이치에 맞겠지요."

헤스터는 묵묵히 고개를 끄덕였다. 확실히, 메시나의 마법사인 니올로 팔리아치가 우연하게 잉그람 북부 국경의 무장 단체와 협력했을 가능성은 극히 낮았다. 그보다는 차라리 괄티에로 벨리에서 니올로 팔리아치를 꺼내 잉그람 혁명군에게 소개한 중개인이 있으리라 짐작하는 것이 타당했다. 더욱이 수많은 마녀·마법사를 제치고 구태여 수감된 니올로를 선택했다는 점에서, 중개인이자 공범인 누군가는 마법 사회에 속한 자가 틀림없었다.

불현듯 헤스터가 휴고를 돌아보았다.

"그런데 경은 어디서 그런 말을 들었습니까?"

본디 마법사란 족속은 타인의 일에 무관심했다. 괴짜로 소문난 휴고 알피어스라고 특별히 다를 것은 없었다. 그럼에도 이렇게나 속속들이 정보를 파악한 점과, 헤스터에게 부러 일러 준 것은 일견 납득하기 힘든 구석이 있었다.

그런 의문에 휴고는 별다른 고민 없이 대답했다.

"테렌스 경감이 그러더군요."

"베로니카 테렌스 경감이요?"

"예. 현장 수사의 총책임자 말입니다."

휴고는 불탄 열차 내부에서 감식관을 재촉하는 중년 여성을 가리켰다. 헤스터의 눈이 대번에 가늘어졌다. 오킹엄으로 소환장을 보낸 것도, 마녀의 의무 운운하며 그녀의 발을 펜잔스에 묶어 둔 것도 바로 베로니카 테렌스 경감이었다.

그러나 지금 가장 큰 문제는.

"내겐 그런 말이 없었습니다."

휴고는 알고 있던 사실을 헤스터는 지금 처음으로 들었다. 그렇다고 헤스터와 테렌스 경감이 오랫동안 만나지 못했던 것도 아니다. 당장 어제저녁에도 헤스터는 베로니카 테렌스 경감에게 그날의 일에 대해 똑같은 설명을 반복했었다.

"경감이 경을 경계하는 눈치더군요. 정확히는 경의 자매를요."

휴고가 어깨를 으쓱이며 말했다. 헤스터의 표정이 일순 싸늘하게 식었다. 열차에서 수하에게 지시하기 바쁜 테렌스 경감의 거동을 낱낱이 좇는 시선이 영 곱지 않았다. 자연스레 가시 돋친 말이 나갔다.

"하나뿐인 동생은 살인귀에게 잡혀 모진 고초를 당했고, 나는 동생과 승객들을 구하기 위해 최선을 다했는데 이제는 얼토당토않은 의심까지 받는군요. 그것도 이성과 합리를 신봉한다는 같은 마녀에게서요."

"아주 몰상식한 의심은 아닙니다. 열차 테러로 수십 명의 군인이 사망했는데, 니올로 팔리아치에게 가장 오래 잡혀 있었던 디아나 솔만은 기적적으로 생환했으니까요."

"디아나는 엄연히 마녀입니다. 평범한 인간과 비교하기는 무리예요."

"경의 자매가 니올로 팔리아치에게 대적할 만한 능력이 없다는 것은 이미 스승인 바바라 자일스의 증언으로 확인되었습니다. 게다가 경의 자매는 니올로 팔리아치가 어째서 어떻게 죽었는지 전혀 기억하지 못하고 있잖습니까? 기실 당국으로선 어느 정도 의심할 수밖에 없는 상황이지요."

휴고가 빈정거리듯 말했다. 묵묵히 입을 다물었던 헤스터가 느지막하게 말문을 열었다.

"내게 이런 말을 하는 저의가 뭔가요?"

예리하게 뜨인 잿빛 눈이 휴고의 옆얼굴을 면밀히 살폈다. 하지만 휴고는 헤스터의 날카로운 시선을 무던히 넘기며 변함없이 한가로운 어조로 말했다.

"수사 초기에는 나도 의심을 받았습니다. 그때는 몰랐는데 다시 생각해 보니 그렇더군요. 누구든 의심할 수밖에 없는 상황임은 이해하지만, 그렇다고 기분이 좋을 리 있겠습니까. 나는 경처럼 자진해서 작전에 참여한 것도 아니고, 그저 펜잔스에 사는 마법사란 웃기지도 않은 이유로 동원되었으니까요."

휴고가 그답지 않게 투덜거렸다.

"게다가 나는 진척도 없는 수사 때문에 벌써 일주일이 넘도록 여기에 발이 묶인 상황입니다. 솔직히 말하자면, 저 뼈대만 남은 열차를 모조리 잿더미로 만들어 버리고 집으로 돌아가고 싶은 심정이에요. 3년 동안 겨우 길들인 뱀버가 내 얼굴을 잊기라도 하면 아주 큰일이지 않겠습니까?"

달리 말하자면, 속이 상할 대로 상한 휴고 알피어스가 베로니카 테렌스 경감에게 농간을 부리고 싶다는 것이었다. 헤스터는 그 기막힌 말에 진심으로 공감했다. 그러자 물끄러미 서로를 바라보던 두 사람의 시선이 자연스레 열차를 향했다. 늘 무섭도록 잔잔히 가라앉았던 마녀와 마법사의 눈이 이상한 열기로 일렁이기 시작했다.

그즈음 멀리서 그들을 찾는 목소리가 들려왔다.

"솔 경! 휴고 경! 테렌스 경감께서 찾으십니다!"

열차 앞에서 두 사람을 부르며 팔을 휘젓는 자는 베로니카 테렌스 경감 휘하의 수습 경관이다. 헤스터와 휴고는 마치 약속한 것처럼 한숨을 내쉬며 꾸물꾸물 걸음을 옮겼다. 오래도록 집을 떠나 고달파진 등 뒤로 검은 그림자가 무겁게 이어졌다.

"아무래도 심상치 않은 뭔가가 발견된 모양입니다. 테렌스 경감님 표정도 되게 무서워 보이죠?"

수습 경관이 시키지도 않은 말을 주절주절 늘어놓았다. 헤스터와 휴고는 당연한 듯이 침묵하며, 거멓게 그을린 객실 구석에서 수하와 심각하게 대화 중인 베로니카 테렌스 경감에게로 다가갔다.

"무슨 일입니까?"

"아, 두 분 오셨군요."

테렌스 경감은 부스스한 머리를 쓸어 넘기며 가볍게 목례했다. 그녀는 잉그람 전역의 마법 범죄를 담당하는 중앙경찰 마법범죄부서 소속으로, 왕실과 근로계약을 맺은 궁정마녀였다. 대체로 마법 범죄가 일반적인 범죄보다 위험하다곤 하지만, 이번 참극은 개중에서도 특히 위급한 사건인 만큼 현장 수사를 담당하는 테렌스 경감의 직무는 몹시 막중했다.

"여길 좀 보시겠습니까."

경감은 지체 없이 객실 바닥의 한 지점을 손짓했다. 하지만 그곳은 다른 데와 마찬가지로 검게 그을렸을 뿐 육안으로는 달리 특별한 점을 발견할 수 없었다.

"딱히 수상한 마력도 느껴지지 않는데, 무언가 발견한 겁니까?"

휴고가 물었다. 테렌스 경감은 딱딱하게 굳은 얼굴로 그에게 작은 유리병을 건넸다. 유리병에는 검게 불탄 가루가 소량 담겨 있었다.

"냄새를 맡아 보십시오."

휴고는 눈썹을 까딱하면서도 순순히 유리병을 코 밑으로 갖다 대었다. 단번에 표정이 일그러졌다.

"유황입니까?"

헤스터의 낯빛도 금세 일변했다. 그녀가 차례로 유리병의 냄새를 맡아 보는 사이, 테렌스 경감이 떨리는 목소리로 속삭였다.

"펜잔스는 황이 재배되는 지역이 아닙니다. 그렇다면 적어도 이 지역에서 자연적으로 생겨난 유황은 아니란 건데, 물론 승객이 지녔던 것일 수도 있습니다만……."

"유황은 악마의 냄새입니다. 그리고 니올로 팔리아치가 일전에 악마를 소환했다는 것은 익히 유명한 사실이지요. 악마 소환의 가능성을 완전히 배제할 수는 없습니다."

휴고가 매섭게 말했다. 테렌스 경감이 빠르게 고개를 끄덕였다.

"니올로 팔리아치의 시신이 발견된 곳도 바로 이 객실입니다. 확실히 그가 악마를 소환했을 가능성이 큽니다. 더군다나 그의 시신에서도……."

신속하게 말을 이어나가던 테렌스 경감이 갑자기 입을 다물었다. 그러고는 누가 보기에도 당황한 기색으로 이리저리 눈알을 굴리기 시작했다.

"이, 일단 더 수색해 보겠습니다. 다음에 뵙지요."

경감은 도망치듯 자리를 떠났다. 헤스터는 미간을 찌푸리며 경감의 뒷모습을 흘겨보았다. 방금 휴고의 말을 듣고 나니 경감이 자신을 경계하는 것이 확실하게 느껴졌다.

"이젠 하다 하다 악마까지 나오는군요."

휴고가 질린 얼굴로 넌더리를 냈다. 악마 소환의 증거까지 나왔으니 지금까지 잉그람 당국에게 수사를 맡겨 왔던 발푸르기스 평의회도 더는 상황을 좌시하지 않을 것이다. 이는 즉, 사건의 중요 참고인인 휴고 알피어스와 헤스터 솔이 앞으로 더더욱 수사에 시달려야 함을 의미했다.

"한데 솔 경의 자매는 도대체 어떻게 살아남은 걸까요?"

헤스터는 질문에 대답하지 않았다. 정확히 말하자면 그녀가 대답할 수 없는 문제였다. 디아나는 니올로 팔리아치와 단둘이 남겨진 시점부터 기억이 없었다. 광인 니올로가 정말로 악마를 소환했는지, 복부의 상처는 어쩌다 입었는지, 헤스터가 구하러 오기 전 대관절 기차에선 무슨 일이 벌어졌는지 아무런 해답도 주지 못했다.

다만, 헤스터는 아무에게도 말하지 않은 비밀을 간직하고 있었다.

오로지 디아나를 구해야 한다는 생각만으로 불타는 열차에 뛰어들었던 그날. 그녀가 마침내 피 흘리는 디아나를 발견했던 객실에는 목이 잘린 시체가 한 구 너부러져 있었다.

그리고 그녀가 알기로, 니올로 팔리아치의 시신에는 머리가 없었다.

조각달 떠오른 야심한 밤.

암암한 어둠이 숲 곳곳으로 스며든 가운데 난데없이 피어난 모닥불이 유독 눈에 띄었다. 인적 드문 곳에 수상쩍은 불빛이 등장하니 자연 짐승들의 발걸음이 그편으로 향했으나, 어떤 맹수도 쉽사리 모닥불을 덮치지는 못했다. 뿜어 나오는 흉흉한 마력을 이젠 감출 생각조차 없이 흩뿌리고 다니는 마법사 때문이었다.

디아나는 불빛이 닿는 구석 자리에 누운 채로 동화 사냥꾼을 흘깃거렸다. 그는 변함없이 말간 낯으로 모닥불 앞에 가만히 앉아 있었다. 처음에는 그저 선해 보이던 인상이 지금은 소름 끼치도록 흉악했다.

'잘로모는 죽이지 않습니다. 날 방해하지만 않는다면 진저와 도서관 사서도 해치지 않겠습니다.'

세드릭이 쓰러진 직후, 남자는 그리 말했다.

'세드릭 자일스 없이 당신들이 무얼 할 수 있겠습니까?'

남자의 말은 불편하지만 모두 사실이었다. 그래서 아무런 대꾸도 하지 못했다. 루퍼트는 초보적인 마법조차 서툴러서 도서관 사서로 겨우 연명하는 마법사고, 디아나는 유별나게 감각만 발달했을 뿐 평범하기 짝이 없는 마녀였다. 세드릭이 혼절한 상황에서도 그들은 간단한 치료조차 하지 못했다. 그저 깨끗한 천으로 환부를 단단히 동여맸을 뿐, 피를 멈추고 상처에 새살을 돋우는 마법은 그들에겐 까마득한 난도의 창조마법이었다.

디아나는 불안한 눈으로 곁에 누운 세드릭을 돌아보았다. 안색은 점점 창백해지고 숨결은 갈수록 불규칙해지는데, 달리 그녀가 해 줄 수 있는 것이 없었다. 고작해야 얼음장처럼 차가운 손을 녹여 줄 따름이다.

"제발 여기서는 죽지 마……."

여태 디아나는 가까운 사람의 죽음을 경험한 적이 없었다. 지난 늦봄, 광인 니올로가 벌인 참극에 휘말리며 죽음의 공포를 직간접적으로 경험했으나, 친지의 죽음에서 기인한 비극은 아직 미지의 영역이었다.

죽음으로 인한 상실. 제대로 알지도 못하는 그것이 너무나도 두려웠다.

"쉽게 죽지는 않을 테니, 그리 염려하지 않아도 됩니다."

불현듯 지척에서 명랑한 목소리가 들려왔다. 디아나는 저도 모르게 윗몸을 일으켰다. 부성한 자세로 삼는 살보노와 루퍼트를 빠르게 훑어내린 시선이 이윽고 모닥불 앞에서 꼿꼿하게 앉은 인영에 닿았다. 홀로 잠들지 않은 동화 사냥꾼은 여전히 아리송한 표정으로 모닥불을 응시하고 있었다.

"애당초 세드릭 자일스 정도의 마법사는 쉽게 죽지 않습니다. 더군다나 사방에 이토록 마력이 가득하니, 그냥 내버려 두어도 며칠은 충분히 버틸 겁니다."

마치 신문을 읽듯 무감한 어조였다. 그러나 얼마 전 고꾸라진 세드릭을 발로 건드리던 모습을 낱낱이 기억하는 디아나에겐 그조차 등골이 오싹할 뿐이었다.

"왜 세드릭을 살려 주는 거죠?"

동화 사냥꾼이 한쪽 무릎을 끌어안으며 고개를 모로 기울였다.

"이유가 중요합니까?"

"당신은 세드릭을 싫어하잖아요."

"설마 세드릭 자일스를 싫어해서 저렇게 만들었다고 생각하는 겁니까?"

동화 사냥꾼이 어처구니없다는 듯 헛웃음을 내뱉었다.

"내가 세드릭 자일스만을 노린 것은 그가 위험하기 때문입니다. 반대로 진저와 도서관 사서는 아무런 위협도 되지 않으니 공격할 이유도 없었죠."

"그래서 세드릭한테 아무런 감정이 없다고요? 당신이?"

불신으로 가득한 디아나의 잿빛 눈이 오롯하게 동화 사냥꾼을 향했다. 가만히 그녀와 시선을 마주하던 동화 사냥꾼이 피식거리며 웃었다.

"생각보다 눈치가 빠르군요. 좋습니다, 나는 세드릭 자일스를 그다지 좋아하지 않아요. 정확히는 그의 아버지 때문이지만."

동화 사냥꾼은 상체를 내밀며 은근하게 속삭였다.

"그럼에도 내가 세드릭 자일스를 죽이지 않은 이유 또한 그의 아버지 때문이죠."

디아나는 물끄러미 동화 사냥꾼을 바라보았다. 불그스름한 불빛을 받아 음영 진 얼굴 윤곽이 어제와는 사뭇 다르게 다가왔다. 한낮의 햇볕 아래 꿀처럼 달콤하던 금발도, 봄철 하늘처럼 말간 연옥색 눈동자도, 더없이 우아하던 이목구비도 이제는 악몽 속 니올로 팔리아치와 한 점 다르지 않았다.

"왜 그렇게 보는 겁니까?"

"당신이 누군지 알 것 같아서요."

그에 처음으로 동화 사냥꾼의 여유가 깨졌다.

인간 사회에 왕명으로 내린 법전이 존재하듯, 마법 사회에도 반드시 지켜야 하는 규율이 있었다. 그 규율을 어기는 이들은 이유 불문하고 죄인이 되며, 공평한 세 명의 법관 앞에서 심판을 받아야 했다. 심판의 갈래는 셋뿐이었다. 무죄로 판명 나거나, 물질적으로 배상하거나, 아니면 지상 최악의 감옥인 괄티에로 벨리에 갇히거나.

하지만 그중에는 심판을 받지 않고 달아난 죄인들이 있었다. 그에 마법 사회의 지도부인 발푸르기스 평의회는 탈주한 죄인을 잡기 위해 전국 각지로 수배 전단을 뿌리고, 한편으로는 뛰어난 마녀·마법사들을 조직하여 그들의 뒤를 쫓게 했다. 세드릭의 아버지는 바로 그러한 '사냥꾼' 중에서도 손꼽히는 인사였다.

"당신이 세드릭을 죽이지 못하는 이유는 그의 아버지가 두렵기 때문이에요. 만약에라도 세드릭이 죽는다면, 섬광의 마법사는 당신을 잡기 위해 무슨 짓이든 할 테니까."

디아나는 간간이 자일스 저택으로 전해지던 우편물을 떠올렸다. 스승과 채스터티와 세드릭은 크게 관심을 기울이지 않았던 전단지. 하지만 디아나는 습관석으로 넘겨보던 흉악범들의 얼굴.

"당신은 그다지 늙지 않았네요. 헤센 그윈티르."

〈잔악한 그윈티르〉의 적자이자, 30여 년 전 반제의 유서 깊은 마법 가문인 오르테가의 열두 귀물을 훔쳐 달아난 도둑.

그가 이제는 그리그 프롬의 보물을 노리고 있었다.

"정말이지, 여러모로 예상 밖입니다. 누굴 닮아 이다지도 영특한 건지……."

동화 사냥꾼, 헤센 그윈티르가 나지막하게 웃기 시작했다. 정체를 들켰음에도 한 치의 동요조차 내비치지 않는 괴악한 여유가 몸짓마다 묻어났다.

"아마도 그리젤다를 닮은 것이겠죠?"

전혀 예상치 못한 말에 일순 디아나의 얼굴이 딱딱하게 굳었다. 불빛에 반짝이는 헤센의 눈이 반달처럼 휘었다.

"시, 싫어요. 나 안 갈래요."

잘로모가 잔뜩 겁먹은 기색으로 디아나의 등 뒤에 숨어 버렸다. 눈조차 마주치지 않는 모습에 적잖이 답답해진 헤센 그윈티르가 얕은 한숨을 내쉬었다.

"왜 그렇게 겁먹은 겁니까? 당신은 해치지 않겠다고 약속했을 텐데요."

"그걸 어떻게 믿어요! 세드릭 형을 다치게 한 것도 다, 당신이잖아요."

"그러지 않았다면 지금쯤 세드릭 자일스가 날 공격했을 겁니다. 난 어쩔 수 없었어요."

"아뇨! 세드릭 형은 그런 사람이 아녜요. 당신이 뭘 안다고!"

"그러는 잘로모 당신은 그들에 대해 얼마나 잘 알죠?"

날카로운 질문에 잘로모는 그만 말문이 막혔다. 헤센이 빙긋거리며 재차 물었다.

"이쯤 되니 궁금해지네요. 날 이렇게나 배격하면서 거기 있는 진저나 세드릭 자일스를 믿는 이유가 도대체 뭔가요?"

"……당신은 나쁜 마법사잖아요."

잘로모가 떨리는 목소리로 간신히 대답했다.

"어제도 마법으로 세드릭 형을 다치게 한 거죠? 아까 루퍼트 형한테

다 들었어요. 당신은 순진한 마을 사람들을 속인 사기꾼이잖아요. 진짜 용사도 아니면서 검은 숲으로 들어온 의도가 뭐예요? 분명 나쁜 꿍꿍이가 있을 거야."

가만히 잘로모의 말을 경청하던 헤센이 멀찍이 선 루퍼트에게로 고개를 돌리자, 루퍼트가 눈에 띄게 몸을 움찔거렸다. 그를 지긋이 응시하던 헤센의 시선에 경멸이 깃들었다.

"부정하진 않겠습니다. 하지만 잘로모 당신이 모르는 것이 하나 있군요."

헤센이 입술을 비틀며 디아나를 손짓했다.

"그들도 나와 같은 마법사입니다."

멍하니 대답을 곱씹던 잘로모가 일순 뭍으로 올라온 활어처럼 펄떡거리며 뒤로 물러났다. 도무지 믿을 수 없다는 표정으로 루퍼트를 돌아보았지만, 루퍼트는 슬며시 고개 돌리며 따가운 시선을 외면할 뿐이었다. 간절한 시선이 끝내 디아나를 향했다.

디아나는 어느새 잘로모에게로 돌아서 있었다. 변함없이 말간 얼굴이지만, 어쩐지 그 모습조차 낯설어진 잘로모는 불안감을 고이 간직한 채 대답을 기다릴 뿐이었다.

"잘로모. 저자를 따라가고 싶니?"

디아나가 나지막하게 물었다. 잘로모는 터져 나오는 눈물을 애써 참으며 도리질했다. 가짜 용사를 따라가기는 죽도록 싫었다. 그를 따라갔다간 무시무시한 늪지의 마법사와 마주칠지도 몰랐다.

"저 사람은 어떻게든 싫다는 널 데려갈 거야. 미안해, 난 저 사람을 막지 못해. 나는 너무나도 약한 마녀라서 널 구해 줄 수가 없어."

잠시 입을 다물었던 디아나가 속삭이듯 말했다.

"하지만 네가 원한다면 함께 가 줄게."

체념 어린 얼굴로 발끝만 내려다보던 잘로모가 퍼뜩 고개를 들어 올렸다. 한결같은 디아나의 표정에 순간 환청을 들었나 싶었지만, 헤센의 얼굴이 점차로 구겨지는 걸 보면 온전히 잘못 듣지는 않은 모양이었다.

디아나는 다시금 헤센 그윈티르를 마주했다. 마냥 제 뜻대로 흘러가지 않는 상황에 역정이라도 치밀었는지 사뭇 찌푸려진 얼굴이 조금은 고소했다.

"들었죠? 우리도 갈 거예요."

"싫습니다."

"우리가 함께하지 않으면 잘로모도 순순히 따라가지 않을 텐데요."

"평범한 어린아이 하나 내 뜻대로 못 하겠습니까?"

헤센이 차게 웃었다.

"더군다나 당신들이 세드릭 자일스 없이 도대체 무얼 할 수 있다고? 하나는 재능이라곤 찾아볼 수 없는 얼뜨기에, 나머지 하나는 고작해야 책의 시중이나 드는 도서관 사서. 내가 잘로모만 데리고 가겠다 한들 당신들이 할 수 있는 건 아무것도 없습니다."

"당신에게 대적할 수 없다는 건 나도 잘 알아요. 그래서 지금 당신을 설득하려는 거고요."

"설득?"

니아나가 긴장한 얼굴로 대꾸했다.

"당신이 데려가지 않더라도 어차피 우리는 늪지로 향할 거예요. 물안개가 퍼져 있는 쪽으로 길을 잡으면 늪지가 나온다는 설명은 당신만 들은 게 아니라서요. 만약 당신이 그토록 우리를 떨어트리고 싶다면 여기서 우리를 죽여야 할걸요?"

헤센이 싸늘하게 식어 버린 얼굴로 지긋이 루퍼트를 쳐다보았다. 그가 입을 떼려는 찰나에 디아나가 얼른 말을 채 갔다.

"혹시라도 루퍼트 씨를 해칠 생각은 하지 마요. 반제는 어떨지 몰라도 잉그람은 궁정마법사를 아주 안전히 보호하고 있거든요. 만약 당신이 루퍼트 씨를 해한다면, 국왕은 발롬피에 협약에 의거하여 당신을 최고 등급의 수배자로 올릴 거예요. 그럼 현상금은 억만금으로 뛸 테고, 수없이 날고 기는 사냥꾼들이 당신을 잡으려 들겠죠. 당신이 그토록 두려워하는 세드릭의 아버지라고 다를까요?"

"……그래요. 덕분에 사서를 죽일 생각은 싹 사라지는군요."

헤센이 느긋하게 디아나를 돌아보았다. 디아나는 바들거리는 입술을 꾹 사리물었다.

"내 언니가 누군지 알잖아요."

"……."

"우리 언니, 나 없으면 못 살아요. 이렇게 모자란 동생도 하나 남은 가족이라고 굳이 데리고 살고 있거든요. 그만큼 날 사랑하고 아껴요. 만약 내가 손끝 하나라도 다친다면 절대로 가만있지 않을걸요."

이후로 헤센은 한참이 지나도록 대답이 없었다. 깊이 골몰하는 표정만이 남아 침묵을 유도할 뿐이었다.

"……하나, 궁금한 게 있습니다."

헤센이 뒤늦게 말문을 열었다.

"도대체 왜 그렇게 함께 가려는 거죠? 신서 당신의 입장에선 여기 남아도 상관없지 않습니까? 내가 동화의 올바른 결말을 내면 어차피 당신도 무사히 현실 세계로 돌아가게 될 테니까요. 그런데도 굳이 위험을 무릅쓰고 날 따라오겠다는 이유를 도무지 모르겠군요."

"그러는 당신은 왜 그렇게 나를 떼어 놓으려는 건데요?"

디아나가 도리어 반문했다. 그러자 헤센이 소리 죽여 웃으며 양손을 들어 올렸다.

"좋습니다. 좋아요. 내가 졌습니다. 사실 난 당신들을 데려가도 별문제는 없거든요. 조금 귀찮아질 뿐이니까."

헤센은 그리 말하며 아직도 정신을 차리지 못한 세드릭을 가리켰다.

"그런데 세드릭 자일스는 어떻게 할 겁니까?"

그에 디아나는 마법으로 답을 대신했다. 가벼운 손짓을 따라 허공으로 떠오른 세드릭은 땅에 누워 있을 때와 마찬가지로 작은 뒤척임조차 없었다. 조심스럽게 세드릭의 상태를 살펴보던 디아나는 안도의 한숨을 내쉬었다. 어떻게든 모두를 데려가겠다는 굳은 결의가 엿보였다.

헤센은 하릴없이 고개를 내저으며 돌아섰다.

"마음대로 하십시오. 마음대로."

차츰 멀어지는 헤센의 뒷모습을 흘깃거리던 루퍼트가 서둘러 그의 뒤로 따라붙었다. 디아나도 기진맥진한 채로 천천히 발걸음을 옮겼으나, 얼마 가지 못하고 잘로모에게 소매를 붙들렸다.

"누나……."

잘로모가 혼란스러운 표정으로 디아나를 올려다보았다. 이 어린아이는 대관절 지금이 무슨 상황인지, 앞으로 어찌해야 하는지 제대로 감조차 잡히지 않을 터였다. 하지만 디아나는 찬찬히 설명해 주는 대신 말을 아끼기로 했다.

갑자기 니다나 세드릭을 쏜 동화 사냥꾼은 밝히지도 않은 그녀의 정체를 알고 있었다. 그녀가 누구인지, 그녀의 어머니가 누구인지. 그러므로 혼란스러운 건 디아나도 마찬가지였다.

"가자."

디아나는 잘로모의 손을 붙잡았다. 왼쪽에는 잘로모가, 오른쪽에는 세드릭이, 그리고 눈앞에는 제 발로 어둠으로 기어들어 가는 도둑이 있었다. 책임은 늘되, 확실한 건 아무것도 없었다. 그리 사방이 위태로운 상황에서 그녀가 믿을 수 있는 것은 단 하나뿐이었다.

헤센 그윈티르와 잘로모만 보내서는 안 된다는 직감.

디아나는 그 막연한 직감에 모든 것을 내걸기로 했다.

언젠가 스승은 이렇게 말했다.

'세상에는 미친 자들이 헤아릴 수 없이 많단다. 연약한 네가 감당할 수 없으니 되도록 그들과 관계하지 말려무나.'

기차에서 생환한 이래 악몽에 시달리는 디아나에게 언니는 이렇게 말했다.

'그를 이해하려 하지 말렴. 그는 광인이야. 네가 이해할 수 있는 자가 아니란다.'

디아나를 염려하는 사람들은 전부 그렇게 말했다. 그들은 위험하다. 혹시라도 마주치면 믿서지 말고 최대한 멀리 달아나라. 그들은 네가 이해할 수 있는 족속이 아니며, 한낱 네가 감당할 수 있는 힘이 아니다.

하지만 디아나는 도리어 되묻고 싶었다.

만일 달아날 수 없는 상황이라면, 이해해야만 하는 상황이라면 어찌해야 하느냐고.

500년 전의 마법사가 만들어 낸 동화는 늪지가 아니면 갈 곳이 없고, 달아난다고 달아날 수가 없는 세상이었다. 어떻게든 그리그 프롬의 의중을 파악하여 그가 원하는 결말을 맞혀야 했지만, 늦지가 코앞인 지금도 그리그 프롬이 어떤 사람인지조차 알아내지 못했다. 초상화 한 점 본 적 없는 중세의 마법사를 이해하기에 500년의 간극이 너무나도 깊었다.

디아나는 불안스러운 심정을 애써 감추며 헤센 그윈티르의 뒷모습을 보았다. 그래, 어쩌면 저이와 조우한 것이 좋게 작용할지도 몰랐다. 명색이 동화 사냥꾼이라는 작자가 그리그 프롬에 대해 무지한 채로 동화 속에 들어왔을 리는 없을 테니 말이다.

만일 그가 저자가 바라는 올바른 결말을 내어 원래의 세상으로 돌아갈 수만 있다면 세드릭도 곧바로 치료를 받을 것이고, 그러면 결과적으로 그럭저럭 해피엔딩이다. 헤센 그윈티르는 그의 목적임이 분명한 동화 속 보물을 챙겨 달아날 테지만, 그를 잡는 것은 어디까지나 사냥꾼의 몫이었다.

"그렇게나 두려워할 거면서 대체 왜 따라온 겁니까?"

갑자기 헤센이 뒤도 돌아보지 않고 물었다. 속을 꿰뚫는 질문에 디아나는 족히 당황했다. 그녀의 반응은 안중에도 없다는 듯 헤센은 뒤를 돌아보며 나긋나긋한 표정을 지었다.

"궁금한 점이 있다면 물어도 좋습니다."

늘 웃는 얼굴이기는 했으나, 지금의 헤센 그윈티르는 유독 기분이 좋아 보였다. 늦지가 지척임을 알리는 물안개가 점차로 짙어지기 때문일까. 디아나는 뜻 모를 그의 심중을 헤아리며 조심스레 입을 열었다.

"당신은 그리그 프롬이 바라는 결말을 알고 있나요?"

"그럼 설마 그것도 모르고 여기 들어왔겠습니까? 자칫 잘못하다간 평생을 이곳에 갇혀 살아야 하는데?"

노골적인 비웃음에 디아나는 우물쭈물했다. 가느스름한 눈으로 그녀를 훑어본 헤센이 슬며시 미소를 그렸다.

"보아하니 그쪽 일행은 아무것도 모르고 들어온 모양이군요. 참으로 불운합니다, 당신들은. 아니, 어쩌면 불운하기 때문에 하필이면 『잘로모와 늪지의 마법사』 속으로 들어왔는지도 모르겠군요. 그리그 프롬도 대단히 불운한 마법사였으니까요."

미처 생각지도 못한 말이었다. 헤센이 선심 쓴다는 듯 그녀의 옆으로 다가와 소곤거렸다.

"어차피 동화도 끝이 보이는데, 어린 양의 궁금증을 채워 주지 못할 것도 없지요. 진저는 그리그 프롬에 대해 얼마나 알고 있습니까?"

"그저 〈엄숙한 프롬〉이 배출해 낸 저명한 마법사라고만……."

"그리고?"

"말년에는 단단히 미쳐서 성에 갇혀 살았다고 알고 있어요. 루퍼트 씨가 말하기로는 불사를 꿈꿨다고 하던데요."

헤센이 만족한 듯 고개를 끄덕였다.

"대부분 그렇게 알고 있지요. 프롬이 유독 폐쇄적인 것도 하나의 이유겠지만, 그럼에도 그리그 프롬 정도의 전설적인 마법사가 이리도 베일에 감춰져 있는 것이 아무래도 이상하지 않습니까?"

디아나가 머뭇거리며 수긍했다. 헤센이 기묘한 미소를 지으며 디아나에게로 얼굴을 붙였다.

"진저는 이유가 무어라고 생각합니까?"

"글쎄요. 나는 잘……."

"당신이라면 충분히 짐작하고도 남을 텐데요."

곧이듣기엔 사뭇 괴이쩍은 말이었다. 디아나는 가까스로 경직된 고개를 돌렸다. 왼쪽 뺨으로 헤센의 따가운 시선이 느껴졌지만, 도저히 그와 눈을 마주칠 수 없었다.

"좋습니다. 당신이 말할 수 없다면 내가 말하죠. 〈엄숙한 프롬〉은 수백 년 전부터 조직적으로 그리그 프롬에 대한 사실을 지우고 있습니다.

그리그 프롬이 마법 사회에서 절대로 용납할 수 없는 아주 수치스러운 짓을 저질렀거든요."

"수치스러운 짓이요?"

"예. 하지만 달리 생각하면 그보다 불운할 수 없습니다. 어쨌든 그의 잘못만은 아니니까요."

디아나는 아리송한 표정으로 고민에 빠졌다. 마법 사회가 용납하지 못하는 죄는 여럿이지만, 그렇다고 가문 차원에서 의도적으로 위대한 마법사를 지워 낼 만큼 수치스러운 죄는 잘 떠오르지 않았다. 지금까지 전해져 내려오는 위인들의 면면에서도 어렵지 않게 죄목을 발견할 수 있었기 때문이다. 예컨대 악마 소환을 비롯한 온갖 금기를 저질렀다는 중세의 비밀 조직 알게르 푸르게스크에는 북부의 저명한 마녀·마법사들이 수두룩하게 소속되어 있었다.

"진저. 마녀와 마법사가 만들어 낼 수 있는 가장 커다란 역작이 무언지 압니까?"

"……"

"바로 자식입니다."

등골이 오싹해졌다. 얼어붙은 디아나의 귓가로 헤센의 목소리가 흘러들었다.

"많은 마녀·마법사들이 간과하는 사실이지요. 역사상 어떤 마법사도 마법으로 생명을 창조해 내지는 못했으니까요. 그야말로 마법이 닿지 못하는 경지요, 평생 갈구해야 하는 이상향이나 마찬가지입니다. 그리고 다른 이들이 그러했듯 그리그 프롬도 사랑 없는 결실을 맺었으나……."

헤센은 말을 끊어 내며 고개를 돌렸다. 홀린 듯 그의 시선을 따라가던 디아나는 그만 돌처럼 굳어 버리고 말았다.

동화 사냥꾼의 시선은 다름 아닌 잘로모에게 꽂혀 있었다.

"하지만 그리그 프롬의 역작은 무참히 실패했습니다. 또한 세상에 알려졌다면, 영원토록 프롬의 수치가 되었을 법한 짓을 저지르고 말았지요."

헤셴은 도로 정면을 바라보며 가볍게 말을 이었다.

"어쨌든 세상에 떠도는 그리그 프롬에 대한 이야기란, 고작해야 저서 몇 권과 진실을 가릴 수 없는 허황된 풍설뿐입니다. 그를 지워 내려던 치밀하고 끈질긴 노력이 아니었다면 벌써 한참 전에 진실이 폭로되었을 터. 프롬 가문의 노력이 참으로 눈물겹지 않습니까?"

말을 끝마친 헤셴이 명랑한 웃음소리만 남기며 앞서 나갔다. 홀로 남겨진 디아나는 그저 황망히 금방 들었던 말소리를 곱씹을 뿐이었다. 하지만 곱씹고 곱씹어도 쉬이 납득할 수는 없었다. 그래서 걸음이 멈춘 줄도 모르고 한참을 우두커니 서 있기만 했다.

"누나. 무슨 일 있어?"

불현듯 잘로모의 목소리가 들려왔다. 디아나는 화들짝 고개를 내저었다.

"아, 아냐. 어서 가자."

"얼굴이 창백한데……."

"괜찮아. 걱정하지 마."

잘로모는 긴가민가한 표정으로 고개를 갸웃거리면서도 금세 디아나의 손을 맞잡았다. 차게 식었던 디아나의 손가에 띠스한 온기가 퍼져 갔다.

마치 살아 있는 사람처럼 다사로운 손이었다.

짙은 물안개가 스멀거리며 올라와 시야를 가렸다. 사방이 안개로 가로막혀 보이지도 들리지도 않는 상황. 신중히 전진하던 헤셴이 돌연 걸음을 멈추었다.

"도착했습니다."

나지막한 소리였으나 일행에게 전해지는 파문은 컸다. 하나같이 석상처럼 얼어붙은 얼굴로 더디 다가온 이들은 헤센이 살짝 거둬 낸 수풀 틈새로 보이는 정경에 시선을 빼앗겼다.

죽음의 늪지였다.

녹음이 우거진 주변과는 달리, 시들어 버린 들풀과 잎을 모두 떨어뜨린 가시나무만 간신히 숨을 이어 가는 곳. 수심을 헤아릴 수 없는 물가는 빛을 잃어 어둑했고, 늪지에 엉겨 붙은 적막은 벌레 소리조차 전부 잠재워 버렸다. 이곳에서 새로이 피어나는 것은 오로지 물안개뿐이었다.

망연히 늪지를 내다보던 디아나는 저도 모르게 한숨을 내뱉었다. 살갗에 와 닿는 안개조차 새삼스레 소름 끼쳤다. 헤센은 다시 수풀로 늪지를 가리며 그들을 돌아보았다.

"여기부터는 나와 잘로모만 가겠습니다."

그에 잘로모가 황급히 디아나의 등 뒤에 숨어 버렸다. 디아나가 침을 꼴깍 삼키며 헤센을 올려다보았지만, 처음 마주하는 그의 냉엄한 눈빛에 말문이 막히고 말았다.

"진저. 아까 내 말을 기억한다면 순순히 내 뜻에 따라야 합니다. 여기서 더 꾸물대다간 세드릭 자일스에게 큰일이 생길 수도 있어요. 그건 분명 당신도 바라지 않는 일이겠지요."

디아나는 치맛자락을 붙들며 고개를 잘게 끄덕였다. 세드릭은 오래 버티지 못한다. 그러니 올바른 결말을 알고 있는 동화 사냥꾼을 도와 어떻게든 현실로 돌아가는 편이 옳았다.

하지만.

'불안해.'

용사 아르놀트로 분했던 헤센 그윈티르와 동행했을 때 느껴지던 조마조마한 느낌이 이번에도 찾아들었다. 정체 모를 불안감에 심장이 자꾸만 두방망이질했다. 거듭 치미는 불안감을 애써 짓누르며 디아나가 잘로모를 돌아보았다.

"잘로모. 나랑 루퍼트 씨는 여기 있어야 해. 대신 네가 늪지에 다녀오겠니?"

"누나……."

잘로모는 애처로운 눈빛으로 디아나와 루퍼트를 갈마보았다. 하지만 누구도 그를 도울 수 없었다. 디아나는 잘로모의 손을 잡고 괜찮다, 괜찮을 거다 말해 주었으나 기실 본인에게 하는 말이나 다름없었다. 그토록 불안감이 치솟았다.

잘로모를 데리고 늪지로 나가기 직전, 헤센이 단걸음에 디아나에게로 다가왔다.

"그러고 보니 물을 것이 있었군요."

그가 몸을 기울여 귓가에 입술을 붙여 왔다.

"디아나 솔. 도대체 광인 니올로는 어떻게 죽인 겁니까?"

일순 디아나의 숨이 멎었다. 창백하게 질린 디아나를 가만히 쳐다보던 헤센이 피식거리며 그녀의 어깨를 두드렸다.

"이렇게 놀라면 안 되지요. 누구든 의심할 것이 아닙니까?"

헤센은 그리 말하며 한 손으로 수풀을 거두었다. 잘로모가 주춤거리며 먼저 늪지로 나가고, 그 뒤를 헤센이 따랐다. 가엾게도 덜덜 떠는 잘로모와 미소 짓는 동화 사냥꾼을 차례로 떠나보낸 뒤, 디아나는 그만 온몸에 맥이 풀려 제자리에 주저앉고 말았다. 깜짝 놀란 루퍼트가 무어라 물었지만, 그녀는 아무런 소리도 듣지 못했다. 그저 헤센 그윈티르의 목소리만이 메아리처럼 귓가를 맴돌 뿐이었다.

"괘, 괜찮아요."

디아나가 넋 나간 꼴로 겨우 대답했다. 하지만 심란한 마음은 끝내 추

스르지 못했다. 그사이 루퍼트는 자꾸만 수풀을 들추며 늪지의 동태를 살피기 급급했으나, 디아나는 그런 건 아무래도 좋았다.

알고 있을까.

오로지 그 생각만이 머릿속을 잠식했다. 어떻게 알았는지는 상관없었다. 니올로 팔리아치가 어떻게 죽었는지, 과연 저 동화 사냥꾼이 정확히 알고 있는지가 중요했다.

스승에게도, 함께 자란 자일스 삼 남매에게도, 그리고 사랑하는 언니에게조차 꼭꼭 숨겨 왔던 비밀.

만일 헤센 그윈티르가 비밀을 알고 있다면.

어떻게 그를 입막음해야 할까. 내 힘으로 저자의 입을 막을 수 있을까. 나는 너무나도 약해서 저이에겐 상대도 되지 않을 텐데, 그럼에도 수단과 방법을 가리지 않고 비밀을 지켜야만 한다면.

"마르……."

그렇다면 비밀로 비밀을 지켜야 하는 걸까.

그때, 미약한 온기가 손을 감쌌다. 공황에서 발작하듯 깨어난 디아나가 발밑으로 황망한 눈길을 주었다. 하루가 넘도록 혼절했던 세드릭이 힘겹게 그녀의 손을 붙들고 있었다.

"이상한 생각 하지 마."

진뜩 갈라지고 쉰 목소리였다. 금방이라도 다시 혼절할 듯 고단하게 뜨인 녹안이 엄중한 빛을 발했다. 디아나는 차마 아무런 말도 못 하고 망연히 세드릭을 쳐다보기만 했다.

"디아나 양! 저기, 저기에!"

별안간 루퍼트가 소스라치게 놀라며 수풀 너머를 가리켰다. 디아나는 반사적으로 고개를 돌렸다. 헤센과 잘로모 단둘뿐이던 늪지에 어느덧 낯선 형체가 들어서 있었다. 검은 로브를 뒤집어써서 얼굴은 전혀 보이지 않았으나, 죽음의 늪지에서 등장할 사람은 단 한 명뿐이다.

늪지의 마법사.

"당신이 이 동화의 심판관입니까?"

헤센의 목소리가 적막한 사위를 또렷하게 꿰뚫었다. 낯선 이를 마주하고도 변함없이 평온한 얼굴이었다. 그래서인지 늪지의 마법사가 침묵하는데도 헤센은 별다른 당황의 기미조차 내비치지 않았다.

"좋습니다. 그럼 내 선택을 보여 드리죠."

말이 끝나기 무섭게 헤센의 겉옷에서 새하얀 권총이 미끄러지듯 등장했다. 그리고 세드릭을 쏘았던 것처럼 허공으로 떠오른 총구가 이번에는 잘로모를 겨누었다. 우물쭈물 서 있던 잘로모의 얼굴이 금세 핏기가 가셨다.

"그리그 프롬. 모두가 선망하던 대단한 마법사에게도 한 가지 밝힐 수 없는 결점이 있었습니다."

헤센이 우아하게 앞으로 걸어 나오며 잘로모를 눈짓했다.

"바로 외동아들인 잘로모 프롬이 별의 축복을 받지 못한 튀기였다는 것이죠. 근친혼으로 혈통을 지켜 온 프롬 가문에겐 더없이 불운한 일이며, 인생의 역작이 졸지에 실패작이 된 그리그 프롬에겐 더더욱 용납할 수 없는 일이었습니다. 그래서 그는 아들이 튀기란 사실을 비밀에 붙였습니다. 당시의 시대상으로는 마땅히 쥐도 새도 모르는 새 죽어야 했던 튀기가 프롬 가문의 후계자가 되었고, 그리그 프롬은 완전무결한 마법사가 되어 만인의 칭송을 받았지요."

그러던 어느 날.

"잘로모 프롬이 성인이 되던 날. 아들의 병약함을 이유로 친족의 방문을 거절해 왔던 그리그 프롬도 이제는 모두에게 아들을 내보여야 하는 날이 도래했습니다. 물론 그는 훌륭한 마법사답게 튀기인 아들을 훌륭한 마법사로 둔갑하는 연극을 준비했지요. 철저하게 준비하여 실패는 생각할 수도 없는 계획이었습니다. 잘로모 프롬이 사소한 실수를 저지르기 전까지는."

헤센이 목소리를 낮추며 빠르게 속삭였다.

"결국 연극은 실패했습니다. 잘로모 프롬이 별의 축복을 받지 못했다는 사실이 밝혀지자, 친족들은 장장 18년간 자신들을 속인 그리그 프롬을 맹비난했습니다. 가문을 속인 가주가 말짱할 리 없지요. 그리그 프롬은 아무도 없는 고성에 갇혀 쓸쓸하게 죽음을 맞이했습니다. 그동안 세상에는 그리그 프롬이 미쳤다는 소문이 떠돌았지요."

헤센은 여유롭게 웃으며 말을 끝마쳤다. 다시금 늪지에 익숙한 적막이 감돌자, 지금까지 침묵하던 늪지의 마법사가 느리게 말문을 열었다.

"잘로모는 어떻게 되었지?"

"당연히 죽었겠지요. 그 시절 프롬 가문에서 태어난 튀기가, 그것도 18년간 가문을 속였던 튀기가 어떻게 살아남을 수 있었겠습니까?"

헤센이 당연하다는 듯이 대꾸했다.

"그러므로 그리그 프롬이 바라는 동화의 결말이란 잘로모의 죽음입니다. 실패작으로 태어나 아비의 명예와 가문의 영광을 무너뜨린 어처구니없는 불운의 아이. 마땅히 죽음으로써 죄를 갚아야겠지요."

늪지의 마법사는 도로 침묵의 늪에 빠졌다. 결말을 확신하듯 헤센의 입가에 점점이 기다란 미소가 번져 갔다.

그리고 멀리서 그들을 지켜보는 디아나는 혼란에 잠겨 있었다.

'정말로 잘로모의 죽음이 올바른 결말일까?'

500년 전 마법 사회는 지금보다 훨씬 보수적이었다. 평범한 마녀·마법사조차 튀기로 태어난 자식을 외면하던 판국에 프롬 가문에서 별의 축복을 받지 못한 불운한 아이를 용납했을 리 없다. 요즘에도 별의 축복을 받지 못한 아이들은 부모의 따스한 손길을 받지 못하고 자라고 있었다. 튀기로 태어난 파울 리버만도 그리 말하지 않았던가.

그러니 자신의 완전무결함을 지키기 위해 자식마저 희생한 아버지도, 자식의 부족함으로 고독한 죽음을 맞이한 아버지가 이런 동화까지 만들어 아들을 벌하고자 하는 분노도 충분히 있음직한 일이었다. 이성적으로 생각하면, 논리적으로 헤아리면 그게 맞았다.

하지만 만사 이성적으로, 논리적으로만 판단하는 것이 과연 올바를까. 디아나는 확신할 수 없었다. 아무리 이성을 신봉하는 마녀라 한들 그녀도 비논리적으로 행동하는 때가 잦았고 그것은 언니인 헤스터도, 스승도, 세드릭도 마찬가지였다. 마녀도 사람인 이상 감정에 좌우되는 때가 있었다.

게다가.

'언니는 너를 세상에서 가장 사랑한단다.'

그것이 혈육지친의 사랑이라면.

'너를 위해서라면 죽음도 무릅쓸 수 있어.'

사랑은 세상에서 가장 비논리적인 감정이다. 어떤 마법논리로도 설명할 수 없는 감정이기에 수많은 마녀·마법사들이 사랑이란 감정을 미워하고 멀리하고 배척한다지만, 그럼에도 존재 자체를 부정할 수는 없었다. 사랑 없는 결실이 있는 것처럼, 사랑으로 피워 낸 기적도 존재하기에.

그렇기에 어쩌면 그리그 프롬도 오직 사랑만으로 이 동화를 만들었을지 모른다.

생각이 거기에 이른 순간, 디아나는 본능적으로 자리를 박차고 일어 났다. 뒤에서 그녀를 부르는 다급한 목소리가 전해졌지만, 미처 돌아볼 겨를조차 없었다. 멀리 웃고 있는 헤센 그윈티르와, 허공에서 잘로모를 겨누고 있는 권총. 외따로 떨어진 곳에서 이젠 죽고 없는 부모를 그리는 가엾은 고아 아이가 눈에 아프게 박혔다.

"제발 그만둬요!"

디아나가 간절히 외쳤다.

"잘로모를 죽이지 말아요! 제발!"

울퉁불퉁한 나무뿌리에 발이 차이고, 음습한 늪지에 자꾸만 발목이 꺾였다. 하지만 디아나는 멈추지 않았다. 형편없이 구르고 넘어지면서도 시선만은 잘로모를 떠나지 않았다. 그녀의 외침을 들은 체도 하지 않는 동화 사냥꾼을 향해 그저 목이 쉬도록 소리칠 뿐이었다. 부디 그가 멈추기만을 바라며.

"잘로모를 죽이면 안 돼요!"

그러나 동화 사냥꾼은 잔혹했다.

문득 디아나를 돌아본 헤센 그윈티르가 화사하게 웃으며 잘로모에게로 시선을 옮겼다. 동시에 총구가 잘로모의 심장 부근을 겨누었다. 총기의 안전장치가 덧없이 풀려 나갔다.

"안 돼!"

그 순간, 하늘에서 새하얀 낙뢰가 내리쳤다.

콰르릉!

지상으로 내리꽂힌 섬광에 눈이 멀고, 천지를 울리는 우렛소리에 귀가 멀었다. 낙뢰를 맞은 동화 사냥꾼은 온몸이 찢어지도록 비명을 내질렀으나, 그마저 누구에게도 닿지 못했다. 마치 하늘이 무너지고, 땅이 갈라지 듯 무자비한 형벌의 순간이었다. 모두가 하늘의 분노 아래 고개 숙였다.

그리 경각의 시간이 흘렀다. 제자리에 주저앉아 양팔로 얼굴을 가렸던 디아나가 슬며시 고개를 들어 올렸다. 눈부신 벼락은 온데간데없이 본래의 어둠을 되찾은 검은 숲. 저 멀리로 변함없이 허리를 곧추세운 늪지의 마법사와 그새 기절한 잘로모가 보였다.

그리고 시커멓게 타 버린 채 너부러진 동화 사냥꾼의 시체. 디아나의 시선이 그곳에 못 박혔다.

"주, 죽었⋯⋯."

황망히 동화 사냥꾼의 시체를 응시하던 디아나가 불현듯이 뒤를 돌아보았다. 조금 전까지 그녀가 숨어 있었던 수풀에 세드릭이 간신히 기대어 서 있었다. 시체처럼 파르라니 질린 얼굴에서 식은땀이 뚝뚝 떨어졌다. 하지만 디아나의 예민한 눈은 그보다 더 위급한 것을 발견해 냈다.

세드릭의 몸에서 흘러나오는 대량의 마력.

그것은 고등 마법의 잔재였다.

크럼프턴 왕립 도서관.

천년장미관의 관장인 빈센트 로치데일이 드물게 로비에 모습을 드러냈다. 관장은 한산한 로비를 납히 가로시르며 귀객(貴客)에게로 다가갔다.

"오래간만에 뵙습니다."

귀객은 바스러지는 햇빛처럼 찬란한 백금발과 영롱한 자색 눈이 인상적인 남자였다. 관장은 묵묵히 그에게 고개 숙여 인사했다.

에드윈 베가.

잉그람의 저명한 마법 가문 〈고결한 베가〉의 수장인 아멜리아 베가의 유일한 동기이자, 선조인 오베론 베가를 계승하여 하늘에서 무시무시한 낙뢰를 내리는 마법사. 뛰어난 재능과 공명정대한 성품으로 명성이 자자한 인물이지만, 바바라 자일스와 별거한 뒤 사냥꾼으로서 타국을 전전했으므로 정작 고국인 잉그람에서 그를 만나기란 몹시 지난한 일이었다.

"공문으로 미리 전한 것처럼, 일급 수배범 헤센 그윈티르가 천년장미관으로 잠입한 것 같습니다."

에드윈이 본관 복도를 빠르게 엇지르며 말했다. 그 뒤를 종종걸음으로 따라잡던 관장이 황급히 입을 열었다.

"방명록을 살펴보았지만, 그자의 이름은 발견하지 못했습니다."

"헤센 그윈티르에겐 가명만 수십 개입니다. 설마 본명을 사용했겠습니까?"

냉담하게 대꾸한 에드윈이 곧바로 천년장미관의 문을 열어젖혔다. 눈부신 여름 햇빛이 쏟아지는 유리 천장 아래 드러난 천년장미관의 모습은 변함없이 정적이었다. 어딜 보아도 흉악한 수배범이 잠입했다 여길 수 없는 평화로운 정경이나, 관장을 돌아보는 에드윈은 엄격하기로는 한결같았다.

"방명록을 보여 주십시오."

대저, 발푸르기스 평의회의 권위를 등에 업은 사냥꾼은 잉그람에 한하여 국왕보다 더 강력한 위신을 지니기 마련이다. 크럼프턴 왕립 도서관의 규칙상 방명록은 영장을 발급받은 국가기관만이 조회할 수 있으나, 1687년 체결된 발롬피에 협약에 따라 정당한 자격을 가진 사냥꾼은 천년장미관의 방명록을 영장 없이 조회할 수 있었다. 따라서 천년장미관의 관장인 빈센트 로치데일 경은 하릴없이 에드윈 베가에게 방명록을 내보여야 했다.

관장이 몇 마디 주문을 외자, 허공에 두 뼘 남짓한 금고의 문이 나타났다. 그리고 관장이 열쇠 구멍에 소량의 마력을 흘려 넣은 직후 소리 없이 금고의 문이 열렸다. 자그마한 금고 안에는 손때 묻은 방명록이 고스란히 담겨 있었다.

주섬주섬 돋보기안경을 쓴 관장이 방명록의 맨 뒷장을 펼쳤다.

"이 페이지가 오늘 자 방명록입니다."

에드윈은 관장에게서 방명록을 넘겨받았다. 빠르게 명부를 훑던 그의 시선이 불현듯 몹시 낯익은 이름에 고정되었다.

세드릭 자일스. 그의 아들이었다.

"헤센 그윈티르의 가명이 적혀 있습니까?"

관장이 조심스럽게 물었다. 잠시 침묵하던 에드윈이 느리게 고개를 끄덕이며 페이지의 상단을 가리켰다.

"아놀드 호머. 석 달 전 그가 새롭게 매입한 거짓 신원입니다."

"어디 보자……. 퇴실했다는 표시가 없으니, 아직 이곳에 머물고 있는 모양입니다."

방명록을 유심히 살펴보던 관장이 슬며시 책장에서 손을 떼며 물러섰다. 말없이 고개를 끄덕이며 방명록을 덮으려던 찰나, 무언가 이상한 점을 발견한 에드윈이 미간을 찌푸리며 오늘 처음으로 천년장미관에 입실한 이름을 가리켰다.

"J. J.라니. 방명록에 약자가 기입되는 것이 가한 일입니까?"

다른 별관과 마찬가지로, 천년장미관은 귀한 저서를 다량 보유한 만큼 철저한 보안을 유지하고 있었다. 신분이 확실한 자만 입실이 허락되고, 방문객의 본명을 전부 방명록에 기입하는 것도 전부 엄격한 보안 철칙의 일환이었다. 그것을 모를 리 없는 관장이 당혹스러운 기색으로 방명록과 에드윈을 갈마보았다.

"아무래도 방명록을 관장하는 마법 회로에 오류가 생긴 것 같습니다만……. 자세한 것은 정확히 확인해 봐야 알겠습니다."

잠시 고민하던 에드윈이 이내 방명록을 덮으며 말했다.

"일단 헤센 그윈티르부터 찾아보지요. 관내에서 추적마법을 열어 주시겠습니까?"

관장은 금고를 소환했을 때와 마찬가지로 몇 마디 주문만으로 관내의 추적마법을 발동시켰다. 천년장미관의 시스템을 이루는 마법 회로는 이곳이 개장한 200년 전부터 오늘까지 모든 방문객의 동선을 기억했다. 그리고 천년장미관의 관장은 어느 때고 마법 회로에 저장된 기록을 불러올 수 있었다.

오늘 자 방문객을 추적하는 발자국이 곧 바닥에 어지럽게 펼쳐졌다. 개중 헤센 그윈티르의 발자국을 가려내던 관장이 문득 의아한 표정을 지었다.

"여기 이 발자국이 헤센 그윈티르입니다. 이걸 계속 따라가면 그와 마주칠 수 있을……. 한데 옆에 이 발자국은 세드릭 경이 아닙니까?"

"방명록에 적히기로는 서너 시간 전에 왔더군요. 무슨 일로 천년장미관을 찾았는지는 모르겠으나."

"헤센 그윈티르와 세드릭 경의 동선이 겹치는 듯합니다만, 지하 서고는 굉장히 광활하니 별문제는 없을 겁니다. 일단 내려가시죠."

관장은 그리 말하며 지하 서고로 향하는 석문을 열었다. 이어지는 돌계단은 새카만 어둠으로 가려져 있었으나, 관장의 손짓 한 번으로 말라 있던 촛불 심지에 불이 붙었다. 은은한 불빛 아래 드러난 돌바닥에는 아놀드 호머로 가장한 헤센 그윈티르의 발자국과 세드릭 자일스, 그리고 세드릭의 편지에서 종종 이름을 보았던 디아나 솔의 발자국이 끝없이 이어져 있었다.

에드윈은 주저 없이 돌계단으로 발을 디뎠다. 뱀이 똬리를 틀듯 지하로, 지하로 내려가는 돌계단에 두 사람의 발소리가 엇갈려 울리기 시작했다.

"에드윈 경."

관장이 심각한 표정으로 에드윈의 안색을 살폈다. 한참이 지나도록 잠잠하던 에드윈이 무겁게 말문을 열었다.

"로치데일 경. 금고마법을 전문으로 연구하는 사서가 있습니까?"

"세바스찬 씨요. 지금 당장 호출하겠습니다."

관장이 바쁘게 호출을 넣는 사이, 에드윈은 현장에 한 걸음 더 가까이 다가갔다. 헤센 그윈티르, 디아나 솔, 세드릭 자일스의 발걸음이 얼기설기 얽혀 있는 바닥. 하지만 세 사람 모두 증발이라도 한 듯이 발걸음은 이곳에서 멎어 있었다. 책 한 권만을 남겨 둔 채로.

에드윈은 말없이 책을 집어 들었다. 표지는 잔뜩 낡았으나, 제목을 분간 못 할 지경은 아니었다.

『잘로모와 늪지의 마법사』

무려 500년이 넘도록 어떤 동화 사냥꾼도 풀어내지 못한 난제였다.

5. 그리고 프롬의 유작

칼날 같은 정적이 흘렀다.

갑자기 세드릭이 깊은 신음 소리를 흘리며 기우뚱했다. 세드릭의 무릎이 힘없이 꺾이자마자 디아나가 황급히 그편으로 달려갔다.

"세드릭!"

쓰러지는 세드릭을 가까스로 받아 낸 디아나가 다급히 그를 바닥에 눕혔다. 머리가 바닥에 닿기 부섭게 세드릭이 돌연 몸을 옹송그리며 검은 피를 한 움큼 토해 냈다. 총상이 다시금 도졌는지 고통에 겨운 안색이 심상치 않았다.

"그러니까 이런 몸으로 마법은 왜 써서……."

디아나가 울먹거리며 말했다.

마법사의 신체는 별의 마력을 담는 그릇. 그러므로 마법사는 무릇 몸이 상하지 않도록 각별히 유의해야 했다. 만에 하나 크게 다쳤다면 상처가 나을 때까지 마법은 삼가는 것이 철칙이었다. 상처 입은 몸은 마력을 온전히 담아내지 못해서 도리어 내장을 상하게 할 수 있기 때문이었다.

"난 괜찮으니까, 빨리 가."

세드릭이 힘겹게 디아나를 밀어 냈다.

"네가 동화의 결말을 맺어야 해."

디아나는 주먹을 꾹 말아 쥐며 연신 고개를 끄덕거렸다. 그녀가 생각하기로 잘못된 결말을 향해 가던 동화 사냥꾼은 이제 없었다. 세드릭이 그녀의 선택을 믿고 동화 사냥꾼을 저지해 주었으니, 이제는 그녀가 동화를 끝내야 했다.

디아나는 붉어진 눈가를 소매로 문지르며 말했다.

"현실로 돌아가기 전까지 어떻게든 버텨야 해. 알았지?"

세드릭은 잇새로 신음을 참아 내며 고개를 끄덕였다. 디아나의 눈짓에 얼른 땅바닥을 기어 온 루퍼트가 디아나를 대신해 세드릭의 머리맡에 앉았다. 고통스러운지 아예 눈을 감아 버린 세드릭을 잠시 바라보던 디아나가 이내 몸을 돌렸다. 그러자 늪지의 마법사가 기다렸다는 듯 기절한 잘로모를 안아 들고 늪지의 안쪽으로 걸어가기 시작했다.

디아나는 거의 달리듯 늪지의 마법사를 따라갔다. 어떻게든 신속하게 동화의 올바른 결말을 내야 했다. 총상을 입은 채로 낙뢰까지 떨어트린 세드릭은 오래 버티지 못할 것이 자명했다. 지난 세월의 앙금이 어떻든 디아나는 지금 여기서 세드릭을 잃고 싶지 않았다.

누구든 죽은 것은 싫었다. 하지만 무려 10년을 알아 온 사람이 죽는 것은 더 끔찍했다.

다른 마녀가 그러하듯, 디아나도 대인 관계의 폭이 몹시 좁았다. 스승인 바바라 자일스와 함께 자라 온 자일스 삼 남매, 그리고 사랑하는 언니가 디아나의 전부였다. 사이가 좋든 좋지 않든, 거기서 하나를 잃는 것은 삶을 지탱하던 기둥 하나가 뽑히는 것과 진배없었다. 언젠가 지금의 기둥이 뽑히고 새로운 기둥이 들어설 날이 오겠지만, 디아나는 아직 그런 경험 따위 하고 싶지 않았다. 지금의 세상을 잃기에 그녀는 아직 미성숙했다.

그러니 여기서 세드릭을 잃을 수는 없었다. 아무리 훌륭한 마법사도 죽음을 피할 수 없음은 익히 잘 알지만, 세드릭은 여기서 죽으면 안 되었다. 디아나는 어떻게든 원래의 세상으로 돌아갈 것이고, 세드릭은 그곳에서 쾌차할 것이었다. 이딴 동화 속에서 낯선 도서관 사서와 단둘이서 평생을 살 생각은 추호도 없었다.

끼익.

갈수록 짙어지는 물안개를 익숙하게 헤쳐 나아가던 늪지의 마법사의 정면으로 자그마한 목조건물이 차츰 드러났다. 인적 없는 건물이 자꾸 음산한 소리를 내는 것이 영 불안했으나, 문을 열고 들어가는 마법사를 보자니 뒤따르지 않을 수 없었다.

디아나는 두려움을 억누르며 마법사가 열어 놓은 문 안으로 들어섰다. 건물 내부는 허름한 외관과 마찬가지로 몹시 낡았다. 그나마 먼지 한 톨 없이 깨끗하긴 했으나, 애당초 들여놓은 가구 가짓수가 적은 데다 온기가 전혀 돌지 않아 삭막하기 이를 데 없었다.

"아무 곳이나 편히 앉아요."

잘로모를 침대에 내려놓은 늪지의 마법사가 무심히 말을 건넸다.

"저기, 동화의 결말을—"

"어째서 잘로모를 살려 준 겁니까?"

마법사가 느긋하게 디아나의 말을 끊어 냈다. 순간 말문이 막힌 디아나가 더듬거리며 되물었다.

"네?"

"그간 많은 이들이 동화 속으로 들어왔고, 그들은 대부분 잘못된 선택을 했습니다. 열에 다섯은 악한 늪지의 마법사를 죽이겠다며 덤비다가 도리어 내 손에 죽었고, 나머지는 행여나 잘못된 선택으로 죽을까 봐 늪지엔 얼씬도 하지 않았지요. 물론 그들은 전부 동화 속에서 늙어 죽었습니다만."

늪지의 마법사가 평온하게 말을 이었다.

"가끔은 철저하게 준비를 해 온 이들이 있어 아까처럼 잘로모를 죽이려는 마법사도 있습니다. 하지만 당신은 오히려 그자를 막으려고 했지요. 그렇다면 당신의 선택은 잘로모를 살리는 것입니까?"

대답을 종용하는 마법사의 시선이 디아나를 향했다. 디아나는 침을 삼키며 고개를 주억거렸다.

"왜지요?"

"그리그 프롬이 아들을 사랑했을지도 모르니까요."

디아나가 떨리는 목소리로 말했다.

"나는 헤센 그윈티르처럼 그리그 프롬에 대해 자세히 알지는 못해요. 어쩌면 그의 생각대로 그리그 프롬은 자신의 인생을 망친 아들을 증오했을지도 모르죠. 하지만 사랑했을지도 모르는 일이잖아요. 자식을 자식으로 여기지 않는 부모가, 부모를 부모로 여기지 않는 자식이 많다는 건 잘 알아요. 나도 부모의 사랑을 모르니까요. 하지만 혈육의 사랑을 부정하지는 않아요. 사랑은 마법으로도 실명힐 수 없는 가장 비논리적인 감정이고 그렇기에 내 선택을 말로 설명할 수 없어요. 내 선택엔 아무런 논리적인 근거도 없으니까요."

그리그 프롬은 자신의 완전무결함을 지키기 위해 하나뿐인 아들마저 희생했다. 그러니 그리그 프롬이 아들을 사랑했을지도 모른다는 건 억측일 수도 있다. 하지만 사랑은 언제 어디서 피어날지 모르는 잡초 같은 존재기에, 자신도 모르는 사이 아들을 사랑하게 되었을지도 모른다.

어느새 아들을 사랑했을지도 몰랐다.

"당신의 선택은 올바르군요."

긴장으로 굳어 있던 디아나의 표정이 그제야 부드럽게 풀어졌다. 그러나 마법사는 안도할 잠깐의 겨를조차 주지 않았다.

"이게 끝이 아닙니다. 진정으로 내가 묻고 싶은 것은 따로 있으니까요."

변함없이 잔잔한 음성이 물 흐르듯 이어졌다.

"생전에 무척이나 궁금한 것이 있었습니다. 너무 궁금해서 죽기 싫었지요. 그래서 결국엔 이런 꼴로나마 이승에 남아 연명하고 있습니다만."

"그게 무슨……."

디아나가 혼란스러운 얼굴로 중얼댔다. 침대맡에서 얼마간 잘로모를 내려다보던 늪지의 마법사가 얼굴을 가리던 후드를 느릿하게 벗었다. 실내를 밝히는 희미한 불빛이 그의 핼쑥한 얼굴을 적나라하게 드러냈다.

디아나는 경악하고 말았다.

세월의 더께가 쌓였되, 어딘지 익숙한 모양의 검은 눈.

설마.

"……그리그 프롬?"

스스로 말해 놓고도 기막히다는 듯 디아나가 황급히 고개를 내저었다. 하지만 늪지의 마법사는 부정하지 않았다. 오히려.

"정확히는 그리그 프롬의 마력의 일부입니다. 여기는 그가 만든 소세계니까요."

"자, 잠깐만요. 그러니까 당신은 그리그 프롬의 의식을 가진……. 이게 말이나 돼요? 가능할 리가 없잖아요!"

"가능하지 않다? 누가 그리 말했습니까?"

마법사가 단호하게 말했다.

"어린 마녀여, 함부로 단정하지 마십시오. 세상에는 불가능한 일을 가능케 하는 방도가 생각보다 아주 많습니다."

디아나는 하릴없이 말문을 닫았다. 그도 그럴 것이, 무려 500년이었다. 500년이 넘도록 사자(死者)의 마법으로 만들어진 소세계가 이렇게나 말짱히 유지되는 것도 믿기 힘든 판국에, 이제는 죽은 그리그 프롬의 의식을 그대로 지닌 인물까지 등장했다. 상식적으로 가능한 일이 아니었다.

혼란에 휩싸인 디아나를 지켜보던 마법사가 소리 없이 자리에서 일어났다.

"일단 당신의 일행을 치료하러 가지요."

"네?"

"당장 숨이 멎지 않을 정도의 치료는 가능합니다. 자일스의 후손인지 베가의 후손인지는 모르겠으나, 꽤나 위급해 보이더군요."

멍하니 수긍하려던 디아나가 문득 의심의 모서리를 세웠다.

"당신이 세드릭을 치료해 주겠다고요? 왜죠?"

"일단은 잘로모를 죽이려던 자를 막아 주었으니 나름의 성의를 표하기 위함이고, 또한……."

늪지의 마법사, 혹은 그리그 프롬은 여전히 평온한 얼굴로 대꾸했다.

"마지막 문제는 조금 길어질 듯하니까요."

디아나는 조심스레 세드릭의 코끝에 귀를 갖다 댔다. 고통에 겨워 불규칙하던 호흡이 차츰 고르게 가라앉고 있었다. 못내 근심스럽던 디아나의 표정이 조금은 밝아졌다.

"당장에 목숨이 위험할 일은 없을 겁니다."

그리그 프롬이 세드릭의 흉상에서 손을 떼며 말했다. 디아나가 기운 빠진 얼굴로 고개를 숙였다.

"고마워요."

"……그런 말은 아주 오래간만에 들어 보는군요."

아주 생경한 소리라는 듯 기묘한 표정을 짓던 그리그 프롬이 힘없이 소파로 향했다. 디아나도 세드릭의 간호를 루퍼트에게 맡기고 슬그머니 그의 맞은편에 앉았다.

"저, 그래서 마지막 문제는 뭔가요?"

그리그 프롬은 손짓으로 물을 따라 내며 잠시 뜸을 들였다. 갑자기 갈증을 느낀 디아나도 눈치껏 주전자에서 물을 따라 마셨다.

"문제를 알기 전에 들어야 하는 이야기가 꽤 깁니다. 나의, 그러니까 그리그 프롬의 생애를 알아야 하니까요."

그리그 프롬이 담담하게 말했다.

"그다지 특별할 것 없는 이야기입니다. 하지만 그동안 방문객들에게 듣자 하니, 요즘 세상에는 나에 대한 이야기가 제법 왜곡되어 돌아다니더군요. 짐작건대 당신이 알고 있는 나의 생애와 지금부터 내가 털어놓을 나의 생애는 많이 다를 것입니다."

디아나가 긴장된 얼굴로 고개를 끄덕였다. 멍하니 창밖을 내다보던 그리그 프롬이 시선을 틀어 그녀를 보았다.

"그럼 시작할까요?"

그리그 프롬이 태어난 해는 1342년. 아직 통일 왕국이 들어서지 않은 북부가 한창 전란에 휩싸였던 시기다. 평범한 인간에게는 지옥 같은 하루하루였을지 모르나, 인간의 왕국과 척진 마법 사회에는 그보다 호화스러운 시절이 드물었다. 북부의 전란 시대가 바로 북부 마법 가문의 황금시대요, 가장 힘이 왕성하던 시기였다.

시대가 그러하니, 각 마법 가문의 우두머리인 수장은 자연스레 왕처럼 군림하기 시작했다. 북부의 수장 자리는 친족과의 불평등 계약으로 성립되어 계약을 어기지 않는 한 자리를 박탈당할 수 없으므로, 가문의 수장은 자신에게 허락된 범위 내에서 무소불위의 권력을 휘둘렀다. 감히 공물을 바치지 않는 인간 마을에는 폭풍우를 일으키고, 충성을 맹세하지 않는 영주에겐 자손 대대로 단명할 저주를 내렸다. 심지어는 아끼는 친족을 인간 왕국으로 보내 강제로 왕으로 섬기게 하기도 했다.

그예 인간들은 그들을 신으로 모시거나 악마로 여겼다. 전자가 공포에서 기인한 경외심이라면, 후자는 복수심에서 비롯된 증오였다. 당시의 마녀·마법사들은 인간을 자신보다 열등한 종족으로 여겼기에, 우연히 마주친 인간을 벌레 짓밟듯 죽이는 일도 비일비재했다. 그들이 인간을 괴롭히는 데는 아무런 논리적인 이유도 없었다. 자신과 비슷한 외관으로 그리 열등하게 살아가는 모습이 더욱 마뜩잖았는지도 모르겠다.

그리그 프롬의 부모는 그러한 대부분의 마녀·마법사들과 크게 다르지 않았다. 그의 모친인 카타리나 프롬은 가문의 수장으로 21년간 군림하며 지극한 무료함을 이기지 못해 가까운 소국을 도륙한 전적이 있었고, 부친인 벤야민 프롬은 지하실에 틀어박혀 인간을 포함한 온갖 동물을 산 채로 박제하는 것이 취미였다. 실질적으로 그리그 프롬을 키워 낸 유모도 인간을 하등하게 여기던 평범한 마녀였다. 그런 모습을 일상적으로 보고 들은 그리그 프롬이 당대의 평범한 의식을 갖춘 마법사로 성장한 것도 무리는 아니었다.

그리그 프롬은 고작 열다섯의 나이로 모친의 뒤를 이어 가문의 수장이 되었다. 그 시절 그는 이미 비할 데 없는 천재로 이름나 있었다. 속수무책이던 악룡(惡龍) 지그손 니벨탈리아의 왼쪽 두 번째 날개를 꺾어 멀리 쫓아낸 것도, 그동안 광범하게 사용되었던 갈라트리아 기도문의 약점을 보완한 것도 바로 그였다. 심지어 성인이 되던 해에는 '마력은 하늘을 향한다'

는 마법 역학 제3법칙을 직접 증명하기도 했다. 다른 이들은 평생에 걸쳐 이룬다는 업적을 그는 미성년의 나이로 무려 세 개나 이룩했던 것이다.

그는 성인이 되자마자 결혼했다. 상대는 태중에서 약혼한 사촌누이로, 이름은 안토니아 프롬이었다. 그 시절 프롬은 가문의 우수한 혈통을 지키기 위해 근친혼을 자행했으므로, 사촌 간의 혼인은 달리 이상한 일이 아니었다.

마법 사회에서 사랑 없는 결합이 흔하듯, 그리그 프롬과 안토니아 프롬도 사랑 없는 결혼에 순응했다. 부부는 서로에게 깍듯했지만 간섭하지는 않았다. 그리그 프롬이 여러 명의 애인을 둔 것처럼 안토니아 역시 그러했다. 다만 자식을 낳기 위해 철저하게 날짜를 계산한 합방일만은 꼭 지켰을 따름이다. 그리해 안토니아 프롬은 일생 동안 다섯의 자식을 낳았으나, 개중에서 그리그 프롬의 자식은 네 번째로 태어난 잘로모 프롬뿐이었다.

잘로모 프롬은 아비인 그리그 프롬을 쏙 빼닮은 아이였다. 비록 부모의 관심은 받지 못했지만, 아이는 나름대로 유모의 손에서 건강하게 성장했다. 아직 정식으로 말이 오가지는 않았으나 잘로모 프롬이 아비의 뒤를 이어 프롬의 수장이 되는 것은 기정사실이었으므로, 모두가 그를 차기 프롬의 수장으로 대접했다.

그러나 잘로모 프롬이 다섯 살이 되던 해. 그리그 프롬은 비로소 이상함을 느꼈다.

그리그 프롬은 본디 자식을 아끼는 아버지가 아니었다. 그는 잘로모 외에도 여러 애인으로부터 서넛의 아이를 얻었지만, 그 아이들이 제각기 다른 이유로 죽었을 때조차 일말의 비통도 내비치지 않았다. 다른 부모들이 그러하듯 그리그 프롬에게 살아남지 못한 자식은 자식이 아니었다. 당시 마법 사회에선 어떻게든 살아남아 자신을 입증하는 것만이 부모에게서 자식으로 인정받는 유일한 길이었다.

그렇기에 그리그 프롬은 자신의 후계로 여겨지는 자식조차 돌보지 않았다. 자신의 지적 호기심을 충족하기 바빠 자식은 신경 쓰지 않았다고 보는 편이 옳을지도 모른다. 이유가 어찌 되었든 그리그 프롬은 오랫동안 잘로모 프롬을 잊고 살았다. 그가 잊었던 자식의 존재를 다시금 자각하게 된 계기는 다름 아닌 아내 안토니아 프롬의 장례식이었다.

다소 어처구니없게도, 안토니아 프롬은 오직 막스도르트산에서만 채취되는 물갈퀴쑥을 구하려고 입산했다가 사특한 요정들의 꾐에 빠져 죽었다. 막스도르트의 요정들이 호시탐탐 마녀의 심장을 노리고 있다는 것은 익히 유명한 일화였으므로, 홀몸으로 입산한 안토니아 프롬은 스스로 죽음을 자초한 것이나 진배없었다.

그래서 프롬의 친족들은 형식적인 애도를 표하면서도 비웃음을 숨기지 않았다. 그리그 프롬 역시 아내의 어이없는 죽음에 조소를 보냈으니, 그들을 책망할 사람은 달리 없었다.

잘로모 프롬은 안토니아의 다섯 아이 중에서 유일하게 장례식에 참석한 자식이었다. 수십의 친족들이 오가는 장례에서 잘로모만은 꿋꿋하게 자리를 지켰고, 그가 마지막으로 맞이한 조문객이 바로 태어나서 처음으로 마주하는 아버지, 그리그 프롬이었다.

'처음 뵙습니다, 아버지.'

잘로모의 첫인사는 그러했다. 한눈에 자신의 아들임을 알아본 그리그 프롬은 무감한 표정으로 고개를 끄덕였다. 여전히 그에게 어린 아들은 관심의 대상이 아니었다. 그래서 그리그 프롬은 허리춤에도 닿지 못하는 자그마한 아들 대신 유모에게 형식적인 질문을 던졌을 뿐이다.

'아이는 건강합니까?'

'네.'

'올해 몇 살이지요?'

'다섯입니다.'

'탄생성은 무엇입니까?'

'지난달에 검사했을 때는 아직 밝혀지지 않았습니다.'

마녀로 마법사로 각성하는 시기는 사람마다 달랐다. 날 적부터 마력을 운용하는 아이가 있는 반면, 열 살이 되어서야 간신히 마력을 뿜어내는 아이도 있었다. 마력을 온전히 운용할 준비만 된다면 언제고 마법을 부릴 수 있으므로, 언제 각성하는지는 크게 중요하지 않았다. 다만 평균적으로 네댓 살쯤에 각성하는 것이 보통이었다.

'내가 검사하도록 하지요.'

당시 그리그 프롬은 같은 탄생성에서 비롯된 마력의 차이점을 연구하고 있었다. 대개 자식은 부모의 탄생성을 따르는바, 그리그 프롬은 만일 아들이 자신과 같은 영웅의 별 롱기누스의 축복을 받았다면 당장 연구에 이용할 속셈으로 잘로모를 서재로 데려갔다. 탄생성을 감별하는 검사는 그리 복잡하지도 않았다.

그리그 프롬은 잘로모 앞에 성도를 펼치며 말했다.

'아는 기도문을 읊어 보거라.'

잘로모는 순순히 짤막한 갈라트리아 기도문을 읊었다. 각성한 마법사가 기도문을 읊으면 응당 성도의 별이 응답할 터. 하지만 잘로모의 거듭된 기도에도 성도는 고요했다. 변함없이 잠잠한 성도를 물끄러미 지켜보던 그리그 프롬이 혀를 찼다.

'되었다. 다음 달에 다시 오거라.'

잘로모는 묵묵히 고개를 끄덕였다. 그리그 프롬이 미련 없이 서재를 빠져나가려던 찰나, 문득 잘로모가 그를 불러 세웠다.

'저, 아버지. 드릴 말씀이 있어요.'

잘로모가 머뭇거리며 말했다.

'실은 저 마력이 느껴지질 않아요.'
'각성하지 않았으니 당연한 일이다.'
'그게 아니라 내 몸 속에 흐른다는 마력이요. 유모가 심장을 따뜻하게 휘감는 마력을 느껴 보라고 할 때마다 항상 느껴진다고 거짓말을 했어요. 느껴지지 않는다고 하면 유모가 날 굶길 것 같아서요.'

잘로모가 천진하게 고개를 갸웃거렸다. 내내 침묵하던 그리그 프롬이 잘로모를 향해 느릿하게 돌아섰다.

모든 마법사는 별의 축복을 받았다. 별의 축복을 받아 신체에 마력을 지니고 마법을 부리는 이들이 바로 마법사였다. 각성하지 못한 마법사는 그저 제 뜻대로 마력을 운용할 수 없을 뿐, 마력을 지니지 못한 것은 아니었다. 제 몸에서 마력을 느끼지 못하는 마법사는 없었다.

그러니 잘로모 프롬은 별의 축복을 받지 못한 아이였다. 속된 말로 튀기였다.

'내가 졸작을 낳았구나.'

그리그 프롬은 크게 한탄했다. 마법사로서 튀기를 낳는 것은 큰 수치였다. 마법사가 인간과 다른 점은 오로지 별의 축복을 받았다는 점이기에, 별의 축복을 받지 못한 아이는 평소 그리도 하찮게 여기던 인간과 다를 바 없는 존재였다. 인간이 말 못 하는 짐승을 낳으면 끔찍할 것이 빤하듯, 인간을 낳은 마법사도 마찬가지였다.

그때, 어떤 영감이 뇌리를 번개처럼 스쳤다.

만일 튀기가 마법사로 환골탈태한다면?

마법 역사상 누구도 성공하지 못한 마법이며, 누구도 개척하지 못한 연구였다. 성공한다면 누구도 감히 넘보지 못할 경지에 이를 수 있었다. 그리그 프롬은 아주 오래간만에 들끓는 호기심과 지적 욕망으로 거의 제정신이 아니었다.

그는 잘로모를 붙들고 말했다.

'내가 널 마법사로 만들겠다.'

그리그 프롬의 눈이 음산하게 빛났다.

어느덧 열 살이 된 잘로모는 키가 아버지의 허리춤에 닿을 만치 무럭무럭 자랐다. 하지만 그리그 프롬의 연구는 지지부진했다. 매일을 잘로모를 탐구하며 시간을 보냈으나, 잘로모를 마법사로 만드는 길은 요원해 보였다. 연구하는 그리그 프롬이나 연구당하는 잘로모 프롬이나 지치기는 매한가지였다.

'너는 나와 안토니아의 아들이다. 우리의 조상은 모두 마법사인데 너만 마법사가 아닐 리 없어.'

그리그 프롬은 잘로모 역시 〈엄숙한 프롬〉의 자손으로서, 아직 발아하지 않은 마력의 씨앗을 지니고 있으리라 확신했다. 지금 당장은 평범한 인간과 마찬가지로 마법을 부릴 수 없으나, 어쨌건 잘로모는 그와 안토니아의 하나뿐인 아들이었다. 그의 부모도, 안토니아의 부모도, 부모의 부모도 전부 마녀·마법사였는데, 잘로모만 인간일 리 없었다. 거듭된 근친혼으로 짙어질 대로 짙어진 프롬의 핏줄이 여기서 그를 배신할 리 없었다.

그래서 그리그 프롬은 오로지 잘로모에게 내재된 마력의 씨앗을 찾는 데만 골몰했다. 잘로모는 보지도 듣지도 느끼지도 못하는 마력을 식별하도록 명령했고, 매일 잠들기 전마다 성도를 펼쳐 두고 기도문을 암송하도록 했다. 언젠가는 잘로모를 깊이 재우고 몸을 갈라 본 적도 있으나, 그리그 프롬은 그의 부친처럼 신체 연구를 즐기지 않았기에, 특별한 해답을 얻지는 못했다. 잘로모는 잠든 사이에 무슨 일이 벌어졌는지 짐작조차 하지 못했다.

기실 알아챘더라도 싫은 내색은 추호도 보이지 않았을 것이다. 잘로모는 젖 한 번 물려 주지 않은 매정한 어미의 장례식을 내내 지켰을 만큼이나 태생적으로 선한 아이였다. 돌연 자신을 마법사로 만들겠다며 연구를 시작한 아버지도, 혹시나 튀기라는 사실이 들킬까 저어한 아버지가 성에서 유모를 내친 것도 묵묵하게 감내했다.

타고나길 너무도 여려서 차디찬 마법 사회에는 어울리지 않는 아이는 자연스레 고독에 시달렸다. 이제 공허함을 채워 줄 수 있는 사람은 오직 아버지뿐이기에, 잘로모는 아버지의 말이면 응당 순순히 수긍했다.

그러던 어느 날이었다.

'이게 무엇이지?'

잘로모가 그리그 프롬에게 그림 한 장을 내밀었다. 그리그 프롬이 멀뚱히 잘로모를 쳐다보자, 잘로모가 쑥스럽다는 듯 얼굴을 붉혔다.

'아버지예요.'
'날 그렸다고?'
'네.'
'왜지?'
'아버지밖에 그릴 사람이 없어서요.'

잘로모의 그림은 척 보기에도 서툰 감이 역력했다. 코는 지나치게 오뚝했고, 하관은 비뚤비뚤 엉망이었다. 채색 도구를 찾지 못했는지, 머리카락은 새카만 잉크로 뭉개 버리기까지 했다. 아무리 보아도 잘 그린 그림은 아니었으나, 몇 번이고 고치고 덧그린 흔적이 선명했다.

그리그 프롬은 그것이 마음에 들지 않았다.

'인간 같은 짓을 하는구나.'

고사리 같은 손으로 잘하지도 못하는 짓을 연습하는 모습을 상상하자니 속에서 천불이 끓었다. 고작 이런 데 들였을 시간과 노력이 애석했다.

그가 아들에게 바라는 것은 이런 그림 따위가 아니었다. 그는 아들이 만인에게 당당한 마법사가 되길 원했다.

'나는 인간인걸요.'

잘로모가 무구한 표정으로 대답했다. 그리그 프롬은 차게 식은 눈으로 아들을 외면했다.

'내 무슨 죄가 있어 너 같은 자식을 낳았을까.'

연구는 계속되었다.

그리그 프롬은 차츰 초조해지기 시작했다. 그는 더 이상 잘로모가 '지니고 있을지도 모르는' 마법사의 자질을 깨우려기보다는 직접적인 충격을 가하는 쪽으로 연구 방향을 수정했다. 신체에 소량의 마력을 주입하거나, 순수하게 응집된 마력 덩어리를 삼키는 식이었다.

충격적인 만큼 신체에 가해지는 무리도 크기에 그리그 프롬은 신중에 신중을 기했다. 그는 우선적으로 성내를 돌아다니는 쥐를 잡아 잘로모를 대신하여 실험을 해 보았다. 물론 하나같이 죄 실패했다. 미천한 동물과 마법사의 자손인 잘로모는 다를지도 모른다는 생각이 들었다. 아니, 다를 것이었다. 하지만 그리그 프롬은 쉽사리 잘로모의 신체에 손을 댈 수 없었다. 잘로모는 세상에 단 한 명뿐이었다. 만약에 실험이 잘못되어 잘로모의 신체에 손상이라도 간다면 그때는 정말로 돌이킬 수 없었다.

시간은 야속하게 흘러만 갔다.

연구는 여전히 더뎠다. 이젠 그리그 프롬도 잘로모도 연구가 성공하리라는 희망을 차츰 잃어 가고 있었다. 아들을 마법사로 만들고 말겠다는 집념만으로 여기까지 왔으나, 그리그 프롬도 천치는 아니었다. 연구가 성공할지 실패할지는 이미 오래전에 결판이 나 있었다.

'아버지. 내가 마법사가 아니라는 걸 아직 친족들은 모르지요?'

어느 날, 잘로모가 물었다. 친족들은 그저 잘로모가 유난히 허약한 줄로만 알았다. 그리그 프롬이 비복도 없이 성을 굳건히 걸어 잠그고 아들과 단둘이 살아가는 행태를, 그저 마법사라면 흔히 부리는 변덕이라고만 여겼다.

'그럼 만약에 내가 튀기라는 게 알려지면 친족들은 날 죽이려 들겠지요?'
'그렇겠지.'
'나 같은 애는 태어나지 말았어야 했나 봐요. 이렇게 아버지에게 폐나 끼치고.'

잘로모는 그답지 않게 무척이나 시무룩했다. 아주 틀린 말은 아니었기에, 또한 누군가를 달래 본 적 없기에 그리그 프롬은 침묵으로만 일관했다. 살로모도 대답을 바란 눈치는 아니었다.
그리그 프롬은 이제 아들을 연구하지 않았다. 인간을 마법사로 만드는 것은 불가능했다. 오래전부터 알고 있던 진실을 그는 돌고 돌아 비로소 깨달았다. 그는 이제 '성공할 만한' 연구에 몰두했다.
아버지가 갑자기 다른 연구를 시작했음에도 잘로모는 아무것도 묻지 않았다. 찾아오는 손님 없이 단둘뿐인 성은 지나치게 고요했다. 이따금 바깥소식이 전해졌으나, 딱히 위중한 소식은 없었다. 북부는 여전히 전장이었다. 반년마다 승기를 잡는 나라가 바뀌었고, 어제의 왕으로 군림하던 자가 내일 사형대로 끌려가는 일도 빈번했다.

세상이 어떻든 세월은 강물처럼 흘러갔다.

어느덧 잘로모는 성인이 되는 날을 앞두었다. 지금까지 허약한 몸과 미성년의 나이로 숨어 지내던 잘로모도 더는 세간의 이목을 피하지 못할 터였다.

그가 성인이 되는 날, 오래도록 잠겼던 성문이 열리며 〈엄숙한 프롬〉의 이름을 이은 자들이 성내로 밀려들리라. 그리고 마그누스 프롬의 영리한 후손들은 자신의 앞에 선 자가 과연 마법사인지 아니면 인간인지 쉽게 구분할 것이었다. 그들은 천치가 아니었다. 그렇기에 18년간 자신을 속였던 그리그 프롬과 잘로모 프롬에게 몹시 분노할 터였다.

잘로모의 성인식을 앞두고 성을 방문하겠다는 친족들의 편지가 빗발쳤다. 하지만 그리그 프롬과 잘로모는 지극히 평온해 보였다. 그들은 절대로 성인식을 화두에 올리지 않았다. 애당초 대화가 많은 부자는 아니었으므로, 서로 동상이몽을 품은 줄 꿈에도 몰랐을 것이다.

성인식을 며칠 앞둔 날, 그리그 프롬이 아들을 불렀다.

'성인식에서 넌 마법사가 될 것이다.'

잘로모는 몹시 놀란 기색으로 말을 잃었다. 그리그 프롬이 차분하게 말을 이었다.

'그리고 그날 나는 죽을 것이다. 성인식 이후로 나를 찾지 마라.'

'저는 인간입니다. 마법사가 되는 건 불가능해요.'

'세상에는 불가능한 일을 가능케 하는 방법이 있다.'

'아니요. 그래도 불가능은 불가능합니다. 아버지께서도 이미 포기하신 일이지 않습니까?

잘로모가 흔들리는 목소리로 물었다.

'설마 금기를 범하려는 요량이신가요?'
'네게 대답할 의무는 없다.'
'제 일입니다. 어째서 제 의사는 묻지 않으십니까?'
'네 의사를 물어 무엇 하느냐. 너는 여기 머물러도 죽고 나가도 죽는다.'

성에 남아 성인식을 치르자니 친족들의 손에 살해당할 것이고, 그렇다고 성에서 내보내자니 바깥세상이 너무 위험했다. 평생을 성내에서 곱게 자란 잘로모는 세상의 잔인한 풍파를 이기지 못할 것이었다.
평범한 인간에게는 너무도 가혹한 시대. 살아남기 위해선 강해질 수밖에 없었다.

'제가 마법사가 되길 원하시나요?'
'당연하다.

그리그 프롬의 강건한 대답에 잘로모는 고개를 떨구었다. 일생토록 그러했듯 그는 그렇게 아버지의 뜻에 순종했다. 아니, 순종하는 듯 보였다.
성인식의 날이 밝았다.
장장 10년 만에 성문이 열렸다. 멀리서부터 직접 찾아온 이들과 대신으로 보낸 동물이 속속 도착했다. 자신의 안부를 알리는 목소리와, 그간의 연구 성과를 자랑하는 외침이 곳곳에서 빗발쳤다. 모두가 가문의 수장을, 그리고 차기 수장을 기다리고 있었다.

하지만 그리그 프롬은 오늘 등장하지 않을 심산이었다. 그의 죽음으로 완전한 마법사로 거듭난 아들이 그의 뒤를 이을 것이었다. 생에 별다른 미련이 남지 않은 그리그 프롬은 딱히 죽음이 두렵지는 않았다. 도리어 한 번도 발을 들여놓지 못했던 죽음이란 경지가 궁금했다.

그리그 프롬은 서재 가장 깊숙한 곳에서 오래된 책을 꺼내었다. 〈엄숙한 프롬〉의 선조인 마그누스 프롬의 숨겨진 저서로, 세상은 존재를 모르는 이 책은 다름 아닌 금기에 관한 것이었다. 마그누스 프롬은 후손에게 경고하기 위해 책을 저술했다지만, 아마도 수많은 후손이 이 책을 읽고 금기를 범했을 터. 그리그 프롬도 그들의 전철을 밟을 예정이었다.

그리그 프롬이 책을 펼쳤다. 선조가 경고하는 금기는 생경한 이름 한 줄이었다.

'여기 계셨습니까! 지금 연회장에서 큰일이 났습니다!'

별안간 그를 찾는 목소리가 있었다. 그리그 프롬은 의아한 기색으로 연회장으로 향했다. 복도에서 마주치는 시선마다 영 수상쩍었으나, 그런 의구심일랑 곧 깨끗하게 사라지고 말았다.

연회장은 피바다였다.

'웬 인간이 2층에서 투신했습니다. 발을 헛디딘 건지 부러 연회를 망친 것인지는 모르겠으나.'
'한데 얼굴이 당신을 꼭 빼닮았더군요.'

친족들의 날카로운 시선이 그리그 프롬을 향했다. 그리그 프롬은 더 디게 피 웅덩이로 다가갔다. 인간의 피를 기껍지 않게 여겨 모두가 피하는 그곳에 잘로모가 누워 있었다.

누군가 그에게 물었다.

'아는 자입니까?'

그리그 프롬은 말없이 피바다에 무릎을 굽히며 우그러진 잘로모의 머리를 감싸 안았다. 대답은 뒤늦었다.

'내 아들입니다.'

친족들은 크게 분개했다. 감히 인간이 가문의 수장이 되려던 것도, 감히 인간을 가문의 수장으로 세우려던 것도 전부 기만이었다. 역사상 〈엄숙한 프롬〉에 이만한 수치가 없었다. 이까짓 사기극으로 가문 전체를 속이려 했다는 것에 모두가 실망감을 표했다. 만인이 칭송하던 천재 마법사, 그리그 프롬은 삽시간에 나락으로 떨어졌다.

그리그 프롬은 수장 자리를 박탈당하고 성에 갇혔다. 세상에는 그가 미쳤다는 흉흉한 소문이 돌았으나, 바깥세상은 이미 그에겐 아무런 의미도 없었다. 성에 감금된 것도 마찬가지였다. 그는 그저 아들을 살리고 싶었다.

다행히도 잘로모는 완전히 죽지는 않았다. 하지만 눈을 뜨지는 못했다. 마법이 없으면 제대로 숨조차 쉬지 못해서 그리그 프롬은 아들의 곁을 떠나지 못했다.

또다시 세월은 무상하게 흘러갔다.

이제 그리그 프롬은 백발노인이 되었다. 마법사보다 적게 사는 인간

인 잘로모도 겉보기로는 아버지와 크게 다르지 않았다. 부자는 죽을 날
만을 앞두고 있었다.

그리그 프롬은 마지막으로 한 번만 더 금기를 범하기로 했다. 그는 잘
로모를 살리기 위해 수없이 금해진 이름을 불렀으나, 마법으로 억지로
생을 이어 가는 잘로모는 금기로도 살려 낼 수 없었다. 하지만 이제 와
그리그 프롬이 매달릴 수 있는 것도 금기뿐이었다.

'아들을 살려 주시오.'

[예전에도 말했듯이 불가능하다.]

'당신이 원하는 것이면 무엇이든 하겠습니다.'

[네가 무얼 지불하든 불가능하다.]

'불가능을 가능케 하는 것이 바로 금기가 아닙니까.'

[내가 할 수 있는 것은 불가능이 아니다. 불가능은 진정으로 불가능한
것이다.]

절망에 빠진 그리그 프롬은 동화를 쓰기 시작했다. 남은 마력을 깡그리 모
아 소세계를 창조하고, 거기에 어린 아들과 젊은 자신을 심었다. 그리고 부모
에게서 전해 받은 귀한 보물을 넣어 후세의 마녀·마법사들을 꾀기로 했다.

동화의 맥락을 이해하지 못하는 자와, 자신의 심정을 이해하지 못하
는 자와, 마법사로 태어나지 아니한 아들을 죽음으로 몰아간 친족처럼
차디찬 이를 벌하기로 했다. 오직 아들을 살려 주는 따사로운 이에게만
살 길을 열어 주기로 했다.

그것만이 그리그 프롬이 세상에 남기는 처절한 복수요, 단죄의 칼날
이었다.

'아들아. 너는 왜 죽어야 했을까.'

그리그 프롬은 마지막 숨을 내쉬며, 일생토록 풀지 못한 난제를 속삭였다.

'그때 내가 어찌했어야 네가 죽지 않았을까.'

자신의 마법으로 숨을 연명하는 아들을 앞에 두고 그리그 프롬은 긴 생을 마감했다. 죽음과 함께 아버지의 마법이 거두어지며, 아들은 영영 눈을 뜨지 못했다.

가지런하던 촛불이 크게 일렁였다.

디아나는 조심스럽게 그리그 프롬의 표정을 살폈다. 수백 년이 지난 과거를 되짚는 것이 자못 힘겨웠을까. 그리그 프롬은 이야기를 끝마치고도 한참을 침묵했다. 텅 비어 버린 듯하면서도 온갖 감정이 휘몰아치는 검은 눈이 뒤늦게 바로 뜨였다.

"……내가 죽은 지 얼마나 되었습니까?"

"500년이요."

"아직도 세상은 나를 미친 마법사로 기억합니까?"

디아나는 머뭇거리며 입을 다물었다. 침묵에서 답을 찾은 그리그 프롬이 가늘게 미소 지었다.

"일전에 나를 찾아온 동화 사냥꾼의 말을 듣자 하니, 어처구니없이 말도 안 되는 소리를 내게 빗댄다고 하더군요. 그리그 프롬이 되살아날 소리라고."

"그건 관용구일 뿐이에요. 당신이 불사를 연구했다는 소문이 있어서……."

"잘로모를 살려 달라 금기를 범한 것이 그렇게 와전된 것이겠지요. 압니다. 당신을 탓하는 것도 아니고요."

그리그 프롬이 씁쓸하게 말했다.

"다만 가끔은 의문스럽습니다. 내가, 내 아들이 무얼 그리 잘못했기에 비극을 맞이했으며, 죽어서도 그런 오명을 써야 했는지 말입니다."

그리그 프롬.

프롬이 배출한 최고의 역작이자, 마법 역사에 길이 남을 천재적인 마법사. 그럼에도 그리그 프롬에 대해 남겨진 일화는 거의 없었다. 그조차 미친 말년에 집중되었으므로, 사람들이 그리그 프롬을 외경하는 동시에 업신여기는 것도 무리는 아니었다.

실상 그는 미치지 않았음에도.

"당신은 알려 줄 수 있습니까? 그때 내가 어찌했어야 잘로모가 죽지 않았을까요?"

깊디깊은 회한이 묻어나는 목소리였다. 죽는 순간까지 놓지 못한 후회의 자락은 죽어서도 이어져서 이렇듯 500년을 건너왔다. 간간이 그를 찾아오는 손님은 대부분 어긋난 선택을 하셨으므로, 홀로 고독히 지내며 자문할 수밖에 없었다. 그럼에도 답을 찾지 못했다.

"그건 진즉에 지나간 과거잖아요. 설령 내가 대답하더라도 그 답이 맞는지는 아무도 모르는 일이에요. 당신의 아들은 이미……."

죽었으니까.

그 말에 동의하듯 그리그 프롬이 선선하게 고개를 끄덕였다.

"압니다. 나와 잘로모는 500년 전에 죽었으니, 이 모두 부질없는 짓이지요. 하지만 그럼에도 알고 싶습니다. 혹시나 잘로모를 살릴 수 있는 방법이 없었을까. 혹시나 내가 생각지 못한 방법은 없었을까…… 혹시나 당신은 말해 줄 수도 있지 않습니까, 나는 알지 못하는 방법을."

마치 타이르듯 다정한 목소리였다. 하지만 디아나는 쉽사리 말문을 열지 못했다. 대답 여하에 따라 현실 세계로 돌아가지 못할 수도 있기 때문이었다.

끈질기게 답을 기다리던 그리그 프롬이 야트막한 한숨을 내뱉었다.

"나도 정답을 모르는 질문입니다. 나는 그저 당신의…… 그러고 보니 이름이 무엇이지요?"

"디아나요. 디아나 솔."

"그래요, 디아나 양. 나는 그저 디아나 양의 생각이 궁금할 뿐입니다. 혹여 잘못된 대답을 할까 저어되는 것이라면 내 말을 바꾸겠습니다. 당신이 어떤 대답을 들려주든 본래의 세상으로 돌려보내 줄게요. 어차피 당신은 잘로모를 살림으로써 올바른 선택을 했으니."

그리그 프롬이 단언했다. 그에 조금이나마 용기를 얻은 디아나가 가까스로 입을 열었다.

"나는……"

망설이는 음성이 적막한 사위를 꿰뚫었다.

"나는 당신이 어찌했든 아들을 살리지 못했을 거라고 생각해요."

디아나는 슬쩍 마법사의 눈치를 보았다. 그는 변함없이 무표정한 얼굴이었다.

"예를 들어 볼까요? 잘로모의 성인식을 며칠 앞둔 당신에게 남은 선택의 가짓수는 얼마 없었어요. 금기를 범해서라도 아들을 마법사로 만들든지, 값비싼 패물을 챙겨 먼 곳으로 보내든지, 아니면 친족들에게 사실대로 말하면서 용서를 구하든지. 물론 마지막 선택은 할 수 없었겠죠. 아무리 진실하게 토로해도 20년 가까이 가문을 속였던 당신에 대한 분노가 사라지는 건 아니니까요."

디아나는 혀를 내어 메마른 입술을 쓸었다. 어쩐지 목이 말랐다.

"두 번째 선택도 할 수 없었어요. 바깥세상은 평범한 인간에겐 너무나 위험했으니까요. 성내에서 곱게만 자란 잘로모를 바깥으로 내보내는 건, 토끼를 육식 동물의 우리로 내모는 것과 마찬가지였겠죠. 그러니 당신이 할 수 있는 선택은 오직 첫 번째뿐이었어요. 당신만 대가를 치르면 잘로모와 친족들 모두 만족스럽게 살 수 있었을 테니까요."

"하지만 잘로모는 내 선택에 불복했습니다."

"나는 잘로모 프롬이 아니기 때문에 왜 그런 선택을 했는지 잘은 모르겠어요. 자신의 부족함으로 당신이 죽는 게 싫었을 수도 있고, 마법사가 아닌 평범한 인간 잘로모를 인정하지 않으려는 당신이 싫었을 수도 있죠. 하지만 이건 어디까지나 내 짐작일 뿐이에요. 잘로모에게 직접 물어보지 않는 이상 영영 알 수 없을 거예요."

가만히 그녀의 말을 듣던 그리그 프롬이 무감하게 말했다.

"당신은 내가 잘로모를 살릴 수 없었다고 말하는 거로군요."

"아뇨. 그게 그러니까……."

디아나가 당혹스러운 기색으로 손을 내저었다.

"물론 그렇지만, 내가 정말로 하고 싶은 말은 그게 아니에요."

그리그 프롬이 어서 말해 보라는 듯 턱짓했다. 디아나는 파들거리는 눈을 꼭 감으며 입을 열었다.

"당신이 잘로모를 죽인 게 아녜요. 시대가 잘로모를 죽인 거죠."

전란의 시대에 인간으로 태어난 아들을 품고 산 아버지에게 죄는 없다. 어린 아들을 지키고자 가문을 속인 아버지에게 무슨 죄가 있을까.

아들은 아버지의 잘못으로 죽지 않았다.

그저, 그런 시대였을 뿐이다.

"동화 속에서 잘로모와 만난 적은 있나요? 이렇게 기절한 잘로모가 아니라, 멀쩡한 잘로모와 얘기라도 나눠 본 적은 있어요?"

그리그 프롬은 대답이 없었다. 디아나는 치맛자락을 부여잡으며 떨리는 목소리로 말을 이었다.

"늪지의 마법사가 당신이란 걸 알고부터 내내 궁금했어요. 당신은 어째서 늪지의 마법사가 되었을까. 당신은 어째서 늪지의 마법사를 악당으로 만들었을까. 당신은 어째서 동화 속 악당이 되었을까. 그런데 문득 이런 생각이 들더라고요. 혹 당신이 스스로를 용서하지 못하는 게 아닌가. 당신이 아들을 죽였다고 여기죠? 그래서 내가 어떻게 했으면 잘로모가 죽지 않았을까, 이렇게 죽어서까지 고민하는 거잖아요. 실은, 그게 아닌데."

디아나의 말이 끝나기 무섭게 그리그 프롬은 세차게 고개를 흔들었다. 온몸으로 부인하는 몸짓에서 처절한 속죄가 뚝뚝 떨어져 내렸다.

"아닙니다. 아니에요. 내가 잘로모를 죽인 겁니다. 내가 부족해서 잘로모가 죽었어요."

"아뇨. 그게 아녜요. 설령 잘로모를 살릴 수 있는 방책이 있었다 한들, 잘로모가 죽은 건 당신의 잘못이 아니에요. 그게 어떻게 당신 잘못이에요?"

"어찌 그리 단정합니까! 나는 분명 잘로모를 살릴 수 있었습니다. 그럼에도 살리지 못했어요. 내가 천수를 누리는 동안 내 아들은 긴긴 세월 깨어나질 못했는데, 그게 어찌 내 잘못이 아닙니까!"

"악마가 그랬다면서요! 불가능은 진정으로 불가능한 것이라고!"

디아나가 울며 외쳤다.

"애당초 불가능한 일이었어요. 당신은 아들을 위해 가문을 배반했고,

수없이 목숨을 내놓기까지 했어요. 그런데 무얼 더 어떻게 하나요? 달리 생각해 보면, 당신의 선택에 불복하고 자살을 시도한 잘로모의 잘못이잖아요. 잘로모는 도대체 왜 그랬을까요? 당신만 죽으면 모두가 행복해질 수 있었는데. 어쩌면 아버지를 너무 사랑한 나머지 그랬는지도 모르죠. 그럼 잘로모가 죽은 이유는 아버지를 너무 사랑했기 때문인가요? 그게 말이나 돼요?"

디아나는 흐느끼면서도 아주 간곡히 속삭였다.

"벌써 500년이 지났어요. 이제 그만 자신을 용서해 줄 때잖아요."

서러운 울음소리만 가득했다. 디아나는 이유도 모르고 펑펑 울었다. 고작 500년 전 밀담에 속이 들끓고, 가슴이 저몄다. 어쩌면 그리그 프롬이 눈물 한 점 보이지 않았기 때문인지도 몰랐다. 몹시 애달픈 표정을 하고서도 눈물 한 방울 흘리지 못하는 삭막한 눈이 도리어 그녀를 슬프게 했다.

흐느낌이 잦아들 즈음, 그리그 프롬이 무겁게 말문을 열었다.

"지금까지 많은 이들이 동화를 찾아왔지만, 그중에서 아주 적은 수만이 올바른 결말을 맞혔습니다. 그들만이 내 생애를 들을 수 있었지요. 나름대로 자신이 생각하는 답을 주긴 했으나, 썩 마음에 차진 않았습니다. 그래도 본래의 세계로 돌려보내 주긴 했습니다. 원래부터 동화를 빠져나갈 수 있는 방법은 동화의 올바른 결말을 내는 것이었으니까요."

"……."

"하지만 이렇게 우는 사람은 당신이 처음이군요."

그리그 프롬이 희미한 미소를 띠며 일어섰다. 그는 훌쩍이는 디아나에게 일어나라는 듯 손짓했다.

"이만 돌아가야지 않겠습니까."

그리그 프롬은 손가락으로 세드릭과 루퍼트를 가리켰다. 디아나는 뺨에 흥건한 눈물 자국을 소매로 닦아 내며 영문도 모르고 그쪽으로 향했다. 남몰래 울었는지 코끝이 조금 붉어진 루퍼트가 주춤거리며 일어났다.

"이건 선물입니다."

몇 걸음 뒤에서 디아나를 따라온 그리그 프롬이 수수한 목걸이를 건넸다. 얼결에 목걸이를 받아 든 디아나가 아리송한 표정을 지었다.

"이게 뭔가요?"

"프롬 가문의 가보입니다. 잊힌 가보라는 것이 맞겠군요."

"네?"

디아나는 경악한 나머지 목걸이를 떨어트릴 뻔했다. 〈엄숙한 프롬〉의 가보라면 동화에 숨겨진 보물이 틀림없다. 덥석 받기엔 너무 무거운 물건이었다.

안절부절못하던 디아나가 펜던트를 도로 내밀었다.

"이걸 내가 어떻게 가져요."

"괜찮습니다. 내가 원하는 사람에게 주는 것이 잘못이던가요?"

"하지만……."

그리그 프롬은 디아나의 손에 억지로 펜던트를 쥐여 주었다.

"당신의 대답이 정답인지는 나도 모릅니다. 일찍이 말했듯 정답이 있는 질문은 아니었으니까요. 하지만 나도 많이 지쳤나 봅니다. 당신의 말이 정답이었으면 하는군요."

수백 년 묵은 마법사가 지친 눈으로 그녀를 보았다.

"이만 쉬고 싶습니다. 부디 받아 주십시오."

간절한 부탁에 디아나는 결국 고개를 끄덕이고 말았다. 비로소 안심한 듯 그리그 프롬이 평온한 얼굴로 고했다.

"마그누스 프롬의 기원이 당신을 지켜 줄 겁니다."

마치 주문처럼 바닥에 희미한 원형의 마법진이 나타났다. 디아나가 경악하여 물었다.

"자, 잠시만요! 보물이 없는 동화는 어찌 되나요?"

"글쎄요. 아직 경험해 보지 못했으나, 보물을 잃은 금고는 응당 가치를 잃겠지요."

"네? 그럼 설마……."

마법진에서 뿜어 나오는 빛이 차츰차츰 강해졌다. 다급해진 디아나가 재차 펜던트를 내밀었지만, 그리그 프롬은 담담히 고개를 내저을 뿐이었다.

"모든 동화에는 끝이 있는 법입니다. 이제 그만 결말을 맺어야지요."

디아나는 당혹스러운 나머지 울상으로 발만 동동 굴렀다. 두 사람이 옥신각신하는 와중에도 마법진은 빠르게 완성되어 갔다. 500년 전 북부에서 통용되던 고어와 사어가 춤추듯 허공으로 떠오르고, 프롬을 상징하는 검은 엘크가 이윽고 낯을 드러냈다. 이제는 정말로 시간이 얼마 남지 않았다.

그예 단념한 디아나가 마지막 인사를 남겼다.

"그리그 프롬. 당신은 충분히 멋진 아버지예요."

그리그 프롬이 웃으며 화답했다.

"디아나 솔. 별의 축복이 늘 당신과 함께하기를."

마법으로 되살아난 고대의 검은 엘크가 파도처럼 세 사람을 덮쳤다. 뒤이어 눈부신 광명이 찾아들었다.

주변이 무진장 시끄러웠다. 간신히 눈을 뜬 디아나의 시야에 익숙하되, 익숙하지 않은 전경이 들어왔다.

"관장님! 여기, 여기! 돌아왔습니다!"

누군가는 몹시 소란을 떨었고.

"이봐요, 루퍼트 씨! 정신 차려요!"

누군가는 기절한 루퍼트 윌시의 뺨을 가차 없이 올려붙였으며.

"에드윈 경! 세드릭 경이 당최 정신을 차리지 못합니다!"

또 다른 누군가는……

황급히 세드릭에게 다가오는 남자를 멍하니 바라보던 디아나가 퍼뜩 정신을 차렸다. 저 보기 드물게 매끄러운 낯짝은 세드릭의 아버지가 분명했다. 비록 지금까지 대면한 적은 없으나, 저토록 아들과 소름 끼치게 닮았으니 알아보지 못할 리 없었다.

세드릭의 부친, 에드윈 베가는 얼마간 심각한 표정을 짓더니 이내 아들을 안아 들었다. 디아나가 붙잡을 틈도 없었다. 멀어지는 부자의 뒷모습을 우두커니 지켜보던 디아나는 뒤늦게 납득했다. 잘은 몰라도 매달 아들에게 편지며 선물을 한 아름씩 보내던 아버지니, 다친 세드릭은 어련히 잘 알아서 보살필 것이다. 언제나 아버지를 그리워하던 세드릭에게도 그 편이 좋을 테고.

"저기, 디아나 솔 양? 맞으신가요?"

불현듯 들리는 목소리에 디아나가 화들짝 고개를 들어 올렸다. 안경을 쓴 낯선 사서가 그녀를 뚫어지게 쳐다보고 있었다.

"디아나 솔 양. 맞습니까?"

"네? 네. 맞아요."

"어디 불편한 곳이라도 있나요? 다친 곳은요?"

"아뇨. 없어요."

"다행이군요. 그럼 지금 제정신인 사람이 디아나 양뿐이니, 위층으로 올라가서 관장님께 상황을 설명해 주셔야겠어요. 디아나 양에게 피해가 가는 일은 없을 겁니다."

"네에……"

디아나는 멍하니 고개를 끄덕였다. 사서는 더 이상 용건이 없는지 바삐 책장 사이로 사라졌다. 어느새 휑한 주변을 둘러보던 디아나는 불현듯 그런 생각을 했다.

언니가 몹시 보고 싶다고.

세상이 무너지고 있었다.

그리그 프롬은 끄트머리부터 침몰하는 세상을 잠시 지켜보다가 침대 맡으로 돌아왔다. 동화는 보물을 지키는 미로 겸 금고이므로, 보물을 잃은 동화가 앞으로도 유지될 리 없었다. 동화는 본분을 다했다. 그리그 프롬은 담담하게 동화의 마지막을 수긍했다.

기실 500년을 버텨 온 것치고는 별다르지 않은 결말이었다. 동화를 쓰기로 마음먹었을 때만 하더라도, 결말에 이르면 누구나 납득할 만한 정답을 알아 가리라 믿었건만. 실상은 아직도 질문의 답을 찾지 못했으며, 아마도 영원토록 답을 알지 못할 것이다.

하지만 그리그 프롬은 평온했다. 그는 정답 대신 다른 것을 얻었다. 한낱 질문의 답보다 훨씬 귀하고 소중한 것.

그는 슬며시 아들의 손을 쥐었다. 이렇게 손을 잡는 것도 무려 500년 만이었다.

"누구세요?"

이윽고 잘로모가 가늘게 눈을 떴다. 아직도 잠에 겨운 듯 몽롱한 표정으로 고개를 갸웃거리는 몸짓이 기억과 한 점 다르지 않았다.

그리그 프롬은 잔잔하게 미소 지었다.

"나는……."

6. 언니도 아시다시피

세드릭은 홀로 설원에 서 있었다.

밤중에야 겨우 그친 눈이 모든 티끌과 잡념을 새하얗게 덮어 버린 새벽녘. 온 세상 사람들 전부 잠든 것처럼 고요하기 이를 데 없으나, 눈밭에는 벌써 누군가 지나간 자국이 선명하게 남아 있었다. 길고 길게 이어지는 발자국. 세드릭은 벌게진 눈으로 발자국을 노려보았지만, 그렇다고 떠나간 이가 돌아오는 것은 아니었다.

세드릭은 더디게 고개 들어 탁 트인 설원의 전경을 바라보았다. 지평선까지 평탄하게 이어지는 설원에는 진실로 아무것도 없었다. 그저 떠나간 이가 눈밭에 남긴 흔적과, 그가 돌아오길 오매불망 기다리는 어린아이뿐.

다시 몰려든 먹구름이 눈을 흩뿌리고, 한겨울 칼바람이 귓가를 벨 듯이 지나갔다. 드러난 살갗이 아프게 달아올랐으나, 세드릭은 미동도 하

지 않았다. 그는 인정하기 싫었다. 인정할 수 없었다. 설원에 찍힌 발자
국처럼 그도 버려졌다는 사실을 도무지 인정할 수 없었다.

늘 그렇듯 다시 돌아올 것이다.

조금만 더 참으면 언제 떠났냐는 듯 당연하게 돌아올 것이다.

세드릭은 믿어 의심치 않았다. 그래서 하염없이 기다렸다. 어느덧 새
벽이 끝나고 밤이 되돌아오는데도, 눈이 폭풍처럼 휘몰아치는데도, 얼어
붙은 손발에 더는 아무런 감각이 없는데도. 그는 여전히 홀로였고, 떠나
간 이는 아직도 돌아오지 않았다. 이제 해 뜨지 않는 눈밭에는 새카만 어
둠뿐이었으나, 그럼에도 포기하지 않았다.

이 어둠이 가실 때는 돌아와 주길.

추위를 몰아낼 따뜻한 봄을 이끌고 돌아와 주길.

세드릭은 그리 간절한 심정으로 눈을 떴다. 암막이 사라지고 어물어
물한 시야가 비로소 선명해질 즈음, 눈물 한 줄기가 가늘게 흘러내렸다.
그토록 바라던 이가 눈앞에 있었다. 저도 모르게 손이 올라가며 흐느끼
듯 속삭이는 소리가 뒤이었다.

"아버지……."

디아나는 복잡한 표정으로 눈앞의 병실을 보았다.

들어갈까, 말까.

여기까지 와서 돌아가는 것도 웃기지만, 막상 들어가자니 어째 내키
지가 않았다. 편지에 대놓고 어느 병원, 어느 병실에 입원 중이라고 써
놓은 걸 보면 분명 병문안을 바란 것이겠으나, 살면서 누군가의 병문안
을 다녀온 적 없는 디아나는 문 앞에서 자꾸 망설이기만 했다.

도서관에서 그 사달이 일어난 지도 벌써 사흘이 지났다. 만약 경찰이 사건을 맡았다면 진즉 공문이 도착했을 시간이지만, 지금까지 디아나는 조사가 어떻게 이루어지고 있는지 전혀 들은 바가 없었다. 당일 관장에게 사건의 개요를 상세하게 설명한 뒤로 감감무소식이었다. 천년장미관에서 경찰에 사건을 넘겼는지 어쨌는지조차 알지 못했다.

　그러므로 이건 병문안이 아니라 정보 탐색전이다. 대관절 상황이 어떻게 흘러가는지 파악해야 나중에 뒤탈이 없지 않겠는가.

　디아나는 그리 생각하며 병실 문을 노크했다.

　그런데.

　"디아나 씨? 여기엔 무슨 일로 오셨어요?"

　팔자 좋게 침대에 늘어진 루퍼트가 무척이나 의아한 표정으로 물었다. 기세등등하게 병실로 들어오던 디아나는 당혹스러울 수밖에 없었다.

　"편지 보냈잖아요."

　"아, 그거요. 사실 온종일 병실에만 누워서 지내려니 좀이 슬 것 같아서, 조금이라도 안면 있는 사람들에게 전부 편지를 쓰고 있었어요. 여기 보세요. 지금은 패트리샤 씨의 사촌한테 편지를 쓰고 있는데……."

　디아나는 얼빠진 표정으로 멍하니 그의 말을 흘려들었다. 패트리샤 씨가 도대체 누구고, 그 사촌을 언제 어디서 만났는지 하나도 궁금하지 않았으나, 오래간만에 지인을 만나 신이 난 루퍼트의 입은 도통 멈추질 않았다.

　"……래서 칠촌 숙부께도 편지를 보냈는데, 이런 답장이 왔지 뭡니까? 바로 오늘 아침에 온 답장이에요. 실은 지금까지 한 번도 만난 적 없는 사이인데 답장이 와서 너무 신기했어요. 사흘 동안 밤낮으로 편지만 썼지만 답장은 이게 처음이었거든요. 물론 디아나 씨는 이렇게 직접 병문안을 와 주셨지만요! 이렇게나 감사할 수가!"

"병문안 아닌데요. 그저 물어볼 게 있어서 왔다고요."

"그래요? 궁금한 게 있으면 뭐든 물어보세요."

루퍼트는 몹시 감격한 얼굴로 양손을 맞잡았다. 절대로 병문안이 아니라는 외침은 귓등으로도 듣지 않는 것이 분명했다. 결국 먼저 포기한 것은 디아나였다.

"그, 동화 사건 있잖아요. 도서관에서 어떻게 처리했는지 궁금해서요. 천년장미관에 물어보기엔 어쩐지 좀 꺼려져서……."

그날 만났던 천년장미관의 관장은 지극히 사무적이고 냉담한 인물이었다. 굳이 캐묻는다면 관장보다는 조금이나마 안면이 있고, 마법사답지 않게 수더분한 루퍼트가 낫다는 판단이었다.

"제가 알기로는 관장님께서 그냥 사건을 덮으셨을 거예요. 헤센 그윈티르야 워낙에 저명한 수배범이니 발푸르기스 평의회에 소식을 전했겠지만, 관장님이 워낙 도서관에 경찰을 들이는 걸 안 좋아하시거든요. 예전에 천년장미관에서 살인 사건이 벌어져서 경찰이 떼거지로 입관한 적이 있는데, 그때 경찰들이 사건 수사한답시고 귀중한 책 몇 권을 못 쓰게 만들었다나 뭐라나. 관장님이 잔뜩 뿔나신 게 당연하죠."

디아나는 꺼림칙한 표정으로 수긍했다. 지난 늦봄, 기차 테러에 휘말리며 경찰에게 시달릴 대로 시달렸기에, 되도록 앞으로는 경찰과 엮이지 않길 바랐다. 이쯤에서 사건이 덮인다면 그녀에게도 좋은 일이었다.

"기척 없이 불쑥불쑥 나타나는 것만 빼면 관장님도 참 좋은 분이세요. 괜한 사건으로 고생했다며 이렇게 병원 특실에 며칠씩이나 머물게 해 주시잖아요. 병원에서 놀고먹는 동안 월급은 착실하게 나오니 여기가 바로 천국 아니겠어요?"

"어쩐지. 루퍼트 씨가 입원했다는 소식에 좀 놀랐는데. 이거 완전 꾀병이잖아요?"

디아나가 끌끌 혀를 찼다. 아무리 그래도 마법사는 대개 보금자리를 떠나지 않는 법인데, 단지 유급휴가라는 이유로 병실을 좋아하는 루퍼트의 모습이 다소 괴이했다. 당장 디아나만 하더라도 광인 니올로에게 입은 상처를 치료하느라 입원했을 적, 매일 밤 탈출하는 꿈을 꿀 정도로 병실이 지긋지긋했었다.

"디아나 씨는 직장인의 설움을 이해하지 못합니다. 매일매일 출근하는 게 얼마나 괴로운지……. 참, 그런데 세드릭 경은 무사하죠?"

"빨리도 물어보네요."

디아나는 불과 몇 시간 전 받은 편지를 떠올리며 어색한 표정을 지었다.

"뭐, 나름대로 잘 지내고 있는 모양이에요."

아버지가 어련히 잘 돌보겠느냐만, 아버지의 품에 안겨 사라지던 세드릭의 마지막 모습이 계속 눈에 밟힌 나머지 디아나는 며칠 전 뒤숭숭한 심정으로 편지를 부쳤다. 그런데 오늘 아침, 세드릭은 잘 있다는 낯선 필체의 답장이 도착했다. 유려하게 답장을 마무리하는 서명의 주인은 다름 아닌 에드윈 베가였다.

자연스레 오만 가지 상상이 떠올랐다. 정말로 괜찮은 걸까. 혹시 편지를 쓸 여력조차 없는 걸까. 그리그 프롬이 대강이나마 치료했어도 세드릭의 부상은 부정할 여지없는 중상이었다. 게다가 총상을 입은 채로 하루가 지나도록 방치되기까지 했다. 아무리 마법사가 쉬이 죽지 못한다지만, 그만한 상처가 고작 며칠 만에 거뜬히 나을 리는 없었다.

'하지만 편지에는 잘 있다니까…….'

디아나는 은연중에 길어지는 걱정을 애써 잘라 냈다. 모르긴 몰라도, 에드윈 베가 경이 아픈 아들을 대충 돌보지는 않을 것이다. 지금까지 어깨너머로 보아 왔던 부자간의 애정을 믿었다.

"어쨌든 아프지 않다니 다행이에요. 언제 퇴원해요?"

"모레쯤에요. 복귀하면 제일 먼저 『잘로모와 늪지의 마법사』에 대해 보고서를 써서 제출해야 돼요. 워낙에 귀한 책이라 기록이라도 남겨야 하거든요."

루퍼트가 아무도 없는 주변을 살피며 속삭였다.

"디아나 씨가 받은 보물은 비밀로 할게요. 걱정하지 마세요."

"네?"

"보물을 잃었으니 지금쯤 『잘로모와 늪지의 마법사』도 마법을 잃고 평범한 책으로 돌아갔겠지만, 워낙에 오래된 동화라서 도서관 측에서도 괜히 의심하진 않을 거예요. 애당초 마력으로 만들어진 소세계가 500년 넘게 유지되었다는 자체가 굉장히 대단한 일이거든요."

디아나는 안도의 한숨을 내쉬었다. 루퍼트가 배시시 웃으며 말했다.

"참, 그때 디아나 씨 정말 대단했어요. 그간 내로라하는 동화 사냥꾼도 맞히지 못했던 문제를 맞힌 거잖아요! 역시 귀한 혈통은 어디 가지 않네요."

순수하게 감탄하는 목소리였다. 태어나서 저렇게 우러르는 눈빛을 받아 본 적 없는 디아나는 공연히 머리카락을 만지작거리며 시선을 피했다.

"아녜요. 대단하긴 무슨."

"충분히 대단하죠! 무려 500년이잖아요. 500년 동안 난제였던 문제를 맞혔는데, 그게 대단하지 않으면 뭐가 대단한 건가요?"

"자꾸 그렇게 띄우지 말아요. 정말 대단한 일이 아니니까."

디아나가 담담하게 대꾸했다.

"며칠 동안 생각해 봤어요. 헤센 그윈티르와 다른 동화 사냥꾼들은 맞히지 못했던 문제를 나는 어떻게 맞혔을까. 결론은 내가 대단하지 않기 때문이에요."

"네? 말도 안 됩니다!"

"들어 봐요. 『잘로모와 늪지의 마법사』에선 강력한 마법이 필요하지 않았잖아요. 그리그 프롬이 바라던 동화의 올바른 결말은 잘로모를 포함하여 아무도 죽지 않는 것이었고, 그의 마지막 질문은 딱히 정해진 정답이 없었어요. 처음부터 강한 마법사에게 유리한 게임이 아니었다는 거예요."

다른 동화에는 흔한 괴물 문지기나, 끝없이 이어지는 미로도 『잘로모와 늪지의 마법사』에는 없었다. 단출하다 못해 초라하게 느껴지는 동화 속 세상은 지극히 평화로웠다. 마치 그리그 프롬이 바라던 현실적인 이상향처럼.

"그리그 프롬은 아들을 받아들이지 않는 마법 사회에 상처받아 동화를 썼다고 했어요. 아들을 살리는 자에게만 살길을 열어 주고, 울지 못하는 자신을 대신하여 울어 주는 내게만 보물을 주었죠. 그러니 어쩌면 그리그 프롬은 그저 공감해 주는 사람을 바랐는지도 몰라요. 평범한 인간인 아들을 거리낌 없이 받아들이고, 아들을 지키기 위해 가문을 배반한 당신을 이해하는 사람. 잘난 가문에서 부족함 없이 자라나, 강한 마법으로 군림하던 동화 사냥꾼들은 그를 이해하지 못했겠죠. 내가 평범해서 가능했던 거예요. 평범한 마녀라 잘로모를 이해했고, 누구보다 사랑하는 가족이 있어서 그리그 프롬을 이해할 수 있었죠. 내가 대단해서가 아니라."

문득 디아나가 루퍼트를 보았다.

"어쩌면 루퍼트 씨도 가능했을지 몰라요."

"내가요?"

"루퍼트 씨도 그때 울었잖아요. 눈물만 닦으면 모를 줄 알았어요?"

"그, 그게."

예상치 못하게 정곡을 찔린 루퍼트가 당황하여 어쩔 줄을 몰랐다. 디아나는 손으로 입가를 가리며 키득거렸다. 그러다가 시계를 확인하고는 서둘러 일어났다.

"이만 가 볼게요. 언니랑 만나기로 약속했거든요."

"그럼 가 보셔야죠. 언니가……. 언니라면 설마!"

루퍼트가 갑자기 소리를 높였다. 디아나가 눈을 둥그렇게 뜨자, 도리어 황망해진 루퍼트가 양손을 마구 내저었다.

"아, 아니요! 아무것도 아닙니다! 잘 살펴 가세요!"

몹시 수상한 언동이지만, 디아나는 딱히 캐물을 마음이 없었다. 그리하여 가벼운 발걸음으로 문턱을 넘어 복도를 가로지르던 무렵, 갑자기 뇌리를 스치는 생각에 무시무시한 눈으로 병실을 돌아보았다.

에이, 설마. 아니겠지.

디아나는 어처구니없다는 듯 웃으며 돌아섰다. 아무래도 올리버 펜리 때문에 괜한 경계심이 든 모양이었다. 아무렴, 마녀가 되어서 그런 말도 안 되는 상상이나 하다니.

디아나는 기지개를 펴며 한가롭게 걸음을 옮겼다. 걸음걸이는 그다지 빠르지 않았으나, 부푼 마음은 이미 저 멀리를 내달리고 있었다.

오늘은 언니가 돌아오는 날이었다.

'펜리 씨랑 무슨 사이야?'

'그 사람이 또 언니를 힘들게 할지 어떻게 알아.'

'언니가 다른 사람한테 매달리는 것도 싫고 언니가 상처받는 것도 싫

어, 언니가 왜 그래야 돼? 어차피 언니의 곁에는…….'

디아나는 땅이 꺼질 듯이 한숨을 내쉬었다. 며칠 전, 도서관에서 예상
치 못한 사건에 휘말린 뒤로 생각의 저편으로 미뤄 놓았던 고민거리가
다시금 자라나고 있었다. 이제 와 생각을 정리하기엔 무리지만, 그렇다
고 아무런 준비 없이 언니와 재회할 수도 없었다. 디아나는 당장 몇 분
뒤 언니를 만나 무슨 말을 건네야 할지조차 몰랐다.

하릴없이 머리카락이나 쥐어뜯던 디아나가 힘없이 식탁 위로 쓰러졌
다. 오래간 닦지 않아 두껍게 쌓인 먼지가 팔삭거리며 일어났다. 먼지 그
득한 유리에 뺨을 마구 비벼 대는 모습에서 채 감추지 못한 부끄러움이
묻어났다.

누가 봐도 명백한 질투였다. 당시의 초조함이 극에 달했던 디아나는
미처 자신의 상태를 점검하지 못했지만, 분명 헤스터는 한눈에 알아차렸
을 것이다. 그러니 그런 무례한 언동도 자비롭게 넘어가 주었겠지. 연인
에게 언니를 빼앗길지도 모른다는 불안감에 사로잡힌 동생이 얼마나 측
은했으면, 버릇없다 꾸지람해도 모자를 판국에 그리 다정하게 대해 주었
을까. 디아나는 끝내 헤어질 때까지 상냥했던 언니가 대단하기도, 미안
스럽기도 했다.

'일단 사과부터 하자.'

디아나는 풀 죽은 자존감을 다독이며 그렇게 다짐했다. 관대한 언니
라면 그녀의 사과를 기꺼이 받아 줄 것이었다. 다시는 그러지 않겠다는
각오도 분명 믿어 줄 것이다.

디아나는 분연히 상체를 일으켰다. 언니가 좋아하는 커피라도 끓여
놓을 심산이었으나, 일어나자마자 그만 머릿속이 백지장이 되어 버리고
말았다.

"언니?"

대체 언제 도착한 것인지, 헤스터가 현관에 서 있었다.

"안녕. 디아나."

헤스터가 머뭇거리며 안으로 발을 들였다. 멀거니 그녀를 지켜보던 디아나도 그제야 황급히 헤스터를 반겼다.

"왔으면 들어오지 않고. 빨리 여기 앉아. 먼저 씻을래? 아님 뭐라도 먹을까?"

"아니야. 괜찮아."

헤스터는 엷게 웃으며 디아나의 맞은편에 앉았다. 엉겁결에 다시 의자에 엉덩이를 붙인 디아나가 쭈뼛거리며 헤스터의 눈치를 보았다. 헤어질 때와 마찬가지로 단정한 언니의 모습에 안심이 들면서도 한편으로는 긴장되었다.

"잘 지냈니?"

불현듯 헤스터가 말문을 열었다. 디아나는 반사적으로 대답했다.

"나야 당연히 잘 지냈지."

"별일은 없었고?"

"에이, 별일은 무슨."

천년장미관에서 아주 해괴한 별일이 있긴 했다. 하지만 디아나는 되도록 언니가 그 일을 모르길 바랐다. 관장이 덮기로 결정한 일에 공연히 불을 붙여서 경찰 쪽에 소식이라도 들어가면, 그땐 정말로 부정할 수 없는 별일이 되는 것이었다. 그렇잖아도 경찰 조사로 골 아픈 언니에게 괜한 걱정을 더해 주기는 싫었다.

"언니야말로 별일 없었어? 경찰이 뭐래?"

그간 까맣게 잊고 있었으나, 헤스터가 경찰에 불려 간 것은 다름 아닌 열차 사건 때문이었다. 병실에서 수없이 진술했던 뒤로 경찰과 별다른 접점이 없었던 디아나는 조사가 어디까지 이루어졌는지 알지 못했다. 재소환하지 않는 걸로 보아 경찰 측에선 그녀를 의심하지 않는 듯했지만, 자꾸만 헤스터를 들들 볶아 대니 마음 한구석 찜찜함이 사라지질 않았다.

알아챘을까?

비밀이 발각되리란 불안감이 전혀 없지는 않았다. 하지만 시커멓게 불탄 열차에서 악마 소환의 증거를 잡아내기란 지난할뿐더러, 행여나 증거를 발견했어도 상식적으로 이제 막 정식 마녀가 된 햇병아리보다는 악마 소환으로 이름 높은 니올로 팔리아치를 먼저 의심할 것이다.

스승인 바바라 자일스마저 디아나의 부족함을 공식적으로 인정한 마당이다. 이제 알 만한 사람들은 디아나 솔이 광인 니올로를 죽였다는 풍문을 믿지 않았다.

"조사가 지지부진한 모양이야. 그래서 나를 통해서나마 증거를 찾아보려는 것 같은데, 정작 열차가 불타 버렸으니 아무래도 힘들겠지."

"그렇구나……."

디아나가 어줍게 시선을 내리며 옷소매를 매만졌다. 엉성하게 내려앉은 침묵이 못내 낯설었다. 늘 편지만 주고받으며 지내다가 간간이 얼굴을 보았을 때도 이만치 서먹한 때가 없었기에, 지금의 침묵이 더욱 숨 막혔다.

헤스터가 무겁게 말문을 열었다.

"디아나. 지난 일주일 동안 계속 생각해 봤어."

시작이구나. 디아나는 처단을 기다리는 죄인처럼 어깨를 움츠렸다. 언니가 아무리 아프게 말해도 전부 감내할 작정이었다.

그리 결연한 마음가짐이었는데.

"언니가 많이 미안해. 내가 아직 서툴러서 네게 괜한 불안감을 심어 준 것 같아."

"응?"

전혀 예상치 못한 소리에 디아나가 번쩍 눈을 떴다.

"나한테 미안하다고? 언니가 왜?"

디아나는 진심으로 반문했다. 도리어 말문이 막힌 헤스터가 당혹스러운 기색으로 입을 다물었다.

"그게, 내가 언니한테 사과해야 하잖아. 언니는 나한테 미안할 게 하나도 없는데……."

"네가?"

"그렇잖아. 공연히 의심한 것도 나고, 일어나지도 않은 일 과장해서 상상한 것도 나고. 사실 나는 언니가 누굴 만나든 간섭할 자격도 없는데 염치없게 끼어들기나 하고."

더듬더듬 자신의 잘못을 읊어 나가던 목소리가 차츰 잦아들었다. 디아나는 부끄러움에 고개를 들지 못했다. 말로 내뱉고 나니 얼마나 몰상식한 짓을 저질렀는지 알겠다.

예로부터 마법 사회는 개인주의 전통이 강했다. 마법 사회의 수뇌부인 발푸르기스 평의회는 무고한 이들에겐 한없이 유했으며, 수장이 왕처럼 군림하는 북부의 마법 가문을 제하면 애당초 가문의 수장이 개별 혈족에게 간섭할 수 있는 여지는 매우 좁았다. 가까운 혈연조차 개인의 내밀한 사정에는 개입하지 않는 것이 예의였다.

단적인 예로 세드릭과 채스터티가 그러했다. 그들은 모친인 바바라 자일스가 수많은 마법사들과 염문을 뿌리고 다니는 걸 꺼렸으며, 간혹 어머니의 연인이 집으로 들어오는 날엔 머리끝까지 역정이 치솟아 저택을 엉망으로 만들어 놓곤 했다. 그리도 싫어하면서 바바라에게 직접 토로하지는 못했다. 이따금 간을 배 밖으로 내놓은 채스터티가 서슴없이

에드윈 베가의 이야기를 꺼냈으나, 그조차 바바라의 눈초리에 금세 입을
다물어야 했다.

장장 20년 가까이 함께한 가족도 그러했다. 한데 고작 두어 달 같이
살았을 뿐인 디아나가 헤스터에게 그런 말할 자격이나 있을까? 냉정하
게 말해 결코 아니었다.

"정말 미안해. 이제 와 생각하니 내가 얼마나 잘못했는지 알겠어. 다
시는 그러지 않을게."

디아나가 시무룩한 표정으로 약속했다. 자연스레 울적해진 마음을 감
출 길이 없었다. 다만 언니가 사과를 받아 준다면 애써 씩씩한 척은 할
수 있을 것 같았다.

그때, 헤스터가 식탁에 가지런히 놓인 디아나의 손을 슬며시 맞잡았
다. 디아나는 흠칫하며 고개를 들었다. 이제껏 심란하기 그지없던 헤스
터의 얼굴에 가느다란 미소가 떠올라 있었다.

"나도 미안해. 올리버에게 미리 주의를 줬어야 했어. 적어도 다른 사
람의 입으로 알게 해서는 안 됐는데. 그렇지?"

헤스터가 조곤조곤하게 말했다.

"다만 디아나, 나는 네가 그렇게 다짐하지 않았으면 좋겠어. 내게 궁
금한 것이 있으면 언제든 물어도 좋아. 다른 이들이 사생활의 선을 확실
히 긋는다고 해서 우리도 그러라는 법은 없잖아. 이제야 겨우 함께하게
되었는데, 그리 선부터 그어 버리면 우리 사이는 영원히 평행선이지 않
을까?"

디아나는 몹시도 황망한 표정이었다. 굳어 버린 입술 사이로 간신히
목소리가 흘러나왔다.

"정말 그래도 돼?"

"물론이지."

그에 어렵사리 막아 놓았던 마음의 둑이 무너졌다. 채워지지 못한 호기심과 안개처럼 음습하게 퍼져 가던 불안감이 소나기처럼 쏟아지기 시작했다. 디아나는 그중에서도 가장 무겁고 오래된 질문을 건져 올렸다.

"올리버 펜리를 사랑해?"

열차에서 그와 만났을 때부터 궁금했다. 한때의 연인. 한때는 사랑했을지도 모르는 남자. 이제는 옛일이라기에 모르는 척 묻어 두었으니, 다시 시작된 관계가 의문스러울 수밖에 없었다. 자신을 배신한 남자를 다시 품을 만큼 그를 사랑하는 걸까. 남에게는 허투루 웃어 주지도 않는 언니가 정말로 가족 아닌 누군가를 사랑하는 걸까.

"디아나. 나는 아직 사랑이 무언지 정확하게 알지 못해. 이 세상에서 확실하게 사랑한다고 단언할 수 있는 사람은 너뿐이야. 하지만 함께 있으면 즐거워. 오래 알고 지내서 편안하고. 며칠 못 본다고 애가 타지는 않지만, 떨어져 있을 때면 종종 생각이 나. 그와 헤어졌던 시간에도 그랬어."

헤스터가 나지막하게 대꾸했다.

"지금은 다시 만나서 많이 행복해. 만약 지금의 행복이 올리버와 만나고 있기 때문이라면, 나는 그 사람을 사랑하는 게 맞겠지."

그녀의 입가에 난만한 미소가 점점 번져 갔다. 물끄러미 그 모습을 지켜보던 디아나가 더디게 입술을 열었다. 가슴속 깊숙한 우물에서 길어 올린 시커먼 불안감이 비로소 형체를 찾았다.

"……그럼 펜리 씨랑 결혼할 거야?"

지긋한 시선이 느껴졌다. 디아나는 차마 이대로 눈을 마주할 수가 없어서, 고개를 모로 돌려 버렸다. 대답을 기다리는 일분일초가 마치 억겁처럼 느껴졌다. 대답을 듣고 싶은 마음이 반, 평생 듣고 싶지 않은 마음이 반이었다.

스승인 바바라 자일스는 젊은 시절 에드윈 베가를 열렬히 사랑하여 가문의 반대도 무릅쓰고 결혼했다고 한다. 하지만 그리 불같은 사랑조차 10년을 채 넘지 못했다. 그러니 디아나는 모든 사랑이 영원하진 않음을 알았다. 지금 헤스터와 올리버가 서로를 극진히 사랑하더라도, 그것이 내일의 사랑을 담보하지는 못했다.

다만 결혼을 염두에 둘 정도로 사랑한다면?

마법 사회는 결혼을 권장하지 않는다. 결혼은 개인의 사생활일 뿐, 발푸르기스 평의회나 가문의 수장이 간섭할 수 있는 부분이 아니었다. 애당초 사생활을 포기할 정도로 결혼이 큰 의미를 지니는 것도 아니기에, 결혼하지 않고 관계를 이어 가는 이들도 수두룩했다. 마법 사회에서 결혼이란 그저 연인끼리의 자그만 약속에 지나지 않았다.

그러므로 헤스터가 결혼을 결심한다면, 이는 즉 자신의 사생활을 포기할 정도로 올리버를 사랑한다는 뜻이었다. 솔직하게 말해 디아나는 언니의 결혼을 진심으로 축하할 자신이 없었다. 그녀는 아직 언니의 사랑이 고팠다. 이제 막 함께하기 시작했는데 사이에 누가 끼어드는 건 상상하기도 싫었다.

헤스터가 난처한 기색으로 말문을 열었다.

"어쩌다 그런 생각을 했는지 모르겠지만……. 아직 결혼할 생각은 전혀 없어."

"아직은?"

"미래는 어떻게 될지 모르니까. 함부로 장담할 수 없잖니."

디아나는 조용히 수긍했다. 절대로 결혼하지 않겠다는 막연한 대답은 바라지도 않았다. 헤스터는 당장을 모면하기 위해 확실치도 않은 말을 약속하는 사람이 아니었고, 디아나도 입에 발린 말을 분간 못 할 정도로 아둔하진 않았다. 헤스터와 올리버가 얼마나 갈지, 훗날 결혼할지는 아무도 모르는 일이었다.

그렇지만 괜한 걱정이라고 치부하기엔 깨달은 바가 너무도 컸다. 지난 두 달, 그토록 사랑하는 언니와 함께하게 되어 기쁘기 그지없던 디아나도 이제는 현실이 보였다. 언제까지고 두 사람뿐일 수는 없었다. 헤스터에겐 이미 올리버가 있었고, 혹 그와 헤어지더라도 언젠가 다른 사람을 만날 것이었다. 그저 언니만 바라보고 사는 건 언니에게도 디아나 자신에게도 못 할 짓이었다.

디아나는 무관심한 스승에게서 사랑을 갈구하던 어릴 적의 세드릭을 똑똑히 기억했다. 늘 예민하게 날이 서 있던 애가 어머니의 눈길 한 번 받겠다고 몸부림치던 모습이 아직도 눈에 선했다.

적어도 그렇게 되고 싶지는 않았다.

"언니 말이 맞아. 미래는 어떻게 될지 아무도 모르니까, 앞으로는 나도 노심초사하지 않을래. 걱정해 봤자 어차피 답도 나오지 않는걸. 공연히 언니만 신경 쓰이게 하고."

그러니 의연할 것이다. 세드릭도 이제는 그러지 않는데, 열아홉 먹은 자신이 어린애처럼 굴 수는 없었다.

헤스터가 비로소 안심한 듯이 말했다.

"그래도 궁금한 게 있으면 꼭 물어보렴. 이번처럼 애태우지 말고."

"응. 약속할게. 대신 언니도 나한테 궁금한 세 있으면 인제든 물어봐. 혹시라도 궁금한 게 있다면."

디아나가 키득거리며 대꾸했다. 말없이 웃고만 있던 헤스터가 불현듯 자리에서 일어났다.

"배고프지? 이만 점심 먹을까?"

"내가 사 올게!"

지난 일주일 전혀 장을 보지 않았던 디아나가 얼른 현관으로 달려갔다. 행여나 언니가 엉망으로 텅 빈 주방을 본다면 또다시 동생에 대한 걱정만 키울 게 분명했다.

"디아나."

문득 헤스터의 목소리가 들려왔다. 디아나는 모자를 쓰려다 말고 뒤를 돌아보았다. 정오의 햇살이 차분히 내리쬐는 그곳에, 헤스터가 상냥히 미소 짓는 모습으로 그림처럼 앉아 있었다.

"만사 솔직한 것이 능사는 아니지만, 혹시나 내 도움이 필요하다면 언제든 말해 줘."

"……."

"나는 언제든 네 편일 거야."

디아나는 그저 물끄러미 헤스터를 바라보았다. 어쩐지 아무런 말도 할 수가 없었다.

막 간 극

세상이 무너져 내리고 있었다.

끄트머리에서부터 조금씩. 양 떼 몰던 목동도, 추수를 앞둔 황금빛 밀밭도, 촌장의 노란 지붕도 덧없이 사라져 갔다. 소리 없이 찾아든 종말은 모두에게 공평했다. 사자의 마력으로 수백 년간 실존하던 세계에도 이렇듯 최후가 찾아왔다.

속절없이 마을을 쓸어 간 종말이 이제는 늪지를 향해 좁혀 들 무렵, 별안간 세상이 정지했다. 노도처럼 밀려들던 종말도, 마지막으로 아들과 못다 한 이야기 나누던 아버지도 전부 멈추었다.

갑자기 멎은 동화 속 시곗바늘을 피해 간 사람은, 오직 낯선 이방인뿐이다.

겉보기로는 그다지 특별하지 않은 여인이었다. 단정하게 땋아 내린 머리는 새카맣고 얼굴은 주름 하나 없이 매끈했다. 다만 유달리 눈빛이 깊고, 행동거지가 고상하여 쉬이 나이를 짐작할 수 없었다. 걸음 하나, 손짓 하나에도 자연스레 눈길이 모이는 품위는 흘러간 세월로도 통달할 수 없는 것이기에, 저 여인도 일평생 그만한 풍파를 겪었노라 짐작할 따름이다.

저물어 가는 검은 숲을 가로질러 음습한 늪지에 이른 여인이 계속해서 걸음을 재촉했다. 마침내 발걸음이 멈춘 곳은 새카맣게 타 죽은 헤센 그윈티르의 머리맡이었다.

여인은 천천히 허리를 굽혀, 형체를 분간하기 어려울 만치 시커먼 헤센의 얼굴을 가만히 내려다보았다. 미동조차 없는 표정은 심경을 짐작하기가 어려웠다. 오래지 않아 허리를 곧추세운 여인이 가볍게 손가락을 튕겼다. 동시에 그녀의 뒤를 졸졸 따라오던 궤짝이 송장 옆으로 쾅 내려앉았다.

궤짝에는 또 다른 헤센 그윈티르가 잠들어 있었다.

별안간 늪지 위로 가느다란 빛이 원형을 그리기 시작했다. 잔물결 이는 늪지를 희롱하듯 연거푸 원을 그리던 빛이 차츰 형태를 찾아 갔다. 별에게 올리는 기도문이 어지러이 새겨지고, 실낱같은 곡선과 직선이 겹쳐지며 마법진을 그려 나갔다. 그리고 마침내 떠오르는 용의 문장.

얼마간 그대로 빛을 뿜어내던 마법진이 차츰 잦아들었다. 늪지는 다시금 적막을 되찾는 듯했으나, 그조차 오래기지는 못했다.

우둑.

어느새 깨어난 헤센 그윈티르가 낡은 궤짝을 찌그리며 일어섰다.

"왜 말해 주지 않았습니까? 세드릭 자일스가 동화에 들어올 거라고."

치렁치렁하게 긴 금발 사이로 연옥색 눈동자가 음산하게 빛났다. 여인은 무척이나 태연하게 대답했다.

"말해 무엇 할까요. 어차피 미래는 바뀌지 않을 텐데."

"적어도 낙뢰를 또 맞지는 않았을 겁니다."

신경질적으로 궤짝을 박차고 일어난 헤센이 머리를 쓸어 올리며 여인의 앞에 섰다. 후우, 긴 한숨이 뒤따랐다.

"아무리 '내 몸'이 아니라지만 고통은 그대로 느낍니다. 낙뢰를 맞을 때 얼마나 고통스러운지 안다면, 당신도 그토록 쉽게 말을 아끼지는 못하겠죠."

"……내 베가의 낙뢰를 맞아 보지는 못했으나, 맞아 죽은 이는 압니다. 아주 아파했지요. 차라리 내가 대신 죽어 주고 싶을 만큼."

여인이 기이하게 가라앉은 목소리로 속살거렸다. 헤센이 흠칫 손끝을 떨었다.

"내가 실언했습니다. 용서해 주겠습니까?"

"물론이지요."

여인은 가느스름하게 웃으며 손가락으로 그의 뺨을 약하게 두드렸다. 차게 굳어 있던 헤센의 얼굴이 삽시에 비단처럼 풀어졌다.

"당신이 아니었다면, 나는 아직도 손가락 하나 움직일 수 없는 육신에 갇혀 살았을 겁니다. 갑갑하고 갑갑했겠죠. 나를 그런 지옥에 살지 않게 한 이가 바로 당신이고, 또다시 이렇게 나를 구하러 온 이가 당신입니다."

"무슨 말이 하고 싶기에 그리 뜸을 들이는 건가요?"

"그저 감사하다는 말을 하고 싶을 뿐입니다."

헤센이 허리를 깊게 굽혔다. 척 보기에도 과장된 몸짓이었다. 여인은 웃음을 참으며 대강 고개를 끄덕였다.

"인사는 바깥에서 듣도록 하지요. 천하의 로치데일 경도 동화를 오래 멈춰 두지는 못한답니다."

"오, 그 작자가 클럽의 회원이라 다행인 점이 하나 있었군요."

헤센은 입매를 일그러뜨리며 빈정거렸다.

"로치데일 경이 아니었다면 그대는 한낱 동화와 함께 소멸했을 겁니다. 도대체 언제쯤 철이 들 텐가요?"

"마법사란 본디 어린아이 같은 존재지요."

"그래서 내 앞에서도 그리 어린아이처럼 굴 건가요?"

여인이 자비롭게 웃었다. 그러자 헤센이 불퉁한 표정으로 여인의 손을 잡아 올렸다. 마치 어린아이가 용서를 구하듯 간절한 모습으로.

"다시는 그러지 않겠습니다. 당신을 위해서라면."

헤센이 속삭였다.

"제노비아 자일스(Jenobia Jiles)."

천년장미관의 사서 주디 스키너는 오늘 자 도서관 마감을 하고 있었다. 본래 계획대로라면 지금쯤 고모가 어렵게 구해 준 노래하는 장미에게 물을 주고 있었을 테지만, 안타깝게도 오늘 자 마감을 담당하는 루퍼트가 사고에 휘말린 터라 피치 못하게 그녀가 루퍼트를 대신하고 있었다.

수디는 훗날 그에게서 두 배로 받아 내리라 다짐하며 사무실 문을 벌컥 열었다.

"관장님?"

주디가 의아한 표정을 지었다. 당연히 퇴근했으리라 여겼던 관장이 사무실에 있었기 때문이다.

"아, 스키너 씨. 서가 정리는 끝났습니까?"

"네. 이제 방명록을 정리하려고 했는데……. 관장님께 있군요. 이만 주시겠어요?"

주디는 관장의 손에 들린 낡은 방명록을 눈짓했다. 관장은 순순히 방명록을 돌려주었다.

"그럼 내일 뵙지요. 지하 서고는 내가 확인하겠습니다."

관장은 그리 말하며 사무실을 빠져나갔다. 홀로 남겨진 주디가 의아한 기색으로 고개를 갸웃거렸다. 관장은 이상한 데서 불쑥 나타나는 것만 제하면 그럭저럭 괜찮은 상사지만, 부하 직원의 일을 대신해 줄 정도로 상냥한 사람도 아니었다. 어쨌든 그도 마법사였으므로.

"나야 일이 줄었으니 좋은 거지, 뭐."

주디는 상념을 가볍게 털어 버리며 자리에 앉았다. 갈증에 시달리고 있을 노래하는 장미를 떠올리니 절로 마음이 급해졌다. 그녀는 서둘러 방명록을 펼친 뒤 오늘 자 방문객의 이름과 퇴관 여부를 빠르게 읽어 나가기 시작했다.

제이든 골즈워디	(퇴관)
밀레이 뱅고어	(퇴관)
에비게일 듀어든	(퇴관)
아놀드 호머 (헤센 그윈티르)	(사망)
루벤 콕크로프트	(퇴관)
디아나 솔	(퇴관)
세드릭 자일스	(퇴관)
메이슨 반데빌트	(퇴관)
에드윈 베가	(퇴관)
케이틀린 리브	(퇴관)
마사 에지워스	(퇴관)

주디는 만족스럽게 웃으며 책장 끄트머리에 서명했다.

1879년 8월 23일.
사서, 주디 스키너 확인.

〈2권에서 계속〉